MARTINA WILMS

beyond DARKNESS

AUS DER DUNKELHEIT

Dunkelstern Verlag

DunKel Stern Verlag

Dunkelstern Verlag GbR
Lindenhof 1
76698 Ubstadt-Weiher
http://www.dunkelstern-verlag.de
E-Mail: info@dunkelstern-verlag.de

Lektorat: Katrin Weißenböck
Korrektorat: Gabi Halama
Satz und Layout: Ryvie Fux (www.ryviefux.com)
Illustrationen: Dunkelstern Verlag unter Verwendung von Grafiken von www.unsplash.com und www.pixabay.com
Umschlagdesign: Jaqueline Kropmanns

Druck: CPI buchbücher.de GmbH
Zum Alten Berg 24
96158 Birkach
Vertrieb: Nova MD GmbH, Raiffeisenstr. 4, 83377 Vachendorf/Germany

ISBN: 978-3-98595-481-0

Ungekürzte Taschenbuchausgabe.

Für den Frieden und die Liebe.

Triggerwarnung

Dark Romantasy ist ein Genre, das sowohl Romance- als auch Erotikelemente enthält, sich daneben aber auch mit düsteren, schweren Themen wie Gewalt, Krankheit und Tod auseinandersetzt. Die in diesem Buch dargestellten Inhalte könnten auf sensible Leserinnen und Leser belastend wirken.

1.

Ich hasse Weihnachten.

Weiße, dicke Flocken wirbeln mir um den Kopf, rauben mir die Sicht. Alles ist dumpf und still, als wäre ich gefangen im Inneren einer Schneekugel. Und irgendjemand hört nicht auf, sie zu schütteln.

Niemand hat es um diese Uhrzeit mehr nötig, die Straßen zu räumen – immerhin ist es Heiligabend und alle sitzen glücklich beisammen. Oder können wenigstens so tun.

Schnee knirscht unter meinen Stiefeln und meine Jeans sind nass bis zu den Knien, als wäre ich auf einer Nordpol-Expedition und nicht mitten in der Stadt auf einem Zwanzig-Minuten-Marsch.

Ich will nur noch nach Hause, die tiefgefrorene Lasagne in die Mikrowelle schieben und die Literflasche Merlot in mich hineinschütten, die in einer beunruhigend dünnen Tüte an meinem linken Arm baumelt. Wenigstens auf die Tankstelle ist noch Verlass an diesem Scheißabend.

»Das wird nichts mehr«, hatte die Heimleiterin gesagt und nebenbei auf ihre Uhr geschielt, während ich vor ihr stand, eine Dose mit den Keksen in der Hand, die wir früher immer gemeinsam gebacken haben.

Was hatte ich auch erwartet? Ein Weihnachtswunder? Dass Ben mit einem Strauß Rosen und großen Versprechungen vor meiner Tür steht? Dass meine Mutter mich ansieht und dieses eine Mal erkennt, wer ich bin? Dass alles wieder gut wird?

»Ich will Ihnen keine Hoffnung machen«, hatte diese blöde Kuh im Pflegeheim gesagt. »Gehen Sie nach Hause, Frau Will. Machen Sie sich ein paar schöne Tage. Immerhin ist es Weihnachten.«

Weihnachten. Drauf geschissen!

Ich biege in die schmale Sackgasse ein, und der Wind wird stärker, bläst mir eiskalt ins Gesicht, als wollte er mich mit aller Kraft davon abhalten, nach Hause zu kommen. Nur noch wenige Schritte trennen mich von meiner Wohnung, meiner Couch und einer Reihe schlechter, gewalttätiger Filme im Fernsehen. Genau das, was ich brauche.

Im Gehen grabe ich den Inhalt meiner Handtasche um. Mein Handy. Ein Lipgloss. Diverse Zettel, zerknüllt und nicht zerknüllt. Ein kleines Deospray für den Notfall und zur Krönung auch noch ein klammes Taschentuch – und nein, es ist nicht durchnässt vom Schnee. Igitt.

Wo sind nur diese Kackschlüssel? Tief wühle ich in dem durchweichten Ledersack und drehe den Inhalt von links auf rechts. Keine Schlüssel.

Ich sprinte die drei Stufen zu meiner Haustür hoch und streife mir die Kapuze ab. Vielleicht kann ich im Licht der Hausbeleuchtung mehr erkennen. Doch meine Tasche ist nichts anderes als ein schwarzes Loch, in dem sich definitiv alles befindet, was ich gerade nicht suche.

Das darf doch nicht wahr sein! Ich stehe vor meiner Haustür, friere mir den Hintern ab und komme nicht rein! Mist, Mist, Mist! Habe ich sie wirklich im Pflegeheim liegen lassen? Jetzt muss ich den ganzen Weg zurückgehen - und das bei diesem Wetter!

Ein Knall peitscht durch die Dunkelheit, ein Ächzen und dann –

Stille.

Wattewölkchen steigen von meinen Lippen auf, verlieren sich in der schwarzen Winternacht. Mein Herz pocht hart gegen meinen Brustkorb. Was zur Hölle war das? Es klang so, als wären zwei Autos zusammengestoßen, aber nichts ist zu sehen. Die Schneedecke auf der Straße ist vollkommen unberührt. Ich lausche in die Finsternis. Alles ist ruhig.

Wer weiß, vielleicht hat die dicke Nachbarskatze wieder eine Mülltonne umgerissen. Oder jemand hat eine Autotür zugeknallt und sich dann aus diesem Schneesturm in seine warme Wohnung gerettet. Was ich übrigens auch gern tun würde.

Muss ich jetzt wirklich den ganzen Weg zurücklaufen? Vielleicht sollte ich einfach Ben anrufen, er hat noch seine Schlüssel …

Nein. Im Leben nicht. Da laufe ich lieber. Nasser kann ich eh nicht mehr werden.

Ein Schatten huscht an mir vorbei und ich wirble herum.

Keine Spur von dem Katzenvieh, nicht einmal Pfotenabdrücke im Schnee. Mein eigener Atem dröhnt mir in den Ohren, hektisch, abgehackt. Gott, Mella, jetzt reiß dich zusammen! Vielleicht war es auch eine Ratte oder ein Vogel auf der Suche nach einem Unterschlupf. Nur …

Da steht jemand. Kein Zweifel. Keine fünf Meter von mir entfernt, ein Stück die Straße runter. Jemand, der vor einer halben Minute noch nicht da war. Und er bewegt sich nicht. Gekrümmt steht er da und sieht zu mir her. Hat er Schmerzen? Gab es vielleicht doch einen Unfall und er ist verletzt?

Ich schiebe meine Unruhe beiseite, mache einen Schritt in seine Richtung. »Geht es Ihnen gut? Brauchen Sie Hilfe?« Der Wind bläst mir einen ganzen Schwung Schneeflocken ins Gesicht. Tausend Nadelstiche fahren mir bis ins Hirn – und als ich meine Augen wieder öffne, ist der Schatten fort. Wo ist er hin?

Zitternd sauge ich Atem ein und schiebe die Hand in meine Tasche. Wo ist das Deospray? Bei Gott, ich sprühe ihm die ganze Dose ins Gesicht, wenn es sein muss!

Das Schneegestöber wird dichter und dichter. Wieso habe ich nicht das Knirschen seiner Schritte im Schnee gehört, als er wegging?

Weil da niemand war, Mella. Es gab keinen Unfall. Oder siehst du ein Auto? Lichter? Einen Rettungswagen? Da ist niemand. Warum auch? Wer würde sich bei diesem Wetter an eine Straße stellen und darauf warten, jemanden überfallen zu können, mitten in der Stadt? Es ist Heiligabend, verflucht. Selbst die bösen Jungs sitzen unterm Tannenbaum und packen ihre Geschenke aus.

Ich zwinge mich zu einem Lachen, und gleich sieht alles viel besser aus. O Mann. Ich bin echt blöd. Es wird Zeit, dass ich in die warme Wohnung komme und endlich die Weinflasche von ihrem Korken befreie. Ich klingele jetzt bei meinen Nachbarn, dann kann ich den Wohnungsschlüssel gemütlich im hellen, warmen Treppenhaus suchen. Und sollte ich ihn wirklich im Pflegeheim vergessen haben, kann ich mir immer noch überlegen, ob ich Ben anrufe. Oder ein Taxi.

Ein gellender Schrei zerreißt die Nacht. Ein lautes Klirren. Was … Shit, die Tüte ist gerissen! Der schöne Merlot! Aber … wieso liege ich hier unten? Eben war ich doch noch … Mein Kopf, meine Brust – bin ich ausgerutscht? Scheiße, tut das weh!

Eine schwarze Wolke wirft sich über mich. Ein Gewicht, schwer wie ein

Felsbrocken, zerquetscht meinen Brustkorb, Finger zerren an meiner Jacke. O nein … Weg, weg von mir! »Bitte, in meiner Handtasche ist Geld und mein Handy, mehr habe ich nicht, bitte …«

Ein Keuchen dringt an mein Ohr, ein Knurren wie von einem wilden Tier. Augen funkeln über mir wie glimmende Kohlen, weit aufgerissen, gierig. Fremder Atem streicht über meine Lippen.

Meine Schläge interessieren ihn nicht. Mit einem fiesen Geräusch zerreißt meine Bluse und Fingernägel bohren sich in mein Fleisch. Meine Hände rutschen an seiner schmierigen Jacke ab, fallen zu Boden. Er kniet sich darauf, nagelt mich mit seinem Körper am Boden fest. Ich kann mich nicht mehr rühren, nicht mehr atmen. Meine Fingernägel scharren sich durch Schnee und Eis, scheuern über den Asphalt, zersplittern zu Fetzen. Die Schreie verrecken in meiner Kehle. Ich kann nicht mehr, ich … Luft …

Er ist zu schwer, viel zu stark für mich. Er presst das Leben aus mir heraus, dieser Mann, gräbt sich in meinen Hals, schmatzend, stöhnend, bis Wärme aus mir hervorbricht. Mit jedem Herzschlag pulsiert sie aus meinen Wunden, liebkost meine eiskalte Haut mit ihrem sanften Streicheln.

Ruhe. Er soll mich in Ruhe lassen.

Ein widerliches Gurgeln, ein Schmatzen, Schlürfen – die Geräusche prügeln auf meinen Kopf ein und verwandeln sich in diese diffuse Schwärze, wie im Kino, wenn langsam das Licht ausgeht und der Film beginnt.

Plötzlich ein Schatten, ein heftiger Ruck reißt mich in die Höhe und zerschmettert mich auf dem harten Untergrund. Und dann bin ich ganz leicht, schwerelos. Ohne jeden Laut legt sich der Schnee auf meine Haut.

Weich.

Kühl.

Liebevoll.

Wie die tröstende Berührung meiner Mutter, wenn ich mir mal wieder das Knie aufgeschlagen hatte.

Weihnachtslieder dringen an mein Ohr, begleitet von dem unwiderstehlichen Duft nach gebratenen Äpfeln und Gemütlichkeit.

Stille Nacht, heilige Nacht …

Und alles fällt mir wieder ein: wie sehr ich dieses Fest geliebt habe. Wie ich es genossen habe, wenn der Duft nach warmen Plätzchen durch die Wohnung zog, wie Ben und ich gemeinsam den Baum schmückten und die Geschenke verpackten. Unser Lachen.

Die Abende auf der Couch im Kerzenlicht, nur wir beide. Die Sterne … ich kann sie nicht sehen.

Alles schläft, einsam wacht …

Etwas ist noch da. Ein leises Stöhnen, ein Ächzen, doch ich schiebe es fort. Zu schön ist dieses Lied, das nur für mich gesungen wird.

Schlaf in himmlischer Ruh.

Schlaf in himmlischer Ruh.

Und ich schlafe ein.

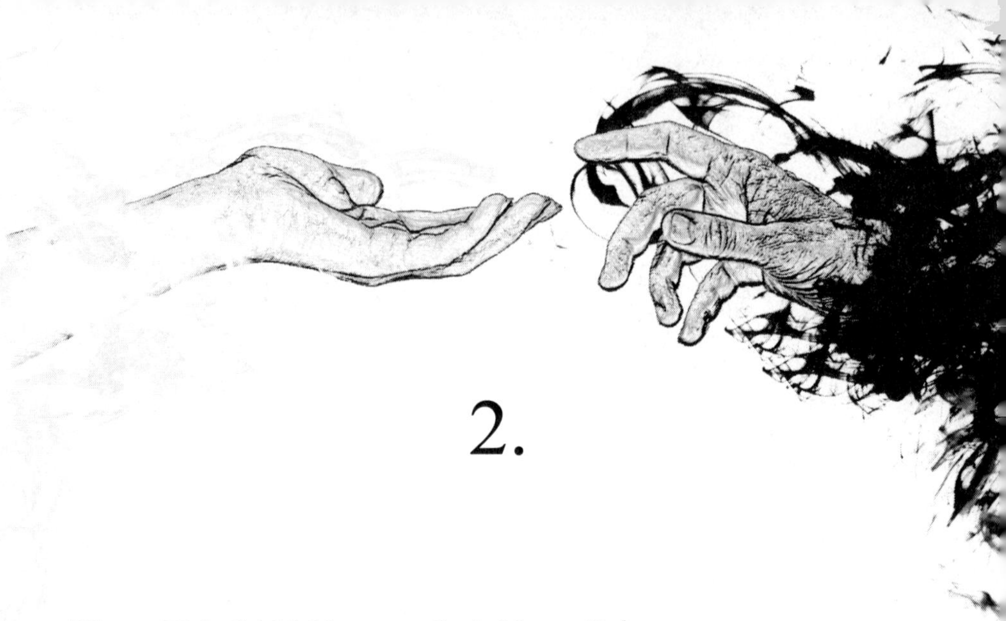

2.

Mein Schädel ist so groß wie Mutter Erde.

Liebe Güte, wann hatte ich zuletzt so einen Kater?

Wie ein Zahnarztbohrer gräbt sich ein aufdringliches Brummen in meinen Kopf. Nicht dieser sirrende, schnelle Bohrer, sondern der ganz fiese, langsame, bei dem man das Gefühl hat, alle Zähne fliegen einem aus dem Kiefer.

Ich werde nie wieder Rotwein trinken. Ach, was sage ich: Ich werde nie wieder irgendetwas trinken! Mein Körper fühlt sich an, als wäre er platt gewalzt, von der Straße gekratzt und anschließend aufgeblasen worden. Ich brauche eine Schmerztablette – und einen Eimer, denn lange geht das nicht mehr gut!

Der Zahnarztbohrer dröhnt in Wellen vor sich hin, rhythmisch, so als hätte in meinem Kopf ein neuer Techno-Club eröffnet. Da sind Worte, Stimmen, ganz in meiner Nähe. Ich habe den Fernseher angelassen, wieder einmal. Viel zu laut! Wo ist nur diese Scheißfernbedienung? Unbeholfen taste ich danach. Hm? Kalt und hart. Bin ich besoffen neben das Sofa gefallen und habe meinen Rausch auf dem Couchtisch ausgeschlafen? Das kann doch nicht wahr … aaaah!

Wie eine Nadel aus glühendem Stahl sticht grelles Licht durch meine Pupille direkt in mein Gehirn und frisst sich dort fest. Mein Atem geht flach, schnell.

Das hier ist nicht meine Couch. Scheiße, das ist nicht einmal mein Wohnzimmer! Das Dröhnen in meinem Kopf formt sich langsam zu Worten, gesprochen von Stimmen, die ich nicht kenne. Wo, zum Teufel, bin ich?

»Erklär es mir.« Eine Frau mit einer rauchigen Stimme, warm und weich wie ein alter Whiskey. »Wie konnte das passieren?«

»Ich weiß es nicht, Helena.« Ein Mann. »Es ging zu schnell. Er hat mich gegen ein geparktes Auto geschmettert und ist abgehauen, bevor mir überhaupt klar war, dass sich sein Talent bereits voll entwickelt hatte.« Er atmet einmal tief durch. »Zum Glück hat sie geschrien.«

Wer sind die beiden? Ärzte? Bin ich in einem Krankenhaus?

»Und? Du warst trotzdem zu spät!«

»Er hatte sich in sie verbissen, Helena! Da war nichts mehr zu machen.«

Ein Hecheln kommt aus meinem Mund. Der stechende Schmerz in meinem Kopf zerschneidet meinen Verstand in zwei Teile. Hat er wirklich verbissen gesagt?

»Das dachtest du.« Die Frau schnaubt. »Lucas, du hast einen Fehler gemacht. Und einen dämlichen noch dazu.«

»Ich habe mich schlicht getäuscht, Helena. Der Schnee war getränkt von ihrem Blut …«

»Rotwein, Lucas.«

»Ich habe die Situation einfach falsch eingeschätzt und dachte, ich würde das Beste daraus machen.«

»Es war Rotwein. Und billiger noch dazu.«

»Blut ist nicht gerade mein Spezialgebiet, Helena.«

Sie schnaubt erneut. »Eine Schande, wirklich.« Die Kälte in ihrer Stimme treibt mir eine Gänsehaut nach der anderen über die Wirbelsäule.

Und dann legt sich Stille über das Krankenzimmer. Sind sie fortgegangen? Aber ich brauche etwas, ein Schmerzmittel, ein künstliches Koma, irgendetwas, egal was! Mir ist kalt, so kalt. Oder heiß? Es schüttelt mich, ich weiß nicht genau, was es ist. Irgendetwas rinnt in einem schmalen Bach meine Kehle entlang und läuft in meinen Nacken, kitzelt die feinen Härchen auf meiner Haut. Weine ich etwa? Oder ist das Schweiß? Blut?

»Was hast du mit dem Novizen gemacht?« Ihre tiefe Stimme vibriert in meinem Schädel.

»Dafür gesorgt, dass er es nicht noch einmal tut.«

Hat der … habe ich das richtig verstanden? Er hat gesagt, dass er den Täter …? Bin ich überfallen worden? Scheiße, wenn ich meinen Atem nicht unter Kontrolle bekomme, hyperventiliere ich mich gleich ins Delirium. Was sind das nur für Ärzte? Warum geben sie mir nichts gegen meine Schmerzen? Bekommen die nicht mit, dass ich wach bin? Ich ächze. Hört ihr mich? Helft mir! Bitte … helft mir doch! Meine Haut fühlt sich so gespannt an, so wund, wie verbrannt. Lange Fingernägel schieben sich in mein Haar, krallen sich fest und rucken meinen Kopf von links nach rechts, als sei ich ein Stück Vieh. Übelkeit schlägt über mir zusammen wie Wasser.

Nur zu gern würde ich mich dieser Frau entwinden, ihre Hand wegschlagen, doch ich kann mich nicht rühren, nicht einmal den kleinen Finger heben. Weiße Punkte blitzen vor meinen geschlossenen Augenlidern auf. Da ist nur noch Schmerz, heiß wie Glut.

»Wie lange hat sie noch?« Seine Stimme ist sanft und leise, eine Wohltat gegen das Kreischen in meinem Kopf.

Nägel bohren sich auf der Suche nach dem Puls in meinen Hals, spitz wie kleine Dolche. Unsanft zerrt sie eines meiner Augenlider hoch und das Licht zerschießt meine Netzhaut. Schmerz dringt bis in den äußersten Winkel meines Verstandes ein, zerfrisst jede meiner Zellen. Mein Körper krampft, windet sich wie ein geköpfter Aal hin und her. Ich schnappe nach Luft. Diese Geräusche – bin ich das?

Eine kühle Hand legt sich auf meine Stirn und bedeckt meine Augen, schirmt sie ab von dem Licht. Das Zucken in meinen Nerven verebbt langsam und lässt einen verwüsteten Körper zurück.

»Es wird nicht mehr lange dauern. Ihr Puls ist schon nicht mehr fühlbar.« Endlich zieht sie ihre Krallen aus meinem Fleisch. »Wer weiß? Vielleicht schafft sie es ja.«

Vielleicht schaffe ich es? Schaffe ich was?

Zu überleben?

Ein Röcheln entkommt meinen Lippen, und eine zweite Hand legt sich auf meine Wange, vertreibt die Hitze, die mich erbeben lässt. Ich recke den Hals, biege mich nach hinten durch auf der Jagd nach köstlicher Luft. Nichts. Da ist nichts mehr. Ein Vakuum. Nur der Schmerz in meiner Brust, der mich ausdrückt wie einen Badeschwamm.

Ist das Ersticken? Fühlt es sich so an? Ich hechle, schnell und heftig, aber in mir ist es windstill. Der Atem erreicht meine Lungen nicht.

»Wie niedlich.« Die Frau lacht. »Du sorgst dich um sie.«

»Ich kenne sie nicht einmal. Aber ich muss es ihr nicht schwerer machen, als es ist.«

»Dann wird es dir auch nichts ausmachen, wenn ich dir sage, dass du ab sofort die Verantwortung für sie trägst.«

Seine lindernden Hände erstarren zu Stein.

»Jetzt sieh mich nicht so an, Lucas. Jede Verfehlung hat ihre Folgen, das war dir sehr wohl bewusst. Du hast sie hergeholt, also wirst du auch dafür Sorge tragen, dass sie keinen Mist baut.«

»Aber … ich konnte sie doch nicht dort liegen lassen, Helena! Ich dachte, sie wäre tot!«

»Und da sie das nicht ist, wirst du dich um sie kümmern. Herzlichen Glückwunsch, Schatz. Du hast deinen eigenen Schützling.«

Schlagartig lässt er mich los und überlässt mich einem Feuer, das meine Eingeweide verzehrt. »Nein! Wegen dieses einen Fehlers? Das könnt ihr nicht machen, Helena!«

»Still!« Ihre Stimme peitscht von den Wänden zurück. »Du hast es versaut, du ganz allein. Nicht ich. Er hat es so entschieden. Also trag die Konsequenzen.«

Der Mann atmet heftig ein und aus. »Was, wenn sie es nicht schafft?«

Meine Augenlider flattern, mein Körper zuckt unkontrolliert, krampft. Jede einzelne meiner Fasern schreit und kreischt und explodiert. Die Welt in mir und die um mich herum drehen sich, jede in eine andere Richtung. Feuer leckt an meiner Haut. Ich verglühe wie ein Stern.

»Hoffen wir einfach das Beste.« Ihre Stimme klingt dumpf, als wäre ich unter Wasser. »Du wirst es tun, Lucas, und zwar jetzt. Es ist alles vorbereitet.«

Das pulsierende Brummen zerreißt meinen Kopf. Sie reden, ich höre sie, aber ich verstehe sie nicht mehr. Der Schwindel in meinem Kopf verwandelt sich in ein Schleudern, ganz so, als wäre ich in einer Zentrifuge gefangen. Ich schnappe nach Luft wie ein gestrandeter Fisch, biege mich nach hinten, bis meine Wirbelsäule knirscht, und atme, sauge nach Luft, doch ich kann es nicht mehr, irgendwie mache ich es falsch, weiß nicht mehr, wie es geht …

Da zerplatzt etwas auf meinen Lippen. Eine Flüssigkeit rinnt in meinen Mund, zäh und klebrig. Medizin, endlich! Sie schmeckt ekelhaft, wie geschmolzenes Metall, verätzt meinen Rachen. Ich würge, huste, spucke. Ich muss dieses Zeug wieder loswerden, bevor ich es in einem Schwall herauskotze.

Ein Gurgeln breitet sich in meiner Kehle aus, ein Blubbern, als ob man mit einem Strohhalm in warmen Kakao bläst. Immer mehr dieser zähflüssigen

Masse läuft mir in den Mund, drängt sich in meine Luftröhre. Ich ertrinke. Ich ersticke, ich weiß es. Keine Kraft mehr.

Mein Körper erstarrt und zerbricht wie ein dünnes Weinglas.

Alles wird dumpf.

Ganz still.

Und dann explodiert mein physisches Ich und ich vergehe in einer Woge aus weißem Schmerz, schreie und schreie, bis die Dunkelheit endlich kommt und mich gnädig mit sich zieht.

∞

Tief ziehe ich Atem ein. Er rinnt meinen Rachen hinab, dehnt meine Lungen, bis eine erfrischende Kühle meinen gesamten Körper flutet. Ich fühle mich warm und wohl, treibe schwerelos in einer seichten Brandung, frei von allen Sorgen. Da ist so ein Duft … Er erinnert mich an damals, an diesen glutheißen Sommertag am Meer, der mit einem heftigen Gewitter endete. Klare, frische Luft, feuchte Erde. Wie eine Meeresbrise duftet es, herb und gewohnt und gut.

Ich rolle mich auf die Seite, kuschele mich tiefer in mein Kissen. Weich wie eine Wolke schmiegt es sich an meine Wange.

Moment mal.

Meine Wange? Meine Lungen, mein Körper?

Vorsichtig blinzle ich durch meine Wimpern. Nur Licht. Kein Schmerz. In meinem Kopf ist es so ruhig wie das Meer an einem windstillen Tag.

Aber wo um alles in der Welt bin ich hier? Das ist nicht meine Wohnung. Vielleicht ein Krankenhaus? Oder ein Sanatorium? Eine Art Anstalt?

Sonnenstrahlen schießen durch ein gewaltiges Fenster am anderen Ende des Zimmers und tauchen alles in goldenes Licht. Ein Mann steht davor, die Hände tief in den Hosentaschen vergraben. Groß und schmal hebt sich seine Silhouette gegen die Sonne ab. Er wendet mir den Rücken zu und scheint ganz in die Aussicht versunken zu sein.

Langsam richte ich mich auf, ein wenig umständlich vielleicht. Über meinen Beinen liegt eine dicke Daunendecke und raschelt leise, doch der Mann am Fenster reagiert nicht.

Das Zimmer sieht nicht wirklich nach einem Krankenhaus aus. Die Wände bestehen aus weiß verputzten, groben Steinen und auf dem Boden liegen große Platten aus hellem Sandstein, der in der Sonne leuchtet. An der linken Wand steht ein Regal aus dunklem Holz, für das sogar ich eine Leiter bräuchte, um das obere Brett erreichen zu können. Überhaupt ist alles riesig in diesem Zimmer. In dem Bett könnte ich bequem auch quer schlafen. Der Rahmen aus poliertem Ebenholz mit seinen dicken Pfosten wiegt bestimmt so viel wie unser Golf … wie Bens Golf.

Zwei schwere Holztüren trennen den Raum von weiteren Zimmern ab. Neben dem Fenster steht ein Sofa aus beigefarbenem Cord, das offenbar aus den Siebzigerjahren übriggeblieben ist, davor ein Monstrum von einem Couchtisch aus massivem Holz mit einer Steinplatte darauf. Überall Stapel von Zeitschriften.

Nein, so gut bin ich nicht versichert, dass ich so ein Einbettzimmer bekommen würde! Noch dazu trägt der Mann am Fenster Jeans und ein einfaches, dunkles T-Shirt. Wenn er ein Arzt wäre, würde er einen weißen Kittel tragen, oder?

Was ist das hier also? Vielleicht eine Privatklinik? Habe ich etwa mein Gedächtnis verloren und bin doch gut versichert?

Ich kann noch so lange darüber nachdenken, ich werde allein wohl keine Lösung für dieses Rätsel finden. »Wo bin ich?«

Der Mann zuckt zusammen, als hätte ihn meine Stimme aus einem Nickerchen gerissen. Eisblaue Augen fixieren mich mit dem prüfenden Blick eines Psychiaters. »Mella.«

Gegen das Sonnenlicht kann ich kaum mehr von ihm erkennen als seine ungewöhnlich hellen Augen. Er kommt langsam auf mich zu und meine Nackenhaare stellen sich auf. Diese Stimme. Ich kenne sie. Ich habe sie gehört, als ich im Koma lag.

»Lucas?«

Überrascht zieht er die Augenbrauen hoch. Fast sieht er amüsiert aus. »Du hast uns belauscht?« Er hockt sich neben mich auf die Bettkante und taxiert mich aus leicht zusammengekniffenen Augen. Kein Kittel, dieser prüfende Blick. Ja, definitiv ein Psychiater, wenn auch ein attraktiver. Also doch eine Nervenheilanstalt? »Wie fühlst du dich?«

Ich rücke das Kissen in meinem Rücken ein wenig zurecht und räuspere mich. »Ehrlich gesagt, weiß ich es nicht. Es fühlt sich so an, als hätte ich zu viel getrunken. Auf jeden Fall geht es mir besser als gestern Abend.«

»Gestern Abend?«

Sein Blick gefällt mir nicht.

Er kaut kurz auf seiner Unterlippe. »Du bist seit mehr als drei Monaten hier, Mella.«

»Drei Monate?« Mit einem Ruck setze ich mich auf. Das Zimmer dreht sich und der Psychiater mit ihm. Ich ignoriere den Schwindel, so gut ich kann. »Was ist denn passiert? Habe ich im Koma gelegen?«

»In etwa, ja.«

Drei Monate? Ich fasse es nicht. Irritiert schüttele ich den Kopf und der Schwindel verfliegt augenblicklich. Keine Spur mehr von Schmerzen. »Hatte ich einen Unfall?«

»So ungefähr.« Er zieht die Schultern hoch und lässt mich nicht aus den Augen.

Ich starre ihn an. »So ungefähr?«

Ein Unfall? Was ist denn nur passiert? Ich lasse mich langsam zurück in die Kissen sinken und lege mir die Fingerspitzen an die Schläfen, schließe die Augen. Erinnerungen zucken wie kleine Blitze über die Innenseiten meiner Lider. Es war Weihnachten. Da war eine Riesenflasche Rotwein. Schnee. Meine Wohnungsschlüssel. Jemand hockte auf meiner Brust und fraß mich auf.

Ich keuche und reiße die Augen wieder auf. Der Psychiater sitzt immer noch neben mir und beobachtet mich in aller Ruhe.

»Ungefähr? Wie kann man ungefähr einen Unfall haben? Bin ich … ich weiß es nicht mehr, das kann nicht sein … Bin ich vor ein Auto gelaufen? Bin ich durchgedreht? Es sah so aus wie …« Langsam verschränkt er die Arme vor der Brust und bleibt stumm. »Bist du mein Arzt?«

Er schmunzelt, und das wirkt wahnsinnig beruhigend auf mich. »Nein, dein Arzt bin ich ganz sicher nicht. Wie sage ich es am besten … du hattest einen Zusammenstoß mit einem unserer Leute.«

Ich blinzele und sortiere das, was ich soeben gehört habe, in meinem Kopf. »Ich bin wirklich überfallen worden?«

Er nickt knapp und eine dunkle Locke fällt ihm in die Augen. »Ja.«

»Ich bin überfallen worden von einem von euch?«

»Ja.« Lucas mustert mich ganz ruhig, ohne meine Verwirrung weiter zu beachten, und schiebt sich die Haarsträhne zurück hinters Ohr.

»Und ihr habt mich in dieses Krankenhaus gebracht, um mich gesund zu pflegen?«

»Nun …« Er wiegt unschlüssig den Kopf.

Ein schrecklicher Verdacht keimt in mir. Mein Körper kribbelt schmerzhaft, als hätte ich einen gewaltigen Sonnenbrand. »Ihr habt mich entführt?« Meine Stimme ist nicht mehr als ein Flüstern.

Lucas reißt kurz die Augen auf. »Was? Nein, ganz so ist es nicht. Wie erkläre ich dir das am besten?« Er fährt sich mit der Hand durch die halblangen, dunklen Haare. Sein Blick schweift durch den Raum, als hätte er dort die Antwort auf meine Frage versteckt.

Mein Herz galoppiert wie ein Wildpferd, das nicht eingefangen werden will. Ich drehe gleich durch, wenn der noch länger vor sich hin druckst! »Jetzt sag mir einfach, was hier los ist!« Mein Atem geht viel zu schnell. Wenn ich so weitermache, werde ich wieder ohnmächtig. Was vielleicht nicht das Schlechteste wäre.

»Okay, ganz wie du willst.« Lucas atmet einmal tief durch und sieht mir fest in die Augen. »Du bist tot.«

Ich starre ihn an.

Verarscht der mich? Oder ist das eine Drohung? Soll ich jetzt lachen oder schreien? Was tut man, wenn einem so etwas gesagt wird?

»Ich bin tot«, wiederhole ich langsam.

Lucas nickt. Sein Blick hält mich fest.

»Also … ich bin tot«, stelle ich noch einmal fest.

Lucas nickt erneut und betrachtet mich, die Augen leicht zusammengekniffen.

»Aber ich sitze hier mit dir.«

Er nickt.

»Und rede.«

Wieder ein Nicken.

Ich nicke jetzt auch und starre ihn weiterhin an. Kurz denke ich über das nach, was ich soeben gehört habe und versuche, einen Sinn darin zu erkennen.

Ja, okay.

So wird es sein.

Ich vermute mal, ich bin schlicht und einfach durchgeknallt.

»Puh.« Ich kratze mich am Kopf, als könnte ich damit meiner Logik auf die Sprünge helfen. »Ich fasse das noch einmal kurz zusammen: Ich sitze hier, rede mit dir, habe drei Monate am Stück geschlafen, aber unterm Strich bin ich tot.«

Ein Schmunzeln umspielt seine Lippen. »Exakt.«

Ich nicke wieder. Verständnisvoll. Obwohl ich eigentlich überhaupt nichts verstehe. Ist das hier das Jenseits? Der Himmel? Die Hölle? Nirwana?

»Entschuldige, ich kenne mich mit diesem Thema nicht aus, aber ist es so vorgesehen, dass ich das verstehe? Denn wenn ich es verstehen soll, dann muss ich dir leider mitteilen, dass das nicht der Fall ist.«

Lucas atmet tief durch. »Es war ein dummer Unfall. Du hättest nicht tot sein sollen. Oder untot.«

Oh, das ist ein ganz neuer Aspekt, freut sich meine Logik. Meine Vernunft hingegen stöhnt theatralisch auf und schlägt sich die Hände vors Gesicht. »Ich bin also untot.«

»Eigentlich schon.«

Ich komme nicht mehr mit. Das, was er da sagt, ergibt wenig Sinn. »Wenn ich es nicht besser wüsste, würde ich vermuten, du wolltest du mir sagen, dass ich ein verdammter Vampir bin!«

Lucas scheint über seine Antwort sorgfältig nachzudenken.

Ich reiße die Augen auf. Das kann doch nicht sein Ernst …

»Man könnte dich so bezeichnen, ja.« Ruhig sieht er mich an.

Wenn er mich auf den Arm nehmen will, dann macht er das gut, verdammt gut! Wie ferngesteuert greife ich nach oben, befummele meinen Hals. Sind da Löcher? Bissspuren? Narben? Das darf doch alles nicht wahr sein – nein, das kann einfach nicht wahr sein. Es gibt keine Vampire! Das ist völliger Blödsinn!

»Bitte sag mir, dass ich einen mentalen Zusammenbruch hatte, in einer gemütlichen Klinik unter Drogen gesetzt wurde und du eine ganz normale, aber zugegebenermaßen recht ansehnliche Halluzination bist.«

In seinen Blick mischt sich eine Spur von Belustigung. »Glaub mir, wenn ich eine Halluzination wäre, wüsste ich das.«

»Also bist du ein Vampir?« Meine Stimme ist kaum noch zu hören.

»Wenn du es so nennen möchtest, ja.« Ungerührt sieht er mich an.

Ich fuchtele mit beiden Händen vor seinem Gesicht herum. »Aber du hast eben da hinten gestanden, am Fenster, in der Sonne.«

Er zuckt einfach nur mit den Schultern.

Es reicht. Wo um alles in der Welt bin ich hier nur gelandet? Der Typ ist bestimmt kein Arzt, wohl eher jemand, der sich aus irgendwelchen Gründen für einen Blutsauger hält!

Eines weiß ich: Ich bin die einzige klar denkende Person in diesem Raum.

Ich werde gehen. Ich werde aufstehen und durch eine dieser Türen verschwinden.

Als ich die Bettdecke zurückschlage, keuche ich auf. »O mein Gott.« Mein Körper steckt in einem unförmigen Bausch aus Stoff, weiß wie die Unschuld. Meine Hände zittern. Vorsichtshalber halte ich mich an der Bettdecke fest. »Ist das ein Leichenhemd?«

Lucas antwortet nicht, sondern sieht mir lieber beim Durchdrehen zu.

Tot oder untot, das geht echt zu weit. Wütend strampele ich die Decken weg und stehe auf. Der Raum dreht sich vor meinen Augen wie ein fröhliches Karussell auf einem Jahrmarkt, bunte Blinklichter inklusive. »Scheiße«, wimmere ich. »Ich bin tot und mir ist schwindelig.« Das Zimmer dreht sich schneller, immer schneller und kippt schließlich nach links. Ich taumele, schnappe nach Luft und kann gerade noch verhindern, mich an Lucas festzuklammern. Und jetzt auch noch das … Mir wird übel!

»Badezimmer«, presse ich hervor und halte gleich darauf die Luft an, als der Brechreiz kalten Schweiß über meinen Körper treibt.

In aller Ruhe deutet er auf die Tür rechts vom Fenster. »Dort drüben.«

Verbissen kämpfe ich mir meinen Weg durch den schwankenden Raum, bis ich endlich vor der Badezimmertür stehe und mich am Türrahmen festkrallen kann wie ein Matrose am Mast seines Schiffes. In meinen Ohren rauscht es nur so, als hätte ich kein Gehirn, sondern einen Wasserfall im Schädel.

Du liebe Güte, wie kann mir so elend sein, wenn ich angeblich tot bin? Das ist doch Quatsch! Irgendjemand nimmt mich auf den Arm! Oder es ist ein Traum. Natürlich! Ganz bestimmt ist es ein Traum. Da kann dieser Typ auf meinem Bett noch so sehr das Gegenteil behaupten.

Allerdings ist mir immer noch kotzübel, Traum hin oder her. Ich atme durch die Nase, ein und aus und ein und aus. Schließlich schaffe ich es, die Tür aufzustoßen und stürze in ein fensterloses Bad.

Da drüben, das Waschbecken. Links und rechts kralle ich mich an dem weißen Porzellan fest, um nicht mit dieser Achterbahn von einem Badezimmer umzufallen. Meine Hände zittern so sehr, dass ich mir erst nach einigen Anläufen kaltes Wasser ins Gesicht schaufeln kann. Dicke Tropfen kühlen meine brennende Haut, und langsam lässt die Übelkeit nach.

Ich blicke auf und begegne grüngoldenen Augen im Spiegel. Meinen Augen.

Hm. Moment mal. Die Sonne, der Spiegel … Ha! Ich wusste es! Alles nur ein schlechter Traum, definitiv.

Lucas lehnt am Türpfosten. Mit einem Finger schaltet er die Deckenbeleuchtung ein und verschränkt die Arme wieder vor der Brust. Ich suche seinen Blick im Spiegel, halte mich immer noch am Waschbecken fest. »Sollten Vampire nicht überirdisch schön sein?«

»Das hat sich bloß jemand ausgedacht.« Seine Mundwinkel zucken amüsiert. »Du siehst im Moment eher so aus, als hätte eine Katze auf deinem Kopf geschlafen. Und zwar drei Monate lang.«

Ich mustere mein Spiegelbild ausführlich. Die Haut an meinem Hals, da, wo der Angreifer … Ich keuche. Sie ist makellos. Es ist keine Verletzung zu sehen, nicht einmal eine Narbe.

»Das mit dem Sonnenlicht, dem Weihwasser und den Knoblauchzehen ist auch Quatsch.« Er löst sich von seinem Türpfosten und kommt zu mir, reicht mir ein Handtuch. »Und glitzern tun wir schon gar nicht.«

Ich blinzle. Hat der … er hat doch nicht etwa einen Witz gemacht?

Sein Blick ruht auf mir. »Das mit dem Pflock durchs Herz ist allerdings wahr. Aber ich wüsste auch nicht, wie das irgendjemand überstehen sollte.«

»Nun, ich denke, dass ein Pflock durchs Herz für jeden problematisch wäre.« Ich drücke Lucas das Handtuch gegen die Brust und quetsche mich an ihm vorbei, trotte zurück zum Bett. Dort angekommen werfe ich mich missmutig in die Kissen. Wenn ich träume, muss ich nur aufwachen.

»Die Bezeichnung Vampir haben uns die Menschen verpasst. Sie wissen es nicht besser. Nicht jeder hier im Haus ist ein Blutsauger.« Er schaltet eine kleine Lampe auf dem Nachttisch ein und setzt sich wieder neben mich auf die Bettkante. Licht fällt durch den rosafarbenen Lampenschirm in den Raum und wirkt irgendwie beruhigend. »Wir nennen uns *Umbracoren*, Mella. Schattenherzen.«

Ich betrachte ihn kopfschüttelnd. »Nervenzusammenbruch und Beruhigungsmittel, das wird es sein. Du bist nichts als pure Einbildung. Oder ein Traum.«

Wieder stiehlt sich eine Art Belustigung in seinen Blick, die meine Laune definitiv nicht verbessert.

»Wenn ich eine von diesen Schattenherzen wäre, könnte ich mich dann in eine Fledermaus verwandeln?«

Lucas zuckt mit den Schultern und bleibt stumm.

»Wäre ich wenigstens unwiderstehlich erotisch? Könnte ich fliegen?«

»Weiß ich nicht.« Seine Augen blitzen. »Beides nicht.«

»Was weißt du eigentlich – außer, wie du mir auf die Nerven gehen kannst?« Ich will die Arme wütend vor der Brust verschränken und verheddere mich dabei in dem Leichenhemd.

Lucas beobachtet mich geduldig, die Augenbrauen hochgezogen. »Pass auf, Mella, ich habe keine Ahnung, wer du überhaupt bist oder wie ich dir auf die Nerven gehen kann. Sagen wir mal, das war ein Glückstreffer.« Er lächelt, doch ich ignoriere das. »Niemand weiß, was du kannst oder was du nicht kannst. Wir sind so unterschiedlich wie die Menschen. Allerdings gehen unsere Fähigkeiten ein wenig über die ihren hinaus.«

Na wunderbar. Mit solch kryptischen Sätzen konnte man meine Neugier immer schon wecken. »Und was für Fähigkeiten sollen das sein? «

»Wir haben unterschiedliche Talente. Einige von uns sind Gestaltwandler. Sie können sich in jedes Tier verwandeln, nicht nur in Fledermäuse. Besonders Begabte können zu Gegenständen werden, zu einem Baum, einer Halskette, einer Spülmaschine oder einer Erdbeere, was auch immer du dir vorstellen kannst.«

Die Vorstellung von einer Erdbeere mit Fangzähnen belustigt mich mehr, als sie es in dieser Situation sollte.

»Führ es mir vor«, sage ich. »Verwandle dich in mein Handy, damit ich jemanden anrufen kann, der mich hier herausholt.«

Er zuckt mit den Schultern. »Ich kann das nicht.«

»Warum überrascht mich das nicht?« Missbilligend schüttele ich den Kopf. Mal sehen, wie lange er das noch durchhält. Ich sollte einfach mitspielen. »Was gibt es noch?«

»Lichtwandler und Schattenwandler. Sie reisen im Licht oder in der Dunkelheit von einem Ort zum anderen.«

»Das ist eine ganze Menge übersinnlicher Fähigkeiten.«

Lucas schüttelt den Kopf. »Jeder von uns hat nur ein Talent. Wir müssen abwarten, welches sich bei dir entwickelt. Alles Weitere sehen wir dann. Du solltest dich jetzt ein wenig ausruhen.«

»Angeblich habe ich die letzten drei Monate geschlafen. Warum sollte ich mich ausruhen wollen?«

Die letzten Sonnenstrahlen malen Muster auf den Sandsteinboden.

»Eine Verwandlung ist kein Spaziergang.« Lucas geht hinüber zum Fenster und zieht die Vorhänge zu, sperrt den Sonnenuntergang aus. Seine eisblauen Augen betrachten mich mitfühlend. »Ist nicht so einfach zu verstehen, oder?«

Ich werde nicht schlau aus ihm. »Warum bist du hier, Lucas?«

»Ich bin dein Ausbilder.« Er schiebt die Hände tief in die Taschen seiner Jeans. »Ich begleite dich, bis du dein Talent gefunden hast und damit umgehen kannst. Und ich bin zum Schutz hier.«

Ich ziehe die Knie an meine Brust, stütze mein Kinn darauf. »Und vor wem musst du mich beschützen?«

»Vor dir selbst. Und andere genauso.«

Meine Kinnlade klappt herunter. Wie – vor mir? Was soll ich denn bitte anstellen? Ich sitze hier angeblich in einem Haus voller übersinnlicher Wesen fest und er muss sie vor mir beschützen? So langsam wird es wirklich lächerlich. »Vor mir. Natürlich. Ich bin brandgefährlich. War ich immer schon«, erkläre ich ihm mit einem freundlichen Lächeln.

Lucas verzieht das Gesicht. »Es gibt noch ein letztes Talent. Die Blutsucht«, sagt er leise. »Blutsüchtige sind gefährlich und unberechenbar, vor allem, wenn die Verwandlung noch frisch ist. Es ist nicht einfach, dieses Talent zu beherrschen. Die Blutsüchtigen sind wie die Vampire, die du aus all deinen Geschichten kennst. Wild, gefühllos und tödlich.«

Oh. Die Zunge klebt mir am Gaumen und ich muss kräftig schlucken, bevor ich überhaupt wieder Speichel im Mund habe. »Und du vermutest, ich könnte eine Blutsüchtige sein?«

»Nein, keine Ahnung. Niemand kennt sein Talent, bevor es sich zeigt. Es könnte aber sein, dass du eine bist. Und dann brauchst du jede Unterstützung, um zu lernen, damit umzugehen und niemandem zu schaden.«

»Deshalb bist du mein Ausbilder?«

Er nickt. »Ja.«

»Weil du auch ein Blutsüchtiger bist?« Ich schiele unauffällig auf seinen Mund.

Nicht unauffällig genug, denn er lächelt und enthüllt schöne regelmäßige Zähne, von denen keiner sonderlich lang oder spitz ist. »Nein. Weil ich stark und erfahren genug bin, um dich aufzuhalten, wenn es darauf ankommt.«

Ich kratze mich am Kopf. »Das ist ganz schön verwirrend.«

»Ja, ich weiß. Ich erinnere mich noch daran, wie es bei mir war.« Er geht auf die schmucklose, dunkel gebeizte Holztür gegenüber vom Fenster zu. »Aber du schlägst dich ganz gut.«

Ich zucke mit den Schultern. »Natürlich tue ich das. Das hier ist nicht real. Wenn ich aufwache, ist alles wieder beim Alten.«

Lucas blinzelt irritiert. Langsam hebt er die Hand und legt sie auf der verschnörkelten goldenen Klinke ab, als wüsste er nicht, wohin damit. »So solltest du nicht denken.«

»Anders kann ich nicht denken.« Sonst werde ich bekloppt.

Er blickt auf die Türklinke, kaut auf seiner Unterlippe. Und plötzlich ist er bei mir, packt mit der Linken meinen Arm und zieht mit der anderen Hand ein kurzes Messer aus seinem Stiefel. Keine Sekunde später schießt ein brennender Schmerz von meiner Handfläche bis in den Ellbogen.

»Au!« Mit einem Ruck zerre ich meine Hand aus seiner Umklammerung und schubse ihn weg. »Bist du bescheuert?«

Ungerührt wischt er die Klinge an seinem Ärmel ab und schiebt sie zurück in seinen Stiefel. »Bist du jetzt überzeugt, dass du wach bist?«

Meine Handfläche brennt, als hätte ich glühende Kohlen gehalten. Quer über meine Haut verläuft eine hauchfeine Linie. Hellrotes Blut perlt hervor. »Verschwinde«, knurre ich ihn an.

Er seufzt. »Tut mir leid, wenn ich dir Angst gemacht habe.« Langsam geht er zurück zur Tür. »Aber du musst aufhören zu leugnen, was du bist.«

Ich platze gleich vor Wut. »Ich bin eine Frau, der gerade von einem Spinner die Hand aufgeschnitten wurde!«

Seine Augen verengen sich zu Schlitzen. »Ich versuche, dir zu helfen.« Seine Stimme ist bedrohlich leise. »Warte ab, was passiert. Wir reden morgen. Ich werde dich zum Schutz über Nacht einschließen.«

Ich schnaube verächtlich. »Wem sollte ich denn gefährlich werden?«

»Mir.« Er lächelt mich an. »Aber mit dir werde ich schon fertig.« Winzige Fältchen graben sich rund um seine Augen und bringen sie zum Strahlen.

Du lieber Himmel, wie kann er so sympathisch aussehen, nachdem er mir gerade eben eine Klinge in die Hand gerammt hat?

»Ich bin immer in der Nähe. Falls etwas sein sollte, ruf nach mir und ich werde sofort bei dir sein.«

»Bringst du dann ein größeres Messer mit?«

Er mustert mich wieder mit diesem Psychiater-Blick und schaltet das Nachtlicht aus. »Bis dann.« Die Tür scharrt über den Boden und fällt mit einem satten Knall ins Schloss. Es knirscht leise, als Lucas von außen den Schlüssel im Schloss herumdreht.

Ich werde jetzt schnell einschlafen. Wenn ich morgen aufwache, dann hoffentlich wieder in meinem wirklichen Leben und nicht in einer albernen Vampirgeschichte.

Ein Traum. Es ist nur ein Traum.

Ich rolle mich auf die Seite und schiebe mir die Hände unter die Wange. Aber … was? Meine Handfläche hat sich eben noch so angefühlt, als hätte ich an einen glühenden Eisenstab gefasst, aber jetzt spüre ich nichts mehr. Vorsichtig berühre ich die Wunde, darauf gefasst, jeden Moment vor Schmerz aufzuschreien. Seltsam. Es tut nicht weh. Aber da ist etwas, das sich anfühlt wie Sand.

Ich taste nach dem Schalter und kurz darauf erhellt das warme Licht der Nachttischlampe den Raum. Scharf ziehe ich Luft ein. Ein paar rostrote Brösel haben sich in meinen Handlinien verfangen, aber die Wunde ist fort. Meine Haut ist makellos, so als hätte das Messer sie nie berührt.

Ich keuche. O mein Gott! Was …?

Erst vorsichtig, dann immer hektischer rubbele ich in meiner Handfläche. Getrocknetes Blut rieselt auf die unschuldig weiße Daunendecke wie bräunlicher Schnee. Nichts verrät, dass eben noch ein tiefer Schnitt an dieser Stelle klaffte.

Ich schnappe mir den Lichtschalter, knipse ihn aus und presse meinen Hinterkopf in die Kissen. Schlafen, ich muss nur einschlafen. Dann wird alles wieder gut. Mit weit aufgerissenen Augen liege ich in meinem Bett und starre in die Dunkelheit. Das kann nicht real sein!

Es kann einfach nicht sein!

Punkt.

Keine Diskussion.

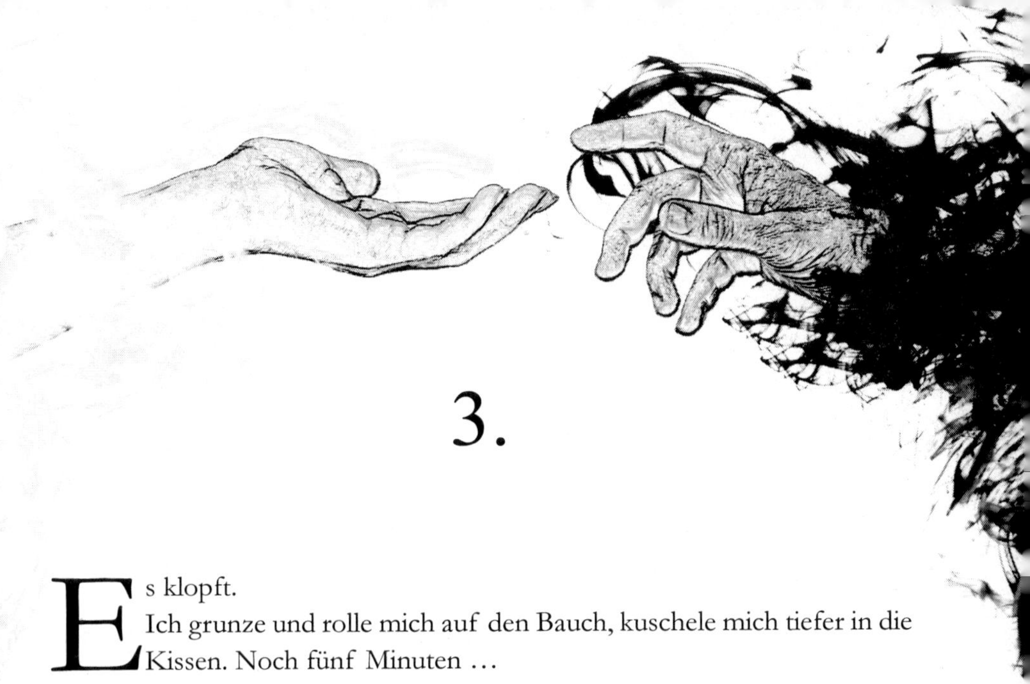

3.

Es klopft.
Ich grunze und rolle mich auf den Bauch, kuschele mich tiefer in die Kissen. Noch fünf Minuten …

»Mella?«

Na prima. »Ich bin wach, ich bin ja schon wach.« Mit beiden Händen fahre ich mir durchs Gesicht und raffe mich mühsam auf. Ich öffne meine Augen – und das Gähnen bleibt mir im Halse stecken. Lucas steht direkt vor meinem Bett und sieht auf mich herab wie ein Racheengel.

»Scheiße.« Mit dem Gesicht voran lasse ich mich zurück in die Kissen fallen. Dieser Mann ist ein Albtraum. Aber ich träume definitiv nicht.

»Was für eine nette Begrüßung.« Lucas zieht die Vorhänge zurück. Helles Sonnenlicht fällt in den Raum und blendet mich. Ich stöhne und reibe mir kräftig durch das Gesicht. Die Matratze gibt ein wenig nach. Lucas hat es sich offensichtlich wieder neben mir auf der Bettkante bequem gemacht.

Ich rücke weg von ihm und sehe ihn giftig an. »Was erwartest du? Du hast mir ein Messer in die Hand gestochen!«

»Ach Mella.« Aus ernsten, unergründlichen Augen erwidert er meinen Blick. »Ich wollte dir nur zeigen, dass das hier kein Traum ist.« Er nimmt meine Hand und drückt sie fest. »Oder fühlt sich das an, als ob du träumst?«

Nein, um ehrlich zu sein tut es das nicht. Seine Haut ist weich und warm. Ganz anders, als ich es von einem Untoten erwartet hätte. Er müsste klamme, kalte Hände haben, wäre bleich, mit starrem, totem Blick. Gut, Lucas ist blass. Aber seine Augen blitzen, als träfe ein Sonnenstrahl auf die Oberfläche eines Gletschersees. So lebendig.

Ein leises Brummen reißt mich aus meinen Gedanken. »Gibst du mir meine Hand zurück? Da sollte ich rangehen.« Lachfältchen graben sich um seine Augen. Sofort lasse ich ihn los und spüre, wie mir die Hitze in die Wangen schießt.

Er fummelt sein Smartphone hervor und liest die Nachricht auf dem Display, bevor er eine Nummer wählt und das Telefon ans Ohr hält. »Tom? Hör mal, sie schickt mich raus. Jetzt. Ja, schon wieder einer, ich weiß auch nicht. Keine Ahnung, wie lange es dauern wird. Kannst du? Eine Minute? Gut, danke.«

Er schiebt das Handy zurück in die Jeanstasche und steht auf. Sein Blick ist plötzlich anders. Abwesend und ernst. Er macht mich nervös. »Ich werde später noch einmal nach dir sehen. Dann können wir uns in Ruhe weiter unterhalten.«

Er geht weg? Wohin? Seine Aufgabe ist doch, auf mich aufzupassen! Ich öffne den Mund und klappe ihn direkt wieder zu, als die schwere Eichentür aufgestoßen wird und mit voller Wucht gegen die Steinwand knallt.

»Morgen Tom. Gut, dass du so schnell kommen konntest.«

Toms streichholzkurze Haare leuchten im Sonnenlicht wie flüssiger Honig, wild in alle Richtungen abstehend, als hätte er nicht so recht gewusst, wie man mit Haargel umgeht. Sein Gesicht ist auf männliche Weise jungenhaft. Etwas Übermütiges sprüht aus seinen blauen Augen, aber ich habe keinen Zweifel daran: Der kann auch anders. Neugierig mustert er mich von oben bis unten.

Lucas klopft ihm im Vorbeigehen auf den Rücken. »Ich bin schnell zurück. Hoffe ich jedenfalls.«

Tom beachtet ihn kaum. Er schiebt sich an Lucas vorbei und baut sich vor meinem Bett auf, als wäre es ein Zoogehege. »In Ordnung. Bis später.«

»Mach mir keinen Ärger, Mella.« Lucas schenkt mir ein Lächeln, das eher verkniffen als fröhlich aussieht, zieht die Tür hinter sich ins Schloss und schließt uns ein. Wer weiß, auf wie viele Schützlinge er noch aufpassen muss!

»Also!« Tom klatscht fröhlich in die Hände und klettert ohne weitere Umschweife zu mir ins Bett.

Ich ziehe die Bettdecke hoch bis ans Kinn und rücke weg von ihm. Was denkt der sich?

»Schönes Zimmer!« Er sieht sich um, nickt anerkennend. »Ich hatte es damals lange nicht so gemütlich. Du kannst sogar das Meer sehen. Sehr hübsch.« Er reckt den Hals und blickt aus dem Fenster.

Ich reiße die Augen auf. Das Meer? Da draußen ist das Meer? Wo, um alles in der Welt, bin ich hier gelandet?

»Dewitt hatte wohl keine Zeit mehr, mich vorzustellen. Ich bin Tom.« Mit einem strahlenden Lächeln hält er mir seine Hand hin. »Nun, eigentlich Tomás LeGris, aber Tom reicht.«

Ich nehme sie automatisch und lasse mich von ihm durchschütteln. »Das habe ich bereits mitbekommen.« Meine Stimme klingt eisig.

Er verzieht sein Gesicht zu einem Flunsch. »Warum bist du nur so schlecht gelaunt?«

Muss er das wirklich noch fragen? Ich mache eine ausladende Geste und sehe ihn mit hochgezogenen Augenbrauen an.

Er erwidert meinen Blick unbeeindruckt. »Das? Es gibt Schlimmeres, als hier zu sein.«

»Das sehe ich anders.« Ich ziehe die Decke noch ein wenig höher.

Tom scheint das als Einladung zu verstehen. Er sucht sich eine bequeme Position auf der Seite und rückt meine Kissen unter seinem Kopf zurecht. »Was, wenn dich ein Bus erwischt hätte? Dann wärst du jetzt einfach tot und Ende. So bleibst du für immer jung und knackig.«

Ich zucke einfach nur mit den Schultern. Was soll mir das sagen?

Er kneift die Augen zusammen. »Du weißt schon, dass wir für den Rest der Ewigkeit so aussehen wie zum Zeitpunkt der Wandlung, oder?« Ich sehe ihn stumm an. »Nein?« Er schüttelt den Kopf. »Hat Lucas dir nichts darüber gesagt?«

»Bisher nicht. Er hat nur etwas von Talenten erzählt.«

»Und?« Tom beugt sich so nah zu mir, dass sich sein Atem auf meine Haut legt. »Spürst du schon etwas?«

Nervös horche ich in mich hinein. Da drinnen herrscht Totenstille. »Sollte ich denn etwas spüren?«

»Hast du ungewöhnliche Gelüste oder Triebe? Persönlichkeitsveränderungen?«

»Nein. Da ist nichts, außer völliger Verwirrung. Wenn ich es nicht besser wüsste, würde ich nicht glauben, dass ich tot bin.« Gut, das glaube ich auch nicht wirklich, aber wir unterhalten uns gerade so nett.

»Kann ich verstehen. Und unsere Herzen schlagen nun einmal weiter.«

Ich taste nach meinem Puls. Tatsächlich, da ist das vertraute Pochen. Aber … ich bin untot - und mein Herz klopft trotzdem weiterhin in meiner Brust? Lucas' Hand in meiner fällt mir wieder ein. Wie kann sein Körper warm sein, wenn er nicht mehr lebt? Und wie kann er tot sein, obwohl sein Herz noch schlägt?

Heimlich schiele ich auf Toms Mund. »Welches Talent hast du?«

Ein Schatten huscht über sein Gesicht. »Ich? Ich bin ein Gestaltwandler.« Er sieht wieder aus dem Fenster. »Und nein, ich werde es dir nicht vorführen. Ich bin nicht sonderlich begabt. Aber ich bin ein Technik-Genie.«

»Wozu braucht ihr denn Technik?« Wenn man durch Licht und Dunkelheit reisen und sich mal eben schnell in eine Mikrowelle verwandeln kann, wird man wohl nicht auf einen Fernseher oder ein Telefon angewiesen sein.

»Sicherheitstechnik.« Er verschränkt die Hände im Nacken.

Sicherheitstechnik? »Wovor müsst ihr euch denn schützen? Vampire haben keine Feinde.«

»Jeder hat Feinde.« Er rollt sich noch ein wenig mehr auf die Seite und sieht mich an, als wäre ich einer von ihnen.

Dieser Typ ist mir viel zu nah. Ich ziehe die Decke bis zu meiner Nasenspitze hoch und zupfe dabei an dem bauschigen Etwas, in dem mein Körper steckt. »Ich würde gern schnell unter die Dusche springen und mir etwas anderes anziehen. Geht das?«

»Kann ich verstehen. Mich machen diese altmodischen Nachthemden auch nicht an. Los, steh auf, mach dich frisch, zieh dir etwas anderes an. Du hast genug Auswahl.« Mit einem Ächzen rollt er sich aus dem Bett und zieht die dunkle Schiebetür an der gegenüberliegenden Wand beiseite. Dahinter verbirgt sich ein riesiger, gut gefüllter Wandschrank.

Unfassbar.

Ich tapse barfüßig zu ihm. Wahnsinn. »Sind das meine?« Entzückt schiebe ich die Bügel hin und her.

»Nur für dich.« Er wirft einen Blick in die Schubladen.

»Tom?«

Er blickt auf.

»Würdest du bitte damit aufhören, meine Unterwäsche zu inspizieren?«

»Wenn du mich darum bittest?« Er grinst und sieht dabei aus wie ein Zehnjähriger. Mit der linken Hand deutet er auf die Tür neben dem Sofa.

»Die Dusche ist da drin. Ich werde hier warten. Genug Zeitschriften hast du ja, wenn ich mir auch nicht sicher bin, ob Lucas und ich denselben Geschmack haben.«

Ich ziehe ein paar Klamotten aus dem Schrank. »Ihr werdet also in der nächsten Zeit ständig meine Babysitter sein?«

Tom fläzt sich auf die Couch und schnappt sich einen Stapel Magazine. »Ja, und das ist auch gut so. Denk an den Überfall. Dein Angreifer war ein Novize wie du, und sein Talent zeigte sich ausgerechnet, als du in der Nähe warst. Ein dummer Zufall. Er hätte dich um ein Haar zerfleischt.«

Plötzlich ist mir nicht mehr nach Diskutieren. Ich konnte nicht mehr atmen, weil jemand auf meinem Brustkorb saß und meine Kleider zerriss wie Papier, um an meine Haut zu kommen. Das Gespräch zwischen Lucas und dieser Helena, das ich belauscht habe …

»Was ist mit ihm passiert?« Meine Stimme ist nur noch ein Flüstern.

Tom wendet seinen Blick ab, vertieft sich in eine der Zeitschriften. »Das Unausweichliche.«

Ich schlucke trocken. »Was heißt das? Wer war es? Lucas?«

Tom blickt auf. Sein Blick ist kalt, eiskalt. »Du wolltest dich umziehen, oder?« Etwas in seiner Stimme bringt mich zum Schaudern, und mir wird klar, dass dieses Gespräch jetzt beendet ist.

∞

Tom begutachtet mich wohlwollend, als ich in Jeans und einem lässigen schwarzen Sweatshirt zurück ins Schlafzimmer komme. »Besser«, lautet sein fachmännisches Urteil. »Viel besser.«

Ich gehe an ihm vorbei und werfe einen Blick aus dem Fenster. Ein gigantischer Garten breitet sich vor mir aus, ein richtiger Park! Ein bisschen ungepflegt vielleicht, aber gerade dieses Wilde gefällt mir irgendwie. Am Horizont glitzert tatsächlich das Meer. »Können wir nach draußen gehen?« Ich drehe mich zu Tom um.

Der schüttelt den Kopf. »Nein, tut mir leid.«

»Aber ich fühle mich wirklich gut.«

»Du darfst nicht raus.«

»… weil ich vielleicht eine blutsüchtige Killerin bin?«

Tom zieht eine Grimasse und kommt zu mir. »Ich bin nicht stark genug, weißt du.« Er vergräbt die Hände tief in den Taschen seiner Jeans. »Ich wäre dir nicht gewachsen.«

Mein Mund steht offen. Tom könnte mich nicht aufhalten? Dieser große Kerl? Du meine Güte! »Was würdest du machen, wenn ich jetzt und hier meinen ersten Blutrausch hätte?«

Wortlos öffnet er seine Jacke. Unter seinem linken Arm steckt ein Messer in einer Art Halfter, und ich schlucke hart. »Ich würde mich mit allem verteidigen, was ich habe, und vermutlich den Kürzeren ziehen. Also.« Er zaubert eine Schachtel hinter seinem Rücken hervor und seine Augen leuchten wie die eines kleinen Kindes. »Lust auf eine Runde Scrabble?«

Gut, dann spielen wir eben Scrabble. Ich lasse mich auf die breite Fensterbank sinken, baue das Spielbrett zwischen uns auf. Sehnsüchtig blicke ich aus dem Fenster in den sonnigen Frühling dort draußen. Die Aussicht raubt mir den Atem. Dieser Park ist riesig, völlig verwildert, und jedes Mal, wenn ich hinausschaue, entdecke ich etwas Neues. Große, spitze Felsen ragen aus einem Bett von dunkelgrünem Moos empor, als hätte ein Riese sie achtlos dort hingeworfen. Geradeaus erstreckt sich der Blick ins Unendliche, man sieht nur noch das Meer, bis zum Horizont. Wunderschön. »Gibt es auch einen Strand?«

»Einen Badestrand? Nein.« Tom schüttelt den Kopf und schiebt mir das Bänkchen für die Buchstaben hinüber. »Der Garten endet an einer Klippe, da kommt man nicht so einfach runter. Oder rauf. Was gut ist für mich. Ein bisschen weniger zu überwachen.« Er grinst und hält mir ein grünes Säckchen hin. »Zieh«, fordert er mich auf. »Der jüngste Spieler beginnt.«

Ich angele mir einen Buchstaben heraus. »F.«

Tom greift in das Säckchen. »Und ein C.« Er grinst triumphierend. »Ich fange an.«

Ich schmunzle. »Du hast mir aber keine Superkräfte verheimlicht, oder?«

»Nein. Aber du wirst trotzdem verlieren.« Tom baut seine Buchstaben vor sich auf und zwinkert mir zu. Und er sieht keinen Tag älter aus als Dreißig. Geschäftig beugt er sich über das Spielbrett und legt einige Buchstaben ab.

MORO.

Ich verschränke die Arme vor der Brust. »Was soll das denn sein?«

»Das, meine Liebe«, Tom schlägt einen süffisanten Tonfall an und notiert sich seine Punkte, »ist eine Sprache im Sudan.«

Ich starre ihn an. »Also doch Superkräfte.«

Tom lacht und greift nach dem Buchstabensäckchen. »Ich habe eben viel gelesen. Nachdem ich gelernt hatte, wie man liest.« Konzentriert sortiert er die neuen Buchstaben ein.

»Du bildest dich also seit mehreren hundert Jahren fort.« Amüsiert schüttele ich den Kopf. »Du hast dieses Spiel aber nicht zufällig erfunden, oder?«

»Nein.« Tom lacht. »Aber glaube mir, ich bin ein Fan der ersten Stunde. Du bist an der Reihe.«

Ich werfe einen Blick auf meine Auswahl. *MXOYÄNA*. Na, hervorragend. Nach kurzer Überlegung schnappe ich mir das M und das Ä und lege das Wort *MÄR*.

Er schnaubt. »Anfängerglück.«

Ich ignoriere ihn und hole mir zwei neue Buchstaben. H und W, o Mann. Ganz großartig.

Tom studiert das Spielfeld und legt kurzerhand *AMBRA* längs an meine *MÄR*. Verdammt! Er hat vermutlich das Wörterbuch auswendig gelernt. Während er seine neuen Buchstaben einsortiert, betrachte ich verkniffen meine. Was soll ich damit bloß anfangen?

»Wer ist dran?«

Ich fahre herum. Nahezu lautlos legt Lucas seine Jacke auf mein Bett und baut sich mit vor der Brust verschränkten Armen hinter mir auf.

»Ich.« Ich schiebe mein Bänkchen so, dass er die Plättchen darauf sehen kann. *HOYWXON*. Eine wirklich interessante und hübsche Buchstabenkombination.

Nur leider völlig sinnlos.

Lucas runzelt die Stirn. Er beugt sich über mich, streicht sich abwesend mit zwei Fingern durch seinen Fünftagebart, und studiert meine Ausbeute. Ein Duft nach Meer und Erde weht in meine Nase. Eisblau blitzen seine Augen unter langen, dunklen Wimpern hervor. Schließlich nimmt er ein paar meiner Buchstaben und legt sie auf dem Spielbrett an.

OXYMORON.

»Na toll.« Beleidigt lehnt sich Tom zurück. »Darauf wäre sie von allein doch nie gekommen!«

»Na, danke auch.« Ich ziehe eine Schnute.

Lucas lacht und tätschelt mir die Schulter. »Nimm‘s ihm nicht übel, Mella. Tom ist ein verdammt schlechter Verlierer.«

Tom schmollt, doch Lucas wird sofort wieder ernst und sachlich. »Tom, es gibt wieder Probleme mit dem Strom. Du wirst unten in der Zentrale erwartet.«

Tom springt sofort auf. »Bin schon weg. Revanche, Mella?« Fragend hält er mir das Buchstabensäckchen hin wie einen Fehdehandschuh.

Ich nehme es und kann mir ein Grinsen nicht verkneifen. »Jederzeit!«

»Gut. Dann werde ich dich schlagen – sofern du nicht wieder schummelst.« Tom zwinkert uns noch einmal kurz zu und eilt schneller aus dem Zimmer, als er eben in mein Bett gesprungen ist.

»Kennst du das Spiel auch schon so lange wie Tom?«

Lucas schiebt die Hände in die Hosentaschen und schaut aus dem Fenster. »Nein, mit Sicherheit nicht.«

Ich räume das Stoffsäckchen zusammen mit dem übrigen Zubehör zurück in die Schachtel und werfe ihm ab und an einen Blick zu. »Wie alt warst du, als du gestorben bist?«

»Vierunddreißig.« Er wendet sich zu mir um. Sein Haar glänzt dunkel, fast schwarz. Die kleinen Fältchen um seine Augen belegen, dass er früher gern gelacht hat. Doch heute wirkt er so ernst, so verschlossen. Was für ein Mensch er wohl war?

»Zu jung zum Sterben.« Ich schiebe den Karton zurück in das Fach unter den Beistelltisch.

»Vielleicht.« Er sieht mir ruhig in die Augen und ich werde zappelig. Ich komme mir vor wie damals, als ich das Referat über Charles Dickens halten musste und alles war, nur nicht gut vorbereitet. Sein Blick ist genauso prüfend wie der meines Lehrers damals. Wie kann man nur so kühl und gleichzeitig so … hm … anziehend sein? Ich reiße mich von ihm los und werfe sehnsüchtig einen Blick nach draußen. Bestimmt riecht es bereits nach Frühling, und ich bin hier eingesperrt.

»Wie wäre es mit einem Spaziergang?«

Erstaunt drehe ich mich zu ihm um. »Ich denke, ich darf das Zimmer nicht verlassen?«

Er zuckt mit den Schultern. »Nicht ohne mich. Wenn du versprichst, in meiner Nähe zu bleiben, schon.«

»Und wenn ich trotzdem versuche, abzuhauen?« Die Aussicht darauf, an die frische Luft zu kommen, macht mich übermütig.

Er mustert mich unter zusammengezogenen Brauen, ohne jede Spur von Humor. »Dann werde ich dich aufhalten.«

Plötzlich ist mir nicht mehr zum Scherzen zumute. Mein Blick huscht zu seinen Stiefeln. Ich habe schon einmal Bekanntschaft mit seinem Messer gemacht. Auf ein zweites Mal kann ich gut verzichten.

»Du wirst dieses Zimmer nicht ohne mich verlassen, verstanden?« Seine Augen bohren sich in meine.

Ich werde schon wieder nervös. Automatisch nicke ich.

»Zumindest nicht, bis du dein Talent entwickelt hast«, fügt er ein wenig sanfter hinzu.

∞

»Hier entlang und dann nach links.« Lucas hält mir die Tür auf.

Der Flur dahinter ist erdrückend. Dunkel vertäfelt gähnt er uns entgegen wie ein endloser Tunnel. Der dicke, rote Teppich unter unseren Füßen verschluckt jeden unserer Schritte.

Am Ende des Korridors öffnet sich eine weitere Tür und eine Frau tritt heraus. Ihre Haare fallen in dunklen, schimmernden Kaskaden über ihre Schultern bis fast an den Saum des Minikleidchens, das ihren Körper so eng umfließt, als wäre sie darin eingenäht worden. Sie wirft sich das Haar über die rechte Schulter und ihr Gesicht erstrahlt unter einem atemberaubenden Lächeln. Auf schwindelerregend hohen Schuhen kommt sie uns entgegen, mit den seidigen Bewegungen einer Katze. Ich wünschte, ich hätte nur ein Fünftel ihrer Haare – sowohl was die Länge und als auch was das Volumen angeht.

»Helena.« Lucas lächelt sie an, und mir fällt alles aus dem Gesicht.

Das ist also Helena?

Die Helena?

Wow.

»Lucas.« Ihre Arme gleiten um seinen Nacken und sie haucht ihm einen Kuss auf die Wange. Aus dunkel umrandeten Augen mustert sie mich voller Neugierde. »Und wie ich sehe, ist Mella endlich aufgewacht.« Sie strahlt mich an und mir stockt der Atem. O Wahnsinn. Zum ersten Mal sehe ich sie, zierliche Eckzähne, einen Hauch spitzer als normal. Eine Blutsüchtige. Helena hält mir ihre Hand hin und ich ergreife sie. Ihre Haut fühlt sich an wie Seide, glatt und kühl.

»Ja, und ich weiß noch nicht so recht, ob ich mich darüber freuen soll oder nicht.«

Lucas wirft mir einen kurzen Seitenblick zu.

Helena lacht ein glockenhelles, warmes Lachen und legt ihre andere Hand auf meine, mit der gütigen Geste einer Nonne. »Ich zumindest bin froh, dass du es geschafft hast. Lucas und ich haben uns deswegen Sorgen gemacht.« Sie wendet sich wieder ihm zu, schiebt ihren Arm unter seinen. »Wir haben nächtelang wachgelegen, erinnerst du dich?« Gemeinsam gehen sie den Gang hinunter.

Ich lasse mich ein wenig zurückfallen und beobachte die beiden von hinten. Die optische Verkörperung des perfekten Vampirmodells. Heimlich betaste ich meine Zähne mit der Zunge. Zum Glück fühlen sie sich an wie immer.

Nebeneinander steigen sie die Treppe hinab. Helenas Haare schwingen im Takt ihrer Hüften hin und her. »Was habt ihr noch vor an diesem schönen Tag?«

»Wir wollten in den Park, ein wenig frische Luft schnappen.«

»Zu schade, ich hätte euch gern begleitet, aber ich habe etwas Dringendes zu erledigen.« Sie macht eine bedeutsame Pause und lacht, wirft den Kopf in den Nacken, dass ihre Mähne nur so fliegt.

»Wir holen das ein anderes Mal nach, wenn du willst, Helena. Ich möchte sowieso erst herausfinden, welches Talent sie hat, bevor ich sie auf die anderen loslasse.«

Geschmeidig wie ein Panther gleitet Helena auf ihren schlanken Beinen die Stufen hinab, Lucas' Arm fest umschlungen. Und sie wird für immer und ewig so aussehen. Ich seufze innerlich und trotte hinter ihnen her in eine lichtdurchflutete Eingangshalle. Durch bunte Fenster fallen Sonnenstrahlen in allen Farben herein und werfen lebendige Muster auf den Sandsteinboden. Überall stehen kleine Grüppchen und unterhalten sich, lachen oder diskutieren. Ein bisschen erinnert mich dieser Anblick an die Pausenhalle meiner Uni.

»Helena! Lucas!« Eine zierliche Endzwanzigerin mit glatten, rötlichen Haaren baut sich vor uns auf und mustert mich mit unverhohlener Neugier. »Und du bist …?«

»Mella, eine Novizin.« Lucas schenkt der Rothaarigen ein warmes Lächeln. »Und das ist Samantha, eine Freundin von Helena.«

Sie packt meine Hand und schüttelt sie. »Sam.«

Helena hakt sich bei mir ein, als wäre ich ihre beste Freundin. Gemeinsam schlendern wir fort von den anderen in Richtung Eingangsportal. »Du hast dein Talent noch nicht entdeckt?« Kurz drehe ich mich zu meinem Ausbilder um, doch Sam scheint Lucas völlig in Beschlag genommen zu haben.

Helena folgt meinem Blick und lacht. »Keine Sorge, ich bin sein Boss. Ich achte schon auf dich.« Sie öffnet die gigantische Eingangstür und schiebt mich nach draußen.

Warme Sonnenstrahlen treffen auf meine Haut. Drei Stufen grenzen an ein mit Moos und Algen übersätes Bett aus weißen Kieselsteinen. Mehrere Autos stehen in der Einfahrt, jedes von ihnen schwarz wie die Nacht.

»Aber schon bald kannst du selbst entscheiden, wohin du gehen willst, Mella.«

Mit einem leisen Sirren fährt die Scheibe des Jeeps herunter. »Scheiße, wo bleibt ihr denn?« Der Mann auf dem Fahrersitz verzieht sein Gesicht. »Wir wollten längst weg sein!«

»Ich bin aufgehalten worden.« Helena gleitet mit schwingenden Hüften zum Jeep. »Das hier ist Mella. Sie hat gerade erst ihre Verwandlung überstanden und ist jetzt ganz gespannt, was noch so in ihr steckt.«

Ein Lächeln umspielt seine schmalen Lippen. »Glückwunsch, Mella.« Er lehnt sich aus dem Fenster und streckt mir die Hand hin. Der Wind zaust in seinen dunklen Locken. »Julian Feroux. Ich bin so etwas wie Helenas Saufkumpan.«

Helena lacht glockenhell, und mir wird ganz anders. Julian zwinkert mir zu und schlägt dann zwei Mal mit der flachen Hand auf die Autotür. »Jetzt aber los! Nimm es nicht persönlich, Mella, aber wir haben es eilig. Die Damen trödeln jedes Mal, und es nervt.«

Helena hebt entschuldigend die Schultern. »Was soll ich da noch sagen? Geh zurück zu deinem Aufpasser und schick mir Sam raus, okay?« Sie stakst auf dem Kies um den Jeep herum und öffnet die Beifahrertür.

Gerade will ich mich umdrehen und zurück in die Eingangshalle gehen, da quetscht sich Sam auch schon an mir vorbei und schlüpft auf den Rücksitz des Jeeps. Das Fahrerfenster gleitet fast lautlos nach oben. Julian zwinkert mir noch einmal zu, bevor sein Gesicht hinter einer verdunkelten Scheibe verschwindet.

Wärme breitet sich in meinem Rücken aus. »Es geht doch nichts über eine sinnvolle Beschäftigung«, sagt Lucas und verschränkt die Arme vor der Brust. Dumpf und kraftvoll röhrt der Motor des Jeeps auf. Mit aufspritzendem Kies prescht er davon und verschwindet zwischen auf den Weg wachsenden

Büschen und herunterhängenden Ästen. »Lass uns nach hinten gehen. Da ist die Aussicht schöner.«

Nebeneinander schlendern wir um das Herrenhaus herum. Es wirkt verfallener, als es von innen aussieht, die Fenster blind oder mit Holz zugenagelt. Fast die komplette Fassade wird von wild wucherndem Weißdorn verdeckt. Aber es ist wundervoll hier draußen. Die Luft ist erfüllt von den Frühlingsliedern der Vögel, und als wir uns der Rückseite des Hauses nähern, höre ich endlich das Tosen der Brandung. Saftig grünes Moos überwuchert einen Kiesweg, der früher einmal blendend weiß in der Sonne gestrahlt haben muss. Wie ein geheimes Labyrinth schlängelt er sich in Richtung Klippe durch den wilden, ungeordneten Garten.

Ich liebe es. Diese Wildheit erinnert mich an unsere Sommerurlaube auf dem Land. Kurz nach dem Morgengrauen bin ich damals aus dem Bett gekrochen, während meine Mutter noch schlief. Barfuß streifte ich durch die Natur, frische, reine Luft in der Nase und die kühle Feuchte des Taus unter meinen nackten Füßen.

Heute trage ich zwar Schuhe, aber dennoch ziehe ich die warme, süße Frühlingsluft in meine Lungen und labe mich an der Wärme der Sonnenstrahlen auf meiner Haut. Lucas schiebt sich die Hände in die Hosentaschen und beobachtet einen Schwarm Vögel, der weit über uns seine Kreise zieht. Ich werfe ihm einen vorsichtigen Seitenblick zu. »Darf ich dich etwas fragen?«

»Natürlich.«

»Wieso atmen wir noch?«

»Wir müssen atmen.« Er lässt die Vögel über unseren Köpfen nicht aus den Augen. »Ohne Sauerstoff funktioniert unser Gehirn nicht richtig.«

»Dann unterscheiden wir uns also gar nicht so sehr von den Menschen.«

»Doch, schon. Wir haben andere Fähigkeiten als sie, wir müssen nichts essen oder trinken. Und wir werden nicht älter.«

»Fällt das denn niemandem auf?«

»Wem sollte es auffallen? Wir haben nichts mit den Menschen zu tun.«

Überrascht bleibe ich stehen. Lucas macht noch ein, zwei Schritte, bis er es bemerkt, und dreht sich zu mir um.

»Gar nichts? Ernähren wir uns nicht von ihnen?«

Er schüttelt den Kopf. »Nur die Blutsüchtigen.«

Langsam gehen wir weiter. Wolken hängen sich über meine Gedanken. »Und du hältst es für wahrscheinlich, dass ich eine von ihnen bin?«

Gleichgültig zuckt er mit den Schultern. »Das wissen wir noch nicht.«

Natürlich. Ist ja auch nicht sein Problem. Helena fällt mir ein, ihr strahlendes Lächeln, ihre sinnliche Ausstrahlung und die klitzekleinen, messerscharfen Spitzen an ihren Eckzähnen. »Deine Freundin ist blutsüchtig.«

»Helena?« Lucas verzieht keine Miene und nickt. »Stimmt. Gut beobachtet.«

Schweigend gehen wir weiter. Wenn er weiterhin so einsilbig bleibt, kann ich mich genauso gut mit mir selbst unterhalten. »Woran würde ich merken, dass ich eine Blutsüchtige bin?« Ich rieche das Meer und schließe die Augen, schmecke das Salz auf meinen Lippen.

»Deine Gedanken werden von einem unglaublichen Verlangen nach Blut beherrscht. Du kannst dich nicht dagegen wehren, egal was du tust. Jeder Weg, deinen Durst zu stillen, ist dir recht, egal, ob dein Opfer Freund oder Feind ist. Hauptsache, du bekommst, was du willst. Vermutlich wirst du dabei töten.« Der Wind zerrt an seinen Locken. Er sagt das so leicht dahin, als hätte er es auswendig gelernt.

Wir stehen oben auf der Klippe und schauen auf das Meer hinab, das grau und glitzernd unter uns wütet. Lucas sieht mich an, mit seinem ruhigen, unergründlichen Blick. »Und es wird dir scheißegal sein.«

Ich erschauere in der kühlen Brise. Eine kaltblütige Mörderin. Ein Junkie. So will ich nicht sein. Aber was, wenn genau das passiert? Ich schlucke, doch da ist nichts mehr in meinem Mund. Meine Kehle ist wie ausgedörrt. »Was kann ich dagegen tun?« Meine Stimme zittert.

Da ist noch mehr in seinen Augen – Trauer? »Nichts.« Seine Stimme ist gegen das Toben der Brandung kaum zu hören. »Wir sind, was wir sind.«

Fröstelnd lege ich die Arme um meinen Oberkörper, doch mir wird nicht wärmer. Ich werde nicht so sein. Ich werde aus diesem seltsamen Traum erwachen und … Und was, wenn nicht? Wenn es tatsächlich kein Traum ist? Ich öffne meine Hand. Meine Haut ist makellos, ohne die kleinste Narbe.

»Wann wird es sich zeigen?« Meine Stimme zittert. Meine Mutter. Wenn das hier kein Traum ist, habe ich sie drei Monate nicht besucht. Und mein Job ist in Gefahr. Ich muss mir eine wirklich gute Erklärung dafür einfallen lassen, dass ich mich ganze drei Monate lang nicht im Büro habe blicken lassen!

»Dein Talent?« Lucas sinkt auf einen umgestürzten Baumstamm, den Blick auf das graue Meer gerichtet. Eingeschüchtert hocke ich mich neben ihn und warte auf seine Antwort. Er seufzt. »Das kann Monate dauern. Jahre, im schlimmsten Fall. Allerdings nicht«, er mustert mich mit ernstem Blick, prüfend, irgendwie vorsichtig, »wenn du blutsüchtig bist. Dann brauchst du innerhalb eines halben Jahres nach der Wandlung Blut. Du sagst mir sofort, wenn du etwas in dieser Richtung spürst?« Es klingt wie eine Bitte und nicht wie eine Forderung.

Die letzten Sonnenstrahlen tanzen unbekümmert auf den Wellen. Wie ein Häufchen Elend sitze ich neben ihm und nicke niedergeschlagen. In meinem Kopf rattert es. Ich denke nach, rechne. »Also noch drei Monate? Drei verdammte Monate?« Das darf nicht wahr sein. Wie soll ich das machen? Bis dahin haben sie mich mit Sicherheit gefeuert. Und meine Mutter …

»Ja. Dann wissen wir mehr.«

Drei Monate! Das ist eine Ewigkeit! »Ich kann erst im Sommer wieder anfangen zu arbeiten?« So viel Urlaub habe ich nicht! Vielleicht kann mir ein Arzt ein Attest ausstellen. Wobei … ich bin ja nicht krank, ich bin tot, auf eine etwas ungewöhnliche Art vielleicht. Ich schüttele diese Gedanken ab, suche nach einer Lösung. »Ich muss meinen Boss anrufen und unbezahlten Urlaub nehmen, sonst schmeißen die mich raus!«

Lucas atmet hörbar aus und senkt den Kopf. Als er mich wieder ansieht, verheißt sein Blick nichts Gutes. »Du wirst nicht mehr dort arbeiten, Mella. Wir haben für dich gekündigt.«

Bitte? Ich kann ihn einfach nur anstarren.

Er windet sich unter meinem Blick, aber er hält ihm stand. »Wir haben für dich gekündigt«, wiederholt er sanft und wartet auf eine Reaktion.

»Was? Wieso? Wie soll ich denn jetzt meine Miete bezahlen?« Meine Stimme überschlägt sich.

Lucas beißt sich kurz auf die Unterlippe. »Deine Wohnung haben wir auch gekündigt.«

Wie bitte? Tief in mir erwacht meine Paranoia, bereit mich zu überrollen wie ein Schnellzug. Wollen die mir mein gesamtes Leben wegnehmen? »Wer ist wir?«, frage ich leise. »Du?«

Er schluckt und nickt kaum merklich. »Das gehört zu meinen Aufgaben.«

»Aber wieso?« Ich kann keinen klaren Gedanken mehr fassen.

Seine Stimme ist so leise, dass ich sie gegen das Tosen der Wellen nur mit äußerster Mühe verstehen kann. »Wir haben nichts mehr mit den Menschen zu tun, Mella. Wir leben neben ihnen her. Nur wenige von uns haben Kontakt, um Geschäfte mit ihnen zu machen oder von ihnen zu trinken.

Die Menschen halten uns für ein Märchen. Sie wissen nicht, wer oder was wir sind, sehen uns als Eigenbrötler, Sonderlinge an. Und das ist auch gut so. Sie würden es nicht verstehen. In ihren Augen wären wir nichts als eine Bedrohung.« Sein Blick wird eine Spur weicher. »Und das sind wir auch. Dir ist doch klar, was Helena und ihre Freunde noch Dringendes zu erledigen hatten, oder?«

Mein Kopf und mein Herz sind leergefegt und ich empfinde gar nichts. Schweigend starre ich Lucas in die Augen und warte darauf, dass er weiterspricht. Doch er bleibt stumm.

»Wenn ich aufwache, war das alles nur ein böser Traum.« Meine Stimme klingt weit entfernt, wie in einer alten Videoaufnahme. »Ja, so ist es. Wenn ich aufwache, ist alles wieder gut.«

»Das ist jetzt dein Zuhause, Mella.« Lucas deutet hinter sich auf das Herrenhaus, seine Stimme so ruhig und sanft, als spräche er mit einem verwundeten Tier. »Mit der Zeit wird es leichter, das verspreche ich dir.«

Meine Augen halten sich an seinen fest. Ich suche Ehrlichkeit in ihnen. Und ich finde sie. O verdammt, ich wünschte, er würde lügen. Ich wünschte, er wäre nicht so … real.

Ich reibe mir die Stirn. »Ich hätte nicht in das Pflegeheim gehen sollen. Sie haben mir gesagt, dass sie mich sowieso nicht erkennt, aber ich wollte ja nicht hören. Warum bin ich nicht einfach zu Hause geblieben? Dann wären wir uns nie über den Weg gelaufen!«

Er zieht die Augenbrauen zusammen, schüttelt leise den Kopf. »Was wolltest du denn an Heiligabend in einem Pflegeheim?«

»Ich habe meine Mutter besucht, okay? Ich kümmere mich um die Menschen, die mir am Herzen liegen! Und ich habe nicht vor, jetzt damit aufzuhören, nur weil ich … weil ich …«

Seine Gesichtsfarbe wird noch eine Spur blasser. »Deine Mutter?«

»Ja«, sage ich leise.

»Scheiße.« Er starrt auf den staubigen Boden unter unseren Füßen, fährt sich mit der Hand durchs Haar. »So eine Scheiße!«

»Ich will zu ihr.«

Er schüttelt den Kopf, sieht mich an, unendlich traurig. Seine Stimme ist nicht mehr als ein Flüstern. »Es tut mir leid, Mella, aber du wirst sie nie wiedersehen.«

Seine Worte kommen nicht in meinem Gehirn an.

Ich springe auf. Es ist mir egal, was er sagt. Scheiß auf Lucas, scheiß auf all das hier und scheiß auf irgendwelche Regeln.

»Scheiß drauf«, fauche ich ihn an, mache auf dem Absatz kehrt und marschiere davon. Weg von ihm, von diesem Mistkerl, der mein Leben zerstört hat. Im wahrsten Sinne des Wortes.

Sofort ist er neben mir und packt mich am Arm.

Ich zerre daran, um mich zu befreien. »Lass mich los, du tust mir weh!«

»Nein, das tue ich nicht.« Er ist ganz ruhig. Sanft, aber bestimmt hält er mich fest.

»Ich lasse mir von dir nicht sagen, was ich zu tun oder zu lassen habe!« Wütend versuche ich, mich aus seiner Umklammerung zu befreien, doch er lässt mich nicht los. Ich schubse ihn mit meiner freien Hand fort, so fest ich kann. Er wehrt meinen Stoß ab und greift auch meinen anderen Oberarm, so dass ich mich kaum noch rühren kann.

Ich bin blind vor Tränen. »Bitte«, wimmere ich. »Lass mich los. Ich möchte jetzt gehen. Du und diese verdammte Gemeinschaft, ihr könnt mich nicht aufhalten!«

Seine Augen weiten sich und ich spüre die Bedrohung fast körperlich. Sein Blick macht mir Angst. »Doch, Mella, das können wir.« Er legt seine Hand an meine Wange, als wolle er ein verletztes Tier beruhigen. »Das können wir - und das werden wir.« Und ich begreife, was er mir sagen will. Mit einem Mal erschlafft mein Körper und ich höre auf, mich zu wehren. Sofort lockert Lucas seinen Griff.

Der Novize, der mich angefallen hat. Natürlich. Das machen sie mit denen, die nicht tun, was man ihnen sagt. Sie würden mich töten, wie sie ihn getötet haben. Einfach auslöschen.

»Mella. Es tut mir so leid, ich habe nicht gewusst -« Seine Berührung ist mehr Trost als Gewalt, doch die kalte Wut bahnt sich ihren Weg durch meine Angst. Mit aller Kraft stoße ich ihn von mir, noch bevor er seinen Satz beenden kann. Er taumelt einige Schritte rückwärts und sieht mich verblüfft an.

»Es tut dir leid?«, grolle ich gefährlich leise, während die Brandung am Fuße der Klippen tobt. »Es tut dir leid? Ausgerechnet dir tut es leid? Wer ist denn schuld an all dem? Wem habe ich es denn zu verdanken, dass ich das bin, was ich bin? Dir! Nur dir!«

Ich schreie die Worte heraus, spucke meinen Zorn und die Trauer aus meiner vergifteten, untoten Seele. Ja, ich trauere, verdammt! Um mein verschissenes altes Leben, um meine Freunde, denen ich nie wirklich wichtig war, um meine Mutter, die nicht einmal mehr weiß, wer ich bin – und um mich.

Es gibt mich nicht mehr! Die, die ich war, werde ich nie wieder sein. Das, was noch vor mir lag, wird nie geschehen. Alles, was ich in meinem Leben erreichen wollte, ist in unerreichbare Ferne gerückt. Gut, irgendwie gibt es mich noch – aber mein Leben nicht. »Ich will aufwachen, bitte … Mella, wach auf …« Die Tränen laufen mir nur so über die Wangen. Erneut greift der Schwindel nach meinem Kopf.

»Mella.« Lucas streckt eine Hand nach mir aus, doch ich schlage sie weg. Und dann geben meine Knie endgültig nach und ich stürze zu Boden. Sofort ist er bei mir, fängt mich auf und hält mich in seinen Armen. Fahrig wehre ich ihn ab. Mir ist so schlecht, und ich will, dass er verschwindet. Er, der für all das verantwortlich ist, will mich trösten? »Fass mich nicht an! Du bist an allem schuld. Du Monster!«

Sein Blick verändert sich urplötzlich. Er zieht sich zurück, bleibt aber dicht neben mir am Boden hocken. Umständlich rappele ich mich auf. »Monster«, fauche ich böse. Langsam erhebt auch er sich, schweigend, und schaut mich an, mit einer Wut in seinen Augen, die mir unter normalen Umständen das Blut in den Adern gefrieren lassen würde.

»Geh weg! Wag es ja nicht, je wieder in meine Nähe zu kommen!« Am liebsten würde ich ihn ins Gesicht schlagen.

Sein Blick ist mörderisch. Schweigend klopft er sich den Dreck von den Knien. »Du kannst mir glauben, mir wäre es auch lieber, nicht den Babysitter für so eine Nervensäge wie dich spielen zu müssen.« Die Kälte in seiner Stimme raubt mir den Atem. »Aber es ist nicht zu ändern. Ich bin dein Wächter, du mein Schützling, und auch, wenn es keiner von uns will -« Er reißt die Augen auf, als wäre ihm gerade etwas bewusst geworden, und bricht ab.

»Dann bewach mich aus der Ferne und komm mir ja nicht zu nahe!« Ich fahre herum und stapfe so energisch, wie es meine wackligen Knie zulassen, zurück zum Herrenhaus. Lucas folgt mir schweigend, in gebührendem Abstand.

Ich werde aufwachen und dann wird er schon sehen. Und wenn nicht … Wenn mein Talent sich erst einmal gezeigt hat und ich keinen Ausbilder mehr brauche, kann er von mir aus in der Ewigkeit verschwinden. Vielleicht erwischt ihn der nächste blutsüchtige Novize - wenn ich es nicht sogar selber bin. Mit einem grimmigen Grinsen auf den Lippen biege ich um einen der moosbewachsenen Felsen und pralle fast mit Tom zusammen.

»Da seid ihr ja!«

Seine Fröhlichkeit kotzt mich an, und er scheint es nicht einmal zu bemerken.

»Lucas, Helena hat Sehnsucht nach dir.«

»Bring sie zurück in ihr Zimmer. Sofort!« Ohne anzuhalten oder einen von uns auch nur anzusehen, marschiert Lucas an uns vorbei und verschwindet im Haus.

Tom starrt ihm mit offenem Mund hinterher. »Ich? Aber … Was ist denn hier los?«

»Er ist ein Arsch, das ist hier los«, teile ich ihm mit. »Er meint, er könnte mir sagen, was ich zu tun und zu lassen habe.«

Tom nickt mit hochgezogenen Augenbrauen und legt vorsichtig seinen Arm um meine Schultern. »Okay. Komm, gehen wir erst einmal wieder ins Haus.« Er schiebt mich durch die Glastür in die Eingangshalle. »Hier draußen ist es doch ein wenig zu gefährlich - für mich.«

∞

Mit verschränkten Armen stehe ich am Fenster. »Wie viele gibt es von euch?« Mit dem Finger stupse ich gegen das Glas, das stumpf ist von getrockneten Regentropfen.

»So einige.« Tom gesellt sich zu mir und beobachtet die Leute, die allein oder in kleinen Grüppchen durch den Park spazieren. »Vielleicht zweihundert, dreihundert, die hier leben.«

»Und was machen die den ganzen Tag?«

Tom zuckt mit den Schultern. »Arbeiten. Auch wir haben eine Verwaltung, Techniker, Handwerker und so weiter.«

»Was genau macht dieser …?« Mir fällt kein Schimpfwort für ihn ein. »Lucas?« Eigentlich sollte mich das überhaupt nicht interessieren, aber man kann nie genug wissen.

»Er kümmert sich um die Novizen, bringt ihnen unsere Regeln bei, achtet darauf, dass sie befolgt werden und trainiert mit ihnen ihr Talent.«

Ein Ausbilder also, nicht mehr und nicht weniger. Ich bekomme schlechte Laune. In erster Linie, weil ich immer noch nicht aufgewacht bin.

Die Sonne verliert bereits ihre Kraft. Die alten Bäume werfen lange Schatten über wild wuchernde Ranken.

Und der zweite Tag meines neuen Lebens neigt sich dem Ende zu.

»Mich kotzt hier alles an«, murre ich und beobachte einen Mann, der seine Freundin im Park herumwirbelt. Wie frisch Verliebte.

»Wie wäre es mit einer Partie Scrabble zur Ablenkung?« Toms Augen leuchten.

Ich stöhne auf, schlurfe hinüber zum Bett und lasse mich mit dem Gesicht nach vorn hineinfallen wie ein nasser Sack.

»Gut, also nicht Scrabble.« Tom lässt sich neben mich sinken und schaltet die Nachttischlampe ein. Sofort wird der Raum in ein gemütliches, diffuses Licht getaucht.

»Warum hilfst du ihm überhaupt? Diesem Scheißkerl?«

»Nenn ihn nicht so.« Missbilligend sieht er mich an. »Wir sind alte Freunde, und Freunde helfen sich. Ab und zu müssen sich die Ausbilder auch um andere kümmern, und wann immer Lucas unterwegs ist, sehe ich nach seinen Novizen.«

Ich seufze und starre Löcher in den Sandsteinboden. Ich will nicht seine Novizin sein. Streng genommen auch nicht die eines anderen. Ich will auf meine Couch mit meiner Literflasche Merlot und der knorpeligen Lasagne, um mich selbst zu bemitleiden.

»Hey.« Tom stupst mich mit der Schulter an. »Willst du mir nicht erzählen, was da draußen zwischen euch vorgefallen ist?«

Schlecht gelaunt kicke ich die Boots von meinen Füßen. Sie fliegen quer durch das Zimmer und landen mit einem Knall an der Schranktür. »Nein.« In meinem Magen rumort es, als hätte ich etwas Falsches gegessen. Ich will nicht an ihn denken. Eigentlich will ich mir nur meine Decke über den Kopf ziehen.

»Du tust ihm Unrecht, Mella. Eigentlich ist er ziemlich in Ordnung.«

Ich schnaube wütend auf. »In Ordnung? Er ist ein Arsch, ein elender, selbstgefälliger Mistkerl!« In meinem Magen zieht und zerrt es. Wäre ich ein Schnellkochtopf, würde ich explodieren.

Tom antwortet mir nicht und sieht mich an, wartet darauf, dass ich weiterrede. »Ich darf nicht zu meiner Mutter.« Tränen schießen mir die in die Augen. »Deine Mutter?« Überrascht zieht er die Augenbrauen hoch. »O Kacke.«

»Er hat mir verboten, zu ihr zu gehen.« Ich wische diese blöden Tränen mit meinem Handrücken fort und ziehe leise die Nase hoch.

»Lucas hat recht, Mella.« Toms Stimme ist ganz sanft. »So leid es mir auch tut.«

Unwillig schüttele ich den Kopf, als könnte ich seinen Einwand damit abschütteln. »Nein, ihr versteht das nicht. Sie ist alt und krank. Sie hat niemanden außer mir.«

Tom atmet lautstark aus. »Mella, sie hat auch dich nicht mehr«, sagt er dann mit Nachdruck. »Du kannst nicht zu ihr.«

»Aber wieso nicht? Vielleicht bin ich gar nicht so gefährlich, wie ihr befürchtet. Dann spricht doch nichts dagegen, dass ich … dass ich sie …«

Tom zieht mich ohne ein weiteres Wort an sich. Ich lasse meinen Kopf an seine Schulter sinken und meine Dämme brechen. »Wir verändern uns nicht, Mella«, murmelt er in mein Haar. »Kein bisschen. Nicht einen Tag. Meinst du nicht, das würde auffallen?«

»Nein.« Trotzig schiebe ich mein Kinn vor und schniefe lautstark. »Nicht ihr. Sie ist dement, sie weiß nicht einmal jetzt, wer ich bin.« Ein freudloses Lachen kommt über meine Lippen. Es ist einfach alles so lächerlich.

»Aber sie ist nicht allein auf dieser Welt.« Tom schiebt mich ein wenig zurück. Sein Blick ist ernst und eindringlich. »Das ist kein Spaß, Mella. Ich war schon mein Bruder, mein Cousin, mein eigener Enkel. Zu sehen, wie die Menschen, die ich einmal kannte, vielleicht sogar liebte, immer älter wurden und schließlich starben, sie immerzu anzulügen und ihrem Leid zusehen zu müssen, das hat mir das Herz gebrochen.« Er schluckt. »Lucas hat recht, Mella.«

Ich schüttele den Kopf. Nein, das akzeptiere ich nicht. Das will ich nicht akzeptieren. »Es ist alles seine Schuld!«

»Glaubst du das wirklich?« Prüfend mustert er mich. Wieder ist da dieser missbilligende Ausdruck in seinem Gesicht.

»Komm schon, Tom, ich weiß Bescheid. Ich habe sie gehört, als ich im Koma lag. Ihn und Helena. Hätte er seinen Job richtig gemacht, wäre ich nicht hier.«

Tom lacht auf, und überrascht sehe ich ihn an. »Lucas ist wirklich ein Idiot.« Amüsiert schüttelt er den Kopf. »Zu dickköpfig, um das klarzustellen.«

Ich komme nicht mehr mit. Worüber redet er denn jetzt? Was klarstellen?

Tom legt seine Hände auf meine Schultern. »Mella, es ist sein Job, entflohene Novizen wieder einzufangen, und es ist mal mehr, mal weniger einfach. Das war ein ganz normaler Einsatz für ihn. Die Meldung lautet: Novize abgehauen. Einer der Ausbilder geht los und sammelt ihn wieder ein. An diesem Abend war Lucas an der Reihe. Dank seiner Erfahrung hatte er den Novizen schnell gefunden und war mit ihm auf dem Weg nach Hause, als bei dem Ausreißer die Blutsucht ausbrach.«

»Und das ist noch nie zuvor passiert.« Ich kann mir einen spöttischen Unterton nicht verkneifen.

»Doch, natürlich. Aber nicht so.« Toms Miene drückt Unbehagen aus. »Die Blutsucht ist trügerisch. Sie kommt nach und nach. Ein wenig Lust auf Blut, eine Müdigkeit, die an Erschöpfung grenzt, weil dem Körper die Energie fehlt. Erst, wenn sich Blutsüchtige zum ersten Mal satt getrunken haben, erlangen sie ihre volle Stärke. Lucas hätte nie damit rechnen können, dass der Novize zu diesem Zeitpunkt schon so stark war. Einen normalen jungen Blutsüchtigen hätte er spielend im Griff gehabt.«

»Sie waren auf dem Weg hierher.« Meine Neugier siegt über meine Wut. »Und dann?«

»Er schmetterte Lucas gegen ein geparktes Auto, hat ihm ein Dutzend Knochen gebrochen und floh dann in die Nacht, um sich an dem erstbesten Opfer zu laben, das ihm über den Weg lief. Und das warst leider du.«

Da war ich wohl zur richtigen Zeit am richtigen Ort.

»Er hätte dich schlicht und einfach umgebracht, wenn Lucas nicht dazwischen gegangen wäre.« Tom schüttelt den Kopf, stößt ein fassungsloses Lachen aus. »Ich habe keine Ahnung, wie er das gemacht hat. Ich hätte mit seinen Verletzungen nicht einmal mehr laufen können. Der Novize hat dich förmlich in Fetzen gerissen. Und Lucas auch, als er versuchte, ihn von dir herunterzuholen.«

Ich schlucke trocken. »Er hat ihn verletzt?«

Tom nickt. »Ziemlich schwer sogar. Er hat eine Weile gebraucht, um wieder auf die Beine zu kommen. Wir dachten lange Zeit, er würde es nicht schaffen.«

»Scheiße.« Ich fahre mir mit der Hand durchs Haar und fühle mich verdammt schlecht. »Da bin ich wohl entschieden übers Ziel hinausgeschossen, oder?«

Tom nickt zustimmend. »Allerdings, ja.«

Ich atme tief durch. »Was soll ich denn jetzt machen?«

»Du musst gar nichts machen«, sagt Lucas leise.

Tom und ich fahren hoch. Lucas steht in der geöffneten Zimmertür, nur wenige Meter neben uns. Und doch haben wir ihn nicht kommen hören. Müde sieht er aus. Er wirft seine Lederjacke in Richtung Sessel, doch sie rutscht von der Lehne und landet auf dem Boden, was er mit einem resignierten Seufzer kommentiert. »Es ist schon okay, du hast ja recht.«

»Es ist gar nicht okay. Tom hat mir erzählt, dass du versucht hast, mir das Leben zu retten.«

Lucas verzieht das Gesicht. »Ja, mit eher fragwürdigem Erfolg.«

»Es tut mir leid«, murmele ich und lege meine Arme um ihn, bevor ich so recht weiß, was ich da tue.

Er riecht gut. Sein Körper ist warm und fest, er fühlt sich an wie ein ganz normaler Mann. Aber das ist er nicht. Kurz drückt er mich an sich, doch er zieht sich sofort wieder zurück, als wäre es ihm unangenehm, dass ich ihn überhaupt berühre.

Ein Flackern lenkt meine Aufmerksamkeit auf die Nachttischlampe.

Tom stöhnt und beugt sich vor. »Schon wieder. Wir bekommen das einfach nicht in den Griff.« Er hebt den Lampenschirm ein wenig an. Vorsichtig, um sich nicht an dem heißen Glas zu verbrennen, untersucht er die Glühlampe und die Fassung, wackelt ein wenig daran, bis das Licht wieder weiß und gleichmäßig strahlt. »So.« Mit einem zufriedenen Gesichtsausdruck richtet er sich auf. »Das hätten wir.«

Kleinlaut hocke ich mich wieder auf die Bettkante.

»Ich kann mir nicht erklären, woher diese Stromschwankungen kommen.« Tom sieht Lucas an und schüttelt den Kopf. »Wir haben sogar die Zuleitung gemessen, also kann es kein Kurzschluss oder ein defektes Gerät im Haus sein.«

Lucas zuckt mit den Schultern. »Damit kennen sich deine Leute besser aus. Solange uns die Hütte nicht unter dem Hintern abbrennt, bin ich zufrieden.«

Tom grinst. »Dafür werde ich schon sorgen. Nacht, ihr zwei.« Er zwinkert mir mit einem Auge zu, klopft Lucas im Vorbeigehen auf die Schulter und zieht die Zimmertür lautstark hinter sich ins Schloss.

Lucas schiebt sich die Hände in die Hosentaschen und mustert mich, ohne eine Miene zu verziehen. »Ruh dich aus, Mella. Du wirst deine ganze Kraft brauchen, wenn dein Talent hervorbricht.« Er versucht, ein Gähnen zu unterdrücken. Klappt nicht so ganz – sonst hätte ich es schließlich nicht bemerkt.

»Du siehst selbst ziemlich erledigt aus.« Ich ziehe meine Beine hoch und packe mir das Kissen gemütlich in den Rücken. »Wie kannst du müde sein?«

»Im Moment komme ich wenig zum Schlafen.« Er reckt die Arme in die Höhe und streckt sich mit einem leisen Ächzen. Diesmal gibt er sich keine Mühe, sein Gähnen zu verstecken – aber zumindest hat er genug Anstand, um sich die Hand vor den Mund zu halten.

Sein Shirt verrutscht und entblößt ein wenig Haut. Ich erhasche einen kurzen Blick auf seinen flachen Bauch und die feine, dunkle Linie, die sich von seinem Nabel aus nach unten zieht. »Jetzt gerade bin ich allerdings wach.«

Klingt seine Stimme spöttisch? Hat er gesehen, wie ich ihn anstarre? Ich räuspere mich unbeholfen und weiß nicht, wo ich hingucken soll. Hoffentlich sieht man in dem schummerigen Licht nicht, wie mir das Blut in die Wangen schießt.

Ein leichtes Schmunzeln liegt in seinen Augen, aber ich beschließe, dass ich eigentlich nichts gemacht habe. »Können wir noch einmal über unser Gespräch im Park reden?«

»Sicher.« Er lehnt sich mit der Schulter gegen die geschlossene Zimmertür, die Arme vor der Brust verschränkt.

Ich kaue auf der Innenseite meiner Wange herum. »Warum darf ich meine Mutter nicht sehen?«

Lucas atmet hörbar aus und lässt sich neben mich auf die Matratze sinken. »Ich dachte, das hätten wir geklärt.«

»Bitte. Nur ein einziges Mal, um mich zu verabschieden.«

Er schließt kurz die Augen. »Es gibt Regeln hier, Mella. Regeln, die ich nicht gemacht habe, und man kann sich sicher fragen, ob sie sinnvoll sind oder nicht. Aber keinen Kontakt zu den Menschen zu haben, ergibt Sinn. Wenn sie bemerken, dass es uns tatsächlich gibt, werden sie uns bekämpfen.«

Ich verziehe das Gesicht. »Aber es geht hier um meine Mutter und nicht um die Menschheit.«

»Mella, es geht nicht, okay? Keine Ausnahme. Tut mir leid.«

Ich kann ihm ansehen, dass er weiß, wie es in mir aussieht. Das hilft mir aber auch nicht weiter. Vielleicht gibt es noch eine andere Möglichkeit, ihn dazu zu bewegen, mich zu ihr ins Pflegeheim zu lassen. »Hast du ein schlechtes Gewissen? Weil ich das bin, was ich jetzt bin?«

Sofort zieht er sich von mir zurück.

Die Distanz zwischen uns ist fast greifbar. »Jeden Tag. Jede Sekunde.«

Ich schlucke. Jetzt oder nie. »Meinst du nicht, du schuldest mir etwas?«

Er blinzelt, presst die Lippen kurz zusammen. »Ich schulde dir so einiges.« Fast schon flehend sieht er mich an. »Aber bitte, verlang das nicht von mir.«

»Nur ein Mal.« Ich greife nach seinen Händen. »Bitte. Ein einziges Mal. Ich werde dich auch nie wieder um etwas bitten.«

Er schüttelt den Kopf und weicht meinem Blick aus.

»Lucas, ich möchte sie doch nur sehen.«

Widerwillig schüttelt er den Kopf.

»Bitte. Lucas, bitte. Sie ist dement, sie weiß schon seit Jahren nicht mehr, dass ich ihre Tochter bin. Sie wird mich auch jetzt nicht erkennen. Es muss niemand erfahren.«

Sein Blick ist voller Zweifel. »Mella, denk nach. Es ist zu gefährlich.« Seine Stimme ist ganz leise. »Du könntest sie umbringen. Und mich auch. Und eine Menge anderer Menschen noch dazu. Du bist nicht berechenbar.«

»Dann töte mich, wenn es passiert.« Sein Blick wird hart, doch ich provoziere ihn weiter. »Du hast ein Messer in deinen Stiefeln. Wenn ich jemanden angreifen sollte, stich es mir in die Brust und beende es einfach.«

Lucas windet sich, als hätte er Schmerzen. »Gott, Mella, ich kann dich nicht -«

Ich unterbreche ihn harsch. »Doch, du kannst – und du musst.«

Ruckartig steht er auf und durchquert mit energischen Schritten das Zimmer, immer wieder und wieder. »Ich muss gar nichts, hörst du?« Seine Augen funkeln gefährlich im Halbdunkel.

Sofort bin ich bei ihm und packe sein Handgelenk, zwinge ihn, mich anzusehen. »Doch, du musst.«

Und ich lasse ihn los, als ich in seinen Augen lese. Ich erkenne Wut und eine Spur von Mitleid, Zuneigung und … Angst.

Mein Körper erschlafft plötzlich, als hätte jemand ein Ventil geöffnet und Luft abgelassen. »Ich möchte so nicht sein, Lucas. Ich will leben und essen und arbeiten und meine Mutter sehen … Und ich möchte keine Mörderin sein.« Meine Stimme zittert und Tränen steigen mir in die Augen. »Das wäre nicht mehr ich. Ich würde lieber sterben als zu töten.«

Lucas atmet schwer. Ich sehe ihm an, wie es in ihm arbeitet. Dann streckt er einfach seinen Arm aus und zieht mich an sich. Ich vergrabe mein Gesicht an seiner Schulter und lege meine Arme um seine Taille, halte mich an ihm fest. Höre sein Herz schlagen, ruhig und gleichmäßig. ein friedlicher, immerwährender Rhythmus. Es tut gut.

Irgendwann schiebt er mich von sich. Warm taucht sein Blick in meinen. »Nein, Mella«, sagt er sanft und ich erkenne, dass ich verloren habe. »Es geht nicht.«

Er wird mich nicht zu meiner Mutter lassen. Und er wird mich auch nicht töten. Ein entschuldigendes Lächeln huscht über sein Gesicht. Er geht zum Fenster und macht sich daran, die dicken nachtblauen Vorhänge zu schließen.

»Nicht. Ich möchte das Mondlicht sehen.« Ich stelle mich neben ihn und schaue aus dem Fenster.

»Ist ziemlich bewölkt.« Lucas wirft einen zweifelnden Blick in Richtung Himmel.

»Du musst mich wirklich für echt bescheuert halten.« Zaghaft versuche ich ein Lächeln und werde damit belohnt, dass er es erwidert.

»Nicht mehr als alle anderen Novizen auch. Mach dir keine Gedanken.« Er wirft noch einen schnellen Blick aus dem Fenster und deutet dann in Richtung Tür. »Ich gehe jetzt, damit du in Ruhe schlafen kannst.«

Ehrlich gesagt fühle ich mich, als hätte ich eine Woche am Stück in der Disco verbracht, ohne auch nur eine Sekunde lang ein Auge zugetan zu haben. Ich unterdrücke ein Gähnen, aber ich fürchte, es gelingt mir ebenso wenig wie ihm eben.

An der Tür dreht sich Lucas noch einmal zu mir um, kaut kurz auf seiner Unterlippe. »Du wirst nicht aufwachen, Mella.«

Meine Kehle schnürt sich zu. Verdammt, ich spüre, dass er die Wahrheit sagt! Dennoch, ich will es nicht hören. »Gute Nacht, Lucas. Schlaf gut.«

Er nickt fast unmerklich, greift nach der verschnörkelten Türklinke und sieht mich noch einmal an. Seine Augen. Was ist mit seinen Augen? Die sind doch eigentlich … blau?

»Wenn es dir schlecht geht oder du Hilfe brauchst, ruf mich.«

Ich nicke mechanisch. Was stimmt nicht mit seinen Augen? Kurz senkt er den Blick, und als er mich wieder ansieht, sind sie genauso eisblau, wie ich sie in Erinnerung hatte.

»Ich komme sofort.«

Er lächelt halbherzig und verlässt den Raum, verschließt die Tür hinter sich, als wäre ich eine Schwerverbrecherin.

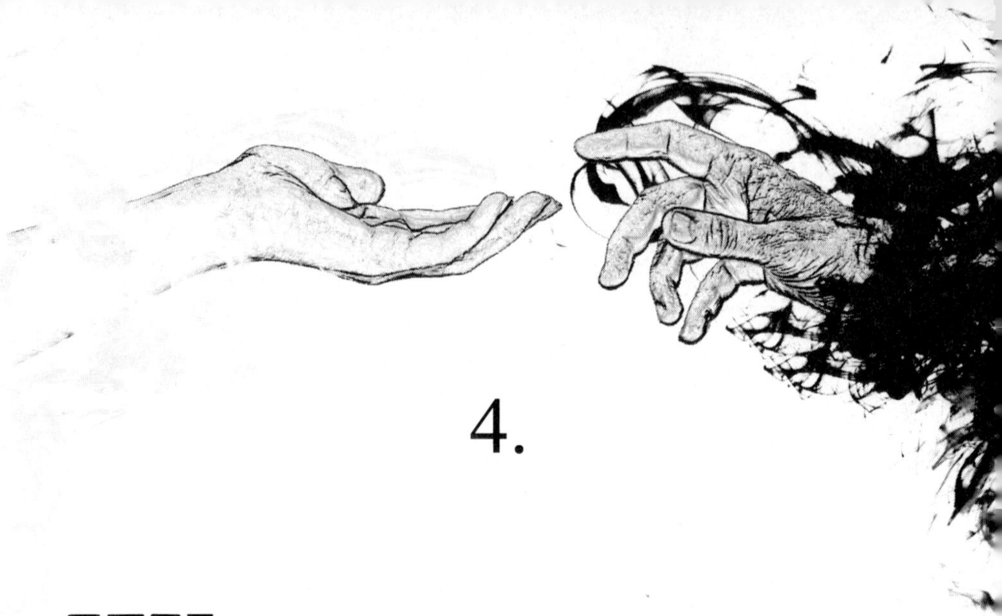

4.

Wohlige Wärme liebkost meine Haut. Ich drehe mich noch mal um und kuschele mich in die Kissen. Schwarze Seide schmiegt sich an meinen Körper wie ein zarter Windhauch. Viel besser als das raue Leinen dieses Leichenhemds.

»Guten Morgen.«

Ich öffne die Augen und finde meinen Ausbilder auf dem Sofa neben dem Fenster, die langen Beine lässig auf dem Couchtisch abgelegt. Direkt neben seinen Stiefeln liegen sein Portemonnaie und ein schmaler Schlüsselbund, als hätte er beides einfach dort hingeworfen. Ungeniert gähnt er mich an.

»Morgen«, erwidere ich und gähne ebenfalls. »Du schon wieder.«

Völlig entspannt sitzt er da, die Hände über dem Bauch gefaltet. »Wenigstens keine Schimpfwörter heute. Das ist ein echter Fortschritt.« Ein Lächeln umspielt seine Lippen.

Vielleicht sollte ich mich an den Gedanken gewöhnen, dass ich nicht träume, sondern hellwach bin. Ganz im Gegensatz zu ihm. Wieder gähnt er herzhaft. »Ich hatte eine lange Nacht.« Was er wohl getrieben hat?

Ich schlage die Decke zurück und stehe auf.

Sein Blick huscht an mir und meinem Seidennachthemd herunter, bevor er sich wieder auf mein Gesicht konzentriert. Mit dem Finger deute ich in Richtung Bad. »Ich gehe schnell duschen.«

Er nickt bloß, rutscht tiefer in die Couch und bettet seinen Nacken bequem auf die Rücklehne. Als ich mich an der Badezimmertür noch einmal zu ihm umdrehe, hat er die Augen bereits wieder geschlossen.

∞

Das heiße Wasser prasselt auf meine Haut. Es fühlt sich an wie immer, nur besser. Wunderbar. Ich rubbele mich trocken, bevor ich mich an… Shit! Ich habe überhaupt nichts zum Anziehen hier!

Das Badetuch um meinen Körper geschlungen, schiebe ich mich aus der Tür und luge um die Ecke zum Sofa hin. Sein Kopf ist auf die Seite gesunken, die Augen sind hinter dichten, dunklen Wimpern versteckt. Er sieht so harmlos und unschuldig aus, die Arme vor der Brust verschränkt, dass ich lächeln muss. Mein Aufpasser ist tatsächlich eingeschlafen.

So lautlos wie möglich zerre ich die erstbesten Kleider aus dem Schrank und schleiche damit zurück ins Badezimmer. Soll ich ihn wecken? Er hat so müde ausgesehen. Ach, er kann ruhig schlafen. Er wird spätestens dann wach werden, wenn ich eine unstillbare Lust darauf verspüre, ihn zu töten. Doch was mache ich bis dahin?

Ich luge aus der Badezimmertür und mein Blick fällt auf die Schlüssel neben seinen Stiefeln. Ein ganzes Repertoire an Schlüsseln, aber einer weckt ganz besonders meine Aufmerksamkeit. Ein Autoschlüssel, um genau zu sein.

Ich kaue auf meiner Unterlippe. Soll ich?

Sein Atem geht leise und gleichmäßig. Was für einen Wagen er wohl fährt? Einmal zögere ich noch, dann strecke ich meine Hand aus und nehme den Schlüsselbund hoch, ganz langsam, um ja kein Geräusch zu machen. Kühl und schwer liegt er auf meiner Handfläche. Vier Ringe zieren den Autoschlüssel. Okay. Er fährt Audi.

Lucas rührt sich nicht. Er ist nicht einmal vom leisen Klirren der Schlüssel aufgewacht. Wird er weiterschlafen, wenn ich … Ich meine, er hat mich zwar darum gebeten - aber ich habe ihm schließlich nichts versprochen, oder?

Ich klaube meine Boots vom Boden auf und schleiche zur Tür. Mist! Der Riegel! Vorsichtig ziehe ich daran. Ein scharrendes Geräusch und er gleitet zurück. Lucas schläft immer noch tief und fest, also öffne ich die Tür und schlüpfe hinaus.

Wie ein dunkler Schlund gähnt der Flur mich an. Ich ziehe die Tür zu und schlüpfe in meine Stiefel. Wo finde ich wohl sein Auto? Verdammter Mist! Den Weg in die Eingangshalle bekomme ich noch hin, aber dann bin ich aufgeschmissen.

Und er wird das gute Stück bestimmt nicht direkt vor der Tür geparkt haben wie Helena und ihre Saufkumpane.

Auf der Treppe kommt mir ein fleischgewordenes Schneewittchen entgegen. Schwarze Haare umrahmen ihr herzförmiges Gesicht, und ihre hellen Augen betrachten mich mit unverhohlener Neugier. Scheiße! Noch eine Aufpasserin? Lande ich in ein paar Minuten wieder in meinem Gefängnis und höre mir die Standpauke meines Ausbilders an?

»Hallo«, sagt sie und lächelt. Niedliche kleine Grübchen graben sich in ihre Wangen.

»Hallo.«

Noch einmal nickt sie mir zu und steigt weiter die Treppe hinauf.

Ich räuspere mich. »Entschuldige?«

Sie bleibt stehen und dreht sich um. »Ja?«

Wo könnten die Autos stehen? Wo, wo, wo? Das Haus, es ist bestimmt so verwildert und heruntergekommen, damit es unbewohnt aussieht. Sie werden ihre Autos nicht für alle sichtbar abstellen.

Ich wage einen Blindschuss und klimpere mit dem Schlüsselbund. »Wie komme ich am schnellsten in die Tiefgarage?«

Sie deutet auf das Eingangsportal. »Durch die große Tür und dann nach rechts. Du kannst die Einfahrt gar nicht verpassen.« Sie zwinkert mir zu und hüpft die letzten Stufen hinauf, bevor sie vom oberen Flur verschluckt wird.

Okay, das hat geklappt! Einmal noch hole ich tief Luft, dann ziehe ich die gewaltige Haustür auf und bin draußen.

Schneewittchen hat nicht gelogen. Wenige Schritte neben der Tür finde ich einen schmalen, geteerten Weg, halb überwuchert von wildem Ginster. Hätte sie mir nicht gesagt, wo ich suchen muss, hätte ich die Einfahrt bestimmt übersehen.

Und dann stehe ich ratlos inmitten einer wilden Sammlung von Fahrzeugen. Du liebe Güte, das müssen an die fünfzig Autos sein! Welches mag ihm gehören? Dem Schlüssel nach suche ich einen Audi, aber allein von hier aus sehe ich mehr als ein Dutzend davon. Es gibt nur eine Möglichkeit: Ich drücke auf den automatischen Türöffner, und zwei helle Lichtkegel durchschneiden das Dämmerlicht der Tiefgarage.

Okay. Da ist er. Ein schwarzes Sportcoupé, natürlich. Und das wird mich jetzt schön zu meiner Mutter bringen.

∞

Wie ich dieses Gebäude hasse. Es ist vollgestopft mit Einsamkeit, Krankheit und hässlichen Kunstdrucken in noch hässlicheren Rahmen. Seit ich zum ersten Mal einen Fuß in dieses Haus gesetzt habe, habe ich dafür gebetet, meine letzten Jahre nicht in einem solchen Heim verbringen zu müssen. Dass das auch so kommen würde – allerdings, weil ich von einem Vampir gebissen werde – hätte ich nicht für möglich gehalten.

Mit einem nervtötenden Quietschen schiebt sich die elektrische Glastür zur Seite. Erbarmungslos schlägt mir der abstoßende Gestank nach Siechtum und Tod entgegen. Es ist so still, so irreal. Als hätte man alles Leben ausgesperrt, um die Sterbenden nicht damit zu belästigen.

Meine Schuhe knarzen auf dem hellgrauen Linoleum, nur übertönt von einem leisen Wimmern, das ab und an aus den Zimmern nach außen dringt. Kurz werfe ich der Frau hinter dem Rezeptionstresen einen schnellen Gruß entgegen und beschleunige meine Schritte.

Vor ihrer Tür halte ich an und klopfe leise. Keine Ahnung, wieso ich mir diese Mühe mache – sie reagiert nie darauf. Ein paar Sekunden später schlüpfe ich in den Raum und schließe die Tür hinter mir.

»Hallo Mama.«

Winzig und dünn wie ein Vögelchen sitzt meine Mutter in ihrem dunklen Ledersessel am Fenster und starrt regungslos hinaus in den diesigen Tag. Ein feines Dauerlächeln gräbt tiefe Linien in ihre Haut.

Wie ein gefrorener Wasserfall fällt ihr das Haar über den Rücken, und ich drücke einen Kuss darauf. Wie zart und weich es sich unter meinen Lippen anfühlt, fast so, als würde ich einen Wattebausch küssen. Leise summt sie eine Melodie vor sich hin, und ich erkenne das Kinderlied, das sie mir früher immer zum Einschlafen vorgesungen hat.

Zwinker, zwinker, kleiner Stern.

Ich gehe vor ihr in die Hocke, streichle sanft die schlaffe Haut ihrer Wange. »Wie geht es dir? Es ist lange her, oder? Hast du mich vermisst?«

Sie summt weiter, sieht durch mich hindurch, als wäre ich nicht hier. Und irgendwie bin ich das ja auch nicht.

»Du hast mir jedenfalls gefehlt.« Ich nehme ihre Bürste von der Kommode und lasse sie sanft durch die Haare gleiten, bis sie schimmern wie frisch gefallener Schnee. »Mir ist etwas ganz Verrücktes passiert, das wirst du mir kaum glauben. Aber jetzt bin ich hier und alles wird gut. Bestimmt wird alles gut, Mama.«

»Denkst du, ja?«

Ich fahre herum. Lucas steht in der geöffneten Tür. Mühsam beherrscht drückt er sie hinter sich ins Schloss und streckt mir seine Hand hin. »Die Schlüssel.« Seine Augen sprühen Funken vor Zorn.

Mir wird heiß und kalt. »Lucas, ich …« Was soll ich ihm überhaupt sagen? Entschuldige, dass ich abgehauen bin?

Er fixiert mich mit einem Blick, der mir das Blut in den Adern gefrieren lässt. »Die Schlüssel!«

Ich fummele den Schlüsselbund aus meiner Jackentasche und lasse ihn auf seine Handfläche fallen. Er schließt seine Finger so fest darum, dass die Knöchel weiß hervortreten. »Was denkst du dir eigentlich?«, faucht er mich an und steckt die Schlüssel ein.

Betont leise lege ich die Bürste zurück auf die Kommode. »Wie hast du mich gefunden?«

Lucas schnaubt und verschränkt die Arme vor der Brust. »Du hast den Wagen direkt vor der Tür geparkt. Eindeutiger ging es wohl nicht!«

Meine Mutter summt lauter, wiegt sich in einem langsamen Takt vor und zurück. Ich lege ihr meine Hand auf die Schulter, doch das scheint sie nur noch mehr aufzuregen. Das Summen wird schneller, aggressiver.

Lucas wirft ihr einen kurzen Blick zu und fixiert mich wieder. »Komm. Wir gehen.«

Ich schüttele den Kopf. »Nein. Ich bin gerade erst gekommen.«

»Wir gehen!«

»Nein! Nimm doch bitte ein wenig Rücksicht! Merkst du nicht, dass du sie aufregst?«

Das Summen wird unerträglich laut. Meine Mutter bewegt sich immer heftiger in ihrem Sessel, wippt vor und zurück, vor und zurück, lässt sich nicht von mir festhalten, auch nicht, als ich meine zweite Hand auf ihre andere Schulter lege.

»Mella.« Seine Stimme wird bedrohlich leise. »Du kommst jetzt sofort mit!« Mit geballten Fäusten steht er vor mir, wie ein Panther kurz vor dem Angriff.

Ich recke mein Kinn. »Und was, wenn nicht? Wirst du mich dann auch töten, so wie jeden deiner entlaufenen Novizen?«

Keuchend stößt er Atem aus und erstarrt.

Ich bin zu weit gegangen. »Hör mal, Lucas, es tut mir leid, ich …«

Eine plötzliche Stille lässt mich innehalten.

Langsam und schwerfällig dreht sich meine Mutter in ihrem Sessel um und fixiert meinen Begleiter aus wachen, grauen Augen. »Hallo Lucas. Groß bist du geworden.«

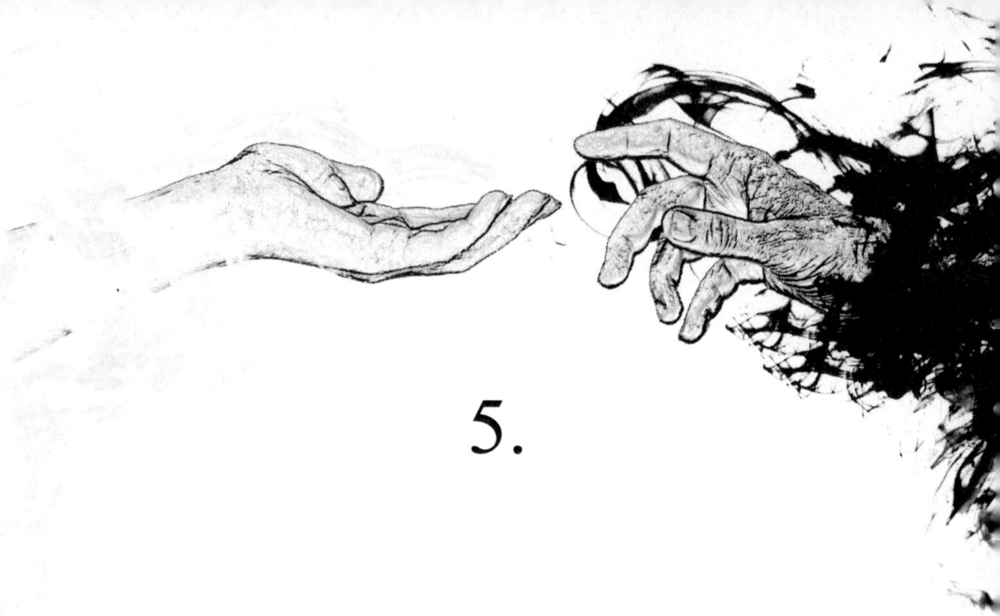

5.

Ich wirbele herum. Völlig versteinert steht Lucas mitten im Zimmer und starrt meine Mutter an. »Was …?« Mein Blick hetzt zwischen den beiden hin und her. »Was ist hier los?«

Lucas schüttelt langsam den Kopf. Er lässt meine Mutter nicht aus den Augen. »Ich habe keine Ahnung.« Vorsichtig kommt er näher.

Meine Mutter strahlt ihn an, so liebevoll und warm. Meine Güte, wie lange habe ich sie nicht mehr so lächeln sehen! Aber sie hat ihn bei seinem Namen genannt. Woher kennt sie seinen Namen? Ist das überhaupt wichtig? Sie ist wach! Sie ist zurück!

»Mama?«, frage ich leise. Sie sieht mich an. O Gott, sie sieht mich wirklich an, nicht durch mich hindurch!

»Mella«, flüstert sie. »Endlich.«

Meiner Kehle entrinnt ein Schluchzen, und gleichzeitig bin ich so glücklich, so unfassbar glücklich! Wie durch einen Nebel hindurch spüre ich, dass Lucas meine Hand nimmt und mich sanft an seine Seite zieht.

Meine Mutter streckt ihren Arm nach mir aus, dünn wie ein Bündel trockener, bleicher Äste, und so zittrig, als könnte sie das Gewicht kaum halten.

Ich reiße mich von Lucas los und falle vor ihr auf die Knie. Ihre Finger streicheln mein Gesicht, weich und sanft. Ich schließe die Augen. Tränen laufen mir über die Wangen, tropfen von meinem Kinn auf den Boden.

»So ein gutes Mädchen.« Sie lächelt, und ihre Mundwinkel zittern vor Anstrengung. »Endlich ist es so weit.«

Ich lache und weine gleichzeitig. Sie ist zurückgekehrt. Sie ist wieder hier!

Lucas beugt sich über meine Schulter.

Seine Wärme legt sich um mich wie eine Decke. »Resa?« Seine Stimme ist nicht mehr als ein Flüstern.

Resa? Etwas in mir erstarrt zu Eis. Wie, Resa? Heißt das, er …? Wieso sieht er sie so an?

»Lucas. Mein kleiner, süßer Lucas.«

Lucas weicht zurück und presst sich den Handrücken auf den Mund.

Was ist hier los, verdammt noch mal?

»Erinnerst du dich?« Ihre Stimme zerbröckelt wie zu schnell getrockneter Gips. Wie lange hat sie schon nicht mehr geredet?

Seine Augen flackern. Er atmet schwer und drückt sich mit dem Rücken gegen die Wand.

Erinnern?

Woran sollte er sich denn erinnern?

»Die alte Kirche, oben auf dem Hügel. Weißt du noch? Wir haben wilde Veilchen gepflückt und Verstecken gespielt.«

Lucas sieht aus, als würde er gleich in Ohnmacht fallen, doch schließlich nickt er langsam, und mir fällt die Kinnlade herunter. Sie kennen sich?

»Verliert keine Zeit. Suche dort, mein Dunkelkind. Suche dort!«

Lucas kniet sich vor sie hin und greift nach ihrer Hand. »Was suchen? Resa? Was sollen wir suchen?«

»*Vitam aeternam* …«, summt sie und wiegt sich langsam vor und zurück.

»Resa?« Lucas berührt sanft ihre Wange. »Was sollen wir suchen?«

»Euch.« Sie betrachtet verwundert eine ihrer Haarsträhnen. »Sucht euch. Findet euch. Sucht die Dunkelheit und das Licht im Schatten.« Sie nickt eifrig. »Wenn Licht und Dunkelheit sich vereinen, werdet ihr verstehen. Dann werdet ihr die Macht der Wahrheit erkennen. Oder die Wahrheit der Macht?«

Lucas zieht die Stirn kraus, schüttelt leicht den Kopf. »Resa, ich verstehe dich nicht.«

»Vertraut niemandem!«, zischt sie und fuchtelt mit beiden Händen vor meinem Gesicht herum. Ich blicke von ihr zu Lucas und zurück. Mit großen Augen starrt er sie an. Was ist hier nur los? Soll ich die Schwester holen?

Lucas nimmt ihr Gesicht in beide Hände und zwingt sie, ihn anzusehen. »Resa«, sagt er sanft. »Bitte erklär es mir.«

»Lucas, ach, mein kleiner, lieber Junge. Du bist hier.« Voller Zuneigung lächelt sie ihn an. Doch plötzlich erstarrt ihr Gesicht und verwandelt sich in eine Fratze. »O nein. Ihr seid hier! Es hat angefangen … sie kommen, Lucas.«

Seine Augen weiten sich. Er sieht mich an, und die Unruhe in seinem Blick treibt mir einen Schauer über den Rücken.

»Sie werden euch jagen, ob ihr allein seid oder zu zweit. Sie tun es jetzt schon.«

Lucas beugt sich noch näher zu ihr. »Wer, Resa? Resa!«

»Sie sind da! Sie sind immer da! Überall!« Ihr Gesicht schmilzt zu einer Maske ohne jeden Ausdruck zusammen, was bleibt, ist nur ihr mildes Dauerlächeln. »Nichts ist wahr. Er lügt nicht nur mit Worten … Du darfst ihm nichts glauben.« Die Augen trüben sich zusehends. »Gar nichts.«

»Nein! Mama!« Ich schluchze auf.

»Geht. Geht! Lauft! Beschütze sie … sie ist dein Leben, und das weißt du.« Kurz strahlen ihre Augen noch einmal auf, ein letztes Aufbäumen. Und dann summt sie erneut das alte Kinderlied vor sich hin, wiegt sich im Takt, ganz leise und sanft.

»Resa?« Lucas sieht sie an, doch sie starrt aus dem Fenster in die Dämmerung hinaus und nimmt ihn nicht mehr wahr. »Danke, Resa.« Sanft berührt er ihre Wange. Dann sucht er meinen Blick. »Mella, wir müssen verschwinden. Sofort.« Er zieht mich hinter sich her aus dem Zimmer und ich lasse es einfach mit mir geschehen.

Auf dem Flur stoßen wir fast mit einer Pflegerin zusammen. »Mella!«, begrüßt sie mich. »Sie waren aber lange nicht mehr hier!«

»Hallo. Lucas Dewitt.« Lucas setzt ein charmantes Lächeln auf, zieht eine Visitenkarte aus der Tasche und drückt sie ihr in die Hand. »Wir sind im Moment geschäftlich viel unterwegs. Sie erreichen uns aber jederzeit unter dieser Nummer, wenn etwas mit Frau Will sein sollte.«

Ich höre mich noch so etwas wie *Bis bald* stammeln, dann nimmt Lucas mich schraubstockartig in seinen Arm und zieht mich endgültig mit sich fort. Er bringt mich zurück zum Wagen, schleift mich neben sich her wie einen Kleidersack. Dort angekommen drückt er mich auf den Beifahrersitz, bevor er auf der Fahrerseite einsteigt und die Tür hinter sich zuknallt.

Und dann prügelt er auf das Lenkrad ein und stößt die wildesten Flüche aus.

∞

Wie ein Besessener lenkt er den Audi über dunkle, regennasse Straßen.

»Woher kennst du sie?«

Lucas schreckt aus seinen Gedanken hoch, als hätte ich ihn aus dem Tiefschlaf geweckt. Im Licht der Anzeigetafeln versucht er sich an einem aufmunternden Lächeln. Ohne Erfolg. »Resa und ich, wir sind zusammen aufgewachsen.«

Ich reiße die Augen auf und bekomme einen Hustenanfall. Bitte, was?

»Sie waren unsere Nachbarn. Ihre Familie zog weg, als Resa neun Jahre alt war. Ich habe sie nie wiedergesehen.«

»Bis heute.«

Lucas nickt leise, und ich erkenne an diesen bezaubernden kleinen Fältchen in seinen Augenwinkeln, dass sein Lächeln echt ist. »Bis heute.« Er wirft mir einen Seitenblick zu und schmunzelt. »Da kannst du mal sehen, wie alt ich eigentlich bin.«

»Und wie alt bist du?«

»Tja, wohl ungefähr so alt wie deine Mutter. Gott.« Er presst die Lippen zusammen, fährt sich mit der Hand durchs Haar. »Fuck, sie werden mich umbringen, wenn sie herausfinden, was wir heute gemacht haben!«

Mein Magen flattert, als hätte sich eine Armee Fledermäuse dorthin verirrt. »Was hat das alles zu bedeuten, Lucas?«

Er schüttelt den Kopf und starrt weiter auf die Straße. »Keine Ahnung. Ich verstehe es selbst nicht. Wie ist es möglich, dass Resa mich erkannt hat? Wir haben uns zuletzt gesehen, als ich sieben Jahre alt war!« Er stößt hörbar Atem aus. »Ich bin ein erwachsener Mann, und nicht mehr das Kind von früher.«

Das Sortieren meiner Gedanken dauert zu lange. »Wie meinst du das?«

»Wenn sie mich erkannt hat, dann ist ihr auch klar, was ich bin - was wir sind. Sonst hätte sie sich doch über mein Alter gewundert.« Er atmet einmal tief durch. »Ich frage mich nur: Woher kann sie das wissen?«

Ich habe keine einzige Antwort auf seine Fragen. Ich scheitere schon an der Vorstellung, dass Lucas, dieser attraktive Mann neben mir, nur fünf Jahre älter als ich, ein Spielgefährte meiner Mutter gewesen sein soll. »Vielleicht war es auch nur das sinnfreie Gewäsch einer dementen Frau.«

Er seufzt. »Ich wünschte, es wäre so, Mella. Aber sie wusste so viel. Zu viel für einen einfachen Menschen. *Vitam aeternam*, ewiges Leben.« Wieder schüttelt er den Kopf. »Ich verstehe das alles nicht. Warum, verdammt noch mal, verstehe ich es nicht?« Er versinkt in Schweigen und brütet vor sich hin.

Ich richte meinen Blick aus dem Fenster in die Nacht und versuche, selbst eine Erklärung zu finden. Meine demente Mutter hat endlich einen lichten Moment und erkennt in dem Mann, der so etwas wie mein Gefängniswärter ist, einen Jungen wieder, mit dem sie vor 70 Jahren Verstecken gespielt hat. Noch dazu macht sie seltsame Andeutungen und teilt uns mit, dass wir gejagt werden. Es ist absoluter Schwachsinn.

Lucas biegt in die unbeleuchtete Einfahrt des Herrenhauses ein und lenkt den Wagen langsam in die Tiefgarage.

Ich hocke auf meinem Sitz und knete mir die Hände, weil ich nicht weiß, was ich sonst tun soll. »Was bedeutet das alles nur?«

Lucas dreht den Zündschlüssel um und der Motor erstirbt. Seine Augen sind nicht mehr als dunkle Spiegel. Ernst sieht er mich an. »Das bedeutet, dass du ab heute einen Mitbewohner hast, Mella.«

∞

»Du räumst nicht so gerne auf, oder?«

Lucas läuft hektisch hin und her, vom Nachttisch zum Kleiderschrank, sammelt Dinge ein, Kleidung, Täschchen, Bücher, Zeitschriften und wirft alles achtlos in einen Ledersack, der eher einem braunen, runzligen Apfel ähnelt als einer Tasche. »Ich hatte wenig Zeit dafür.«

Überall in seinem Zimmer türmen sich Stapel von Büchern und Magazinen. Offensichtlich ist er eine Leseratte. Und eine unordentliche noch dazu. Auf der Sessellehne liegt ein beachtlicher Haufen getragener Kleider. Lucas wirft mir einen kurzen Blick zu und verschwindet im Badezimmer. Hinter der geöffneten Tür höre ich ihn vor sich hin kramen.

Ich schlendere zu den Bücherstapeln hinüber, um einen Blick auf die Titel werfen zu können, und reiße ungläubig die Augen auf. »Du liest Vampirromane?« Ich kann ein Kichern nicht unterdrücken.

Lucas verzieht das Gesicht und lässt Kleinkram in seine Tasche fallen. »Nur die Klassiker.« Auffällig konzentriert wühlt er in seinen Sachen herum.

»Klassiker.« Ich gluckse. »Anne Rice. Und Dracula. Nosferatu. Aber – Teenie-Vampire?« Es tut mir so leid und es ist auch unpassend, aber ich muss ihn auslachen. »Wirst du etwa rot?«

Er wühlt immer noch nach spannenden Dingen in seiner Tasche.

»Unsinn. Ich werde nicht rot. Das war ein Fehlkauf, sonst nichts.«

»Alle Bände?« Ich werfe einen zweifelnden Blick auf die verschnörkelten Einbände und kichere albern vor mich hin.

»Die waren preiswert.« Er dreht sich zu mir um und ich pruste los. Ein kleines Lächeln breitet sich auf seinem Gesicht aus. Er zieht den Reißverschluss an seiner Tasche zu und sieht mich eine Spur ernster an. »Und ich möchte immer gern wissen, wie eine Geschichte endet.«

∞

Der Weg von seinem Zimmer zu meinem ist nicht lang.

Nur wenige Minuten später lässt Lucas seine Tasche auf meinen Couchtisch fallen und mustert das alte Cordsofa mit einer Mischung aus Abscheu und Fassungslosigkeit.

»Du wirst also von jetzt an bei mir übernachten.« Gestern habe ich ihn noch zum Teufel gewünscht, ja - aber nach diesem Tag bin ich heilfroh, dass er in meiner Nähe ist. Allerdings bringt mich die Vorstellung, wie er die Nacht zusammengefaltet auf dem Sofa verbringt, zum Schmunzeln.

»Fürs Erste.« Mit einem leisen Seufzer angelt er sich eine grasgrüne Wolldecke unter dem Beistelltisch hervor. Das wilde Muster verrät, dass sie ungefähr aus meinem Geburtsjahr stammen dürfte. »Bis wir mehr wissen.« Er bedenkt erst die Wolldecke, dann die alte Couch mit einem so genervten Blick, dass ich lachen muss. »Lass den Quatsch. Du schläfst hier im Bett.«

Überrascht schaut er mich an.

Gut, ich bin selbst ein wenig überrascht über meinen Vorschlag, aber was soll's. Betont gelassen zucke ich mit den Schultern. »Es ist riesig und wir sind beide erwachsen.«

»Es gibt nur eine Decke.« Skeptisch betrachtet er das hölzerne Ungetüm unter seinen Bergen von Kissen.

»Auch die ist riesig. Ich denke, wir können uns arrangieren. Hier könnten bequem vier Leute schlafen, ohne sich zu berühren.«

Zweifelnd blickt Lucas auf die viel zu kurze Couch und dann fast schon sehnsüchtig hinüber zum Bett.

»Aber du kannst natürlich gern auf dem Sofa schlafen, wenn dir das lieber ist.« Ich kann mir ein Grinsen einfach nicht verkneifen.

Resigniert sieht er mich an und wirft die Wolldecke zurück auf die Couch.

∞

Ich habe es mir schon in meinen Kissen bequem gemacht, als Lucas in einer dunklen Jerseyhose und einem grauen Shirt aus dem Badezimmer kommt. Barfuß geht er zum Fenster und zieht die Vorhänge zu, doch nur so weit, dass das bleiche Mondlicht noch in das Zimmer fällt.

Ich rutsche ein wenig hin und her. Himmel, was habe ich mir dabei gedacht, einen wildfremden Mann in mein Bett einzuladen? Okay, es ist wirklich riesig und er hat keine Annäherungsversuche oder so etwas gemacht. Es ist völlig in Ordnung, wenn er hier schläft.

Lucas krabbelt auf seiner Seite unter die Decke. Ich spüre nicht einmal, dass außer mir noch eine zweite Person in diesem Bett liegt.

Er interpretiert meinen Blick offenbar falsch und schenkt mir ein aufmunterndes Lächeln. »Hab keine Angst vor dem, was deine Mutter gesagt hat. Wir werden das klären. Es war bestimmt nur ein dummes Missverständnis.«

Ich möchte ihm so gerne glauben. Wirklich, das möchte ich. Aber war ich vor einigen Tagen noch verwirrt, so habe ich mittlerweile richtig Angst vor dem, was hier vor sich geht – inklusive der Möglichkeit, dass ich nachts über meinen Bettgefährten herfalle, um ihm die Lichter auszublasen und sein Blut zu trinken. Traurig lächle ich ihn an und finde etwas in seinen Augen, was ich nicht deuten kann. Mitleid?

Schlafen, ich sollte schlafen. Ich bin viel zu müde, um mich in meinen wirren Gedanken noch zurechtfinden zu können. »Nacht, Lucas«, murmele ich und angele nach dem Lichtschalter. Sofort ist es pechschwarz im Zimmer, bis auf die fahle Spur silbernen Mondlichts, die sich quer über den Steinboden zieht.

Seine Antwort höre ich nur noch im Halbschlaf. »Lauf mir bitte nie wieder davon, Mella.«

∞

Etwas pustet mir ins Gesicht und kitzelt meine Nase.

Da, schon wieder.

Ich öffne die Augen. Lucas liegt direkt vor mir, schläft tief und fest. Er atmet mich an, ruhig, gleichmäßig. Irgendwie haben wir uns in diesem riesigen Bett gefunden und liegen nun fast Nase an Nase.

Ich sollte mich seltsam fühlen, so nah bei diesem Mann zu sein, den ich kaum kenne, doch ich fühle mich wohl, geborgen. Er ist schön warm. Plötzlich öffnet er die Augen und sieht mich an. »Hi«, murmelt er schlaftrunken, und mein Herz stolpert. Da ist ein Kribbeln zwischen meinen Schulterblättern und mein Atem geht schneller.

Was ist hier los? Gut, er ist meine Bezugsperson, mein Aufpasser, aber … also …

O Mann.

O nein.

»Hi«, erwidere ich leise.

Er blinzelt nur ein paar Mal aus schweren Lidern, kuschelt sich tiefer in seine Kissen und streicht mir sanft über die Wange. »Schlaf weiter, Liebes.« Dann fallen ihm die Augen wieder zu.

Ich bin zu einem Steinblock erstarrt. Was war das denn? Er schläft wieder, tief und fest. Vielleicht war er gar nicht richtig wach.

Ich bin es hingegen schon. Auf jeden Fall sollte ich besser zurück auf meine Seite des Bettes robben, weg von ihm. Versuchsweise rutsche ich ein wenig nach hinten und vermisse sofort seine Wärme. Oder seine Nähe? Ist das nicht egal? Seufzend ergebe ich mich und schiebe mich wieder ein wenig näher zu ihm. Nur ein bisschen, ein ganz kleines bisschen, bis ich ihn spüre.

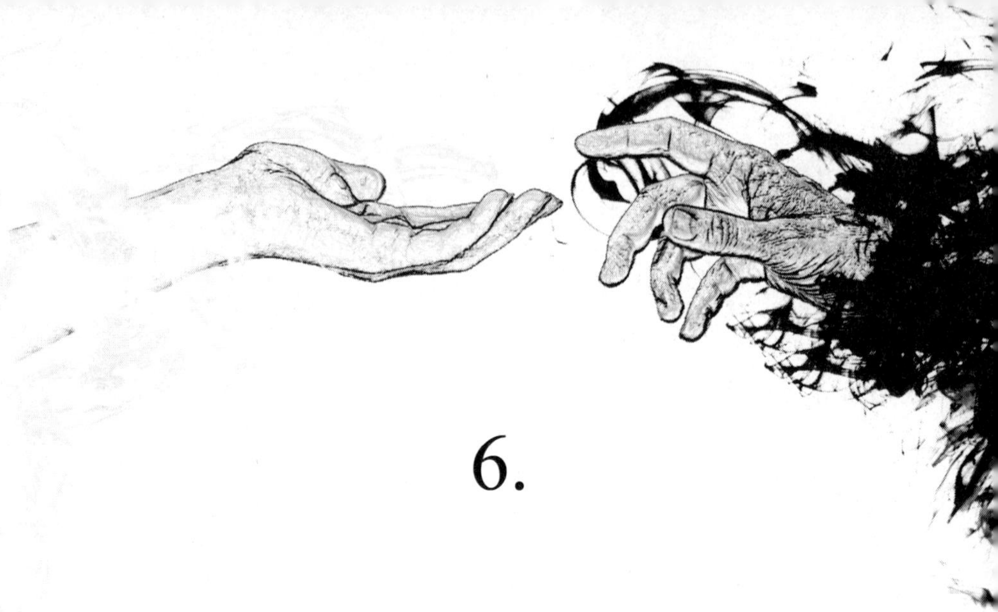

6.

Sonnenlicht kitzelt meine Nase. Ich öffne die Augen, rekele mich und erstarre mitten in der Bewegung, als ich etwas hinter mir spüre. Oder besser gesagt: jemanden.

Lucas hat beide Arme um mich geschlungen, seine Brust an meinen Rücken gepresst, die Wange zwischen meine Schulterblätter gelegt. Im Halbschlaf schmiegt er sich noch enger an mich, ächzt leise und rückt dann plötzlich von mir ab.

Ich rolle mich auf den Rücken und tue so, als hätte ich schon die ganze Zeit so dagelegen. »Guten Morgen, Zimmergenosse.«

Total verstrubbelt gähnt er und blinzelt gegen das Sonnenlicht an. »Morgen.« Kein Wort dazu, dass er mich noch vor einer halben Minute im Arm gehalten hat. Als hätte ich mir das eingebildet.

»Ich gehe schnell unter die Dusche.« Ich krabbele aus dem Riesenbett und tapse über den kalten Steinboden zum Bad. Kurz werfe ich einen Blick zurück. Lucas liegt auf dem Bauch, mein Kissen im Arm. Offenbar ist er schon wieder tief ins Land der Träume abgetaucht. Es gefällt mir, ihn da liegen zu sehen, in seinem grauen Shirt und mit zerwühlten Haaren. Es gefällt mir viel zu gut.

Leise ziehe ich die Tür hinter mir ins Schloss und stelle mich unter die Dusche. Warm rieselt das Wasser auf mich herab, liebkost meine Haut und ich denke die ganze Zeit nur an ihn. An seine Augen, seine Wärme, das Gefühl, als er mich gehalten hat. O Mann. Ich muss hier raus, wieder zu klaren

Gedanken finden. Das flackernde Deckenlicht holt mich zum Glück schnell wieder ins Hier und Jetzt zurück. Tom ist auf der Suche nach der defekten Stromleitung wohl noch nicht sonderlich weit gekommen. Kein Wunder, in einem alten Haus wie diesem sind die Leitungen nicht selten marode.

Unsanft rubbele ich mich trocken. Irgendwie muss ich diese fixen Ideen aus meinem Kopf vertreiben, bevor sie es sich dort so gemütlich machen wie Lucas in meinem Bett. Ich lege das Badetuch beiseite und greife nach meinen Kleidern. Nur liegen da leider keine. O Mann. Ich muss daran denken, dass ich nicht allein hier wohne!

Fest raffe ich das Badetuch um meinen Körper zusammen und schleiche zurück ins Schlafzimmer. Vielleicht schaffe ich es noch, mir etwas zum Anziehen zu holen, bevor er aufwacht.

Doch das Erste, was ich sehe, ist Lucas, der am weit geöffneten Fenster steht. Das Zweite ist sein Hintern, nur verhüllt von dünnem Jersey. Wie ein verschrecktes Huhn bleibe ich mitten im Zimmer stehen und starre ihn an, als wäre er der Fuchs im Hühnerstall.

Verdammt noch mal, was ist in der letzten Nacht mit mir passiert? Ist das vielleicht eine dieser Veränderungen, von der Tom sprach? Zeigt sich so mein Talent?

Plötzlich dreht er sich zu mir um. Seine Augen huschen über meine Beine und verharren kurz auf meinen nackten Schultern, bevor sich unsere Blicke treffen. Er räuspert sich und sieht mich mit hochgezogenen Augenbrauen an. »Hübsches Badetuch.«

»Ich habe meine Sachen vergessen.« Am liebsten würde ich hier und jetzt im Boden versinken.

Er schmunzelt. »Du kannst dich hier anziehen. Ich gehe auch schnell duschen. Die Tür lasse ich ein Stück auf, falls du … falls ich …« Er bricht ab und sieht mich aus großen Augen hilflos an.

Ich weiß, was er sagen wollte: falls meine Blutsucht ausbricht, falls er eingreifen muss. Und wenn diese seltsame Veränderung in mir das bedeutet, was ich befürchte, ist das gar nicht mal so unwahrscheinlich. Resigniert atme ich aus und lasse den Kopf hängen.

»Mach dir keine Sorgen. Das geht vorbei.« Er versucht sich an einem aufmunternden Lächeln und schiebt sich an mir vorbei ins Bad. Und ich kann einfach nicht anders: ich starre ihm auf den Hintern. Zum Glück kommt er nicht auf die Idee sich noch einmal umzudrehen. Kurze Zeit später höre ich das Wasser rauschen und zwinge mich dazu, ihn mir nicht unter der Dusche vorzustellen. Ehrlich, Mella, was soll das denn jetzt? Wir haben Wichtigeres zu tun!

Ich gehe hinüber zum Bett, ziehe die Bettdecke glatt und schüttele die Kissen auf. Ein leichter Duft nach Meer und Wald strömt in meine Nase, und bevor ich groß nachdenke, drücke ich mein Gesicht in das Kissen und atme tief ein.

Natürlich riecht es nach ihm. Es kann auch gar nicht anders sein, schließlich hat er die ganze Nacht darauf geschlafen. Ich hätte allerdings nicht mit diesem Gefühl der Schwerelosigkeit in meinem Magen gerechnet oder mit dem sanften Prickeln, das sich zwischen meinen Schulterblättern ausbreitet.

Plötzlich fällt mir auf, wie still es ist. Er hat das Wasser abgedreht! Ich werfe das Kissen zurück aufs Bett, hetze hinüber zum Schrank, reiße wahllos Jeans und Pulli heraus und zerre sie mir über den Körper. Keine Sekunde zu früh, denn kurz darauf kommt Lucas aus dem Bad, die Haare noch ein wenig feucht und von einem Duft umweht, der meine Beine in Spaghetti verwandelt. Ich sinke auf die Matratze. So ist es besser.

Lucas stopft sich den Saum seines dunkelblauen Hemds in die Jeans, sammelt seine Boots ein und hockt sich neben mich auf die Bettkante, um sie anzuziehen.

Seine Körperwärme dringt durch die Maschen meines Pullovers und bringt mich zum Schwitzen. Unbeholfen wische ich meine Handflächen am Oberschenkel ab, wippe ein wenig hin und her.

Er blickt zu mir hoch und lächelt. »Was ist mit dir? Mache ich dich nervös?«

Ich höre auf zu wippen. Was soll ich auf diese Frage bloß antworten? Ja, du machst mich scheiße nervös, weil ich mich lange nicht mehr so gut gefühlt habe wie in deinen Armen letzte Nacht, das aber gar nicht will und nicht verstehe und überhaupt nicht weiß, wie ich damit umgehen soll?

Hm.

Das wäre vermutlich nicht die beste Antwort. Außerdem war die Frage bestimmt nicht ganz ernst gemeint. »Ähm, nein. Ich bin immer so.«

Lucas nickt. »Ja, kann sein.« Er widmet sich wieder seinen Schuhen.

»Mache ich dich nervös?«, platzt es aus mir heraus, und ich wünschte, ich könnte spontan ein Portal entstehen lassen und in eine andere Dimension flüchten. Eine, in der Peinlichkeiten nicht ganz so peinlich sind wie hier.

Er zieht kurz die Augenbrauen zusammen und schüttelt verständnislos den Kopf. »Nein, warum solltest du?«

Okay, verstanden. Keiner von uns beiden möchte auch nur ein Wort darüber verlieren, dass wir heute früh aneinander gekuschelt aufgewacht sind. Aber, wer weiß? Vielleicht war das für ihn auch so bedeutungslos, dass er es längst vergessen hat. Ja, so wird das sein. Für mich ist es ja auch bedeutungslos.

»Weißt du, ob deine Mutter noch Fotoalben von früher hat?«

»Ja, ganz sicher.«

Er flucht leise. »Dann müssen wir wohl noch mal ins Pflegeheim.«

»Nein, die sind in meiner Wohnung. Du hast ja gesehen, wie wenig Platz in ihrem Zimmer ist.«

»In deiner Wohnung also.« Er steht auf und wirft einen Blick auf seine Armbanduhr. »Gut, dann fahren wir dorthin.«

»Ist das denn erlaubt?« Ich bin ehrlich überrascht.

Er zögert kurz. »Manchmal müssen die Regeln gebrochen werden«, sagt er vorsichtig, aber ich sehe ihm an, dass ihm nicht wirklich wohl bei diesem Gedanken ist.

∞

»Meinst du, das ist jetzt der richtige Zeitpunkt, um in Erinnerungen zu schwelgen?«

Lucas nimmt den Blick nicht von der Straße und zuckt mit den Schultern. »Hast du eine bessere Idee? Ich dachte, vielleicht finde ich etwas, das mir ein bisschen mehr Klarheit über Resas Worte verschafft.« Er wirft mir einen Seitenblick zu und lächelt, als er wieder nach vorne sieht.

Mir wird so warm wie in dem Moment, wenn die Wolken sich verziehen und man in der prallen Sonne steht. Das Prickeln zwischen meinen Schulterblättern kehrt zurück. Du liebe Güte! Lucas ist bloß mein wichtigster Bezugspunkt im Moment, nicht mehr. Resigniert seufze ich. Oder doch?

»Ich könnte dich zu meiner Wohnung lotsen.«

»Danke, ich kenne den Weg.« Er setzt den Blinker und biegt in eine Nebenstraße ab.

»Oh?« Ich bin häufig sehr einsilbig, wenn ich überrascht bin, aber ich glaube, diese Äußerung trifft meine Gedanken ganz gut.

»Bevor ich deine Wohnung gekündigt habe«, er wirft mir einen vorsichtigen Blick zu und ich beschließe, nicht gleich auszuflippen, »habe ich mir ein Bild über dein Leben gemacht.« Missbilligend presst er kurz die Lippen zusammen. »Ein etwas zu oberflächliches Bild, zugegeben. Name, Alter, Arbeitgeber, Familienstand – alles, was ich wissen musste, um jede Verbindung zu deinem alten Leben zu -« Er bricht ab und sieht mich schuldbewusst an. »Zu kappen.« Er zieht die Augenbrauen zusammen und heftet seinen Blick wieder auf die Straße. »Das klingt furchtbar, oder?«, murmelt er nach einer Weile.

»Das ist es auch.«

»Ja, ist es«, gibt er kleinlaut zu. »Ich wollte es wohl nur herunterspielen.« Er wirft mir einen so zerknirschten Blick zu, dass mein Ärger sofort verpufft. »Ich mache das schon zu lange.« Er bremst den Audi ab und hält an einer roten Ampel. »Ich hasse es. Im Leben eines fremden Menschen zu wühlen und alles, was ihn ausmacht, zu demontieren, ist irgendwie pervers.«

Ich weiß nicht, was ich dazu sagen soll. Die Ampel wird wieder grün.

»Ich habe mich schon einmal dafür entschuldigt, was ich dir angetan habe, Mella.« Hinter uns hupt es. Einmal, zweimal. Ruhig hebt er die Hand zur Beschwichtigung und legt den Gang ein. »Ich kann mich nicht oft genug dafür entschuldigen.« Er fährt los. »Vor allen Dingen nicht dafür, dass ich Resa übersehen habe.«

Es nieselt. Bald überzieht ein Meer aus winzigen Tropfen die Windschutzscheibe. Er schaltet den Scheibenwischer ein.

»Warum tut ihr das überhaupt?«

»Was?«

»In fremden Leben wühlen. Wäre es nicht einfacher, jemanden zu fragen, anstatt ihn auszuspionieren?«

Lucas atmet tief durch und setzt den Blinker. »Willst du das wirklich wissen?« Sein Gesichtsausdruck verheißt nichts Gutes.

»Natürlich will ich das wissen. Sonst hätte ich wohl nicht gefragt.«

»Also gut. Ich fasse es nicht, dass ich dir das erzähle.« Er schüttelt den Kopf. »Wir müssen alles über die Anwärter in Erfahrung bringen, bevor sie verwandelt werden.«

Wie bitte? Bedeutet das … er meint doch nicht … »Versuchst du mir zu sagen, dass ihr unsere Wohnungen auf den Kopf stellt, während wir im Sterben liegen?«

»Ja.« Er hält seinen Blick fest auf die Straße gerichtet.

Ich schüttele den Kopf. »Das ist widerlich.«

Kurz presst er die Kiefer zusammen, bevor er weiterspricht. »Wir tun das, um uns ein Bild von den Sterbenden und ihren Leben machen zu können. Damit wir entscheiden können, ob wir sie verwandeln oder nicht.«

Hä? »Aber wird nicht jeder, der von euch gebissen wird, automatisch verwandelt?«

Lucas trommelt mit dem Daumen auf das Lenkrad. »Nein, nicht jeder.«

Ich fasse es nicht. Das bedeutet demnach … »Also lasst ihr Menschen sterben?«

Er seufzt leise. »Ja.«

»Obwohl ihr sie retten könntet?« Ungläubig schüttele ich den Kopf. Diese Willkür macht mich krank. Wer gibt ihnen das Recht, darüber zu entscheiden, wer sterben muss und wer lebt?

Urplötzlich bringt Lucas den Wagen zum Stehen und fährt zu mir herum. Die Kälte in seinem Blick lässt mein Blut gefrieren. »Retten nennst du das?« Seine Stimme ist schneidend, und das, was er sagt, bringt mich durcheinander. Wurde ich etwa nicht gerettet? Eigentlich fühle ich mich ganz wohl damit, immer noch ich zu sein, reden und denken zu können, obwohl ich, gemessen an den allgemein üblichen Maßstäben, grundsätzlich tot bin. Oder war. Diese heftige Reaktion ist seltsam. Lucas sieht nicht wütend aus … eher so, als ringe er mühsam um Fassung.

»Wärst du etwa lieber gestorben?«, frage ich ihn leise.

Er blinzelt und beobachtet den Scheibenwischer dabei, wie er Regentröpfchen wegschiebt. »Manchmal ja, manchmal nein. Das Wissen, dass ich ewig leben werde, lässt mich daran zweifeln, ob mein Dasein überhaupt irgendeinen Sinn hat.« Er bricht ab, schüttelt leise den Kopf. »Vielleicht hätte ein glückliches Leben völlig ausgereicht. Lieben und geliebt werden, und irgendwann nach einem erfüllten Leben die Augen schließen. Für immer.« Er schluckt. Seine Hand umfasst den Schaltknüppel so fest, dass seine Fingerknöchel weiß werden. »Und dann denke ich wieder, wie gut es doch ist, dass ich all das erleben darf, was eigentlich weit außerhalb meiner natürlichen Lebensspanne liegt.«

»Wie das Internet«, sage ich trocken.

Lucas lacht, doch der melancholische Zug um seine Augen bleibt. »Ja, wie das Internet, genau.«

Ich seufze und betrachte ihn eingehender. Er strahlt eine Traurigkeit aus, die ich zuvor nicht bemerkt habe. Was geht nur in seinem Kopf vor? »Ich glaube, man redet sich oft genau das schön, was man nicht mehr haben kann«, sage ich leise und denke dabei an Ben. Ben, mit dem ich den Rest meines Lebens verbringen wollte. Der Ben, von dem Lucas keine Spur mehr hatte finden können, als ich starb.

Lucas reicht es jetzt offenbar mit den ernsten Gesprächen. Er sieht mich verschmitzt aus den Augenwinkeln an und fädelt den Audi wieder in den Verkehr ein. »Sieh uns an! Ausgerechnet wir diskutieren den Sinn unserer Existenz.«

O nein, so einfach kommst du mir nicht davon. Das ist nicht echt, das spüre ich. »War dein Leben als Mensch denn so traumhaft? Warst du immer glücklich? Uneingeschränkt?«

Er kaut auf seiner Unterlippe. »Keine Ahnung. Vielleicht hätte ich es sein können.«

Vermutlich gibt es auch in seiner Vergangenheit Dinge, die er am liebsten daraus streichen würde. »Wie entscheidet ihr, wen ihr verwandelt und wen nicht?«

»Indem wir uns jeden potentiellen Novizen ganz genau ansehen. Wenn jemand viele Bindungen hat, enge Bindungen, feste Partner, Kinder, dann entscheiden wir uns dagegen. Es wäre einfach nicht fair.«

Ich blicke aus dem Fenster, beobachte die Leute, die geschäftig durch diesen trüben Tag hetzen und lasse mir seine Worte auf der Zunge zergehen. Demnach sind traurige, einsame Menschen also die perfekten Umbracoren. Sitze ich jetzt nur neben ihm, weil ich in seinen Augen ein armseliges Leben hatte? »Und das ist deine Entscheidung?« Ich kann die Wut in meiner Stimme schwingen hören wie die minimal verstimmte Saite an einer Gitarre.

Er schüttelt den Kopf und beobachtet den Verkehr, biegt in die Sackgasse ein, an deren Ende meine Wohnung liegt. »Nein, zum Glück nicht. Ich sammele nur die Fakten.«

»Hättest du mich verwandelt, wenn du alles über mich gewusst hättest?«

Er lenkt den Audi in eine freie Parklücke und stellt den Motor ab. »Nein.« Nachdenklich mustert er mich. »Aber da kannte ich dich auch noch nicht.«

∞

Auf dem Klingelschild sind noch die Reste von Bens Namen zu sehen. Vor gefühlt hundert Jahren habe ich ihn abgeknibbelt und anschließend die klebrigen Schnipsel stundenlang in der Hand gehalten, warum auch immer.

»Denkt er, dass ich tot bin?«

Nebeneinander steigen wir die zehn Stufen zu meiner Wohnungstür hinauf.

»Du hast ihm eine Mail geschrieben, dass du die Stadt verlässt und nicht zurückkommen wirst.«

Ich muss lachen, bitter. »Du hast das gemacht.«

Und Ben hat es geschluckt, weil es ihn einen Scheiß interessierte.

Lucas zuckt mit den Schultern, ohne ein Wort dazu zu sagen, und dreht den Schlüssel im Türschloss. Das Geräusch weckt ein vertrautes, gemütliches Gefühl in mir. Sanft legt er mir seine Hand in den Rücken und schiebt mich in die Wohnung.

Auf 50 schlecht geschnittenen Quadratmetern breiten sich die letzten fünf Jahre meines Lebens vor uns aus. Alles sieht aus wie immer. Als wenn die Zeit stehen geblieben wäre. Es kommt mir so fremd vor, so unwirklich und doch so vertraut, wie die Kulisse eines alten Lieblingsfilms. »Ich verstehe nicht, wie du meine Mutter übersehen konntest.«

Eine Spur genervt sieht er mich an. »Wenn etwas über sie zu finden gewesen wäre, hätte ich es gefunden.«

»Das stimmt nicht. Die Wohnung ist voll von ihr.« Ich deute auf die Pinnwand neben dem Kühlschrank. Ein Wunder, dass sie noch nicht von der Wand gefallen ist! Massen von Papier hängen daran, mit dünnen Stecknadeln in den Kork gepinnt. »Du hättest nur dort nachsehen müssen, dann hättest du einen Brief des Pflegeheims gefunden.« Eine Einladung zur Weihnachtsfeier. Der trostlosesten Weihnachtsfeier, der ich je beiwohnen durfte. Singen mit Schaufensterpuppen wäre ähnlich unterhaltsam gewesen.

Lucas zieht unwirsch die Augenbrauen zusammen. »Quatsch. Ich habe dort nachgesehen.«

»Wohl nicht richtig.«

Er rollt mit den Augen und blättert an der Pinnwand herum. »Nichts«, sagt er schließlich.

»Komm.« Ich schiebe ihn zur Seite. »Der Brief hängt genau hier.« Eine leere Nadel steckt einsam im Kork. Ich sehe Lucas an. »Seltsam.«

»Hast du ihn abgenommen?«

Ich zucke mit den Schultern. »Muss ich wohl.« Erinnern kann ich mich allerdings nicht daran. »Vielleicht war es auch einer deiner Leute.« Er kaut auf seiner Unterlippe. »Ich war allein hier.« Er sieht sich um und schüttelt den Kopf. »Mella, wo sind die Fotoalben?«

»Dort hinten.« Ich gehe zu dem alten Bauernschrank hinüber, in dem ich all meine Bücher aufbewahre, und hocke mich hin, um die unteren Türen zu öffnen. Lucas zieht mein altes Freundebuch zwischen all den Schmökern hervor und schlägt es auf.

Ich zerre einen Pappkarton aus dem Schrank. »Ich dachte, du hättest dir bereits ein Bild von mir gemacht.«

Er blickt zu mir herunter. »Über dein Leben zum Zeitpunkt deines Todes, ja. Nicht über dich.« Er blättert ein paar Seiten zurück und grinst. »Das war deine Lieblingsband? Ernsthaft?«

Ich schneide ihm eine Grimasse. »Was weißt du schon. Du bist viel zu alt für guten Musikgeschmack.«

Er lacht und stellt das Buch zurück in die Vitrine, hockt sich neben mich. »Ich wäre nicht auf die Idee gekommen, hier zu suchen«, sagt er zerknirscht und öffnet den Karton. »Ich dachte, du würdest darin wirklich deine Weingläser aufbewahren.« Mit einem in Leinen gebundenen Fotoalbum setzt er sich an den Esstisch. Ich gehe zum Kühlschrank hinüber, öffne ihn vorsichtig. Er ist leer. Zum Glück.

Lucas blättert langsam in dem Album, Seite für Seite, als ob er sich in jedes Foto vertieft. Fest beißt er die Zähne zusammen. Warum ist er so angespannt?

Ich beuge mich über seine Schulter, tippe auf eines der Bilder. »Meine Mutter. Da war sie 17 oder 18 Jahre alt.«

Er hebt seinen Blick und lächelt. »Du ähnelst ihr.«

Ich lache auf. »Wo siehst du eine Ähnlichkeit? Ich dachte immer, dass ich wohl nach meinem Vater kommen muss.«

»Es ist euer Lächeln.« Er blättert auf die nächste Seite. Sie ist leer. Nur die weißen Quadrate auf dem vergilbten Papier beweisen, dass dort einmal etwas geklebt haben muss.

Zischend stoße ich Luft aus. »Wo sind die Fotos?«

Alarmiert sieht er mich an. »Die waren nicht immer schon weg?«

Ich lasse ihn am Küchentisch sitzen und mache, dass ich zum Sofa komme. Das pinkfarbene Plüschkänguru hockt auf der Lehne, wie immer. Ich lasse mich in die Polster fallen und zerre den Reißverschluss an seinem Beutel auf.

Er ist noch da. Vorwitzig glitzert er dem Tageslicht entgegen, das durch die pastellgelben Vorhänge ins Zimmer fällt.

Mein Verlobungsring. Ben hatte ihn mir vor zwei Jahren mit feuchten Augen während eines spektakulären Sonnenuntergangs auf den Malediven an den Finger gesteckt.

Dieser elende Mistkerl.

Ich werfe den Ring zurück in den Kängurubeutel zu all den anderen Dingen, die er mir in den vergangenen sechs Jahren geschenkt hatte. Ringe, Ohrringe, Ketten, Armbänder. Ich habe Massen davon, und keines dieser Schmuckstücke wurde mit Liebe ausgewählt. Egal, ob mein Geburtstag, Weihnachten oder ein anderer Anlass – stets gab es Schmuck. Weil der nie seinen Wert verliert, wie Ben immer sagte.

Ich brauche ihn nicht mehr. Nicht den Mann, nicht den Ring. Lustlos wühle ich in dem glitzernden Durcheinander aus Gold und Silber, als sich Lucas zu mir gesellt. Seine Nähe löst wieder dieses Prickeln zwischen meinen Schulterblättern aus, und ja, er macht mich nervös.

»Was hast du da?«

Ich lasse meine Finger durch den Schmuck gleiten und halte bedeutungsvoll den Verlobungsring in die Höhe. »Unwichtiges Zeug.«

»Sehr hübsch.« Lucas zwinkert mir zu und geht zurück zum Bauernschrank. Er schiebt das leinengebundene Buch zurück in den Karton zu den anderen und zieht das Album ganz rechts heraus.

Ich greife nach dem Reißverschluss, will ihn schon zuziehen, als mir ein dunkles Glimmen inmitten von all dem Tand auffällt. Ich greife danach und ziehe einen großen, geschliffenen Onyx an einer langen Kette hervor. Das Silber ist schwarz angelaufen, so lange hatte ich sie nicht mehr in der Hand. Die Kette meiner Mutter. »Lucas?«

Er sitzt am Esstisch, über das Fotoalbum gebeugt. »Ja?«

Ich halte die Kette in die Höhe. »Ich würde das hier gerne mitnehmen.«

Tief atmet er durch und steht auf. »Das ist gegen die Regeln, Mella«, sagt er leise und kommt zu mir. »Keine Verbindung mehr zu deinem alten Leben, also auch keinen materiellen Besitz.«

»Es ist auch gegen die Regeln, dass du mich hergebracht hast, oder?« Treffer, versenkt. »Sie gehörte meiner Mutter. Ich glaube, sie war ein Geschenk meines Vaters.«

»Ein wirklich schöner Anhänger.« Er dreht den Stein ein wenig hin und her und lässt die Facetten im Licht glitzern. Ich kann meinen Blick nicht von seinen Augen abwenden. Sie haben die Farbe von Gletscherseen im Morgenlicht.

»Es ist nur ein Anhänger, Lucas. Du könntest ihn mir nach meiner Wandlung besorgt haben, zusammen mit meinen neuen Klamotten.«

Skeptisch wandert sein Blick zwischen dem Onyx und meinen Augen hin und her. »Ich weiß nicht.«

»Bitte«, sage ich leise. »Es wird niemandem auffallen.«

Er kaut auf seiner Unterlippe und nickt schließlich. »Aber behalt es für dich.«

Ich strahle ihn an und würde ihm am liebsten um den Hals fallen. »O danke!«

Er winkt ab wendet sich wieder den Fotos zu. »Ich schulde dir was, oder?«

Ich lege mir die Kette um und lasse sie unter meinem Rollkragen verschwinden. Das Känguru landet wieder auf der Couch. Diese eine Kette bedeutet mir mehr als alles, was sich in seinem Bauch befindet.

»Ist er das? Der Typ, von dem du den Ring hast?« Lucas tippt mit dem Zeigefinger auf ein Foto.

Ich setze mich neben ihn an den Küchentisch. Ach herrje, unsere Urlaubsfotos! Diese Bilder sind so dämlich, fast schon peinlich. Wir auf einem Kamel, ausgelassen lachend. Ben, triumphierend einen Seestern in die Kamera haltend. Beim romantischen Abendessen. Und immer wieder Küsse, Küsse, Küsse.

Er soll sich das nicht ansehen. Nicht nur, weil ich auf den meisten Bildern höchstens einen Bikini trage, der mir, ehrlich gesagt, weder passt noch steht, sondern auch, weil Ben, dieser Mistkerl … »Ja, das ist er.« Als ob ein Schauspieler neben mir steht. Ein Fremder. Ich will mir das nicht länger antun. Auf diese Erinnerungen kann ich gut verzichten.

»Vielleicht hätte ich mir diese Fotos vorher ansehen sollen.« Lucas blättert um. Noch mehr Sonnenuntergänge, Palmen, Herumgeknutsche und strahlendes Lächeln. »Du siehst glücklich aus.«

Da ist ein kleiner Stich im Herzen, wenn ich mein Lachen auf diesen Bildern sehe. »Ich glaube, das war ich auch.«

Er blickt auf, sichtlich zerknirscht.

»Das war ich wirklich.« Ich deute auf eines der Fotos. Ben strahlt in die Kamera und ich hänge an seinem Arm, himmele ihn an wie einen Filmstar.

»Aber er war es nicht.« Ich beuge mich ein Stückchen vor, ignoriere seine Körperwärme, die mich überflutet wie die Wellen diesen Strand, und blättere um. Mein Arm streift seinen und für den Bruchteil einer Sekunde gerät mein Herz ins Stolpern. »Hier.« Ich tippe auf ein anderes Bild. »Kannst du sehen, wie glücklich ich war?«

Lucas sieht gar nicht richtig hin, sondern nickt einfach. »Ja, natürlich.«

Ich suche seinen Blick. »Nun, ich wäre weit weniger glücklich gewesen, wenn ich gewusst hätte, dass Ben schon seit Jahren mit meiner besten Freundin ins Bett ging.«

Lucas reißt die Augen auf. »Im Ernst?« Er beugt sich vor und mustert Ben eingehender. »So ein Arsch!«

»Danke, genau das wollte ich hören.« Ich muss lächeln, und das tut gerade verdammt gut.

»Lass uns gehen.« Er schlägt das Album zu. »Es bringt nichts, weiter in deinem Leben zu wühlen. Jemand hat Resas Fotos gestohlen, und ich habe keinen Schimmer, wer oder warum.«

Und leider kann ich ihm auch nicht sagen, was auf den Fotos zu sehen war, die nun fehlen. »Was passiert jetzt mit meinen Sachen?«

Lucas quetscht sich mit dem Album im Arm an mir vorbei und bringt es zurück in seinen Karton. »Die werden vernichtet.« Vorsichtig schließt er die Schranktür und vermeidet es, mich anzusehen. »Der Mietvertrag wird in wenigen Tagen auslaufen. Es tut mir leid.«

Ich taste nach der Kette um meinen Hals. Kühl und schwer liegt der Anhänger auf meiner Haut. Sollen sie doch mit dem übrigen Krempel machen, was sie wollen, es interessiert mich nicht. Ich habe alles, was ich brauche. »Lass uns gehen«, sage ich und öffne die Wohnungstür, ohne mich noch einmal umzusehen. Ich habe nicht das Gefühl, dass hier noch etwas ist, das ich nicht hinter mir lassen will.

∞

Das Silber strahlt wieder. Vorsichtig lege ich die Kette auf das dunkle Holz meines Nachttischs, bringe den Lappen in den Mülleimer und stoße dabei fast mit Lucas zusammen, der barfuß und in seinen Schlafklamotten aus dem Badezimmer kommt.

»Willst du schon ins Bett?«

Mit einem Schulterzucken schiebt er sich an mir vorbei. »Ich habe heute nichts mehr vor und es ist einfach bequemer.« Er geht hinüber zum Fenster und stellt sich auf die Zehenspitzen, um einen besseren Blick auf etwas oder jemanden unten im Park werfen zu können. Ich habe so auch einen besseren Blick.

Es ist gut, dass er hier ist. Ich verstehe dieses neue Leben noch nicht, aber ich fühle mich sicher, wenn er bei mir ist. Gut, ich habe natürlich keine andere Wahl, als ihm zu vertrauen. »Hast du eigentlich nichts Wichtigeres zu tun, als meinen Aufpasser zu spielen?« Ich setze mich auf die breite Fensterbank und blicke zu ihm hoch.

Er lächelt auf mich herunter. »Andere Dinge vielleicht, nicht wichtigere. Es ist besser, wenn ich bei dir bleibe und dich im Blick behalte. Vor allem nach dem, was Resa gesagt hat. Ob ich will«, jetzt grinst er frech, »oder nicht.«

Er setzt sich neben mich, und ein Hauch seines Dufts steigt mir in die Nase. Die Haut zwischen meinen Schulterblättern prickelt und mein Magen tanzt. Vielleicht ist es doch nicht gut, dass wir so oft zusammen sind. Ich glaube, ich fange an, ihn zu mögen. Ob das eine Variante des Stockholm-Syndroms ist? Versuche ich, Gemeinsamkeiten mit meinem Bewacher zu finden? »Meine Mutter hat gesagt, wir sollen niemandem vertrauen. Was ist mit Tom?«

Lucas zuckt mit den Schultern, verschränkt die Hände in seinem Schoß. »Er ist mein Freund. Wir kennen uns schon ewig. Aber bis ich weiß, was hier läuft, vertraue ich mir mehr als allen anderen. Trotzdem muss Tom morgen wieder bei dir bleiben, so wenig mir das auch gefällt. Andere Pflichten.« Er mustert die Sandsteinplatten unter unseren Füßen. »Was will Resa uns nur sagen? Woher weiß sie, was wir sind?« Sein Blick taucht in meinen.

Als ob ich ihm eine Antwort darauf geben könnte! Wir sitzen nur wenige Zentimeter voneinander entfernt. Seine Nähe bringt mich zum Schwitzen und mein Herz geht vom Trab in den Galopp über. Ich schlage meine Beine übereinander und rücke ein wenig von ihm weg.

»Hast du keine Idee?« Seine Stimme ist ganz leise und langsam verliere ich mich in seinen Augen.

»Nein.«

Er nickt und unterbricht den Blickkontakt, starrt wieder auf den Steinboden. »Ich begreife einfach nicht, was sie uns sagen wollte.« Er fährt sich mit beiden Händen durch die lockigen Haare, legt seinen Kopf in den Nacken und sieht hinauf zur Decke, seufzt leise.

O Mann. Seine Haare sind vollkommen zerwühlt. Ich will sie berühren, meine Finger hindurch gleiten lassen, und … ob er so nach dem Sex aussieht? Ich räuspere mich kräftig.

Er blickt mich an und ich fühle mich ertappt. »Wir müssen wohl oder übel noch einmal mit ihr reden, auch wenn es mir nicht gefällt.« Mit beiden Händen schlägt er sich auf die Oberschenkel und steht auf.

Das sollte er nicht tun. Nicht in dieser Hose und nicht direkt vor meiner Nase. Mella! Guck woanders hin! »Morgen?«

Er dreht sich um. Besser. Aber das Shirt sitzt recht eng. Los, schau in seine Augen, in seine Augen! Oh. Seine Augen. Im Abendlicht sind sie fast veilchenfarben.

»Bald.« Sein Blick verändert sich kaum merklich. »Morgen wirst du den ganzen Tag mit Tom verbringen.«

∞

Ich fühle mich wohl. Geborgen. Sicher umfangen. Ich rieche ihn und schmiege mich enger an seinen Körper. Er zieht mich noch näher zu sich.

Wie, was …?

Hastig öffne ich die Augen. Lucas liegt auf dem Rücken und ich in seinem Arm, an seine Schulter gekuschelt. Seine Hand ruht ganz unschuldig auf meiner Taille.

Ich weiß, ich sollte das besser lassen, aber ich kann nicht anders. Vorsichtig berühre ich seinen Bauch. Flach. Fest. Gut fühlt er sich an. Ich muss an das verrutschte Shirt denken, an die feine, dunkle Haarlinie unterhalb seines Bauchnabels.

Lucas seufzt leise und zieht mich im Schlaf noch näher an sich. Mmmh, er ist so warm. Und so nah, dass ich mich nicht traue zu atmen.

Was mache ich denn jetzt? Es wäre am besten, wieder zurück auf meine Bettseite zu rutschen und mich von ihm fernzuhalten. Aber andererseits … je näher er mir ist, desto besser kann er auf mich aufpassen.

O Mann. Was rede ich mir denn da ein? Ich bin wirklich erbärmlich!

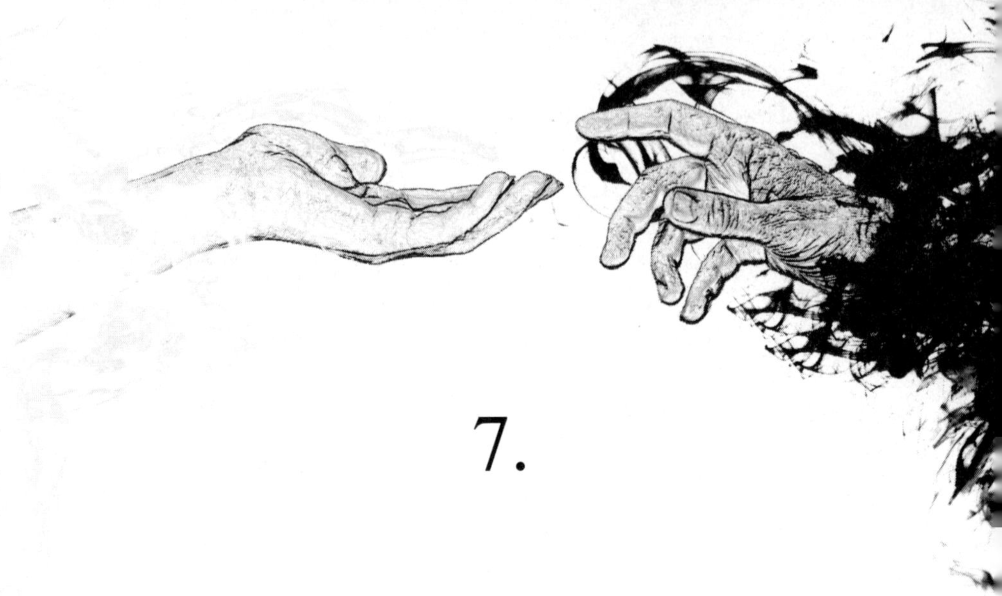

7.

Zusammengerollt wie ein Kätzchen, erwache ich in seinem Arm. Sachte spielen seine Finger mit meinen kurzen Fransen. Mit einem Grummeln, das in meinem Magen wahre Vogelwanderungen auslöst, rollt er sich auf die Seite und schlägt die Augen auf.

»Oh.« Seine Stimme ist dunkel und seine Finger halten mitten in der Bewegung inne. »Du schon wieder.« Doch er lächelt. Er dreht sich wieder auf den Rücken und rekelt sich ausführlich.

Ich nehme das als willkommenen Anlass zur Flucht. Besser, ich stehe gleich ganz auf.

Lucas gähnt und verschränkt die Arme hinter seinem Kopf. »Schläfst du normalerweise links?«

Links? »Warum?«

Er rollt sich auf den Bauch. »Dann sollten wir besser die Seiten tauschen.«

Oh, gute Idee, aber das bringt rein gar nichts. Das hier hat nichts damit zu tun, auf welcher Seite ich normalerweise liege. Ich schneide eine Grimasse und ziehe es vor, nicht darauf zu antworten. »Wann kommt Tom?« Ich ziehe die Schranktüren auf und suche mir meine Klamotten zusammen.

Lucas angelt sein Smartphone vom Nachttisch und wirft einen Blick darauf. »In etwa einer Stunde.« Er lässt sich zurück in die Kissen fallen und macht es sich dort gemütlich.

∞

Eine knappe halbe Stunde später komme ich frisch geduscht und zur Abwechslung komplett angezogen aus dem Badezimmer. Lucas steht am Fenster und knöpft sein Hemd zu.

»Musst du heute wieder entflohene Novizen jagen?«

Er wirft mir einen kurzen Blick zu, viel zu ernst für meinen Geschmack. »Mal sehen. Über zu wenig Abwechslung kann ich mich jedenfalls nicht beklagen.« Er geht an mir vorbei und nimmt seine Jacke von der Sessellehne. Schwach steigt mir sein Duft in die Nase. »Besser, ich bin verschwunden, bevor Tom hier auftaucht.«

Ich knete meine Finger. »Warum? Woher soll er wissen, ob du noch oder schon hier bist?«

Er stutzt und muss dann lachen. »Ja, du hast recht.«

Ich will nicht, dass er geht. »Meinst du wirklich, wir können Tom vertrauen?«

Tief atmet er durch und mustert mich durchdringend. »Hast du Angst?«

Ich verschränke die Arme vor der Brust. »Nein.«

Er zieht die Augenbrauen hoch, verschränkt die Arme ebenfalls und wartet.

»Okay, vielleicht ein bisschen.«

Ein Schmunzeln erhellt sein Gesicht. »Das brauchst du nicht«, sagt er und zupft an einer meiner wild abstehenden Haarsträhnen. Er sollte so etwas nicht tun. Es bringt mich durcheinander. »Du bist bei Tom in guten Händen.« Er seufzt und schüttelt den Kopf. »Mal hören, was die anderen zu all dem sagen.«

Ich horche auf. »Die anderen? Lucas, meine Mutter sagte, wir sollen niemandem vertrauen. Wie willst du ihnen erklären, dass wir, du und ich, bei einem Menschen waren?«

Kurz sieht er verunsichert aus, doch er fängt sich schnell. »Mir wird schon etwas einfallen. Eine Frau hat mich auf der Straße angesprochen und von uns Umbracoren gewusst oder so. Sie werden schon nicht misstrauisch werden. Wir arbeiten seit Jahrzehnten zusammen. Das sind meine Freunde.«

»Du musst es ja wissen.«

»Ja, ich weiß das auch.«

»Ich finde, wir sollten lieber vorsichtig sein.«

Er verdreht genervt die Augen. »Mella, ich kenne diese Leute seit Ewigkeiten. Ich vertraue ihnen mein Leben an, Tag für Tag, und sie mir ihres.«

Ich kaue auf meiner Unterlippe herum und schweige. Was soll ich darauf auch erwidern? Ich kenne hier niemanden. Also muss ich ihm wohl oder übel vertrauen, auch bei der Wahl seiner Freunde.

Aber ein gutes Gefühl habe ich nicht.

Sein Blick wird ein wenig sanfter. »Ich drehe noch durch, wenn ich nicht mit irgendjemandem darüber reden kann.«

»Du kannst mit mir reden.«

Er lächelt ein wenig. »Das ist nicht das Gleiche. Das sind erfahrene Leute, Ausbilder wie ich. Sie haben täglich mit Novizen zu tun. Ich komme nicht weiter ohne ihre Hilfe.«

Ich öffne gerade den Mund, um ihm zu sagen, dass ich das trotzdem nicht gut finde, da klopft es laut an der Tür. Fast gleichzeitig fliegt sie auf und knallt gegen die Wand. Tom ist da. »Morgen!« Er strahlt uns an. »Wie geht's?«

Ich zucke mit den Schultern und wende mich von den beiden ab.

»Wir sehen uns später«, sagt Lucas mit einem eindringlichen Tonfall. »Sei brav.« Leise zieht er die Tür hinter sich ins Schloss zu und dreht den Schlüssel herum.

»Und wieder bin ich mit dir in deinem Zimmer gefangen«, sagt Tom fröhlich.

»Du nervst.« Ich lasse mich auf die Fensterbank fallen. »Was würdest du tun, wenn ausgerechnet jetzt die Blutsucht bei mir ausbrechen würde? Es gäbe kein Entkommen für dich.«

Tom lässt sich die gute Laune nicht nehmen. »Tja. Aber wenigstens meuchelst du in dem Fall nicht das halbe Haus weg, bevor man dich einfangen kann. Denn du kommst ja auch nicht hier raus.« Er stellt sich neben mich und sieht aus dem Fenster. »Eine Schande, dass wir nicht für ein paar Stunden spazieren gehen können.«

Ich folge seinem Blick und seufze leise. Es ist wirklich schön. Vögel jagen sich übermütig durch die noch kahlen Äste, sammeln tote Zweiglein und vertrocknetes Gras ein. Der Frühling kommt.

»Und Lucas muss wieder auf die Jagd?«, fragt Tom beiläufig.

Missbilligend ziehe ich die Augenbrauen zusammen. »Nennst du das so? Lucas versucht, geflohene Novizen einzufangen, bevor sie etwas anstellen können.« Ich sehe ihn aus dem Augenwinkel an. »Zum Beispiel unschuldige Menschen töten.«

Tom lacht. »Ich sage es ja: jagen!«

∞

Da wir nichts Besseres zu tun haben, spielen wir den ganzen Tag Scrabble. Es ist unmöglich, gegen Tom zu gewinnen. Ich habe keine Chance gegen ihn. Vermutlich hat er das Wörterbuch tatsächlich gelesen – und das mehrfach. Und jede verdammte Neuauflage auch. Es ist frustrierend.

»Noch eine Runde?« Tom sammelt die Buchstaben vom Spielbrett ein und rechnet seine Punkte zusammen.

Müde schüttele ich den Kopf. »Gönn mir eine Pause. Es wird schon dunkel.«

»Wir haben März, Mella. Es wird immer früh dunkel im März.«

Ich rolle mit den Augen. »Okay, ich habe keine Lust mehr!«

Tom zuckt mit den Schultern und räumt das Spiel zurück in den Karton.

Ich nehme die Beine hoch und lehne mich an die weißgetünchten Steine der Fensteröffnung. Der Himmel ist ein Aquarell. Sanft laufen die Farben ineinander, während die Sonne mit dem Meer verschmilzt. Einen Wimpernschlag lang kann man nicht mehr sagen, wo das Wasser aufhört und wo der Horizont beginnt.

Tom schiebt das Spiel zurück in das Fach unter dem Couchtisch und setzt sich mir gegenüber auf die Fensterbank. Ohne ein Wort genießen wir das Farbenschauspiel da draußen. Wie geschmolzene Wachsmalstifte zerfließen die Farben vor unseren Augen, bis sich ein grauer Schleier über sie legt und sie neutralisiert.

»Erzähl mir von den Umbracoren. Von uns.«

Tom grinst amüsiert. »Du willst eine Gutenachtgeschichte?«

»Ich will die Wahrheit.«

Toms Blick wandert aus dem Fenster. »Die Wahrheit, in Ordnung. Wo soll ich anfangen?«

Ich zucke mit den Schultern. »Fang am besten vorne an.«

Er seufzt. »Vor mehr als tausend Jahren teilten die mächtigsten Umbracoren die Welt unter sich auf: sieben Kontinente für sieben Friedensfürsten. Damals herrschte Chaos. Menschen und Umbracoren lebten miteinander, Tür an Tür. Doch die Menschen konnten unsere Talente nicht verstehen. Wir verstanden uns ja selbst nicht. Viele waren damals völlig allein und verwirrt über ihr Verhalten und ihre Fähigkeiten. Die meisten von uns hielten sich nach wie vor für Menschen. In dieser Zeit wurde die Saat für Märchen und Legenden gelegt. Es waren schlicht Erfahrungen, mit uns und unseren Talenten. Aber dieses Miteinander weckte nur Unsicherheit, Missgunst und Angst. Angst führte zu Gewalt. Sie kämpften gegen uns, getrieben von einem ohnmächtigen Entsetzen. Aufstände, Kriege und die Hexenverfolgungen sind Auswüchse einer Furcht vor allem, was anders ist, was sie nicht verstehen konnten. Am Ende flohen wir in das Vergessen. Und im Laufe der Jahrhunderte wurden wir zu Fabelwesen und unsere Geschichten zu Märchen, mit denen man unartige Kinder erschreckt.«

Gebannt lausche ich seinen Worten, und Tom fährt fort. »Die Mächtigsten wählten sieben Fürsten aus ihren Reihen. Gemeinsam entschieden sie, unsichtbar zu werden und so begann die große Ordnung.«

»Das war also der Anfang eines friedlichen Miteinanders?«

Tom nickt. »Der Beginn einer heimlichen Co-Existenz. Auch wenn diese Entscheidung für uns bedeutet, stets im Verborgenen bleiben zu müssen.«

»Und wie wird man zu einem Umbracoren?« Welche Mythen stimmen wohl? Und was gehört in das Land der Sagen und Märchen?

Tom zieht seine Beine hoch auf die Fensterbank. »Wenn ein Mensch stirbt, zerfällt sein Körper schon kurz nach dem letzten Herzschlag. Gibt man ihm einen Tropfen Umbracorenblut, bevor das Herz stehen bleibt, wird dieser Zersetzungsprozess gestoppt und die neuen Zellen teilen sich.«

Faszinierend. Aber ich hasse Biochemie und verstehe eigentlich nichts von dem, was er sagt. Allerdings klingt es zumindest interessant.

»Der sterbende Körper wird quasi mit einem Virus infiziert. Der übernimmt die Kontrolle und vermehrt sich rasend schnell. Das menschliche Blut wird vernichtet und durch unseres ersetzt. Am Ende hast du dasselbe Blut wie dein Spender.«

»Und deshalb altert man nicht?«

»Richtig. Der Alterungsprozess ist für immer gestoppt.« Er seufzt. »Wieso wir allerdings Fähigkeiten haben, die gegen die Gesetze der Physik verstoßen, wissen wir selbst nicht.«

Blaues Licht schluckt die Wärme des Sonnenuntergangs. Drückendes Halbdunkel breitet sich im Zimmer aus. Tom geht hinüber zum Bett und schaltet die Nachttischlampe ein, doch ihr gemütliches Licht kann nicht die finsteren Gedanken vertreiben, die sich in meinem Kopf ausbreiten. »Heißt das … bedeutet das also, wenn mein Blut mit dem meines Spenders identisch ist, dann habe ich die gleichen Fähigkeiten wie er?«

Blutsüchtig. Er war blutsüchtig, soviel ist klar. Er hat meine Kleider zerrissen und sich in meine Haut gegraben, um sich an mir satt zu fressen. Dieses Schmatzen und Schlürfen, ich werde es nie vergessen. Mein Herzschlag pocht in meinem Hals, schnell und hart. Ich will keine gewalttätige Ewigkeit. Ich will das nicht.

Doch Tom schüttelt den Kopf und setzt sich wieder zu mir. »Nein, ganz so einfach ist das nicht. Lass uns erst einmal abwarten, was sich bei dir entwickelt.«

Erleichtert stoße ich Atem aus. Gut. Also habe ich noch eine Chance, nicht als bluttriefende Massenmörderin meine Ewigkeit zu fristen. »Wie war es bei dir?«

Tom wechselt zum dritten Mal innerhalb einer Minute seine Sitzposition. »Ich habe noch nie darüber gesprochen und ich weiß auch nicht, ob ich das will.« Schnell blickt er auf, als ein lautes Klicken verkündet, dass Lucas zurück ist.

Erschöpft sieht er aus und ziemlich schlecht gelaunt. Der Tag scheint anstrengend gewesen zu sein.

»Okay, ich gehe dann mal.« Tom kann gar nicht schnell genug von mir wegkommen. So fröhlich er immer tut, irgendetwas stimmt doch nicht mit ihm. Über seine eigene Verwandlung zu reden, war ihm absolut unangenehm. Ich werde ihn festnageln, sobald wir uns das nächste Mal sehen.

Lucas drückt die Tür hinter ihm ins Schloss und schiebt den Riegel vor. Er wirft mir einen finsteren Blick zu und geht langsam zur Couch.

»Ist alles in Ordnung mit dir?« Ich setze mich aufrechter hin, beobachte ihn. »Humpelst du?«

Er antwortet nicht. Als er nach dem erstbesten Sessel tastet und sich auf die Armlehne sinken lässt, unterdrückt er erfolglos ein Ächzen.

Alarmiert springe ich auf. »Lucas?«

Er blickt nur kurz hoch, streift umständlich seine Boots von den Füßen und macht sich mit schmerzverzerrtem Gesicht daran, seine Jacke auszuziehen. Mitten in der Bewegung verharrt er und atmet tief durch.

Langsam mache ich ein paar Schritte auf ihn zu, lasse ihn nicht aus den Augen. »Lucas? Was hast du?«

Seine Jacke fällt zu Boden. Und dann sehe ich einen großen, glänzenden Fleck auf seinem Hemd.

»Liebe Güte, du bist verletzt! Was ist passiert?« Ich stürze zu ihm, nehme sein Gesicht in meine Hände. Seine Haut fühlt sich kalt an und glänzt vor Schweiß.

»Nicht so schlimm.« Kurz schließt er die Augen und schluckt angestrengt, so als kämpfe er gegen eine starke Übelkeit an.

»Nicht schlimm? Lucas, du blutest. Lass mich mal sehen!« Ich reiße ihm das Hemd auf und zerre es ihm herunter. Er wehrt sich nicht. Der dunkle Stoff trieft vor Blut. Scheiße, wie viel hat er denn verloren? Behutsam hebe ich seinen Arm ein wenig an. Ein gepresstes Stöhnen kommt über seine Lippen, und ich erstarre zu einer Eisskulptur.

Dick und dunkel quillt das Blut aus einem Schnitt von der Länge meines kleinen Fingers, wenige Zentimeter unter seiner rechten Achselhöhle. O Scheiße … Ich sammle das Hemd wieder vom Boden auf und presse es so fest auf die Wunde, wie ich kann. Lucas zuckt zusammen, keucht unterdrückt.

»Das ist ziemlich tief.« Meine Stimme zittert.

Seine Augen schimmern fiebrig.

»Du brauchst einen Arzt.«

Kaum merklich schüttelt er den Kopf. »Nein, das geht vorbei.« Seine Stimme klingt so, als würde er gleich von der Sessellehne kippen. Das muss doch wahnsinnig wehtun!

»Lucas, das geht nicht vorbei. Wo ist dein Handy? Du musst zu einem Arzt, du brauchst …«

»Das ist nur ein oberflächlicher Schnitt«, unterbricht er mich, so außer Atem, als wäre er gerade einen Marathon gelaufen. »Das Messer ist an meinen Rippen abgeprallt.«

Bitte, was? An seinen Rippen abgeprallt? Entschieden schüttele ich den Kopf. »Nein, Lucas, die Wunde ist zu tief, da ist echt viel Blut. Das muss sich ein Arzt ansehen!« Vorsichtig werfe ich einen Blick unter das Hemd. Die Blutung hat ein wenig nachgelassen.

Er legt seine Hand auf mein Knie und tätschelt es kraftlos. Ein nicht gerade sonderlich erfolgreicher Versuch, mich zu beruhigen! »Mella, vertrau mir. Das ist nicht halb so schlimm wie es aussieht. Ich muss das nur verbinden, damit ich nicht alles einsaue, mich ein wenig ausruhen und morgen ist alles wieder vergessen.«

So ein Blödsinn! Ist der schon im Delirium, oder was?

Ruhig sieht er mich an, lächelt sogar, aber er atmet immer noch viel zu schnell. Der Schnitt in meiner Handfläche fällt mir wieder ein, und meine Aufregung legt sich etwas. »Also gut, versuchen wir es. Aber sobald es durchblutet, hole ich Hilfe, ist das klar? Wo finde ich etwas zum Verbinden?«

Er deutet auf seine Tasche. »Im linken Seitenfach.«

Ich nehme seine Hand und lege sie auf das Hemd. Während er den durchnässten Stoff weiterhin auf die Wunde presst, hole ich ein feuchtes Handtuch aus dem Badezimmer und breite eine ganze Batterie an Kompressen neben mir auf dem Fußboden aus.

Sein Kopf ist ihm auf die Brust gesunken und die Augen sind geschlossen, aber er atmet gleichmäßig und ruhig, als ob er eingeschlafen wäre. Ich knie mich vor ihn hin und ziehe sanft das Hemd von der Wunde. Vorsichtig reinige ich die blutverschmierte Haut, ohne der Verletzung allzu nahe zu kommen.

Aber, was …? Ich beuge mich vor. Seltsam. Zwischen den Wundrändern klafft hellrotes Fleisch, doch kein Tropfen Blut ist mehr zu sehen. Mit den Fingerspitzen berühre ich eine Stelle nahe der Verletzung. Lucas zuckt zusammen und schnappt nach Luft.

Nervös blinzelt er mich aus fiebrigen Augen an.

Ich weiß nicht, wie ich das fertig bringe, aber ich lächle ihm tapfer zu und widme mich wieder seiner Verletzung. Sie scheint tatsächlich in Windeseile zu heilen. Behutsam, um ihm nicht noch mehr Schmerzen zuzufügen, lege ich drei Kompressen übereinander auf den Schnitt und wickle eine Mullbinde rund um seinen Brustkorb, um sie an Ort und Stelle zu halten. Nach einem schnellen Blick auf sein bleiches Gesicht ziehe ich sie mit einem Ruck fest und verknote die Enden.

Leise stöhnt er auf. »Morgen. Morgen erkläre ich dir alles.« Seine Stimme klingt immer noch verwaschen. »Ich will nur noch schlafen. Gott, ich muss fit sein.«

Er rappelt sich hoch und landet mit einem Keuchen direkt wieder auf der Armlehne. Sein Haar glänzt wie Altöl, dunkel und feucht von Schweiß. Er atmet immer noch flach und schnell, und seine Augen … sie wirken deutlich zu abwesend für meinen Geschmack.

Ich lege ihm meine Hand an die Wange. »Bist du sicher, dass du keinen Arzt brauchst?« Verdammt, ich bin mir sicher, dass er einen braucht, ob die Blutung nun gestoppt ist oder nicht! Er hat viel zu viel Blut verloren!

Er versucht sich an einem kleinen Lächeln, aber es misslingt ihm gründlich.

Er sieht eher so aus, als ob er sich gleich übergeben würde. »Ich bin sicher. Vertrau mir, das passiert mir nicht zum ersten Mal.«

Ich reiße die Augen auf. »Ich … das ist nicht das erste Mal? Lässt du dich öfter abstechen?«

Er bedenkt mich mit einem genervten Blick. Zum Glück. Es scheint ihm wirklich besser zu gehen. »Würdest du mir bitte helfen?«

»Sicher.« Ich lege mir seinen Arm über die Schulter und fasse ihn um die Taille. Sofort entzündet mich seine Wärme. Meine Haut prickelt dort, wo er mich berührt. Was soll das jetzt? Er ist verletzt! Da ist keine Zeit für hormonelle Irrungen und Wirrungen! Vorsichtig richte ich mich auf und ziehe ihn mit mir hoch. Sein Gesicht ist angespannt, er keucht und schluckt hart. Schwer stützt er sich auf mich, so geschwächt ist er immer noch.

Es dauert eine halbe Ewigkeit, bis wir endlich das Bett erreichen. Vorsichtig setze ich ihn auf der Bettkante ab und verliere das Gleichgewicht. Fast wäre ich auf ihn gefallen. Langsam, so als müsse er erst ausprobieren, welche Bewegungen weniger schmerzhaft sind, lehnt er sich zurück und lässt sich seitlich in die Kissen sinken.

Ich beuge mich über ihn und hole die Bettdecke, breite sie über ihm aus. »Brauchst du noch etwas? Ein Schmerzmittel? Wasser? Eine Bluttransfusion?«

Er lächelt, und diesmal lächeln seine Augen mit. »Nein, du hast mir schon sehr geholfen.« Mit einem gequälten Ächzen fummelt er unter der Bettdecke herum und wirft kurz darauf seine Jeans und die Socken auf den Boden. »Ich hoffe, das ist dir nicht unangenehm. Aber ich will nur noch schlafen.« Seine Augen fallen ihm bereits zu.

Ich schiebe ihm eine feuchte Locke aus der Stirn. »Dann schlaf. Hauptsache, es geht dir wieder besser. Aber bitte, sag sofort Bescheid, falls es schlimmer wird.«

Er kuschelt sich in die Kissen und schließt die Augen. Mein Herz bleibt kurz stehen, als ich ihn so vor mir liegen sehe. Als ob es mich stören würde, dass er so gut wie nackt in meinem Bett liegt, ha! O Mann.

Ich flüchte mich ins Badezimmer und wasche mir sein Blut ab. Es stört mich, und zwar gewaltig. Ich kann kaum einen klaren Gedanken fassen. Sicher, er ist verletzt und ich mache mir schreckliche Sorgen um ihn. Aber ich bin auch nicht blind.

Als ich mit gefühllos geschrubbten Armen zurück ins Schlafzimmer komme, geht sein Atem ganz ruhig und gleichmäßig. Behutsam lege ich ihm meine Hand auf die Stirn. Seine Haut ist wärmer als eben und er schwitzt nicht mehr so stark. Es scheint ihm tatsächlich besser zu gehen. Ich hebe die Decke ein Stück an und ignoriere die Tatsache, dass er quasi nackt vor mir liegt. Die Kompressen sind blütenweiß, nichts ist durchgeblutet.

Leise grummelt er und kuschelt sich tiefer in die Kissen. Ich lege mich neben ihn, lösche das Licht und schließe die Augen. Himmel, was für ein Tag!

∞

Ich fahre herum und Lucas sieht mich mit zerknirschtem Gesichtsausdruck an. »Entschuldige, ich wollte dich nicht wecken.« Er zerrt an seinem Verband. »Aber das Ding macht mich wahnsinnig. Es juckt!«

»Nicht!« Ich packe seine Hand. »Hör auf damit, nicht, dass die Wunde wieder aufbricht.«

Er lächelt, und seine Augen glitzern im Mondlicht wie Wasser in einem tiefen Brunnen. »Sie wird nicht wieder aufbrechen, glaub mir.« Erneut versucht er, die Mullbinde zu lösen - vergeblich.

Ich seufze und schiebe seine Hand weg. »Komm her, ich mache das.« Vorsichtig löse ich den Knoten und rolle den Verband herunter, ziehe ganz, ganz sachte die Kompressen ab. »Was …?«

Unversehrt schimmert seine Haut im spärlichen Licht. Ich beuge mich darüber, keuche auf. Fast nichts erinnert daran, dass genau an dieser Stelle vor wenigen Stunden noch ein daumenlanger Schnitt klaffte! Das Einzige, was von der Verletzung zurückgeblieben ist, ist eine feine, silbrige Linie. Ungläubig fahre ich mit den Fingerspitzen darüber, und eine Gänsehaut überzieht seinen Körper.

Ich sehe auf und er fängt mich in seinem Blick. Langsam nimmt er die Hand hoch und streift meinen Oberarm. Ein Schauer jagt durch mich hindurch und mein Herz hämmert von innen gegen meinen Brustkorb. »Wie konnte das so schnell heilen?«

Lucas zieht seine Hand zurück, als hätte er sich verbrannt. »Fleischwunden tun zwar weh, aber sie sind nicht weiter schlimm.« Er betrachtet seine Brust, und ich folge seinem Blick. Meine Hand liegt immer noch dort, auf seiner wunderbar weichen Haut, als ob sie dort hingehört. Sofort nehme ich sie weg. Die silbrige Linie glänzt bei jedem seiner Atemzüge. »Morgen früh wird davon nichts mehr zu sehen sein.«

Ich nicke, weil ich nicht weiß, was ich sonst tun soll, und sehe ihn an. Er lächelt, aber er kommt mir ein wenig verunsichert vor.

Gut, das wäre ich vermutlich auch, wenn ich halbnackt im Bett läge und von einem Fremden betatscht würde.

Er räuspert sich. »Lass uns weiterschlafen, Liebes. Morgen haben wir eine lange Fahrt vor uns.«

Ich nicke wie ein Wackeldackel.

Er dreht sich wieder auf seine linke Seite, von mir weg, und zieht die Decke hoch bis ans Kinn. Rücken an Rücken liegen wir da, ohne uns zu berühren, und doch war ich mir seiner Nähe nie bewusster, als ich es jetzt bin.

Ich kann nur an seine Augen denken, seine Lippen, den Schimmer auf seiner Haut, seinen fast nackten Körper neben mir.

O Mann, ich will mich auf die andere Seite drehen, meine Hände um seinen Brustkorb legen und mich an seinen Rücken schmiegen …

Leise seufzt er und kuschelt sich tiefer in seine Kissen.

Und mein Herz geht mit mir durch und galoppiert in die Nacht.

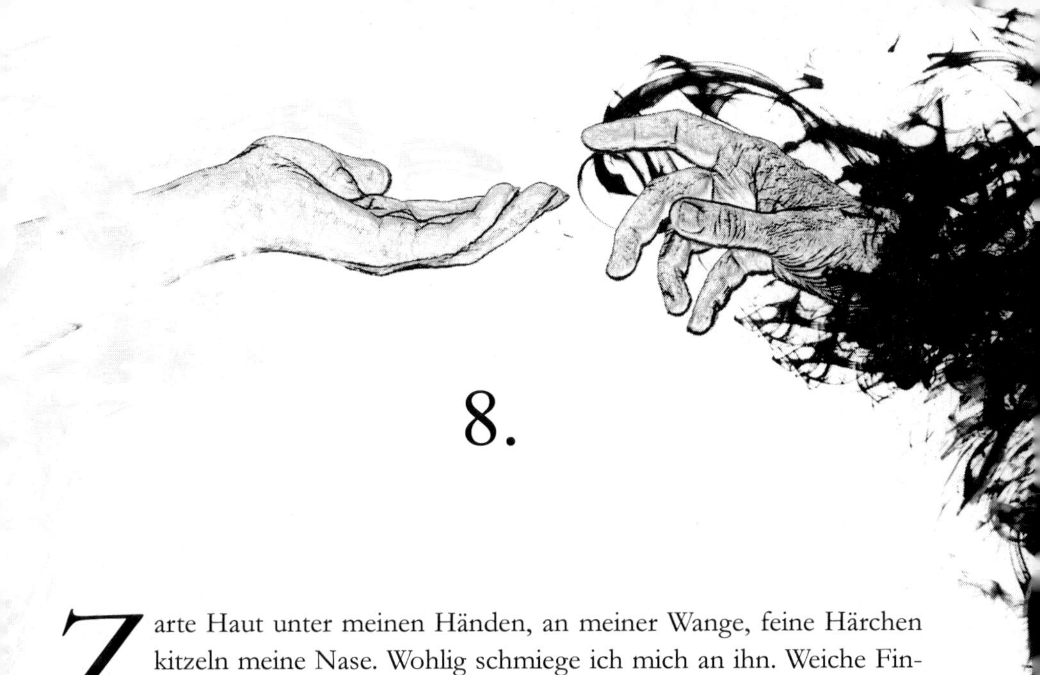

8.

Zarte Haut unter meinen Händen, an meiner Wange, feine Härchen kitzeln meine Nase. Wohlig schmiege ich mich an ihn. Weiche Fingerspitzen streicheln sachte meinen Rücken und kleine Schauer rieseln unter meiner Haut herab wie Eisregen, überall dort, wo er mich berührt.

Moment mal.

Er?

Schlagartig bin ich wach.

Er blinzelt und reißt die Augen auf, als er mich so nah bei sich sieht. Wir fahren auseinander, als hätten wir etwas Verbotenes getan.

Mit einem kleinen, sinnlosen Räuspern setze ich mich auf, lehne mich mit dem Rücken gegen das kühle Holz des Kopfteils. Mein Herz schlägt, als wäre ich soeben einen Marathon gelaufen. Ach, was sage ich. Fünf Marathons nacheinander, mindestens.

Lucas kniet auf seiner Seite, halb unter der völlig zerknüllten Bettdecke, fährt sich mit der Hand durchs Haar und bringt es noch mehr durcheinander. »Himmel!« Er sieht aus, als wäre er gerade aus einem Albtraum aufgewacht. Seine Brust hebt und senkt sich heftig unter schnellen Atemzügen, und dass er nichts als enge Boxershorts trägt, will ich gar nicht erst erwähnen. Er sieht zum Anbeten aus.

O Gott, ich will ihn berühren, ihn an mich zerren und küssen! Shit, wo kommen diese Gedanken jetzt her? Ich bringe nichts weiter fertig, als ihn stumm anzustarren.

»Ich glaube, wir müssen uns mal unterhalten.« Redet er mit mir oder mit sich selbst? Mein Mund fühlt sich so an, als hätte ich in den vergangenen Stunden ein Frotteehandtuch darin aufbewahrt. »Ich wüsste nicht, worüber.«

In seinen Augen lodert ein dunkles Feuer. Er kaut auf seiner Unterlippe, schüttelt kaum merklich den Kopf. Und plötzlich ist er bei mir, schnell und geschmeidig wie ein Panther, gleitet auf meine Oberschenkel und packt mein Gesicht mit beiden Händen. Ich lege meine Arme um seinen Rücken und ziehe ihn zu mir, seinen Atem auf meinen Lippen. Sein Blick springt zwischen meinen Augen und meinem Mund hin und her. Mein Körper bebt.

O Gott, er ist so nah!

Bitte, küss mich, ich verglühe sonst!

Doch er stöhnt leise auf und senkt seinen Kopf. Er küsst mich nicht, nein, stattdessen legt er seine Stirn an meine, so dass sich unsere Nasenspitzen berühren. Enttäuscht stoße ich Atem aus. »Doch, ich glaube, wir müssen uns unterhalten«, murmelt er und ich spüre jedes seiner Worte wie einen warmen Windhauch auf meinen Lippen. Erneut nähert er sich mir, langsam, vorsichtig, zögert dann aber, kurz bevor wir uns endlich berühren.

»Ich glaube, wir müssen etwas ganz anderes«, rutscht mir heraus. Sofort schießt mir das Blut ins Gesicht. Ich muss das mit dem Denken und Reden wirklich trainieren.

Lucas lacht. »Du machst es mir nicht leicht, Mella.« Seine Stimme klingt ein wenig fester als gerade eben noch. Warm taucht sein Blick in meinen und seine Augen lächeln. »Wirklich nicht.«

Doch anstatt sich von mir zu entfernen, zieht er mich wieder an sich.

Wie von selbst gleiten meine Hände über seine Haut. Er fühlt sich so wundervoll an, fest und zart zugleich. Es gibt keine Stelle an meinem Körper, die nicht prickelt. Mein Herz versagt gleich seinen Dienst, so heftig rumpelt es in meiner Brust herum.

Schließlich legt er seine Wange an meine. Bartstoppeln kratzen über meine Haut. »Vielleicht machst du mich doch ganz schön nervös.« Jedes seiner Worte spüre ich wie einen sanften Kuss an meinem Ohr.

Langsam atme ich aus. Was will ich von diesem Mann? Was will er von mir? Himmel, das Einzige, was mir völlig klar ist, ist, dass ich ihn will. Jetzt. In diesem Moment. Ich glaube nicht, dass das eine gute Idee wäre. Dennoch … es kostet mich fast übermenschlich viel Kraft, meine Hände von seinem Körper zu nehmen und eine gewisse Distanz zwischen uns zu bringen.

Lucas fährt sich mit der Hand durchs Haar, eine entzückende Spur von

Verunsicherung in seinem Blick. »Ich …« Er bricht ab, lässt sich mit einem genervten Aufstöhnen neben mir in die Kissen fallen und funkelt die Zimmerdecke an, als könnte sie etwas für dieses Durcheinander.

Oh, wie einfach es wäre, mich jetzt über ihn zu beugen und ihn zu küssen! Würde er sich wehren?

»Entschuldige.« Er startet einen neuen Versuch. »Ich weiß nicht, was über mich gekommen ist. Das war …« Er sucht nach einem passenden Wort. »Unprofessionell.«

Ich kann den Ausdruck in seinen Augen nicht deuten. Er liegt so nah bei mir, dass mich seine Wärme zum Schwitzen bringt. O Gott, ich will ihn berühren, mit meinen Händen, meinen Lippen …

Aber es scheint so, als hätte er nur einen schwachen Moment gehabt. Das ist das Einzige, was Sinn ergibt. Ich kann mir gut vorstellen, dass er vergeben ist, vielleicht sogar an Helena. Sie schienen ziemlich vertraut miteinander zu sein.

»Vergiss es.« Ich winke lässig ab, als wäre gar nichts zwischen uns passiert. Seine Zerknirschtheit weicht einem Erstaunen. »Wir haben wohl beide einen unruhigen Schlaf und sehnen uns nach jemand anderem und …« Seine Augen machen mich kirre. »Und so«, schließe ich aussagekräftig und finde mich selbst doof.

»Ja, vermutlich.« Er sieht mich skeptisch an und fährt sich durch seinen Fünftagebart, denkt offensichtlich angestrengt nach. »Ab sofort schlafe ich wieder auf der Couch.« Energisch springt er aus dem Bett.

Ich zwinge mich zu einem Lächeln. »Gute Idee.« Hoffentlich hört sich das auch so an, als ob ich es ernst meine. Es wird am besten sein, wenn er so weit wie möglich von mir weg ist. Dann wird sich alles wieder geben. Bestimmt. Eventuell. Vielleicht auch nicht.

O Kacke.

Ein wenig verloren steht er vor dem Bett und kratzt sich am Hinterkopf, mit nichts am Leib als engen Shorts. Herrje, er ist wirklich schön anzusehen. Ich drehe hier gleich durch.

»Ich …« Er hält inne und deutet dann in Richtung Badezimmer. »Ich, äh … also …« Genervt kneift er die Augen zusammen und trollt sich ohne ein weiteres Wort ins Bad.

∞

Immer wieder fallen mir die Augen zu. Wir fahren schon seit Ewigkeiten auf dieser Straße, immer schnurgeradeaus. Musik dudelt leise aus den Lautsprechern, so öde wie die braungraubeigefarbene Landschaft, die an unseren Fenstern vorbeizieht. Wir sind unterwegs in das Dorf, in dem Lucas und meine Mutter aufgewachsen sind, und der Weg dorthin ist offensichtlich weit.

Lucas hängt mehr hinter dem Steuer, als dass er aufmerksam dasitzt. Einen Arm hat er auf der Innenseite der Autotür abgelegt und stützt seinen Kopf auf, als könnte er ihn nicht mehr aus eigener Kraft auf den Schultern halten. Konzentriert starrt er aus der Frontscheibe. Dabei ist da draußen nur eine Landstraße inmitten einer farblosen Umgebung, auf der uns vor anderthalb Stunden das letzte Auto entgegengekommen ist.

Ich war nie gut darin, Männer einzuschätzen. In der Disco oder wo auch immer habe ich grundsätzlich Typen angesprochen, die nicht im Geringsten an mir interessiert waren. Und die, die es waren, habe ich nie bemerkt, es sei denn, ich hatte zufällig auch Interesse an ihnen.

Aber das hier schlägt alles. Bisher war er distanziert, wenn überhaupt kumpelhaft, vielleicht sogar fürsorglich. Das braucht er auch für seinen Job, immerhin ist er es, der uns Novizen in ihre neue Welt einführen soll. Das heute Morgen allerdings … das war Leidenschaft und nichts anderes. Denke ich. Ich könnte mich allerdings auch irren.

Immer gleiche Felder, überzogen mit lehmfarbenen Flechten, ziehen an uns vorbei. Ein leiser Seufzer dringt über meine Lippen. Ich komme damit klar, jemanden zu mögen, der mich nicht will. Irgendwann geht das vorüber, das kenne ich seit der siebten Klasse.

Aber jemandem nahe sein zu wollen, der das offensichtlich auch will, aber gleichzeitig nicht will, dass er es will … Ich habe keinen Schimmer, wie ich damit umgehen soll. Vor allem, wenn ich darauf angewiesen bin, dass dieser Jemand sich ständig in meiner Nähe aufhält.

Er wird Gründe für sein Verhalten haben. Auf jeden Fall wäre es für uns beide einfacher, wenn er nicht tagaus, tagein bei mir sein müsste. Sobald sich mein Talent zeigt, kann er verschwinden und sich um andere Dinge kümmern. Und ich kann ihn vergessen.

Drei Monate, dann wissen wir spätestens, ob ich blutsüchtig bin oder nicht. Eine überschaubare Zeit. So lange werde ich mich zurückhalten und das Thema ruhen lassen. Ja, das ist ein guter Plan. Drei Monate noch. Die letzten sind auch wie im Flug vergangen.

»Ist Helena deine Freundin?«, höre ich mich sagen, bevor mir bewusst wird, dass ich überhaupt den Mund aufgemacht habe. Am liebsten würde ich mit der Stirn gegen das Armaturenbrett schlagen, und zwar nicht nur ein Mal. Aber der Audi ist sehr gut ausgestattet, so dass ich vermutlich eh nichts dabei spüren würde. Ja, super! Seit einer Stunde haben wir kein Wort miteinander gewechselt und dann beginne ich so ein Gespräch? Nach dem, was heute Morgen passiert ist?

Lucas zieht die Stirn kraus. »Nein, ist sie nicht.«

Das war‘s. Mehr kommt nicht über seine Lippen. Na, ganz wunderbar. Sie ist nicht seine Freundin, prima. Jetzt weiß ich, dass er mich aus einem anderen Grund nicht will. Viel besser, Mella, viel, viel besser! Ich mache mich auf meinem Beifahrersitz klein und studiere die Umgebung. Hier sieht alles aus wie Linsensuppe.

Lucas setzt den Blinker und verlässt die Landstraße. Der Audi zwängt sich durch enge Gassen, die mit Sicherheit nicht für zwei Autos dieser Größe nebeneinander gemacht sind. Zerrissene Zeitungen und anderer Müll wirbeln auf, als wir vorbeifahren. Rostige Schilder bewegen sich im Wind. Hier wurde also meine Mutter geboren. Der Wagen rumpelt durch ein Schlagloch und mein Kopf knallt ungebremst gegen das Seitenfenster.

Lucas atmet einmal tief durch, seinen Blick fest auf das Kopfsteinpflaster vor uns geheftet. »Ich komme einfach nicht dahinter, was hier los ist. Resas Warnung und das, was da zwischen dir und mir passiert …« Er bricht ab und mein Herz glimmt auf, ein kleiner Funken nur, der in mir leuchtet.

Er spürt es also auch.

Aber wie soll es jetzt weitergehen?

»Ich mag dich«, sagt er leise und vermeidet es, mich anzusehen. »Ich sollte dich nicht mögen.«

∞

Ich kann mich nicht wirklich rühren. Sein letzter Satz hat mich auf meinem Sitz fest getackert und hängt in der Luft wie Smog.

Lucas verliert kein weiteres Wort mehr. Er lenkt den Audi in eine winzige Seitenstraße und stellt den Motor ab. Der kurze, gepflasterte Weg endet an einem Hügel. Auf halber Höhe thront eine kleine weiße Kirche darauf, deren letzter Anstrich bereits so alt sein muss wie ich es bin. Farbe blättert von den

Wänden, und wie ein zerbrechliches Ei sitzt sie mitten in einem Nest aus hohen Gräsern, umrahmt von gewaltigen Buchen und Weiden. Alle erdenklichen Schattierungen von Frühlingsgrün heben sich gegen den stahlblauen Himmel ab. Das muss die Kirche sein, von der meine Mutter sprach.

Lucas beugt sich über das Lenkrad und mustert die Umgebung durch die Windschutzscheibe. Zehn urige, alte Häuser aus behauenen Feldsteinen, auf jeder Straßenseite fünf, rahmen das Kopfsteinpflaster ein wie löchrige, graue Zähne. Sie sind verlassen, einige bereits halb eingestürzt.

»Wie lange bist du nicht mehr zu Hause gewesen?« Ich öffne meinen Sicherheitsgurt und lehne mich ebenfalls vor.

Lucas sieht mich an, als wäre er gar nicht richtig hier. »Mehr als sechzig Jahre.« Er deutet auf ein bestimmtes Gebäude auf der linken Straßenseite. Türen und Fenster sind mit angegrauten, ungeschliffenen Holzplanken vernagelt. Die letzten Fetzen eines Werbeplakates tanzen im Wind. »Das war mein Elternhaus. Und rechts daneben wohnte Resa.«

Trostlos, ernüchternd. Das hatte ich mir anders vorgestellt, idyllischer und romantischer. Nicht so heruntergekommen. »Komm, sehen wir uns das mal näher an.« Ich steige aus und mache ein paar Schritte auf die Häuser zu. »Was ist mit dir? Kommst du?«

Er steht wie angewurzelt neben dem Wagen und starrt mir nach. Eine nahezu kindliche Unsicherheit durchzieht seinen Blick. Er schüttelt leicht den Kopf, als wolle er schlechte Gedanken verjagen. »Ich weiß nicht, ob ich mir das so genau ansehen möchte.«

Verstehe das, wer will. Ich habe mir jedenfalls nicht stundenlang den Hintern platt gesessen, um jetzt einfach am Haus meiner Mutter vorbeizulaufen, ohne es mir anzusehen. »Aber deswegen sind wir doch hier! Komm schon, machen wir einen Ausflug in die Welt des kleinen Lucas. Du kannst mir alles zeigen.«

Lucas wirft einen Blick auf das Haus, dann auf mich. Schließlich seufzt er ergeben und holt zwei Stablampen aus dem Kofferraum.

»Na also.« Ich nehme ihm eine Lampe ab.

Er legt den Kopf in den Nacken und mustert den Dachgiebel. »Du willst hier also rein.«

»Du etwa nicht?«

Ohne eine Gefühlsregung sieht er mich an. »Nein«, sagt er, geht zu einem der Fenster und zieht an den Planken. Ächzend und knarrend lösen sich die

Nägel aus den Fensterrahmen. Lucas lässt das Brett zu Boden fallen und zerrt die übrigen mit festen Rucken fort, bis das Fenster halb freigelegt ist. Aus dem Haus gähnt uns eine tiefe Dunkelheit entgegen.

»Aah, fuck!« Er lutscht an seinem Handballen und funkelt mich schlecht gelaunt an. »Schon gut. Nur ein Splitter.«

»Steckt er noch drin? Lass mich mal sehen.« Ich nehme seine Hand und drehe die Handfläche nach oben. Unfassbar! Die Wunde schließt sich vor meinen Augen, und bald erinnert nur das verkrustete Blut daran, dass da etwas war.

»Wenn der Splitter noch in der Wunde wäre, hätte sie sich nicht geschlossen.« Er zieht eine Grimasse. »Gut, dass du nicht blutsüchtig bist. Sonst hätte ich schneller verschwinden müssen als der Schall.«

Seine Worte versetzen mir einen Stich. »Ich würde dir nie etwas tun.« Sein Körper strahlt eine Hitze aus, als würde ich zu nah vor einem Lagerfeuer stehen.

»Doch, du würdest. Du wärst nicht mehr du selbst, Mella. Alles, was du denkst und fühlst, tritt hinter der Gier nach Blut zurück.« Er reibt die Handflächen gegeneinander. Das verkrustete Blut rieselt zu Boden. Es bleibt nichts zurück als unversehrte Haut und ein hohles Gefühl in meinem Magen.

»Sollen wir?« Er deutet auf das Fenster.

Ich nicke.

Lucas wirft einen kurzen Blick in die Dunkelheit und tritt zwei Schritte von der Fensteröffnung zurück. Mit einem geschmeidigen Satz landet er in dem dunklen Zimmer. »Kommst du?«

Ich habe keinen Schimmer, wie ich es da hoch schaffen soll. Den habe ich einige erfolglose Versuche später immer noch nicht.

»Soll ich wieder rauskommen?« Er grinst frech.

»Ich mache ja schon.« Ich nehme Anlauf und lande mit einem Plumps wieder auf dem Gehsteig.

»Ich könnte dich hochziehen.« Sein Grinsen wird breiter.

Ich schnaube. »Du könntest mir auch einfach die Haustür öffnen.«

»Könnte ich«, stimmt er mir zu und bleibt exakt dort, wo er ist.

Ich werfe ihm einen verächtlichen Blick zu und wuchte mich ein weiteres Mal nach oben. Lucas fängt mich ab und hilft mir. Gut, er schleift mich in das Zimmer wie einen nassen Sack, aber ich bin drin.

Es riecht muffig hier drin. Ich knipse die Taschenlampe an und sehe mich um. Wie schade. Keine alten Bilder oder Fotos an der Wand, nichts außer Spinnweben und Staub.

Lucas steht mitten im Raum. »Du liebe Güte, war ich lange nicht mehr hier!« Ein wehmütiges Lächeln umspielt seine Lippen. »Unsere Küche war genau spiegelverkehrt.« Er deutet auf die rechte Zimmerecke. »Dort stand der Tisch. Meine kleine Schwester hat immer dort gesessen und gemalt.«

Er hat eine Schwester? Sie dürfte fast so alt sein wie meine Mutter. Ich folge ihm in den Flur. Auch hier ist nichts. Nur leere, staubige Räume mit abgeblätterten Tapeten, die Wände stellenweise mit schwarzem Schimmel überzogen. Das hatte ich mir schöner vorgestellt.

»Die Kinderzimmer waren oben im ersten Stock.« Staub tanzt im Lichtkegel seiner Taschenlampe. »Willst du hochgehen?«

Er sieht nicht so aus, als hätte er große Lust darauf, aber ich niese und zucke mit den Schultern. »Warum nicht.« Vielleicht finde ich dort oben noch etwas, das von ihr stammt, und wenn es eine Kritzelei an der Kinderzimmerwand ist. Die schmale Treppe knarzt beunruhigend unter unseren Schuhen. Hoffentlich hält sie unser Gewicht und bricht nicht einfach zusammen.

Oben angekommen, deutet Lucas auf eine Tür auf der rechten Seite. »Das war Resas Zimmer.« Wie festgewachsen steht er mitten in dem schmalen Flur und macht keine Anstalten, weiterzugehen. Ich quetsche mich an ihm vorbei und trete zögernd ein. Igitt. Wonach stinkt es denn hier? Scharf und unangenehm, ein wenig säuerlich. Es schmerzt in der Nase.

Auch in diesem Raum ist das Fenster zugenagelt. Einzelne Sonnenstrahlen fallen durch einen Spalt zwischen den Brettern hinein und tauchen den Raum in ein gedämpftes, unwirkliches Licht. Wie hypnotisiert gehe ich hinüber zum Fenster, ohne etwas anderes wahrzunehmen, und werfe einen Blick nach draußen.

Ein kleiner, wilder Garten mit einem alten Baum. Vielleicht ist es ein Apfelbaum, an dem früher eine Schaukel hing. Ich lächle. Bestimmt hat sie im Herbst die Äpfel stibitzt, noch bevor sie richtig reif waren. Sie liebt saure Äpfel. Das also war die Aussicht aus ihrem Kinderzimmer. »Ich glaube, es war richtig schön, hier aufzuwachsen, oder?«

Ich drehe mich zu Lucas um. Er steht da wie eine Statue und starrt an die Wand. Ein gewaltiges Loch klafft darin, bestimmt eineinhalb Meter hoch und zwei Meter breit.

»Lucas? Was ist das?« Ich bücke mich ein wenig und leuchte mit der Lampe hinein, kann aber nichts erkennen. In dem Loch ist es stockdunkel.

»Auf der anderen Seite ist unser Haus.« Seine Stimme klingt gepresst.

Ich ziehe die Augenbrauen zusammen. »Und warum ist die Wand kaputt?«

Ohne meine Frage zu beantworten, kriecht er durch die niedrige Öffnung. Ich schalte die Taschenlampe aus und stecke sie mir in meinen Jeansbund, bevor ich hinter ihm her krabbele. Auf der anderen Seite pralle ich gegen seinen Körper. Wie festzementiert steht er mitten in der Dunkelheit herum. Warum macht er seine Lampe nicht an? Der beißende Gestank ist auf dieser Seite der Wand beinahe unerträglich.

»Bah!« Ich rümpfe die Nase. »Wonach stinkt es hier?«

»Nach den Überresten meines Lebens.«

Ich zerre meine Lampe aus dem Hosenbund und schalte sie ein. Und dann bleibt mir fast das Herz stehen. »Lucas.« Ich keuche. »Um Himmels willen! Was ist hier passiert?«

»Feuer.«

O mein Gott! Die Wände sind schwarz, die Möbel sind schwarz, alles ist schwarz, selbst die Bilderrahmen an der Wand. Es sieht aus, als hätte jemand kübelweise Mineralöl überall hin gekippt. Ich taste nach seiner Hand, wortlos, und drücke sie fest.

»Unfassbar, was so ein Feuer anrichtet, nicht wahr?« Er klingt zittrig. »Ich meine … sieh mal, das hier war mein Bett und da drüben auf dem Teppich haben wir … haben wir … wir haben immer …« Seine Stimme erstirbt.

Ich starre ihn an. »Lucas, wann warst du das letzte Mal hier?«

Lucas dreht sich zu mir um. Sein Gesichtsausdruck ist gequält, seine Augen so angefüllt von unverhohlenem Schmerz, dass es mir die Tränen in die Augen treibt. »Ich war nicht mehr hier, seitdem es passiert ist.«

Ich schlucke. »Lucas, ich …« Ich finde keine Worte.

»Ich war nicht einmal hier, als es passiert ist.«

Im Lichtkegel meiner Lampe erscheinen Bücher, Spielzeug. O Gott, eine Puppe! Alles ist von einer schwarzglänzenden Schicht überzogen, fast so, als hätte jemand eine Decke darüber ausgebreitet.

»Wie alt warst du?«

»In der Woche darauf wurde ich dreizehn.« Ungläubig schüttelt er den Kopf. Er ist so ruhig, so abgeklärt, dass es mir wehtut. »Ein Ausflug in die Welt des kleinen Lucas«, wiederholt er meine Worte, und das schlechte Gewissen bricht über mich herein wie eine Lawine.

»Lass uns gehen«. Ich ziehe an seiner Hand. »Das war eine Scheißidee, es tut mir so leid!«

Endlich sieht er mich an. Sein Blick ist gehetzt, fahrig und schneidet in mein Herz. »Nein, Mella. Ich hätte schon viel früher herkommen sollen.«

»Habt ihr alles hier zurückgelassen und seid in eine andere Stadt gezogen? Oder habt ihr hier im Dorf ein neues Haus …« Ich breche ab.

Sein Blick ist völlig ausdruckslos und ich halte die Luft an. Bitte, nein. Nicht auch das noch.

»Ich bin der Einzige, der überlebt hat«, sagt er leichthin. »Man hat sie drüben im Schlafzimmer gefunden, alle drei. Sie sind nicht mal aufgewacht. Jedenfalls rede ich mir das ein.« Sein Blick ist offen, ehrlich, voller Angst und Schmerz. »Wenigstens waren sie zusammen.«

Das Licht meiner Taschenlampe flackert. Ich schlage sie gegen meine Handfläche und schüttele sie kräftig. Müssen diese Scheißbatterien ausgerechnet jetzt versagen?

Er schüttelt den Kopf und atmet tief durch. »Es war nie wahr, Mella. Bis heute.« Gequält schließt er die Augen, und ich ziehe ihn einfach an mich, als könnte ich ihn so vor dem Schmerz schützen. Er vergräbt sein Gesicht an meiner Schulter. Sein Duft bohrt sich in meine Eingeweide und die Grausamkeit dieses Ortes verblasst um uns herum.

»Du bist das einzig Wahrhaftige in diesem Albtraum«, murmelt er und klammert sich an mir fest, als wäre ich seine Rettungsinsel.

∞

»Tut gut, wieder in der Sonne zu sein.« Ein unsicheres Lächeln huscht über sein Gesicht, als wir endlich wieder auf der Straße stehen.

Ich fange an zu heulen und falle ihm um den Hals. Er hat sich das alles ansehen müssen, weil ich unbedingt den romantischen Vorstellungen vom Kinderzimmer meiner Mutter nachjagen wollte. Hatte er nicht gesagt, dass er nicht mitgehen will? Und ich habe nur an mich gedacht. Ich bin so eine blöde, egoistische Kuh! »Es tut mir so leid!« Geräuschvoll ziehe ich die Nase hoch. »Wirklich, ich habe doch nicht gewusst, dass deine Familie …« Ich stammele zusammenhanglosen Blödsinn und spüre plötzlich, wie seine Arme warm um mich gleiten und er mich festhält, einfach nur festhält.

Das ist so typisch für mich – eigentlich sollte er derjenige sein, dem zum

Heulen zumute ist, aber nein, ich, der er dieses Erlebnis zu verdanken hat, stehe hier herum und lasse mich trösten. Ich schniefe noch einmal und schiebe ihn zurück. Er mustert mich mit diesem seltsamen Blick, den ich nicht deuten kann. »Du konntest es doch nicht wissen.« Mit einem Ächzen lässt er sich auf den Bürgersteig sinken und fährt sich mit der Hand durchs Haar. Er wirkt müde, ausgelaugt.

Ich setze mich neben ihn, das Haus im Rücken. »Wie ist es passiert?«

Lucas starrt seine Schuhspitzen an, und einen Augenblick lang denke ich, er möchte nicht darüber reden. »Es war der Sonntag im Frühsommer, an dem das Gemeindepicknick stattfand. An diesem Tag strömten alle aus dem Dorf auf die große Wiese unten am Bach, um dort gemeinsam den Sommer zu begrüßen. Das war fast mein liebster Tag im ganzen Jahr. Ein Duft nach gegrilltem Schinken und frisch gebackenem Kuchen zog durch die Luft, so dass einem schon beim Einatmen das Wasser im Mund zusammenlief. Die Frau des Bürgermeisters machte jedes Jahr literweise Zitronenlimonade – und ich liebte Limonade. An diesem Tag gab es genug für alle, und jeder brachte mit, was er mit den anderen teilen konnte.«

Er lächelt bei der Erinnerung daran, und es schneidet in mein Herz. Die Geschichte wird nicht so weitergehen. »Als ich an diesem Morgen aus dem Bett stieg, dämmerte es gerade erst. Ich suchte meine Sachen zusammen, zog mich an und schlich, so schnell ich konnte, nach draußen, um meine Schwester und unsere Eltern nicht zu wecken. Schon auf dem Weg zu den Festwiesen war ich froh, die kurzen Hosen angezogen zu haben, denn es war bereits richtig warm draußen. Wir trafen uns unten am Bach, die anderen Jungs und ich. Jedes Jahr waren wir dabei, wenn der Gemeindevorstand bei Sonnenaufgang den gewaltigen Stamm aufstellte und mit bunten Bändern schmückte.« Er wirft mir einen scheuen, kurzen Blick zu, doch sein Lächeln ist nicht von langer Dauer.

»Ich weiß noch, wie es sich anhörte, wenn die Bänder im Wind flatterten. Sie raschelten und knisterten, und manchmal knallten sie laut wie eine Peitsche. Wir legten uns im Kreis um den Stamm herum und beobachteten sie. Ihre Farben veränderten sich, je nachdem wie die Sonne stand. Sie leuchteten wie bunte Glasscherben. Nach und nach füllte sich die Wiese mit Picknickdecken. Es war heiß an dem Tag, die Luft erfüllt vom Stimmengemurmel fröhlicher Menschen und dem gemütlichen Brummen der Insekten, die von Blüte zu Blüte tanzten.«

Seine Finger verkrampfen sich um seine Knie, aber er scheint es nicht zu merken. Sein Gesicht ist ausdruckslos. Er ist gar nicht mehr hier. »Schließlich war ich der Einzige von uns, der noch im Gras lag und an einem Grashalm kaute. Die anderen waren bei ihren Familien und genossen all die Leckereien. Nur meine Eltern und meine Schwester fehlten.«

Ich schlucke an dem Kloß in meinem Hals herum.

Plötzlich steht Lucas auf und verschränkt die Arme vor der Brust, als würde er frieren. »Lass uns ein paar Schritte gehen.«

Ohne Eile schlendern wir die Straße entlang, über das bucklige Kopfsteinpflaster, durch das sich gezackte Löwenzahnblätter der Frühlingssonne entgegen pressen. Es kommt wirklich selten vor, dass ich nichts zu sagen habe, aber im Augenblick finde ich keine Worte.

Ich kann nur warten.

»Sie kamen nicht mehr, nie mehr«, sagt er leise und stößt ein ungläubiges Lachen aus. »Weißt du, ich habe nicht einmal darüber nachgedacht, dass ihnen etwas passiert sein könnte. Auch dann nicht, als ich die Feuerglocken hörte. Ich lag einfach nur im Gras und ließ mir den Bauch von der Sonne wärmen, während meine Familie in ihren Betten verbrannte.« Er schlägt den Kragen seiner Jacke hoch und schlingt seine Arme noch enger um sich, als hätten wir nicht das schönste Frühlingswetter.

Am liebsten würde ich ihn fest an mich drücken. »Und dann?«

Er räuspert sich. »Nichts dann. Meine Familie ist gestorben und ich bin noch da. So ist das eben.«

Fassungslos bleibe ich stehen und starre ihn an. Seine Stimme … er klingt so bitter. Entschuldigend zuckt er mit den Schultern. »Belassen wir es einfach dabei.«

Ich schüttele den Kopf. »Es tut mir so leid, dass du das sehen musstest. Wenn ich nicht gewesen wäre …« Ich lasse meinen Satz unvollendet.

Lucas geht ein, zwei Schritte weiter, bevor er bemerkt, dass ich stehen geblieben bin. Warm sieht er mich an. »Ist schon okay. Es war an der Zeit, es mir endlich anzusehen.« Er wartet, bis ich zu ihm aufgeschlossen habe. Nebeneinander gehen wir weiter. »Und ich bin froh, dass du bei mir warst.«

Vor uns liegt die kleine Kirche, eingebettet in einen alten Friedhof. Hohes Gras glänzt in der Sonne, tanzt im sanften Frühlingswind hin und her, und verwitterte Grabsteine ragen aus dem tiefen Grün hervor wie graue Inseln.

»Sind sie hier?«

Lucas öffnet das kleine Eisentörchen, das auf den Friedhof führt. Es quietscht fürchterlich. »Ja.«

Ein wenig abseits des Hauptweges bleibt er an einem mit Moos bedeckten Grab stehen, liest abwesend die Inschrift des Grabsteins, als wäre ihm nicht bewusst, was dort steht.

Ich weiß nicht, warum ich es tue, doch ich hocke mich hin, pflücke einige wilde Veilchen und lege sie auf die Kante des Grabsteins.

Lucas steht einfach da, die Arme um seine Brust geschlungen. Sein Blick ruht auf mir, so liebevoll, dass mein Herz ins Stolpern gerät. Er hält mir die Hand hin, um mir aufzuhelfen. »Komm, Liebes. Wir müssen noch in eine Kirche einbrechen.«

∞

Vielleicht habe ich damit gerechnet, dass Lucas als gestandener Umbracor Superkräfte hätte. Zum Beispiel so etwas wie Laseraugen, mit denen er das Türschloss einfach wegschmelzen kann. Stattdessen zieht er ein kleines Mäppchen aus seiner Jackentasche, kniet sich auf den Boden und macht sich mit allerlei Haken und Drähten an der alten Kirchentür zu schaffen. Kurz darauf ergibt sich das Schloss mit einem dumpfen Klicken. Er drückt auf die angelaufene Klinke und die Tür schwingt auf. »Bitte, nach dir.«

Ich gehe hinein. Es riecht, wie es in einer alten Kirche riechen muss, muffig, nach gelebten Leben und verbrannten Versprechungen. Der Geruch von Weihrauch hängt wie Nikotin in den Wandteppichen, deren Farben von einer gleichmäßigen Staubschicht geschluckt werden. Die Spätnachmittagssonne scheint durch die Kirchenfenster herein und taucht einen Teil des grauen Steinbodens in bunte Lichter.

»Und jetzt?« Meine Stimme hallt mit der Lautstärke eines einfahrenden Zuges von den Wänden wider und lässt mich zusammenzucken. »Wonach suchen wir?«

»Ich weiß nicht mehr als du.« Lucas zieht die Eingangstür hinter sich ins Schloss. »Sehen wir uns erst einmal um. Vielleicht fällt uns etwas auf, das uns weiterhilft.«

Die Kirche hat schon bessere Tage gesehen. Die vielen hellen Flecke an den vergilbten Wänden zeigen, dass ihr Prunk längst vergangen ist. Nur wenige Gemälde hängen noch an ihren Plätzen. Ich folge der Darstellung des

Kreuzwegs Jesu Christi auf der rechten Seite des Kirchenschiffs. Einige Bilder fehlen bereits.

Lucas betrachtet eine Reihe von Reliefschnitzereien an der gegenüberliegenden Wand. Das Glaubensbekenntnis. »Was hatte Resa noch gesagt?« Andächtig, fast schon sanft fährt er mit dem Finger die Schnitzereien nach. Seine Berührung hinterlässt eine dunkle Spur auf dem Holz, dort, wo er den Staub fortwischt. »Licht und Dunkelheit im Schatten.« Mit einem Seufzen lässt er sich auf eine Kirchenbank fallen. »Ich habe keine Idee, was das bedeuten soll.«

Ich setze mich neben ihn. »Licht, Dunkelheit, Schatten. Was ist mit *vitam aeternam*? Ewiges Leben?«

»Das ewige Leben!« Lucas setzt sich mit einem Ruck auf. »Ich dachte, sie hätte uns damit gemeint. Aber das ist ein Hinweis, natürlich!« Sein Blick sucht das Kirchenschiff ab. Staubpartikel wirbeln im Licht. Die Erleuchtung scheint noch ein wenig auf sich warten zu lassen, und schließlich wendet sich Lucas zu mir um. »Was könnte hier für das ewige Leben stehen?«

Ich setze meinen Willst-du-mich-verarschen-Blick auf. »Wir sind hier in einer Kirche. Alles?« Mit einem Kopfschütteln stehe ich auf und gehe nach vorn zum Altar. »Ich würde bei Jesus anfangen.«

Lucas zieht die Augenbrauen hoch und lehnt sich mit vor der Brust verschränkten Armen zurück. »Meinst du nicht, das wäre ein bisschen zu einfach?«

Ich zucke mit den Schultern. »Keine Ahnung. Wir wissen ja nicht einmal, was wir suchen.« Ich befühle die staubige, mottenzerfressene Altardecke. »Oder ob es überhaupt etwas zu suchen gibt.«

Lucas seufzt ergeben und kommt zu mir. »Da hast du recht.« Vornüber gebeugt schleicht er um den Altar herum und betastet die Fugen zwischen den einzelnen Steinquadern. Sanft streichelt er die steinernen Rosen und drückt darauf, als wären sie Lichtschalter. Nichts passiert. Hinter dem Altar hockt er sich schließlich hin und wirft einen Blick in die schmale Nische darunter.

Ich schlage die Altardecke zurück. Der Staub der vergangenen Jahrzehnte flutet meine Lungen und bringt mich zum Husten. Unter der Decke ist nur nackter Stein.

»Hier ist nichts.« Er taucht wieder hinter dem Altar auf und zieht einen Flunsch.

»Das Kreuz. Der Weg zum ewigen Leben führt über das Kreuz.« Ich entscheide mich für die Abbildungen des Kreuzwegs an der rechten Wand und untersuche die Bilder.

»Das ewige Leben«, murmelt Lucas und läuft den Mittelgang herunter, den Blick auf den Steinboden gerichtet. Buntes Licht tanzt auf seinem Haar. »Was symbolisiert die Unendlichkeit? Eine liegende Acht. Eine Schlange, die sich in den Schwanz beißt. Spiralen, keltische Knoten …«

Versuchsweise drücke ich gegen die Abbildung der Kreuzigung. Sie rührt sich nicht. Mist. »Die Unendlichkeit ist nicht das Gleiche wie das ewige Leben, Lucas.«

Er verzieht das Gesicht und lässt die Schultern hängen. »Stimmt.«

Ich lasse mich wieder auf eine Kirchenbank fallen. »Vermutlich hat meine Mutter einfach Blödsinn erzählt.«

»Weißt du was?« Lucas setzt sich neben mich. »Das fände ich eigentlich ganz gut.«

»Nun ja.« Aus zusammen gekniffenen Augen sehe ich ihn an. »Ich wäre glücklich, wenn sie nicht den ganzen Tag lang nur Schwachsinn vor sich hin brabbeln würde.«

Er legt den Kopf ein wenig schief. »Komm schon, du weißt, dass ich das nicht so gemeint habe.«

Ich seufze. »Ja, das weiß ich.« Mit dem Finger fahre ich eine Blüte nach, die vor mir in die Kirchenbank geschnitzt ist. Das Holz ist ganz weich geschliffen und fühlt sich an wie ein warmer Kieselstein. »Ewiges Leben …«

»Vielleicht reicht es für heute. Wir sollten nach Hause fahren.« Lucas steht auf und geht nach links in Richtung Ausgang. Auf dem Gang angekommen stutzt er und bleibt stehen. »Das apostolische Glaubensbekenntnis.« Er beugt sich vor und betrachtet noch einmal die kleinen Holztafeln. »Eine wirklich schöne Arbeit. Lindenholz.«

Ich verschränke die Arme vor der Brust und beobachte den Staub dabei, wie er in den bunten Sonnenstrahlen tanzt. Sie verlieren bereits ihre Intensität.

»Ich glaube an Gott, den Vater, den Allmächtigen, den Schöpfer des Himmels und der Erde.« Seine Worte durchbrechen die Stille. »Und an Jesus Christus, seinen eingeborenen Sohn, unseren Herrn, empfangen durch den Heiligen Geist, geboren von der Jungfrau Maria, gelitten unter Pontius Pilatus, gekreuzigt, gestorben und begraben, hinabgestiegen in das Reich des Todes.« Er verstummt und bleibt stehen.

»Bist du gläubig?« Ich hätte ja vieles von ihm erwartet, aber nicht, dass er christliche Glaubensbekundungen aus dem Ärmel schütteln kann.

Eingehend betrachtet er das zweite Bild. »Nein, nicht wirklich.« Seine Finger berühren sachte das Holz. Leicht schwingt das Bild hin und her. »Aber manchmal wäre ich es gern. Es gibt einem Halt im Leben, wenn man sicher ist, dass jemand oder etwas uns beschützt. Ein Urvertrauen.« Er geht weiter. »Am dritten Tage auferstanden von den Toten, aufgefahren in den Himmel. Er sitzt zur Rechten Gottes, des allmächtigen Vaters.« Zaghaft berührt er das Relief.

»Warum kennst du es dann so gut?«

Lucas beugt sich ein wenig vor, um einen Blick unter die Holztafel erhaschen zu können.

Ich erhasche bei der Gelegenheit einen Blick auf seine Kehrseite.

»Ich musste jeden Sonntag mit meiner Tante und meinem Onkel in die Kirche gehen.« Er stellt sich auf die Zehenspitzen und inspiziert das Bild von oben. »Ich bin bei ihnen aufgewachsen. Danach.« Kopfschüttelnd dreht er sich zu mir um. »Nichts, verdammt.«

»Lass uns fahren.«

»Das machen wir auch gleich.« Lucas wendet sich dem nächsten Relief zu. »Von dort wird er kommen, zu richten die Lebenden und die Toten.« Er dreht sich zu mir um und grinst. »Nun, damit können wir nicht gemeint sein. Den allgemein gültigen Regeln nach sind wir weder lebendig noch tot.«

Ich muss lächeln, und er dreht sich wieder um. Die bunten Lichter tanzen träge auf dem unebenen Boden. Ich denke an den kleinen Lucas und stelle mir ein trauriges, einsames Kind vor, das jeden Sonntag in der Kirche saß und es hasste.

Vorsichtig trommelt er mit den Fingerkuppen auf das Bild. Ein leises, dumpfes Geräusch ist zu hören. Massives Holz eben.

Ich stimme in das Glaubensbekenntnis ein. »Ich glaube an den Heiligen Geist.« Lucas steht vor dem nächsten Bild, schiebt die Finger vorsichtig unter die Kante. »Die heilige christliche Kirche, Gemeinschaft der Heiligen, Vergebung der Sünden, Auferstehung der Toten …«

Er fährt zu mir herum, doch ich bin schon unterwegs. Wir sehen uns an.

»Und das ewige Leben«, sagen wir wie aus einem Mund. Lucas rückt das Relief ein Stück von der Wand weg und schiebt die Hand darunter.

»Amen«, sagt er und zieht einen fleckigen braunen Briefumschlag hervor.

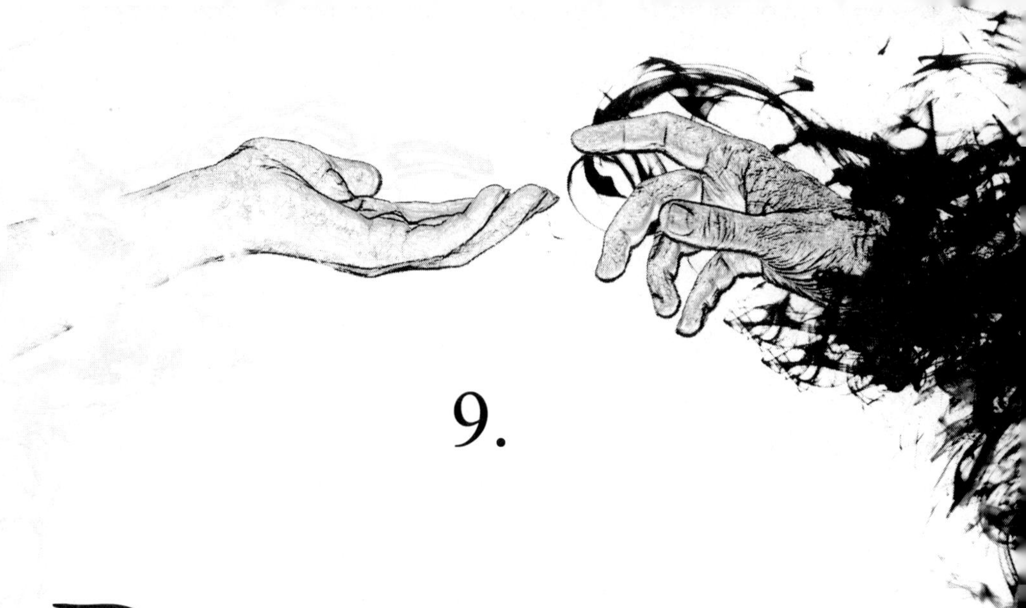

9.

Da ist etwas in seinen Augen, etwas, das ich schon einmal …

»O mein Gott.« Ich keuche auf, als ich es endlich begreife. »Das bist du!«

Lucas blickt mich einfach nur an, die Augenbrauen zusammengezogen. »Mella, was geht hier nur vor?« Seine Stimme klingt heiser.

Kalt läuft es mir den Rücken herunter. Fürchtet er sich etwa? Aber wovor? Verständnislos drehe ich das Foto um.

Dunkelkind, steht dort in einer feinen, geschwungenen Handschrift. »Was soll das bedeuten?«

Lucas winkt ab. »Das bezieht sich auf mich.« Er stöhnt genervt auf und tigert den Kirchgang auf und ab. »Ich begreife es einfach nicht. Was hat mein Foto in diesem Umschlag zu suchen?« Aufgewühlt fährt er sich durch die Haare. »Das ergibt alles keinen Sinn.«

Ein lautes Quietschen lässt ihn jäh innehalten.

»Das Friedhofstor!« Mit großen Augen starre ich ihn an.

Er fasst sich als Erster, packt mich unsanft am Arm und zerrt mich hinter sich her zum Altar. Mit der freien Hand stopfe ich mir das Foto und den Umschlag hinten in den Hosenbund.

»Da hinein!« Er deutet auf die Nische unter dem Steintisch.

Was? Nein! Entsetzt schüttele ich den Kopf. »Dort sind wir gefangen!«

Ein zorniger, unnachgiebiger Ausdruck tritt in seine Augen. »Los jetzt!« Er packt mich bei den Schultern und drückt mich mit Gewalt nach unten. Meine Beine geben unter mir nach. Er ist viel stärker als ich.

Ich krieche in das dunkle Loch und halte die Luft an, um mein galoppierendes Herz zur Ruhe zu zwingen. Es schlägt viel zu laut!

Lucas kann sich gerade noch neben mich quetschen, als die Kirchentür mit einem dumpfen Knarren aufgedrückt wird. Konzentriert starrt er vor sich in die Dunkelheit und lauscht.

Schritte hallen durch das Kirchenschiff. Das leise Wispern der Eindringlinge wird von den Wänden zurückgeworfen. »Die Tür war nicht abgeschlossen. Entweder sind sie noch hier oder sie sind so dumm und arrogant, dass sie meinen, ihre Spuren nicht verwischen zu müssen.«

Es ist eine Frau, und sie klingt nicht nach einer normalen Kirchenbesucherin. Ich vergesse zu atmen. Sie kann nur uns meinen. Bedeutet das, dass sie nach uns gesucht hat? Aber woher weiß sie, dass wir hier sind?

»Es gibt keinen zweiten Ausgang in der alten Hütte«, knurrt eine Männerstimme. »Entweder hat er sie weggebracht – oder sie haben sich irgendwo hier versteckt.«

»Dann lass dich nicht lange bitten und such sie gefälligst!«

Schwere Schritte hallen durch das Kirchenschiff, langsam und quälend.

Lucas' Blick hetzt zu mir und bevor ich einen klaren Gedanken fassen kann, wälzt er sich auf mich. Er drückt mich zu Boden, so dass ich auf dem Rücken im Mäusedreck liege. Sein Gewicht presst alle Luft aus meinen Lungen. Automatisch lege ich meine Arme um ihn und kralle mich in seiner Jacke fest. Seine Augen glitzern in dem spärlichen Licht wie der Onyx meiner Mutter, und die Sorge darin droht mich zu überrollen, bis sich sein Gesicht entspannt und er langsam seine Lider schließt.

Und plötzlich pulsiert der kleine Raum um uns herum. Meine Augen werden für den Bruchteil einer Sekunde blind, alles dreht sich. Mein eigener Herzschlag klingt dumpf in meinen Ohren, als würde ich ihn durch Watte hören. Ein leises Wimmern entkommt meinen Lippen und sofort presst Lucas seine Hand auf meinen Mund.

Schritte. Sie kommen näher, und doch klingen sie anders, weiter entfernt.

Das Blut rauscht mir in den Ohren, laut wie ein starker Regenguss. Lucas kneift die Augen zusammen und drückt seine Stirn gegen meine, bis es wehtut. Durch die Lücken zwischen seinen Fingern spüre ich seinen Atem auf meinen Lippen. Er atmet so schnell. Viel zu schnell.

»Sind sie jetzt hier oder nicht?« Die Frau klingt ungeduldig. Die wollen nichts Gutes von uns.

Ein scharrendes Geräusch. Einer der beiden ist stehen geblieben und dreht sich auf der Stelle um. Haben sie uns gehört?

»Hier ist niemand mehr. Verdammt, wir hätten überraschend in der Kirche auftauchen sollen und nicht höflich durch die Tür hereinmarschieren!«

Lucas liegt so schwer auf mir, dass ich kaum noch Luft bekomme. Mein Körper ist bewegungsunfähig unter ihm. Vor meinen Augen verschmilzt alles zu einem grauen Brei.

»Ich habe hier das Sagen, kapiert?« Die Frau stößt leise Flüche aus. »Sie müssen uns gehört haben, als dieses beschissene Tor gequietscht hat. Verflucht, es wäre großartig gewesen, sie zu erwischen.«

»Und wobei wolltest du sie erwischen?«

Sie lacht wiehernd. »Du weißt, dass sie nicht vom Gelände darf. Er weiß das auch.«

»Und?«

»Sein Wagen stand gestern vor einem Pflegeheim. Ein paar Stunden lang. Und er hatte niemanden zum Babysitten bestellt.«

Jetzt lacht auch er. »Er hat sie zu den Menschen gebracht? So viel Dummheit hätte ich ihm gar nicht zugetraut.«

Lucas keucht unterdrückt. Ich fühle, wie viel Anstrengung es ihn kostet, sich wieder unter Kontrolle zu bringen. Vorsichtig löse ich meine Hand von seiner Jacke und lege sie auf sein Haar, streiche langsam darüber, als könnte ich ihn auf diese Weise beruhigen.

»Wer sollte ihm denn irgendetwas beweisen, wenn man ihn nicht auf frischer Tat ertappt? Aber er führt etwas im Schilde und ich wüsste nur zu gern, was das ist.«

»Er braucht sich nicht einzubilden, dass er sie beschützen kann, egal, wie mächtig er auch sein mag.« Der Mann lacht heiser.

Ich reiße die Augen auf. Er ist mächtig? Wieso? Was kann er denn? Ich weiß nicht einmal, welches Talent er hat! Ich habe ihn nie gefragt.

»Er ist und bleibt ihr Wächter, und es wäre fatal, wenn er es herausfindet, bevor wir ihn haben.« Die Frau klingt zumindest unbeeindruckt. »Wir erwischen sie ein anderes Mal.«

»Aber er wird sich nicht überlisten lassen«, gibt der Mann zu bedenken. »Dafür hält er sich viel zu genau an diese Scheißregeln.«

Aus dem Augenwinkel nehme ich eine Bewegung wahr. O mein Gott! Jemand steht direkt vor dem Altar! Braune Herrenschuhe, nur wenige Zentimeter neben meiner Schulter! Er muss seinen Fuß nur ein bisschen bewegen, dann stößt er gegen mich! Ich falle gleich in Ohnmacht, und das liegt nicht daran, dass ich seit unzähligen Minuten ausschließlich Lucas' Atemluft einatme. Sachte bewegt er seinen Daumen, streichelt kaum merklich meine Wange, und Ruhe durchströmt mich.

»Ja, das sieht man deutlich, oder?« Die Frau verhöhnt ihren Begleiter. »Dann sollte er das Mädchen nicht mit durch die Weltgeschichte schleppen! Wir werden sie schon noch kriegen. Er wird weitere Fehler machen, und dann werden wir bekommen, was wir wollen.«

Ein Rascheln, ein Scharren. Stille.

Wo sind sie? Was tun sie? Meine Augen hetzen in der Finsternis hin und her. Etwas rinnt meine Schläfen hinab und landet auf dem staubigen Boden. Tränen?

Der Raum pulsiert erneut und der Schwindel attackiert mich heimtückisch. Doch es ist so, als hätte jemand die Watte aus meinem Schädel gezogen. Es knackt in meinen Ohren, und ich höre Lucas leise aufstöhnen. Sein Kopf sinkt schwer an meine Schulter, seine Hand rutscht von meinem Mund und landet schlaff im Dreck.

»Was wollten die von uns?« Meine Stimme ist nicht mehr als ein Flüstern.

»Ich weiß es nicht, aber sie sind weg.« Seine Stimme klingt verwaschen, fast so als sei er stockbetrunken. Schwerfällig rappelt er sich auf.

Luft! Endlich kann ich wieder richtig atmen. Ich stütze mich auf meine Ellbogen und sauge kühlen Sauerstoff ein.

Lucas drückt sich ungelenk hoch. Seine Arme zittern vor Anstrengung. Ich suche seine Augen, suche Halt, doch was ich sehe, lässt mich erschrocken aufkeuchen. Das helle Blau ist durchzogen von schwarzen Schlieren. Wie ein Tropfen Tinte in einem Wasserglas. Ächzend rollt er von mir herunter und fällt schwer atmend auf den Rücken.

Ich huste den Dreck aus meinen Lungen und werfe immer wieder einen Blick auf Lucas.

Was hat er nur?

Er sieht schlimm aus. Seine Haut ist schweißnass, die Augen glänzen fiebrig. Aber sie sind wieder so blau wie ein Gletschersee. Das schlechte Licht unter dem Altar und der Sauerstoffmangel müssen mir einen Streich gespielt haben.

»Lucas?« Statt einer Antwort legt er sich stöhnend den Unterarm über die

Augen. Vorsichtig berühre ich sein Haar. »Lucas? Ist alles in Ordnung mit dir?«

»Um-hm«, macht er zustimmend, ohne den Arm von seinem Gesicht zu nehmen. »Geht gleich wieder.« Seine Stimme ist viel zu schwach. Er klingt ähnlich wie damals, als ich ihn mit Helena gehört habe, fast so wie in der letzten Nacht, als ich Angst hatte, dass er mir unter den Händen wegstirbt. Sein Atem geht immer noch viel zu schnell. Ist das normal? Es geht eine Hitze von ihm aus, als hätte er hohes Fieber.

Doch endlich richtet er sich auf und lehnt sich mit dem Rücken gegen den Altar, schwer wie ein Sack Mehl.

»Was ist nur mit dir?«

Er winkt ab, fahrig und schlapp, die Bewegungen eines Betrunkenen. »Bin gleich wieder okay.« Er nuschelt, als sei seine Zunge betäubt. «Mach dir keine Sorgen.«

Sorgen? Es macht mir Angst, ihn so zu sehen! Der Briefumschlag pikt in meine Haut. Ich ziehe ihn aus meinem Hosenbund und ein weiteres Foto fällt heraus. Noch bevor ich es aufheben kann, grapscht Lucas danach und betrachtet es ungläubig. Dann starrt er mich an, sprachlos, hält es mir vor die Nase und, oh, verfluchte Scheiße … Das kleine Mädchen mit dem Gesicht voller Schokoladeneis, das überglücklich in die Kamera strahlt, bin ich.

∞

Lucas dreht das Foto um, doch die Rückseite ist leer. Verständnislos sieht er mich an. »Das wird immer absurder.« Noch einmal atmet er tief durch. »Lass uns von hier verschwinden.«

Ich glaube, er hatte nie eine bessere Idee. Ich klopfe mir den Staub von meinen Jeans. Igitt. Alles voller Mäusekacke!

Lucas rappelt sich auf und bekommt mit Mühe und Not die Altarplatte zu fassen, bevor er wieder umfällt.

»Hey!« Sofort bin ich bei ihm und packe ihn an den Oberarmen, halte ihn fest. Du liebe Güte, wie gut er riecht!

Aufstöhnend fährt er sich mit der Hand durchs Gesicht. Seine Bewegungen sind immer noch langsam und schwerfällig. Er schwankt, aber er scheint es nicht zu merken. »Nein, lass, es geht schon wieder.« Er wehrt meine Hilfe ab und knickt sofort wieder ein.

Ich kann gerade noch meine Arme um seine Mitte legen und ihn daran hindern, zusammen zu brechen. Er ist überraschend schwer, doch er fängt sich schnell wieder. Schwer atmend tastet er nach der Steinplatte und stützt sich ab. Was um alles in der Welt hat er denn bloß? Eben ging es ihm doch noch gut! Und dann dämmert es mir. »Du warst das, oder?« Prüfend sehe ich in seine Augen, suche vergeblich die schwarzen Schlieren darin. »Du hast uns unsichtbar gemacht.« Fasziniert schüttele ich den Kopf. »Aber wie?«

Ein geheimnisvolles Lächeln umspielt seine Lippen. »Ich kann das eben.«

Ich lächele zurück. »Mächtig, hmm?«, frage ich leise.

Er zuckt nur leicht mit den Schultern.

Eine Welle der Zuneigung überrollt mich. »Danke.« Ich beuge mich vor und küsse ihn auf die Wange, bevor ich auch nur weiß, was ich da tue. Er ist warm und weich und er duftet so gut. Seine Bartstoppeln piksen in meine Lippen. Das Prickeln zwischen meinen Schulterblättern verjagt die Panik, die ich eben verspürt habe, und breitet sich bis in meine Fingerspitzen aus. Ich kann mich nicht von ihm lösen. Ich will es nicht.

Ganz leicht, kaum wahrnehmbar, lehnt er sich gegen mich. Ich höre seinen gepressten Atem dicht an meinem Ohr. Seine Hände lösen sich zögernd vom Altar und gleiten langsam auf meine Hüften. Sanft, aber mit Nachdruck schiebt er mich fort.

Ich schlucke trocken und wende mich ab, ohne ihn anzusehen. Nein, er will meine Nähe wirklich nicht. Scheiße, wie peinlich! »Ich fahre.« Es grenzt an ein Wunder, wie fest meine Stimme klingt, wo doch der Rest meines Körpers zu zerfließen scheint.

∞

Lucas schläft ein, kaum dass wir die kleine, tote Stadt hinter uns gelassen haben. Er hat die Arme vor der Brust verschränkt, den Kopf auf die Seite gelegt, und atmet leise und gleichmäßig.

Mein Herz wird ganz leicht, wenn ich ihn so sehe. Mist. Bald werde ich mein Talent kennen. Und dann werden sich unsere Wege trennen. Es wird für uns beide leichter werden, denn da ist etwas zwischen uns. Auch wenn er sich ganz offensichtlich dagegen wehrt.

Immer wieder huscht mein Blick von der Straße zu ihm hinüber. Der Gedanke, ihn bald nicht mehr in meiner Nähe zu haben, sticht mir ins Herz. Aber es kann nicht ewig so weitergehen.

Und wenn ich ewig sage, dann meine ich ewig. Genervt schalte ich das Radio ein.

Mit dem Verlust der letzten Sonnenstrahlen versinken auch meine Gedanken in der Dunkelheit. Die Musik im Radio ist schlecht, aber ich bin zu träge, um sie auszuschalten. Ich fühle mich einsam, obwohl er bei mir ist. Nein. Ich fühle mich einsam, weil er bei mir ist.

Fast wäre ich an der verwitterten Einfahrt zum Herrenhaus vorbeigefahren, so versteckt liegt sie zwischen wild wuchernden Ginsterbüschen an einer Straße ohne jede Beleuchtung. Die Villa selbst ist von der Straße aus nahezu unsichtbar. Kein Fenster ist beleuchtet, wahrscheinlich werden die Zimmer zur Landstraße hin nicht genutzt oder sind mit Brettern verschlossen. Und vom Meer aus ist das Haus uneinsehbar. Niemand wird auf den Gedanken kommen, dass hier jemand lebt – und schon gar nicht, dass in dem heruntergekommenen Kasten eine Rotte von Wesen wohnt, die sich allem Anschein nach in Luft auflösen können, wann immer ihnen danach ist.

Ich steuere den Wagen in die Tiefgarage und stelle den Motor ab. Lucas erwacht fast zur selben Zeit und streckt sich ausgiebig, soweit es die Enge des Audis zulässt. Dabei gibt er eine ganze Reihe furchtbar liebenswerter Geräusche von sich. Ich hasse ihn.

Schweigend schnalle ich mich ab und steige aus. Lucas holt mich erst ein, als ich perplex in der leeren Eingangshalle stehe. »Wo sind die denn alle?«

»Hoffentlich in ihren Betten.« Seine Antwort hätte mich nicht mehr überraschen können, wenn er gesagt hätte, sie würden den Großen Wagen waschen und polieren. Nebeneinander steigen wir die Treppe hinauf. »Wir alle schlafen nachts, nur die Blutsüchtigen nicht. Die schöpfen ihre Energie aus etwas anderem, du weißt schon. Der Rest von uns muss seine Akkus allerdings regelmäßig aufladen.«

Ich denke an seine Erschöpfung, eben in der Kirche, daran, dass er die fast drei Stunden lange Autofahrt quasi ohnmächtig war. »Würden wir sterben ohne Schlaf?«

»Das nicht, aber unsere Instinkte und Reaktionen werden immer langsamer und schwerfälliger. Das Leben ist dann nicht mehr ganz so einfach.« Er öffnet meine Zimmertür und bittet mich mit einer stummen Geste hinein.

Ich knipse die Nachttischlampe an. Nach diesem Tag wirkt das Zimmer einladend und gemütlich, wie ein Zuhause. Es ist alles so unwirklich. »Das war ein seltsamer Tag, oder?«

Er nickt und streift seine Jacke von den Schultern. Als er den Schmutz auf ihr entdeckt, verzieht er das Gesicht und wirft sie in eine Zimmerecke. Ich lasse meine Jacke neben seine fallen und lege den Umschlag auf den Nachttisch.

Lucas zieht sich das Hemd aus der Hose und öffnet die Knöpfe. »Es ist schon nach Mitternacht. Wir sollten schleunigst unter die Dusche.« Er stutzt und hält mitten in seiner Bewegung inne. »Also, nacheinander.«

Ich muss über seinen Gesichtsausdruck einfach lachen, auch wenn mir nicht wirklich danach zumute ist. »Natürlich meintest du das.« O Gott, kann sich irgendjemand vorstellen, wie sehr ich mich darauf freue, mir heißes Wasser über den Kopf laufen zu lassen und endlich die Mäusekacke aus den Haaren zu waschen? »Ich mache schnell.« Mit meinem Nachthemd bewaffnet, verschwinde ich im Bad.

Das heiße Wasser prasselt auf meine Haut und vertreibt mit dem Schmutz auch die Schrecken der letzten Stunden. Blind taste ich nach dem Duschgel, gebe einen Klecks in meine Hand. Ein herber Duft steigt mir in die Nase und mein Herz geht ohne Vorwarnung in den Galopp über. Sofort stelle ich seine Flasche zurück und greife nach meiner. Bald schon beruhigt ein frischer Duft nach Orangen meine überarbeiteten Nerven. Wie es sich anfühlen würde, wenn er jetzt zu mir in die Dusche kommen und die Arme um mich legen würde? Seine Hände auf meiner nassen Haut …

Plötzlich flackert das Deckenlicht und reißt mich damit aus meinen Hirngespinsten. Kurz darauf ist das Gewitter auch schon wieder vorbei. Tom und seine Leute scheinen das Problem mit der Stromversorgung immer noch nicht in den Griff bekommen zu haben. Ich werde ihn fragen, wenn ich ihn das nächste Mal sehe. Vielleicht sind seine Techniker doch nicht so gut in dem, was sie tun.

Mit nassen Haaren tapse ich zurück ins Schlafzimmer. Lucas verschwindet im Bad wie ein Zombie, die Augen schon halb geschlossen, ohne einen weiteren Blick an mich zu verschwenden. Kurz darauf höre ich Wasser laufen. Hoffentlich pennt er nicht unter der Dusche ein oder, noch schlimmer, bekommt wieder einen Schwächeanfall.

Ich hocke mich auf die Bettkante und sehe mir die Fotos an. Lucas als Kleinkind, ich als Kleinkind. Er in einer Latzhose, ich mit einem Schokoladeneis. Sein Foto schwarzweiß, meines farbig. Er im Hochformat, ich im Querformat. Ein Ganzkörperbild von ihm, ein Porträt von mir. Ich seufze.

Ich verstehe es einfach nicht. Es gibt keine Gemeinsamkeiten. Und dann noch dieses seltsame Wort auf der Rückseite seines Fotos: Dunkelkind.

»Leg sie weg.« Lucas steht in der Badezimmertür. Mit nichts bekleidet als einem Handtuch um die Hüften, rubbelt er sich die Haare trocken.

Ich schnappe nach Luft. »Äh, was?« Mella! Jetzt reiß dich zusammen! In die Augen sehen, in die Augen! Er denkt sich offensichtlich nichts dabei, fast nackt hier herumzulaufen. Und streng genommen verdeckt das Handtuch mehr als die Shorts von heute Morgen. Er hört damit auf, sich die Haare zu frottieren. Sie stehen in alle Richtungen ab und der Duft seines Duschgels weht mir in die Nase. Himmel …

»Leg sie weg«, wiederholt er. »Lass uns eine Nacht darüber schlafen.«

Er sucht sich ein paar Sachen aus seiner Tasche zusammen. Mit einem Packen Klamotten unter dem Arm verschwindet er wieder im Badezimmer.

Ich sitze da und starre auf die Tür, bis Lucas zurückkommt. Er verzieht kurz das Gesicht und nimmt mir die Fotos aus der Hand, steckt sie zurück in den Umschlag, legt ihn beiseite. Er duftet so wundervoll. Mein Herz klopft lauter als ein Presslufthammer. O Himmel, das muss er doch hören!

Ich räuspere mich und konzentriere mich stark, um irgendetwas Nicht-Dummes von mir zu geben. »Es tut mir so leid, dass ich dich überredet habe, in dieses Haus zu gehen.«

Sofort spannt er sich merklich an. »Alles gut.«

Okay. Er will nicht darüber sprechen. Mit einem tiefen Seufzen krabbele ich unter die Bettdecke und kuschele mich in meine weichen Kissen.

Mein Körper besteht aus Blei, ich kann ihn kaum noch bewegen, geschweige denn meine Augen offenhalten.

Einen Moment lang steht Lucas unschlüssig vor dem Bett, dann greift er über mich und nimmt sich zwei Kissen.

»Bequem wird das nicht«, kommentiere ich und gähne laut. Leider hat es meine Hand nicht mehr bis zu meinem Mund geschafft.

»Darauf kommt es auch nicht an.« Er wirft die Kissen auf die Couch und breitet die grüne Wolldecke aus den Achtzigerjahren darauf aus. »Wir kommen uns sonst einfach zu nahe.« Lucas lässt diesen Satz einfach so in der Luft stehen und betrachtet das Sofa, kratzt sich am Hinterkopf.

Na, danke auch. Und was soll ich mit dieser Information anstellen? Er tut ja gerade so, als wären wir zwei willenlose Primaten! Tja, wenn er meint. Er pennt auf der Couch, es ist sein Rücken.

Ich rolle mich auf die Seite und bette meine Wange auf meine Hände. Aus schweren Lidern beobachte ich ihn dabei, wie er versucht, sich aus dem viel zu kurzen, beigefarbenen Ungetüm ein Bett zu basteln.

Schließlich hockt er im Schneidersitz auf der Couch, ein Kissen auf dem Schoß. »Hast du dir jemals Gedanken darüber gemacht, wie dein Leben aussehen sollte? Also … bevor es vorbei war?«

Oh. Das ist eine überraschende Frage, vor allem um ein Uhr morgens. Doch dieser Tag scheint irgendetwas in ihm aufgewühlt zu haben. Etwas, woran ich nicht ganz unschuldig bin. Lucas verschränkt seine Hände hinter dem Kopf und wartet.

Ich seufze. Gut, dann soll er seine Antwort haben. »Unsere Hochzeit war für dieses Frühjahr geplant. Wir wollten bald eine Familie gründen, vielleicht schon im nächsten Jahr, sofern Ben den festen Posten in der Kanzlei bekommen hätte.«

»Du wolltest Kinder?« Seine Stimme ist leise.

»Ja, eigentlich schon immer. Ich wollte unbedingt Mutter sein, bevor ich dreißig werde, aber erst kam dies dazwischen und dann jenes, du kennst das. Man verschiebt seine Pläne nun einmal, immer wieder, weil man meint, dass man …« Ich breche ab und beiße mir auf die Unterlippe. Mein Mund ist plötzlich so trocken, als wäre ich kurz vor dem Verdursten.

Ruhig sieht er mich an. »Dass man ewig lebt.« Er seufzt. »Umbracoren bekommen keine Kinder, Mella. Wir können uns nicht fortpflanzen.«

Und das ist auch gut so, auch wenn es schon wieder etwas ist, was man in diesem verfluchten Leben nicht selbst entscheiden kann. Warum ist meine Kehle dann nur so zugeschnürt? Ich reiße mich zusammen und versuche mich an einem Lächeln, zucke mit den Schultern. »Jedenfalls: Wir hatten für nächstes Jahr Nachwuchs geplant.«

Sein Blick ist angespannt. Er schweigt.

Dann also gute Nacht. Ich kuschele mich wohlig in die Kissen, schließe die Augen und versuche, dieses Gespräch zu vergessen.

»Wann hast du gemerkt, dass er dich betrügt?«

Seufzend stütze ich meinen Kopf auf und sehe ihn an. »Mitte November. Ich bin früher von der Arbeit nach Hause gekommen, weil es mir nicht gut ging, und fand ihn mit ihr in unserem Bett.« Lucas sagt nichts und ich atme tief durch, als ich mich an diesen Tag erinnere. »Sie waren so richtig bei der Sache, weißt du. Sie haben mich nicht mal bemerkt. Ich bin zurück in die

Küche gegangen, um etwas gegen die Übelkeit zu nehmen. Und dann habe ich mich an den Tisch gesetzt und ihnen zugehört, bis sie fertig waren.«

Er schüttelt langsam den Kopf, Bestürzung in seinem Blick. »O Mella! Warum hast du sie nicht angeschrien, ihnen eine Vase an den Kopf geworfen und sie aus der Wohnung geschmissen?«

»In dieser Reihenfolge?« Ich versuche ein kleines Lachen, aber es kommt nur etwas heraus, das sich verdächtig nach Schluchzen anhört. »Ich hatte einfach keine Kraft dazu. Der Mann, den ich liebte und mit dem ich den Rest meines Lebens verbringen wollte, vögelte meiner besten Freundin das Hirn aus dem Kopf, und zwar mit einer Leidenschaft, die ich von ihm nicht kannte. Es hat so wehgetan. Ach, ich weiß ja auch nicht.«

Ich sehe ihn vor mir. Ben, der Mann meines Lebens. Er interessiert mich nicht mehr, genauso wenig wie Sophia. Ich bin fertig mit ihnen. Es ist mir auch egal, was sie getan haben. Nur wie ich mich gefühlt habe, als ich sie zusammen sah, das werde ich wohl nie vergessen.

»Und dann?« Seine Stimme ist ganz sanft.

Ich blicke auf, blicke in seine wunderschönen blauen Augen und wünsche mir nichts mehr, als dass er zu mir kommt und mich in seine Arme nimmt und mich das alles vergessen lässt. »Sie kamen aus dem Schlafzimmer und fanden mich am Esstisch. Sie haben nicht einmal versucht, sich zu entschuldigen.«

Das Licht der Nachttischlampe flackert kurz.

Lucas legt langsam das Kissen zur Seite und setzt sich aufrechter hin.

»Ganz im Gegenteil.« Mir wird übel bei dem Gedanken daran, wie ich heulend vor Ben auf den Knien gelegen und ihn angefleht habe, mich nicht zu verlassen. Wie ich ihm angeboten habe, weiterhin Sophia vögeln zu dürfen, wenn er nur bei mir bleibt. Wie ich mich so erniedrigt habe, dass ich mir noch Wochen danach nicht mehr selbst in die Augen sehen konnte.

Und schlagartig verlöscht das Licht.

Die Schwärze dringt wie Gift in jede meiner Poren und lässt mein Herz zu einem nutzlosen Klumpen zusammenschmelzen. Jemand wirft sich über mich. Er packt meinen Kopf, presst seine Stirn an meine. Sein Gewicht drückt mich in die Matratze. Ich rieche ihn, Lucas, und atme beruhigt durch, doch … Da! Bewegt sich da etwas in der Dunkelheit? Sind die Typen aus der Kirche gekommen, um uns zu holen? Meine Fingernägel krallen sich in seinen Rücken und ich höre nur unsere unterdrückten Atemzüge. Nichts sonst. Es ist absolut still.

Mit einem leisen Sirren geht die Nachttischlampe wieder an. Kurz wird sie ein wenig heller als normal und leuchtet dann ruhig vor sich hin. Das Licht vertreibt die Bedrohung. Es ist alles gut. Niemand ist hier außer uns.

Lucas stößt erleichtert Atem aus und sieht mich an. In seinen Augen toben wieder diese schwarzen Schlieren, wie Rauch, den ein Sturm in Fetzen reißt. Oder lässt die gedämpfte Beleuchtung seine Pupillen so seltsam aussehen? »Nur ein Stromausfall.« Er schiebt sich die Haare aus der Stirn und lächelt. Die Anspannung weicht aus seinem Körper.

Meine Hände entspannen sich dagegen nur langsam. Immer noch krallen sich meine Finger in den weichen Stoff seines Shirts. Seine Nähe spült die Angst einfach weg, wie ein lästiges Insekt in einem Regenschauer. Ich liebe es, wenn er bei mir ist, ich liebe es, seinen Körper zu spüren. Er soll nicht wieder weggehen. Bitte, bleib … bleib bei mir …

Er ist so warm. Sein Körper liegt auf meinem, als gehörte er dorthin. Sachte streichle ich über seinen Rücken. Seine Muskeln vibrieren unter meiner Berührung. Er sieht mich an, nervös, fast hilflos, aber da ist etwas in seinem Blick. Etwas, das mir sagt, dass er das will, was ich da tue.

Seine Lippen sind nur noch Millimeter von meinen entfernt und ich spüre jeden seiner Atemzüge heiß auf meiner Haut. Wie Seide gleitet sein Haar durch meine Finger. Sein Blick bohrt sich in meinen, hastet für Sekundenbruchteile zu meinen Lippen und taucht wieder in mich ein.

Ich verliere mich in seinen Augen.

Küss mich, los, küss mich doch endlich!

Sein Atem geht zittrig, mühsam beherrscht. Zart wie eine Feder streift sein Daumen über meinen Mundwinkel. O bitte, Lucas, bitte …

Und plötzlich höre ich ein seltsames Geräusch. Stille. Dann wieder dieses leise Summen. Mit einem Ruck löst er sich von mir und sieht mich an, als wäre er aus einer tiefen Trance erwacht. Er lauscht konzentriert in den dämmrigen Raum hinein und springt schließlich auf. »Mein Telefon!« Er hetzt zum Couchtisch und wühlt in seinen Sachen.

Ohne seine Wärme friere ich. Mein Herz schlägt schnell, schreit nach mehr. Es ist mir egal, wer da am Telefon ist. Mich beschäftigt nur eine Frage: Wird er wieder zu mir kommen?

Er hält sich das Handy ans Ohr. »Dewitt. Genau, was …? Bitte? Ja, richtig … Was ist denn passiert?« Hastig sieht er zu mir her und wendet sich ab. Nervös streicht er sich die Locken zurück und lauscht. »Scheiße.« Er atmet hörbar aus und wirft mir einen kurzen Blick über seine Schulter zu. »Und wie?«

Langsam werde ich unruhig. Was ist da los?

Er weicht meinem Blick aus. »Ich denke, morgen Vormittag. Ja. Danke. Ja, ich Ihnen auch.« Er legt er das Handy auf den Tisch, behutsam, ohne ein Geräusch zu machen, und starrt es an.

Bitte, sag doch, was los ist!

Endlich blickt er auf und mir wird ganz anders. Etwas ist nicht in Ordnung, ich sehe es ihm an. »Mella …« Zwischen seinen Augenbrauen bildet sich eine steile Falte.

Sag es!

»Ich … Mella, deine Mutter ist vor einer halben Stunde gestorben.«

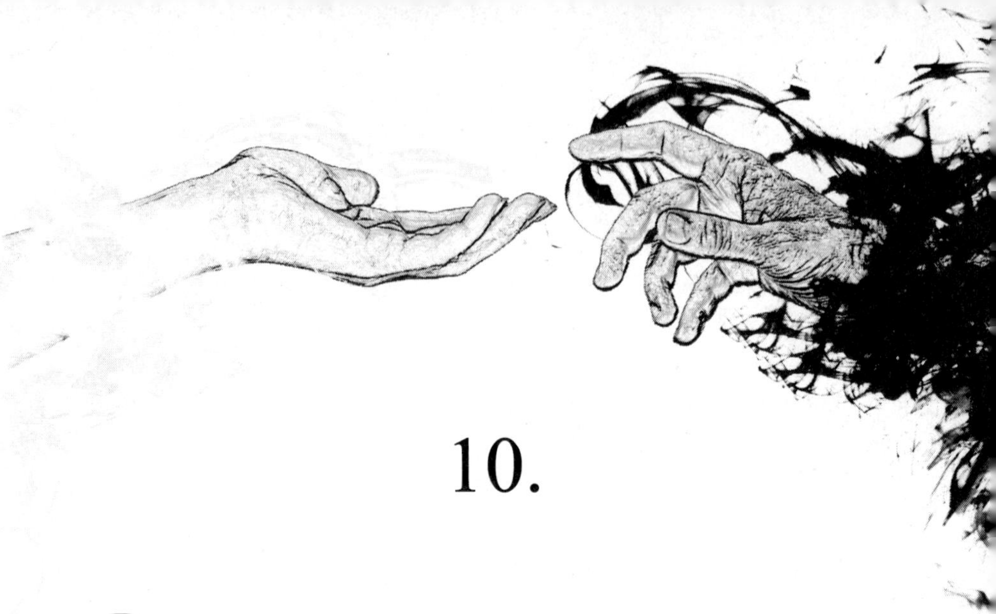

10.

Oh«, sage ich und mustere das Bett, auf dem wir uns gerade noch so nah waren. Es ist vollkommen zerwühlt. Ich streiche die Bettdecke über meinen Knien glatt. Besser. Aber mein Kopfkissen ist immer noch ganz zerdrückt. Ich schüttele es schnell auf. Wenn man das nicht regelmäßig macht, werden die Federn klumpig.

»Mella?« Aus den Augenwinkeln sehe ich, wie er einen Schritt auf mich zu macht und sofort wieder stehen bleibt.

»Ja?« Ich bette das Kissen vorsichtig auf meinen Schoß und versenke beide Fäuste darin.

»Hast du mich verstanden?«

»Aber ja.« Ich schüttele das Kissen noch ein wenig kräftiger, bevor ich es mir wieder in den Rücken lege. Eine Feder liegt einsam auf der Decke.

Lucas rührt sich nicht. »Mella, Liebes.« Seine Stimme ist ganz sanft. »Deine Mutter ist gestorben.«

Ich nicke, zupfe an der Feder und bekomme sie nicht zu fassen. Meine Fingernägel sind zu kurz. Blödes, hartnäckiges Ding, jetzt komm schon her!

»Sie ist tot.«

Himmel, warum redet er so leise?! »Ich weiß, verdammt!« Das Licht flackert erneut, und Lucas zuckt zusammen. Kurz wird es dunkel im Zimmer, doch diesmal schere ich mich nicht darum. »Ich bin nicht taub, ich habe es kapiert, hörst du! Verdammt!« Meine Stimme bricht ab. Und dann kommen die Tränen. »Ich weiß es doch.«

Durch den Schleier meiner Tränen sehe ich Lucas, der wie festgemauert mitten in meinem Zimmer steht, und strecke die Hand nach ihm aus. Doch er kommt nicht, er weicht zurück, als hätte er Angst vor mir, lässt sich auf die Couch sinken.

»Bitte«, flüstere ich und wische mir die Augen mit dem Zipfel der Bettdecke ab. »Bitte. Ich brauche dich.«

Er schüttelt nur den Kopf.

Heftige Schluchzer lassen mich erbeben. Es ist ein Kampf, ein Kampf mit mir selbst und ich habe keine Kraft, mich gegen diese Gewalt zu wehren. »Bitte, lass mich nicht allein.«

Doch er bleibt dort sitzen und starrt auf die Tischkante, die Arme fest vor der Brust verschränkt, ohne überhaupt zu reagieren.

Auf wackligen Beinen gehe ich zu ihm, setze mich neben ihn auf das Sofa. Er starrt immer noch auf den Tisch, die Zähne zusammengepresst. »Meinst du nicht, du könntest für mich da sein? Als Freund?« Er sieht mich an, rührt sich nicht. »Du Mistkerl«, flüstere ich und breche in Tränen aus. Ich greife nach seinem Arm wie nach einem Rettungsring, halte mich an ihm fest, weil ich irgendetwas zum Festhalten brauche. Ihn.

»Verdammt«, knurrt er. »Komm her.« Er zieht mich in seine Arme, und ich rolle mich auf seinem Schoß zusammen wie ein kleines Kind, meinen Kopf an seine Schulter gelegt, und heule. »Schh …«, macht er leise, ganz, ganz leise. »Ist gut, ist ja gut.« Sanft streichelt er mich, küsst meine Stirn, legt seine Wange auf meinen Scheitel, wiegt mich hin und her.

Gar nichts ist gut. Es tut so weh, so verdammt weh, in meinem Bauch und in meiner Brust, als hätte man mir einen Dolch hineingetrieben und dreht ihn um seine eigene Achse, immer und immer wieder. Meine Nerven schreien. In meinem Kopf rattern die Gedanken, jagen sich die Erinnerungen, bunte Bilder, und ich bin mittendrin, meinen Emotionen hilflos ausgeliefert.

Hinter meinen Tränen sehe ich ihr Lächeln, als sie mir meine erste Puppe schenkte, sehe uns beide, wie wir auf blumenübersäten Wiesen tanzen, ich sehe Schneeengel und Sternenhimmel, schimmernde Haare wie aus Eis, ihre Hände, die mir eine dampfende Tasse Kakao reichen, nachdem ich halb erfroren vom Spielen im Schnee nach Hause kam. Dumm nur, wenn man erst bemerkt, dass die Fahrt vorbei ist, wenn das Karussell stehen bleibt.

Ich kralle mich an Lucas fest, vergrabe mein Gesicht an seiner Brust. Ich will nichts mehr sehen, nichts mehr hören, sauge seinen Duft in mich auf, als hinge mein Leben davon ab, warte auf die Ruhe, die er mir schenkt. Er wiegt mich in seinen Armen, murmelt Dinge, die ich nicht verstehe, und ist bei mir, die ganze Zeit, bis die Schluchzer endlich aufhören, meinem Körper zuzusetzen. Kraftlos schließe ich die Augen, lehne mich gegen ihn. Es fühlt sich so gut an.

Sein Herz schlägt dicht an meinem Ohr, kräftig, gleichmäßig, in einem ruhigen Takt. Ich spüre seine Wärme, seinen Halt, einfach nur, weil er bei mir ist. Fest drückt er mich an sich und ist ganz still, während sich mein Herzschlag langsam seinem anpasst.

∞

Lucas lehnt mit dem Rücken am Kopfteil des Bettes und sieht aus dem Fenster in einen fast lächerlich blauen Himmel. Ohne zu bemerken, dass ich wach bin, streicht er über meinen Oberarm, auf und ab, sanft wie eine Feder.

Ich könnte mich daran gewöhnen, neben ihm aufzuwachen. Hier in seinem Arm zu liegen und von ihm gestreichelt zu werden, könnte so schön sein, aber ich kann den gestrigen Tag nicht aus meinem Gedächtnis streichen. Die Reise in seine Vergangenheit, das Feuer, die Kirche, wie er uns unsichtbar gemacht hat, wie nah wir uns gekommen sind … Es ist viel geschehen gestern - und es wäre auch etwas zwischen uns passiert, wenn nicht dieser Telefonanruf dazwischengekommen wäre. Der Anruf …

Ich seufze und er sieht mich an. »Guten Morgen.« Leise räuspert er sich und zieht sich von mir zurück. Für Sekundenbruchteile huscht seine Aufmerksamkeit zu meinem Mund. Mir wird heiß und kalt.

Er schluckt und krabbelt aus dem Bett. Mit einem herzhaften Ächzen reckt er die Arme über den Kopf. Wieder verrutscht das Shirt und entblößt seinen Bauchnabel, die verführerische Haarlinie darunter.

»Fahren wir hin?« Ich gebe mir alle Mühe, meine Stimme nüchtern klingen zu lassen.

Er schüttelt den Kopf und wühlt in seiner Tasche nach frischer Kleidung. »Nein.«

»Aber du hast am Telefon von heute Vormittag gesprochen!«

»Irgendetwas musste ich doch sagen.«

»Ich darf sie nicht sehen?«

Er blickt auf. »Mella, du weißt doch, dass ich dir nicht erlauben kann, Kontakt zu Menschen zu haben.«

»Sie ist tot. Streng genommen ist sie kein Mensch mehr.«

»Es werden genug andere Menschen da sein, Mella. Das ist gegen die Regeln.« Er widmet sich wieder seiner Tasche.

Ich setze mich auf. »Was, wenn sie mir etwas Wichtiges hinterlassen hat? Etwas, das uns weiterhelfen könnte?«

Lucas stutzt und sieht mich wieder an. »Mist«, sagt er nur.

»Also, wann fahren wir?«

»Du bist einfach zu clever für mich.« Er seufzt, einen Haufen Kleider auf dem Arm. »Zieh dir etwas an.« Er sieht so genervt aus, dass ich es kaum wage, ihn anzusehen.

»Begleitest du mich zur … wenn ich das alles regeln muss?«

Er wirft mir ein kleines, aufmunterndes Lächeln zu. »Natürlich. Dich kann man nicht alleine lassen.«

»Ich brauche dich, weißt du das?«, sprudelt es aus mir hervor. »Sonst habe ich doch niemanden … Ich schaffe das nicht alleine, ich …« Ich schließe die Augen, reibe mir die Stirn, als ob ich so die richtigen Worte finden könnte. »Können Umbracoren durchdrehen?«

»Na klar. Ich stehe selbst ganz kurz davor.« Sein Gesicht wird wieder ernst. »Das mit gestern Abend tut mir leid, Mella.«

Unvermittelt gräbt sich der Schmerz wieder in mein Herz. »Am liebsten würde ich gar nicht hinfahren.« Ich trete die Bettdecke zurück und stehe auf. Sein Blick huscht über meinen Körper unter der dünnen, schwarzen Seide. »Na komm, bringen wir es hinter uns.«

Seufzend zerre ich ein paar Klamotten aus dem Schrank und schlurfe ohne ein weiteres Wort ins Bad. Schwer stütze ich mich auf das Waschbecken und werfe einen Blick in den Spiegel. Ich sehe furchtbar aus. Zum Kotzen. Meine Augen sind rot und geschwollen, kein Wunder. Make-up ist heute wohl sinnlos – wenn ich noch einmal Sturzbäche an Tränen vergieße, hat sich das schnell erledigt.

Ich klatsche mir ein paar Portionen eiskaltes Wasser ins Gesicht, ziehe mich um und trotte zurück ins Schlafzimmer. »Du kannst.«

Lucas steht am Fenster und zieht sich ein dunkles Hemd über die Schultern. »Ich beeile mich. Je schneller wir da sind, desto schneller sind wir wieder weg.« Er lächelt mir kurz zu und verschwindet wie ein Blitz hinter der Badezimmertür.

Das Wasser rauscht, und ich schaue aus dem Fenster. Die Sonne strahlt warm vom Himmel. In ihrem Licht flirren die ersten Insekten umher, als hätte eine Fee Unmengen an Glitter in die Luft gepustet. Und doch fühlt es sich falsch an. Alles ist falsch. Es darf einfach nicht so schön sein, nicht an diesem Tag.

Ein Rumpeln lässt mich herumfahren. Lucas hüpft auf einem Bein, die Haare noch feucht, und zieht sich ein wenig umständlich seine Boots im Stehen an. »Bist du fertig?«

»Nein«, sage ich leise, und wir machen uns auf den Weg.

∞

Die Fahrt in die Stadt kommt mir wie eine Weltreise vor, umso mehr, weil Lucas seit einer halben Stunde keinen Ton mehr von sich gibt. Vielleicht meint er es gut und will mich in Ruhe lassen. Aber ich brauche keine Ruhe. Ruhe zwingt mich zum Denken, und das ist scheiße. »Würdest du bitte mit mir reden?«

Er nimmt den Blick kurz von der Straße und lächelt mir zu. »Worüber möchtest du reden? Über die Fotos?«

»Nein.« Ich kann mich nicht einmal daran erinnern, wo dieses Foto überhaupt entstanden ist. Worüber möchte ich reden? Ich habe keinen Schimmer. Und da Lucas nicht der geborene Entertainer ist, werde ich wohl weiter hier sitzen und mich selbst davon abhalten müssen, zu viel zu denken. Ich suche mir einen Knopf an meiner Bluse und drehe daran. Hin und her und her und hin, immer wieder.

Ohne seinen Blick von der Straße zu nehmen, legt Lucas seine Hand auf meine und hindert mich daran, den Knopf abzureißen. Seine Körperwärme fließt wie ein Trost über meine Haut. Er schiebt seine Finger zwischen meine und hält mich fest.

»Als sie mich von den Festwiesen holten, wussten sie schon, dass niemand überlebt hatte.« Er blickt auf die Fahrbahn, in den Rückspiegel. »Das Feuer war bereits gelöscht. Und meine Familie tot.«

Ich kann seine Augen nicht sehen, wenn er so auf die Straße starrt. Er wirkt ruhig und entspannt. Aber ich glaube nicht, dass er das auch ist.

»Ich stand vor dem Haus, als die letzten Rauchschwaden in den Himmel stiegen, und es stank. Es stank so widerlich.« Er atmet tief ein und aus, als könnte er es riechen, jetzt, in diesem Augenblick. »Sie starrten mich an.«

Er schnaubt, und plötzlich sehe ich den kleinen Jungen vor mir, mit seinem Seitenscheitel und den riesigen Kulleraugen. »Ich war zwölf Jahre alt, ich hatte alles verloren und sie starrten mich nur an, während die Vögel in den Bäumen sangen.«

Diese Vorstellung bricht mir das Herz, und ich drücke seine Hand.

»Niemand tat etwas. Sie standen um mich herum und gafften, während ich vor den schwelenden Überresten meines Lebens stand. Niemand kam zu mir, niemand sagte etwas, niemand war einfach nur für mich da. Meine Mutter hatte so viele Freundinnen, musst du wissen, und auch ich … meine Freunde, mit denen ich am Morgen noch den Festbaum bewundert hatte, sie standen alle nur da. Sie tuschelten und beglotzten mich wie ein exotisches Tier im Zoo. Ich war zwölf, verdammt!«

Hart schlägt er auf das Lenkrad, stöhnt leise auf. Dann setzt er den Blinker und fährt an den Straßenrand. Sein Blick ist unruhig, bewegt. Ich kann den kleinen Jungen darin sehen.

»Tut mir leid, Liebes.« Er zuckt mit den Schultern und lässt den Kopf hängen. »Ich wollte dich ablenken und nicht noch mehr aufwühlen.«

»Du brauchst dich nicht zu entschuldigen.« Am liebsten würde ich ihn in die Arme nehmen, mit ihm gemeinsam zur Ruhe kommen. »Was passierte, als die Feuerwehr weg war?«

Er atmet zittrig ein, wappnet sich für den Schmerz seiner Erinnerung. »Ihnen wurde langweilig und sie gingen nach Hause. Es gab ja nichts mehr zu sehen. Und so ließen sie mich einfach zurück, machten das Abendessen für ihre Familien und lebten ihre Leben weiter.« Lucas starrt auf das Lenkrad, klopft mit dem Daumen darauf, in einem unregelmäßigen Takt. »Das Feuer war im Kinderzimmer ausgebrochen. Und es war meine Schuld.«

Ich schlage mir die Hand vor den Mund. »O nein, Lucas!«

»Doch«, sagt er leise. »Eine umgestürzte Kerze. Diese Scheißkerze! Ich habe doch nur meine Hosen gesucht … Weißt du, wie oft meine Mutter mich daran erinnert hatte, sie zu löschen, wenn ich das Zimmer verließ? Ich habe es so oft vergessen. Und dieses eine Mal hatte es schlimme Folgen.« Er versucht sich an einem Lächeln, doch es erreicht seine Augen nicht. »Wir sollten weiterfahren, meinst du nicht auch?« Lucas setzt den Blinker und fädelt den Audi wieder in den Verkehr ein. Mit einem Mal sieht er so schrecklich jung aus, so unfassbar verletzlich.

»Der Dorfpfarrer packte mich in seinen klapprigen Ford Anglia und brachte mich zu meinem Onkel. Dort blieb ich, bis ich volljährig war.«

Ich lege kurz meine Hand auf seinen Arm. »Ich bin froh, dass du jemanden hattest, der für dich da war.«

Er wiegt den Kopf. »Hatte ich das? Ich habe mich so angestrengt, ihnen nicht zur Last zu fallen. Ich habe mich regelrecht angebiedert für ein bisschen Zuwendung.« Er macht eine Pause, atmet einmal tief durch. »Eines Nachts stand ich auf, um mir ein Glas Wasser zu holen, da hörte ich sie reden. Sie sprachen über mich, aber sie benutzten nicht meinen Namen. Sie bezeichneten mich als ein Monster.«

Meine Kehle ist wie zugeschnürt. »Lucas …« Auch ich habe das zu ihm gesagt, vor wenigen Tagen erst. O Gott, wie mag er sich gefühlt haben?

Er hebt abwehrend die Hand. »Wenn ich etwas in meinem langen Leben gelernt habe, dann dass die Menschen widerliche Kreaturen sind. Die einzige Sorge meiner Tante war ihr Wohlstand. Mein Vater hatte ein Konto eingerichtet, von dem sie jeden Monat Geld erhielten, und zwar nicht gerade wenig. Das war der Grund, aus dem sie mich aufgenommen hatten, nicht aus Mitgefühl oder Zuneigung. Und als ich dann volljährig wurde, haben sie mir keinen Geburtstagskuchen gebacken, sondern mir meine Koffer vor die Tür gestellt.«

Meine Stimme ist kaum noch zu hören. »Das ist ja schrecklich!«

Sein Blick ist starr auf die Straße gerichtet. Er zuckt mit den Schultern. »Ist lange vorbei. Ich habe es überlebt.«

Ich betrachte ihn, erwachsen, groß und männlich, mit der Lebenserfahrung eines Siebzigjährigen. Wie war er wohl als Kind, bevor dieser schreckliche Unfall sein Leben zerstörte? Fröhlich und unbeschwert? Aufsässig oder verträumt? Er sah so niedlich aus auf dem Foto, so unschuldig.

Moment. Das Foto. Aber wenn er … Wie kann das sein?

»Lucas?« Ich rüttele an seinem Arm und er schreckt auf wie aus einem Traum. »Lucas, wenn all deine Sachen, wenn überhaupt alles in diesem Haus verbrannt ist, woher stammt dann das Foto? Und wie kommt es in diese Kirche?«

Er schüttelt langsam den Kopf, die Augenbrauen zusammengezogen. »Ich … ich weiß es nicht.«

Ich befeuchte meine Lippen. »Mir fällt nur eine Möglichkeit ein: Jemand muss es sich bereits vor dem Brand besorgt haben.«

Er kaut einen Moment auf seiner Unterlippe und nickt schließlich. »Ja, das macht Sinn. Scheiße, das ist die einzig logische Erklärung.« Lucas biegt von der Küsten- auf die Landstraße ab. Von hier aus sind es noch zwanzig Minuten, bis wir vor dem Pflegeheim stehen.

»Aber warum zur Hölle sollte das jemand tun? Du warst doch nur ein kleiner Junge!«

Lucas fährt sich mit der Hand durch die Bartstoppeln. »Und noch lange kein Umbracor.«

Ich starre ihn an. »Genau wie bei mir. Das Foto wurde lange vor meinem Tod gemacht. Der Klebestreifen auf dem Briefumschlag muss Jahrzehnte alt gewesen sein, sonst wäre er nicht so zerbröselt. Ich bin aber erst vor drei Monaten gestorben.«

Er blinzelt irritiert. »Du meinst, sie haben dein Foto fünfzig Jahre später zu meinem in den Umschlag gesteckt?«

Verdammte Scheiße, was bedeutet das nur? Ich weiß nicht mehr, was ich sagen soll, mein Kopf ist leer. Lucas heftet seine Augen angestrengt auf die Straße und schweigt, die Lippen fest zusammengepresst. Schließlich stöhnt er auf, setzt den Blinker und bringt den Wagen hektischer als nötig auf dem Seitenstreifen zum Stehen.

»Es kann nicht anders gewesen sein. Aber wenn das wirklich stimmt …« Er sieht mich aus weit aufgerissenen Augen an.

»Dann war das alles geplant. Jemand hat die Fotos dort versteckt, lange bevor wir verwandelt wurden.« Ich reibe mir die Stirn, als könnte ich so meine grauen Zellen auf Trab bringen. Scheiße, ich komme einfach nicht mehr mit.

»Ich verstehe den Grund nicht.« Lucas sieht mich ebenso verständnislos an, wie ich mich fühle. »Warum wir? Von allen Menschen auf der Welt, warum ausgerechnet du und ich? Wo ist die Verbindung?«

Lucas wurde 1940 geboren, ich fast fünfzig Jahre später. Er war da, als ich zufällig einem Blutsüchtigen über den Weg lief. Und nun ist er mein Ausbilder. Die einzige Verbindung zwischen uns, die mir einfällt, ist meine Mutter. O nein. Mein Magen verkrampft sich schmerzhaft. Kann das sein? Fühle ich mich deshalb so zu ihm hingezogen? »Lucas?« Ich räuspere mich ausgiebig. »Bist du mein Vater?«

Er starrt mich an, als wäre meine Haut plötzlich grün angelaufen, und bricht in Gelächter aus. »Was? Nein! Auf keinen Fall!« Als er meinen verstörten Blick bemerkt, gibt er sich alle Mühe, schnell wieder ernst zu werden. »Nein, Mella. Ich kann nicht dein Vater sein. Ich habe Resa nicht mehr gesehen, seit ich sieben Jahre alt war.«

»Und das weißt du genau? Du hattest doch keine Ahnung, wie sie als erwachsene Frau aussieht! Was, wenn du sie nicht erkannt hast? Dich kannte sie ja offensichtlich als Mann!«

Lucas rollt mit den Augen und lässt sich in seinem Sitz zurückfallen. »Himmel, Mella. Ich bin mir wirklich hundertprozentig sicher.« Verärgert sieht er mich an. »Ich bin nicht viel herumgekommen im Leben, wenn du verstehst, was ich meine.«

Ich mache meinen Mund auf und klappe ihn wieder zu. Oh. »Du meinst …«

»Ja.«

»Oh.«

»O ja«, bestätigt er genervt. »Also, noch einmal: Ich bin definitiv nicht dein Vater.«

»War nur so ein Gedanke.« Ich ziehe die Schultern hoch, und dann fällt mir etwas ein. »Außerdem warst du schon tot, lange bevor ich geboren wurde. Und wenn Umbracoren unfruchtbar sind …«

»Jaaa«, sagt er langgezogen und rechnet schnell nach. Eine entzückende Röte überzieht seine Wangen. »Das hätte mir jetzt einige Peinlichkeiten ersparen können, oder?« Doch er lächelt. »Du bringst mich dazu, dir mehr über mich zu verraten, als mir lieb ist.« Sein Lächeln verblasst langsam. »Wir müssen weiter, Mella.«

Er hat recht. Aber ich will nicht. Es ist zu viel. Es ist viel zu viel auf einmal. Ein unsichtbares Band legt sich um meinen Hals und zieht sich zusammen. Unaufhaltsam klettern die Tränen meine Kehle hinauf.

»Ich bin so durcheinander.« Verzweifelt blinzle ich die Tränen weg, doch alles verschwimmt vor meinen Augen. »Und ich habe eine solche Angst, Lucas, eine Scheißangst.«

Sofort zieht er mich in seine Arme. »Ist ja gut, du bist nicht allein. Ich bin hier, ich bin bei dir.« Er presst mich so fest an sich, dass er den Atem aus meinen Lungen drückt, streicht mir über den Rücken, gleichmäßig und kräftig. Für Sekundenbruchteile drückt er seine Lippen auf mein Haar.

Langsam werde ich ruhiger. Seine Nähe saugt die Angst aus mir wie ein Vakuum. Er fühlt sich so gut an, fest und warm und wahrhaftig.

Ich schniefe noch einmal und wische mein Gesicht mit dem Ärmel trocken. »Okay, alles wieder gut. Das war nur eine Panikattacke.« Ich lache ihn an, doch sein Gesicht bleibt ernst.

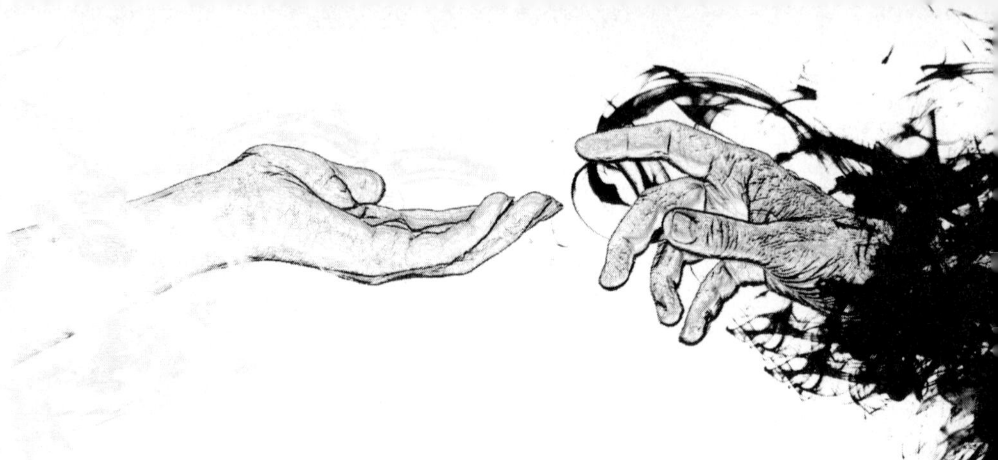

11.

Die Schiebetür öffnet sich mit einem bösartigen Zischen. Der wohlbekannte Gestank nach Einsamkeit, Krankheit und Tod dringt in meine Nase ein und frisst sich in mein Hirn. Alles dreht sich und ich frage mich wieder einmal, wie mir übel sein kann, wenn ich doch überhaupt nichts mehr zu mir nehme.

»Geht es dir gut?« fragt Lucas leise.

Ich schüttele den Kopf und sehe irritiert an mir herunter. »Meine Beine zittern.«

Seine Hand gleitet um meine Taille. »Halt dich an mir fest.«

Gehorsam lege ich meinen Arm um ihn, und fest wie in einer Schraubzwinge lotst mich Lucas zum Empfangstresen. »Guten Tag, Lucas Dewitt.« Er schenkt der Frau hinter dem Tresen ein umwerfendes Lächeln. Marianna, steht in einer verspielten Handschrift auf ihrem Namensschild, daneben ein hässlicher gelber Blümchenaufkleber, der sich mit der Farbe ihrer Strickjacke beißt. »Wir kommen wegen Theresa Will.«

Ihr Name lässt mich zusammenzucken. Kurz drückt Lucas mich an sich, als ob er mich damit beruhigen könnte.

Marianna blättert in einem Notizbuch mit einem überdimensionalen Filzstift-Kreuz auf dem Einband. Sehr dezent. »Dann müssen Sie die Tochter und der Schwiegersohn sein.«

Lucas nickt einfach.

»Den Gang hinunter, vorletzte Tür links.« Marianna deutet mit ausgestrecktem Arm in einen der dunklen Flure. »Frau DeJong hat sie bereits vor einer Stunde erwartet«, fügt sie vorwurfsvoll hinzu.

»Herzlichen Dank.« Seine Stimme ist eisig.

Marianna scheint das nicht zu stören. Sie schenkt uns noch ein unechtes Lächeln und widmet sich wieder ihren Papierstapeln.

Ich hasse das Quietschen unserer Schuhsohlen auf dem frisch gebohnerten Linoleum. Schön pflegeleicht, damit man alles gut wegwischen kann.

Vor der vorletzten Tür auf der linken Seite bleiben wir stehen. Lucas räuspert sich und klopft an. Auf das knappe »Herein!« hin betreten wir ein düsteres Büro.

Ich kenne die Heimleiterin bereits seit einer Ewigkeit, und kann die dickliche Mittfünfzigerin mit ihrer knallroten Kurzhaarfrisur nur schwer ertragen. Höflich strecke ich ihr meine Hand hin. »Hallo Frau DeJong. Das ist Lucas Dewitt.«

Helle Habichtaugen mustern uns prüfend. Sie schüttelt meine Hand und nickt uns zu. »Frau Will, bitte nehmen Sie doch Platz.«

Wir setzen uns auf zwei Holzstühle, die offensichtlich schon den zweiten Weltkrieg überlebt haben. Links und rechts auf ihrem Schreibtisch türmen sich wahre Gebirge aus Aktenstapeln auf.

»Mein Beileid für ihren Verlust. Aber es war ja abzusehen.« Sie erzählt mir irgendetwas über das Leben meiner Mutter. Ich starre auf die gewaltigen Ringe, die sie an jedem ihrer fleischigen Finger trägt, und nicke ab und an, wenn ich das Gefühl habe, dass es Zeit für eine Reaktion ist.

Lucas lehnt sich zu mir. »Geht es dir gut?«, raunt er mir ins Ohr, als Frau DeJong nach irgendeinem Ordner sucht.

Stumm schüttele ich den Kopf und versuche, mich auf das zu konzentrieren, was sie mir erzählt. Lucas tastet unter dem Tisch nach meiner Hand und verschränkt seine Finger mit meinen. Seine Berührung wirkt wie ein Energiestoß, doch ich kann nur daran denken, wie er mich gestern in dieser Kirche von sich geschoben hat.

»Ihre Mutter muss sich im Schlaf auf den Bauch gedreht haben und war dann zu schwach, um sich wieder zurückdrehen zu können. Das kommt vor. Sie ist in ihren Kissen erstickt.« Der Notarzt habe nur noch den Tod feststellen können, alles sei sehr schnell gegangen und sie habe keine Schmerzen mehr gehabt, bla, bla, bla. Würden diese Leute mir überhaupt sagen, wenn es anders gewesen wäre? »Ihre Krankheit war bereits sehr weit fortgeschritten.«

»Für sie war es besser so.« Ich dränge die Tränen zurück. »Sie hätte so nicht leben wollen.«

Frau DeJong öffnet eine schmale Mappe und breitet einige Blätter vor sich aus. »Es ist alles geregelt. Ein Pilotprojekt … Ihre Mutter hatte mir bereits vor ihrem Einzug sämtliche erforderlichen Vollmachten erteilt.« Ihre hellgrünen Augen ruhen auf mir. »Sie wollte Ihnen ersparen, sich nach ihrem Tod um alles kümmern zu müssen.«

»Das … das war sehr rücksichtsvoll von ihr.« Was soll ich denn sonst dazu sagen?

»Das Begräbnis findet morgen Mittag statt. Alles Weitere steht hier.« Sie hält mir einen Zettel hin.

Ich starre ein paar Sekunden darauf, bis Lucas ihn an sich nimmt und in der Innentasche seiner Jacke verschwinden lässt. »Sie haben sicherlich Verständnis dafür, dass wir das Zimmer bereits räumen mussten.«

Ich nicke mechanisch, noch bevor ich den Sinn ihrer Worte verstanden habe. Lucas neigt sich ein wenig zu mir. »Du brichst mir die Finger, Liebes«, flüstert er.

Erschrocken lasse ich ihn los, doch er greift meine Hand erneut, fährt einmal beruhigend mit dem Daumen darüber.

Frau DeJong zaubert einen kleinen Karton unter ihrem Schreibtisch hervor und schiebt vorsichtig die Aktenberge beiseite, damit sie nicht umfallen. »Ihre Mutter wollte, dass Sie dieses Foto bekommen.« Sie fischt einen goldbelegten Bilderrahmen aus der Kiste und stellt ihn vor mir auf.

Ich schnappe nach Luft. Ich. Drei Jahre alt. Schokoladenverschmierter Mund. »Ist das alles?«, würge ich hervor.

Die Heimleiterin zieht verächtlich die Mundwinkel nach unten. »Haben Sie mehr erwartet? Ihre Mutter hatte keine großen Reichtümer zu bieten … aber woher sollten Sie das auch wissen.« Sie lehnt sich in ihrem Lehnstuhl zurück und sieht so zufrieden aus, dass ich ihr am liebsten die Zähne aus dem Kiefer schlagen würde.

Lucas beugt sich vor und schielt in den Karton. »Was ist mit den Briefen?«

»Die sind privat und werden vernichtet.« Sie fixiert mich mit unverhohlener Abneigung. Offenbar hat sie mich als Erbschleicherin abgestempelt und freut sich nun diebisch, dass ich nichts außer einem Foto bekommen habe. Sie lässt den Karton zu Boden fallen und schiebt ihn mit dem Fuß zurück unter den Schreibtisch. »Also?« Sie steht auf und sieht uns von oben herab an, obwohl Lucas und ich sie um bestimmt dreißig Zentimeter überragen. Ein klares Zeichen dafür, dass unser Besuch an dieser Stelle sein Ende gefunden hat. »Möchten Sie Ihre Mutter noch einmal sehen?«

Mein Blick hetzt zu Lucas. Möchte ich das? Seine Augen lächeln und er nickt fast unmerklich.

Die Frau legt mir die Hand in den Rücken und schiebt mich aus dem Zimmer. Ich spüre keine Wärme, nur den Druck ihrer Finger. Schnell drehe ich mich zu Lucas um. Der hockt in dem düsteren Büro vor dem Schreibtisch und bindet sich seinen rechten Schuh zu. »Ich komme sofort.«

Die Heimleiterin mustert ihn abfällig und schiebt mich eilig weiter. »Kommen Sie. Ich werde Sie zu den Abschiedsräumen begleiten.«

Geschäftig führt mich Frau DeJong durch ein Labyrinth aus Gängen, bis ich mir vorkomme wie die Hauptfigur in einem Computerspiel. Die Abschiedsräume liegen im Keller des Pflegeheims, dort, wo auch unbenutzte Betten und die Feiertagsdekorationen aufbewahrt werden. Es ist kühl hier unten, dunkel und ganz still.

Vor einer dick gepolsterten, mit Leder beschlagenen Doppeltür macht sie schließlich Halt. »Die Tür ist offen. Wenn Sie so weit sind, gehen Sie einfach hinein. Einen schönen Tag noch.«

Der Kloß in meinem Hals ist so groß wie ein handelsüblicher Globus. Frau DeJong dreht sich um und verschwimmt mit dem Grau der Flure. Hektisch klackern ihre Absätze auf den Bodenfliesen und verhallen schließlich ganz.

»Was für eine blöde Kuh«, sagt Lucas und ich schlage mir die Hand vor den Mund, um meinen Schrei zu unterdrücken. »Wo kommst du denn so plötzlich her?« Mein Herz schlägt mir bis zum Hals.

Irritiert zieht er die Augenbrauen zusammen und deutet in eine finstere Ecke hinter sich. »Na, aus dem Aufzug!«

Es gibt einen Fahrstuhl und diese Tussi lässt mich drei Stockwerke Treppen steigen?

Mein Blick fällt zurück auf die gepolsterte Tür. Warum polstert man die, wenn dahinter nichts ist als die ewige Ruhe? »Meinst du, ich will sie noch mal sehen?« Ich kaue auf meiner Unterlippe und zähle die Zierknöpfe auf der Polsterung. Elf Stück.

Lucas legt leicht den Kopf schief. »Liebes, das musst du ganz allein entscheiden.«

»Keine Ahnung.« Ich bin vollkommen durcheinander. »Ist das nicht gegen die Regeln?« Ich habe zu viele Gedanken und Gefühle in meinem Kopf, als dass ich sie sortieren könnte. Gehört sich das so? Muss man sich seine tote Mutter ansehen? Oder wäre ich froh, wenn ich nicht zu ihr dürfte?

»Vielleicht sollte ich die Regeln ausnahmsweise vergessen, wenn du sie sehen willst.« Seine Stimme ist ganz sanft.

»Hast du deine Familie gesehen, nachdem sie …« Ich beende meinen Satz nicht.

Sein Blick verändert sich fast unmerklich, doch er weicht mir nicht aus. »Da war nicht mehr viel, von dem ich mich hätte verabschieden können.«

Ich greife nach seiner Hand. »Hättest du es gern getan?«

Lucas starrt an mir vorbei. »Als Kind nicht. Aber heute?« Er zieht die Schultern hoch und lässt sie wieder fallen. »Ja. Ich würde alles dafür geben, sie noch einmal sehen zu dürfen.« Er lässt meine Hand nicht los, schiebt seine Finger zwischen meine.

»Hast du geweint?«

Er zieht die Augenbrauen zusammen und blinzelt ein paar Mal. »Ich … ich weiß es nicht mehr.« Er klingt erstaunt, und das macht es schlimmer, als wenn er meine Frage mit Ja beantwortet hätte.

»Vermisst du sie?«

Lucas atmet tief ein und schlägt die Augen nieder. »Natürlich«, sagt er leise.

»Dann lass uns hineingehen.«

Tief hole ich Luft, lege die Hand auf die Türklinke und drücke sie herunter.

∞

Zwei Dutzend Kerzen flackern aufgeregt, als wir den Raum betreten. Ihr leises Fauchen und Knistern ist das einzige Geräusch in diesem Raum der Stille.

Mein Herz pumpt gegen meinen Brustkorb, als wäre es viel zu groß für ihn. Dort hinten, in der Mitte des Raumes, liegt sie. Ein menschlicher Körper, zugedeckt mit einem blütenweißen Laken. Tränen verzerren meine Sicht. Ich stolpere mehr zu ihr, als dass ich laufe. Die Decke spannt sich über ihren Füßen. Sie haben ihr die Hände über der Brust gefaltet. Ihre Finger bergen eine weiße Rose, so groß und üppig, dass ich meine, ihren Duft bis hierher riechen zu können. Die Kerzen flammen kurz auf und bringen ihr Haar zum Schimmern. Wie ein Schleier aus Eis fließt es in sanften Wellen bis zu ihrer Hüfte hinab. Ich erkenne sie nicht. Diese Frau hat zwar Ähnlichkeit mit meiner Mutter, aber etwas an ihr ist anders. Etwas fehlt. Das Leben? Ihr Anblick bringt mich eher durcheinander, als dass er mich traurig macht. Was zur Hölle stimmt denn nicht mit mir?

Wie von einem Windhauch angefacht, lodern die Flammen um mich herum auf. Lucas tritt hinter mich. Seine Nähe vertreibt die Kälte aus meinen Eingeweiden, legt sich tröstend um mich wie eine warme Decke.

»Sie sieht so anders aus.« Ich strecke die Hand aus, um ihr Haar zu berühren und lasse es doch sein. »Ich habe noch nie einen Toten gesehen. Du?« Ich sehe ihn an.

»Mehr als genug.« Er klingt kalt und teilnahmslos und ich erschrecke mich vor diesem harten Teil von ihm. Ein Killer … schnell schiebe ich diese Gedanken beiseite. Ich will überhaupt nicht nachdenken!

Die Kerzen flackern heftig und verlöschen mit einem Mal. Nur eine einsame Neonröhre spendet noch Licht. Und es wirkt auf einmal gar nicht mehr sanft und warm in diesem Abschiedsraum, sondern kalt und nüchtern und steril.

Lucas lässt seinen Blick unruhig durch das Zimmer wandern, als suche er etwas, und weicht nicht von meiner Seite.

In der Unbarmherzigkeit des Neonlichts graben sich harte Falten in ihre Haut. Wie knochig ihre Finger sind, kaum dicker als der Rosenstängel, den sie halten. »Und das ist es, von dem die Leute immer sagen: *Sie sieht so friedlich aus*?« Ihre Wimpern sind viel kürzer, als ich sie in Erinnerung habe.

»Ich weiß es nicht. Ich weiß nicht, wie man friedlich aussieht. Oder ob man überhaupt friedlich aussehen kann.« Leicht berührt er meine Schultern. »Das Wichtigste ist, dass du Abschied von ihr nehmen kannst.«

Warum sollte ich mich von ihr verabschieden? Sie ist doch schon lange fort, in ihrem Kopf verschwunden, vor Jahren schon. Ich betrachte das wächserne Gesicht dieser Puppe, die hier vor mir im Bett liegt, und es lässt mich kalt. Ja, das ist meine tote Mutter, das sagen mir alle, aber ich fühle es nicht. Da ist keine Wärme in diesem Körper, kein Leben. Als ob niemand zu Hause wäre.

»Ich möchte gehen, Lucas.« Ohne mich noch einmal umzudrehen, verlasse ich den Raum. Leise zieht er die Tür hinter uns ins Schloss.

»Und wo ist jetzt dieser Aufzug?«

Lucas verzieht das Gesicht. »Lass uns laufen. Mir ist nicht danach, in einem engen Metallkasten eingeschlossen zu sein.«

Ich seufze. »Dann nehmen wir eben die Treppe.« Schweigend steigen wir sie nebeneinander hinauf, und oben auf der letzten Stufe fällt mein Blick auf seine Boots. »Wie hast du dir eigentlich die Schnürsenkel zugebunden, wenn du Reißverschlüsse an deinen Schuhen hast?«

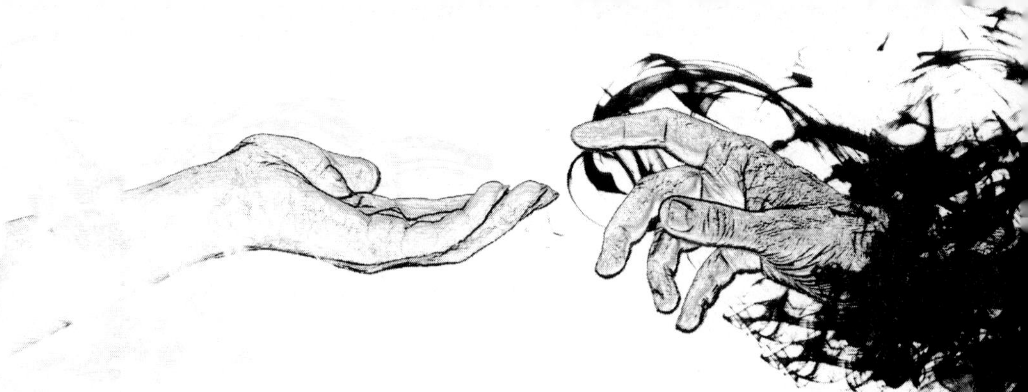

12.

Kurze Zeit später biegen wir auf die Hauptstraße ein.

»Was wohl in diesen Briefen stand?« Wieder und wieder male ich die Intarsien des Bilderrahmens mit meiner Fingerspitze nach. Ob sie dieses Foto besonders gern mochte? Ist das nur ein Zufall?

»Wir werden sehen.« Lucas greift seine Jacke und zieht sie gerade so weit auf, dass ich den Packen Briefe in seiner Innentasche entdecken kann.

Ich reiße die Augen auf. »Du hast sie geklaut!«

»Was denn? Sie lagen zufällig da, wo ich mir die Schnürsenkel zugebunden habe.« Er schmunzelt und konzentriert sich wieder auf die Fahrbahn.

Ich kuschele mich tiefer in meinen Sitz. »Wir haben also ein Kinderfoto von dir mit diesem seltsamen Begriff auf der Rückseite, zwei identische von mir ohne Aufschrift und einen Stapel geklauter Briefe.«

Lucas wirft mir einen Blick von der Seite her zu. »Dir ist klar, dass deine Mutter in diese Sache verstrickt gewesen sein muss?«

Ich seufze. »Es sieht ganz danach aus, als ob sie zu den Leuten gehörte, die diese Schnitzeljagd mit uns spielen.«

»Ich frage mich nur …« Lucas klopft mit dem Daumen auf das Lenkrad und spitzt nachdenklich die Lippen. »Gehörte das zu ihrem Plan? Oder hat sie uns gewarnt, weil etwas schiefgelaufen ist?«

Gute Frage. Nur dumm, dass meine Mutter die Einzige war, die sie hätte beantworten können.

Und sofern nicht jemand von uns mit Toten sprechen kann, werden wir wohl keine Erklärung von ihr bekommen. »Du und ich sind Teil eines Plans, der bereits begonnen hatte, als wir noch kleine Kinder waren. Wenn meine Mutter wusste, dass wir Umbracoren sind, dann ist das wohl kein Zufall.«

Sein Kopf ruckt zu mir herum. Der Audi schlingert.

»Guck auf die Straße und denk nach, Lucas«, sage ich ungeduldig. »Unsere Fotos wurden vor Ewigkeiten gemeinsam in einer Kirche versteckt. Und meine Mutter, die ein Mensch war, hat davon gewusst. Wie kann das sein?«

Lucas stöhnt auf und fährt sich mit der Hand durch das Haar. »Alles war geplant, Mella. Unser ganzes Leben.« Er atmet tief durch. »Scheiße, natürlich. Anders macht es keinen Sinn. Es war von unserer Geburt an ihre Absicht, uns zu verwandeln.«

»Seit wann wusste meine Mutter davon? Und, verdammt noch mal, warum hat sie da mitgemacht? Ich bin ihre Tochter, ihr eigen Fleisch und Blut! Hätte sie mich nicht schützen müssen?«

»Irgendjemand wollte uns auf Biegen und Brechen zusammenbringen. Warum? Was steckt dahinter?« Er fährt sich mit der Hand durchs Haar und umklammert wieder das Lenkrad. »Vielleicht sollten wir uns voneinander fernhalten, um ihre Pläne zu durchkreuzen.«

Ich reiße die Augen auf. »Was – nein! Nein! Was, wenn sie kommen? Ich kann mich nicht selbst schützen, ich brauche dich!«

Seine Augen lächeln bereits, bevor er seine Lippen verzieht. »Ist schon gut. Das war ein blöder Gedanke. Ich lasse dich nicht im Stich. Niemals. Versprochen.«

Ich starre durch die Windschutzscheibe in die schwarze Nacht hinaus. Leuchtreklamen ziehen vorbei und blenden mich. »Lucas?«

Er nickt, ohne den Blick von der Straße zu nehmen.

»Bist du beunruhigt?«

Er nickt wieder. »Und wie.«

Die Ampel vor uns springt auf Rot. Wir reihen uns in die Schlange der wartenden Autos ein.

Ich beiße mir auf die Unterlippe. »Das macht mir Angst, weißt du.«

Er macht ein grimmiges Gesicht und starrt aus dem Fenster. »Hätte ich das besser für mich behalten sollen? Dir sagen, dass alles gut ist?«

Die Ampel schaltet auf Grün und Lucas gibt mehr Gas als nötig.

Warum ist er plötzlich so verärgert?

»Wir sitzen im selben Boot, Lucas.« Ich lege meine Hand auf seine.

Ruckartig schaltet er in den nächsthöheren Gang und entzieht sich so meiner Berührung. »Bevor du in das Boot eingestiegen bist, war noch alles in Ordnung!«

Etwas explodiert in meinem Kopf. »Was denkst du dir eigentlich? Glaubst du, es hat mir Spaß gemacht, im Schnee herumzuliegen und halb aufgefressen zu werden? Ich habe nicht darum gebeten, der Klotz an deinem Bein zu sein, ganz bestimmt nicht!« Ich starre wütend aus dem Seitenfenster und blinzle die Zornestränen weg. Wenn ich jetzt schon wieder losheule, schreie ich. Ich beiße die Zähne aufeinander, lehne meinen Kopf an das kühle Glas und schließe die Augen.

Lucas atmet tief und kontrolliert aus. Plötzlich macht er mitten auf der Straße eine Vollbremsung und schaltet die Warnblinkanlage ein. Ohne ein weiteres Wort zieht er mich in seine Arme.

Ich lasse mich halten wie einen toten Fisch, auch wenn seine Wärme meine Haut zum Prickeln bringt. Seine Nähe raubt mir den Atem. Immer. Auch jetzt.

»Ich bin ein Arsch.« Er klingt zerknirscht. »Entschuldige. Ich habe das nicht so gemeint.«

»Doch, das hast du. Etwas von dem, was wir sagen, ist immer wahr.« Ich ignoriere die Wärme, die sich von meinem Bauchnabel aus über meinen ganzen Körper ausbreitet, und mache mich aus seiner Umarmung los. »Du hast mir gerade auf charmante Art und Weise mitgeteilt, dass ich nur eine Last für dich bin und dass ohne mich alles leichter wäre.«

Er kaut auf der Innenseite seiner Wange herum. »Das ist aber nicht so.«

»Ach Lucas, natürlich ist es das. Ohne mich wäre alles einfacher und besser für dich.«

Für mich wäre es auch besser, nicht hier zu sein. Ich könnte mein altes Leben weiterführen. Ich hätte noch meine Freunde und meinen Job. Ben wäre mein größtes Problem, und das ist lächerlich klein gegen all das hier. Denn dann müsste ich mich weder mit der Tatsache auseinandersetzen, kein Mensch mehr zu sein, noch damit, verfolgt zu werden. Und ich würde mich auch nicht zu jemandem hingezogen fühlen, der abweisend ist und manchmal fies und meistens freundlich, fast schon liebevoll, und der gut riecht und sich noch besser anfühlt.

Himmel. Will ich überhaupt zurück in mein altes Leben? Gut, dort wurde ich nicht bedroht. Aber meine Mutter ist und bleibt tot. Meine Zukunft mit Ben war eine Lüge. Und ich habe den Buchhalterjob mit jeder Faser meines Daseins gehasst.

»Einfacher heißt nicht, dass es auch besser ist.« Lucas schaltet die Warnblinkanlage aus.

O Gott, was meint er denn jetzt schon wieder damit?

Ohne mich noch einmal anzusehen, fädelt er den Audi in den laufenden Verkehr ein. Wir lassen die Stadtgrenze hinter uns und er tritt aufs Gaspedal.

Hier draußen stehen keine Straßenlaternen mehr. Die Finsternis scheint uns regelrecht in sich aufzusaugen.

»Wir können es nicht ändern, Mella. Es ist so, wie es ist. Da müssen wir jetzt durch.«

»Aber ich habe dich in etwas hineingezogen.«

»Das ist Quatsch. So wie es aussieht, haben wir schon tief in der Sache dringesteckt, als wir beide noch in die Windeln gekackt haben.«

Es nieselt. Die Tropfen funkeln im Scheinwerferlicht des Gegenverkehrs wie durchsichtige Perlen. Lucas schaltet den Scheibenwischer ein und lehnt sich ein wenig in seinem Sitz zurück. Der Tag war lang.

»Wie war es für dich? Die erste Zeit nach der Wandlung?«

Lucas legt seine Hand lässig auf dem Schaltknüppel ab. »Irritierend. Verstörend. Einsam.« Er zuckt mit den Schultern und reißt plötzlich die Augen auf. »O shit!«

Die Bremsen quietschen. Lucas verreißt das Steuer. Das Heck bricht aus, und schließlich kommt der Wagen quer auf der Straße zum Stehen. Laut und schnell rauscht das Blut in meinen Ohren. Ich keuche. Im Lichtkegel der Scheinwerfer steht ein Reh auf dem schwarzglänzenden Asphalt und starrt uns aus großen Augen an.

Und dann geht das Licht aus. Ich taste nach Lucas' Hand. Beruhigend drückt er sie. »Alles gut. Der Motor ist abgesoffen.«

»Nein, ist er nicht.« Meine Hand zittert ein wenig, als ich auf das Armaturenbrett deute. Dunkel malt sich die Silhouette meiner Finger davor ab. »Der Wagen läuft.«

In dem spärlichen Licht der Anzeigen sehe ich deutlich das Entsetzen auf seinem Gesicht. Hastig greift er nach dem Zündschlüssel und dreht ihn, startet den Wagen neu. Hell leuchten die Scheinwerfer durch die Nacht.

Die Straße vor uns ist leer.

»Bist du okay?« Sein Blick ist seltsam. Als ob ich gar nicht hier wäre.

Ich nicke, auch wenn ich mir nicht ganz so sicher bin.

»Gut. Fahren wir nach Hause.« Er legt den ersten Gang ein und gibt Gas.

∞

Den Rest des Weges brütet Lucas vor sich hin.

Auf jede einzelne meiner Fragen antwortet er nur einsilbig, und irgendwann lasse ich ihn einfach in Ruhe. Auch wenn er schon ein paar Jahre mehr als Umbracor hinter sich hat als ich, gestehe ich ihm zu, dass er in den letzten Tagen ohne Frage einem ziemlichen Stress ausgesetzt war.

In meinem Zimmer angekommen, lege ich die Lederjacke in einen der Sessel und stelle meine Stiefel gleich daneben. Lucas zieht den Packen Briefe aus seiner Jackentasche und wirft ihn achtlos auf den Couchtisch.

Morgen ist die Beerdigung. Scheiße. Ich hasse so etwas. Natürlich ist das ein Abschluss und so. Aber zum ersten Mal bin ich die Hinterbliebene. Die, die trauert, und nicht die, die tröstet.

Lucas steht nur da und tut nichts, als vor sich hin zu starren, die Hände tief in seinen Hosentaschen vergraben. Auf Socken tapse ich zu ihm und berühre ihn vorsichtig am Arm. Er schreckt auf und sieht mich an, als wäre ich ein Geist.

»Wo bist du nur mit deinen Gedanken?«, frage ich ihn leise.

Er weicht meinem Blick aus und legt seine Jacke ordentlich über die Sessellehne. »Alles in Ordnung.« Ehrlich gesagt, sieht er nicht so aus, als ob das stimmt. Abwesend nimmt er sich ein Kissen vom Sofa und schüttelt es auf.

»Das war keine Antwort auf meine Frage.« Ich nehme ihm das Kissen aus den Händen und drücke es an meine Brust.

Er zuckt mit den Schultern. »Ich habe nur nachgedacht. Über dies, über das, du weißt schon.«

Mit aller Kraft pfeffere ich das Kissen zurück auf die Couch. »Kannst du das nicht einmal lassen? Immer diese nichtssagenden, blöden Antworten!« Ich lasse mich auf die Fensterbank fallen und vergrabe mein Gesicht in meinen Händen.

Er braucht einen Moment, bis er sich neben mich setzt, und wartet dann, bis ich ihn wieder ansehe. »Seit du hier bist, höre ich nicht mehr auf zu denken«, sagt er mit leiser Stimme. »Ich weiß nicht mehr, was richtig ist und was falsch, ob uns jemand verfolgt und wenn ja, wer. Ich weiß nicht, wo mir der Kopf steht.« Er fährt sich mit der Hand durch die Haare, reißt sich von meinen Augen los und steht wieder auf. »Plötzlich verstoße ich gegen die Regeln, andauernd – und dabei ist es meine Aufgabe, darauf zu achten, dass wir alle sie einhalten. Nur so kann unsere Gemeinschaft funktionieren.«

Es sind nur wenige Meter zwischen dem Fenster und der Couch, doch er läuft sie unzählige Male ab, wie ein Tiger im Zoo. »Ich habe Angst, dass uns die Zeit davonläuft, Mella. Dass es zu spät sein könnte, weil ich etwas übersehe. Irgendetwas. Egal was. Was übersehe ich nur?« Verzweifelt sieht er mich an.

Er tut mir so leid. Nicht nur mein Leben ist völlig durcheinander, seitdem ich gestorben bin, sondern auch seins. »Ist das immer so ein Chaos nach der Wandlung?«

Er atmet tief durch. »Nein. Eigentlich beantwortet der Ausbilder die Fragen des Novizen und trainiert mit ihm sein Talent, bis er es im Griff hat – aber er muss keine Rätsel lösen oder jedes seiner beschissenen Prinzipien oder Gefühle hinterfragen!« Wütend fegt er den Packen Briefe vom Tisch. Sie fliegen durch das Zimmer wie eine Explosion aus Papier und bleiben über den ganzen Fußboden verstreut liegen. Mit einem leisen Stöhnen lässt Lucas sich auf den Couchtisch sinken und presst sich die Hände auf seine Augen. »Scheiße.«

Er sieht so niedergeschlagen aus, dass ich zu ihm gehe und ihn an mich ziehe. Er sitzt da und lehnt seinen Kopf an meinen Bauch, doch kurz bevor er seine Arme um mich legt, ballt er seine Hände zu Fäusten und steht so abrupt auf, dass ich einige Schritte zurücktaumele.

»Und dann auch noch das.« Er zerrt ein paar Klamotten aus seiner Tasche und lässt mich einfach hier stehen.

Vielleicht kühlt ihn die Dusche ein wenig ab.

∞

Ein Poltern reißt mich aus dem Schlaf, gefolgt von einem leisen Fluchen. Es knarrt und knarzt in der Dunkelheit. Den Geräuschen nach sucht Lucas auf dem Sofa eine gemütliche Position. Kurz darauf ist es wieder still.

Ich kuschele mich zurück in meine Kissen und schließe die Augen, bis er erneut auf dem viel zu kurzen Ding herumwurschtelt und gedämpft vor sich hin schimpft. Ich muss trotz allem lächeln. »Schläfst du schon?«

»Was ist das für eine blöde Frage?« Unter dem deutlichen Protest des Sofas setzt er sich auf. »Ich hasse dieses Ding. Hörst du? Ich hasse es.« Er seufzt. »Kannst du auch nicht schlafen?«

»Jetzt bin ich zumindest wach.« Ich taste nach dem Schalter der Nachttischlampe. Schummriges Licht verteilt sich zaghaft in dem großen Zimmer. »Mir gehen so viele Gedanken durch den Kopf. So viele Erinnerungen und Fragen …«

Er strampelt die alte Wolldecke weg und setzt sich zu mir auf die Bettkante, wie an dem ersten Tag, als ich ihn gesehen habe. »Das wird eine harte Nacht, hmm?«

»Es ist so verwirrend. Ich bin eine erwachsene Frau und das nicht erst seit gestern. Aber im Moment fühle ich mich wie ein kleines Kind.« Ich schniefe und lasse den Kopf hängen. »Das ist so albern. Es war doch klar, dass dieser Tag früher oder später kommen wird.«

Lucas zieht mich wortlos an sich. Ich atme aus und lehne mich gegen ihn, schmiege mich an seine Brust, und mein Herz setzt einen Schlag aus, als ich seine Lippen ganz zart auf meinem Haar spüre, auf meiner Stirn, an meiner Wange, dicht neben meinem Mundwinkel.

Plötzlich lässt er mich los und steht auf. Die Hände in den Taschen seiner Jerseyhose vergraben, steht er da und sieht auf mich herunter. Die Nachttischlampe flackert unruhig. »Irgendwie bleiben wir immer Kinder, Mella. Wenn unsere Eltern uns verlassen, fühlen wir uns betrogen und allein.« Er kaut auf seiner Unterlippe, atmet tief durch. »Ich gehe noch eine Runde an die frische Luft. Vielleicht kommst du dann ein wenig zur Ruhe.« Er bückt sich nach seinen Stiefeln.

Meine Kehle schnürt sich zu. »Du willst mich alleine lassen? Jetzt? Mitten in der Nacht?«

»Ich brauche Zeit zum Nachdenken.« Seine Stimme klingt ernst, doch er lächelt. »Du musst keine Angst haben. Weißt du noch, wie ich uns unsichtbar gemacht habe?«

Ich nicke.

»Das kann ich auch hier tun.« Er atmet tief ein und schließt langsam die Augen, entspannt seine Gesichtszüge. Der Raum pulsiert ein Mal. Ich erblinde kurz und eine Welle der Übelkeit wallt in mir auf und ebbt ab, so schnell, wie sie gekommen ist. Das Licht der Nachttischlampe wirkt diffus, gemütlicher als gerade eben. Aber was ist das? Da bewegt sich etwas in seinen Augen, ich sehe es ganz deutlich. Interessiert beuge ich mich vor.

Er zieht sich die Jacke über und wendet sich zum Gehen. »Ich werde nicht lange weg sein.«

Einem plötzlichen Impuls folgend stürze ich hinter ihm her, werfe meine Arme um seinen Hals und drücke mich fest an ihn. Nach einem kurzen Moment erwidert er meine Umarmung, zieht mich eng an sich. Lucas. Er ist das einzig Verlässliche in diesem Durcheinander. Und das, obwohl ausgerechnet er schuld daran ist, dass ich hier bin.

»Ich danke dir.« Seinen Körper so nah an meinem zu spüren, lässt mich innerlich vibrieren.

»Wofür?«, fragt er leise.

Seine Augen sind so wunderschön. Sie schimmern fast türkis in diesem Licht. »Dafür, dass ich sie ein letztes Mal sehen konnte.«

Er schaut kurz zu Boden, bevor er mich wieder ansieht. Sein Blick entzündet mich wie ein Streichholz. Und plötzlich bin ich mir bewusst, wie nah wir einander wirklich sind. Kein Blatt Papier passt mehr zwischen uns. Seine Wärme ist überall. Meine Haut prickelt. Das Licht wird eine Nuance heller, so als spürte es meine Aufregung.

Lucas räuspert sich und wendet sich von mir ab. Ich fühle mich kalt und schwach, wie ein verlassenes Rehkitz im Wald. Ich will meine Wange wieder an seine Schulter schmiegen und seinen Duft in mich aufsaugen, der mich so beruhigt.

»Ich bin bald wieder zurück. Versuch, noch ein wenig zu schlafen.« Rückwärts geht er auf die Tür zu. »Ruf mich, wenn etwas ist. Einfach nur meinen Namen. Ich werde sofort hier sein.«

Ich will nicht mit meinen Gedanken allein gelassen werden. Ich will mich nicht erinnern, trauern, weinen. Ich will seine Nähe. Ich will von ihm gehalten werden und alles um mich herum vergessen. Aber er ist nur mein Ausbilder und nicht mein Seelsorger. Und was er sonst noch ist – keine Ahnung. »Danke, dass du für mich da bist, Lucas.«

Abwehrend schüttelt er den Kopf. »Bedank dich nicht bei mir, Mella. Dafür gibt es keinen Grund.« Er legt die Hand auf die Türklinke und drückt sie herunter. »Ich tue nur meine Pflicht.«

Seine Worte durchbohren mich wie ein Pfeil aus dem Hinterhalt. Nur seine

Pflicht, das bin ich also. Nichts sonst. Er tut das nicht für mich. Er tut das nicht einmal für sich. Es ist schlicht sein Job. Ich lasse mich auf das Bett sinken. Sämtliche Kraft ist aus meinen Beinen verschwunden. Er geht einfach, ohne ein weiteres Wort. Wie durch Watte höre ich das Klicken des Schlüssels im Türschloss.

Ich bin allein. Er hat mich hier mit meinem Schmerz zurückgelassen. Meine Mutter ist tot, einfach gestorben. Hastig wische ich mir die Nase an meinem Handrücken ab. Verdammte Scheiße.

∞

Es ist viel zu heiß hier drin, und trotzdem schaudere ich. Ich ersticke noch in diesem Zimmer! Da ist wieder dieser Druck auf meiner Brust, wie damals beim Versteckspiel, als ich mich in dem Schrank auf dem Dachboden eingesperrt hatte und nicht mehr herauskam. Abgestanden ist diese Luft, viel zu zäh, als dass ich sie atmen könnte.

Ich haste hinüber zum Fenster und reiße die Fensterflügel auf. Kühle Nachtluft drängt herein. Tief sauge ich sie in meine Lungen, langsam, ganz langsam. Mit jedem meiner Atemzüge legt sich die Panik ein wenig mehr. Ein sanfter Windstoß kühlt die Seide auf meinen Körper, umschmeichelt meine verwirrte, erhitzte Haut.

Was für eine wundervolle Nacht. Die Sterne funkeln am schwarzen Himmel und ein blassgelber Halbmond steht über dem Meer. Glitzernd spiegelt er sich auf den Wellen. Es ist rein und idyllisch dort draußen, eine perfekte und geheimnisvolle Welt voller Schönheit und Stille.

Lautstark ziehe ich die Nase hoch. Wie viele Menschen mussten sich heute von jemandem verabschieden, den sie geliebt haben? Es ist zum Kotzen! Aber das ist der Lauf des Lebens. Nur … was soll ich mit dem Lauf des Lebens anfangen? Ich bin tot, und irgendwie doch nicht. Meine Mutter ist es allerdings definitiv.

Ich bin froh, dass sie weg ist. Dieses Nichts, das in ihrem Körper steckte, war eine Last. Die ständige Hoffnung, die an mir nagte, dass da noch ein Funken Mama in ihr war, der nur darauf wartete, angefacht zu werden, ist nun vorbei. Endlich. Ich liebe sie, ich vermisse sie und gleichzeitig fühle ich mich frei, erleichtert, dass es zu Ende ist. Doch nicht für sie, sondern für mich.

Ein fetter Klumpen Ekel setzt sich in meiner Kehle fest. Ich bin so ein egoistisches Miststück! Wütend balle ich meine Hände zu Fäusten. Meine Fingernägel graben sich tief in mein Fleisch, hinterlassen kleine Halbmonde darin. Um wen weine ich hier überhaupt? Um sie? Um mich? Um das, was ich mal hatte, eine echte Zukunft? Um das, was ich vielleicht sein werde, eine bluttriefende Killerin? Oder um das, was ich nie sein werde?

Fuck! Mit aller Kraft schlage ich gegen den Fensterrahmen. Meine Hand tut tierisch weh, und alles, was ich hören kann, ist mein abgehackter Atem. Und dann verlöscht mit einem Mal die Lampe hinter mir. Mein Herz versagt seinen Dienst. Ich verliere mich in der Schwärze.

Das Fenster! Durfte ich es überhaupt öffnen? O Gott, ich habe damit seine Unsichtbarkeit durchbrochen und bin ihnen schutzlos ausgeliefert, diesen Leuten aus der Kirche! »Lucas«, wimmere ich in die Stille.

Ein Duft nach Meer und Nadelwald weht mir in die Nase. Langsam weiche ich zurück, in die Dunkelheit meines Zimmers, und pralle gegen einen Körper. »Lucas?«, flüstere ich und drehe mich langsam um.

Er steht direkt vor mir. Wie schwarze Edelsteine glänzen seine Augen im Licht des Halbmonds. Und plötzlich wird es mir klar. Wie konnte ich das nur übersehen? »Du bist ein Schattenwandler!«

Ernst sieht er mich an, betrachtet die Spuren der Tränen auf meinen Wangen und berührt sie zögerlich. Sein Blick wird weich. Fast unmerklich schüttelt er den Kopf. »O Mella«, sagt er nur, und ich lasse mich einfach fallen.

Ich schlinge meine Arme um seine Taille, vergrabe meinen Kopf an seiner Halsbeuge. Sie schütteln mich, die Trauer, die Angst und die Wut, doch er hält mich ganz fest, lässt mich nicht los. Sanft wiegt er mich hin und her, eine Hand in meinem Rücken, die andere um meinen Hinterkopf gelegt, seine Wange auf meinen Scheitel gepresst. Ich klammere mich an ihn, kralle meine Finger in sein Shirt, suche Halt an seinem Körper und in seiner Nähe.

Er redet nicht, er rührt sich nicht, doch birgt er mich in seinen Armen, drückt mich an seinen warmen Körper, und das gibt mir mehr Trost, als alle Worte es je könnten. Die Tränen strömen unaufhaltsam aus meinen Augen, Schnodder läuft mir aus der Nase und alles landet auf seinem Shirt.

Irgendwann lassen die Krämpfe in meiner Brust nach und ich werde ruhiger. Sein Atem streift meinen Nacken, warm, in einem ruhigen, gleichmäßigen Rhythmus. Eine Gänsehaut breitet sich über meinen Körper aus wie eine Lawine – schmerzhaft, schnell und erbarmungslos. Hart schlägt mein Herz gegen meinen Brustkorb. Spürt er es? Meine Tränen sind versiegt, aber ich kann ihn nicht loslassen, ich will es nicht. Ich will … mehr.

Er ist mein Halt, alles, was ich brauche. Sein Duft lässt mich schwindeln. Tief atme ich ihn ein und schließe meine Augen. Und ohne, dass ich mich dagegen wehren kann oder will, wende ich ganz leicht meinen Kopf. Millimeter für Millimeter lasse ich meine Nase an seinem Hals hoch wandern, inhaliere die Wärme seiner Haut.

Seine Muskeln erstarren unter meinen Händen zu Stein, doch er lässt mich nicht los. Langsam nimmt er seine Hand aus meinem Haar und fährt meinen Rücken hinab, hauchzart, kaum spürbar. Die Seide trägt seine Berührungen weiter, bringt meinen Körper zum Schwingen. Er verweilt zwischen meinen Schulterblättern und drückt mich ein wenig fester an sich. Fast unmerklich wendet er sich mir zu, bis wir in der Finsternis stehen, Wange an Wange. Leise atmet er aus, zittrig, das erregendste Geräusch, was ich jemals gehört habe.

Mit geschlossenen Augen stehen wir da, eng aneinandergeschmiegt. Die Zärtlichkeit seiner Berührungen verjagt jeden Gedanken aus meinem Kopf. Da ist nur noch er. Kaum wahrnehmbar nähert er sich, und endlich streifen seine Lippen meine, leicht wie die Berührung einer Feder. Mein Herz bleibt stehen.

Doch sofort senkt er den Kopf und entzieht sich mir, legt seine Stirn sanft an meine. »Nicht.«

Die Enttäuschung sticht mir wie ein Dolch ins Herz.

Was soll das schon wieder? Ich will das, ich will diesen Kuss, und ich glaube nicht, dass es ihm anders geht. Sein Atem streichelt über meine Lippen, schnell und heiß.

Warum um alles in der Welt lässt er mich nicht los, wenn er das hier nicht will?

Ich suche seinen Blick, suche eine Erklärung darin, doch seine Augen sind geschlossen. Als ob er meine Nähe genießt … Verdammt, ich bräuchte mich nur ein wenig vorzubeugen!

Seine Hand gleitet in meinen Nacken. Er drückt meinen Kopf zurück an seine Schulter, auch wenn er nicht zulässt, dass unsere Körper sich auch nur einen Millimeter voneinander entfernen.

»Nicht«, wiederholt er kaum hörbar, vielleicht mehr für sich als für mich bestimmt. Ich will das nicht hören! Es macht überhaupt keinen Sinn. Das, was er sagt, passt nicht zu dem, was er tut. Noch einmal schmiegt er seine

Wange an mein Haar, dann schiebt er mich zurück, tätschelt freundschaftlich meine Schulter und lächelt verlegen.

Ich komme nicht mehr mit. Macht der sich über mich lustig? Die Situation war ihm nicht unangenehm, er hat doch auch …? Verständnislos schüttele ich den Kopf. »Warum nicht?«

Lucas starrt mich mit offenem Mund an und blinzelt, bevor er sich von mir abwendet, um im Zimmer hin und her zu tigern und mich damit irrezumachen. Seine Augen sind so … ist er etwa …? Du liebe Güte, er ist völlig verunsichert!

Er räuspert sich leise und vergräbt seine Hände tief in den Hosentaschen. Sein Blick brennt auf mir. »Weil … weil … Darüber sollten wir ein anderes Mal … Also, jetzt ist nicht der richtige Zeitpunkt, um darüber zu reden. Ich meine, deine Mutter ist gerade erst … und du bist emotional nicht … und morgen ist die Beerdigung und …« Er legt seinen Kopf ein wenig schief, zieht die Augenbrauen zusammen und schluckt. »Oh, sieh mich doch nicht so an!«

Ich würde mich am liebsten auf ihn stürzen, doch ich stehe hier wie festzementiert, während die Kälte der Steinfliesen langsam meine Beine hinaufkriecht. »Wie soll ich dich denn ansehen?«, frage ich ihn leise.

»Ich … O Mella, wenn du wüsstest, wie sehr ich …« Er bricht ab und läuft wieder die sechs Schritte zwischen Fenster und Sofa hin und her wie ein eingesperrtes Raubtier.

Es reicht mir. Ich gehe zu ihm und lasse meine Hände um seinen Nacken gleiten. Hungrig zieht er mich an sich, kaum dass ich bei ihm bin. Ich spüre seinen Atem schon auf meinem Mund, doch wieder weicht er einem Kuss in letzter Sekunde aus. Aber sein Widerstand schwindet. Er lässt mich nicht los, ganz im Gegenteil. Es macht mich fast wahnsinnig, seine Hände auf meinem Rücken zu spüren, zu bemerken, wie er meinen Körper an seinen presst.

Ich will ihn.

Ich will seine Lippen kosten, an seiner Zunge saugen, ich will ihn in mir spüren und hören, wie er stöhnt, wie er atmet, wenn er sich in mir bewegt. Haarscharf gleiten seine Hände an meinen Brüsten vorbei, bevor er sie auf meine Hüften legt und mich sanft, aber bestimmt von sich wegdrückt. Schwer atmend steht er vor mir, die Haare zerwühlt, die Augen glühend wie Kohlen. »Wir müssen damit aufhören, Liebes.«

Ich denke gar nicht daran. Energisch schiebe ich seine Hände beiseite und berühre seine Brust, lege meine Arme um seinen Nacken, vergrabe meine Finger in seinem widerspenstigen Haar.

Hilflos schließt er die Augen. »Bitte, Mella.« Er fleht fast tonlos, seinen heißen Atem auf meinen Lippen – und schlagartig lässt er mich los. Sein Gesichtsausdruck ist so zornig, dass ich erschrocken zurückweiche. »Verdammt, Mella! Hörst du mir nicht zu? Es geht nicht!«

In meinem dünnen Nachthemd stehe ich vor ihm und weiß nicht, wohin mit meinen Händen und meiner Libido. Ich verstehe überhaupt nichts mehr. Natürlich höre ich, was er sagt, aber das eben, was war das denn bitte?

Grimmig schüttelt er den Kopf. »Es geht nicht, Mella. Hörst du, es geht nicht!« Mit einem genervten Grummeln verdreht er die Augen und läuft unruhig auf und ab. »Verdammt, verdammt, verdammt!«

Es geht nicht? Und warum lässt er es erst zu? In mir rumort es. So langsam komme ich mir schrecklich verarscht vor. »Was soll das?« Meine Stimme klingt so kalt wie meine Füße. »Was treibst du hier?«

Er bleibt stehen und starrt mich an. Offenbar kapiert er selbst nicht, was er da tut. Oder eben nicht tut.

»Wie, denkst du dir, soll es jetzt weitergehen?«

Mit großen Augen sieht er mich an und presst die Lippen zusammen. »Wie bisher auch. Ich bin dein Ausbilder. Aber mehr nicht. Mehr nicht.«

Nach und nach ergreift die Wut immer mehr Besitz von mir. Das kann doch nicht sein Ernst sein! Erkennt er wirklich nicht, was hier vor sich geht? Ignoriert er es? »O Lucas.« Ungläubig schüttele ich den Kopf. Ich mache einen vorsichtigen Schritt auf ihn zu, strecke die Hand nach ihm aus. »Glaubst du dir selbst, was du da erzählst? Das eben, das war nicht nur ich - und das weißt du auch! Das ging genauso von dir …«

»Nein.« Verzweiflung flackert in seinem Gesicht auf. »Nein.« Er weicht vor mir zurück, als würde meine Berührung ihn verbrennen, und schüttelt energisch den Kopf. »Ich habe alles gesagt.« Und er flieht, dreht sich um und verschmilzt ohne ein weiteres Wort mit der Dunkelheit einer Zimmerecke.

Ich bleibe zurück, starre dorthin, wo er soeben verschwunden ist. »Und ich habe mich in dich verliebt, Lucas Dewitt.«

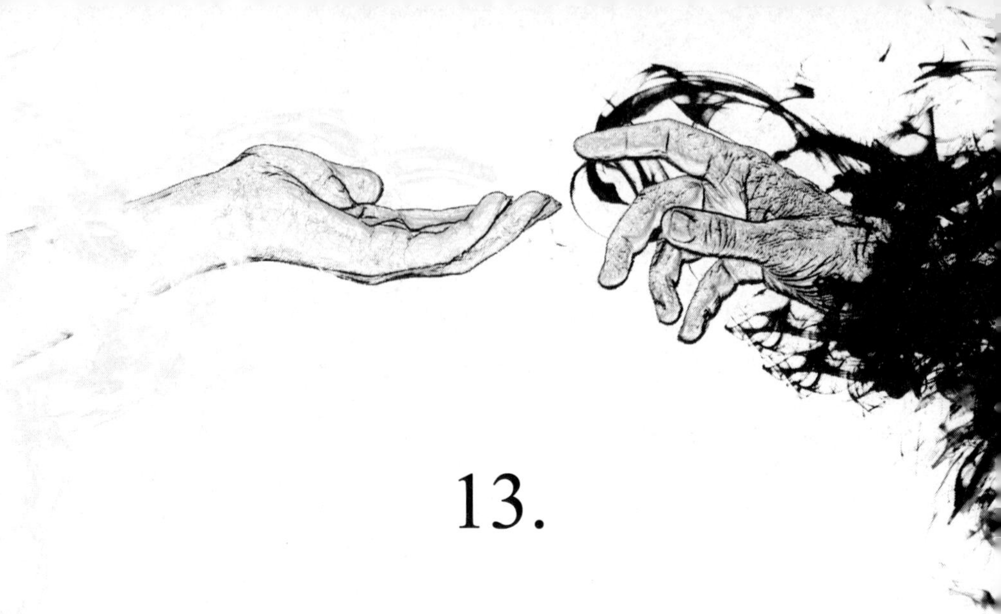

13.

Orgelmusik dudelt aus billigen Lautsprechern. Die kleine Kapelle ist leer. Niemand ist gekommen. Keiner der ehemaligen Kollegen oder Nachbarn ist da, nicht einmal jemand aus dem Pflegeheim. Nur Lucas und ich.

Es hätte mich nicht gewundert, wenn er nach diesem seltsamen Zwischenfall in der letzten Nacht nicht zurückgekommen wäre. Doch als ich heute Morgen aufwachte, lag er zusammengerollt auf dem Sofa unter seiner grünen Wolldecke und schlief.

Direkt vor uns steht der Sarg unter einem geradezu lächerlich bunten Fenster. Ein gewaltiges Bouquet aus weißen Rosen ziert den Deckel, und ich werde ein wenig kleiner auf meiner Kirchenbank. Warum habe ich nicht daran gedacht, Blumen zu besorgen?

Sonnenstrahlen fallen durch das Fenster herein und ergießen sich in allen Farben des Regenbogens über die Blütenblätter. Der Sarg ist so klein, so schmal. Passt dort überhaupt ein Mensch hinein? O Gott, ich will mir nicht vorstellen, wie sie da drin liegt, eingequetscht wie ein Paar Schuhe in einem viel zu kleinen Karton.

»Gut, dass wir nicht in diesen Dingern schlafen müssen.« Meine Stimme ist viel zu laut, aber zum Glück ist niemand hier außer uns. Lucas gluckst und senkt den Kopf, um sein Grinsen zu verbergen.

Seine Anwesenheit tut mir gut, auch wenn wir wohl beide keine Ahnung haben, wie es nun zwischen uns weitergehen soll. Ich weiß einfach nicht, was ich von seinem gestrigen Auftritt halten soll. Aber eines dürfte klar sein: Ich will ihn, aber er will mich nicht. Oder vielmehr: Er will nicht, dass er mich will. Keine Ahnung, für wen von uns beiden diese Situation schlimmer ist.

Jedenfalls hocken wir nebeneinander in der ersten Stuhlreihe einer leeren Kapelle, direkt vor dem Sarg. Der Pfarrer rattert eine Weisheit nach der anderen herunter, und nichts davon hat auch nur im Ansatz etwas mit meiner Mutter zu tun. Er spielt sich auf, als hätte er sie gekannt - dabei ist er nur ein bezahlter Prediger, der Hauptdarsteller eines Ein-Mann-Theaterstücks mit meiner Mutter als Requisit. Ich grabe meine Fingernägel in meine Oberschenkel, bis es wehtut.

Lucas lehnt sich zu mir, die Hände andächtig im Schoß gefaltet. »Gleich trete ich ihm in den Arsch!«, raunt er mir ins Ohr. In seinen Augen lese ich Verständnis. Er legt seine Hand auf meine und drückt sie fest. Sein Lächeln soll mich aufmuntern, doch es treibt mir nur die Tränen in die Augen.

Sie und er und alles … »Ich schaffe das nicht«, würge ich hervor.

»Natürlich schaffst du das. Hör ihm einfach nicht zu. Denk nur an Resa. Verabschiede dich von ihr.« Lucas lehnt sich zurück und richtet seine Aufmerksamkeit wieder auf den vor sich hin lamentierenden Pfarrer.

Nicht einmal eine Rose habe ich gekauft! Ich bin eine beschissene, selbstsüchtige Tochter. Anstatt ihr Blumen zu kaufen, mache ich mich an einen Mann heran, der mich nicht will. Ich zapple mit den Beinen, um den Überdruck in mir irgendwie loszuwerden.

Ohne seinen Blick von dem Schauspiel vor unseren Augen abzuwenden, legt Lucas seinen Arm um meine Schultern und zieht mich an sich, als ob er meine Gedanken gehört hätte. Schwer lehne ich mich gegen ihn und starre auf den Sarg.

Das Rosenbouquet verschwimmt vor meinen Augen und macht Platz für Erinnerungen. Situationen und Momente, die ich so lange verdrängt habe. Sie fühlten sich einfach nicht richtig an neben dieser leeren Hülle, die früher meine Mutter war. Wir haben viel miteinander erlebt, schöne und weniger schöne Dinge. Wir werden nie wieder etwas gemeinsam erleben.

Ihr Lachen wird mir fehlen. Sie hatte eines dieser ausgelassenen, fröhlichen Lachen, das jeden mit sich riss. Ihre Augen strahlten dann wie Bernsteine in der Sonne. Und wie sie den Mund verzog, wenn sie sauer war! Zitternd atme ich ein, dränge meine Tränen zurück.

An wie vielen Abenden habe ich die braune Kuscheldecke über ihr ausgebreitet, weil sie wieder mal vor dem Fernseher eingeschlafen war? Und an wie vielen Abenden hat sie das für mich getan, wenn der Liebeskummer mich aufzufressen drohte? Ich konnte immer mit ihr reden, selbst als sie gar nicht mehr richtig da war. Mit wem soll ich denn jetzt sprechen, wenn ich Hilfe brauche?

Die Sargträger erscheinen und reißen mich aus meinen Erinnerungen. Erleichtert atme ich auf. Gleich ist es vorbei. Endlich. Sie heben den Sarg hoch und wir stehen auf. Es scheint den Männern keine Mühe zu machen, sie zu tragen, so als sei es nur eine Kiste ohne Inhalt. Nach ihnen verlassen wir die Kapelle, folgen ihnen im Schneckentempo in diesen viel zu schönen Tag.

Warm scheint die Sonne vom Himmel. In den alten Bäumen zwitschern Sperlinge, hüpfen aufgeregt zwischen den Wurzeln herum und picken junge Sprosse aus dem Boden. Lucas greift wie selbstverständlich nach meiner Hand und ich klammere mich an ihm fest. Schweigend läuft er an meiner Seite, in seine ganz eigenen Gedanken versunken.

Unter einer knorrigen Linde bleiben wir stehen. Jung und hellgrün brechen die ersten Blätter aus den noch kargen Ästen hervor. Bald schon werden die Amseln unter ihrem Schutz Nester bauen.

Der Pfarrer hält einen enthusiastischen Vortrag darüber, dass sich unsere unsterblichen Seelen irgendwann alle wiedersehen werden, und ich kann mir nicht helfen: Ich muss lachen. Wenn der wüsste! Der Typ wirft mir einen irritierten Blick zu. Hastig verstecke ich mein Kichern unter einem tiefen Seufzer. Stück für Stück verschwindet der Sarg in der kühlen Erde. Das Rosenbouquet wippt im Takt. Das Lachen verreckt in meiner Kehle. Ich beiße mir auf die Unterlippe, so fest ich kann, um die Tränen zurückzudrängen. Langsam versinken die Rosen in der dunklen Grube. Bald werden sie mit Erde zugeschüttet und verrotten zwei Meter unter unseren Füßen. Was für eine Verschwendung.

»Erde zu Erde, Asche zu Asche, Staub zu Staub.« Der Pfarrer wirft eine Handvoll Dreck ins Grab. Ich zucke zusammen, als die Erde auf das Holz trifft. Es klingt dumpf, fast wie ein Schuss.

Mit einem Ausdruck der Betroffenheit auf seiner Miene, den ich ihm keine Sekunde lang abnehme, verabschiedet sich der Pfarrer von uns und geht davon, ein fröhliches Pfeifen auf den Lippen. Ich blicke ihm nach. »Am liebsten würde ich ihn beißen und das Leben aus ihm saugen! Der würde sich umgucken!«

Lucas lacht leise und schüttelt mich leicht. »Komm, ich bringe dich besser weg von hier, bevor du noch richtig Mist baust.«

∞

Zu wenig Schlaf, diese verwirrende Geschichte zwischen uns, der selbstgefällige Pfarrer und dann auch noch der Umstand, dass meine Mutter gerade eben in einem feuchten Erdloch verscharrt worden ist - es reicht mir endgültig. Zusammengesunken sitze ich auf dem Beifahrersitz, starre auf das Armaturenbrett und widerstehe dem Drang, mit dem Finger Kreise in den Staub zu malen.

Lucas lenkt den Audi in die Tiefgarage, parkt ihn ein. Der Motor erstirbt, und ich fühle mich schlaff, kraftlos wie eine Schnittblume ohne Wasser. »Wenn du mich jetzt wieder in diesem engen Zimmer einsperrst, drehe ich durch.«

Er kaut auf seiner Unterlippe und nickt schließlich. »In Ordnung. Komm, lass uns ein paar Schritte gehen.«

Zu meiner Überraschung steigt er aus und öffnet die Beifahrertür. Ich lasse mich von ihm aus dem Auto ziehen. Aber … zum Haus? Wie ein störrischer Esel schüttele ich seine Hand ab und bleibe stehen. »Lucas, ich will da nicht rein!«

»Vertrau mir, Mella.« Ernst schaut er mir in die Augen. »Ich bringe dich woanders hin, versprochen. Aber auf meine Weise. Dafür brauchen wir kein Auto.«

Wo will er nur hin? Neugierig folge ich ihm quer durch Eingangshalle bis zu einer niedrigen Tür unter der Treppe.

»In den Keller?« Ungläubig starre ich ihn an. Hat er da etwas missverstanden? »Gibt es da unten eine Sauna, ein Vampir-Wellness-Center, oder was?«

Lucas schmunzelt. »Das wäre zumindest mal etwas Neues.« Er wirft einen schnellen Blick über die Schulter und schiebt mich rückwärts durch die Tür in eine Kammer, die etwa so geräumig ist wie ein Plumpsklo. Direkt hinter mir führt eine schmale Holzstiege steil in die Tiefe. Automatisch strecke ich meine Hand nach dem Lichtschalter aus, doch Lucas zieht sie sanft fort. Er zwängt sich zwischen mich und die Kellertreppe und schließt die Tür. Es ist eng hier drin, viel zu eng, um seine Nähe nicht mehr als deutlich zu spüren.

Im letzten bisschen Licht, das durch den Türspalt hineinfällt, bemerke ich eine Veränderung in seinen Augen. Schwarze Schlieren durchziehen die eisblauen Iriden, wie der Sommerhimmel kurz vor einem Unwetter. Die Dunkelheit legt sich über uns wie eine Decke aus schwarzer Seide. Da ist nichts außer unserem Atem und der Hitze seines Körpers direkt vor mir.

Seine Hände streifen über meine Unterarme und legen sich schließlich um meine Taille. Jede seiner Berührungen entfacht einen Brand unter meiner Haut. Mein Herz pocht wie wild gegen meinen Brustkorb, und da ist es wieder, dieses süße Kribbeln zwischen meinen Schulterblättern, das nach und nach auch den Rest meines Körpers infiziert.

»Leg deine Arme um meinen Hals und halt dich gut fest«, sagt er leise.

Vorsichtig taste ich seine Brust entlang und umarme ihn. Seine Haare kitzeln zwischen meinen Fingern, und nur mit Mühe widerstehe ich dem Drang, meine Finger darin zu vergraben. Oh, wie gern würde ich ihn küssen … und vor allem von ihm geküsst werden …

Doch er macht keine Anstalten, sich mir zu nähern. Stattdessen zieht er mich langsam mit sich, rückwärts auf die Kellertreppe zu.

»Nein, stopp, Lucas! Wir werden fallen!« Wie angewurzelt bleibe ich stehen und halte ihn zurück zu, doch er verstärkt den Griff um meine Taille nur noch mehr.

»Hab keine Angst. Komm einfach mit, aber lass mich nicht los. Lass mich nie los. Auf keinen Fall.« Seine Stimme klingt als würde er durch ein Kissen sprechen. Dabei ist er immer noch direkt vor mir, so nah, dass ich seinen Atem auf meinen Lippen spüre.

Zögernd mache ich einen weiteren Schritt vorwärts. Und dann noch einen, immer einen nach dem anderen. Bis ich Vögel singen höre, ganz leise nur. Ich reiße die Augen auf und sehe schwarz. Vögel? In einem Keller?

Und plötzlich sehe ich gleißendes Sonnenlicht. Geblendet schließe ich die Augen, drehe den Kopf weg und blinzle, bis ich mich an die Helligkeit gewöhnt habe. Ein Wald! Wir stehen mitten in einem Wald, im Innern einer Felsspalte.

»Was …?« Ich blicke von der stockdunklen Höhle zu Lucas und zurück.

»Willkommen in der Idylle.« Er lässt mich los und lächelt. »Hier kannst du wenigstens nichts anstellen.«

Ich starre ihn an, als wäre er ein Außerirdischer. Die dunklen Schlieren geben seine Augen nur zögerlich wieder frei. Schwarze Fäden tanzen auf dem hellen Blau, wirbeln um sich selbst, bis sie sich langsam darin verlieren. Das ist es, was ich in der Kirche gesehen habe, und auch in der letzten Nacht! So sieht es also aus, wenn die Schatten von ihm Besitz ergreifen. Er blinzelt und der Spuk ist vorüber.

»Wo sind wir?« Vor uns breitet sich eine Lichtung aus. Dichter Nadelwald umsäumt einen kleinen See, gespeist von einem leise murmelnden Bachlauf. Zwischen den Baumwurzeln wächst saftig grünes Moos, durchsetzt mit unzähligen weißen Blüten, die aussehen wie winzige Sterne.

Einzelne Sonnenstrahlen fallen wie eine Bühnenbeleuchtung durch die dichten Baumspitzen und lassen den See leuchten wie einen blaugrünen Kristall. Ertrinken kann man darin wohl kaum, aber das Wasser ist so klar, dass man bis auf den Grund sehen kann. Ich atme aus, und eine tiefe Ruhe ergreift Besitz von mir.

Ganz in der Nähe höre ich ein Rauschen. Was kann das sein? Ich gehe ein paar Schritte in die Richtung, aus der das Geräusch kommt. Die Lichtung öffnet sich zu einer Klippe hin, die steil zum Meer abfällt. Graublau und unendlich tobt es zwanzig, dreißig Meter unter unseren Füßen.

»Wie wunderschön es hier ist.«

»Und dabei sind wir gar nicht weit vom Herrenhaus entfernt, nur etwa zwei Stunden Fußmarsch nach Norden.« Wie ein Schiffskapitän deutet er mit ausgestrecktem Arm in irgendeine Richtung und lächelt. »Sei also nett zu mir, sonst kannst du nach Hause laufen.«

Sonnenstrahlen tanzen auf den Wellen. »Wir sind durch die Schatten gegangen, oder?«

Er schiebt sich die Hände in die Hosentaschen und nickt. »Deshalb solltest du mich auf keinen Fall loslassen. Wenn ich dich in den Schatten verliere, finde ich dich niemals wieder.« Er wendet sich zum Waldsee um und ich folge seinem Blick. Das Wasser leuchtet hellgrün, wie eine versteckte Lichtquelle vor dem fast schwarzen Wald.

»Es ist richtig mystisch hier.« Ich drücke kurz seinen Arm. »Danke, dass du mich hergebracht hast.«

∞

Das Moos ist aufgeheizt von der Sonne.

Ausgestreckt liege ich auf seinem weichen Bett und lausche dem Auf und Ab der Wellen. Direkt unter uns ist die Welt zu Ende. Ich fühle mich klein hier oben. Unbedeutend. Und das tut gut. Endlich kann ich wieder durchatmen. Ich gebe mich der Sonne hin, sauge ihre Strahlen in mich auf wie nach einem langen Winterschlaf. »Kommst du oft hierher?«

Lucas liegt neben mir auf dem Bauch, den Kopf auf einen Arm gestützt. Mit der freien Hand zupft er vertrocknete Grashalme und Blätter aus dem Moos. »Ab und zu. Wenn ich wieder mal die Schnauze voll habe von allem, was mir das Leben zur Hölle macht.«

So wie ich. Mit einem Seufzen rolle ich mich auf die Seite. »Ich habe dich als Monster bezeichnet, am ersten Tag, an dem du mich mit in den Park genommen hast.«

Einen Wimpernschlag lang verharrt er mitten in seiner Bewegung, doch dann macht er weiter. »Offenbar hat meine Tante damals einen Trend gesetzt.«

Ruhig sehe ich ihn an. »Ich wollte jemandem die Schuld für alles geben, und du warst gerade da.«

Er zuckt mit den Schultern. »Du hast ja recht. Wenn ich meinen Job richtig gemacht hätte, wärst du heute noch ein Mensch.«

Ich strecke meine Hand aus und zupfe ihm einen Grashalm aus dem Haar. »Du weißt, was ich verloren habe. Keine Ahnung, ob es sich dafür zu leben lohnt.«

»Es lohnt sich immer, zu leben.«

Ich schüttele entschieden den Kopf. »Es bringt aber nichts, dem hinterher zu trauern, was nicht mehr ist. Was vorbei ist, ist vorbei.«

Lucas mustert mich mit gerunzelter Stirn und rupft an dem Moos, ohne überhaupt hinzusehen.

Ich stütze meinen Kopf auf. »Stell dir vor, ich hätte Kinder mit diesem Fremdvögler gehabt! Und meine Mutter wäre so oder so gestorben.«

»Ach Mella«, sagt er nur, rappelt sich auf und wirft einen Haufen trockenes Gras die Klippe hinunter in die grauen Wellen. Langsam versinkt die Sonne im Meer und nimmt ihre Wärme mit. »Gleich wird es hier ganz schön ungemütlich.« Er schiebt sich die Hände in die Hosentaschen und blickt hinaus in den Horizont, in irgendwelche Gedanken versunken.

Ich seufze leise. Meine Mutter. Auch auf dem Friedhof wird es langsam kalt. Sie wird nun dort liegen, in Kälte, Nässe und Einsamkeit. Für eine sehr lange Zeit. »Lucas?«

Er dreht sich um, sein Körper nur noch ein Umriss vor dem tiefroten

Himmel. »Ja?«

»Wohin gehen ihre Seelen, wenn sie sterben?«

»Wenn ich das wüsste.« Er wendet sich wieder ab, sieht der Sonne beim Untergehen zu. »Glaubst du, wir haben eine Seele?«

»Wir oder die Menschen?«

Er zuckt mit den Schultern. »Egal.«

Das Moos unter meinem Hintern wird langsam feucht und ich stehe auf. »Ich bin immer noch ich, ich fühle mich nicht anders als früher. Was ist mit dir?«

»Ehrlich gesagt, weiß ich nicht, wer ich war oder wer ich heute bin.« Wolken ziehen wie rosa Zuckerwatte über einen blaugrauen Himmel. Er folgt ihnen mit seinen Blicken. »Nein, Mella. Eigentlich denke ich nicht, dass wir eine Seele haben.« Er zieht sein Mobiltelefon hervor und schaltet den Monitor ein.

Also keine Lust mehr auf philosophische Gespräche. Ein kaltes Blau erleuchtet sein Gesicht. »Es ist schon spät. Lass uns zurückgehen, bevor jemand merkt, dass wir uns aus dem Staub gemacht haben.«

»Hast du noch etwas vor?« Spitzbübisch lächele ich ihn an.

Sein Gesicht bleibt ernst. »Ja«, sagt er nur, und mein Lächeln ist erloschen, noch bevor die Sonne endgültig im Meer versunken ist.

∞

Jahrhundertelange Erfahrung mit Elektrizität und die Nachttischlampe flackert immer noch. Unfassbar. Fluchend greife ich in den Lampenschirm und rüttele ein wenig an der Glühlampe. Das Flackern hört auf.

»Wohin gehst du?« Mit einem Poltern fliegen meine Boots in die Ecke.

Lucas hockt auf der Armlehne des Sofas, das Mobiltelefon in der Hand. »Helena hat mich für heute Abend eingeteilt.«

»Sollst du wieder jemanden einfangen?« Ich werfe meine Socken zu den Boots und ziehe das Nachthemd aus dem Bett. Bloß nicht anmerken lassen, wie nervös mich das macht. Letztes Mal haben sie Lucas aufgeschlitzt wie einen Briefumschlag.

»Ich hasse es.« Genervt stößt er Atem aus, legt den Kopf in den Nacken. »Gott, ich bin so müde!«

Ich schlucke hart. Okay. Wenn er vor Müdigkeit umfällt, ist das eine noch schlechtere Idee. »Kannst du nicht absagen?« So beiläufig wie möglich schlage ich die Bettdecke zurück, streiche das Laken glatt.

»Dir wird schon nichts passieren. Ich lege einen Schatten über dein Zimmer, bevor ich gehe, und niemand wird dich finden.«

»Das habe ich nicht gemeint.« Ich drehe mich zu ihm um, die Hände unter der schwarzen Seide zu Fäusten geballt. »Was, wenn dir etwas passiert?«

Mit großen Augen sieht er mich an und zuckt schließlich mit den Schultern. »Das ist nicht wichtig. Es ist eben mein Job, Mella. Ich habe keine Wahl, ich muss gehen.« Er steht auf und rekelt sich, gähnt herzhaft. »Du bist hier sicher, bis ich zurückkomme.«

Er schließt die Augen und das Zimmer pulsiert. Nachdem der Schwindel verflogen ist, leuchtet die Nachttischlampe ein wenig dunkler als zuvor. Der Raum fühlt sich anders an. Kleiner, gemütlicher.

»Falls du zurückkommst«, sage ich leise. Zögernd mache ich ein paar Schritte auf ihn zu. Er öffnet die Augen und sieht mich an. Wahnsinn. Ich kann mich nicht sattsehen an den schwarzen Schwaden, die über seine Iriden treiben.

»Ich gehe durch das Badezimmer.« Er bückt sich und fummelt an seinen Stiefeln herum. Kontrolliert er seine Messer?

Mein Magen verkümmert zu einem harten Klumpen. »Ich habe Angst, Lucas.«

Er lächelt aufmunternd. »Das brauchst du nicht. Du bist hier sicher.«

»Ich habe Angst um dich.«

Sein Lächeln erstirbt. Unruhe schleicht sich in seinen Blick. »Tu das nicht.« Er reißt sich von meinen Augen los und flieht zur Badezimmertür. Dort angekommen dreht er sich noch einmal um. »Der Tag war anstrengend, Mella. Schlaf jetzt, ruh dich aus. Es wird nicht lange dauern.« Ohne eine Antwort abzuwarten, schlüpft er in das dunkle Bad und zieht die Tür hinter sich zu.

Sofort folge ich ihm und schalte das Licht ein, doch das Zimmer ist leer. Er ist längst fort. Mein Herz fühlt sich schwerer an als sonst, nutzloser. Ich darf keine Angst um ihn haben? Als ob ich das einfach abstellen könnte!

Ich stelle mich unter die Dusche und lasse mich von all meinen Gedanken fluten. Eine halbe Stunde lang prasselt das heiße Wasser über mein Gesicht, bis ich nicht mehr weiß, ob das auf meiner Haut Tränen sind oder nicht.

Als ich endlich im Bett liege, starre ich in die Dunkelheit. Sie ist sein Element, er weiß, was er tut. Ich bin hier sicher. Niemand wird mich holen, und wenn ich morgen aufwache, ist er wohlbehalten wieder zurück. Seufzend kuschele ich mich in die Kissen und schließe die Augen.

Mein Körper fühlt sich schwerer an als ein Stein, der langsam auf den Grund eines Flusses sinkt und keine Chance hat, sich dagegen zu wehren.

Erst ein Schrei reißt mich aus dem Schlaf, ein Schrei, der gar nicht da ist, nicht da sein kann.

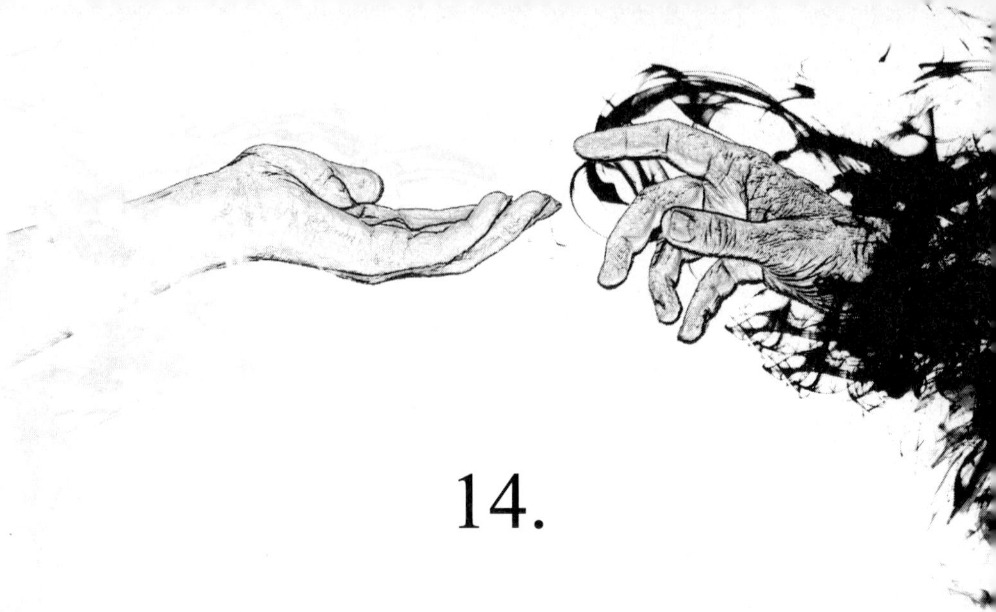

14.

Ich habe sie nie so laut schreien hören.

Keuchend sitze ich in der Dunkelheit, in diesem riesigen Bett, allein, den Schrei meiner Mutter noch im Ohr. Alles ist gut, es war nur ein Traum. Draußen am Horizont zeigen sich bereits erste Streifen von Dunkelrot. Bald wird die Sonne aufgehen, und ich fühle mich so, als hätte ich noch gar nicht geschlafen.

Zitternd taste ich nach dem Lichtschalter und knipse die Nachttischlampe an. Die Schrecken dieses Scheißtraums verkriechen sich tuschelnd in die dunkelsten Ecken und Winkel des Zimmers.

Das Sofa ist leer. Die grüne Decke liegt an einem Ende der Couch, völlig durcheinandergebracht, genau so, wie er sie gestern Abend zurückgelassen hat. Lucas ist nicht hier. Und er war auch nicht mehr hier, seit er zu seinem Einsatz aufgebrochen ist.

Panik wickelt sich um meinen Brustkorb wie eine Würgeschlange und drückt langsam zu. Hatte er nicht gesagt, dass er schnell zurück sein würde? Die Angst hängt mir in der Kehle und verspreizt sich dort, lässt nicht zu, dass auch nur ein Atemzug meine Lunge erreicht. Nicht auch noch er … Mein Kopf wird ganz duselig, und wieder sehe ich ihn vor mir, sehe seine fiebrigen Augen, seine fahrigen Bewegungen … Sie haben ihn schon einmal erwischt, und das nicht zum ersten Mal.

Stopp, Mella! Jetzt reiß dich endlich zusammen! Es könnte hunderte von Gründen geben, simple Gründe, warum er nicht hier ist. Vielleicht übernachtet er woanders. Allein der Gedanke … Er könnte auch in einer Nachbesprechung sitzen oder Berichte ausfüllen, was weiß ich. Hat der Einsatz länger gedauert? Ist er vielleicht sogar noch unterwegs? Doch was, wenn … Mein Herz schlägt viel zu schnell. Der Gedanke, dass er noch einmal … also, dass er vielleicht … Schluss damit!

Energisch schiebe ich meine Bettdecke zur Seite, stelle meine Füße auf den kalten Steinboden und reibe mir mit beiden Händen durchs Gesicht, als könnte ich so wieder zur Vernunft kommen. Er ist mächtig. Ich habe gesehen, zu was er fähig ist. Ich habe es am eigenen Leib erlebt, und das wird mit Sicherheit nicht alles sein, was er kann.

Tief sauge ich Luft in meine Lungen und schließe die Augen, atme ein und aus. Was ich jetzt definitiv nicht gebrauchen kann, ist eine Panikattacke. Ein und aus. Ein und aus. Langsam kehrt die Ruhe in mich zurück und löscht die brennende Angst in meinen Eingeweiden, bis nur noch ein Glimmen davon zurückbleibt, heimtückisch und jederzeit bereit, wieder mit voller Macht aufzulodern.

Dort draußen liegt die Welt im Schlaf. Eine Welt, in die meine Mutter nicht mehr gehört, und, wer weiß, ich vielleicht auch nicht. Und Lucas? Was ist mit ihm?

All das Denken bringt mir gar nichts. Ich sollte mich wieder zurück in mein Bett kuscheln, noch ein paar Stunden schlafen. Und wenn ich morgen aufwache, wird er wieder hier sein, wie immer.

Doch das schlechte Gefühl lässt mich einfach nicht los. Mein Herz schlägt mir bis in die Kehle, es zittert und pocht, wenn ich nur atme. Er war noch nie so lange fort, selbst nach dieser seltsamen Nacht nicht. Wo ist er nur, verdammt, wo?

Mit einem lauten Ächzen stehe ich auf. Wie soll ich zur Ruhe kommen, wenn ich mir pausenlos um irgendjemanden Sorgen machen muss? Um ihn, um mich, um meine Mutter … und dann ist alles doch ganz schnell vorbei. Hatte ich sie noch einmal besuchen sollen? Heimlich vielleicht, oder hätte ich Lucas zwingen sollen, mich zu ihr zu bringen, damit ich ihr all das sagen kann, was ich ihr noch sagen wollte?

Ich gehe hinüber zum Sofa. Seine Kissen sind noch plattgedrückt von letzter Nacht. Ich hätte ihr sagen sollen, dass ich sie liebe, jeden Tag. Ich hätte ihm sagen sollen, dass er mir mehr bedeutet, als ihm vielleicht lieb ist.

Ich nehme die Kissen hoch, eines nach dem anderen, und schüttele die

Daunen auf. Langsam, leise. Und was hätte das gebracht? Meine Worte hätten gar nichts geändert. Nichts an ihrem Tod, nichts an seiner Zurückweisung. Sie duften nach ihm, die Kissen, und ich lege sie zurück auf den beigefarbenen Cord, zupfe sie zurecht, immer noch ein schales Gefühl in meinem Magen. Würden sie mir sagen, wenn ihm etwas zugestoßen wäre? Wer von ihnen würde es tun, Tom vielleicht? Helena?

Mechanisch greife ich nach der grünen Wolldecke und lege sie zusammen, ganz sorgfältig, Kante auf Kante, presse sie an meine Brust und blicke aus dem Fenster. Der dunkelrote Streifen wird breiter.

»Was tust du da?«

Ich fahre herum und erstarre. Groß und dunkel hebt sich seine Silhouette gegen das schummerige Licht der Nachttischlampe ab. »Lucas«, flüstere ich. Er ist hier. Alles ist gut.

»Ist spät geworden.« Er zieht das Handy aus seiner Hosentasche, wirft einen kurzen Blick darauf und legt es mit einem missbilligenden Ausdruck auf dem Gesicht auf den Couchtisch. »Schon nach vier.«

Ich lasse die Decke zurück auf das Sofa fallen, sehe ihn an. »Eine lange Nacht?«

»Eine beschissene Nacht.« Sein Blick huscht über meinen Körper, während das Blau seiner Augen allmählich die letzten Fetzen der Schatten vertreibt. »Wieso schläfst du nicht?«

Ich ziehe die Schultern hoch und komme einen Schritt näher. »Albträume.«

Er nickt und sieht mich stumm an, weicht nicht einen Zentimeter vor mir zurück.

Ich kann nicht mehr. Ich schaffe es nicht.

»Mach, dass sie weggehen«, flüstere ich. Und ich packe seine Jacke und ziehe ihn zu mir heran, küsse ihn auf die Lippen, sanft, ganz leicht bloß, und mein Körper explodiert. Mir wird heiß und kalt, als wir uns so nahe sind, so unglaublich nah.

Doch er erwidert meinen Kuss nicht, versteinert unter meiner Berührung. Ich ziehe mich zurück, wenige Millimeter nur, zitternd am ganzen Leib. Heiß spüre ich seinen Atem auf meinen Lippen, heftig und beherrscht. Und dann gibt er auf und lehnt sich zu mir, küsst mich, ein langer, intensiver, fast schon scheuer Kuss. Kurz löst er sich von mir, sieht mich an mit einem Blick, der mich bis in mein Herz trifft.

»O Scheiße …« Und dann packt er mich im Nacken und küsst mich erneut, hart, gierig, sehnsüchtig. Ich verliere den Halt und taste nach seiner Taille, klammere mich an seinem Gürtel fest. Seine Zunge teilt meine Lippen, dringt in mich ein, und, oh, er schmeckt so gut, leicht nach Pfefferminze und nach ihm.

Ungeduldig zerre ich ihm das Hemd aus der Jeans, gleite mit beiden Händen darunter und er keucht auf, erschaudert unter meiner Berührung. Seine Haut ist warm und weich, und meine Fingerkuppen wandern seinen Rücken hinauf, nach vorn, über seine Brust, streifen seinen flachen Bauch, bringen seine Muskeln zum Flattern.

Wie zufällig fährt seine linke Hand über meinen Po, die rechte legt sich zwischen meine Schulterblätter und drückt mich an sich, presst meine Brüste an seinen Oberkörper.

Ich will ihn pur, nichts mehr zwischen uns, nur seine weiche, schimmernde Haut auf meiner. Einen Knopf nach dem anderen öffne ich sein Hemd, küsse mir meinen Weg hinab, küsse seinen Hals, die Schlüsselbeine, die Brust. Er beobachtet mich aus halb geschlossenen Lidern, noch atemlos von unserem Kuss. Zuneigung liegt in seinen Augen, Unruhe und eine dunkle Lust, die mich schwindeln lässt. Er schmeckt salzig, köstlich, ich kann nicht genug von ihm bekommen, und hungrig suche ich erneut seine Lippen.

Ich streife ihm Hemd und Jacke ab, lasse sie einfach zu Boden fallen. Mit beiden Händen streichle ich seinen Rücken, seinen Hintern, presse meinen Körper an seinen und spüre ihn hart unter dem festen Stoff seiner Jeans. Noch enger zieht er mich an sich, küsst mich fordernder, tiefer, sein Stöhnen nur mühsam unterdrückt.

Seine Hand wandert mein Bein hinab und greift nach dem Saum des Nachthemds, zieht die schwarze Seide nach oben, langsam und aufreizend, hinterlässt nichts als brennende Haut, gierig nach mehr. Plötzlich gerät sein Atem ins Stocken. »Warst du immer nackt darunter? Jede Nacht?«

Ich lächele vielsagend. »Hätte dich das irritiert?«

Er beißt sich auf die Unterlippe, kurz, mit einer Sinnlichkeit, die mir den Atem nimmt, sein Blick auf meinem Mund und die Hände auf meiner Haut. »Es hätte mich um den Verstand gebracht«, murmelt er und küsst mich mit einer Leidenschaft, die kurz den Boden unter mir wegsacken lässt.

O Gott, ich will ihn spüren, ganz nah, so nah, wie es nur geht, so sehr! Ich schiebe meine Hüfte vor und er legt beide Hände auf meinen Hintern, drängt mich mit aller Kraft gegen seine Erektion. Rau scheuert der Stoff an meiner weichen Haut und wir stöhnen gleichzeitig auf. Er verstärkt seinen Druck noch mal mehr und ich erbebe vor Verlangen, keuche an seinen Lippen. Haltlos klammere ich mich an seine Schultern. Ich will mehr, noch mehr, viel mehr. Ich will alles.

Er atmet in meinen Mund, liebkost meine Brust durch die kühlende Seide, streicht mit dem Daumen über meine Brustwarze, bis sie sich ihm hart entgegenstreckt. Ein kleines Erdbeben erschüttert mich, und urplötzlich lässt er mich los. Nein, bitte …

Doch er steht nur da und sieht mich an. Seine Brust hebt und senkt sich unter schweren Atemzügen. Und dann streckt er die Hände aus, schiebt seine Finger unter die Träger des Hemdchens, sanft und sachte. Langsam zieht er sie von meinen Schultern, hinterlässt nichts als glühende Haut bei jeder Berührung. Keine Sekunde lässt er mich aus den Augen. Allein dieser Blick reicht aus, um tausend heiße Blitze in meine Körpermitte schießen zu lassen. Und dann lässt er los.

Mit einem leisen Rascheln fällt die schwarze Seide zu Boden. Er folgt ihr und sieht dann wieder auf, betrachtet meinen nackten Körper. »Ich hatte ja keine Ahnung, wie schön du bist«, flüstert er heiser. Das unterdrückte Begehren, das er ausstrahlt, raubt mir den Atem. Dieser Mann ist purer Sex. O Gott, wie sehr ich ihn will!

Ich packe ihn beim Hosenbund und zerre ihn zu mir, schmiege meine nackte Brust an seine. Er küsst meinen Hals, saugt an der empfindsamen Haut unter meinem Ohr, und tief atme ich ein, ziehe seinen Duft in meine Lungen. Aah, wie gut! Seine Hände sind überall auf mir, überall, fühlen, streicheln, greifen, erobern. Mein Körper steht in Flammen. Alles in mir vibriert, zieht sich schmerzhaft zusammen.

»Ich will dich«, raune ich in sein Ohr, beiße sanft in seine Haut. Er zieht sich von mir zurück und sieht mich an, doch sein Blick ist eine einzige dunkle Verheißung. Quälend langsam schiebe ich meine Hand vorn in seine Jeans, Stück für Stück. »Schlaf mit mir, Lucas.«

Zitternd saugt er Atem ein, versucht verzweifelt, meinem Blick standzuhalten. Oh, wie sehr ich es genieße, ihn so zu sehen, ihn an den Rand seiner Beherrschung zu treiben! Mit der freien Hand mache ich mir an seinem Gürtel zu schaffen, doch er fegt sie beiseite und zieht mich an sich. Sein Kuss ist heiß, aggressiv, fordernd. Ungeduldig zerrt er den Gürtel aus der Lasche und öffnet mit einem Ruck die Knöpfe seiner Jeans.

Sofort greife ich unter den Stoff und spüre sein hartes Pulsieren in meiner Hand.

Tief stöhnt er auf, als ich ihn umschließe, und lässt seinen Kopf nach vorn an meine Schulter sinken, küsst meinen Hals, vergräbt seine Finger in meinen Haaren. Sein gesamter Körper spannt sich an, die Muskeln vibrieren unter meiner Berührung. Als seine Lippen meine wiederfinden, liegt ein unstillbarer Hunger in seinem Kuss, eine tiefe Sehnsucht, die ich nur allzu gut kenne. O ja, ich weiß genau, was er will, und ich will es auch.

Rückwärts schiebe ich ihn zum Bett, unfähig, mich von seinen Lippen zu lösen. Er kickt die Boots von seinen Füßen. Polternd landen sie irgendwo mitten im Zimmer, und plötzlich ist er es, der mich drängt.

Ich lasse mich in die Kissen fallen und ziehe ihn auf mich. Seine Küsse sind hart, geben mir kaum Raum zum Atmen. Gemeinsam befreien wir ihn von seiner Jeans, werfen sie irgendwohin, völlig egal, und ich umschlinge seine Hüften mit meinen Beinen. Ungeduldig drängen sich unsere Körper aneinander, nur getrennt durch den dünnen Baumwollstoff seiner Shorts.

Seine Lippen bahnen sich ihren Weg nach unten, jede Berührung süße Qual. Er liebkost meine Brüste, saugt daran, zieht ihre Spitzen sanft durch seine Zähne. Ich winde mich unter ihm, biege den Rücken durch, stöhne mein Verlangen heraus.

Meine Hände gleiten in seine Shorts, streicheln seinen nackten Hintern, und ich lasse sie nach vorn wandern, umfasse ihn sanft, ganz leicht nur. Scharf zieht er Luft ein und lässt sie mit einem leisen Stöhnen wieder entweichen, einem wunderbaren, tiefen Stöhnen, das mich fast durchdrehen lässt.

Ja, ich will das hören, endlich …

Wie hart er ist und heiß und seidig! Ich schließe meine Hand fester um ihn, bewege sie auf und ab, steigere das Tempo nach und nach.

Er kämpft um seine Beherrschung, doch ich will, dass er sie loslässt, sich völlig verliert und mich mit sich reißt. »Du machst mich wahnsinnig«, stößt er heiser hervor und schiebt mir seine Zunge zwischen die Lippen. Sein Kuss ist intensiv und eindeutig. Da ist nichts mehr übrig von seiner Zurückhaltung, er presst sein Knie zwischen meine Beine und ich schnappe nach Luft, reibe mich an ihm.

Hitze schießt in meine Körpermitte und vertreibt allen Verstand aus meinem Kopf. Ungeduldig zerre ich ihm das letzte bisschen Stoff vom Leib.

Er schiebt die Hüften vor, presst sich mit aller Kraft an mich, keucht auf, und ich mit ihm.

Ich will ihn in mir spüren, sofort.

Ich explodiere sonst, ich weiß es!

Seine Küsse versengen meine Haut. Mit den Fingernägeln fährt er meine Seiten entlang und jagt meinen Körper von einem Schauer in den nächsten. Unser Atem vermischt sich, feucht und heiß und hungrig.

Uns so zu hören, zu wissen, was wir hier tun, endlich tun, macht mich so scharf, dass ich Mühe habe, mich überhaupt noch beherrschen zu können. Seine Hand gleitet zwischen meine Schenkel, und mit einem leisen Aufschrei biege ich mich ihm entgegen, als er zwei Finger in mich hineinschiebt, langsam, drängend. Er vergräbt sein Gesicht in meiner Halsgrube, küsst mich, leckt meine erhitzte Haut hinab, bis er meine Brustwarzen findet, saugt daran. O Gott, ja, er weiß, was er tut! Mein Kopf fällt nach hinten und meine Bauchmuskeln vibrieren vor Anspannung. Ich beiße mir auf die Lippen, um einen weiteren Aufschrei zu ersticken, als er seine Finger in mir krümmt, stemme meine Fersen in die Matratze und öffne mich ihm weiter, will ihn noch intensiver spüren. Jeden Zentimeter von ihm.

Ich kralle mich in seine Haare und ziehe ich ihn hoch zu mir, schiebe ihm meine Zunge tief zwischen die Lippen. Seidenweich bewegt er sich in meiner Hand, stöhnt ungehemmt in meinen Mund. Seine Finger stoßen in mich, fordern mich und ich bäume mich unter ihnen auf, packe ihn fester, schneller, und er antwortet darauf mit einem tiefen Ächzen. »Scheiße … aah, Mella …«

Noch härter umschließe ich ihn, noch schneller, und er bewegt seine Hand im selben Rhythmus in mir, beobachtet mich aus glühenden Augen. Ekstase wallt auf wie eine Sturmflut, mächtig, ungezügelt und unaufhaltsam. Hinter meinen Lidern zucken grelle Blitze, schießen durch jeden Winkel meines Daseins.

Wenn er so weitermacht, komme ich in seine Hand, auf der Stelle, und ich glaube nicht, dass es ihm anders geht. »Bitte … Lucas … jetzt, bitte …«, stoße ich hervor, flehend, verzweifelt.

Ich ziehe ihn an mich, näher, noch näher, spüre sein Gewicht, das mich in die Matratze drückt.

»Gott, Mella … ich will dich so sehr«, keucht er gepresst und gleitet langsam durch meine Nässe. »O fffff…« Der Rest seines Fluches geht in seinem tiefen Stöhnen unter. Sanft streicht er mir die feuchten Haare aus der Stirn, küsst mich zärtlich, und dringt in mich ein, langsam, quälend. »So sehr.« Leise atmet er aus und schließt die Augen, als er mich endlich in Besitz nimmt. »O Gott, du ahnst gar nicht, wie sehr.«

Mit einem Aufstöhnen biege ich meinen Rücken durch, komme ihm entgegen und nehme ihn in mich auf, spüre diesen köstlichen Schmerz, als er mich dehnt, sich bis zum Anschlag in mich drängt. »Gut … so gut, o Lucas …« Himmel, ich habe nicht mehr gewusst, wie verdammt gut sich das anfühlt!

»Liebes.« Sein Gesicht ist so wunderschön, sein Blick ein einziger Kampf um Selbstbeherrschung. Er zieht sich aus mir zurück, um erneut in mich zu gleiten, und endlich, endlich lässt er sich fallen und überlässt die Kontrolle seinen Instinkten. Bald findet er seinen Rhythmus, stöhnt unterdrückt auf und sucht meine Lippen, um seine Lust in mir zu ersticken.

Ich spüre ihn tief und groß in mir, spüre jedes Atom unserer sich berührenden Körper. Meine Hüften reflektieren seine Stöße, aber ich will ihn noch tiefer, näher bei mir, schlinge meine Beine um seine Hüften.

Er packt mich fester, vergräbt sein Gesicht in den Kissen und stöhnt laut und ungezügelt hinein.

O Gott, es macht mich unglaublich an, ihn so zu hören, so leidenschaftlich und hemmungslos, nur für mich. Stahlhart bewegt er sich in mir, reizt mein Innerstes zum Zerbersten, seine Hände, die sich in mein Fleisch graben, sein Körper, so schwer auf meinem. Ich höre ihn atmen, höre seine Lust, meine Lungen voll von seinem Duft, mein Herz angefüllt mit ihm, schmecke seine salzige Haut, seine Lippen, spüre, wie sich seine Muskeln unter meinen Händen bei jedem Stoß anspannen. Mein Leib verhärtet sich, innen wie außen, giert nach mehr, noch mehr, viel mehr, nach allem, ja, allem …

Seine geschmeidigen Bewegungen wandeln sich zu machtvollen Stößen, die ich hungrig mit meinem Körper auffange. Ich klammere mich an ihn, grabe meine Nägel in seinen Hintern und stemme mich ihm entgegen, mehr, mehr, o ja, ja … Immer intensiver stößt er zu, schneller. Bald kann ich ihm nicht mehr folgen, halte mich ihm nur entgegen. Es fühlt sich so gut an, er fühlt sich so gut an, so nah bei mir, in mir.

Ich bäume mich unter ihm auf, als kämpfte ich mit ihm, stöhne meine Lust laut heraus, bevor mein Brustkorb noch platzt. Sofort ist er bei mir, verschließt meinen Mund mit seinen Lippen, erstickt unser gemeinsames Stöhnen und geht hoch auf die Knie, rammt sich noch härter in mich, schneller, prallt gegen mich, so dass ich nichts mehr tun kann, als mich an ihm festzuhalten.

Mein Körper spannt sich an, krampft, wird zu Stein, und ich ziehe mich fast schon schmerzhaft um ihn herum zusammen, bis ich endlich, endlich komme. Ich winde mich in seinen Armen, stöhne in seinen Mund, lasse mich los, falle und implodiere in einem Regen aus Sternen, kurz bevor er sich in mich ergießt.

Hart presst er sich in mich, ein letztes Mal, und erbebt unter meinen Händen. Abgehackt stößt er Atem aus, versucht erfolglos, jedes laute Geräusch zu unterdrücken. Er pulsiert tief in mir und ich ziehe mich für ihn zusammen, immer und immer wieder, bis seine Kraft ihn verlässt und er schwer atmend auf meine Brust sinkt.

Behutsam streiche ich ihm das verschwitzte Haar aus der Stirn. Sein Atem kühlt meine feuchte Haut, während er versucht, ihn wieder unter Kontrolle zu bringen.

»O wow, war das gut.« Er streichelt meine Seite mit sanften, kleinen Bewegungen. »Wir hätten das nicht tun dürfen.« Entspannt sieht er mich an, lächelt leise, doch das kann die Spur von Reue in seinem Blick nicht überdecken.

Ich streichle seine Wange. »Und warum hast du es dann getan?«

Er betrachtet mich, als könnte er die Antwort in meinen Augen finden. »Weil du es bist«, sagt er schließlich. »Weil ich nicht anders konnte.« Kurz zögert er, dann küsst er mich langsam, innig.

Mein Herz stolpert vor sich hin, findet keinen Rhythmus mehr.

Einmal noch presst er sich mit seiner gesamten Größe in mich, dann dreht sich auf den Rücken. Mit fünf Fingern fährt er sich durch das feuchte Haar und starrt zur dunklen Zimmerdecke empor. »Gott«, stöhnt er langgezogen. »So ein Mist.«

Vorsichtig lege ich meine Hand auf seine Brust, spüre sein Herz schnell und heftig schlagen. Er sieht mich an, und auch wenn ich die Sorge in seinem Blick erkenne, so trifft mich die offene Zuneigung darin bis tief in meine Seele. »Du kannst mir nicht erzählen, dass das eben nicht einfach nur wunderschön war.«

Er legt seine Hand auf meine Wange, streichelt sanft mein Gesicht. »Liebes.« Wieder zögert er, dann zieht er mich an sich, küsst mich zärtlich. Seine Lippen sind ganz weich, noch heiß von unseren gierigen Küssen.

Sein Verhalten lässt sämtliche Alarmglocken in mir schrillen. Er wirkt plötzlich vollkommen aufgewühlt, aber ich weigere mich, das schöne Gefühl loszulassen, in dem mein Körper badet. »Bereust du es?« Sanft streichle ich seine Wange und lächle, auch wenn sich die böse Vorahnung tief in mir schon einmal aufwärmt.

Er bleibt ernst, sieht mich aus müden Augen an. »Nein«, sagt er leise und küsst mich erneut. »Tue ich nicht.« Seine Zunge öffnet meine Lippen, und sein Kuss wird inniger, tiefer. Seine Hand streicht über meinen Hals und findet meine Brust, massiert sie sanft. Mein Körper vibriert unter seinen Berührungen.

»Morgen, okay?« Ich ziehe ihn in meinen Arm und er kuschelt sich an meine Schulter wie ein Kätzchen. »Morgen erzählt du mir, was los ist, und wir werden eine Lösung finden.«

Er nickt mit einem leisen Seufzen und schließt die Augen. Gedankenverloren streiche ich ihm die feuchten Locken zurück hinters Ohr. Wir haben miteinander geschlafen. Und es war wundervoll.

Seine Atemzüge werden ruhiger, gleichmäßiger. Vorsichtig drücke ich meine Lippen auf seine Stirn und ziehe die Decke über unsere nackten Körper. Er brummelt ein wenig in meinem Arm und schmiegt sich enger an mich. Sein Gesicht ist entspannt, die dunklen Wimpern glänzen seidig, und nur die leichte Röte auf seinen Wangen erinnert noch daran, was wir gerade getan haben.

Mein Herz schlägt schneller, hebt ab, fliegt.

Es kann kein Problem geben.

Das darf nicht sein.

Ich brauche das hier, ihn, bei mir.

Ich fühle mich ganz leicht in seinen Armen.

Glücklich.

So glücklich, dass ich heulen könnte.

Wenn das hier ein Traum ist, möchte ich nie mehr aufwachen.

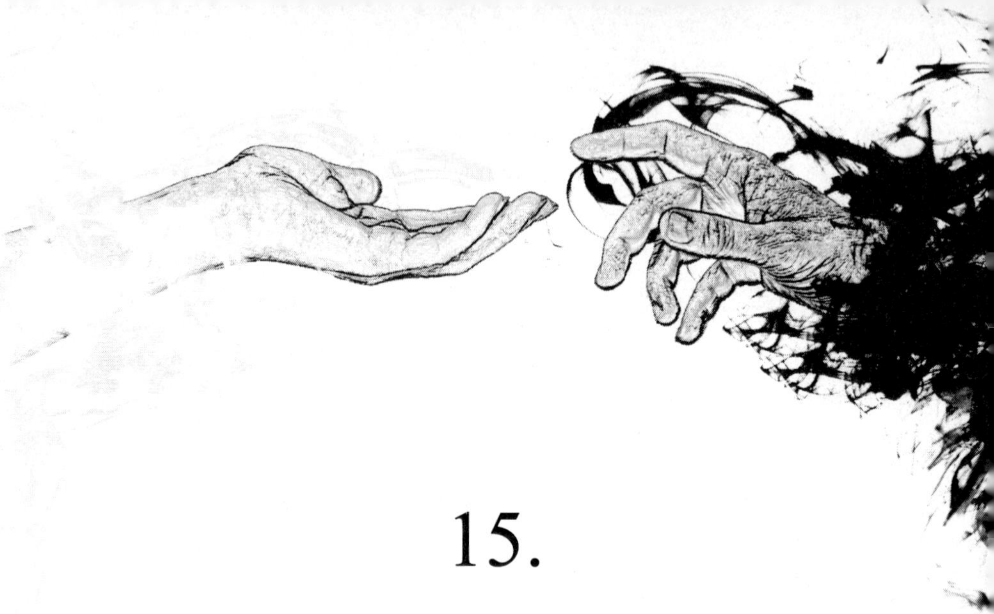

15.

Ich rolle mich zu einem Ball zusammen und ziehe die Bettdecke ein wenig höher, kuschele ich mich zurück in die Kissen. Sie duften nach Lucas und nach Sex. Ich lächle bei der Erinnerung an die letzte Nacht und drehe mich auf den Rücken, strecke die Hand nach ihm aus. Doch seine Seite ist kalt und leer, und plötzlich fühle ich mich genauso. »Lucas?«

Er sitzt in seinen Shorts am Fenster, das Hemd locker übergeworfen. Sein Lächeln ist verkrampft. Nichts ist mehr übrig von der Zuneigung und der Wärme, die noch vor ein paar Stunden darin lagen. Mein Herz zieht sich schmerzhaft zusammen. Er sieht aus wie das leibhaftige schlechte Gewissen. »Hi, Liebes.« Seine Stimme ist müde und alarmierend leise. O nein. Das ist nicht gut.

Ich setze mich auf, im Magen eine Mischung aus Übelkeit und Sturzflug. »Okay, sag es mir. Was ist das Problem?«

Lucas schweigt und starrt vor sich hin. Schließlich kommt er zu dem Ergebnis, dass er nicht weiß, wo er anfangen soll. Unbeholfen reibt er sich mit beiden Händen übers Gesicht und stößt ein dumpfes Ächzen aus.

»Lucas?« Ich rutsche zur Bettkante und lasse meine Beine heraushängen.

Er sieht mich an und presst die Lippen aufeinander. »Mella, ich …« Sein Blick fällt auf meine nackten Beine und er bricht ab.

»Ja?«, frage ich und stehe auf, die Bettdecke um mich geschlungen wie ein Badetuch.

»Ich weiß nicht, was gestern in mich gefahren ist, Mella.«

Jetzt bin ich es, die ihn stumm ansieht.

Wird das etwa ein Es-liegt-an-mir-und-nicht-an-dir?

Er strafft sich und setzt seine kühle, seriöse Miene auf. »Das war ein Fehler. Und es wird nie wieder passieren.«

»So?« Das ist doch alles Bullshit! Ich glaube ihm kein einziges Wort, nicht nach dem, was ich gestern in seinen Augen gesehen habe. Langsam mache ich einen Schritt auf ihn zu.

Lucas blinzelt und leckt sich kurz über die Lippen. »Es tut mir schrecklich leid, Mella. Ich wollte dir nicht wehtun. Das ist alles nur meine Schuld.«

Es-liegt-an-mir-und-nicht-an-dir, brüllt es in meinem Kopf. Doch unbeirrt gehe ich weiter. Er steht ebenfalls auf. »Es hatte nichts zu bedeuten.« Abwehrend hebt er die Hände, als ob ich eine Waffe auf ihn richten würde. »Wirklich nicht.«

»Ist das so«, sage ich und lasse die Decke zu Boden fallen.

Sein Blick hetzt über meinen nackten Körper. Seine Brust hebt und senkt sich unter heftigen Atemzügen. Als er mich wieder anblickt, sieht er so verängstigt aus, dass er mir fast leidtut.

»Mella, zieh dir etwas an.« Der Ausdruck auf seinem Gesicht wird flehend. »Bitte.« Doch ich gehe weiter, bis ich direkt vor ihm stehe, weide mich an seiner Verunsicherung.

»Es hat nicht zu bedeuten, hm?« Ich lasse meine Hände über seine nackte Brust gleiten, schlinge meine Arme um seinen Nacken und ziehe ihn an mich.

Er wehrt sich nicht.

Heiß und feucht spüre ich seinen Atem auf mir. Doch kurz bevor sich unsere Lippen berühren, halte ich inne. »Sag das noch mal«, flüstere ich, und er küsst mich.

Sanft fahren seine Hände über meinen Körper. Sein Herz schlägt hart und schnell, als er mich an sich presst. Zärtlich bahnt sich seine Zunge ihren Weg in meinen Mund, und dankbar lasse ich sie ein, während das wohlbekannte Kribbeln meinen Körper durchflutet.

»Verdammt!«, knurrt er zwischen zwei Küssen und legt seine Hand um meine Brust. Ich streichle seinen Hintern durch den dünnen Stoff seiner Shorts. Er stöhnt auf und drängt sich mir hart entgegen. »Wir sollten das wirklich lassen, Liebes …« Er schiebt mir seine Zunge in den Mund.

Ich streife ihm das Hemd ab, küsse mich seinen Hals hinab. »Willst du das?« Mit der Zungenspitze fahre ich seine Halsschlagader nach. Sie pulsiert, gleichmäßig und kräftig, im selben Takt wie sein Herz.

Leise stöhnt er auf und krallt seine Hände in meinen Po, lässt mich seine Erektion spüren. »Was?«, fragt er fahrig.

»Dass wir es lassen.« Zärtlich beiße ich in die zarte Haut unter seinem Ohr, zupfe mit den Zähnen daran.

»Nein. Ich … ja«, keucht er und vergräbt seine Finger in meinen Haaren.

Urplötzlich lasse ich von ihm ab. Verwirrt sieht er mich an, die Haare durcheinander gewuschelt, die Augen verhangen vor Lust. Er sieht so sexy aus, dass ich ihn am liebsten auf die Fensterbank schubsen und hier und jetzt auf seinen Schoß klettern würde.

»Was willst du, Lucas?« Ich streichle seine Wange, spüre die erhitzte Haut unter seinen Bartstoppeln. Jeder einzelne seiner schweren Atemzüge fühlt sich an wie eine Liebkosung.

Sein Blick ist offen und verletzlich. »Ist das nicht offensichtlich?« Er blinzelt und schluckt hart, als sei er von seinen Worten selbst überrascht.

Ich küsse flüchtig seine Lippen und ziehe mich zurück, bevor er meinen Kuss erwidern kann. »Du willst also Sex?«

Sein Blick wird dunkel, fast schon zornig. Alle Unsicherheit darin verschwindet mit einem Mal. »Ich will dich!« Er schüttelt leicht den Kopf. »Verflucht, Mella, du bist es, die ich will.« Er packt mich und presst seine Lippen auf meinen Mund. Widerstandslos lasse ich mich zum Bett drängen. Seine Erektion pocht hart zwischen meinen Schenkeln, seine Hitze entfacht einen Brand in mir, als wäre das Feuer der letzten Nacht nie gelöscht worden.

Kurz hält er inne und blickt mich voller Zuneigung an, streicht mir zart über die Wange. »Ich will dich«, wiederholt er leise und küsst mich zärtlich, hingebungsvoll. Er seufzt, löst sich von mir. »Das ist nicht gut.«

Ich schlinge meine Beine um seine Hüften, drücke seine Erektion dahin, wo sie hingehört. Lucas stöhnt leise auf und drängt sich mir entgegen.

»Nein?«, frage ich und lasse meine Hand zwischen unsere Körper gleiten, berühre seine seidige Haut.

Er stößt einen Schwall Atem aus. »Oh, das fühlt sich so gut an, ich … wir … wir dürfen das nicht tun …«

Er ist wunderschön, wie er langsam die Kontrolle verliert, so erregend. Ich nehme ihn in die Hand und er schließt die Augen, senkt seinen Kopf. »Wir dürfen es einfach nicht«, raunt er in mein Ohr und fährt mit der Zungenspitze über meine Ohrmuschel. Ein Blitz durchzuckt mich bis in die Zehen. Seine Hand wandert weiter, hin zu meinen Brüsten, seine Lippen liebkosen sanft die weiche Stelle zwischen meinem Hals und meiner Schulter.

Ich stöhne auf, biege mich ihm entgegen. Reflexartig presst er seine Härte an mich, saugt an meinen Brüsten, und mein Körper reagiert schneller als Lichtgeschwindigkeit. Alles in mir zieht sich zusammen, süß, schmerzvoll, sehnsüchtig. Ich hechele um Atem, suche seine Lippen und lasse ihn meine Lust schmecken. Himmel, er macht mich wahnsinnig.

Ich ihn auch, ich sehe es in seinen Augen.

»Verdammt, Mella, was tust du mit mir?« Tief stößt er mir seine Zunge in den Mund und vergräbt gleichzeitig zwei Finger in mir.

Ein elektrischer Schlag jagt durch meinen Körper. Ich löse mich von seinen Lippen, werfe den Kopf zurück und schnappe nach Luft, während er genüsslich aus halbgeschlossenen Augen beobachtet, was er da mit mir anstellt. Heiß streicht sein Atem über meine Haut. Er massiert meine Mitte mit starkem Druck, krümmt seine Finger in mir und ich winde mich unter ihm, keuche vor Verlangen und bekomme seine Shorts zu fassen, zerre sie ihm vom Leib, bis ich seine nackte Haut spüre. Immer weiter reizt er mich, und ich grabe meine Nägel in sein Fleisch.

»Fuck, wir dürfen das wirklich nicht«, wiederholt er mit nicht mehr ganz fester Stimme, küsst meinen Hals, meine Schulter, fordernd, beißt mich sanft. Sein Körper drängt sich suchend gegen mich. Schließlich stöhnt er genervt auf. »Scheiße, wem erzähle ich das eigentlich«, murmelt er grimmig, zieht seine Finger aus mir und dringt mit einer unerwartet schnellen Bewegung in mich ein, verharrt dann regungslos, bis zum Ansatz in mich gepresst. Schließlich zieht er sich aus mir zurück und stößt wieder zu, hart und unfassbar sexy. Gleichzeitig schnappen wir nach Luft, sehen uns in die Augen.

»Und ich will dich«, flüstere ich und streiche ihm seine Locken zurück. Langsam bewegt er sich in mir, atmet angestrengt, unterdrückt.

Unverwandt sieht er mich an. »Oh, du bist so …« Er schüttelt leicht den Kopf und schließt die Augen, gibt sich seinen Empfindungen hin. Seine Bewegungen werden schneller, härter, er reizt jeden Millimeter meines Körpers, es gibt keine Stelle an mir, die nicht vor Wonne aufschreit.

Ich kann den Blick nicht von ihm abwenden, wie er sich die Unterlippe durch die Zähne zieht und die Augen vor Lust geschlossen hält. Allein der Gedanke, dass das, was ich in mir spüre, er ist, pur, treibt mich in den Wahnsinn.Ich verkrampfe mich und winde mich unter seinen Stößen, werde enger und enger, um ihn ebenfalls um den Verstand zu bringen. Und es funktioniert. Oh, er bewegt sich tief in mir, so nah, so hart. Er füllt mich aus mit seiner gesamten Größe, immer und immer wieder.

»O Gott, Liebes, ich … ich …« Er schaudert und vergräbt sein Gesicht an meinem Hals, stöhnt bei jedem seiner Stöße unterdrückt auf. »Ich … gleich …«

Ich zerfließe um ihn herum. Seine Lust reißt mich mit sich in einen Strudel und ich höre nur noch ihn, schmecke das Salz auf seiner Haut und spüre ihn heiß und stahlhart in mir, seine Arme fest um mich geschlungen. »Dann komm, Lucas.« Ich kann nicht mehr, ich weiß nicht mehr, wohin mit mir, verenge mich krampfhaft und spüre ihn noch intensiver in mir. »Komm.«

Weiße Sternchen explodieren vor meinen Augen. Ich presse mein Gesicht in seine Halsbeuge und lasse mein Stöhnen heraus, laut, lange, unkontrolliert. Es muss raus, es zerreißt mich sonst.

Mich so zu hören, gibt ihm den Rest. Er lässt sich fallen und kommt, ergießt sich in mich, sein Gesicht tief in den Kissen vergraben, um sein Stöhnen zu ersticken. Sein Körper bebt in meinen Armen und er versucht verzweifelt, die Kontrolle über seinen Atem wiederzugewinnen.

Seine letzten, harten Stöße, sein zittriges, unregelmäßiges Keuchen und das Pulsieren seiner Ejakulation tief in mir bringen mich hoch und höher, und ich komme kurz nach ihm, mein Gesicht fest an seine Schulter gepresst, um nicht das ganze Haus zusammen zu schreien.

∞

Lucas hält mich ganz fest, bis das Zittern in meinen Muskeln endlich nachlässt. Ich löse mich von seiner Schulter und japse, sauge gierig kühle, frische Luft in meine Lungen.

Er zieht sich aus mir zurück und rollt sich auf den Bauch. Schwer atmend lässt er den Kopf auf die Arme sinken, die Augen noch verhangen von seinem Orgasmus. Sein Haar ist vollkommen verstrubbelt und Schweiß glitzert auf seinem Körper wie kleine Diamanten.

Es ist unfair, selbst nachdem wir miteinander geschlafen haben, ist er noch so unglaublich sexy, dass ich mich gleich wieder auf ihn stürzen könnte. Er lächelt entspannt und streicht mir eine Haarsträhne aus dem Gesicht, die an meiner feuchten Wange klebt. Es ist schön, hier mit ihm zu liegen. Wenn doch nur alles für immer so bleiben könnte, so leicht, sorglos und entspannt. Ich erwidere sein Lächeln, und eine Weile liegen wir einfach nur da und sehen uns an, bis sich ein wehmütiger Zug in seinen Blick schleicht. Tief atmet er durch.

»Was ist?« Da ist wieder dieses komische Gefühl in meinem Bauch. »Willst du mir jetzt sagen, dass es nur eine zweimalige Sache war?«

Kurz schmunzelt er, aber das Lächeln verlässt schneller seine Augen, als mir lieb ist. »Du weißt nicht, was ich dir angetan habe.« Er presst die Lippen zusammen und schüttelt den Kopf, mehr für sich als für mich bestimmt.

»Es wird schon nicht so schlimm sein. Wir sind erwachsen, wir haben miteinander geschlafen und es war wundervoll. So etwas passiert ständig.«

Lucas starrt ins Leere. »Ich hatte mir geschworen, es nicht so weit kommen zu lassen.« Er stöhnt genervt auf. »Scheiße, ich sollte dir die Regeln beibringen und sie nicht brechen!«

Ich stütze meinen Kopf auf. »Weil du mein Ausbilder bist? Wen interessiert das? Ich bin eine erwachsene Frau, ich denke nicht, dass …«

»Ich bin nicht nur dein Ausbilder. Ich bin dein Wächter.«

Ich ziehe verständnislos die Augenbrauen zusammen. »Wo ist der Unterschied?«

»Völlig egal. Ich soll auf dich aufpassen und dich nicht verführen. Du hättest mich töten können.«

»Das könnte ich auch jetzt noch.« Mit einem leisen Knurren beuge ich mich vor und beiße ihn sanft in den Hals.

Er verdreht amüsiert die Augen und küsst mich lange, zärtlich. »Mein Gott, du treibst mich in den Wahnsinn. Vom ersten Tag an wollte ich dich entweder lauthals anschreien oder einfach nur durchvögeln.«

Missbilligend hebe ich die Augenbrauen. »Reizend.«

Mit einem liebenswerten Ächzen dreht er sich auf die Seite. »Du bringst meine Welt total durcheinander, Liebes. Jemanden wie dich habe ich noch nie getroffen. Hier sind alle damit beschäftigt, sich selbst zu bemitleiden, Rachepläne zu schmieden oder irgendjemanden zu killen. Sie hadern mit dem, was sie im Laufe der Jahrhunderte erlebt und verloren haben. Aber du, du bist so …«, er fuchtelt mit den Händen in der Luft herum auf der Suche nach dem, was er eigentlich sagen will, »du bist so … du.« Er lässt die Hände sinken und sieht mich an.

Sein Blick ist so entwaffnend ehrlich, dass mein Herz eine weiße Fahne schwenkt. »Und es war so falsch von mir, mit dir ins Bett zu gehen.«

Mein Mund wird staubtrocken. »Warum?«

Lucas zieht die Stirn kraus. »Mella, ich bin dein Wächter, du mein Schützling.«

Ich zucke mit den Schultern. »Und? Wo ist das Problem?«

Er setzt sich auf. »Das ist das Problem. Du bist eine potentielle Gefahr und ich …«

»Weil ich eine Blutsüchtige sein könnte?« Ich setze mich ebenfalls aufrecht hin. »Ernsthaft, Lucas, wenn mich jemand im Griff hat, dann wohl du. Das hast du bewiesen.« Zweimal.

Er reibt sich die Stirn und scheint mir gar nicht richtig zuzuhören. »Was ist nur mit mir los, verdammt?«

Wieder schieße ich dazwischen. »Okay, ich habe verstanden. Das hier ist irgendwie verboten. Regeln, bla, bla, bla. Und? Was soll's! Dann gibst du eben dein Wächteramt auf und irgendein anderer spielt in Zukunft meinen Babysitter. Wie wäre es mit Tom? Ich könnte meine Scrabble-Fähigkeiten deutlich verbessern!«

Lucas sieht mich an, als erwache er aus einem tiefen Traum. »Mella, ich kann das nicht aufgeben.«

Wut brodelt in meinem Brustkorb wie in einem Kupferkessel über offenem Feuer. Wenn ich Helena kurz vor meinem Tod richtig verstanden habe, dann war es eine Degradierung, die ihn zu meinem Wächter gemacht hat. Und er hat nicht sonderlich begeistert darauf reagiert. Was will er denn nun? Mich oder sein tolles Wächteramt? »Verlierst du dann dein Ansehen, oder was?« Ich presse die Lippen zusammen.

Er verdreht die Augen. »Nein, Quatsch. Wächter ist man eben, das kann man nicht so einfach beenden.«

»Nicht, dass du es einfach so in Erwägung ziehen würdest.« Ich verschränke die Arme vor der Brust.

»Verdammt noch mal, ich würde alles darum geben, es beenden zu können! Aber das geht nicht.« Wut sprüht aus seinen Augen. Er fährt sich mit der Hand durch die Haare, versucht, sich zu beruhigen. »Verflucht, Mella. Ich weiß nicht, was ich tun soll. Alles in mir schreit nach dir, nach deiner Nähe, aber ich bin und bleibe nun einmal dein Wächter.«

»Dann bleibst du halt mein Wächter und wir behalten es für uns.«

Er blinzelt. »Ich weiß nicht, ob das funktioniert.«

»Wer sollte es denn herausfinden?« Ich zucke mit den Schultern. »Ich werde es niemandem erzählen. Du vielleicht?«

Lucas lächelt, aber es scheint ihm alles andere als wohl bei dem Gedanken zu sein. »Scheiße. Niemand darf davon erfahren, Liebes, wirklich niemand.«

Ich beuge mich vor und küsse ihn. Zärtlich lasse ich meine Zunge in seinen Mund gleiten und rutsche rittlings auf seinen Schoß. Er umfängt mich mit seinen Armen und hält mich fest an sich gedrückt, während er bereits wieder unter mir anschwillt.

Ein lautes Klopfen an der Zimmertür reißt uns auseinander. Erschrocken starren wir uns an. Es klopft erneut, diesmal mit mehr Nachdruck.

»Mella?« Gedämpft klingt Toms Stimme durch das Holz. »Aufstehen, Schlafmütze!«

Lucas springt aus dem Bett und hetzt durch das Zimmer, um seine Kleidungsstücke einzusammeln. Ich renne hinter ihm her wie ein aufgescheuchtes Huhn und werfe mir mein Nachthemd über. Als es zum dritten Mal klopft, stehe ich mitten im Raum und starre Lucas an.

»Mella? Alles in Ordnung? Warum sagst du nichts? Ich warne dich, ich komme jetzt rein!« Im Türschloss klickt es deutlich. Ich reiße die Augen auf und schlage mir beide Hände vor den Mund. Lucas fuchtelt wild in der Luft herum.

Was um alles in der Welt will er mir nur sagen? Einer seiner Boots poltert zu Boden und Lucas erstarrt zu Stein. Plötzlich verstehe ich, was er von mir will.

»Tom!« Ich gähne laut und hoffentlich deutlich durch die Tür zu hören. »Ich habe so tief und fest geschlafen, dass ich dich nicht gehört habe! Einen Moment noch, ich mache dir sofort auf, okay?«

Lucas rollt mit den Augen, hebt seinen Stiefel wieder auf und lässt dabei fast den zweiten fallen.

»Ist gut! Ich warte!«, hören wir von draußen.

Ich mache eine fragende Handbewegung. Wo zur Hölle willst du dich verstecken? Unter dem Bett? Im Wandschrank? Mit einem Lächeln streckt er die Hand nach mir aus und zieht mich mit sich ins Badezimmer. Meine Hand tastet nach dem Lichtschalter, doch er schüttelt nur stumm den Kopf. O ja, natürlich, er geht durch die Schatten!

Es klopft, diesmal energischer. »Mella? Bist du sicher, dass alles okay ist?«

Ich drehe mich Richtung Zimmertür. »Ja doch!«

Lucas vergräbt seine Hand in meinem Haar und zieht mich in einen Kuss, der mir fast die Beine wegzieht. Rückwärts schiebt er mich aus dem Bad und drückt lautlos von innen die Tür zu.

∞

»Tom!« Völlig außer Atem reiße ich die schwere Holztür auf. »Kannst du mir mal sagen, was das soll?«

»Dein Aufpasser hat gestern Nacht einen Babysitter bestellt.« Interessiert mustert er mich von oben bis unten und marschiert ohne Einladung in mein Zimmer. Vor meinem Bett bleibt er ruckartig stehen. »Was ist denn hier passiert?« Fassungslos begafft er die zerwühlten Decken.

»Ähm.« Ich ziehe eine Grimasse. »Albträume. Ich habe nicht sonderlich viel geschlafen in der letzten Nacht. Deswegen bin ich auch so müde.« Ich ringe mir ein Gähnen ab.

»Du Arme, ich erinnere mich. Aller Anfang ist schwer.« Tom reißt das Fenster auf und mustert mich mit seinem schelmischen Grinsen. »Du solltest dir etwas anderes anziehen. So ist es unfair. In diesem Aufzug wirst du mich garantiert beim Scrabble schlagen.«

»Das kann ich natürlich nicht riskieren.« Meine Wangen laufen rot an. Mit einem Grinsen auf den Lippen verschränke ich die Arme vor der Brust, um mich wenigstens ein bisschen zu bedecken.

»Eben.« Er lässt sich auf die Couch fallen. »Also, hopp, hopp, ab ins Bad und umziehen.« Wahllos greift er sich eine Zeitschrift vom Couchtisch und blättert darin herum.

Ich verschwinde im Badezimmer und schalte das Licht ein. Der Raum ist leer. Lucas ist fort. Sein Duft hängt noch in der Luft. Wir haben verdammtes Glück gehabt, dass Tom uns nicht direkt nach unserer ersten Nacht erwischt hat.

Als ich zurückkomme, sieht Tom von seinem Magazin auf und begutachtet meine Aufmachung. Jeans und weites T-Shirt. »Viel besser, finde ich. Jetzt gewinne ich wieder.«

Ich verziehe das Gesicht. »Also, Komplimente sind wirklich nicht deine Stärke.«

Tom lacht und wirft die Zeitschrift zurück auf den Couchtisch.

»Hey, ich bin ein Umbracor und kein Schleimer.«

Schon wieder klopft es. Tom macht keine Anstalten, aufzustehen, und so öffne ich die Tür. Lucas steht vor mir in Jeans und einem dunklen Shirt, die Haare noch feucht vom Duschen. Mein Herz setzt einen Schlag aus und meine Knie werden weich, als meinem Körper einfällt, was dieser Mann eben noch mit mir angestellt hat.

»Morgen, Mella«, begrüßt er mich, höflich wie immer, und lässt sich nicht anmerken, dass er noch vor einer knappen Viertelstunde in mir gesteckt hat.

»Morgen«, gebe ich seinen Gruß zurück.

»Morgen!«, ruft Tom von der Couch aus und deutet auf das Bett. »Das sind keine Kampfspuren. Sie hatte Albträume.«

Lucas wirft einen Blick auf die zerwühlten Laken und nickt fachmännisch. »Ja, sieht ganz danach aus.«

»Zwei Mal«, ergänze ich freundlich.

Lucas kann sein Grinsen kaum verstecken. »Muss ja furchtbar gewesen sein.« Mit verschränkten Armen setzt er sich neben Tom auf die Couch und wirft einen Blick in seine Zeitschrift.

»Du kannst dir nicht vorstellen, wie.« Ich mache ein betroffenes Gesicht. Seine Augen glitzern amüsiert.

»Hast du schon häufiger Albträume gehabt?« Tom drückt Lucas das Magazin in die Hand und angelt sich ein neues.

»Nein.« Ich schüttele den Kopf und überlege es mir anders. »Na ja … schon. Aber nicht so intensive.«

Tom wirft das Magazin auf den Stapel zurück. »Albträume können ein Hinweis auf dein Talent sein. Hast du von Blut geträumt? Vom Töten?«

»Nein, nur das übliche. Sarg, gebrochene Augen, Schreie und so.« Ich bringe das Bett in Ordnung, ziehe das Laken stramm und schlage auf die Kissen ein als hätten sie mir etwas getan.

»Mach dir keine Mühe, Mella«, sagt Lucas beiläufig, die Nase in seine Zeitschrift gesteckt. »Ich könnte mir vorstellen, dass dein Bett morgen früh wieder genauso aussieht wie heute.«

Ich schüttele die Decke auf, dass der Staub nur so im Sonnenlicht tanzt und lächele in mich hinein.

Tom wendet sich an Lucas. »Wie lange wirst du weg sein?«

Lucas gibt ein genervtes Ächzen von sich. »Es könnte später werden als sonst, fürchte ich. Helena hat Damian mit mir eingeteilt.«

Tom verzieht das Gesicht. »Uuuh. Ein Sonderfall.«

Mein Herz zieht sich zusammen bei dem Gedanken an das, was vor ein paar Tagen passiert ist. Sein Blut sickerte über meine Finger, dick und warm. Und das war nur eine Fleischwunde. Die Bettdecke rutscht mir aus den Händen, so sehr zittern sie. Ich hebe sie vom Boden auf und presse sie an meinen Bauch.

»Wir fahren nach Norden in ein Krankenhaus. Die örtliche Polizei hat eine Frau auf der Straße aufgelesen, die niemand kennt, die aber angeblich ordentlich Ärger macht, indem sie versucht, ihre Pfleger zu essen. Wir nehmen den Transporter, um sie herzuholen.« Lucas gähnt ungeniert. »Ich hoffe, Damian fährt.«

Ich hocke mich auf die Bettkante und beobachte die beiden, meine Finger immer noch in die dicke Daunendecke gekrallt.

Tom strahlt mich an. »Komm, Mella. Wir spielen jetzt den lieben langen Tag Scrabble!«

Ich strahle zurück, auch wenn mein Magen sich verknotet anfühlt. »Ich könnte mir nichts Besseres vorstellen, Tom!«

Lucas wirft mir ein Lächeln zu, und ich weiß nicht, was mir mehr den Atem raubt: dieser Mann oder die Angst um sein Leben.

∞

Draußen ist Frühling und ich bin hier drin gefangen. Sehnsüchtig starre ich durch das geöffnete Fenster hinaus wie eine Katze, die nicht raus darf. Nun, im Grunde bin ich das auch. Nur dass bei mir nicht die Gefahr besteht, dass ich von einem Auto überfahren werde, sondern dass ich ein Blutbad anrichte, das sich gewaschen hat.

Ich lehne mich zurück gegen die weißgetünchte Steinwand und aale mich in der Wärme der Sonne. Im Park wimmelt es nur so von Leuten, und ab und zu wirft jemand einen Blick nach oben und begafft mich neugierig. Ich kann mich gerade noch davon abhalten, huldvoll zu winken wie die Königin. Baumkronen wiegen sich im Wind wie grüner Chiffon und die ersten Blüten öffnen ihre Knospen.

Überall wächst neues Leben.

Nur nicht hier drin.

Tom baut zum was-weiß-ich-wievielten Mal das Spiel auf. Mir geht so langsam der Wortschatz aus, und ich bin mit meinen Gedanken auch eher in einem Transporter auf dem Weg nach Norden unterwegs. Hoffentlich kann Lucas sich ein wenig ausruhen, bevor es vielleicht brenzlig wird. »Tom, machen wir mal eine Pause?«

Er sieht mich an, als ob ich einen Welpen geschlagen hätte. »Ich dachte, du magst Scrabble.«

»Ich mag es ja auch. Aber wenn wir es andauernd spielen, wird es mir vielleicht zu langweilig.«

Er grinst sein Tom-Grinsen. »Ha! Also macht es dir doch noch Spaß!« Er ist wie ein kleines Kind, völlig begeistert. »Komm schon, noch eine Runde. Ich lasse dich auch anfangen! Du wirst ja eh verlieren.«

Ich schneide ihm eine Grimasse. Vermutlich will niemand mit ihm spielen, weil er sowieso immer gewinnt. Er wedelt mit dem Buchstabensäckchen vor meinem Gesicht herum. Theatralisch stöhne ich auf und ziehe meine Buchstaben.

Es klopft zum dritten Mal an diesem Tag an meine Tür, und ich kann mich vor Freude kaum halten. Abwechslung! Endlich! Die dunkle Holztür schwingt auf und Helena steckt ihren Kopf herein. »Hallo ihr zwei!« Auf schwindelerregend hohen Absätzen schwebt sie auf uns zu. Ihr Haar ergießt sich wie ein Wasserfall aus Ebenholz über ihre linke Schulter.

»Na, sieh mal an! Was können wir für dich tun?« Tom verschwendet keinen zweiten Blick an sie und kümmert sich lieber weiter um seine Buchstabensammlung. Seltsam.

Helena lacht auf, voll und glockenhell, wie das Schnurren eines Babykätzchens. »Lucas hätte dich warnen sollen, Mella. Wenn Tom dich endlich in seine Scrabble-Fänge bekommen hat, lässt er dich so schnell nicht wieder gehen!«

Tom sieht nicht einmal hoch, als sie seinen Namen erwähnt.

Ich rücke ein wenig zur Seite. »Spielst du eine Runde mit?«

Sie hebt abwehrend die Hände und verzieht das Gesicht. »O nein, im Leben nicht. Das ist nicht mein Ding.«

»Wo doch Spielen sonst so gar nicht dein Ding ist«, murmelt Tom vor sich hin und irritiert ziehe ich die Augenbrauen zusammen. Wow … was mag zwischen den beiden bloß vorgefallen sein?

Ihr Parfum steigt mir in die Nase und ich halte unweigerlich die Luft an. Es ist schrecklich süß und duftet nach Jasmin … mit einem Hauch Verwesung.

Übelkeit kriecht in meiner Kehle hoch.

»Und ich bin aus einem anderen Grund hier. Tom, Lucas hat mich gerade angerufen, es wird wohl deutlich später werden als geplant.«

Ich stoße einen Schwall Luft aus, aber zu meinem Glück entschließt sich Tom, Helena nicht mehr wie Luft behandeln zu wollen. »Na toll. Weißt du, wie spät? Wir wollten um Mitternacht die Stromkreise abschalten, um mal in Ruhe Messungen durchführen und hoffentlich endlich einen Grund für diese Schwankungen finden zu können.« Er verzieht missmutig das Gesicht.

»Und? Wo ist das Problem?« Helena zuckt mit den Schultern. »Mach deine Arbeit und lass Lucas seine machen.«

»Ich soll sie alleine lassen?« Tom zieht irritiert die Stirn in Falten. »Aber Lucas hat gesagt …«

»Papperlapapp.« Ein harter Ausdruck legt sich über ihre hübschen Gesichtszüge. »Ich bin seine Vorgesetzte, Tom. Du bist nicht verantwortlich dafür, dass er seinen Job gut erledigt, schlimm genug, dass du hier den Babysitter spielen musst. Geh einfach und schließ sie ein, das sollte reichen.« Sie räuspert sich und das strahlende Lächeln kehrt zurück. »Gut, ich muss weiter. Bis bald!« Sie winkt uns zum Abschied und verschwindet durch die Tür, so schnell sie ihre Stilettos tragen.

Mit offenem Mund starre ich ihr nach. »Puh. Kein Wunder, dass du etwas gegen sie hast. Wie viele Persönlichkeiten hat diese Frau?«

In aller Ruhe schiebt Tom die Buchstaben auf seinem Bänkchen hin und her. »Wie kommst du darauf, dass ich etwas gegen sie habe?«

Ich lege meine Hand auf seine Buchstaben und werfe die Hälfte um. »Tom, du kannst jetzt mit mir reden und wir spielen weiter oder du kannst gleich gehen.«

»Ich mag sie einfach nicht.« Er seufzt resigniert. »Eigentlich kann ich sie auf den Tod nicht ausstehen.«

»Was hat sie dir denn getan?«

»Tja, wo soll ich anfangen?« Er schiebt meine Hand beiseite und ordnet seine Buchstaben neu, ohne weiterzureden.

»Ich hielt sie eigentlich für ganz nett, als wir sie letztens auf dem Flur trafen. Ein bisschen herrisch vielleicht, aber nett.«

Sein Blick bohrt sich in meinen. Die Kälte hinter seinen wasserblauen Augen lässt mein Blut gefrieren. »Unterschätz sie nicht, Mella. Du kannst alles tun, aber unterschätz nicht diese Frau. Sie ist herrschsüchtig und rachgierig, grausam. Und sie denkt nur an ihren eigenen Vorteil. Sie würde dich ohne mit der Wimper zu zucken sterben lassen, wenn es ihren Interessen dient.«

Er nimmt ein paar Buchstaben und legt sie auf dem Spielfeld an. »Aber gut, wenn du sie nett findest, solltest du dich auf einen Kaffee mit ihr verabreden und deine eigenen Erfahrungen mit ihr machen. Vielleicht liege ich ja auch falsch.« Er klatscht in die Hände und schreibt sich seine Punkte auf. »Irgendetwas scheint Lucas ja an ihr gefunden zu haben«, murmelt er beiläufig, »sonst hätte er sie wohl nicht geheiratet.«

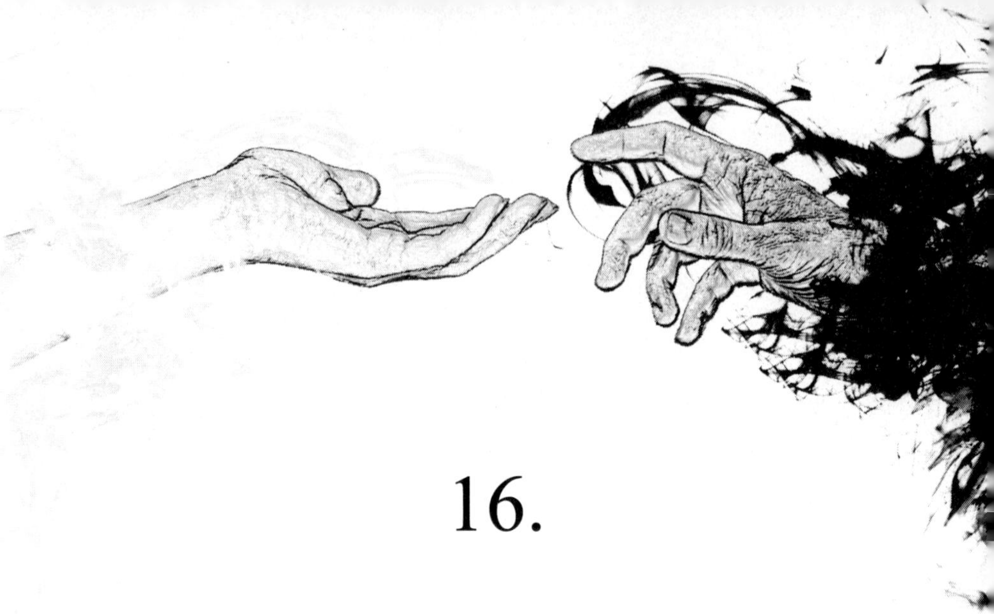

16.

Ich bekomme keine Luft mehr. Er? Sie? Geheiratet? Das … das war ein Witz, oder? Das kann nur ein Witz … Doch Tom zupft sich neue Buchstaben aus dem Säckchen und sortiert in aller Ruhe ein. Kein Witz.

Tränen schießen mir in die Augen, und verzweifelt blinzle ich sie zurück. Meine Kehle verkrampft bei dem Versuch, sie herunterzuschlucken. Scheiße, das darf einfach nicht wahr sein! Diese Zuneigung in seinem Blick, seine Zärtlichkeit … Habe ich mich so in ihm getäuscht?

»Kannst du legen?« Abwesend schiebt Tom seine Buchstaben hin und her.

Legen? Ich könnte platzen!

»Nicht wirklich.« Erfolglos räuspere ich mich. Mehrfach. Doch der Kloß in meinem Hals will nicht verschwinden. »Darf ich einen Buchstaben tauschen?«

Tom macht eine gönnerhafte Geste. »Ausnahmsweise. Ich habe ein großes Herz für Verlierer.«

Meine Hand zittert, als ich sie in das Säckchen stecke. Plötzlich schwankt der Raum wie ein Schiff in Seenot. Mein Magen dreht sich um. »Ich muss mal auf die Toilette, schnell …« Im Aufstehen reiße ich das Spielbrett um. Die Buchstaben verteilen sich über das ganze Zimmer, aber es ist mir egal. Ich presse beide Fäuste in meinen Bauch und pflüge mich durch sie hindurch in Richtung Badezimmer. Wut und Schmerz brennen sich kalt ihren Weg durch meine Eingeweide.

»O mein Gott, was hast du?« Tom erbleicht und weicht ein paar Schritte vor mir zurück. »Bricht dein Talent durch? Verdammt, hast du einen Blutrausch?«

Ich würde lachen, wenn nicht bittere Galle meine Mundhöhle fluten würde. Mit aller Kraft, die ich aufbringen kann, halte ich die Luft an und schlucke sie herunter. Er hat Schiss vor mir! »Hau doch ab, wenn du kannst!« Krampfhaft bemühe ich mich das Gleichgewicht zu halten. »Ach, verpiss dich einfach!« Ich lasse ihn stehen, taumele ins Badezimmer und hämmere die Tür ins Schloss, so fest ich kann. Ich bin so dumm! So dumm!

Wieso habe ich mich nur auf einen Mann eingelassen, den ich erst seit ein paar Tagen kenne? Was habe ich nur an mir, dass mir das immer wieder passiert? Selbst nach meinem Tod werde ich noch beschissen!

Und dann flackert das Licht der Deckenlampe noch einmal kurz auf und verabschiedet sich in die ewigen Jagdgründe.

∞

Als ich kleinlaut zurück in mein Zimmer schleiche, sammelt Tom gerade die letzten Buchstabensteine vom Boden auf. Sein Blick ist besorgt, aber er kommt nicht näher. »Und?«

»Falscher Alarm. Ich habe jedenfalls nicht den Drang, dich umzubringen.« Nein, dich nicht. Für jemand anderen kann ich aber nicht garantieren. Ich trotte hinüber zu meinem Bett und lasse mich mit hängenden Schultern auf die Kante fallen. Ich bin so müde. Kein Wunder, ich habe schließlich auch die halbe Nacht mit einem Mann durchgevögelt, der mich total verarscht hat.

Tom mustert mich aus sicherer Entfernung. »Du siehst scheiße aus.«

Wie nett. »Danke. So fühle ich mich auch.« Ich seufze. »Übrigens wäre es gut, wenn du diese Messungen so schnell wie möglich durchführen könntest. Im Bad ist gerade schon wieder die Deckenlampe durchgebrannt. Du bist nicht sonderlich gut in deinem Job, oder?«

Seufzend steht Tom auf und wirft das gefüllte Säckchen in den Spielekarton. »Ich verstehe einfach nicht, warum wir nichts finden. Es muss irgendeinen Defekt in den Leitungen geben. Das geht schon seit Wochen so, aber wir können den Ursprung nicht feststellen.«

»Ist das nur in unserer Etage so?« Schlapp deute ich neben mein Bett. »Die Nachttischlampe flackert auch ständig.«

Nach einem abschätzigen Blick auf mich kommt Tom vorsichtig näher und knipst den Schalter an. Warmes Licht erstrahlt ohne jede Spur einer Spannungsstörung. »Hm.« Er geht hinüber ins Badezimmer und schaltet dort das Licht an. Sofort wird es hell in dem kleinen Raum.

Mit gerunzelter Stirn mustert Tom mich. »Da ist nichts durchgebrannt.«

Ich zucke nur mit den Schultern.

»So wie es aussieht, werden wir die halbe Nacht über Messungen durchführen müssen.« Er kratzt sich am Kinn und schaltet die Deckenlampe im Bad wieder aus. »So ein Mist! Wir haben kein Notstromaggregat, und ohne Strom funktioniert hier gar nichts. Blöder Fortschritt.« Er wirft einen Blick aus dem Fenster. Es dämmert bereits.

»Habt ihr noch viel vorzubereiten?«

Tom nickt aus sicherer Entfernung. »Wenn die Störungen immer gleich wären … aber mal haben wir Überspannungen und die Glühbirnen knallen uns durch bis ins Nirwana, und dann wieder sind ganze Flure zappenduster wie letzte Nacht.« Er seufzt und stemmt die Hände in die Hüften. »Wenn wir diesmal nichts finden, brauche ich jemanden, der mit den Leuten vom Kraftwerk sprechen darf. Eventuell ist es doch etwas Externes … auch wenn das überhaupt keinen Sinn ergibt.«

»Jetzt geh schon. Du hast immerhin die Erlaubnis vom Oberboss.« Und von seiner werten Angetrauten.

»Du wirst schon wieder ganz blass.« Tom steht an der Tür, die Hand bereits auf der Klinke. »Kann ich dich überhaupt allein lassen, wenn es dir so schlecht geht?«

»Du bist nicht dafür verantwortlich, dass es mir gut geht. Wenn mein Ausbilder nicht in der Lage ist, seinen Job richtig zu machen, ist das sein Problem, nicht deins. Vielleicht sollte mir Helena jemand anderen zuteilen.«

Tom kaut auf der Innenseite seiner Wange herum. »Findest du? Lucas ist einer der besten.«

Ich schnaube leise und dränge die Galle in meiner Kehle mit bloßer Willenskraft zurück in meinen Magen. »Man sieht ja, wie gut er ist, oder? Du sorg besser dafür, dass dieses elende Geflackere endlich aufhört.«

»Ich gebe mein Bestes. Schlaf gut, Mella. Und hoffentlich träumst du heute Nacht etwas Schönes.« Er schlüpft hinaus. Ein leises Klacken, als er den Schlüssel im Schloss herumdreht, und ich bin wieder eingesperrt.

Einige Minuten bleibe ich noch regungslos hier sitzen, dann stehe ich auf und schiebe den Riegel von innen vor die Tür. Ich schlurfe zurück zum Bett, lasse mich der Länge nach darauf fallen und vergrabe mein Gesicht in den Kissen.

Sie riechen nach ihm, nach richtig gutem Sex und verletzten Gefühlen. Wütend packe ich sie und schleudere sie quer durch das Zimmer, strampele die Decke weg und breche in Tränen aus. Wie konnte ich mich nur so in ihm täuschen? Wie lange hat er sich dagegen gesträubt – war das alles nur eine Masche?

Ich werfe mich auf den Rücken und starre hinauf an die Zimmerdecke, während die Tränen in meinen Haaren versickern. Kaltschnäuzig hat er den Tod meiner Mutter ausgenutzt. Heuchelt Skrupel und tut so, als würde er sich gegen seine Gefühle wehren. O Mella, du Dummchen. Nicht umsonst wollte er alles über Ben wissen … Er wusste genau, wie er mich kriegt. So ein Arsch!

Und ich friere ganz furchtbar, weil sein Duft in allem hängt, womit ich mich zudecken könnte. Ich rolle mich zusammen wie ein Fötus und vergrabe mein Gesicht zwischen den Armen, sperre das letzte bisschen Sonnenlicht aus. Ich will nichts mehr sehen. Gar nichts mehr. Nie wieder.

∞

Es ist stockdunkel und mein Körper besteht aus einer einzigen Gänsehaut. Kein Wunder, die Decke liegt irgendwo auf dem Boden, und die Kissen … aber was … Moment, mal, das ist nicht … ich bin überhaupt nicht in meinem Bett!

Ich stehe.

Scheiße, wo bin ich hier? Meine Kehle ist so eng, dass kein Speicheltröpfchen mehr hindurch passt. Das unter meinen Füßen sind keine Steine, es fühlt sich anders an, glatt und warm. Holz? Wo bin ich, verdammt?

Vorsichtig strecke ich die Arme aus und stoße gegen eine Wand, keinen halben Meter entfernt. Ich atme ein und aus, viel zu schnell, und taste mich weiter vor. Die Wand ist auch neben mir, links und rechts, nur wenige Zentimeter von meinen Schultern entfernt. Als ich mich umdrehe und einen Schritt machen will, pralle ich mit voller Wucht dagegen.

Verzweifelt schluchze ich auf. Sie haben mich geholt, im Schlaf. Meine Finger zittern so stark, dass sie sich kaum noch wie meine eigenen anfühlen. Ich schiebe meine Hände nach oben und stoße an die Decke. Schnell ziehe ich sie zurück, als hätte ich mich verbrannt, und umarme meinen Brustkorb. Sie haben mich in eine Kiste gesperrt wie ein Tier - stockfinster und mutterseelenallein.

Die Dunkelheit um mich herum lacht mich aus, bedroht mich, greift nach meinem Verstand.

Nein, nicht allein. Jemand atmet, ganz in meiner Nähe. Jemand, der nicht ich ist. Der nicht mit mir in diese Kiste passen dürfte. Mein Schluchzen hallt dumpf in meinem Kopf, wie durch Watte, fast so, als wäre ich in seinen Schatten.

Das Echo dieser fremden Atemzüge frisst sich in mein Gehirn wie ein Parasit. Meine Beine geben nach und ich stürze auf einen harten Holzboden, zerschramme beide Knie an der Wand. Ich kann mich nicht mehr bewegen, bin eingeklemmt am Boden dieser Kiste, es ist viel zu eng!

Und dann streift ein süßlicher Geruch meine Nase, nach altem Fleisch und blühenden Rosen, brennt mir die Schleimhäute weg. Jemand pustet in meinen Nacken, und ich zittere. Ich will schreien, doch ich tue es nicht. Wenn ich schreie, bemerken sie mich. Da! Ein Lichtschimmer, ganz zart. Er scheint durch einen Spalt in der Kiste zu mir hinein.

Hektisch blinzle ich in das Zwielicht.

Muss ich mich umdrehen?

Muss ich nachsehen, was hinter mir ist?

Bitte … Ich will das nicht. Ich will nur hier raus! Lasst mich hier raus!

Und doch drehe ich mich um, quälend langsam. Ich muss einfach. Mein Verstand zerrt an meinen Muskeln, will mich davon abhalten, doch ich habe keine Macht mehr über meinen Körper.

Sie. Krank vor Angst weiche ich zurück, pralle mit dem Rücken an die Wand und schreie, so laut ich kann. Vor mir kniet meine Mutter. Die faltige Haut hängt ihr von den Knochen wie ein zu großer Pullover. Nackt, die Haare zerzaust, die Augen gebrochen.

Tränen tropfen von meinem Kinn, fallen dumpf auf den Boden und zerspringen dort in tausend blutrote Teilchen, die klirrend über das Holz rollen wie klitzekleine Glasperlen.

Bitte … geh doch weg … lass mich in Ruhe! Doch ihr Gesicht bleibt wächsern, ausdruckslos. Sie legt den Kopf schief, wie ein neugieriges Kind. »Glaubst du, du kannst ihnen entkommen?«, flüstert sie. Ihre Stimme, einem Windhauch gleich und hundertfach von den Wänden der Kiste zurückgeworfen, brennt sich in meinen Kopf. »Vertrauen … vertrauen … vertrauen … vertrauen …« Das Echo dröhnt in meinen Eingeweiden und es hört nicht auf. Sie streckt ihre knochigen Finger nach mir aus, greift nach meiner Brust, und ich presse mich wimmernd an die Wand, weg von ihr, obwohl ich genau weiß: Weit werde ich nicht kommen.

∞

Starke Hände zerren mich aus meinem Gefängnis. Wärme durchströmt meinen Körper und ich rieche Wind und Meer und Wald.

Lucas.

Ich vergrabe mein Gesicht an seiner Schulter, klammere mich an ihm fest.

»Schh.« Sanft wiegt er mich in seinen Armen. »Ist ja gut. Du hast nur schlecht geträumt.« Mit dem Licht der kleinen Lampe dringt auch die Realität zurück in mein Bewusstsein. Ein Traum, ja. Es war wieder nur ein Traum.

Erleichtert schließe ich die Augen und genieße es einen Moment lang, von diesem heuchlerischen Mistkerl gehalten zu werden. In seinen Augen vertreibt das eisige Blau der Iriden die letzten Fetzen der Dunkelheit.

»Wo hast du Tom gelassen?«

Ich wische mit dem Saum meines T-Shirts über mein verheultes Gesicht und ziehe lautstark die Nase hoch. »Helena hat ihn fortgeschickt. Das ist wohl ihr gutes Recht, immerhin ist sie deine Vorgesetzte. Oh, ach ja, und deine Frau.«

Es ist eine Genugtuung, den Schreck in seinen Augen zu sehen. Und gleichzeitig tut es so weh, denn damit ist eines klar: Es ist die Wahrheit. Er öffnet den Mund und schließt ihn wieder, zu überrumpelt, um etwas erwidern zu können. Das triumphierende Gefühl in meiner Brust verfliegt schneller als ein übler Geruch im Wind. »Du hattest gar nicht vor, es mir zu beichten, oder?«

Er schüttelt den Kopf und steht auf, die Augenbrauen verwirrt zusammengezogen. »Beichten? Was soll ich dir denn …« Genervt rollt er mit den Augen. »Was hat sie dir erzählt?«

»Gar nichts hat sie mir erzählt.« Meine Blicke schießen glühende Pfeile auf ihn ab. »Tom war das.«

»Soso.« Er presst seine Lippen zusammen. »Hat Tom zufällig auch erwähnt, dass wir uns getrennt haben?«

Ich stoße ein freudloses Lachen aus. »Habt ihr das? Das sah aber vor ein paar Tagen noch ganz anders aus!«

»Und warum bist du dann mit mir ins Bett gegangen, wenn es so eindeutig aussah?«, fragt er scharf.

»Ich … weil …« Ich schnappe nach Luft. »Du Scheißkerl!« Das Blut rauscht in meinen Ohren. Ich bin schwerelos inmitten eines tosenden Sturms, der um mich herum brüllt und wütet.

Zorn steigt in seine Augen, dunkel und glitzernd, wie schwarzes Öl. Seine Brust hebt und senkt sich schnell. »Das macht keinen Sinn, Mella.« Mit einem verächtlichen Schnauben wendet er sich von mir ab und marschiert im Zimmer hin und her, aber ich bin noch lange nicht fertig.

»Du hast mich benutzt, oder? Du hast dir mein Vertrauen erschlichen, Mitleid geheuchelt mit deiner ach-so-traurigen Lebensgeschichte – und das alles nur für einen Fick?«

Abrupt bleibt er stehen und starrt mich an. »Was fällt dir ein?«

Ich schüttele den Kopf und öffne den Mund, um etwas zu erwidern, da schießt er auf das Bett zu und schlägt mit beiden Händen links und rechts neben mir auf die Matratze.

»Bist du jetzt fertig, ja?« Seine Augen sprühen vor Zorn, doch ich kann sehen, wie er allmählich verraucht. »Ich habe nichts mit dieser Frau und ich will auch nichts von ihr. Sie ist kaltblütig und gefährlich, niemand, den man lieben kann.«

Ich funkle ihn an, verschränke die Arme vor der Brust. »Ach, aber ich bin jemand, den man lieben kann, was?«

»Ja, verdammt!« Schwer atmend starrt er mich an und mein Groll verraucht wie Qualm in einem Wirbelsturm. Plötzlich wird es still um uns herum, ganz still. Kurz schließt er die Augen, schüttelt leise den Kopf. »Ja, verdammt.«

Mit einem genervten Stöhnen lässt er sich neben mir auf die Bettkante sinken. »Ja, Helena ist meine Frau«, sagt er leise. »Aber ich habe mich von ihr getrennt, und das schon vor Jahrzehnten.«

»Du hast sie verlassen?«

Er nickt abwesend. »Und jetzt sag bitte nicht, eine Frau wie sie verlässt man nicht.« Freudlos lacht er auf. »Du kannst von mir halten, was du willst, Liebes, aber ich gehöre nicht zu den Männern, die nur mit dem Schwanz denken. Und ich hatte nie so eine Frau wie die Helena, die du kennengelernt hast.«

Wie …? Was soll das bedeuten? Er hat doch eben gesagt, dass sie seine Frau … und jetzt … Mein Kopf explodiert gleich.

Er sieht mich nicht an. »Ich traf sie in einer Kirche. Die Verzierungen auf den Rückseiten der Bänke waren mehr als marode und mein Job war es, die Holzarbeiten auszubessern. Wir sahen uns immer häufiger. Ich arbeitete, und sie saß in der zweiten Reihe und betete. Tag für Tag. Wochenlang hatte sie nur schüchtern zu Boden geblickt, wenn ich sie begrüßte, und schließlich habe ich sie zum Essen eingeladen.«

Das klingt tatsächlich nicht nach der Helena, die ich kenne.

»Sie war meine Traumfrau, so ehrlich und mitfühlend, aber sie konnte mich zum Lachen bringen wie keine andere. Ich glaube, zum ersten Mal in meinem Leben fühlte ich mich vollständig und geliebt.« Er macht eine kleine Pause und lächelt bei der Erinnerung.

Mein Herz krampft sich zusammen. Verräterisches Miststück.

»Wir haben geheiratet, doch aus all unseren Plänen wurde nichts. Eines Nachts überfiel uns eine Gruppe Blutsüchtige in unserem Schlafzimmer. Sie töteten uns, und einer von ihnen sorgte dafür, dass wir uns verwandelten. Und so wurden wir das, was wir heute sind. Als Ehepaar.« Er atmet tief durch und verzieht das Gesicht.

»Wenigstens wart ihr zusammen, Lucas.« Am liebsten würde ich seine Hand nehmen, so niedergeschlagen sieht er aus. »Aber wenn ihr so glücklich wart, was ist denn nur mit euch passiert?«

Immer noch starrt er vor sich hin. »Ich habe sie monatelang nicht zu Gesicht bekommen, und als sie mich endlich zu ihr ließen, habe ich die Frau, die ich in diesem Zimmer vorfand, nicht mehr wiedererkannt. Diese Blutsüchtige hatte nichts mit ihr gemein. Sie sieht ihr nicht einmal mehr ähnlich.« Endlich blickt er auf. »Die Helena von heute ist vollkommen verändert. Sie ist kalt und unberechenbar. Lass dich nicht von ihrer Fassade blenden, Mella. Sie mag sich wie eine Freundin verhalten, aber sie kümmert sich um nichts als um ihre eigenen Bedürfnisse und Interessen. Typisch Blutsucht.«

Verdammt, das alles hat er sich nicht mal eben so aus den Fingern gesogen. Es klingt, als wäre es die Wahrheit. »Ich will nur eins wissen: Spielst du ein Spiel mit mir, Lucas?«, frage ich leise.

Er schüttelt den Kopf. »Nein, Liebes, das würde ich nie tun. Wir sind seit über vierzig Jahren nicht mehr zusammen.« Ernst sieht er mich an. »Ich habe mich Helena für ein Leben versprochen und nicht für die Ewigkeit. Als wir noch Menschen waren. Aber ich bin kein Mensch mehr, und Helena ist nicht die Frau, die ich geheiratet habe.«

»Da hast du dir ja einen schönen Notausgang gebastelt.« Ich verflechte meine Finger mit seinen. »Also habe ich eine verbotene Affäre mit einem verheirateten Untoten, der mich bewachen und einsperren muss, damit ich niemanden umbringe – ihn eingeschlossen?«

Lucas lacht leise. »Ja, so ungefähr. Es wäre wirklich nett von dir, wenn du darauf verzichten könntest, mich umzubringen.« Liebevoll sieht er mich an und streicht mir eine Haarsträhne hinter das Ohr.

Ich ziehe die Augenbrauen zusammen, schüttele den Kopf. »Warum hast du es mir nicht einfach erzählt?«

»In erster Linie, weil ich überhaupt nicht vorhatte, etwas mit dir anzufangen.« Er zieht entschuldigend die Schultern hoch. »Was hättest du denn getan, wenn ich es dir vorher erzählt hätte?«

Ich verziehe das Gesicht. »Ich hätte vermutlich nichts mit dir angefangen.«

Er seufzt theatralisch. »Na wunderbar.«

∞

Ich erwache in seinem Arm und kuschele mich an seinen Körper. Mmmh. Weiche, warme Haut. »Wieso bist du schon wach?«

»Ich muss dich etwas fragen.« Er lässt seinen Blick aus dem Fenster schweifen, seine Stirn gedankenumwölkt.

»Und was?« Ich drücke ihn an mich und schließe die Augen.

»Hast du gestern mit Tom über uns gesprochen? Oder sogar mit Helena?«

Ich grinse verschmitzt. »Vielleicht.« Mit dem Zeigefinger male ich kleine, unsichtbare Kreise in seine Brusthaare.

Er packt meine Hand am Handgelenk und zwingt mich aufzuhören. Seine Augen bohren sich in meine. »Bitte, Mella. Das ist kein Spiel!«

Mein Herz schlägt mir bis zum Hals. »Nein! Nein, natürlich nicht. Was ist denn nur los?«

Sichtlich erleichtert lässt er meinen Arm los. »Entschuldige.« Er drückt seine Lippen auf mein Haar. Vorbei ist es mit einem kuscheligen Morgen im Bett.

Der Schreck sitzt mir in allen Knochen, und ich glaube, ich habe das Problem noch nicht verstanden. Gut, unsere Beziehung ist offenbar nicht gern gesehen, aber das gerade eben …

»Hast du Angst, Lucas?« Seine Augen sind erschreckend abwesend, fast ausdruckslos. Er nickt kaum merklich und mir wird kalt, obwohl ich in seinen Armen liege. »Was würden sie mit uns machen?«

»Sie würden uns vernichten.« Seine Stimme ist ganz leise.

Ich fahre hoch. »Ich … was? Wie – vernichten? Sie würden uns umbringen? Weil wir miteinander schlafen?«

»Ja.«

»Aber …« Mein Gerechtigkeitssinn kommt nicht mehr mit. »Ist das nicht etwas übertrieben? Wo sind wir denn hier? In einer doppelmoralisch-prüden Vampir-Sekte?«

Er zuckt mit den Schultern. »Diese Beziehungen sind eine Gefahr für die gesamte Sippe, deshalb sind sie verboten.«

Heftig schüttele ich meinen Kopf. »Meinst du das ernst, Lucas? Oder ist das nur …« Ich suche den Schalk in seinen Augen, etwas, das mir verrät, dass er nur einen Witz macht. Ich finde nichts. »Aber … wir sind doch unsterblich.«

»Unsterblich ja, aber nicht untötbar. Das ist ein großer Unterschied.«

Ein eiskalter Schauer rieselt durch meinen Körper. »Aber ich habe doch gesehen, wie schnell deine Wunden heilen!«

Er beißt sich auf die Unterlippe. »Das war nur eine Fleischwunde. Auch wenn sich unsere Haut regeneriert – lebenswichtige Organe können das nicht. Ein sauberer Stich durch das Herz«, er berührt sanft die Stelle über meiner Brust, »in die Leber …« Er legt seine Hand an meine Seite und spricht nicht mehr weiter.

Meine Nackenhaare stellen sich auf. »Du hast es schon mal gesehen, oder? Wie jemand vernichtet wurde?«

»Das könnte man so sagen.« Seine Augen, diese wundervollen, sinnlichen Augen, sind kalt und völlig emotionslos.

»Wie?«

Er wendet seinen Blick nicht von mir. »Es gibt viele verschiedene Wege, aber die sauberste Lösung ist die Enthauptung«, sagt er leichthin, als ob er Werbung dafür macht.

Ich ziehe scharf Luft ein. »Tut es weh?«

»Ich glaube, die letzten Minuten sind die Hölle. Es ist die Gewissheit, dass es bald zu Ende geht. Aber das Ende selbst … ich denke, nein, es tut nicht weh. Wir lösen uns auf, werden zu einer Handvoll Staubkrümel, verwehen mit dem Wind und verschwinden. Als hätten wir nie existiert.«

Meine Kehle schnürt sich zusammen. »Das klingt schon fast romantisch.«

»Alle Kulturen und Religionen romantisieren den Tod. Da sind wir nicht anders.« Er atmet einmal tief durch. »Was für ein bescheuertes Thema an einem so schönen Morgen.« Er beugt sich ein Stückchen vor und küsst mich so zärtlich, dass in mir Schmetterlinge aus ihren Kokons platzen und zart herumflattern.

Doch das schale Gefühl bleibt.

Er ist so liebevoll, aber das eben in seinem Blick, seine Worte … »Du hast es getan, nicht wahr?« Mein Mund ist staubtrocken. »Den ausgelöscht, der mein Leben genommen hat?«

»Ja«, sagt er nur. Er entschuldigt sich nicht, er erfindet keine dummen Ausreden.

Scheiße. Es war mir ja klar, aber es aus seinem Mund zu hören … Zu wissen, dass er dazu fähig ist … Ich wende mich ab, aber es ist zu spät. Er hat die Angst in meinen Augen schon gesehen. »Ach Mella.« Lucas zieht mich einfach nur an sich. Er hält mich ganz zart, wie einen verletzten Vogel.

Wo bin ich hier nur hineingeraten? Mein normales Leben, Arbeit, Kollegen, Freunde, die Aussicht, irgendwann vielleicht doch noch eine Familie zu gründen – weg.

Meine Mutter – tot.

Ich übrigens auch. Und irgendwie doch nicht. Vielleicht bin ich wahnsinnig gefährlich, vielleicht auch nicht. Auf jeden Fall bin ich isoliert, bis wir es endlich wissen. Und zur Krönung habe ich mich verbotenerweise in meinen atemberaubenden, sexy Schutzengel verknallt, der ganz nebenbei auch noch ein Killer ist.

»Wie kannst du das nur tun?«

»Auch das ist mein Job.«

Ich reiße die Augen auf. »Dein Job?«

»Wir sind keine Mörder, Mella. Wir vernichten niemanden, wenn es nicht sein muss.«

»Aber ihr tut es. Wo ist da der Unterschied?«

Er zögert. »Nur, wenn wir keinen anderen Weg sehen. Wir führen Befehle aus. Aber es ist nicht so, dass ich es genieße. Ganz im Gegenteil.«

»Du machst es dir ziemlich einfach, findest du nicht? Wir führen Befehle aus.« Ich schnaube und schüttele den Kopf. »Hast du dich nie gefragt, ob das der richtige Weg ist?«

»Wir haben unsere Regeln, Mella. Und ein Regelverstoß muss eben geahndet werden.«

»Aha«, sage ich und deute stumm auf unsere nackten Körper, ineinander verschlungen unter meiner Daunendecke.

Er schweigt, eine Spur Verunsicherung im Blick.

Ich schüttele leise den Kopf. »Du hättest auch andere Frauen haben können. Frauen, mit denen du deinen Spaß haben kannst, ohne mit deiner Existenz zu spielen.«

»Ich hatte andere.«

Überrascht ziehe ich die Augenbrauen hoch. Ich dachte, er … hat er nicht gesagt …?

Er fährt mir mit dem Daumen über die Lippen. »Sex ist ein gutes Mittel, um sich abzulenken.«

Ich versuche erneut, den Kloß in meiner Kehle herunterzuschlucken. Lieber Himmel, ich bin eifersüchtig! »Du hast dich mit Sex abgelenkt?«

Er zuckt mit den Schultern. »Von der Einsamkeit, von dem, was ich hinter mir habe, was mich immer wieder einholt. Von dir.«

Mir steht der Mund offen. »Von mir? Du hattest Sex, um dich von mir abzulenken?«

Er nickt.

Ich nicke ebenfalls und versuche, meine Gesichtszüge unter Kontrolle zu behalten.

Natürlich bemerkt er es. »Du weißt doch selbst, wie ich auf deine Nähe reagiert habe, Nacht für Nacht. Und glaub mir, ich bin morgens nicht liegen geblieben, weil es gerade so gemütlich war.«

Ich lächle nicht und beiße mir lieber auf die Innenseite der Wange.

»Zuerst dachte ich, es sei einfach nur Lust auf Sex.« Er macht eine kurze Pause, berührt mein Gesicht. »Aber das war nicht das, was ich wollte. Ich habe nur dich vor mir gesehen, jedes Mal, wie du dich unter mir windest, deine wunderschönen Augen geschlossen und die Wangen gerötet, deine Lippen leicht geöffnet. Ich habe mich immerzu gefragt, wie deine Haut schmeckt, deine Küsse, wie es sich anfühlt, wenn du mich berührst und mich danach gesehnt, dich meinen Namen stöhnen zu hören.«

Ich starre ihn an, und er seufzt leise. »Ich wollte nicht nur meine Lust stillen, Mella. Ich wollte dich, das musste ich mir irgendwann eingestehen.«

Mein Herz setzt einen Schlag aus und Wärme durchströmt meinen gesamten Körper. Das klingt so wundervoll. Ich schmiege mich an ihn und er hält mich ganz fest, drückt mir einen langen Kuss aufs Haar. »Ich weiß nicht, was mich zu dir zieht, aber das hatte ich noch nie. Es ist so anders … ich will mich nicht ablenken, sondern alles erleben, in mich aufsaugen, mich ganz auf dich konzentrieren. Auf uns.« Er lächelt wehmütig. »Allerdings kann ich nicht sagen, dass ich unsere Situation als unbeschwerten Spaß empfinde.«

»Deswegen hast du mich zurückgewiesen, oder? Wir sollten es wirklich besser lassen.« Ich klinge so erwachsen, entschlossen und vernünftig, völlig anders, als ich mich fühle.

»Wollen wir das denn?« Verunsichert sieht er mich an. »Können wir das?«

Ich streiche mit meinen Fingern durch sein Haar. »Nein.«

Er schüttelt leicht den Kopf. »Nein. Und ich gestehe, das beunruhigt mich am allermeisten.« Er beugt sich zu mir und küsst mich lange und sanft. »Ich kann dich nicht verlieren, Mella. Wir müssen eben vorsichtig sein.« Geräuschvoll ächzt er und setzt sich auf. »So gern ich auch hier liegenbleiben und noch einmal schnell die Regeln brechen würde … Die Briefe. Vielleicht finden wir ja darin etwas, das uns weiterbringt.« Er steht auf. »Aber jetzt gehe ich erstmal unter die Dusche.«

Draußen in der realen Welt treibt der Wind weiße Wattewölkchen über einen knallblauen Himmel. Die Wärme der Sonne kribbelt auf meiner Haut, Blütenpollen tanzen in der Luft.

Es könnte alles so schön sein. Wenn wir nicht sterben würden, falls irgendjemand von unserer Beziehung erfährt.

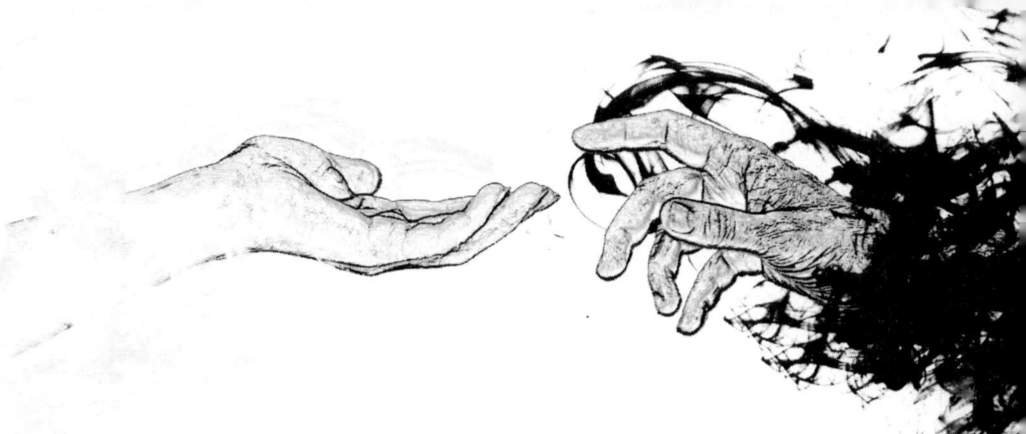

17.

Das Moos gibt federnd unter unseren Schritten nach. Einen züchtigen Abstand von einem halben Meter zwischen uns, spazieren wir über die Lichtung.

Die Sonne wirft breite, goldene Strahlen durch die Baumspitzen auf den tiefgrünen Boden und der Wind duftet nach Frühling. Insekten schwirren emsig umher, immer auf der Suche nach einer der spärlichen Blüten, die durch das Moosbett brechen.

Ab und zu wird das Brummen der Insekten durch das Tosen der Brandung tief unter uns übertönt. Glitzernd wie unzählige Diamanten schlagen die Wellen gegen die Klippen. Die warme Sonne flutet mich geradezu mit Energie. Ich kann gar nicht genug davon bekommen.

Der Küstenwind spielt mit seinen Locken. Sie glänzen im Sonnenlicht wie Bänder aus schwarzer Seide. »Ich würde dir jetzt viel lieber deine Haare verwuscheln.«

Er lächelt zwar, blickt aber zu Boden. »Überall, wo ich hingehen kann, könnten auch andere Schattenwandler sein. Vergiss das nie.« Er seufzt leise. »Bei dem ganzen Irrsinn um uns herum kann ich mir gut vorstellen, dass wir überwacht werden.«

»Spürst du nicht, ob da jemand im Schatten lauert?«

»Du merkst doch auch nicht, wenn dich jemand beobachtet.« Lucas lässt sich ins warme Moos sinken und ich tue es ihm gleich. »Schattenwandler können in ihrer eigenen Dunkelheit nicht aufgespürt werden. In meinem

Schatten bin ich völlig isoliert. Niemand kann mich erreichen und niemand kann mich verletzen.«

Irritiert ziehe ich die Augenbrauen zusammen. »Aber du kannst mich mit hindurch nehmen.«

»Mein Talent ist ungewöhnlich ausgeprägt. Das können nur wenige von uns, und ich ziehe es vor, dass es nicht viele wissen.« Vielsagend hebt er die Augenbrauen.

»Du bist also wirklich verschwunden, wenn du in den Schatten bist? Niemand kann dich hören?«

Er lächelt. »Hast du mich etwa gehört?«

Ich ziehe die Augenbrauen hoch. »Wie – ob ich dich gehört habe?«

»Sagen wir mal so: Du warst nicht eine Nacht wirklich allein.«

Ein warmes Gefühl breitet sich in mir aus. Er hat mich beschützt, die ganze Zeit über. »Und wenn ich dir in den Schatten die Zunge herausstrecke? Kann das auch keiner sehen?«

Seine Augen blitzen im Sonnenlicht. »Ich kann es sehen.« Er grinst.

Erneut kämpfe ich gegen die Versuchung, einfach meine Hand nach ihm auszustrecken und ihn zu berühren. »Du kannst im Dunklen sehen?«

»Sonst wüsste ich ja nicht, wohin ich gehen muss. Angenehmer Nebeneffekt, wenn man ein Schattenwandler ist.«

Ich senke meine Stimme. »Und wenn ich dich in den Schatten küsse?« Unsere Blicke schweifen gleichzeitig hinüber zur Felsspalte.

»Das könnte ich auch sehen.« Er muss lachen. »Aber nein, das würde niemand mitbekommen.« Er steht auf und hält mir seine Hand hin. »Komm.«

Ich lasse mich von ihm hochziehen. Die Hände tief in den Taschen unserer Jeans vergraben, schlendern wir nebeneinander zur Felsspalte und gehen in die Höhle. Das Letzte, was ich von ihm sehe, sind seine blauen Augen, durchzogen von den schwarzen Wirbeln. Und das Erste, was ich in der absoluten Finsternis spüre, sind seine Lippen auf meinen.

∞

Das ist also alles, was wir haben, ein kümmerlicher Haufen Papier vor uns im Moos. Zwei Fotos von mir, eines von ihm mit einer geheimniskrämerischen Aufschrift auf der Rückseite und der Stapel Briefe, den Lucas, sagen wir mal, ausgeliehen hat.

»Deine Fotos sind völlig identisch.« Lucas lässt mein Foto auf den goldenen Rahmen fallen und legt sein Bild daneben, schüttelt den Kopf. »Ich habe immer noch keinen Schimmer, was das alles zu bedeuten hat.« Missmutig presst er seine Lippen zusammen.

Ich drehe sein Foto herum. »Dunkelkind, hm. Schattenwandler klingt irgendwie besser, oder?«

Er zuckt mit den Schultern. »Keine Ahnung, wann und warum das jemand notiert hat.«

Ich betrachte seine Pausbäckchen und die großen hellen Augen auf dem Schwarzweißfoto. »Was für ein niedliches Kerlchen du warst. Du hättest bestimmt süße Kinder gehabt.«

Er seufzt und räumt die Fotos zurück in den braunen Umschlag. »Gut, dass es dazu nicht gekommen ist. Was hätte aus ihnen werden sollen, mit Umbracoren als Eltern?«

»Wolltet ihr Kinder?« Ich angele mir den Packen Briefe und reiche ihn hinüber. Kurz berühren sich unsere Finger und wir sehen uns an.

»Wir haben es eine Weile versucht.« Er zieht an der Satinschleife und die Briefe purzeln ins Moos. »Aber das hatte sich nach unserer Wandlung auf mehrfache Weise erledigt, nicht wahr?« Sein Lächeln ist entspannt und unbekümmert.

»Und du konntest dich wirklich so einfach von einem Lebenstraum zu trennen?« Ich betrachte ihn misstrauisch. »Oder ist das wieder nur eine Fassade?« Er nimmt einen der Briefe hoch, liest den Absender und stutzt. »Vielleicht ein bisschen von beidem. Ich hätte gern eine Familie gehabt, aber heute bin ich froh, dass wir nicht noch Kinder mit in diesen Schlamassel hineingezogen haben.« Er dreht einen weiteren Brief um, beißt sich kurz auf die Unterlippe. »Und ändern kann ich es sowieso nicht mehr«, murmelt er abwesend. Er zieht die Augenbrauen zusammen und betrachtet die Rückseiten von drei anderen Kuverts. Etwas an seinem Verhalten lässt mein Herz in einer dunklen Vorahnung schneller schlagen. »Mella, die Briefe sind ausnahmslos von einer Person namens E. DeJong geschrieben worden.«

»Im Ernst? DeJong, wie der Name der Heimleiterin?« Ich schnappe mir ein paar Briefe und blättere sie durch. Enttäuscht lasse ich die Hände sinken. »Tatsächlich. Wie blöd. Ich dachte, das wären Urlaubsgrüße oder Liebesbriefe, irgendetwas Privates und nicht nur Anschreiben des Pflegeheims.«

Lucas lehnt sich mit einem der Briefe in den Händen näher zu mir. Sein

Duft weht mir in die Nase und bringt mein Herz zum Klopfen. »Sieh dir das an.« Er tippt auf die Briefmarke. »Der Poststempel. In dem Jahr bin ich gestorben.«

Ich kneife die Augen zusammen und schnappe nach Luft. Juni 1974? Sie kannte diese Frau schon 1974? »Sie muss damals noch ein Teenager gewesen sein«, murmele ich und sehe ihn ratlos an. Der Ausdruck in seinen Augen gefällt mir nicht.

»Das kommt noch hinzu.« Er nimmt eine Handvoll Briefe und begutachtet bei jedem den Poststempel. »Kalifornien, Monaco, Mallorca, Südafrika … Für einen Teenie ist die aber ganz schön weit herumgekommen.«

»Was hat meine Mutter mit einer Jugendlichen zu schaffen? Sie war zu diesem Zeitpunkt fast vierzig!« Ich pfeffere die Briefe zurück auf den Stapel. »Und warum hat diese Frau nie erwähnt, dass sie meine Mutter von früher kannte?«

»Vielleicht waren ihre Eltern mit Resa befreundet. Die Antworten werden in den Briefen stehen, Liebes.«

Ich knete meine Hände. »Ich weiß nicht. Das ist doch ein Einbruch in ihre Privatsphäre. Vielleicht ist das auch einfach nur ein dummer Zufall.« Andererseits … warum hätte sie Briefe aufbewahren sollen, die ihr unwichtig waren?

»Deine Mutter lebt nicht mehr, Mella. Du wirst sie damit nicht verletzen.«

Das stimmt. Ich atme tief durch und ziehe einen der Briefe aus seinem Kuvert. Es ist nur eine Seite, dreifach gefaltet wie ein Behördenschreiben und mit einer kleinen, geschwungenen Handschrift gefüllt.

Geliebte Resa,
ich wünschte, du wärst hier.
Leider waren wir nicht so erfolgreich, wie wir uns erhofft hatten. Wir haben sie zwar erwischt, aber sie sind uns entkommen und haben meinen Bruder mitgenommen. Du hättest ihn vermutlich nicht wiedererkannt, er ist echt groß geworden!
Wieder einer weniger – es wird immer wahrscheinlicher, dass wir den Ausweichplan nutzen müssen, auch wenn ich weiß, welches Opfer das für dich bedeutet. Ich fände es auch schrecklich, aber ich verspreche: Ich werde dich damit nicht allein lassen und es wird nichts zwischen uns ändern.
In Liebe,
Edi

»Äh.« Lucas zieht die Stirn in Falten. »Ergibt das irgendeinen Sinn für dich?«

»Überhaupt nicht. Aber findest du diesen Brief nicht auch seltsam, Lucas? Sie schreibt von einem Opfer, das gebracht werden muss.«

Er liest die Zeilen zum zweiten Mal und wirft einen Blick auf den Umschlag. »Das ist kein Urlaubsgruß aus Südfrankreich.«

Ich greife mir einen Stapel und blättere ihn kurz durch. »Anfang der Siebziger bis Anfang der Achtziger«, stelle ich fest, teile den Packen in zwei Hälften und halte ihm eine hin. »Hier. Ich übernehme den Rest.«

Keiner der Briefe hat einen richtigen Inhalt. Diese Edi erzählt eigentlich gar nichts. Ab und zu ist von *der Kleinen* die Rede. Ob ich das bin?

Lucas liest stumm vor sich hin und lässt die Briefe schließlich sinken. Etwas in seinem Blick macht mich zappelig. »Was hast du gefunden?«

Er faltet das Stück Papier in seinen Händen zusammen und steckt es sorgfältig zurück in den Umschlag. »Mella, das mit den Urlaubsgrüßen und Liebesbriefen …« Er verzieht das Gesicht. »Es ist mir unangenehm, sie zu lesen.«

Erstaunt sehe ich ihn an. »Wieso?«

»Weil es Liebesbriefe sind, Mella.«

»Aber die sind doch von einer Frau!«

Lucas nickt. »Ja, genau.«

Oh. Oh! Ach so! Ich betrachte den Brief in meinen Händen, lese noch einmal ein paar Zeilen. »Du meinst, sie waren ein Liebespaar?«

»Du hattest keine Ahnung?«

»Nein, aber das erklärt so einiges.« Das tut es wirklich. Solange ich mich erinnern kann, hatte meine Mutter keine Beziehung. Jedenfalls gab es nie einen Mann, in all den Jahren nicht.

»Eins ist allerdings klar.« Lucas sammelt seine Briefe ein und legt sie zurück zu den anderen. »Das hier hat keine Fünfzehnjährige geschrieben. Und das lässt nur einen Schluss zu: Diese Frau ist eine von uns. Eine Umbracorin.«

»Das würde erklären, warum Resa von unserer Existenz wusste. Nur warum hatte sie dann mich?«

Lucas kaut auf seiner Unterlippe, nimmt den obersten Umschlag vom Stapel und hält ihn mir hin, ohne mich anzusehen. »Den hier solltest du lesen, da -«

»Sag es mir!«

Endlich blickt er mir in die Augen. Ernst. Mitfühlend. Und unsicher. »Du warst so etwas wie ein geplantes Kind, Mella. Sie hat dich nur geboren, weil sie dich gebraucht haben.«

Ich starre auf den Haufen Briefe, Liebesbriefe, Intrigen. Mein Kopf ist leicht und leer. Unser Verhältnis war nie besonders innig, aber ich habe sie geliebt, natürlich. Sie war meine Mutter. Aber was war mit ihr? »Wofür haben sie mich gebraucht?«

»Das steht hier nicht.« Seine Stimme ist ganz sanft. Ich spüre ihn warm in meinem Rücken.

»Gib das her!« Ich reiße ihm den Umschlag aus der Hand und zerre den Brief heraus. Und endlich lese ich es schwarz auf weiß.

Wir brauchen mehr Leute, Resa. Ich weiß, dass du es nicht willst, aber soll ich es etwa tun? Jeder muss Opfer bringen, und deines ist eben, dieses Kind zu bekommen.

Die Zeilen drehen sich vor meinen Augen. Ich lasse das Blatt Papier fallen. »Ich bin ein Instrument.« Ich stöhne und reibe mir die Stirn, damit die Welt endlich aufhört zu rotieren. »Das darf doch alles nicht wahr sein.«

Die untergehende Sonne taucht die Spitzen der Tannen in Gold. Ich sehne mich nach meinem Bett. Schlafen, nicht denken. Lucas schiebt die Briefe zurück in seine Innentasche. »Wir müssen mit dieser Frau reden. Ich will wissen, was sie weiß.« Er streckt mir beide Hände entgegen und zieht mich auf die Füße.

∞

Meine Augen gewöhnen sich nur langsam an die Dunkelheit. Wir stehen in einer engen Gasse, im Schatten der Laternen auf der Hauptstraße. Ein schwacher Geruch nach Urin dringt mir in die Nase, und ich will gar nicht wissen, was das für eine Pfütze ist, in der wir stehen.

Lucas gibt mich aus seiner Umklammerung frei. »Sie wird ein paar Antworten für mich haben.« Er greift nach meiner Hand und zieht mich hinter sich her. Hinter der nächsten Straßenecke taucht die blassgrüne Fassade des Pflegeheims auf. Er bleibt stehen. »Verflucht, ich hätte dich vorher nach Hause bringen sollen!«

Ich schnaube. »Vergiss es. Ich weiche nicht von deiner Seite.«

»Dort wärst du sicher.«

»Allein und wehrlos in meinem Zimmer?«

Er zuckt mit den Schultern. »Ich lege einen Schatten über dich.«

»Aha«, sage ich. »Und hilft das auch gegen diejenigen, die einfach durch die Tür hereinspazieren?«

Er seufzt. »Gut, bringen wir es hinter uns. Aber du tust, was ich dir sage, okay? Es könnte gefährlich werden.«

Ich strecke die Hand aus. »Gib mir dein Messer.«

»Warum?«

»Damit ich mich verteidigen kann.«

Er zieht die Stirn in Falten. »Weißt du, wie man damit umgeht?«

»Das kann doch nicht so schwer sein!«

»Dann nicht.« Er wendet sich zum Gehen und zieht mich hinter sich her.

Ich bleibe stehen wie angewurzelt. »Dir ist es lieber, wenn ich wehrlos bin?«

»Lieber, als dass du dich selbst ans Messer lieferst. Ich passe schon auf dich auf.« Er greift wieder nach meiner Hand, doch ich schüttele sie ab.

»Gib mir das Messer!«

Er stöhnt genervt. »Liebes, ich bin nicht in der Stimmung mit dir zu streiten. Du tust das, was ich dir sage, ist das klar?«

»Ich will mich nicht streiten. Ich will das Messer.« Ich strecke ihm die flache Hand hin. »Und deinen Chef-Tonfall kannst du dir sparen.«

Sein Gesichtsausdruck wird eine Spur weicher. »Ich werde dir keine Waffe geben, solange du damit nicht umgehen kannst, Liebes. Wir wollen es den Angreifern ja nicht zu leicht machen, oder?« Er legt seine Hand in meine, und mit einem Seufzen schließe ich meine Finger darum. »Du kannst mir glauben, ich habe kein größeres Interesse als deine Sicherheit.«

Das klingt herzerweichend, doch da ist etwas in seinem Lächeln. Es ist echt … und traurig. »Halte dich hinter mir. Und wenn ich sage, dass du abhauen sollst, dann rennst du wie der Teufel.«

Wir überqueren die Straße und gehen über den kleinen Parkplatz zum Pflegeheim. Mit einem Zischen gewähren uns die Schiebetüren Einlass – ganz im Gegensatz zu der Nachtschwester, die hinter ihrem Tresen hochschießt wie eine Bombe. Irgendwo läuft ein Fernseher. »Die Besuchszeit ist zu Ende!«

Lucas marschiert ungerührt weiter, beachtet sie überhaupt nicht. Ich haste hinter ihm her, und die Schwester tut es mir gleich.

»Hey! Was soll das?« Das Quietschen ihrer Schuhsohlen kommt näher, doch ich habe schon Schwierigkeiten, mit Lucas Schritt zu halten.

Sie wird uns nicht einholen. Vor der vorletzten Tür halten wir an.

»Was fällt Ihnen ein?« Die Nachtschwester ist schon bis auf drei Meter an uns herangekommen, bald ist sie da.

Wir sollten schnell … Moment mal. Was ist das?

»Lucas!« Ich ziehe seine Hand von der Türklinke fort. »Das Türschild! Da steht ein anderer Name!«

Sein Blick hetzt auf die Metallplakette. Er erstarrt.

»So eine Unverschämtheit!« Die Nachtschwester baut sich vor uns auf. »Ich werde die Polizei rufen!«

»Wo ist die Heimleitung?« Da ist er wieder, sein Chef-Tonfall, aber anders als bei mir verfehlt er bei ihr nicht seine Wirkung.

»Haben Sie mal auf die Uhr gesehen? Er ist schon vor Stunden nach Hause gegangen.«

»Er?«, wiederhole ich. »Was ist mit der Frau passiert?«

Die Verwirrung ist der Nachtschwester auf die Stirn geschrieben, doch schließlich lichtet sich ihre Miene. »Frau DeJong? Die arbeitet nicht mehr hier.«

»So plötzlich?«

»Na ja, ganz so überraschend war es nicht. Sie hatte bereits vor Monaten gekündigt. Ihr Nachfolger wird Ihnen sicher gern weiterhelfen – wenn Sie ihn zu einer humanen Zeit aufsuchen.«

Sie hat vor Monaten gekündigt, und zufällig zu genau dem Zeitpunkt, an dem meine Mutter starb?

»Danke für Ihre Hilfe, das wussten wir nicht.« Lucas schenkt ihr ein strahlendes Lächeln und die Frau entspannt sich sichtlich. »Entschuldigen Sie die Umstände. Ich werde morgen früh direkt anrufen und einen Termin vereinbaren.«

Sie erwidert sein Lächeln. »Das wäre die beste Lösung. Kommen Sie. Ich begleite Sie zum Ausgang.«

Lucas hakt sich bei mir unter, und nebeneinander folgen wir der Schwester zurück ins Foyer. »Noch eine Bitte: Dürften wir Ihre Toilette benutzen, bevor wir uns auf den Heimweg machen?« Sein Lächeln lullt die Frau sichtlich ein.

»Aber natürlich. Direkt gegenüber, links vom Getränkeautomaten.«

»Danke. Das ist sehr freundlich.« Lucas schiebt mich durch die Tür und schließt sie hinter sich.

»Es stinkt.« Ich rümpfe die Nase. »Was willst du auf dem Klo?«

»Schh«, macht er und knipst das Licht aus. »Wir müssen schnell machen!«

∞

Es ist stockfinster, und was mich angeht bleibt das auch so, denn ich kann nun einmal nicht im Dunklen sehen. »Wo sind wir denn hier?«, flüstere ich und taste blind um mich.

»Im Büro der Heimleitung«, flüstert er zurück und fummelt an meiner Hose herum. »Als wir vorgestern hier waren, stapelten sich Personalakten auf dem Schreibtisch. Da kann die Akte dieser DeJong auch nicht weit sein.« Er schiebt seine Hand zwischen meine Jeans und den Gürtel, berührt meinen Bauch.

»Was machst du da?«, wispere ich. »Meinst du, das ist jetzt der richtige Zeitpunkt?«

Ich höre sein Lächeln. »Dafür nicht. Aber ich will dich in den Schatten halten, während ich die Schränke durchwühle, und dafür brauche ich Hautkontakt.«

»Warum nimmst du nicht einfach meine Hand?«

Seine Finger schließen sich fester um den Lederriemen. »Die könntest du wegziehen, und dann wärst du irgendwo in meinen Schatten verschollen und ich finde dich nie wieder.« Er zerrt mich mit einem Ruck zu sich, so dass ich gegen ihn pralle. »Mmmh«, murmelt er und küsst mich. »Vielleicht könnte mir das doch gefallen.«

Ich verstrubbele seine Haare. »Lustmolch.«

Er lacht. »Geh einfach nicht verloren, in Ordnung?« Wieder küsst er mich, dann stehe ich erneut in dieser seltsamen Dunkelheit, mit Druck auf den Ohren und seiner Hand um meinen Gürtel.

»Wenn ich an dir ziehe, komm einfach mit.« Seine Stimme klingt so, als wäre er im Nebenzimmer und spräche durch eine geschlossene Tür. Er zupft zweimal an meinem Gürtel und gehorsam folge ich ihm. Wie ein Hund an einer Leine.

Ein dumpfes Klicken, ein Scharren, das Schieben von Hängeakten im Schrank. »Und da haben wir dich auch schon!« Das Geräusch von reißendem Papier, und dann landet die Schublade wieder im Schrank.

Seine Hände legen sich warm um meine Taille.

»Muss praktisch sein, im Dunklen sehen zu können«, sage ich nicht ohne Neid.

»Du glaubst nicht, wie sehr. Los, gehen wir, sonst bekommt diese arme Frau noch einen Nervenzusammenbruch, wenn sie die Toiletten leer vorfindet.«

∞

Wie ein steingewordenes Mahnmal für schlechte Architektur hebt sich ein gewaltiger Plattenbau von dem grauen Nachthimmel ab. Die Sterne verstecken sich hinter dichten Wolken, vermutlich, um sich dieses Elend nicht ansehen zu müssen.

Die Fenster sind mit Decken und Laken verhängt. Dabei sind Gardinen überhaupt nicht nötig - die Glasscheiben sind fast blind vor Dreck.

»Und du bist dir sicher, dass sie hier wohnt?«

Lucas schiebt beide Hände tief in die Taschen seiner Jeans. »Nein. Wenn sie wirklich eine Umbracorin ist, wohnt sie ganz bestimmt nicht hier. Und falls ich mich irre, werden wir das gleich auch wissen.« Er studiert die Briefkästen.

Neben den angerosteten Edelstahlabdeckungen gähnt eine unverputzte Backsteinwand aus der schlammigen Fassade hervor wie eine tiefe Fleischwunde. *Fuck the world*, steht in lieblosen Lettern quer über die Haustür gesprüht. Diese Einstellung kann ich ab und zu richtig gut nachvollziehen.

Mit einem protestierenden Quietschen wird die Haustür aufgerissen und ein Mann humpelt heraus. Sein brauner Mantel hat bereits mehr als einmal fettiges Essen abbekommen - oder auch andere Dinge, über die ich nicht weiter nachdenken möchte.

Lucas lächelt ihn an. »Entschuldigen Sie bitte?«

Der Alte hustet und entblößt dabei fünf dunkle Zahnstummel. »Was kann ich für dich tun, mein Junge?« Umständlich fischt er sich eine lose Zigarette aus der Jackentasche und steckt sie zwischen seine fleischigen Lippen, wo sie wie ein skelettierter Finger anklagend in die Welt deutet.

Lucas zieht ein silbernes Sturmfeuerzeug aus der Tasche und lässt eine kleine Flamme vor seiner Nase tanzen. »Ich suche nach einer Frau DeJong. Edith DeJong.«

Der Alte nimmt einen tiefen Zug und bläst Lucas zum Dank den Rauch ins Gesicht. Der verzieht keine Miene. »Schönes Feuerzeug«, sagt der Alte und deutet mit einem schmutzigen Finger darauf. Lucas drückt es ihm wortlos in die Hand. Der Mann schiebt es sich in die Jackentasche. »DeJong, hm? Sagt mir gar nichts.«

»Vielleicht ist sie mittlerweile weggezogen«, sage ich.

Doch er schüttelt den Kopf und saugt an der Zigarette. »Nein.« Er bläst den Rauch aus der Lunge und hustet kräftig. »Daran würde ich mich erinnern.« Verschwörerisch beugt er sich zu mir. Ein unverkennbares Aroma aus Schnaps und ungewaschener Kleidung brennt sich in meine Nase. »Hier wohnen nur gefallene Männer, mein Liebchen.« Ein Hustenanfall erschüttert seinen ausgemergelten Körper. Seine Spucke haftet in kleinen Perlen an meiner Lederjacke. Ich habe Mühe, nicht angewidert das Gesicht zu verziehen. »Wenn in den letzten zwanzig Jahren hier eine Frau gelebt hätte, wüsste ich das.« Mit einer zittrigen Hand schiebt er mich aus dem Weg und schlurft ohne ein weiteres Wort davon.

Lucas hält mir wortlos ein Papiertaschentuch hin. Ich wische meine Jacke ab und werfe das gebrauchte Tuch auf den Boden zu all dem anderen Unrat, der sich vor dem Hauseingang angesammelt hat.

Nachdenklich schaut Lucas dem Alten hinterher. »Ich denke, da haben wir unseren Beweis.«

Ich starre auf die feuchten Sprenkel auf meiner Lederjacke. »Ich will nach Hause.«

∞

Mit zitternden Beinen stehe ich allein in der Schwärze, bis Lucas die Deckenlampe einschaltet. Ihr Licht flackert leicht, wird erst heller, dann dunkler und findet schließlich seine normale Leuchtkraft.

Lucas wirft einen schnellen Blick nach oben und schließt dann die Augen. Der Raum pulsiert kurz. Schwindel verwirbelt meine Wahrnehmung, und alles wirkt ein wenig heimeliger.

Ich ziehe meine Jacke aus. Und danach auch alles andere. »Ich brauche jetzt erst einmal eine Dusche.«

»Vielleicht kannst du dich dabei ein wenig entspannen, Liebes. Ich räume schnell die Briefe weg.« Er küsst mich und lässt mich allein im Bad zurück.

Warum ist eigentlich immer alles so kompliziert? Kann ich nicht einfach in Ruhe untot sein?

Ich drehe die Dusche auf und trete unter den heißen Strahl, lasse mich von oben bis unten nass regnen.

Meine Mutter liebte Frauen. Schön, wenn sie glücklich war. Aber was ist mit mir, wer war ich für sie? Warum hat sie mich bekommen? Und wer, zur Hölle, war mein Vater?

Ich greife nach dem Shampoo und reiße die Flasche von der Ablage herunter, als die Deckenlampe für einen Wimpernschlag ausgeht. Meine Fresse, es kann doch nicht so schwer sein, diese Stromleitungen in Schuss zu bringen! Das Licht flackert immer noch, wird mal heller, mal dunkler, wie Wetterleuchten in einer warmen Sommernacht.

Nur eben mitten in meinem Badezimmer.

Ich bücke mich nach der Flasche, gebe einen Klecks Shampoo in meine Hände und schäume mir die Haare ein. Der frische, weiche Duft nach Orangen strömt in meine Nase.

Nein, ich bin kein Produkt der Liebe, das steht wohl fest. Eine tolle Erkenntnis. Niedergeschlagen spüle ich mir den Schaum aus den Haaren, während ich mir vorkomme, als würde ich auf einem freien Feld inmitten eines wilden Gewitters stehen.

»Mella!« Lucas stürzt zur Tür herein, den Blick auf die Decke gerichtet. »Hier drin auch!« Er deutet hinter sich. »Da draußen ist eine verdammte Disco. Ich …«

Ich wische mir das Wasser aus den Augen und blinzele ihn an. Wie auf ein Stichwort hört das Flackern auf.

Lucas schaut von der Lampe zu mir, hinüber ins Schlafzimmer und zurück zu mir. »Was zum …« Er fixiert mich aus zusammen gekniffenen Augen. Plötzlich zieht er sich sein Shirt über den Kopf, wirft es auf den Boden und kommt zu mir in die Dusche, völlig ignorierend, dass seine Hose innerhalb von Sekunden klatschnass wird. Er bleibt gar nicht erst stehen, sondern packt mich und drängt mich mit dem Rücken gegen die kühlen Fliesen.

Er ist überall, an meinem Körper, in meinem Kopf. Hart und fordernd schiebt er mir seine Zunge in den Mund, überfällt mich so ungestüm, dass ich sofort lichterloh brenne. Heißes Wasser prasselt auf unsere Körper. Ich schiebe meine Hände in seine Hose und streife sie ihm ab. Steinhart drängt er sich gegen mich.

Das Licht flackert erneut.

Doch Lucas lässt nicht zu, dass ich mich auch nur eine Sekunde ablenken lasse, sondern verführt mich unter dem warmen Wasserstrahl, fordert mich.

Ich will ihn, ich will ihn so sehr, jetzt und hier, und es ist mir scheißegal, ob es dabei hell ist oder dunkel.

Rücksichtslos verlangt er nach meinem Körper und ich gebe mich ihm hin, vergesse mich, vergesse alles und ziehe ihn einfach an mich, kann es nicht mehr erwarten, bis er von mir Besitz ergreift.

»Hast du als Kind gern Rosenkohl gegessen?«, raunt er mir ins Ohr.

Verdutzt schiebe ich ihn zurück. »Was?«

Gleichmäßig, ganz ruhig scheint die Lampe von der Decke auf uns herunter, und er lächelt. Seine Augen glitzern triumphierend. »Ich hab‘s doch gewusst …« Und bevor ich protestieren kann, zieht er mein Bein nach oben, schiebt seinen Arm unter meine Kniekehle. Sanft küsst er mich, zärtlich.

Die Stromversorgung gerät erneut ins Wanken, genau wie mein Herzschlag. Lucas presst mich mit seinem ganzen Gewicht gegen die Wand. Sein Kuss wandelt sich in eine stumme Forderung, die alle Flammen in mir, wie von einem heftigen Windstoß angefacht, hell auflodern lässt. Seine Lippen wandern meinen Hals entlang, bis ich sie an meinem Ohr spüre.

»Herzlichen Glückwunsch, Mella. Du bist eine Lichtwandlerin«, flüstert er rau und dringt dann so schnell und hart in mich ein, dass ich aufschreie.

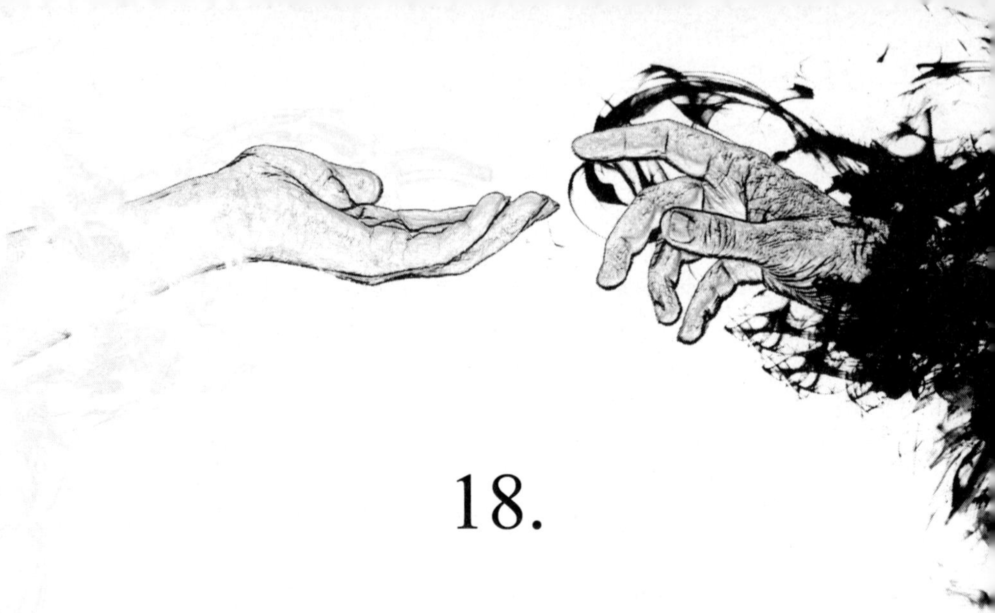

18.

Sanft wie eine Feder streichen seine Fingerkuppen über meinen nackten Rücken. Entspannt schmiege ich mich in die Kissen. Wenn ich eine Katze wäre, würde ich jetzt vor Wonne schnurren. »Wie bist du darauf gekommen?«

Er malt Schlangenlinien auf meine Wirbelsäule. »Erinnerst du dich noch, dass wir fast ein Reh überfahren hätten? Probleme mit den Stromleitungen einer alten Villa, schön und gut, aber die können sich wohl schlecht auf eine Autobatterie auswirken, oder? Und die verlöschenden Kerzen im Abschiedsraum … das konnte kein Zufall mehr sein.« Zart streicht er über mein Steißbein. Ein Schauer durchrieselt mich bis in die Zehenspitzen.

»Also hast du dir gedacht: Mache ich doch mal einen Quickie unter der Dusche und gucke, ob sie dabei die Deckenlampe zerschießt?«

Er muss lachen.

Ich kann mich gar nicht satt sehen an seinen Augen und den Fältchen, die sie umgeben. »Die arme Lampe!«

Er rückt ein wenig näher und küsst mich. »Ich hätte auch einen Streit mit dir anfangen können. Aber ich fand die Aussicht auf Sex doch ein wenig reizvoller.«

O ja, allerdings. Bei der Erinnerung daran schießen heiße Blitze in meine Leibesmitte. »Du warst laut.«

Verlegen kaut er auf seiner Unterlippe. »Zu laut?«

»Ich steh drauf.«

Mit leichtem Druck zwingt er mich auf den Rücken, rollt sich auf mich und küsst mich zärtlich. »Wir können das gern noch einmal wiederholen.«

Seine Locken fallen ihm ins Gesicht und ich streiche sie fort. »Jederzeit.«

Wir küssen uns lange, sinnlich und entspannt. Innig. Mit einem Seufzen kuschelt er sich neben mich in die Kissen. »Zum Glück muss ich jetzt keine Angst mehr davor haben, dass du mich umbringst.«

»Aber was fange ich jetzt mit diesem Talent an?« Ich konzentriere mich. Los Licht, mach was! Die Nachttischlampe begehrt auf und wird plötzlich blendend hell.

Lucas kneift ächzend die Augen zusammen und dreht seinen Kopf weg. »Aaach, Liebes, lass das!«

Ich lasse die Lampe in Frieden und sie taucht das Zimmer wieder in ihr übliches diffuses Licht.

»Wir werden schon noch herausfinden, was du damit alles anstellen kannst.« Seine Augen wirken fast violett in diesem Licht. »Ich mag dich sehr, Mella, weißt du das?«, sagt er leise, und mein Herz setzt einen Schlag aus.

»Meinst du, dass das auch zu ihrem Plan gehört?«

»Und wenn schon. Das ist mir egal.« Er schließt die Augen. Ich beobachte ihn, bis seine Atmung ganz ruhig und gleichmäßig ist.

»Wenn du wüsstest, wie viel du mir bedeutest«, flüstere ich und schmiege mich an ihn.

∞

Lucas sitzt in Jeans und mit nacktem Oberkörper auf der Couch, ein Bein auf dem Polster abgestellt. In den Händen hält er die Briefe meiner Mutter. Neben ihm liegt ein leerer Notizblock. Wohlig strecke ich mich, und er sieht auf. »Morgen, Sonnenschein.« Er lächelt kurz und wendet sich dann wieder seinen Papieren zu.

Wo ist nur mein Nachthemd? Ich ziehe die schwarze Seide unter einem der Kissen hervor und tapere zum Fenster. Die Sonne versteckt sich hinter einer Menge Wolken. Ob ich mit ihr auch … Ich schließe die Augen, konzentriere mich und nehme ihre Strahlen in mich auf. Nichts verändert sich. Sie wird weder heller noch dunkler. Aber plötzlich erfüllt mich das Licht, flutet jede einzelne meiner Körperzellen. Ich war nie lebendiger!

Lucas legt die Briefe beiseite und kommt zu mir. »Wie fühlt sich das an?«

Von hinten legt er seine Arme um meine Taille.

»Also, das fühlt sich ziemlich gut an.«

»Ich meinte das Licht.« Er küsst mich in den Nacken und lässt sich vor mir auf die Fensterbank sinken.

Langsam verziehen sich die Wolken und ich stehe in der prallen Sonne. »Das ist schwer zu beschreiben. Als … als hätte ich zu viel gegessen. Es macht mich kräftiger, stärker. Und es prickelt auf der Haut wie tausend Ameisen.« Ich balle meine Hände zu Fäusten, öffne und schließe sie wieder, als würde ich pumpen. »Meine Finger sind steif, irgendwie geschwollen.« Ich schüttele meine Hände aus. Meine Fingerkuppen schmerzen höllisch, so als wäre ich im tiefsten Winter stundenlang ohne Handschuhe unterwegs gewesen und jetzt wieder ins Warme gekommen. Sie sind hart, so prall gefüllt mit Blut, dass ich sie nicht mehr richtig krümmen kann. »Au! Hilf mir!«

Lucas packt meine Hände und zuckt mit einem Schmerzensschrei zurück. »Verflucht, Mella! Du hast mir einen Stromschlag verpasst!«

Ich starre auf seine Hände, auf meine Finger, und wieder auf ihn. Er pustet sich kühle Luft auf die Fingerspitzen und sieht mich finster an.

»Ich war das?« Ich dachte, ich könnte wie Lucas in meinem Element reisen und nicht Stromschläge verteilen wie ein kaputter Haartrockner!

»Ja, du warst das.« Lucas reibt vorsichtig seine Handflächen aneinander.

Irritiert betrachte ich meine Finger, bewege sie. Sie sehen völlig normal aus, wie Finger eben. Vorsichtig bringe ich sie näher zusammen und höre ein leises Bitzeln, ein Sirren wie von einer elektrischen Spannung. Versuchsweise lege ich meine Fingerkuppen aneinander und das Geräusch wird lauter. Verdutzt schaue ich Lucas an.

Ein leises Lächeln umspielt seine Lippen. »Nicht schlecht. Ich wusste nicht, dass Lichtwandeln auch eine aktive Kraft sein kann.«

Aktive Kraft? Was heißt das? Verunsichert schaue ich auf meine Hände, die leise vor sich hin knistern. »Heißt das, dass ich dich nicht mehr berühren kann, ohne dich zu verletzen?«

»Nein, das denke ich nicht. Wir müssen dir nur beibringen, mit deinem Talent umzugehen. Und zwar so schnell wie möglich. Ansonsten wäre es doch ein wenig zu elektrisierend für mich, mit dir zu schlafen.« Er lächelt, und irgendwie beruhigt mich das. Er scheint keinen Zweifel daran zu haben, dass ich meine Kräfte beherrschen werde. Doch wie lange wird das dauern?

Er legt sich einen Finger an die Lippen und mustert mich kühl und analytisch wie einen physikalischen Versuchsaufbau. »Gerade noch konntest du mich ohne Probleme berühren. Offenbar lädt dich die direkte Sonneneinstrahlung derart auf, dass du quasi überspannt bist. Wir müssen ausprobieren, ob das auch mit künstlichem Licht geht.«

Wie schön, dass er das so spannend findet. Mir macht es eher Angst, ein wandelndes Elektrizitätswerk zu sein! Ich versuche, meine Handflächen aneinander zu legen. Es funktioniert nicht. Egal, was ich auch mache, ich bekomme meine Hände nicht zusammen. Da ist ein Widerstand, als ob man zwei Magnete mit den gleichen Polen aneinanderhält.

»Irgendwie muss ich diese Überspannung doch loswerden können.« Ich versuche es noch einmal. Aber ich bringe meine Handflächen einfach nicht zusammen. Als hielte ich einen unsichtbaren Ballon in den Händen, den ich zwar ein wenig, aber nicht vollständig zusammendrücken kann.

Und es tut so weh!

Ich drehe mich um meine eigene Achse und schüttele meine geschwollenen, steifen Hände so kräftig aus, wie ich kann. Etwas Grellweißes schießt aus ihnen hervor und saust einmal quer durch das Zimmer. Die Nachttischlampe explodiert mit einem lauten Knall und landet auf den Steinboden.

»Scheiße, war ich das?« Nervös hüpfe ich auf und ab, schaue von der Lampe zu Lucas zu der Lampe.

Der Lampenschirm brennt lichterloh und schmilzt langsam in sich zusammen. Beißender Gestank von verbranntem Plastik verätzt meine Schleimhäute.

»O nein!« Ich strecke die Hand nach der Lampe aus und ziehe sie gleich wieder zurück. Nicht anfassen! Feuer. Heiß! Was soll ich denn jetzt machen? Gibt es hier einen Feuerlöscher?

Aufgeregt tänzele ich hin und her, bis mein Blick auf Lucas fällt. Fassungslos starrt er auf meine Hände. Ich folge seinem Blick. Und keuche. Muntere, blauweiße Flämmchen tanzen fröhlich auf meinen Fingerspitzen.

»Aaaaah! Hilf mir!« Ich schüttele panisch meine Hände, doch die Flammen verschwinden nicht.

Lucas greift nach meinen Händen und zuckt mit einer Schimpftirade zurück, als ich ihm wieder einen Schlag verpasse.

Was mache ich nur? Ich brenne, ich brenne!

Aber, Moment mal. Die Flammen, also irgendwie … sie tun nicht weh. Sie berühren mich kaum, sind nur da, tanzen für mich. Aber sie verbrennen meine Haut nicht. Sie sind nicht einmal warm.

Lucas reibt sich die Handflächen, während die Lampe auf dem Fußboden traurig in sich zusammenschmilzt. »Das scheint schwieriger zu werden als ich dachte.« Grimmig pustet er sich auf die Hände.

Diese Flammen kribbeln auf meiner Haut. Nicht viel, nicht unangenehm, aber eigentlich haben sie da nichts zu suchen. Was wohl passiert, wenn ich sie … Ich kneife die Augen leicht zusammen. Die Flämmchen flackern, als ich mir genau das vorstelle. Ist es wirklich so einfach? Ich brauche nur daran zu denken, dass sie kleiner werden sollen, und dann tun sie das auch. Je ruhiger ich bin, desto besser gehorchen sie mir.

Lucas beobachtet mich aus gebührender Entfernung.

»Ich glaube, ich weiß jetzt, wie es geht.« Lächelnd hebe ich beide Hände vor mein Gesicht und puste die Flammen einfach fort. »Ist gar nicht so schwer.«

Lucas schiebt beide Hände in die Hosentaschen. »Gut, du Feuerteufel. Ich schlage vor, du ziehst dir etwas anderes an und wir gehen üben. Draußen. Wo du kein komplettes Herrenhaus abfackeln kannst. Was hältst du davon?«

Ich halte eine Menge davon. So interessant meine Fähigkeiten auch zu sein scheinen, so gefährlich sind sie offenbar auch. Vor allen Dingen, wenn ich sie nicht kontrollieren kann. »Zeig mir deine Hände.«

Er zögert kurz, dann hält er mir seine Handflächen hin. Entsetzt starre ich darauf. »Du liebe Güte! Die sind ja knallrot!« Weiße, tote Haut hängt in Fetzen herunter.

Er winkt ab. »Ach, ist doch kaum noch etwas zu sehen.«

Ich will seine Hände nehmen, doch Lucas zuckt vor mir zurück. »So schlimm?«

Er sieht mich missmutig an. »Tut schon sehr weh.« Tief atmet er durch. »Du scheinst eine sehr stark ausgeprägte Kraft zu haben. Und das ist nur der Anfang. Ich kann mir gar nicht vorstellen, was sich da alles noch entwickeln mag.«

Ich schnappe nach Luft. »Das wird noch schlimmer?«

»Du wirst das schon schaffen.« Lucas verschränkt die Arme vor der Brust und verzieht kurz das Gesicht, als er seine Hände unter die Oberarme schiebt. »Am Anfang sind die Talente nie vollständig entwickelt. Da kommt immer noch etwas nach.«

Ich seufze und lasse den Kopf hängen. »Kannst du mich jetzt nicht mehr mit in die Schatten nehmen?«

Das würde alles noch komplizierter machen.

Zögernd hebt er die Hand und nähert sich meiner Wange. Seine Kiefer sind vor Anspannung fest aufeinandergepresst. Als sich seine Finger warm an meine Haut legen, schließe ich die Augen und atme erleichtert aus. Er kann mich berühren, ohne dass ich ihm wehtue. Seine Finger gleiten über meine Haut und streifen zart meinen Mund.

»Es sind wohl nur deine Hände.« Vorsichtig berühren seinen Lippen meine.

Mein Körper beginnt zu schwingen. Ich kralle die Finger in den Rand des Waschbeckens, um sie von ihm fernzuhalten. Seine Hände fahren sanft meinen Hals hinab, streifen meine Brüste und legen sich um meine Taille. Unsere Lippen öffnen sich und unsere Zungenspitzen stupsen aneinander. Elektrisierend. Aber auf eine andere Art und Weise.

»Fass mich an.«

Zögernd nehme ich die rechte Hand nach vorn und strecke den Zeigefinger aus. Es gibt ein fieses, brutzelndes Geräusch, als ich seinen Arm berühre. »Au, verdammt!«

Schnell ziehe ich meine Hand zurück und umklammere wieder das kühle Waschbecken.

»Sieht so aus, als müsste ich dich in Zukunft ans Bett fesseln.« Der Gedanke scheint ihm zu gefallen. Er küsst mich erneut, dieses Mal härter, fordernder.

Und schon brennt die Deckenlampe wieder durch.

»O Liebes, du bist so durchschaubar.« Lucas lacht leise und reibt sich den schmerzenden Arm. »Komm, wir gehen irgendwo hin, wo du etwas anderes kaputtmachen kannst als mich.«

∞

Lucas döst einige Meter entfernt von mir vor sich hin.

»Wie hast du herausgefunden, dass du ein Schattenwandler bist?« Wieder versuche ich, meine Handflächen aneinander zu legen. Es funktioniert einfach nicht. Der Widerstand ist zu stark.

»Ich bin morgens an Orten aufgewacht, an denen ich abends nicht eingeschlafen war. Da lag die Vermutung nahe, dass ich mich in der Dunkelheit bewegen kann.« Er streckt seine langen Beine aus. »Ich brauche nur eine Stelle, die dunkel genug ist, um in die Schatten einzutreten. Echte Schwärze, um meine Kraft aktivieren zu können.«

Nun, ich brauche definitiv Licht dazu, und davon gibt es hier mehr als genug. Aber was fange ich bloß damit an? Ich bringe nicht einmal meine Hände zusammen! Vorsichtig drehe ich eine Handfläche der Sonne entgegen und schiebe die andere Hand darunter. Mein Handrücken prickelt angenehm bei der Berührung. So herum funktioniert es also. Tatsächlich, wie Magnete. Nur, was kann ich –

Eine Lichtfontäne schießt aus meinen Händen in den Himmel, so heftig, dass ich rückwärts durch die Luft fliege und direkt neben Lucas auf dem Boden lande.

Mit offenem Mund starrt er mich an. »Wow. So etwas kann ich nicht.«

Ich reibe mir das Steißbein. »Das nützt mir alles nichts, wenn ich nichts mehr anfassen kann, ohne es zu grillen.«

Er lächelt und streicht mir eine Haarsträhne aus der Stirn. »Fesseln.«

Ich rolle mit den Augen und rappele mich auf.

Lucas lehnt sich gemütlich zurück. »Kannst du mit diesem Strahl etwas zerstören?«

»Du meinst, etwas anderes als deine Haut oder meine Knochen?« Ich betrachte meine Hände. Die Nachttischlampe. Ja, offensichtlich kann ich damit ziemlich gut Sachen zerstören. Ich lege meinen Handrücken wieder in meine Handfläche und ziele diesmal in Richtung Wald. Als ich mir vorstelle, einen Lichtstrahl aus meinen Händen zu schießen, juckt meine Handfläche, brennt geradezu, und kurz darauf knallt es ohrenbetäubend. Ein dicker Ast fällt zu Boden.

Lucas springt auf und läuft zu dem getroffenen Baum. »Du schießt Blitze«, stellt er nach einem Blick auf das schwelende Holz fest.

Ich lasse meine Hände sinken. Das Brennen unter meiner Haut erlischt nach und nach. »Ich tue was?«

Er deutet auf die Stelle, an der der Ast gebrochen ist. Das Holz ist dunkel und qualmt noch ein wenig. Ein dezenter, würziger Duft liegt in der Luft. Verbranntes Harz. »Wie ein Blitzeinschlag.« Lucas betrachtet mich nachdenklich, die Stirn gerunzelt. »Ich glaube, ich sollte Angst vor dir haben.«

Meint er das ernst? Ich warte auf ein verschmitztes Lächeln, ein Zwinkern, aber es kommt nichts.

Er hebt seine Hand und berührt meine Wange, allerdings nicht ohne vorher gezögert zu haben. »Wir müssen zusehen, dass du das schnell in den Griff bekommst. Du könntest mit deinem Talent jemanden ernsthaft verletzen - oder sogar vernichten.« Er zieht seine Hand zurück und verstaut sie tief in seinen Hosentaschen.

Ich fühle mich schlecht. Jemand … damit meint er sich. O Gott – ich könnte ihn damit umbringen?

»Hör mal, wir sollten das erst einmal für uns behalten, Mella. Das, was du da tust, ist nicht normal. Lichtwandler bewegen sich im Licht wie ich im Schatten, und einige können es auch dimmen, aber so etwas wie bei dir habe ich noch nie gesehen.«

Niedergeschlagen betrachte ich den qualmenden Ast. »Du kannst aber auch mehr, als nur durch die Dunkelheit zu rennen.«

»Aber nicht viel. Ich kann dich mitnehmen, Schatten über geschlossene Räume legen, ich kann sie auch über Gegenstände werfen, wenn ich will, sodass sie für andere unsichtbar sind.« Er stutzt. »Wenn ich es mir recht überlege, ist das doch ziemlich ungewöhnlich. Aber ich habe keine Kraft, die ich als Waffe einsetzen kann, so wie du.« Er bückt sich und hebt ein faustgroßes Stück Holz vom Waldboden auf. »Das wäre doch die Idee für eine neue Karriere.« Er wirft das Holzstück in die Luft und fängt wieder auf. »Waldarbeiten.«

Ich schneide ihm eine Grimasse.

Er setzt sich wieder in die Sonne und zieht sein Messer aus dem Stiefel. Kurz darauf fliegen lange Späne durch die Luft und landen auf dem dunkelgrünen Moos.

»Das ist ein Schnitzmesser?«

Er lächelt. »Was hast du denn gedacht? Ein japanisches Samurai-Schwert?«

Ich lasse mich neben ihn sinken. »Ist das nicht eine ziemlich ungewöhnliche Waffe, um sich zu verteidigen?«

»Nun ja.« Er dreht das Messer hin und her. Die kurze, breite Klinge glänzt im Sonnenlicht. »Damit kann ich wenigstens umgehen.« Kraftvoll schneidet er ins Holz.

»Das machst du jedenfalls nicht zum ersten Mal.«

Er lacht. »Damit habe ich früher mein Geld verdient.«

Die Kirche, in der er Helena kennengelernt hatte, richtig. »Du steckst wirklich voller Überraschungen, Lucas Dewitt.«

»Als ich mit gepackten Koffern vor dem Haus meines Onkels stand, wollte ich nur noch weg. So weit wie möglich. Ich fand eine Anstellung als Schreinerlehrling - und eine neue Familie. Sie nahmen mich in ihr Haus auf und gaben mir die Dachkammer ihres Sohnes, der im Krieg geblieben war, wie so viele in dieser Zeit. Das waren liebe, selbstlose Menschen.« Er setzt das Messer in einem anderen Winkel an und nimmt kleine Stücke von dem Holz ab. »Ich habe sie ruiniert. Als mein Meister alt wurde, übergab er mir das Geschäft und ich sorgte für ihn und seine Frau. Gegen seinen Rat nahm ich einen großen Auftrag an.« Mit langen Strichen zieht er die Klinge über das Holzstück. »Und wurde geprellt. Ich habe sein Lebenswerk in Grund und Boden gewirtschaftet und die Menschen, die so gut zu mir waren, in die Armut gerissen.«

»Aber das war doch nicht deine Schuld.«

Er lacht freudlos trägt lange Späne von dem Holzstück ab. »Nein? Weißt du was, es ist egal. Das Ergebnis ist dasselbe.«

»Hast du den Betrieb wieder aufgebaut?«

»Ich habe das gemacht, was ich am besten kann.« Er seufzt leise. »Ich bin fortgegangen und habe eine Anstellung bei einem anderen Meister gefunden. Für ihn habe ich Holzarbeiten in Kirchen ausgebessert. So habe ich Helena getroffen.« Er macht noch ein, zwei schnelle Schnitte und hält mir das Holzstück hin.

Ich erkenne es sofort, auch wenn es nur eine grob behauene Form ist. »Eine Rose! So wie die auf der Bank in der Kirche!«

»Irgendwann mache ich sie für dich fertig, das verspreche ich dir. Wenn ich mehr Zeit habe.« Er legt die Rose vor sich ins Moos und schiebt das Messer zurück in seinen Stiefel. »Ich hatte Talent.«

»Ich könnte deine Schnitzereien mit Brandmalerei verzieren.« Seufzend werfe ich einen Blick auf meine Hände, und er lächelt mitleidig.

»Versuch mal, im Licht zu reisen.«

»Und wie soll ich das bitte anstellen?« Ich habe die Schnauze voll von meinem Talent. Jetzt bin ich schon keine Blutsüchtige, aber offenbar bin ich trotzdem brandgefährlich.

»Wir bekommen das schon hin, Mella. Alles. Du stellst dich jetzt ins Licht und versuchst, dich darin aufzulösen.«

Was für eine tolle Anleitung. Das klingt ja äußerst einfach. Dumm nur, dass ich bisher noch nie versucht habe, mich aufzulösen. Gut, so ganz stimmt das nicht. Ich wollte mich bestimmt schon hundertmal in Luft auflösen - aber gelungen ist mir das bisher noch nie. »Wie eine Brausetablette? Oder wie?«

Er zieht die Augenbrauen zusammen. »Ehrlich gesagt weiß ich nicht genau, wie es geht. Ich mache es einfach. Das ist wie Zähne putzen: Man denkt nicht mehr darüber nach und macht es.«

»Das ist nicht sehr hilfreich, Lucas. Ich verstehe ja nicht einmal, wie so etwas überhaupt funktionieren kann.«

Er lässt sich wieder in das Moos sinken. »Versuch es einfach.«

Murrend gehe ich zurück in die Sonne und stehe eine Weile in ihrem Licht herum, ohne zu wissen, was ich tun soll. Die Wärme flutet meinen Körper und ein wahnsinniges Wohlgefühl erfasst mich. Aber ich stehe immer noch hier. »Siehst du? Ich kann das einfach nicht. Vielleicht bin ich doch keine Lichtwandlerin.«

»Was solltest du denn sonst sein?«

Ich zucke mit den Schultern. »Eine Mutantin, oder so.«

»Jetzt gib nicht gleich auf. Los, noch einmal!«

Genervt stöhne ich auf und schließe die Augen, versuche, mich zu entspannen. Es fühlt sich so wundervoll an. Die Wärme hüllt mich ein, umspinnt mich wie ein schützender Kokon aus warmen Seidenfäden. Wo wäre ich jetzt gerne? An einem Strand. Türkisblaues Wasser.

Plötzlich höre ich ein Sirren. Ich reiße meine Augen auf und sehe Lucas wie durch weiße Zuckerwattefäden. Er springt auf und ruft etwas, das ich nicht verstehe.

Dieses sirrende Geräusch dröhnt in meinem Schädel, ist viel zu laut, um irgendetwas anderes zu hören.

»Ich verstehe dich nicht! Was sagst du?« Meine eigenen Worte werden fortgerissen von dem Lärm, der um mich herumtobt.

Das Sirren wird immer lauter, lässt meinen gesamten Körper vibrieren, als wäre ich eine Stimmgabel. Die Wattefäden werden dichter und dichter, bis ich in einer Wolke stehe. Plötzlich ist es totenstill.

Bin ich blind? Oder etwa taub? Ich bin stumm und völlig isoliert hier drinnen. Mein Atem geht schneller, viel zu schnell, mir wird schwindelig und ich taumele im Kreis, wie ein Kreisel, völlig orientierungslos und allein. Ein rhythmisches Wummern dringt an mein Ohr. Mein Herzschlag?

Und dann höre ich seine Stimme, dumpf und leise, so als reiße er mich aus einem tiefen Traum. Das Weiße um mich herum wird durchlässig, nebulöser. Schemenhaft erkenne ich die dunklen Baumwipfel, die sich gegen den Himmel abheben. Da ist Lucas. Er läuft hin und her, ruft irgendetwas.

Das Sirren wird immer leiser und verstummt schließlich ganz. Die Vibrationen verlassen meinen Körper. Zurück bleiben nur die Wärme unter meiner Haut und mein Herz, das viel zu schnell schlägt.

»Lucas?« Meine Stimme zittert.

Er fährt zu mir herum. Da ist Panik in seinen Augen, doch er blinzelt sie fort. »Mella, Scheiße, du kannst es!« Er atmet tief durch und streckt seine Hand nach mir aus.

Ich zucke zurück. »Nicht. Ich will dir nicht ständig wehtun.«

»Fass mich an.« Er kommt einen Schritt auf mich zu und ich weiche zurück. »Tu es!« Er hält mir immer noch seine Hand hin. Sie ist noch gerötet von den letzten Verbrennungen, die junge Haut über den Wunden noch ganz durchscheinend und zart.

Ernst und konzentriert sieht er mir in die Augen. »Versuch es. Es ist deine Kraft. Du hast das Sagen, nicht sie.«

Zögerlich nehme ich die Arme hinter dem Rücken hervor und nähere mich mit dem ausgestreckten Zeigefinger seiner Hand.

Bitte … ich will ihm nicht wehtun. Wenn ich diese Energie nur fortsaugen könnte, tiefer in meinen Körper hinein, weg von allem, was er berühren kann, unter meine Haut … Ich stelle mir vor, wie die Spannung in meiner Haut versickert wie Wasser im Sand.

Unverwandt sieht er mir in die Augen, seine Kiefer aufeinandergepresst. Und dann stupse ich ihn ganz kurz mit meiner Fingerkuppe an. Nichts passiert. Lucas stößt erleichtert Atem aus.

Langsam verflechten sich unsere Finger miteinander. Ich strahle ihn an. »Es funktioniert! Ich tue dir nicht weh, oder?«

»Nein. Du hast dich wohl entladen oder einen Weg gefunden, dich zu beherrschen.«

»Das ist wie mit den Flammen heute Morgen. Ich muss es mir vorstellen, dann funktioniert es irgendwie.« Ich nehme auch seine andere Hand. Es ist so schön, ihn berühren zu können. »Meinst du, ich kann die Energie auch speichern?«

»Probieren wir es aus! Spürst du einen Unterschied zu vorher?«

»Meine Hände kribbeln nicht mehr. Sie fühlen sich an wie Hände. Als ich dir diese Stromschläge verpasst habe, fühlten sie sich geschwollen an, wie eingeschlafen. Schmerzhafte Stiche, überall.« Ich lege meine Handflächen aneinander. Haut auf Haut.

Es funktioniert problemlos.

»Es wäre gut, wenn du das in Zukunft überprüfen könntest, bevor du jemanden berührst.« Er lächelt. »Besonders mich.«

»Ich werde mir Mühe geben.«

»Das wäre nett.« Er lässt sich ächzend zurück ins Moos sinken. »Gut, dass du wieder hier bist. Ich hatte mir schon Sorgen gemacht.«

Ich setze mich neben ihn. »Woher weißt du, wohin du gehst?«

»Indem ich einfach daran denke. Ich stelle mir vor, wo ich hingehen möchte, und komme auch dort an. Allerdings nur, sofern es dunkel genug ist. Funktioniert auch mit Fotos und Adressen, aber nicht mit Personen.«

Seufzend erhebe ich mich wieder und gehe in die Mitte der Lichtung zurück. »Okay. Nächster Versuch.«

»Meinst du nicht, es reicht für heute?«

Ich schüttele energisch den Kopf. »So schnell wie möglich, hast du gesagt. Ich will wissen, was ich tue, bevor es …« Er schluckt und ich bin mir sicher, dass er meine Gedanken errät. »… gefährlich wird.«

Er nickt kaum merklich. »Und? Wo willst du hingehen?«

»Mal sehen, wo ich ankomme!« Ich schließe die Augen und denke wieder an die einsame Insel, türkisfarbenes Wasser, sauge das Sonnenlicht in mich ein.

Da kommt sie auch schon, diese angenehme Wärme, die mich in sich einhüllt, begleitet von dem Sirren, das in meinen Ohren anschwillt, und ich vibriere, erbebe unter dieser Kraft, die meinen Körper in seine Atome zerlegt.

Langsam wird es wieder leiser in meinem Kopf und das Erste, was ich spüre, sind warme Wellen, die meine Füße umspülen. Keuchend reiße ich die Augen auf.

Unfassbar. Ein schlohweißer Strand, umgeben von unwirklich blauem Wasser. Die Hitze brennt auf meiner Haut. Unglaublich. Ich bin tatsächlich im Licht gereist! Kurz entschlossen schiebe ich mir eine Handvoll warmen Sand in die Tasche und schließe die Augen, um mich zurück auf die Lichtung zu wunschen.

Als ich Vögel zwitschern höre, öffne ich meine Augen und stehe wieder im weichen Moos.

»Und?« Er sieht erleichtert aus.

Mein Herz wird ganz leicht. »Streck die Hand aus.« Ich lasse den Sand auf seine Handfläche rieseln.

Andächtig verreibt er ihn zwischen seinen Fingerkuppen. »Wo warst du?«

»Auf einer einsamen Insel.«

»Sehr schön. Nichts für mich.« Verschwörerisch kneift er die Augen zusammen. »Zu wenig Schatten.« Er lässt den Sand auf den Boden fallen, wo er im weichen Moos verschwindet.

»Meinst du, ich kann dich auch mitnehmen?«

Er zuckt mit den Schultern. »Versuchen wir es.«

Ich strecke ihm meine Hände entgegen. Ohne zu zögern nimmt er sie. Ich schließe die Augen, sauge die Energie in meine Zellen und höre bereits das Sirren, als Lucas mit einem Schmerzensschrei zurückspringt. Er reibt sich die Hände und sieht mich zerknirscht an. »Au. Du kannst wohl niemanden mitnehmen, jedenfalls nicht, ohne ihn ernsthaft zu verletzen.«

Enttäuscht lasse ich mich in das Moos plumpsen. »Schade«, sage ich leise. »Ich hätte dir gern gezeigt, wie es ist.«

Seine Handgelenke sind knallrot, glänzend, wie frisch verbrüht. O Mann. Er folgt meinem Blick. »Nicht so schlimm. Das ist gleich wieder vorbei.«

Missmutig zupfe ich trockene Blätter aus dem Moos und werfe sie woanders hin.

»Ich bin sicher, dass es wunderschön ist, im Licht zu reisen. Es sieht jedenfalls so aus. Sanft. Als ob du inmitten eines Zuckerwattetornados stehst, der stärker und stärker wird, bis du in ihm verschwindest. Du leuchtest irgendwie.«

Ich lächle. »Es ist wie in einem Blizzard. Nur warm.«

»Ein warmer Schneesturm.« Er schmunzelt und schiebt seine verbrühten Hände in die Hosentaschen. »Ist es anstrengend? Bist du erschöpft?«

»Nein, eigentlich nicht.« Eigentlich geht es mir sogar richtig gut. Ich bin wach und energiegeladen, rastlos.

Ich könnte die zwei Stunden von der Lichtung zum Herrenhaus joggen! Doch dann fällt mir ein, wie ich Lucas förmlich zum Auto schleifen musste, nachdem er die Schatten über uns gelegt hatte. »Bei dir ist das anders, oder? Dich laugt es aus.«

Er seufzt. »Und wie. Durch die Schatten zu gehen, ermüdet mich. In den Schatten zu bleiben, jemanden mitzunehmen oder sie zu werfen, macht mich völlig fertig.«

»Deswegen warst du immer so müde?«

Er beißt sich kurz auf die Unterlippe, sieht mich seltsam an. »Ich konnte dich doch nicht allein lassen.«

Wie war das? Ich sollte ihn nur rufen, dann wäre er sofort da? Deshalb war er immer so müde. Weil er jede Nacht bei mir war, auf seine Weise.

Wärme breitet sich in mir aus, auf eine ganz andere Art als eben. Die zuvor war aggressiv und dynamisch, diese hier ist weich und ruhig.

Er räuspert sich und hält mir seine Hand hin. »Sollen wir? Lass uns mal sehen, ob du deine Energie auch in den Schatten anwenden kannst.«

Noch einmal lasse ich mich von der Sonne erfüllen und gehe gemeinsam mit ihm durch die Felsspalte in die Schatten.

Er berührt erst vorsichtig meine Hände, dann nimmt er sie fest in seine. »Jetzt versuch, ein wenig Energie in deine Fingerspitzen zu leiten.« Seine Stimme klingt weit entfernt und dumpf. »Nur ein bisschen. Du sollst mich ja nicht umhauen. Und egal, was passiert: Lass mich nicht los.«

Ganz langsam höre ich in mich, suche die Kraft und die Wärme, doch ich finde sie nicht. »Es geht nicht.« Ich schüttele den Kopf. »Die Schatten scheinen das Licht aus mir heraus zu saugen. Ich fühle nichts, gar nichts. Na ja, doch. Meine Füße sind nass.«

Lucas lacht und mein Herz schlägt schneller, als seine Hand über meinen Po fährt. Kurz darauf knackt es in meinen Ohren und er lässt mich los. Das Badezimmerlicht flammt auf. »So«, sagt Lucas, die Hand noch am Schalter. »Und jetzt das Ganze noch einmal in normaler Dunkelheit.«

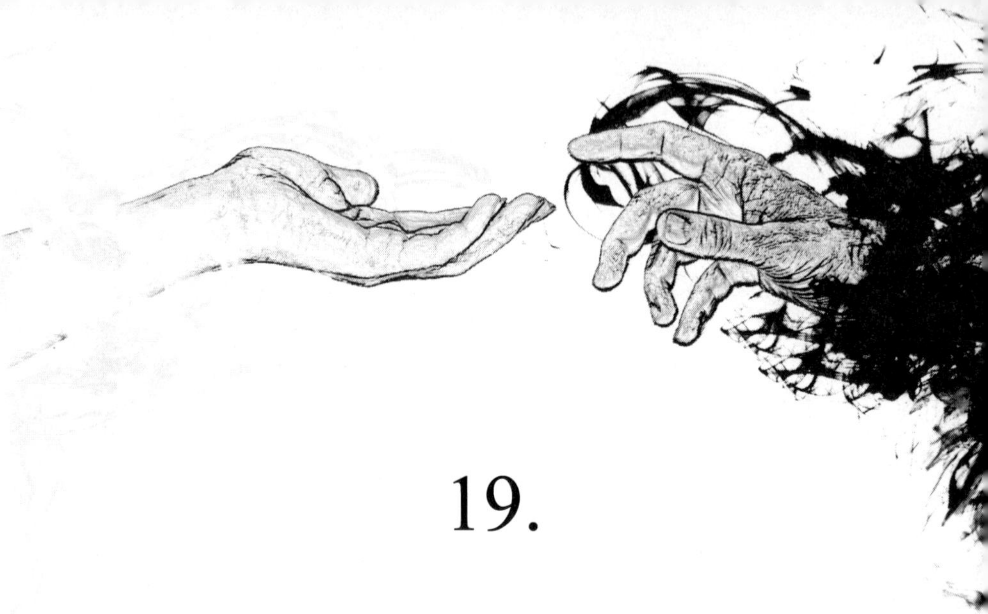

19.

Einige Zeit später liege ich auf seiner Brust und bemühe mich, wieder zu Atem zu kommen. Mit einem Finger malt er die Konturen meines Gesichts nach. »Wer hätte gedacht, dass du so mächtig bist, du kleiner Feuerteufel?«, neckt er mich leise und küsst mich. Sanft stupft seine Zunge an meine Lippen und ich lasse sie ein.

Ich liebe es, wenn er so ist, so zärtlich und unbeschwert. Als ob alles ganz normal und in Ordnung wäre.

Ruhig sieht er mich an, seine Haare ganz zerstrubbelt. »Schade, dass du in der Dunkelheit nichts ausrichten kannst.«

Gleichgültig zucke ich mit den Schultern. »Dann ist das eben so. Ich kann ja genug andere Dinge anstellen.« Ich streichle seine Wange. Er schließt kurz die Augen, dreht seinen Kopf ein wenig und küsst meine Handfläche. »Ich möchte nicht andauernd jemanden verletzen – vor allem nicht dich.«

»Ich gewöhne mich schon noch daran.« Er gähnt. »Shit. Warum habe ich nur das Gefühl, dass uns die Zeit davonrennt? Wir hätten uns mit dem Liebesleben deiner Mutter beschäftigen müssen.«

Ich stupse seine Nase. »Stattdessen haben wir uns ein wenig mit unserem eigenen beschäftigt.«

Er lächelt. Seine Augen sind entspannt und noch ganz verhangen.

Mein Herz schwebt irgendwo schwerelos in meiner Brust. »Bereust du es wirklich nicht?« Meine Stimme ist ganz leise und fast fürchte ich seine Antwort.

»Nein«, murmelt er schlaftrunken. »Meistens nicht.« Er zieht mich in seine Arme, streichelt sanft meinen Rücken. Seine Bewegungen werden langsamer und hören schließlich ganz auf. Vorsichtig löse ich mich aus seiner Umarmung, und mit einem abgrundtief niedlichen, leisen Grummeln rollt er sich neben mir zusammen. Eine Welle der Zuneigung überrollt mich. Wie lange ist es her, dass ich hier in einer völlig anderen Realität aufgewacht bin? Und Lucas … Wer hätte gedacht, dass sich daraus so etwas wie Liebe entwickeln würde.

So etwas wie Liebe? O Mann.

Er atmet leise, gleichmäßig, die Hände unter seine Wange geschoben wie ein kleines Kind. Seine Haut schimmert, die Härchen unter einer leichten Gänsehaut aufgestellt. Behutsam ziehe ich die Decke über seinen Körper, streichle seine Wange. Die Bartstoppeln kratzen über meine Haut. Ich könnte es nicht ertragen, wenn ihm etwas geschieht.

Die Unruhe in meinem Magen kann ich nicht ignorieren. Ich bin so aufgeputscht, als hätte ich zwölf Kannen Kaffee getrunken, und wenn ich versuche zu schlafen, denke ich nur nach. Über meine Mutter, über uns, über die Zukunft. Über all das, was uns bedroht, die Briefe, seine Ex-Frau, über Blitze, mit denen ich Bäume fällen kann.

Hinten im Schrank liegen die Briefe und lauern darauf, dass ich mich mit ihnen beschäftige. Die einzige Alternative dazu wären die Zeitschriften auf dem Couchtisch, deren Inhalt uns aller Wahrscheinlichkeit nach überhaupt nicht weiterhelfen würde.

Also stehe ich auf, ziehe die Schranktüren beiseite und hoffe, dass Lucas von dem scharrenden Geräusch nicht aufwacht.

Kurze Zeit später sitze ich wieder neben ihm, im Schneidersitz, gerade so weit weg, dass ich seine Wärme noch spüren kann, sein Shirt übergeworfen. Wahllos ziehe ich einen der Briefe aus dem Stapel, fliege über die Zeilen, erst zaghaft und verlegen, doch dann tauche ich ein in das geheime Leben der Theresa Will.

Lucas hat recht.

Diese Briefe sind voller Sehnsucht.

Edith scheint meine Mutter sehr viel bedeutet zu haben. Nur … Sie hatte bereits ihre Stelle gekündigt, lange bevor meine Mutter starb. Aber der Zeitpunkt … Zufall?

Kurz entschlossen drehe ich mich zur Seite. »Lucas?«

»Hm«, macht er nur und rührt sich nicht.

Von hinten schmiege ich mich an seinen Körper und küsse ihn sanft in den Nacken, auf die Schulter. »Lucas?«

»Was denn?« Er rollt sich auf den Rücken und zieht mich an sich. »Schlaf. Es ist mitten in der Nacht.« Mit einem leisen Seufzen dämmert er wieder davon.

»Lucas, ich verpasse dir einen Stromstoß, wenn du nicht augenblicklich die Augen aufmachst.«

Er funkelt mich schlecht gelaunt an. »Das wirst du nicht tun!«

Ich schäle mich aus seinem Arm und setze mich auf. »Brauche ich auch nicht. Du bist ja wach.«

»Ja, dank dir.« Grummelnd setzt er sich auf. »Was ist denn los?« Sein Blick fällt auf die Briefe, die neben uns auf dem Bett verteilt sind, und schlagartig weicht alle Müdigkeit aus seinen Augen. »Was hast du gefunden?«

»Nichts, also, nicht wirklich etwas … Ich wollte nur mit dir reden.«

Er wirft einen verzweifelten Blick auf sein Smartphone. »Jetzt?«

Ich krabbele aus dem Bett und verstaue die Briefe wieder sicher im Schrank. »Ich kann nicht bis morgen warten.«

Er seufzt theatralisch und lässt sich zurück in die Kissen fallen. »Du lässt mich eh nicht schlafen, oder?«

»Richtig.«

»Ach, komm her, du.« Er zieht mich in seine Arme. »Was ist denn los?«

Ich stütze mein Kinn auf meine Hände. »Warum ist diese Frau direkt nach dem Tod meiner Mutter Hals über Kopf verschwunden? Ich meine …, dass sie danach nichts mehr dort verloren hatte, verstehe ich ja, aber …«

»Aber warum hat sie bereits ein paar Monate vorher genau zu diesem Stichtag gekündigt, meinst du?« Lucas seufzt und presst kurz die Lippen aufeinander. »Das ist mir sofort aufgefallen, Liebes.«

Mein Mund ist ganz trocken. »Du hast nichts gesagt.«

»Ich dachte, du hättest bereits genug Probleme.«

»Du denkst also, Edith könnte etwas mit dem Tod meiner Mutter zu tun haben?«

»Ich halte es zumindest nicht für unmöglich.« Er drückt mir einen Kuss auf die Stirn. »Auch wenn ich hoffe, dass es anders war.«

Tränen stürzen mir in die Augen. »Ich will das nicht, Lucas. Ich will mich nicht damit beschäftigen müssen, ob meine Mutter ermordet worden ist oder nicht. Ich will nicht darüber nachdenken, ob ich mit unseren Leben spiele, nur weil ich in deiner Nähe sein will.« Mein Blick fällt auf das Foto in dem verschnörkelten Rahmen auf dem Nachttisch. Ich nehme es herunter und starre mir selbst in die Augen. »Ich will diese ganze verdammte Scheiße nicht!«

Der Bilderrahmen fliegt quer durch den Raum, und zum ersten Mal in meinem Leben treffe ich wirklich gut. Das Glas zerspringt mit einem gewaltigen Klirren an der Steinwand, rieselt in einem Regen aus funkelnden Diamanten auf den Boden. Das Foto segelt hinterher, in aller Ruhe, und bleibt verkehrt herum liegen. Gut. So muss ich es mir wenigstens nicht mehr ansehen!

Lucas springt aus dem Bett. Barfuß hockt er in den Scherben und zieht das Foto heraus, betrachtet es eingehend. »Scheiße«, stellt er fest und sieht mich an. »Damit hätte ich nicht gerechnet.«

∞

»Dunkelkind.« Ich schüttele den Kopf und lese das Wort auf der Rückseite meines Fotos noch einmal.

Lucas hockt neben mir auf der Bettkante und reibt sich die Stirn, als könnte er sein Gehirn so zu Höchstleistungen anregen. »Das macht keinen Sinn. Du bist kein Dunkelkind.«

Ich lasse das Bild sinken. »Vorausgesetzt, Dunkelkind ist wirklich ein anderes Wort für Schattenwandler.«

Seine Augen werden groß. »Du meinst …?«

Ich zucke mit den Schultern. »Ich meine gar nichts und ich weiß noch weniger, Lucas. Aber wenn das Wort sowohl auf deinem als auch auf meinem Foto steht, wird es wohl nichts mit unseren Talenten zu tun haben. Denn ich bin definitiv keine Schattenwandlerin.«

Er stöhnt leise auf und schließt die Augen. »Nein, das bist du nicht.«

»Hast du dieses Wort denn schon einmal gehört?«

»Nur aus Resas Mund.« Er schüttelt den Kopf und lässt sich rückwärts in die Kissen fallen. »Und ich war mir sicher, sie redet von meinen Kräften.«

»Niemand konnte wissen, welches Talent ich irgendwann einmal entwickeln würde.« Ich lege mich neben ihn. »Also bedeutet es vermutlich etwas anderes.«

Er zuckt mit den Schultern und starrt an die Decke.

»Könnte das der Hinweis sein, den wir so lange suchen, Lucas?«

»Ich weiß es nicht.« Lucas schüttelt langsam den Kopf, ohne den Blick von der Zimmerdecke zu nehmen. »Ich weiß gar nichts mehr.«

Ich küsse ihn auf die Stirn. »Das hat keinen Sinn. Lass uns schlafen gehen. Morgen sehen wir vielleicht klarer.«

Lucas mustert verstimmt die helle Deckenbeleuchtung. »Du brauchst eine neue Nachttischlampe.«

Ich schmiege mich an ihn. »Wir nehmen einfach die auf deiner Seite. Und bis dahin …« Ich wedele mit der Hand und das Licht geht aus.

»Oh«, höre ich seine Stimme in der Dunkelheit. »Das ist praktisch.« Er legt seine Arme um mich und zieht mich halb auf seine Brust. »Wie schön könnte das alles sein.« In seiner Stimme klingt so viel Traurigkeit mit, dass mein Herz schwer wird.

∞

Ich schlage die Augen auf, als Lucas sich gerade ein frisches Shirt über den Kopf zieht.

Schlagartig bin ich wach. »Du gehst?«

»Ich wollte dir einen Zettel dalassen.« Er wirft einen Blick auf das Stück Papier in seiner Hand, zerknüllt es und wirft es in den Mülleimer. »Tut mir leid, dass ich dich geweckt habe.« Sanft verstrubbelt er mein Haar, küsst mich auf die Stirn. »Du siehst zum Anbeißen aus.«

Ich setze mich auf. »Du vergisst wohl, dass du ein Schattenwandler bist und kein Blutsüchtiger.«

»Nicht nur das. Offensichtlich bin ich auch ein Dunkelkind, genau wie du. Was auch immer das sein soll.« Mit einem Seufzen lässt er sich auf die Bettkante sinken. »Irgendwann drehe ich noch durch, Mella.«

Ich greife nach seiner Hand, drücke sie fest. »Hat sie dich angerufen?« Am liebsten will ich die Antwort gar nicht hören. Er soll bei mir bleiben. Es ist einfach zu gefährlich.

»Helena?« Fast unmerklich verzieht er das Gesicht. »Sie hat mir in aller Herrgottsfrühe eine Nachricht geschickt. Ich weiß gar nicht, was los ist, dass uns ständig und überall die Novizen querschießen.«

Ich schlage die Bettdecke zurück. Ein kleiner, unbekümmerter Teil von mir registriert zufrieden, dass sein Blick über meinen Körper huscht. »Wann wirst du zurück sein?«

Er steht auf. »Kann ich dir noch nicht sagen. Ich wollte meinen Kopf noch in ein paar alte Bücher stecken, bevor wir losfahren, und versuchen, endlich herauszufinden, was ein Dunkelkind ist.« Suchend lässt er seinen Blick durch mein Zimmer schweifen und findet schließlich seine Hose. »Wir müssen dir ein Handy besorgen, dann können wir besser in Kontakt bleiben.«

Ich werfe einen Blick aus dem Fenster. Ein schöner, sonniger Tag wartet da draußen, und ich stoße einen sehnsüchtigen Seufzer aus. »Damit du kontrollieren kannst, ob ich auch schön brav bin?«

»Damit du kontrollieren kannst, dass ich keinen Blödsinn mache.« Er grinst und streift sich seine Jeans über. »Geh ruhig nach draußen.« Überrascht sehe ich ihn an, und er zuckt mit den Schultern. »Du bist keine Blutsüchtige, also gibt es keinen Grund mehr, dich hier festzuhalten. Und du kannst dich verteidigen, vermutlich sogar besser als ich. Aber bitte sei vorsichtig, okay?« Er drückt mir einen Kuss auf die Stirn. »Und bleib im Licht.«

∞

Zwei Stunden später ziehe ich frisch geduscht und breit grinsend meine Zimmertür hinter mir zu und mache mich auf in den Park. Ich hopse die Treppen herunter, so federleicht fühle ich mich - jedenfalls solange ich jeden Gedanken an unser verbotenes Spiel, versteckte Briefumschläge und Dunkelkinder von mir schiebe.

Draußen erwartet mich der Frühling. Vögel singen in den alten Bäumen, und ein Spatzenpärchen saust haarscharf an meinem Kopf vorbei, in den Schnäbeln Grashalme und winzige Zweige. Warm fällt die Sonne durch die zart begrünten Äste, brennt sich in meine Zellen, tankt mich auf und flutet mich mit Licht. Mein Körper ist berauscht von der Kraft, die sich in seinen Zellen ausbreitet. Tief atme ich durch, schließe die Augen und schnell zieht sich das Kribbeln zurück, fort von meiner Hautoberfläche.

Ich mache mich auf den Weg zur Klippe. Der Kies knirscht unter meinen Füßen und ich strecke meine Finger aus, streichle im Vorbeigehen die jungen Blätter der wild wuchernden Büsche, die den schmalen Weg umrahmen. Ich berühre das kühle, dunkelgrüne Moos, das die schattigen Seiten der gewaltigen Felsen überzieht, lasse meine Fingerspitzen über die knorrigen Stämme der Lindenbäume fahren.

Zwischen ihren Wurzeln entrollen sich hellgrüne Farnwedel ins Licht wie verwunschene Pflanzen aus einer anderen Welt. Ich liebe diese Wildheit, das Ungezähmte eines Gartens, der den Konventionen entkommen ist.

Am Rand der Klippe angekommen, setze ich mich auf den umgefallenen Baumstamm. Das glatte, ausgeblichene Holz schmeichelt meiner Hand, sanft aufgeheizt von der Morgensonne. Fast fühle ich mich wie in einer Kirche.

Tief unter mir liegt das Meer, graublau und weiß, vermischt sich am Horizont mit dem Himmel wie das Bild eines Aquarellmalers. Anarchisch ist es heute. Ungezügelt prallen die Wellen auf harten Felsen. Die Gischt legt sich wie ein feiner Nebel sanft auf mein Gesicht und benetzt meine Lippen mit Salzwasser.

»Mella, richtig?«

Ich blicke auf. Helenas Blutsauger-Freund steht neben dem Baumstamm, schirmt seine Augen gegen die Sonne ab. Ich habe ihn nicht kommen hören. »Ja, stimmt. Und dein Name war …?«

»Julian.« Sein Blick schweift über das weite Meer unter uns. »Du machst es richtig, diesen schönen Tag draußen zu genießen!«

Ich atme die Frühlingsluft in meine Lungen, würzig und klar. »Ist es nicht wundervoll hier?«

Er sieht sich um und lacht. »Vielleicht verliert man nach ein paar Jahrhunderten den Blick dafür.« Von oben herab mustert er mich, ein amüsiertes Grinsen auf dem Gesicht. »Eigentlich ist das mein Platz.«

Ich zucke mit den Schultern und rücke ein Stück beiseite. »Dann setz dich. Hier passen fünf von uns hin.«

Er rutscht neben mich auf den Baumstamm und mustert mich mit unverhohlener Neugier. »Ich hab dich hier draußen noch nie gesehen. Und ich bin jeden Mittag an diesem Ort.«

»Ich bin zum ersten Mal allein unterwegs.«

Er grinst schief. »Dann hast du dein Talent entdeckt! Und? Was ist es?«

Kurz zuckt Lucas' Warnung durch meinen Verstand. »Ich bin offensichtlich eine Lichtwandlerin.«

Anerkennend zieht er die Augenbrauen hoch. »Eine gute Eigenschaft. Jedenfalls interessanter als meine.« Er lächelt.

Heimlich schiele ich auf seinen Mund. Spitze, kleine Eckzähne. Mich schaudert bei dem Gedanken daran, was er, Helena und Sam vorhatten, als wir uns zum ersten Mal trafen. »Wie ist es, Blut zu trinken?«

Julian atmet tief durch und zuckt mit den Schultern. »Wie soll das schon sein? Man gewöhnt sich daran.«

»Ist das nicht, nun ja, irgendwie eklig?«

Er betrachtet zwei Möwen, die sich weit über unseren Köpfen um etwas streiten, und schüttelt den Kopf. »Nein. Ich lebe davon, genau wie diese Möwen von ihrem Fisch. Ist eben so. Das ist unsere Natur.«

Ich kaue auf meiner Unterlippe. Er hat einen Punkt getroffen. Eine Vegetarierin war ich zumindest auch nie. »Und was passiert mit den Menschen, die ihr gebissen habt? Danach?«

Er senkt den Blick. »Es gibt kein Danach.«

»Sie überleben das nicht?« Ich reiße die Augen auf. »Nie?« In Filmen kann es sich der Vampir immer aussuchen, ob er nur ein wenig an seinem Opfer nippt oder es komplett aussaugt.

Julian zieht die Schultern hoch. »Wenn wir erst einmal angefangen haben, können wir nicht aufhören, bis es vorbei ist. Nichts, auf das ich stolz wäre. Aber es gehört eben zu mir.«

Ich denke an die Brandwunden, die ich Lucas zugefügt habe, und wie wenig ich mich dagegen wehren konnte, ihn zu verletzen. Vermutlich ist das mit der Blutsucht ähnlich. »Wir sind, was wir sind«, murmele ich. Genau das hat Lucas vor einiger Zeit zu mir gesagt, genau an diesem Ort.

»Kluge Worte. Und so wahr.« Julian schaut hinaus auf das Meer. Der Wind zaust in seinen braunen Haaren. »Hast du dich schon bei uns eingelebt?«

»Ich habe ja keine andere Wahl.« Ich lache, um die Bitterkeit in meiner Stimme zu übertünchen, und er stimmt mit ein. Das Sonnenlicht blitzt und funkelt auf seinen spitzen Eckzähnen. »Und was machst du so den ganzen Tag über, wenn du nicht gerade Menschen aussaugst, Julian?«

Er zieht eine Grimasse. »Ich gehöre zu den Glücklichen, die ihren alten Job auch hier noch weitermachen dürfen. Den Großteil meiner Tage verbringe ich in einem staubigen Büro und blättere in Akten, die niemanden außer mich interessieren.«

Überrascht reiße ich die Augen auf. »Ein Buchhalter? Ich war auch Buchhalterin!«

Er lacht und zieht die Augenbrauen hoch. »Wirklich?«

»Ich fand es schrecklich.«

»Zum Kotzen.« Julian verzieht das Gesicht. »Und ich muss das für den

Rest der Zeit machen! Dich werden sie dann wohl auch in die Verwaltung stecken, sobald du dein Talent unter Kontrolle hast.«

Ich verziehe das Gesicht. »Bloß nicht!«

Er stupst mich mit seiner Schulter an. »Hey, sieh das mal positiv. Wir könnten uns ein Büro teilen und uns den ganzen Tag lang gegenseitig bedauern.«

»Wenigstens etwas.« Ich habe zwar überhaupt keine Lust darauf, wieder stets und ständig mit Zahlen zu kämpfen, aber mit diesem Julian könnte das vielleicht sogar ganz lustig werden. Eigentlich wüsste ich ja gern, was diese Umbracoren mit all ihrer Geheimnistuerei überhaupt zu verwalten haben.

Julian wirft einen Blick auf seine Armbanduhr und seufzt. »Und schon rufen mich wieder meine Versuche, die Weltherrschaft an mich zu reißen.«

Ich muss lachen, und er erhebt sich. »Denkst du, du kommst in Zukunft öfter hierher, Mella?«

»Spätestens, wenn wir unsere Mittagspausen gemeinsam hier verbringen.«

Julians Augen blitzen amüsiert. »Ich bin mir sicher, wir werden noch sehr viel Spaß miteinander haben!«

Er zwinkert mir zu, und noch bevor ich seinen Abschiedsgruß erwidern kann, dreht er sich um und geht strammen Schrittes davon.

∞

»Mella?«

Ich drehe mich um und blicke in Toms verdutztes Gesicht. »Was machst du hier draußen? Wo ist Lucas?«

»Er hatte zu tun und ich wollte in die Sonne.«

»Und? Das heißt also … Los, erzähl! Welches Talent hast du?« Er ist ganz aufgeregt, und ich lasse mich von ihm anstecken.

»Ich bin eine Lichtwandlerin.«

Ein Strahlen breitet sich über sein Gesicht aus. »Cool! Was hast du schon ausprobiert?«

»Nun ja, ich bin auf eine einsame Insel gereist. In weniger als einer Minute war ich da!«

Mit offenem Mund sieht er mich an. »Wow! Ich bin total neidisch! Und kannst du auch jemanden mitnehmen?«

Ich schüttele den Kopf, Lucas' Warnung noch im Ohr. Jemanden mitzunehmen, ist nicht normal. »Wir haben es ausprobiert, aber das Einzige, was ich geschafft habe, war -« Ich breche ab und verdrehe innerlich die Augen. »Das Einzige, was ich geschafft habe, war, mir nasse Füße zu holen. Ich bin mitten im Meer gelandet.«

»Das klingt nach Spaß.« Er blickt mich von der Seite an. »Aber ich bin überrascht, dass Lucas dich einfach so allein gelassen hat.«

Meine Nackenhaare stellen sich auf. »Warum sollte er denn nicht?«

»Ich weiß nicht.« Tom zuckt mit den Schultern. »Er hat immer so ein Drama um deine Sicherheit gemacht. Zu Recht.«

Alle Alarmglocken in meinem Kopf gehen an, aber beiläufig winke ich ab. »Ach, Blödsinn. Es ging doch nur darum, dass ich im Blutrausch niemandem etwas antue. Jetzt, wo wir wissen, dass ich eine Lichtwandlerin bin, besteht keine Gefahr mehr.«

»Nun, ich weiß nicht. Ich an seiner Stelle würde auf dich aufpassen wie auf einen Schatz.« Tom dreht sich zu mir um, sieht mich an mit seinen wasserblauen Augen, ohne jede Spur seiner üblichen Fröhlichkeit. »Denn wenn dir etwas zustößt, dann war's das auch für ihn.«

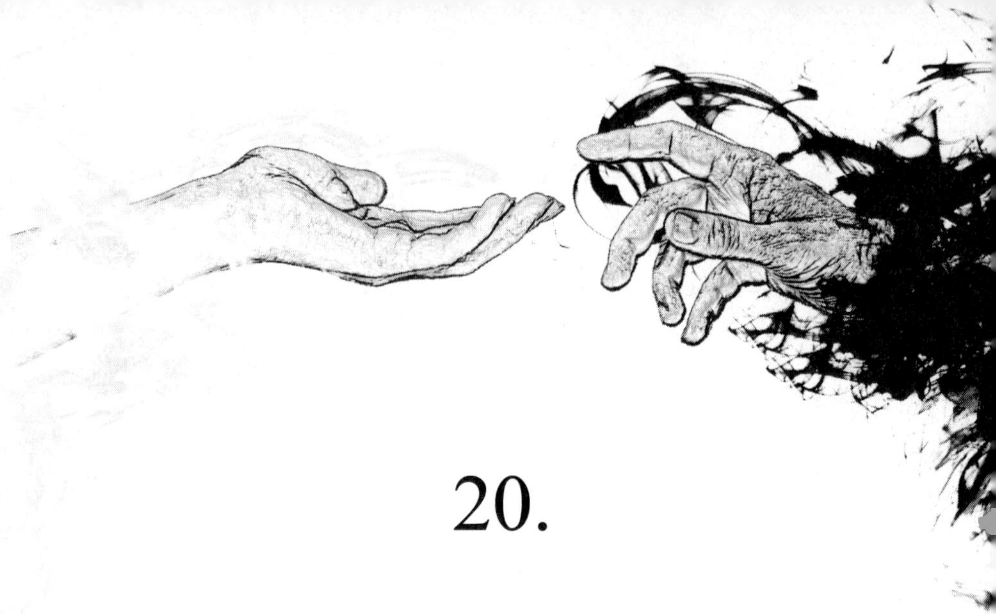

20.

Ich starre Tom an. »Was?«, ist alles, was ich hervorbringen kann.

Er seufzt und sieht mich geduldig an, fast schon mitleidig. »Lucas hat dir mit seinem Blut einen Teil seiner Unsterblichkeit gegeben.«

Seine Worte prasseln auf meinen Verstand ein wie Schläge. Er hat was?

Sein Blut?

Seins?

»Lucas?«, japse ich. »Lucas hat mich verwandelt? Aber ich dachte, dieser Novize …« Ich breche ab und schüttele den Kopf.

Tom zieht erstaunt die Augenbrauen zusammen. »Hast du das denn nicht gewusst?«

»Nein! Offensichtlich habe ich das nicht gewusst!« Verfluchte Scheiße. Ich dachte, dass der Angreifer mich bei dem Überfall damals infiziert hat, wie man das aus Filmen und Geschichten kennt. Der, der dich beißt, ist dein Erschaffer. Die Welt dreht sich und wird dunkel. »Erzähl mir alles.«

Tom rutscht unbehaglich auf dem trockenen Baumstamm hin und her. »Ich weiß nicht, sollte er das nicht besser selbst …«

»Erzähl es mir, verdammt!«

Tom zuckt zusammen. »Gut, ganz wie du willst. Der Novize wollte dich töten. Lucas ist dazwischen gegangen. Er hat getan, was nötig war, und dich hierhergebracht. Aber du warst zu schwer verletzt, hattest viel zu viel Blut verloren. Unser Fürst beschloss, dich zu verwandeln. Und da Lucas für diesen Zwischenfall verantwortlich war, wurde er gezwungen, dein Wächter zu sein.«

Man kann nicht einfach aufhören, Wächter zu sein, hallt Lucas' Stimme in meinem Kopf wider. Ich stöhne auf und reibe mir die Schläfen. Das darf doch nicht wahr sein. O Gott, ich dachte, Wächter wäre nur ein anderes Wort für Ausbilder! »Wie macht man das?«, frage ich heiser. »Wie genau wird man zum Wächter?«

Tom benetzt seine Lippen. »Durch die Gabe von Herzblut. Dafür nehmen sie einen *Aculeus* -«

»Einen was?«

»Einen *Aculeus*. Ein silbernes Röhrchen, dünn wie ein Strohhalm und an einem Ende scharf geschliffen wie ein rundes Skalpell. Sie stoßen ihn zwischen zwei Rippen hindurch ins Herz, um an frisches, unverbrauchtes Blut zu kommen.«

Ich blinzle. Dieser metallische Geruch, diese klebrige Medizin, an der ich fast erstickt wäre - das war sein Blut? Sein Herzblut? Aber wenn man lebensnotwendige Organe verletzt … »Ist das nicht extrem gefährlich?«

Tom nickt. »Man braucht sehr viel Glück, um das zu überleben – und das gilt sowohl für den Wächter als auch für den Schützling.« Sein Blick ist unergründlich. »Lucas hatte unfassbares Glück, und das brauchte er auch. Risse in Milz und Leber, ein paar Knochenbrüche. Der Novize hat euch beide förmlich zerfleischt.«

Tränen treten mir in die Augen. »Zerfleischt?«

Lucas hat den Novizen vernichtet, bevor der ihn vernichten konnte. Er hat sich verteidigt. Nein, er hat mich verteidigt.

»Und wie geht es weiter, nachdem der Mensch das Blut seines Wächters bekommen hat?« Ich erkenne meine eigene Stimme kaum wieder.

»Zu meinen Zeiten wurde der Schützling sich selbst überlassen.« Tiefe Bitterkeit schwingt in seiner Stimme mit. »Nur wenige von uns haben es auf die andere Seite geschafft. Die meisten waren nicht stark genug, um die Qualen auf dem Weg in die Unsterblichkeit auf sich zu nehmen.«

Weiße Schmerzen.

Daran erinnere ich mich.

Nie zuvor habe ich solche Schmerzen erlebt. Jede Zelle brüllte in Agonie, jedes Atom meines Körpers schrie aus Leibeskräften nach Erlösung. Keuchend halte ich mich an dem Baumstamm fest. Mir wird übel, die Welt dreht sich immer schneller.

»Heute weiß man, dass regelmäßige Blutgaben die Wandlung stabilisieren.

Bis zu seinem Erwachen bekommt der Schützling immer wieder das Herzblut seines Wächters verabreicht, bis man sicher sein kann, dass die Transduktion erfolgreich war.«

Ist das mit mir auch passiert während der drei Monate, in denen ich hier, aber nicht bei Bewusstsein war? Sie haben mich an Lucas angeschlossen, als wäre er meine Blutkonserve? Angewidert schüttele ich den Kopf. »Das klingt grauenhaft.«

»Das ist es auch. Während der Bluttransfusionen stand es ein paar Mal sehr schlecht um Lucas. Innere Verletzungen sind ein großes Problem für uns. Man erkennt sie nicht sofort und sie töten uns langsam von innen, wenn man sie nicht rechtzeitig behandelt. Aber er hatte Glück. Er war schon immer ein Kämpfer.«

Mir wird heiß und kalt. Das unangenehme Brennen steigt wieder an meine Hautoberfläche auf, beißt und juckt. Ich verliere die Kontrolle über meine Fähigkeiten. Nein! Nicht jetzt! O Gott, ich kann hier nicht vor Toms Augen mit Blitzen herumschießen! Fest konzentriere ich mich und verbanne die Energie zurück in die Tiefen meines Körpers. Sie brennt in mir, zerfetzt mich mit unsichtbaren Krallen.

Tom scheint von meinem inneren Kampf nichts mitzubekommen. »Und weil er dein Wächter ist, ist es auch normal, dass er so auf dich achtgibt. Wenn du vergehst, dann ist das auch für ihn das Ende.« Sanft legt Tom seine Hand auf meine und drückt sie mitfühlend.

Ich wehre mich nicht dagegen. Was sagt er da? Sein Ende?

»Wenn du stirbst, stirbt auch er, Mella. Wenn du lebst, lebt er. Du bist seine Lebensversicherung. So einfach ist das.«

Ja, so einfach ist das also. Ich schlucke trocken, blicke hinaus auf das Meer und sehe nichts. Sein Leben liegt in meiner Hand und er hat es mir nicht gesagt. O Gott. Eine Welle der Übelkeit erfasst mich.

Tom schreit plötzlich auf und reißt seine Hand aus meiner. »Mella! Warst du das?«

O Scheiße! Er hat die volle Breitseite meiner Kraft abbekommen! Ich brauche mehrere Anläufe, um den Kloß in meinem Hals herunterschlucken zu können. »Mir ist nur ein wenig übel. Es ist das Lichtwandeln, weißt du. Wenn ich zu lange im Sonnenlicht sitze, haut mich das um. Wie eine Überdosis.«

»Dann geh zurück in dein Zimmer und ruh dich aus.« Tom steht auf.

Seine Haare glänzen in der Sonne wie Weizenähren.

Der Wind zerrt die einzelnen Strähnen in alle Richtungen. Abwesend reibt er seine Handfläche.

Ich kann nicht mehr tun als zu nicken und mein Gesicht zu verziehen, damit es so aussieht, als würde ich lächeln.

Er erwidert mein Lächeln auf eine traurige, melancholische Weise. »Ich wollte dir keine Angst machen, Mella. Aber du hast nach der Wahrheit gefragt und die habe ich dir gegeben.«

Ja. Wie wundervoll befreiend die Wahrheit doch sein kann!

∞

Diese Nachdenkerei führt zu nichts. Seit Stunden wälze ich mich im Bett hin und her, doch die Übelkeit lässt mich nicht los. Ich habe keine Lust mehr auf Sonne und kein Auge mehr für die Schönheit und Wildheit der Welt da draußen. Die Wahrheit über Lucas und mich breitet sich über mir aus wie eine Gewitterfront an einem Frühlingstag.

»Du bist schon zurück?« Mit bloßem Oberkörper steht Lucas in der Badezimmertür und rubbelt sich mit einem Handtuch die Haare trocken. Seine Haut schimmert im letzten Tageslicht, absolut unversehrt, wie matte Seide, und normalerweise hätte seine tiefsitzende Jerseyhose mich auf ganz andere Gedanken gebracht.

»Ich hatte keine Lust mehr.« Mit einem leisen Ächzen rappele ich mich auf und lasse die Beine über die Bettkante hängen. »Warum hast du dich umgezogen?«

Er verzieht das Gesicht und lässt das Handtuch sinken. »Das war nötig.«

Ich schnappe nach Luft und haste zu ihm. »Bist du verletzt?«

Er schüttelt den Kopf und lächelt. »Nein, schon gut. Mir ist nichts passiert.«

Erleichtert falle ich ihm um den Hals. »O Lucas!«

Verlegen wehrt er mich ab. »Nicht. Du brauchst keine Angst um mich zu haben.«

»Nicht so sehr wie du um mich, was?«

Missmutig stößt er den Atem aus. »Hat Tom wieder ein Schwätzchen mit dir gehalten?«

Seine Brust hebt und senkt sich unter gleichmäßigen Atemzügen.

Mit zittrigen Fingern streiche ich über seinen Oberkörper, suche nach dem Einstich. Seine Haut ist weich und warm unter meiner Hand, und vollkommen makellos. »Wo ist es?«

Er schließt die Augen, müde, niedergeschlagen. Widerwillig legt er einen Finger auf seine linke Seite, knapp neben dem Brustbein. »Ungefähr hier.« Seine Stimme ist ganz leise.

Da ist keine Narbe. Nichts ist mehr davon zu erkennen, dass er vor kurzer Zeit verletzt war, so schwer, dass er daran fast zugrunde gegangen wäre. Ich beuge mich vor und drücke einen langen Kuss auf die Stelle. Nur einen Wimpernschlag später drückt er mich fest an sich und atmet schwer aus.

»Ich danke dir.«

Unwillig schiebt er mich zurück und verzieht das Gesicht. »Wofür, Mella? Ich habe dir dein Leben genommen und dich zu etwas gemacht, was du verabscheust.« Er geht hinüber zum Schrank und nimmt sich ein frisches T-Shirt heraus. »Und ich habe es nicht einmal freiwillig getan.« Fast schon wütend zerrt er sich das Shirt über den Kopf. »Wenn ich meinen Scheißjob richtig gemacht hätte, wärst du immer noch ein Mensch und hättest deine Arbeit, deine Freunde, die Chance auf eine Zukunft– all das, was du jetzt nicht mehr haben kannst.«

Mit zwei Schritten bin ich bei ihm, umfasse sein Gesicht mit beiden Händen und zwinge ihn, mich anzusehen. »Ich hätte dich nicht.«

Zuneigung flammt in seinen Augen auf, überlagert von tiefer Bitterkeit. »Du würdest mich auch nicht vermissen.«

Ich mustere sein Gesicht, präge mir jedes Detail ein, seinen Fünftagebart, die langen Wimpern. »Manchmal habe ich das Gefühl, als hätte ich dich schon mein Leben lang vermisst.«

Er verzieht den Mund und blickt zu Boden.

Mit den Fingerspitzen berühre ich die Stelle auf seiner Brust, durch die sie das runde Messer getrieben haben. »Hat es sehr wehgetan?«

»Höllisch.« Wieder schüttelt er den Kopf und betrachtet seine nackten Füße auf dem goldenen Sandstein. »Unerträglich. Ich war sicher, dass ich es nicht überstehen werde.« Sein Blick taucht in meinen, und seine Augen sagen mir so viel.

»Aber wir haben es überstanden, Lucas. Beide.«

»Tja.« Tief atmet er durch. »Und was ist dabei herausgekommen?«

»Dass ich Lampen sprengen kann.«

Lucas lacht kurz auf, wird aber sofort wieder ernst und mustert kopfschüttelnd den Steinboden.

»Dass wir uns gefunden haben.« Ich warte darauf, dass er mich wieder ansieht.

Als er es schließlich tut, ist sein Blick voller Zuneigung. Aber der Zweifel und die Angst, die dahinter lauern, hinterlassen einen Stachel tief in meinem Herzen.

∞

»Hast du etwas über die Dunkelkinder herausgefunden?«

Er schnaubt und setzt sich auf. »Kein Wort. Es ist nichts darüber zu finden.« Mit einem leisen Seufzer lässt er den Kopf hängen. »Wir stehen wieder ganz am Anfang und verstehen gar nichts.«

Verdammt. Es kann doch nicht sein, dass man überhaupt nichts darüber findet! Irgendjemand muss doch … »Lucas, gib mir dein Handy.«

Mit gerunzelter Stirn sieht er mich an. »Wen willst du anrufen?«

Ich beuge mich vor und angele es mir selbst vom Nachttisch. »Niemanden. Ich will nur etwas nachsehen.« Wild tippe ich auf dem Display herum.

Lucas steht auf und geht hinüber zum Fenster. »Das bringt doch nichts.« Mit zwei Fingern schiebt er den dunkelblauen Samt zur Seite und sieht in die Nacht hinaus, während ich darauf warte, dass sich die Suchmaske auf dem kleinen Monitor öffnet.

Das WLAN ist mörderisch langsam. »Es gibt nichts, was das Internet nicht weiß.«

Lucas wendet sich um und schnaubt amüsiert. »Natürlich. In einer Bibliothek mit über tausend Jahre alten Büchern findet sich gar nichts darüber, aber das Internet bietet die Lösung.«

»Und wenn es auch nur jemand ist, der auf Verschwörungstheorien steht …« Ich tippe auf einen Link, und eine Internetseite mit dem vertrauenswürdigen Namen *es-gibt-sie-wirklich.com* öffnet sich. Ein Lächeln huscht über meine Lippen. Man findet wirklich alles im World Wide Web.

»Das ist doch nicht dein Ernst!« Lucas wirft sich neben mich in die Kissen und versucht, etwas auf dem Mini-Bildschirm zu entziffern.

»Dunkelkind«, lese ich. »*Filius obscurus*. Vampir, der von einem Vampir gezeugt wurde. Mutter menschlich.«

Lucas lacht verächtlich und verdreht die Augen. »Wenn da Vampir steht, weißt du ja schon, dass das nichts als Quatsch sein kann.«

»Moment«, sage ich. Du liebe Güte. Ja, Lucas hat recht, natürlich spricht der Verfasser von Vampiren, aber … »*Filiae obscurae* wachsen wie Menschen auf, bis sie zum Vampir werden. Danach sind ihre Fähigkeiten überragend. Sie gelten als die gefährlichsten von allen.« Ich werfe ihm einen langen Blick zu. »Deine Fähigkeiten sind definitiv überragend, Lucas.«

Er dreht sich auf den Rücken und verschränkt die Arme im Nacken, schnaubt abwertend. »Blödsinn, Mella. Mein Vater war kein Umbracor. Er war ein Mensch und er ist tot.«

Langsam schüttele ich den Kopf. »Aber klingt das nicht irgendwie logisch?«

»Da hat sich irgendjemand irgendetwas ausgedacht, was sich gut anhört, Mella. Kein Mensch weiß von unserer Existenz.«

»Meine Mutter wusste davon.« Ich lese weiter. »Er schreibt, das Wissen wäre in seiner Familie von Generation zu Generation weitergegeben worden.«

Lucas rollt nur mit den Augen, und ich packe seinen Arm. »Was, wenn er recht hat, Lucas?«

»Suchst du jetzt so verzweifelt nach einer Erklärung, dass du bereit bist, alles zu glauben?« Verstimmt sieht er mich an. »Sei nicht so naiv, Mella.«

Ich presse ihm sein Handy an die Brust und stehe auf. »Aber du weißt wieder alles, was?«

Lucas knallt das Telefon auf den Nachttisch. »Jedenfalls bin ich nicht bereit, jeden Scheiß zu glauben, den mir irgendein Verschwörungstheoretiker erzählt!«

»Kannst du es nicht wenigstens in Erwägung ziehen? Du bist ein Umbracor mit Fähigkeiten, von denen andere nur träumen können.«

Lucas seufzt leise. »Das mag ja sein. Aber mein Vater war ein Mensch. Und er liegt seit 65 Jahren unter der Erde.«

Ich blinzle, befeuchte meine Lippen mit der Zunge und schlucke. »Bist du ganz sicher?«

Seine Augen werden einen Tick dunkler. »Willst du jetzt mein ganzes Leben über den Haufen werfen, Mella?« Er legt den Kopf leicht schief, sieht mich fast schon flehend an. »Wir streiten wegen den total aus der Luft gegriffenen Behauptungen eines wildfremden Wichtigtuers, ist dir das klar?«

»Nein, wir streiten, weil du zu stur bist, um auch nur in Betracht zu ziehen, dass da etwas dran sein könnte! Es passt, Himmel, es passt viel zu gut, als dass wir es einfach als Hirngespinst abtun sollten!«

»Mein Vater ist tot«, beharrt Lucas grollend und kommt zu mir, packt mich grob um die Taille. »Los, mach das Scheißlicht aus. Ich werde es dir beweisen.«

∞

»Hier, bitte schön, der Fall Dewitt. Viel Spaß damit.« Lucas wirft mir den Aktenordner entgegen, und nur mit Mühe bekomme ich ihn zu fassen. Fangen war nie meine Stärke. Werfen ebenso wenig, also lasse ich es - auch wenn ich ihm das Ding jetzt gerade am liebsten an den Kopf knallen würde.

»Danke«, gifte ich und klatsche den Papierstapel auf einen Holztisch, der schon Generationen von gelangweilten Gerichtsmedizinern überlebt haben dürfte.

Die Neonröhren an der Decke geben ein sirrendes Geräusch von sich, hin und wieder unterbrochen von einem hellen Plingen.

»Also los, bitte. Zeig mir deine Beweise, Lucas.«

Er stößt ein genervtes Geräusch aus und schiebt mich beiseite.

Ich lasse meinen Blick durch den Raum schweifen. Wann war zuletzt jemand in diesem Kellerloch? Selbst die Spinnweben in den Ecken haben bereits Staub angesetzt. Aktenschränke über Aktenschränke zieren die unverputzten Wände, Massen an Todesfällen. Gestorben wird immer, auch wenn wir wohl kein Fall für die Gerichtsmedizin sein werden.

Lucas rührt sich nicht. Er steht vor dem Tisch wie erstarrt und stützt sich schwer auf den Aktendeckel. Vorsichtig berühre ich seinen Arm. »Was ist mit dir?«

Er schluckt einmal, zweimal, bevor er mich ansieht, die Augen ein wenig weiter geöffnet als üblich. »Da sind Fotos drin.«

Ich schiebe seine Hände sanft von dem fleckigen Kartondeckel und ziehe den Papierstapel zu mir hin. »Ist schon in Ordnung. Setz dich da rüber. Ich sehe alleine nach.«

Meine Finger zittern, als ich die ersten Seiten aufschlage. Ich will diese Fotos genauso wenig sehen wie er, und so werfe ich nur einen flüchtigen Blick auf die einzelnen Blätter, bis sich nur noch Text darauf befindet.

»Opfer … John J. Dewitt, 39 Jahre«, murmele ich und fahre mit dem

Zeigefinger über die eng mit Schreibmaschine vollgetippten Seiten. Unter meinen Fingerspitzen kann ich die Buchstaben spüren, die tief in das vergilbte Papier geschlagen wurden. Sie erzählen die Geschichte des Mannes, der gerade neben mir auf einem alten Stuhl hockt und nicht weiß, was er mit seinen Händen anfangen soll. »Fundort Schlafzimmer, Bett, Rückenlage. Bis zur Unkenntlichkeit verbrannt. Identifikation anhand Zahnschema nicht möglich, da keine Behandlungsunterlagen vorhanden. Auffällige Verfärbung der Schneidezähne, Pink Teeth Phänomen …« Ich blicke auf. »Dahinter steht ein riesiges Fragezeichen. Was ist ein Pink Teeth Phänomen?«

Er zuckt mit den Schultern, und ich sehe ihm an, dass ihn jedes einzelne Wort in dieser muffigen Akte mehr interessiert als meine Frage.

Also lese ich weiter. »Leiche am Folgetag zur Bestattung freigegeben. Hm.« Ich weiß nicht so recht, was ich von diesem Bericht halten soll, aber ich bin auch keine Ärztin. Also klappe ich die Akte zu. »Das bringt nichts. Darin steht nichts, was uns weiterhelfen könnte.«

Lucas nickt langsam, abwesend. »Ich bringe uns nach Hause«, sagt er leise und hält mir seine Hand hin. Ich nehme sie und presse mit der anderen die Papiere an meine Brust.

Er verharrt mitten in seiner Bewegung. »Du willst sie mitnehmen?«

»Denkst du, jemand wird sie hier vermissen? Wir haben Glück, dass sie noch nicht vernichtet worden sind.«

Hastig fährt er sich mit der Zunge über die Lippen. »Ich weiß nicht, ob ich sie so nah bei mir haben will. Die Fotos.«

Ich drücke seine Hand. »Ich werde sie irgendwo verstecken, wo du sie nicht zufällig finden kannst, okay?«

Ergeben nickt er. »Pink Teeth Phänomen … nie davon gehört.« Er zieht mich an sich und ich lasse die Neonröhren verglühen.

Endlich hört das nervige Sirren auf und die samtige Stille seines Schattens dringt in meine Ohren.

∞

Lucas hockt auf der Bettkante, das Mobiltelefon in der Hand. Ich stehe in der Badezimmertür, die Obduktionsakte immer noch an mich gedrückt. Wo, um alles in der Welt, soll ich sie verstecken, wenn er direkt vor mir sitzt und im Internet surft?

»Pink Teeth Phänomen …«, murmelt er und starrt auf den kleinen Monitor, als hätte ihn etwas hypnotisiert. Nicht einmal zwei Sekunden später sieht er mich an, und sein Blick ist alles andere als beruhigend. »Die Zähne färben sich rosa, weil Hämoglobin einsickert. Vor allem, wenn sich der Kopf bei Todeseintritt weiter unten befand als der Körper.«

Die Papiere knistern unter meinen Fingern, so fest drücke ich sie an meine Brust. »Aber laut den Unterlagen wurde er in seinem Bett gefunden, liegend, auf dem Rücken.«

Lucas nickt langsam. Er sieht aus, als würde er sich gleich übergeben. »Das ist noch nicht alles. Mella, dieses Phänomen findet man vornehmlich bei Wasserleichen.«

Der Boden gibt unter meinen Füßen nach. Ich taste rückwärts, bis ich etwas unter meiner Hand spüre und lasse mich auf die sichere Armlehne des Sessels sinken. »Ertrunken?« Es dauert eine Weile, bis ich diese Frage herausbringe, und meine Stimme klingt krächzend und leer. »Wie kann er ertrunken sein?«

Lucas lässt das Handy auf die Bettdecke fallen und steht auf. »Gib mir die Akte.«

Ich presse sie nur umso fester an mich. »Nein, Lucas.«

Er streckt die Hand aus. »Gib sie mir. Ich will es sehen.« Ohne meine Reaktion abzuwarten zerrt er den Papierstapel aus meinen Händen und wirft ihn vor sich auf den Couchtisch. Einmal atmet er tief durch, als könnte er sich so für das Grauen wappnen, das ihn erwartet, dann öffnet er den Aktendeckel.

Sein Blick hetzt über die Fotos, und ich sehe nur ihn an. Seine Miene ist so unbeteiligt, so emotionslos, dass meine Nackenhaare sich aufstellen. Plötzlich bleibt sein Blick an einem der Bilder hängen. Stumm betrachtet er es und schließt dann die Augen. »Scheiße.« Die Lippen fest zusammengepresst, blinzelt er die Tränen fort, die in seinen Augen schwimmen. »Der Mann hier auf den Fotos.« Er schluckt hart. »Seine Hände … sie sind unversehrt.«

Kraftlos lässt er sich neben mich in den Sessel fallen, und ich wage es nicht, zu atmen. »Meinem Vater fehlte das erste Glied des rechten Ringfingers, Mella.« Langsam schüttelt Lucas den Kopf. »Dem Mann auf den Fotos nicht.«

Ich lege mir die Hand vor den Mund. »Bist du sicher?«

Er nickt stumm. Schwer lehnt er sich gegen mich, als könnte ich ihm irgendeinen Halt geben. »Es könnte wahr sein«, flüstert er schließlich. »Verflucht, was ist hier los?«

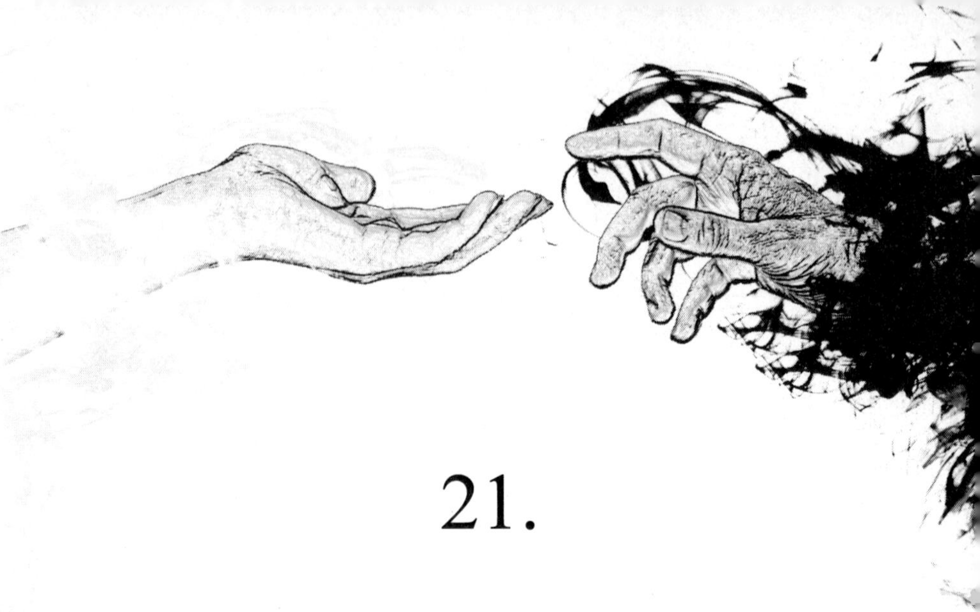

21.

Es ist, als ob Helena Lucas krampfhaft beschäftigen wollte, um ihm keine Zeit zum Nachdenken zu geben. Wieder riskiert er auf irgendeinem Einsatz sein Leben, und ich irre allein durch den Park, nur um etwas zu tun, das mich von meiner Angst ablenkt. Das Zimmer ist zu eng für mich, ohne ihn. Ich ersticke darin.

Es war nur ein Schuss ins Blaue, und er hat mitten ins Schwarze getroffen. John Dewitt ist nicht bei dem Brand gestorben. Alles sieht danach aus, als hätte er einen anderen Mann ertränkt und an seiner statt neben seine Frau ins Bett gelegt. Mich fröstelt trotz der Hitze. Das Sonnenlicht füllt mich aus, wärmt jede meiner Zellen, doch die Angst hält mein Innerstes kalt.

Bereits von Weitem sehe ich, dass der Baumstamm an der Klippe bereits besetzt ist. Julian. Er sitzt da und sieht hinaus aufs Meer. In den Händen hält er einen schmalen Schlüsselbund, spielt damit herum. Mit einem Seufzen lasse ich mich links neben ihn sinken.

Er wirft mir einen Seitenblick zu. »Oh. Kein guter Tag?

»Ich hatte schon bessere.«

»Geht mir ähnlich.« Er sieht wieder hinaus aufs Meer. »Ich bin da an einer Sache dran, aber ich komme einfach nicht weiter!«

»Ja.« Ich nicke grimmig. »Ich weiß, was du meinst.«

Er fährt zu mir herum. »Weißt du was? Ich habe die Schnauze so voll davon, tagaus, tagein in diesem dunklen Loch vor mich hinzuvegetieren!« Er knallt seine Schlüssel zwischen uns auf den Baumstamm und verschränkt die

Arme vor der Brust. »Immer nur Akten, staubige, langweilige Dokumentationen über staubige, langweilige Umbracoren.« Er stöhnt und rauft sich die Haare. »Sieh dies nach, sieh das nach, Julian. Finde heraus, ob irgendjemand von uns mit vierzehn Jahren am liebsten Hühnchen gegessen hat.« Genervt knurrt er.

Akten über uns? Über jeden von uns? Ich wende mich Julian zu, schlage die Beine übereinander und beuge mich ein wenig vor. Die rechte Hand stütze ich zwischen uns ab, direkt neben seinen Schlüsseln. Unabsichtlich? Wohl eher nicht. »Reg dich nicht auf. Es gibt solche Tage.« Ich stupse ihn mit der Schulter an. »Ich dachte, dass du in der Buchhaltung arbeitest und nicht in einem Archiv.«

Julians Blick verschwindet kurz im Ausschnitt meines T-Shirts, bevor er mich wieder ansieht. Meine Hand schiebt sich über das kalte Metall und ich schenke ihm ein verständnisvolles Lächeln.

»Archiv kann man das wohl kaum nennen.« Er schnaubt. »Eher eine Gruft, in der die Akten untergebracht werden, um zu vermodern. Und wer darf dort unten für Ordnung sorgen?« Genervt verdreht er die Augen und springt auf.

Schnell rutsche ich ein Stückchen nach rechts. Die Schlüssel bohren sich schmerzhaft in meinen Hintern, und ich gebe mir alle Mühe, harmlos auszusehen. Dort unten … »Dabei sollte es allgemein bekannt sein, dass ein feuchter Keller kein guter Ort für die Aufbewahrung von Papier ist.«

Er dreht sich zu mir um, nickt zustimmend. »Das sage ich dir. Aber es ist immer dasselbe. Niemand hört auf mich!«

Ich kaue auf meiner Unterlippe. Die Schlüssel helfen mir kein Stück, wenn ich nicht weiß, wo ich diese Akten finden kann. »Ich habe nicht gewusst, dass es hier überhaupt Keller gibt.«

Abschätzig lässt er seinen Blick über das Herrenhaus gleiten. »Natürlich gibt es die, irgendwie musste man ja damals seine Vorräte frisch halten. Gemacht fürs Gesinde, die feinen Herrschaften wollten damit nichts zu tun haben. Deshalb wurde die hintere Treppe gebaut.«

»Ein zweites Treppenhaus?«

Er deutet mit dem Kinn in Richtung des Gebäudetrakts, in dem auch mein Zimmer liegt, und schaut auf seine Armbanduhr, verdreht die Augen. »Ich muss los. Meine Reisegruppe wartet.«

Mahnend bohren sich die Schlüssel in mein Sitzfleisch und mein Herz rast.

Ich bin nicht sonderlich vertraut damit, Leute zu bestehlen, und ich werde nicht erfolgreich sein, wenn er in den nächsten Minuten bemerkt, dass sein Schlüsselbund nicht da ist. »Hast du für heute schon Feierabend?«

»Ich mache Feierabend, wenn ich will. Wir Blutsüchtigen brauchen keinen Schlaf. Wir können auch nachts arbeiten, völlig egal.« Er entspannt sich ein wenig und lächelt mich an, entblößt dabei die kleinen Spitzen an seinen Eckzähnen. »Aber heute können die mich mal gernhaben. Ich bin ausgelaugt und unbeherrscht, ich brauche …« Er bricht ab und sieht mich an, sucht nach dem richtigen Wort. »Etwas zu essen«, sagt er schließlich, und ein Schauer überrollt mich eiskalt.

Ich schlucke. »Dann solltest du die anderen nicht warten lassen.«

∞

»Es gibt ein Archiv hier im Haus, in dem Akten über jeden von uns aufbewahrt werden.« Ich hocke auf der Armlehne des Sessels und schaue Lucas beim Anziehen zu. Ein Hauch seines Duschgels weht mir in die Nase und sofort schlägt mein Herz schneller.

»Ein Archiv?« Misstrauisch zieht er die Augenbrauen hoch und knöpft sich die Jeans zu. »Wieso weiß ich nichts davon?«

»Ich kann dir sogar genau sagen, wo es ist: Im Kellergeschoss, am Fuße der hinteren Treppe.« Ich ziehe die Schlüssel aus der Tasche und lasse sie klimpern. »Interesse?«

Jedenfalls sieht er interessiert aus. »Woher hast du die?«

»Von Julian. Er hat sie mir geliehen. Nun ja, mehr oder weniger.«

»Du hast deinen neuen Freund beklaut?« Er schmunzelt und zieht mich in seine Arme. »Ich habe wohl einen schlechten Einfluss auf dich.« Er drückt mir einen Kuss auf die Lippen und löst sich von mir, um sein Shirt anzuziehen. »Ich kenne ihn gar nicht.«

Ich zucke mit den Schultern. »Du kannst dir ja gleich seine Akte durchlesen, dann weißt du mehr.«

Lucas bückt sich und sammelt seine Boots auf. »Warten wir erst einmal ab, ob wir etwas über meinen Vater finden.«

∞

Die klamme Kälte frisst sich in meine Knochen. Es ist so dunkel hier unten, dass ich nahezu blind hinter Lucas her stolpere. Fest umklammere ich seine Hand und lande immer wieder in matschigen Pfützen, die sich hier unten gebildet haben.

Keller war stark untertrieben. Der Untergrund ist zerfressen von Katakomben, die Wände aus rohem Fels geschlagen und vermutlich älter als das Haus selbst. Der Boden gleicht einem Kartoffelfeld, hart und voller Unebenheiten, die mich mehrfach fast zu Fall bringen.

Hinter einer scharfen Rechtsbiegung erwartet uns eine große Stahltür, khakigrau gestrichen wie der Eingang eines Bunkers. Eine alte Funzel beleuchtet unmotiviert den Eingang ins vergessene Archiv des Vierten Fürstentums.

»Wie charmant.« Skeptisch mustert Lucas die Tür. Feuchter Stein schmiegt sich rings um den grauen Stahl. »Und hier soll irgendjemand tagaus, tagein arbeiten?«

»Kein Wunder, dass er seine Pausen so gerne im Park verbringt.« Ich reiche ihm Julians Schlüsselbund und unterdrücke dabei das Klimpern, so gut ich kann. »Es ist gruselig hier unten.« Ein Schaudern durchrieselt meinen Körper wie ein plötzlicher, kalter Regenguss.

Ein Schmunzeln lässt seine Augen strahlen. »Geister gibt es hier nicht, Liebes. Nur Untote. Und mit denen kommst du klar.« Er zwinkert mir kurz zu und kümmert sich um das Türschloss.

Schon der vierte Schlüssel ist der richtige. Mit einem müden Ächzen gibt die Stahltür den Blick auf einen nur spärlich ausgeleuchteten Raum frei. Flache Kellerlampen kleben wie dicke, gelbliche Käfer an den roh behauenen Wänden. Ihr Licht reicht kaum bis zur nächsten Ecke. Die niedrige Decke macht dieses Loch auch nicht gerade einladender.

Rostige Hängeregale bedecken die Wände bis auf den letzten Zentimeter, lückenlos vollgestopft mit fleckigen, beigefarbenen Akten. Neben einem schäbigen Tisch stapeln sich ein paar Metallstühle, der mintfarbene Lack auf den Rückenlehnen fast vollständig abgeplatzt. Das Ganze erinnert eher an den Verhörraum eines Spionagethrillers, und das macht es auch nicht besser.

Lucas schiebt die Schlüssel zurück in seine Jeans, ohne den Blick von den Tausenden von Akten vor uns abzuwenden. »Was ist das alles?«

»Aufzeichnungen.« Im Vorbeigehen streiche ich ihm leicht über den Rücken. »Würdest du gern hier unten arbeiten?«

Lucas schüttelt den Kopf. »Im Leben nicht. Allerdings würde ich dann vermutlich die Ordnung kennen.« Er seufzt und kratzt sich am Hinterkopf. »Wie sollen wir hier etwas über meinen Vater finden?«

Ich zucke mit den Schultern. »Ich links, du rechts?«

Lucas macht sich auf den Weg. »Also los.«

Alte Akten stinken. Sie riechen nach einer Mischung aus verrottendem Papier, Staub und etwas, das mich an die langen Winternachmittage in der Bücherei erinnert. Gemütlicher Muff.

Nur mit Kraft gelingt es mir, die einzelnen Vorgänge auseinander zu schieben, um die Namen darauf lesen zu können, so eng wurden sie in die Regale gestopft. Alaster, Mark. Aleios, Kalliope, dahinter ein Kreuz. Eine tote Umbracorin? Zumindest sind die Akten allem Anschein nach alphabetisch geordnet. Ich gehe in die Hocke und sehe in der untersten Reihe nach. Das Papier fühlt sich klamm an und der Geruch nach Moder beißt in der Nase. Barrell, Hans. Bastet, Mila. Na wunderbar.

Bei meinem Glück befinden sich alle Namen mit D in der obersten Reihe und ich muss einen der Metallstühle hierher zerren, um überhaupt an die Vorgänge heranzukommen.

Ich drehe mich zu Lucas um. »Wie sieht es bei dir aus? Schon etwas gefunden?«

Er blickt von dem Ordner hoch, der aufgeschlagen in seinen Händen liegt. »Dich«, sagt er leise.

»Mich?« Ich mache zwei Schritte auf ihn zu und bleibe stehen. Meine Akte? Es gibt eine Akte über mich, nachdem ich gerade mal ein paar Monate hier bin? Und sie ist nicht sonderlich dünn. »Lass mich sehen.«

Lucas klappt sie zu und schüttelt den Kopf. »Keine Zeit, Mella.« Er schiebt sie sich hinten in den Hosenbund. »Später. Wir sollten so schnell wie möglich wieder abhauen.«

Ich nicke, doch mein Kopf ist wie mit Watte gefüllt. Warum ist meine Akte so dick? Was steht da alles drin? Lucas konzentriert sich wieder auf sein Regal und sucht weiter.

Ich tue es ihm gleich. Erichs, Hubert. Langsam komme ich näher. Ich blättere mich rückwärts durch die Ordner.

»Keine Dewitts auf dieser Seite«, sagt Lucas. Seine Schritte nähern sich.

»Dafür hier umso mehr.« Ich fächere durch die Akten. Paul Dewitt. Olga. Norbert. Mathilda. Lucas … das war zu erwarten. Klaus. Jamie. Ida. Harold.

»Kein John zu finden. Dich gibt's allerdings schon. Vielleicht steht in deiner Akte etwas über deinen Vater, wenn schon seine nicht zu finden ist.« Ich greife danach.

»Steck sie ein und dann nichts wie weg von hier. Wer weiß, ob Tom auch hier unten Kameras installiert hat.«

»Habe ich nicht.« Toms klare, tiefe Stimme hallt durch das Archiv. Gelassen schlendert er durch die Stahltür herein und begutachtet die Kellerleuchten mit fachmännischem Blick.

»Tom?« Ungläubig sehe ich zu, wie er die Abdeckung einer Leuchte abnimmt und vorsichtig den Glühkörper herausschraubt. »Was machst du hier unten?«

Im Weitergehen wirft er mir einen vorwurfsvollen Blick zu. »Ich bin für die Technik im gesamten Haus zuständig. Auch für den Keller.«

Ich sehe Lucas an. Der zuckt nur mit den Schultern, eine tiefe Beunruhigung auf seinem sonst so entspannten Gesicht.

Tom stellt sich auf die Zehenspitzen und schraubt die nächste Leuchte aus der Halterung. »Ich muss nur eben etwas erledigen«, murmelt er und umrundet uns, geht weiter zur nächsten Lampe, nimmt auch dort die Röhre heraus. »So.« Zufrieden schaut er sich in dem Halbdunkel des Bunkers um. »Das sollte reichen.«

»Reichen?« Lucas sieht ähnlich verwirrt aus, wie ich mich fühle. »Wofür?«

»Um ihre Kräfte auszuschalten.« Tom nickt mir zu und pustet sich beiläufig auf die Fingerspitzen. »Verdammt heiß, diese Scheißdinger! Aber nichts gegen die Stromschläge, die du verteilen kannst, mein lieber Mann!«

Mein Herz bleibt stehen. Lucas ist bei mir, bevor ich auch nur blinzeln kann. Blitzschnell greift er in seinen Stiefel und zieht das Messer hervor. »Was soll das, Tom?« Langsam richtet er sich wieder auf und schirmt mich mit seinem Körper ab.

Scheiße … diese mickrigen Funzeln; Tom hat recht, ich kann nichts tun!

»Ich habe ihn darum gebeten.«

Ich wirble herum. In der Stahltür steht eine Frau, die ich nur allzu gut kenne: klein, untersetzt und mit knallroten, kurz geschnittenen Haaren, eine unscheinbare schwarze Mappe im Arm. Edith DeJong. »Ich hatte kein sonderlich großes Interesse daran, von einer wildgewordenen Novizin geröstet zu werden.«

Meine Beine zittern. Lucas blickt hektisch zwischen Tom und Edith hin und her und schiebt sich vor mich, so gut er kann. »Was wollt ihr von uns?«

Seine Stimme alles andere als fest.

Tom schlendert zu einem der Regale und lehnt sich mit der Schulter daran, seine Hände lässig in die Hosentaschen geschoben. »Die Frage ist wohl eher: Was wolltet ihr von ihr?«

»Wir sollten uns endlich richtig vorstellen, Lucas. Edith DeJong.« Mit forschen Schritten geht sie auf uns zu und streckt Lucas ihre Hand entgegen. Die Kälte in ihren hellgrünen Augen widerspricht der Wärme ihrer Stimme mit aller Deutlichkeit.

Lucas starrt sie finster an und ignoriert ihre ausgestreckte Hand. »Wir kennen uns bereits.«

Eine Spur von Ärger überzieht ihr Gesicht. Sie zieht ihre Hand zurück und strafft das Kinn. »Du suchst die Akte von John Dewitt.« Sie mustert Lucas mit den durchdringenden Augen eines Habichts. Mich würdigt sie keines Blickes.

Lucas fixiert sie unbeeindruckt und sagt kein Wort.

»Die wirst du hier nicht finden.« Ein feines Lächeln breitet sich auf ihrem Gesicht aus. »Es gibt keinen John Dewitt.«

Nur seine hochgezogenen Augenbrauen verraten die Überraschung. Lucas wahrt sein kühles und ruhiges Äußeres, blickt mit einem Ausdruck von Desinteresse auf sie herab und schweigt.

»Es gibt so viel mehr, was du nicht weißt.« Sanft streicht sie sie mit ihren Fingern über ein paar Aktenrücken. »Wir haben einiges zu besprechen.«

»Aha.« Lucas steht weiterhin ungerührt vor ihr, zu voller Größe aufgerichtet.

Edith verengt ihre Augen kaum merklich. »Wir sind Geschwister, du und ich.«

Mir klappt schlicht und einfach die Kinnlade herunter. »Geschwister?« Ich lasse mich auf den nächstbesten Stuhl sinken. Mit so etwas hätte ich im Traum nicht gerechnet.

Tom seufzt. »Wie ich sehe, verlierst du keine Zeit, Edith.«

Lucas starrt sie nach wie vor regungslos an.

»Du bist mein Bruder, Lucas.«

»Ja, natürlich.« Endlich verziehen sich seine Lippen zu einem spöttischen Lächeln. »Man erkennt es an der überwältigenden Familienähnlichkeit.« Er rückt noch näher zu mir. Seine Körperwärme legt sich um mich wie eine schützende Decke.

Sie zuckt mit den Schultern. »Wir haben denselben Vater.«

Lucas schüttelt erneut den Kopf, diesmal verärgert. »Stiehl mir nicht meine Zeit.« Seine Stimme ist bedrohlich leise. »Mella, wir gehen.«

»Ganz wie du meinst.« Edith lächelt mit einem Ausdruck diabolischer Milde. »Aber ich kann es dir beweisen.« Sie öffnet die Kladde und legt sie ohne jedes Geräusch vor uns auf den Tisch. Sanft, fast liebevoll streicht sie mit der Hand über einen Stapel eng beschriebener Seiten. Listen. »Es gibt noch mehr von uns.«

Das kann doch nicht ihr Ernst sein. Diese Namen, diese Massen an Namen, das sind nicht allesamt ihre Geschwister. Das kann nicht sein. Wie kann das sein?

Edith dreht die Mappe herum und schiebt sie in unsere Richtung. Lucas zögert kurz, doch seine Neugierde siegt. Er beugt sich ein wenig vor und liest, während ich Edith nicht aus den Augen lasse. Wie viele Namen mögen das sein? Hunderte? Tausende? Aber was soll uns das beweisen? Namen aufschreiben kann ich auch!

Sie tippt mit dem Finger auf die Listen. »Das hier sind all unsere Brüder und Schwestern, Lucas.«

Lucas streckt die Hand aus, blättert um. Wieder eine eng beschriebene Liste. Noch eine. Und noch eine. Unfassbar. Es sind fast ausschließlich Männernamen. Hier und dort taucht ein Frauenname auf, meist jedoch sorgfältig durchgestrichen. Aber das ist immer noch kein Beweis!

»Jeder von ihnen ist ein Kind unseres Vaters.« Edith redet leise und behutsam auf ihn ein, wie auf einen verschreckten Welpen.

Lucas schüttelt den Kopf und wendet sich zur Seite. Ruhelos läuft er in dem dunklen Raum auf und ab, immer wieder, hin und her. Es macht mich kirre. Schließlich bleibt er stehen. »Ich begreife immer noch nicht. Ein Umbracor zeugt Unmengen von Dunkelkindern. Warum?«

Edith betrachtet ihn wortlos, lauernd. Dieses Miststück! Sie ergötzt sich an seinem Entsetzen.

»Er hat sich ein knappes Jahrtausend Zeit für uns alle gelassen.« Tom fixiert Lucas aus zusammengekniffenen Augen. »Ja, du verstehst richtig. Hallöchen, kleiner Bruder.«

Bitte, was? Tom auch? Ich schnappe nach Luft. »Aber wieso tut er -«

»Wer ist er?« Schwer atmend steht Lucas mitten im Raum.

Tom holt tief Luft, blickt zu Boden und schweigt, als hätte er einen unsichtbaren Maulkorb verpasst bekommen. Meine Nackenhaare stellen sich auf, langsam, prickelnd. Was kommt jetzt?

»Tja, wo soll ich anfangen?« Übertrieben nachdenklich legt sich Edith einen Finger an die Wange und beobachtet Lucas ganz genau. Sie spielt. Sie spielt mit ihm wie eine Katze mit ihrer Beute.

Mit wenigen Schritten ist Lucas bei ihr und baut sich vor ihr auf, so dass sie erschrocken zurückweicht. »Wie wäre es zur Abwechslung mit einem einfachen Namen?«

Doch ich habe mich geirrt.

Da ist keine Angst in ihren Augen. Ihre Gesichtszüge verhärten sich und ich werde das Gefühl nicht los, dass sie sich einfach nur köstlich amüsiert.

»In Ordnung, ganz wie du wünschst. Unser leiblicher Vater, Lucas Dewitt, ist der Fürst des Vierten Kontinents. Niemand Geringeres als der Master höchstpersönlich.«

22.

Fahrig greift Lucas nach einem hohen Aktenschrank und hält sich daran fest. »Der Vierte Fürst?« Fassungslos schüttelt er den Kopf. »Der Master?«

Tom lässt sich auf den freien Stuhl neben mir fallen. »Ja, Lucas.« Jeglicher Schalk und Spott ist aus seiner Miene verschwunden. »Vor etwas mehr als 800 Jahren begann er, sich fortzupflanzen. Seine Kinder waren gewöhnliche Menschen, klein, hilflos, verletzlich, ohne irgendwelche Fähigkeiten, kränklich und sterblich. Nutzlos.«

Gebannt lausche ich seinen Worten. »Er hatte Kontakt mit Menschen?«

»Für ihn gelten seine eigenen Regeln nicht.« Ein entschuldigendes Lächeln huscht über Toms Lippen. »Seine ersten Kinder zeugte er mit Huren. Ich bin eines davon. Er schwängerte die Frauen und verschwand. Aus dem Verborgenen beobachtete er, was passierte. Doch wir waren nur kleine, schwache Menschlein. Also sorgte er dafür, dass wir nicht unter Hunger und Krankheiten zu leiden hatten.«

Ich glaube, ich verstehe, worauf er hinauswill. »Er wollte also, dass ihr erwachsen werdet?«

Tom nickt langsam. Seine hellblauen Augen sind so völlig anders als sonst, ausdruckslos, leer. »Erwachsen – und reif für die Wandlung. Kinder lassen sich nicht gut für seine Zwecke einsetzen. Vierjährige Blutsüchtige sind nun einmal schwierig zu händeln. Nicht, dass er es nicht probiert hätte.«

Lucas reißt entsetzt die Augen auf. »Er hat Kinder verwandelt?«

Tom nickt erneut, die Augenbrauen vielsagend hochgezogen. »Dieser Mann hat keine Skrupel.«

Ich kann es nicht glauben. »Wo sind diese Kinder denn heute?«

»Sie sind fort.« Edith lässt sich auf der Tischkante nieder. »Aber es gab sie. Der gute Master ist nicht gerade zimperlich, Mella.«

Der Artikel im Internet. »Er züchtet Dunkelkinder«, murmele ich. »Massen von Dunkelkindern.«

Edith lässt Lucas nicht aus den Augen. »Und er experimentierte weiter. Schnell erkannte er, dass trauernde, gebrochene Umbracorinnen ihm nur im Wege stehen würden. Die Familie, die Kinder …«

Mein Mund ist staubtrocken. »Deshalb die vielen durchgestrichenen Frauennamen? Er ließ sie vernichten?«

»Es sieht so aus. Vor etwa zweihundert Jahren fing er an, seinen Söhnen ein Vater zu sein.«

»Um so Einfluss auf sie nehmen zu können«, murmele ich erstickt und sehe zu Lucas hinüber.

»Er spielte uns die heile Familie vor?« Lucas stöhnt und legt sich die Hand über die Augen, als hätte er Schmerzen. »Was ist mit meiner Mutter geschehen?«

Edith presst die Lippen kurz aufeinander. »Deine Mutter war nur ein Mittel zum Zweck.«

»Er hat stets mehrere Familien gleichzeitig, die nichts voneinander wissen. Und kurz vor der Pubertät verlässt er sein Kind, um es emotional zu brechen.« Tom sieht mich an. »Kaputte Persönlichkeiten lassen sich unglaublich gut manipulieren.«

Lucas zuckt zusammen, als hätte ihn jemand geschlagen.

»So ein Arsch!« Ich kann nicht mehr länger an mich halten. »Warum tut er das? Was hat er davon?«

»Macht?« Tom zuckt mit den Schultern. »Keine Ahnung, wo das hinführen soll. Aber er ist umgeben von einer gewaltigen Armee, die aus seinen Söhnen besteht, jeder einzelne von ihnen mächtiger als ein ganzes Dutzend handelsüblicher Umbracoren. Und sie tun alles, was er ihnen sagt.«

»Du bist doch auch sein Sohn! Tust du, was er sagt?«

Finster funkelt er mich an. »Die meisten von uns wissen nicht einmal, was sie sind, Mella. So wie Lucas. Der Master hat einen gewaltigen Stab zum Kotzen loyaler Umbracoren unter sich, die ihm jegliche Drecksarbeit abnehmen, die er ihnen aufträgt. Bis auf das Zeugen seiner Kinder. Das hebt er für sich selbst auf.«

Lucas strafft sich und schüttelt energisch den Kopf. »Ich glaube euch nicht.«

Edith rollt genervt mit den Augen. »Meine Güte, Lucas. Du bist ein Dunkelkind, daran kannst du doch keinen Zweifel haben. Wie alt warst du, als er starb?«

»Zwölf.« Lucas wirkt so durcheinander wie an dem Tag, als wir in seinem ausgebrannten Elternhaus standen.

»Er hat alle, die du geliebt hast, mit sich gerissen«, sagt Tom leise.

Lucas hält seinem Blick stand, doch in seinen Augen sehe ich nichts als Schmerz. »Er hat mich zerstört.« Seine Stimme ist fast unhörbar. »Er hat mein Leben zerstört.«

»Er hat dich zu dem gemacht, der du heute bist. Misstrauisch, aggressiv und unsicher.« Angriffslust blitzt in Ediths Habichtaugen auf. »Perfekt zu manipulieren.«

»Genug!« Ich springe so hastig auf, dass der Metallstuhl mit einem lauten Scheppern zu Boden fällt. »Was wird das hier?«

»Wir brauchen eure Hilfe.«

»Unsere Hilfe?« Ich muss lachen. Am liebsten würde ich diesem rothaarigen Miststück ihr gespieltes Leid aus dem Gesicht brennen. Wenn doch nur genug Lichtenergie … Moment. Mein Herz setzt einen Schlag aus.

O nein.

O verflucht. Die Übelkeit bricht über mich hinein wie eine Lawine. Der Raum dreht sich wie ein Kettenkarussell, schnell und schneller. »Ist er auch mein Vater? Der Master?«

Edith prustet los und mustert mich von oben bis unten, als hätte sie mich noch nie zuvor gesehen. »Nein. Du magst zwar ein Dunkelkind sein, aber ganz sicher nicht seine Tochter.«

Die drei vor mir und zigtausend andere sind die Kinder des Masters, gezeugt für seine Zwecke. Nur …

»Warum bin auch ich ein Dunkelkind?«

Edith sieht mich an als sei ich strohdumm. »Weil dein Vater ein Umbracor war?«

Mit einer ungeduldigen Handbewegung wische ich ihre Antwort beiseite.

»Verarsch mich nicht, Edith. Wie ich ein Dunkelkind geworden bin, ist mir klar – aber warum?«

Edith sieht mich stumm aus großen Habichtaugen an und versucht, unschuldig auszusehen. »Wie, warum?«

Oh, sie weiß genau, worauf ich hinauswill, ganz genau. »Jetzt hör endlich auf, die Unwissende zu spielen! Denkst du, ich habe das mit dir und meiner Mutter nicht längst herausgefunden?«

Edith entgleisen alle Gesichtszüge, doch ich werde ihr die Situation besser ganz ausführlich erklären. »Ich bin doch sicher nicht hier, weil ihr eure ewige Liebe mit einem Kind krönen wolltet!«

Edith gewinnt langsam ihre Fassung zurück und sieht mich an, starr wie eine Schlange. Eiswasser rinnt durch meine Adern. Etwas Herausforderndes liegt in ihrem Blick, ein Lächeln, an Arroganz kaum zu überbieten. »Mein Privatleben geht nur mich etwas an.«

Ich hole tief Luft. »Ich gehöre nicht zu deinem Privatleben. Du schuldest mir eine Antwort, stellvertretend für meine Mutter. Also, warum?«

Kalt hält sie meinem Blick stand, legt leicht den Kopf schief. »Wir mussten doch jemanden haben, der ihnen gewachsen ist. Seinen Kindern. Meinen Geschwistern.«

»Und da habt ihr euch eure eigene Armee gebastelt?« Lucas' Stimme trieft vor Abscheu.

»Ich bin nur hier, weil ihr Gegner braucht.« Verblüfft lache ich auf, weil ich nicht weiß, was ich sonst tun soll.

Trotzig presst Edith ihre Lippen aufeinander. »Nun, wenn du es so bezeichnen möchtest.«

»Ja, danke, ich möchte es exakt so bezeichnen! Was bin ich denn sonst? Mein einziger Lebenszweck scheint zu sein, euren beschissenen, selbstsüchtigen, mysteriösen Belangen zu dienen!«

Edith funkelt mich zornig an und steht abrupt auf. »So muss ich nicht mit mir reden lassen!«

Ich lache sie aus. »Nicht? Willst du etwas von uns oder will ich etwas von dir?«

Ohne ein weiteres Wort marschiert Edith aus dem Bunker und ich lache immer noch. Lucas starrt mich an als hätte ich den Verstand verloren.

»Sie ist leider ein bisschen zu egozentrisch, um diplomatisch sein zu können.« Tom sieht ihr ungerührt nach und seufzt. »Ich mache es mal kurz: Mella, aus dir sollte eine mächtige Umbracorin werden. Du solltest mit deinen Kräften die *Société Central* unterstützen. Nur aus diesem einen Grund hat deine Mutter dich zur Welt gebracht.«

Lucas zieht scharf Luft ein. »Die Société Central?«

Am liebsten möchte ich gar nicht mehr aufhören, den Kopf zu schütteln. »Was ist die Société Central?«

»Ein Geheimbund, eingeführt vor vielen hundert Jahren, um die Rechtschaffenheit der Fürsten zu überwachen.« Tom räuspert sich. »Sie haben dich auf Lucas angesetzt.«

»Was?« Lucas schnaubt ungläubig. »Auf mich angesetzt?«

Tom sieht ihn ernst an. »Ich habe den Umschlag in der Kirche versteckt, Lucas. Vor über zwanzig Jahren. Deine Mutter hatte mir von diesem Ort erzählt, Mella.« Er schiebt seine Hände tief in die Hosentaschen. »Der Plan dahinter war, euer gegenseitiges Vertrauen zu schüren.«

»Ihr wolltet uns aneinanderbinden.« Lucas schüttelt den Kopf und schluckt hart. »Damit du mich, einen Sohn des Masters, Ediths Gegner, auf eure Seite ziehen konntest.«

»Genauso ist es.« Tom nickt wieder.

Ich kaue auf meiner Unterlippe. »Und wie wolltet ihr sicherstellen, dass wir uns überhaupt begegnen?«

»Der Novize.« Tom sieht von mir zu Lucas, verzieht entschuldigend das Gesicht. »Er war kein Novize. Er gehörte zu uns.«

Lucas versteinert an meiner Seite. »Das war einer von euch?«

Tom zuckt mit den Schultern. »Es war ein Leichtes, ihn euch als Novizen zu verkaufen.«

Lucas befeuchtet sich die Lippen. »Aber … ich habe ihn umgebracht.«

»Ja, das hast du.« Tom nickt ruhig. »Er kannte das Risiko, falls dir das ein Trost ist.«

»Ist es nicht«, versichert ihm Lucas bitter.

»Lucas, er hat das getan, um dich für uns zu gewinnen.«

»Noch gehöre ich nicht zu euch.«

Tom seufzt. »Du bist unglaublich wichtig für uns.«

»Meine Fähigkeiten sind wichtig für eure Zwecke«, korrigiert Lucas mit leiser Stimme. »Um einen Gegner weniger zu haben. Ich bin euch doch scheißegal.«

Tom antwortet ihm nicht.

Lucas beißt sich auf die Innenseite seiner Wange. »Wie konntet ihr garantieren, dass Mella in dieser Nacht nicht getötet wurde?«

»Gar nicht.« Tom fixiert ihn mit einem ernsten, viel zu kalten Blick. »Sie war ein Mensch. Ein vielversprechender Mensch, ja, aber der Plan war, dich um jeden Preis auf unsere Seite zu bringen. Auch wenn sie nicht überlebt hätte.«

Ich habe genug gehört. »Lass uns gehen, Lucas.«

Sein Blick glüht vor Zorn. »Wir werden uns nicht wie ahnungslose Lämmer von euch opfern lassen, ist das klar?« Er schubst mich fast schon aus dem Archiv und knallt die Stahltür so laut ins Schloss, dass es in den Katakomben widerhallt, lauter als ein Schuss.

Ich stolpere vor ihm her, und bekomme meine Gedanken genauso wenig geordnet wie meine Beine. Opferlämmer. Das sind wir. Schachfiguren in einem Spiel, dessen Regeln wir nicht kennen.

∞

Die Stille in meinem Schlafzimmer dröhnt in meinen Ohren. Lucas zieht meine Akte aus dem Bund seiner Jeans und wirft sie so heftig auf den Couchtisch, dass sie über die Kante rutscht und auf den Boden klatscht.

»Wir hätten besser Scrabble gespielt.« Er lässt sich auf das Sofa fallen und fährt sich mit beiden Händen durch das Gesicht, schlägt die Beine übereinander, die Boots achtlos auf dem Couchtisch abgelegt. Kleine Schlammpfützen bilden sich auf der dunklen Steinplatte.

Vorsichtig hocke ich mich neben ihn auf die Sofakante und lege meine Hand auf seinen Arm. »Wir wissen nicht, ob es wahr ist, Lucas. Die Namen in dieser Kladde beweisen gar nichts. Wer sagt denn, dass es diese Leute wirklich gibt? Die Namen hätte sich jeder ausdenken können, auch ich.«

»Scheiße!« Lucas schüttelt meinen Arm ab und springt auf. Polternd fliegen seine Boots in eine Ecke. »Es ist wahr, verdammt. Es ist die einzige Erklärung für all diesen Müll, den wir in den letzten Tagen ausgegraben haben.« Er zieht sich das Shirt über den Kopf und schmeißt es auf den Boden, voller Wut, als wollte er die Steinfliesen damit durchschlagen. »Mein Vater …« Er fährt sich mit der Hand durch seine wirren Locken und sieht sich suchend um. »Ich kann es nicht fassen.

Er hat meine Mutter umgebracht und Mathilda. Mein Gott, welches denkende, fühlende Wesen tut denn so etwas?« Fluchend reißt er die Decke vom Bett und wühlt darin nach seinem Schlafshirt.

Meine Muskeln versteinern. Seine Schwester heißt Mathilda? Mathilda Dewitt? So wie die Mathilda Dewitt, deren Akte unten in diesem Monsterschrank hängt?

»Schlafen«, murmelt Lucas und wirft sich ins Bett, den Blick starr auf die raue Steinwand gerichtet. »Ich werde jetzt schlafen, und morgen überlegen wir in aller Ruhe, wie es weitergeht. Kommst du, Liebes?«

In meinem Kopf rattert es, doch ich nicke automatisch, auch wenn er es gar nicht sehen kann. »Ja, sofort. Ich muss noch eben …« Ich verschwinde im Badezimmer und drücke die Tür leise hinter mir ins Schloss. Was erwartet uns noch alles?

Mit drei Schritten bin ich bei der Toilette. Die Obduktionsakte liegt noch da, wo ich sie versteckt habe, hinter dem Spülkasten. Die Seiten fliegen nur so durch meine Finger. Bitte, nur ein kleiner Hinweis! Ein Beweis dafür, dass das da unten nicht die Akte seiner Schwester ist! Da ist der Bericht über seinen Vater - oder wen auch immer dieses Monster erst ersäufte und dann an seiner Stelle als Brandopfer platzierte.

Seine Mutter. Ich will es gar nicht lesen! Mit bebenden Händen blättere ich weiter. Und schließlich finde ich nur noch den fleckigen Karton des Aktenumschlags.

Nichts. Kein Wort über seine Schwester. Tief hole ich Luft und blättere zu den Fundortfotos zurück. Verkohlte Körper, abstrakten Statuen gleich, verschmolzen mit Fett und Kunststofflaken. Aber es sind nur zwei Leichen. Zwei große, gekrümmte Gestalten, nicht drei. Keine kleine. Nicht einmal eine Spur von ihr.

Am liebsten würde ich die Akte in kleinste Fetzen zerreißen und sie im Klo herunterspülen. Ich fühle mich wie betrunken, beherrscht von einer diffusen Übelkeit, die bis in meine Zehenspitzen wabert. Mit zitternden Fingern schiebe ich den Obduktionsbericht zurück in sein Versteck.

Seine Schwester war nicht unter den Toten, und drei Stockwerke unter uns hängt eine Akte mit ihrem Namen. Kann das wirklich Zufall sein? Ich öffne die Tür einen Spaltbreit. O bitte, schlaf! Auf Socken schleiche ich zum Bett. Seine Augen sind geschlossen. Er atmet tief und ruhig, und ich habe nicht vor, irgendetwas daran zu ändern.

Seine Jeans hängt über der Lehne des Sessels, und in ihrer Tasche sind

Julians Schlüssel. Ich schließe meine Finger fest um das kalte Metall, ziehe den Schlüsselbund geräuschlos heraus und schleiche aus dem Zimmer.

∞

Es ist gespenstisch in dem alten Haus. Wie in einem Computerspiel, in dem hinter jeder Ecke neue Überraschungen lauern. Alte Dielen knarren. Schritte! Mit dem Rücken presse ich mich in eine Türnische. Komm schon, nur nicht auffallen …

Die Schritte verhallen und ich husche weiter. Da ist die Tür zum hinteren Treppenhaus. Leise knarrt sie in den Angeln, dann habe ich mich auch schon hindurchgezwängt und schleiche die Stufen hinab, bis ich endlich die Kellertür hinter mir schließe. Und in absoluter Dunkelheit stehe. Na prima! Warum habe ich nicht an eine Taschenlampe gedacht? Lucas mit seinen Infrarotaugen liegt oben im Bett, und ich werde den Teufel tun, noch einmal zurückzuschleichen, um ihn zu wecken. Ich will jetzt endlich wissen, ob das wirklich die Akte seiner Schwester ist – einer Umbracorin, denn sonst würde sie wohl kaum hier unten hängen.

Eine Hand an der Wand und die andere weit vor mich gestreckt taste ich mich durch die Finsternis, die Wände feucht und schleimig unter meinen Fingerspitzen, bis ich endlich im schwachen Schein der armseligen Kellerfunzel vor der khakigrünen Stahltür stehe. Meine Finger fühlen sich starr und klamm von der kühlen Feuchtigkeit an, doch schließlich finde ich den richtigen Schlüssel und schlüpfe in den Archivbunker. Ich werde die Akte mitnehmen und zu dem Obduktionsbericht hinter den – was? Ich reiße meine Augen auf und starre in grüne.

Edith steht vor mir, in der Hand eine Akte. »Du willst wohl die hier?«

Ich schlucke hart. Keine Angst zeigen, Mella. Mit festen Schritten gehe ich zu ihr und greife nach den Unterlagen. Mathilda Dewitt. Ich sehe gerade noch das diabolische Schmunzeln in Ediths Augen, bevor sie zu ihrer beißenden Kälte zurückkehrt. »Gern geschehen.« Sie lässt sich auf der Kante des Schreibtisches nieder, mustert mich aus ihren Habichtaugen wie eine Beute.

»Woher hast du gewusst, wonach ich suche?«

Edith zuckt mit den Schultern. »Wir haben gewettet, wann du hier wieder auftauchen würdest. Ich habe offensichtlich verloren.«

Ich folge ihrem Blick und wirble herum. Tom schält sich aus einer dunklen Ecke und kommt langsam näher. Wut und Angst ringen in mir um die Vorherrschaft. Verflucht! Was habe ich mir nur gedacht, ganz allein hierher zurückzukommen?

»Wo ist sie?« Sie hören mein galoppierendes Herz nicht, nein, das können sie nicht.

»Mathilda? In ihrem Zimmer natürlich.« Eine Spur Bosheit mischt sich in Ediths Blick. »Du kannst dir nicht vorstellen, wie sehr Lucas an seiner kleinen Schwester gehangen hat! Sie war aber auch wirklich ganz bezaubernd. Er hat den Boden vergöttert, auf dem sie ging. Aus diesem Grund haben wir sie auch aus diesem Inferno gerettet.«

Ihre Worte schnüren mir die Kehle zu, doch ich werde nicht zulassen, dass sie das bemerkt. Dieses amüsierte Glimmen, das in ihren Augen schwelt, jagt mir eine Gänsehaut nach der anderen über meinen Körper. »Was ist mit seiner Mutter? Konntet ihr sie nicht retten?«

»Nein.« Edith verzieht abschätzig den Mund. »Sie interessierte uns schlicht nicht.«

Ich starre sie an, starre in ihre Habichtaugen und sehe eine unfassbare Kälte, die mich bis in den letzten Winkel meines Körpers lähmt. »Du bist wie er. Du bist keinen Deut besser als der Master.« Zornestränen schießen mir in die Augen. »Wie konntet ihr es wagen, sie sterben zu lassen? Ihr habt sie diesem Feuer überlassen, obwohl ihr sie hättet retten können!«

»Sie war nicht mehr bei Bewusstsein.« Ediths Miene ist ohne jede Regung. Keine Spur von Mitleid oder Reue. Kein Gefühl. Wie kann man nur so kalt sein?

Ich sehe Lucas vor mir, sehe den Schmerz in seinen Augen, seine Verzweiflung, nach all diesen Jahren noch. »Als ob es das besser machen würde!« Ich knalle die Akte auf den Tisch und wende mich zum Gehen. Ich muss hier raus, bevor die Wut und der Ekel mir den Rest meines Verstandes rauben.

Langsam und ohne ein Wort schiebt sich Tom mir in den Weg und versperrt den Ausgang.

»Du feiges Schwein«, zische ich ihn an, doch er beachtet mich nicht einmal. Ich drehe mich zu Edith um. Sie steht da, im schwachen Restlicht der Kellerbeleuchtung, lässig an den Tisch gelehnt, als warte sie auf den Bus. Eine Frau Ende vierzig mit flammend roten Haaren, und sie mustert mich lauernd.

»Ich werde es ihm sagen. Jedes Wort. Ihr werdet ihn nicht dazu bringen, eure Marionette zu sein!« Doch kaum habe ich mich auch nur einen Zentimeter bewegt, schließt sich Toms Hand um meinen Unterarm wie ein Schraubstock. »Tu das nicht, Mella. Wir brauchen ihn, und wenn er erfährt, dass …« Er bricht ab und presst die Lippen so fest zusammen, dass sie weiß werden.

»Dass ihr ihm Mathildas Überleben verheimlicht habt, um sie im Fall der Fälle gegen ihn zu benutzen?« Ich zerre meinen Arm mit einem Ruck aus seiner Umklammerung. »Was wäre dann?«

»Wir brauchen ihn«, sagt Edith stur.

»Ja, das habe ich verstanden. Aber offenbar braucht ihn die andere Seite auch.«

Sie starrt mich stumm an, ich kann die Wut, die in ihren Augen brodelt, wie elektrische Spannung in der Luft spüren.

»Warum habt ihr es ihm nicht gerade eben gesagt, verdammt?«

Edith wechselt einen schnellen Blick mit Tom und presst störrisch die Lippen aufeinander, und plötzlich leuchten vier Millionen Glühbirnen in meinem Verstand auf.

»Sie ist der Joker, nicht wahr?« Ich blicke von ihr zu Tom, sehe, wie er hart schluckt. »Falls ich versage? Falls ich es nicht schaffe, ihn auf eure Seite zu ziehen?«

»Wir sind die Guten«, sagt er leise.

Ich muss lachen. Es schmeckt so bitter in meiner Kehle, dass ich mich am liebsten übergeben würde, direkt vor ihre Füße, auf den feucht glänzenden Felsboden. »So? Seid ihr das? Und das rechtfertigt alles, was ihr tut?«

Edith zuckt nur mit den Schultern. »Manchmal gibt es eben etwas Größeres als das jämmerliche Glück des Einzelnen.«

Ich schüttele den Kopf. »Das macht es trotzdem nicht richtig.«

»Ach Kleine, du hast ja keine Ahnung.« Edith seufzt nachsichtig. »Es geht hier doch nicht um dich. Es geht auch nicht um ihn. Ihr seid beide vollkommen unwichtig.«

Ihre Worte treffen mich wie eine Faust in den Magen. Ich sollte erleichtert sein, dass Lucas und ich nicht der Mittelpunkt einer großen Verschwörung sind. Aber unwichtig zu sein ist gefährlich. Unwichtig heißt verzichtbar. Meine Stimme zittert. »War meine Mutter auch unwichtig?«

Ihr überlegener Gesichtsausdruck schmilzt wie Eis in der Sonne.

»Es war ein Fehler, diese Briefe überhaupt zu schreiben.«

Jetzt verschränke ich die Arme vor der Brust. »Tja, man macht die dümmsten Dinge, wenn man liebt.«

»Liebe?« Ihre Miene wird hart wie Stein. »Dieses Gefühl ist nur überflüssiger Ballast. Ohne ist man besser dran.«

Ich stehe aufrecht wie eine Statue vor ihr. »Und was willst du mir damit sagen?«

Ihr Grinsen könnte überheblicher nicht sein. »Ich denke, du weißt ganz genau, was ich meine. Du warst Ballast, sie war Ballast …«

Ich taumele rückwärts und stoße gegen Toms Brust. »Du?«, flüstere ich. »Du hast sie umgebracht?«

»Es ist gut, dass sie fort ist.« Ihr Blick verschließt sich, wird dunkel. »Sie hätte nur noch mehr Schaden angerichtet.«

Mein Körper vibriert in einer schiefen Tonlage. »Aber … ich dachte, du hättest sie geliebt!«

»Ja! Habe ich! Vor langer Zeit!«, schreit sie mich an. »Doch auch wenn wir unsterblich sind, ist nichts für die Ewigkeit, Mella.«

Eine andere Art von Zorn erwacht in mir, ein Gefühl, so mächtig, so neu, dass ich ihm hilflos ausgeliefert bin. »Vielleicht auch du nicht!«

Ich presche vor, die Hände nach ihr ausgestreckt wie Klauen, doch sofort packt mich Tom um meine Mitte und reißt mich zurück an seine Brust. »Komm schon, Mella. Was soll das?«, murmelt er in mein Ohr.

Ich zerre an seinen Armen, strample wie ein Kleinkind im Hochstühlchen. »Ich werde dich umbringen, du Miststück!«

Ungerührt sieht Edith mich an. »Es ist besser für sie, weißt du noch? Du hast es mir selbst gesagt, damals, in meinem Büro: So hätte sie nicht leben wollen. Also tu bloß nicht so, als wäre ihr Tod nicht auch für dich eine Erleichterung gewesen.«

Schuld schießt durch meinen gesamten Körper und meine Muskulatur erschlafft wie auf Knopfdruck. Nur Toms Hände um meinen Bauch können verhindern, dass ich zusammensacke wie eine Luftmatratze mit einem Loch. »Was geschehen ist, ist geschehen«, sagt er leise. »Wir sollten besser darüber reden, wie es jetzt mit euch weitergehen soll.«

Ich atme tief durch und versuche, meine Gedanken zu sammeln. »Warum er?«, krächze ich, meine Lippen so trocken wie Sandpapier.

Edith zuckt kurz mit den Schultern. »Lucas ist etwas Besonderes.«

»Aus welchem Grund? Er ist doch nur ein Dunkelkind, eines von hunderten, tausenden!«

Kurz lacht sie auf. »Er war nur ein unauffälliger, kleiner Junge. Ruhig, intelligent und zurückhaltend.«

Der kleine Lucas mit seinen kurzen Hosen und seinem Seitenscheitel. Das Herz flattert in meiner Brust, wie ein kleiner Vogel in einem Käfig, vor Wut, vor Trauer und vor Zuneigung. »Ich weiß genau, wer er war, Edith. Er war ein Schreiner und heiratete Helena. Sie kamen einer Horde Blutsüchtiger in die Quere, wurden getötet und verwandelt. Was soll daran besonders sein?«

»Siehst du? Da fängt es schon an.« Ein triumphierendes Lächeln umspielt ihre schmalen Lippen. »Es stimmt nicht.«

Ich blinzle. »Bitte?«

»Es stimmt nicht, Mella. Lucas starb nicht durch einen dummen Zufall.«

Ein Schmerz durchzuckt meinen Kopf, als hätte mir jemand ein Messer hinein gerammt. »Ihr?« Mehr bringe ich nicht heraus.

Edith schnaubt verächtlich. »Nein. Wir hatten zwar ebenfalls Interesse an ihm, aber die anderen waren schneller.«

Ich zittere mir die Hand vor den Mund und lasse sie da.

»Lucas war ihnen zu charakterstark. Egal, was sie mit ihm angestellt haben, er wollte einfach nicht aufgeben. Ganz im Gegenteil. Anstatt zu zerbrechen, wurde er stärker, unabhängiger. Er haderte nicht mit dem, was er verloren hatte, sondern machte sich bewusst, dass es für ihn nichts mehr zu verlieren gab.«

Ihre Worte bringen meinen Magen zum Implodieren.

»Wir gingen dazwischen, kurz nachdem dieses Killerkommando ihn erwischt hatte. Lucas war kaum noch am Leben.«

»Wer hat ihm sein Blut gegeben?«

»Wir hatten keine Chance gegen die Übermacht des Masters. Wir mussten ihn zurücklassen.«

Ich schüttele den Kopf. »Er weiß das alles nicht, Edith. Er hält sich für ein ebenso zufälliges Opfer wie Helena.«

Edith lacht verächtlich. »Nichts ist so, wie es scheint, nicht wahr?«

Stöhnend vergrabe ich meinen Kopf zwischen den Händen. Aber das alles - und wieder einmal hat sie mich hervorragend abgelenkt. Lucas ist etwas Besonderes …

»Wer hat ihn verwandelt, Edith?« Ich blicke auf, fixiere sie. »Wer ist sein Wächter?«

Resigniert schließt sie für einen Moment die Augen, und diese kleine Bewegung lässt das Blut in meinen Adern zu Eis erstarren. Du lieber Himmel, wie wichtig ist er denn bloß?

»Es ist mein Fürst«, sagt sie leise. »Der Fürst des Fünften Kontinents.«

Ihre Stimme verhallt in dem halbdunklen Keller und ich blinzle. O Scheiße! Er ist der Schützling eines Fürsten, und wenn er stirbt, dann stirbt auch sein Wächter. In den falschen Händen ist Lucas eine Waffe, die ihr Ziel niemals verfehlen wird. Der Master weiß es, und er weiß auch von mir.

Nein, ich bin nicht seine Lebensversicherung.

Ich bin sein Todesurteil.

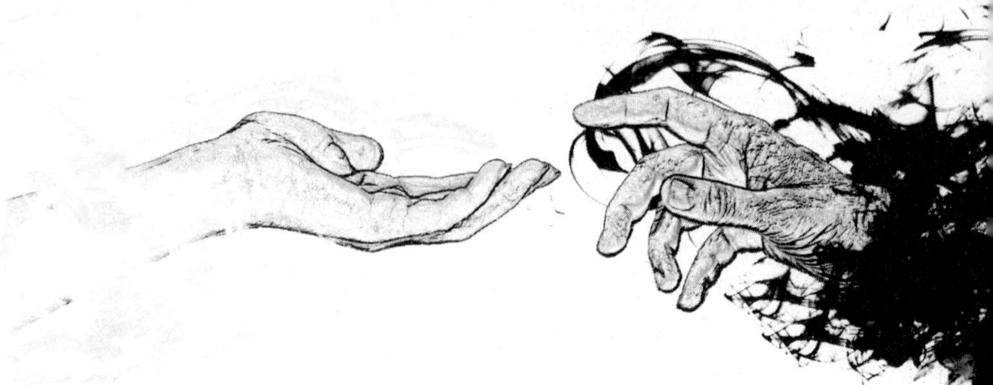

23.

Wir sind zwischen die Fronten geraten, Lucas und ich. Die eine Seite will ihren Fürsten schützen, die andere will ein Ass im Ärmel haben. Lucas ist der garantierte Sieg. Er ist eine Bombe im Lager des Feindes, die nur darauf wartet, im richtigen Moment zu detonieren. Und ich bin die Zündschnur.

»Warum ist er überhaupt noch am Leben?« Meine Stimme klingt fremd.

Tom blickt nicht einmal von der Akte auf, die er in den Händen hält. »Weil sie Skrupel haben.«

Skrupel? Am liebsten würde ich laut lachen. Hier scheint niemand großartig Skrupel zu haben oder auch nur vage Vorstellungen von Freundschaft, Anstand und Moral.

»Sie können ihn nicht einfach so aus dem Weg räumen.« Edith stützt sich bequem auf der Tischplatte ab. »Lucas ist nicht irgendjemand. Er ist ein hochrangiges Mitglied der Sicherheit und wird geschätzt für seine Geradlinigkeit und sein Durchsetzungsvermögen. Sie können ihn nicht beseitigen, ohne dass es unbequeme Fragen geben wird.«

Beseitigen. Ein eiskalter Schauer rieselt meine Wirbelsäule hinab. Beseitigen wie einen überflüssigen, lästigen Gegenstand. Wie Müll.

»Nicht, dass sie es nicht bereits versucht hätten. Ein schiefgelaufener Einsatz in der Weihnachtsnacht, zum Beispiel.« Ernst ruht Toms Blick auf mir. »Er sollte bei dem Überfall auf dich eigentlich mit dir gemeinsam draufgehen.«

O mein Gott. Verdammt noch mal, es macht Sinn, es macht viel zu sehr Sinn, als ich es wahrhaben möchte.

»Es sollte wie der Blutrausch eines Novizen aussehen.«

Ich blinzle meine Tränen weg. »Wie haben sie das angestellt?«

»Lucas stand ganz oben auf ihrer Abschussliste. Er eignete sich nicht zum hirnlosen Soldaten, noch dazu ist er der Schützling des Fünften Fürsten. Natürlich war dem Master klar, dass auch wir genau wussten, was er ist. Also planten seine Leute einen Hinterhalt. Der Novize sollte Lucas angreifen und im Kampf töten. Ein schiefgegangener Einsatz. Damit wären gleich zwei Probleme gelöst worden, ohne dass irgendjemand misstrauisch geworden wäre.«

Ich schlucke trocken. »Ich dachte, der Novize gehörte zu euch?«

»Natürlich. Tat er auch.« Edith nickt mit einem milden, süffisanten Lächeln. »Der Master allerdings wusste das nicht.«

»Aber wie passe ich da hinein?«

Edith zuckt mit den Schultern. »Du bist Theresas Tochter.«

Sie muss nicht mehr sagen. Die Tochter seiner Freundin aus Kindertagen, damals, als alles noch schön war in seinem Leben. Ich war der Köder für alle Fälle.

»Lucas verschwand mit dir, bevor wir euch retten konnten.« Tom seufzt leise. »Der Master war außer sich. Die Chance, den Fünften Fürsten einfach und sauber zu beseitigen, war vertan. Aber dann warst du da, ein Dunkelkind der gegnerischen Seite, unwissend und damit perfekt dafür geeignet, ihre Intrige weiter zu spinnen. Nur deswegen ist Lucas dein Wächter.«

»Weil es einfacher ist, mich zu vernichten als ihn. Ich bin ein Nichts, ein Niemand. Ich war neu, ich hätte viele Fehler machen können. Sie wollten mich ins offene Messer laufen lassen. Wenn sie mich bestrafen müssten und es ihn dann ebenfalls trifft …« Ich kann meinen Satz nicht zu Ende bringen, der Gedanke allein schnürt mir die Luft ab.

»Dann ist das Gerechtigkeit und sonst nichts.« Eine steile Falte bildet sich zwischen Toms Augenbrauen. »Verdammt, Mella, ihr macht es uns wirklich nicht leicht, euch zu beschützen. Wenn wir euren kleinen Besuch bei Theresa nicht vertuscht hätten, wäre wohl bereits alles verloren.«

Ich starre ihn an. Denk, Mella, denk nach! Es muss eine Lösung geben, irgendeine! Doch ich finde keine. Ich sehe keinen Ausweg. »Deshalb beschützt ihr uns?«

»Natürlich.« Tom zuckt mit den Schultern. »Seitdem du eine von uns bist.«

»Und was können wir jetzt tun?«

Edith strafft sich. »Schließt euch uns an.« Sie mustert mich mit dem wissenden Schweigen einer Mutter, die stets besser weiß, was das Beste für ihr Kind ist. Und ich fürchte, sie hört mein Herzklopfen und sieht das Zittern meiner Knie. Kein Wunder. Sie ist so etwas wie meine böse Stiefmutter. Sie muss mich in- und auswendig kennen.

»Du hast meine Mutter auf dem Gewissen, du Miststück, du bist nichts als eine armselige, verkümmerte Seele, die nachts in einem modrigen Archiv in Akten herumstöbert, um auch nur erahnen zu können, wie es ist, ein Leben zu haben.«

Sie lächelt immer noch milde, mitleidig, als wäre ich eine trotzige Fünfjährige, die man nicht ernst nehmen kann. »Herumstöbern? Meine liebe Mella, ich mache diese Akten.«

Ich muss lachen. »Du machst sie? Es ist die Aufgabe der Chefin dieses Société-Geheimbundes, höchstpersönlich abzuheften? Ich würde mir an deiner Stelle noch einmal Gedanken über meine Prioritäten machen.«

»Edith.« Tom sieht sie mahnend an.

Edith schmunzelt bösartig. Wie schafft es dieses kleine, stämmige Weib, mich so von oben herab anzusehen? »Ich hefte nichts ab. Dafür habe ich meine Leute. Ich schreibe die Geschichten, die diese Seiten füllen.«

Vermutlich sehe ich gerade nicht sonderlich intelligent aus, aber ich verstehe tatsächlich gar nichts mehr.

»Edith!« Tom macht einen Schritt auf sie zu, bleibt aber sofort stehen, als sie die Hand hebt.

»Genug von diesem kindischen Geplänkel!« Jegliches Vergnügen verschwindet aus ihren Augen, als hätte jemand ein Licht gelöscht, hinter dem sich eine tiefe, gähnende Dunkelheit verbirgt. »Du wirst Lucas nichts von dem erzählen, was wir hier miteinander besprochen haben!«

»Als ob.« Kalte Angst schleicht sich langsam in jede meiner Körperzellen, sickert unaufhaltsam wie Wasser durch jeden noch so kleinen Spalt. Sie kann mir nichts tun, nicht, ohne Lucas und ihrem Fürsten zu schaden. »Jedes Wort werde ich ihm sagen!«

Sie tauscht einen nervösen Blick mit Tom. Warum kämpft sie plötzlich so mit sich? Das ist schlimmer als ihre Arroganz! »Hör mir zu: Er darf es nicht wissen, Mella.«

»Und aus welchem Grund hast du es mir dann erzählt?«

»Damit du uns hilfst, ihn auf unsere Seite zu ziehen.«

Wieder schüttele ich den Kopf. »Du wirst von mir keine Unterstützung bekommen, Edith. Ich entscheide, was ich Lucas erzähle, und ich werde ihn nicht belügen.«

»Mella? Bist du hier unten?«

Lucas? Was macht der denn –

Edith verstummt und drückt sich in eine dunkle Ecke. Tom tut es ihr gleich, und ich drehe mich irritiert um, als ich plötzlich mutterseelenallein in diesem Bunker stehe.

»Mella?« Lucas lugt zur Kellertür hinein und sieht mich mitten im Raum stehen. »Was machst du hier, Liebes?« Kopfschüttelnd kommt er zu mir. »Ich bin aufgewacht und das Bett war leer, du kannst doch nicht einfach abhauen, ohne mir Bescheid zu sagen.«

Er lehnt sich zu mir, um mich zu küssen, und ich stemme mich mit beiden Händen gegen ihn, um ihn auf Distanz zu halten. Irritiert sieht er mich an. »Was ist mit dir, warum willst du …«

»Lucas!«, Tom hetzt aus seiner Nische hervor, atemlos. Hinter ihm tritt Edith ins Licht, mit geballten Fäusten und einem Ausdruck unverhohlenen Zorns auf dem Gesicht.

Lucas packt mich mit einer schnellen, geschmeidigen Bewegung und zerrt mich hinter sich, den Blick starr vor Entsetzen auf Edith und Tom gerichtet.

»Liebes?« Ediths Stimme durchschneidet die Stille wie ein Messer. Ihr Blick bohrt sich in meinen, und ich kann nichts dagegen machen, ich weiche automatisch zurück. »Was für eine interessante Vorstellung. Ich hoffe doch, ich habe mich verhört?«

»Bestimmt. Ich gehe davon aus, dass er sie einfach auch nachts nicht mehr aus den Au…«, mischt sich Tom ein, doch sie schubst ihn einfach zur Seite und schießt auf mich zu wie eine Kobra.

»Du kleines Miststück! Du machst alles kaputt! Alles!« Ihr Gesicht ist von Wut verzerrt. »Wenn du uns nicht alle mit ins Verderben reißen würdest, könnte ich mich mit Freuden zurücklehnen und zusehen, wie du zu Staub zerfällst, du kleine Hure!«

Mein Mund ist wie ausgetrocknet. Hat sie mir gedroht? Ich presse meine Lippen zusammen und blicke Lucas an. Wieso, zum Henker, sagt er nichts? Er sieht so aus, als hätte ihn ein Betäubungspfeil getroffen. Sofort stellen sich alle Härchen auf, die mein Körper zu bieten hat. »Lucas?« Vorsichtig berühre ich ihn am Arm. »Alles in Ordnung mit dir?«

»Wir reden später«, faucht er mich an, ohne sich die Mühe zu machen, sich überhaupt zu mir umzudrehen.

Edith schnaubt verächtlich. »Später? Liebesgesäusel im kuscheligen Bettchen? Himmel, Lucas! Du kennst die Regeln!«

»Regeln.« Er lacht leise. »Scheiß auf die Regeln! Wer hält sich hier denn überhaupt noch an irgendwelche Regeln? Du doch wohl nicht, oder willst du mir erzählen, dass Resa dir nicht auch mehr bedeutet hätte, als sie es sollte?«

Edith stößt hart Atem aus. »Dann gibst du es also zu? O Gott, ihr seid so dämlich! Ihr gefährdet alles!«

Ich rolle mit den Augen. »Himmel, Edith! Du sagst es ihm jetzt, sonst tue ich es!«

»Sagen?« Sein Blick hetzt zwischen ihr und mir hin und her »Was sagen?«

Edith stößt einen theatralischen Seufzer aus. »Schon gut, schon gut.« Sie bettet ihren Hintern auf die Tischkante, verschränkt die Arme vor der Brust und rollt mit den Augen. »Dein Wächter ist der Fürst des Fünften Kontinents, okay?«

Seine Augen weiten sich. »Und du hattest vergessen, mir das vor einer Stunde zu sagen, als wir alle zusammen hier herumgestanden haben?«

Edith zuckt mit den Schultern und schweigt. Am liebsten würde ich ihr dieses süffisante Schmunzeln aus dem Gesicht schlagen. Ihr geht es nicht darum, uns zu überzeugen, das Richtige zu tun. Ihr geht es um Macht. Himmel, was verschweigt sie uns wohl noch alles?

Lucas schüttelt den Kopf. »Es reicht«, sagt er leise. »Ihr macht mich krank.«

Tom macht einen Schritt auf ihn zu. »Lucas, hör zu, ich …«

»Es kotzt mich an!«, brüllt Lucas unvermittelt. »Ihr seid alle gleich, ein hinterlistiges, verlogenes Mistpack! Und du«, er stößt mit dem Zeigefinger in Toms Richtung, »halte dich fern von mir, sonst werfe ich dich in die Schatten, und du weißt, dass du da nie wieder herausfinden wirst!«

»Lucas, ich bin dein Freund!«

Lucas lacht bitter auf. »Mein Freund? Freunde belügen sich nicht vierzig Jahre lang, oder?« Seine Stimme ist sanft und leise, und ich höre Wut darin und Schmerz. Tom senkt den Kopf.

Lucas sieht mich an. »Komm. Lass uns hier abhauen.«

»Du wirst schon noch zurückgekrochen kommen, wenn du dir über alles klargeworden bist.« Edith klingt ekelerregend selbstsicher.

»Den Teufel werde ich tun.« Lucas spuckt ihr die Worte förmlich entgegen. Er greift nach meiner Hand und zieht mich mit sich in eine dunkle Ecke.

»Du kannst sie nicht beschützen, und das weißt du auch!« Ediths Worte peitschen durch den Raum, und Lucas erstarrt zu Eis. »Vor allem, nachdem du deinem Schwanz sämtliche Entscheidungen überlassen hast!«

»Wartet einen Moment! Lasst uns in Ruhe reden.« Tom greift nach Lucas' Arm, doch der schüttelt ihn ab.

»Ich warne dich. Komm mir nicht zu nahe.« Lucas packt meinen Arm und kurz darauf umfließt uns seidige Schwärze.

∞

»Lucas?«

Er reagiert nicht, zerrt mich weiter hinter sich her, seine Hand um meinen Arm gelegt wie eine Rohrzange. Nicht eine Sekunde bleibt er stehen, er redet nicht, kein Wort, und als er urplötzlich meinen Arm loslässt, überkommt mich kalte Panik, bis ich am Geräusch seiner Schritte erkenne, dass wir bereits in meinem Badezimmer angekommen sind.

»Lucas?« Blind tappe ich durch die Dunkelheit hinter ihm her. Als ich mit dem Schlüsselbein das Türblatt ramme, stoße ich eine Reihe wildester Flüche aus, taste nach dem Lichtschalter und reibe mir die schmerzende Stelle, während das warme Licht meinen Körper flutet und mit Energie auflädt. Durch den Türspalt fällt ein einsamer Lichtstrahl hinüber in das finstere Schlafzimmer. Lucas steht am Fenster und starrt in die Nacht hinaus. Langsam nähere ich mich ihm, wie einem verwundeten Tier.

»Lucas?«, frage ich noch einmal, ganz behutsam, und strecke vorsichtig meine Hand nach ihm aus. »Lucas, ich muss mit dir reden, sie hat …«

Er fährt zu mir herum, noch bevor ich ihn überhaupt berühre. »Was denkst du dir eigentlich?«, herrscht er mich an, so laut, dass ich erschrocken zurückweiche.

Wut kriecht meinen Nacken empor, eiskalt, lässt meine Haut kribbeln. Es reicht. »Sprich nicht so mit mir!«

Überrascht sieht er mich an. »Ich … du …«, stammelt er, kurz aus dem Konzept gebracht, um dann wieder laut loszuschimpfen. »Was, wenn dir etwas passiert wäre? Du hättest vernichtet werden können!«

Ich schnaube. »Das wäre dir doch wohl aufgefallen, meinst du nicht?«

Er starrt mich an. Seine Augen blitzen im Halbdunkel wie glühende Kohlen. Plötzlich packt er mich im Nacken und küsst mich. Hart, besitzergreifend und kompromisslos.

Sofort explodieren die Synapsen unter meiner Haut und ich schmelze, als er mich gegen die harte Wand drängt und seinen Körper gegen meinen presst. Sein Kuss wird sanfter, zärtlicher, fast schon vorsichtig.

»Ich drehe langsam durch.« Er legt seine Stirn an meine. Warm trifft sein Atem auf meinen Lippen. Erneut küsst er mich, bevor er sich auf die Fensterbank sinken lässt, schlapp, müde, und ich ziehe seinen Kopf an meinen Bauch und drücke ihn fest an mich, streichle ihm sanft durch seine Locken.

Er drückt mir einen Kuss auf den Bauch und zieht mich rittlings auf seinen Schoß. »Nicht nur, dass mein Vater kein Mensch ist, er ist auch noch einer der Fürsten, genau wie mein Wächter! Wo sind wir da nur hineingeraten?«

»Und das ist noch nicht alles, Lucas. Sie …«

»Natürlich ist das nicht alles. Ich möchte nicht einmal darüber nachdenken, was Edith und dieser schlangenzüngige Speichellecker Tom uns verschwiegen haben. Scheiße, wenn ich daran denke, dass ich dich seinem Schutz anvertraut habe …«

Ich räuspere mich. »Wo du gerade von Vertrauen anfängst …«

»Weißt du was? Ich will es nicht wissen. Was auch immer sie noch in der Hinterhand haben, ich will es nicht wissen.« Er vergräbt sein Gesicht an meiner Schulter, schnuppert an meinen Haaren. »Das waren mehr schlechte Neuigkeiten, als ich an einem Tag verkraften kann.«

Ich fühle mich, wie aus Holz geschnitzt. Starr, bewegungsunfähig und nicht lebendig. »Sie hat meine Mutter …« Die Worte werden zu Tränen und ersticken mich.

Alarmiert schiebt Lucas mich ein Stück zurück, sieht mich an. »Sie hat was?«

Ich ziehe die Nase hoch. »Sie hat sie …«

Er zieht die Augenbrauen zusammen. »Was? Was hat sie?« Und dann weiten sich seine Augen. »Sie hat sie wirklich umgebracht?«, flüstert er, und ich breche in Tränen aus.

∞

Er betrachtet mich im spärlichen Licht, malt die Konturen meines Gesichts mit seinen Fingerspitzen nach, als wolle er mich in Stein hauen. »Lass uns schlafen gehen. Wir müssen fit sein, um entscheiden zu können, wie es weitergehen soll.« Sein Kuss ist zärtlich, verbindlich, ohne jede Spur von Begehren, aber voll von einer verzweifelten Sehnsucht, die ich nicht verstehen kann.

Ich muss ihm erzählen, was ich über Mathilda weiß, aber ich werde es nicht tun. Ich kann es nicht. Nicht jetzt.

Er schmiegt sich an meinen Rücken. Sein Arm legt sich warm um meine Taille. Mechanisch hebe ich die Hand und wedele das Licht aus.

Ich spüre nichts. Und ich denke nichts. Ich liege nur da und lausche dieser schrecklichen Stille, nur durchbrochen von seinem leisen Atmen und dem Klang meines Herzens, das mit jedem Schlag lauter wummert als ein Presslufthammer.

Was haben sie wohl mit mir angestellt? Wenn sie mich Heiligabend für dieses Füllhorn an Komplotten eingeplant haben, sollte ich wohl nicht so naiv sein zu denken, sie hätten mich vorher in Ruhe gelassen. Lucas hat meine Akte geklaut, da wird so einiges drinstehen.

Seine Atemzüge gehen langsam und gleichmäßig, ganz im Gegenteil zu meinem Blut, das rauschend wie ein Wasserfall durch meine Adern peitscht. Ich werde nicht bis zum Morgen warten. Das kann ich nicht. Ich muss es wissen. Mit dem freien Arm angele ich nach dem Lichtschalter und knipse die Nachttischlampe an. Sie taucht den Raum in ein gemütliches, warmes Licht.

Lucas gibt ein protestierendes Brummeln von sich und rollt sich auf die andere Seite. Ich hocke auf der Bettkante. Wo zum Teufel ist diese Akte? Hat er sie in den Schrank gelegt? Nein, dort hinten. Da liegt sie, halb unter das Sofa gerutscht. Schnell tapse ich über die kalten Steinfliesen und hebe sie auf. Ein Geruch nach feuchtem Keller steigt mir in die Nase. Schwer und klamm liegt der Papierstapel in meinen Händen, eine langsam verwitternde Abhandlung über mein Leben. Ich lasse mich in die Polster sinken und starre sie an, diese Akte, die Klarheit und Unheil verspricht. Soll ich? Oder besser nicht? Scheiße, es kann ja nichts Gutes darinstehen.

Ich werfe einen raschen Blick hinüber zum Bett. Lucas rührt sich nicht. Mein ganzes Leben halte ich hier in den Händen, altmodisch mit Schreibmaschine auf vergilbtes Papier gebannt. Meine Finger zittern. Noch einmal hole ich tief Luft, dann schlage ich den Aktendeckel auf. Da steht mein Name, mein Geburtsdatum, der Name meiner Mutter und, nach fast dreißig Jahren, lese ich zum ersten Mal den Namen meines Vaters: Christopher Pellier. Sein Foto. Souverän lächelt er in die Kamera. Er sieht gut aus, Anfang fünfzig, längere, grau melierte Haare, ein etwas dunklerer Vollbart. Und meine Augen.

Ich werfe einen Blick hinüber zum Bett. Lucas schläft tief und fest, und ich blättere leise weiter. Eine Liste, handgeschrieben. Das Datum meiner Einschulung. Zeugnisnoten, Begabungen, Interessen. *Mella hat einen starken Gerechtigkeitssinn. Sie ist sehr mitfühlend und stellt sich vor schwächere Mitschüler.* Ja, das hat mich weit gebracht im Leben.

Alles, aber auch wirklich alles haben sie dokumentiert! Eine Kopie meines Abschlusszeugnisses, der Grundriss meiner ersten Wohnung und immer wieder Fotos, Portraits von mir und denen, die in meiner Vergangenheit eine Rolle gespielt haben.

Ein dickes, lachendes Baby auf dem Arm seiner Mutter. Ihr Blick ist ernst, und das schießt mir wie ein Messer zwischen die Rippen. Wie stand sie wirklich zu mir? Hatte sie überhaupt Muttergefühle, wenn sie mich nur zu diesem einen Zweck auf die Welt gebracht hat? Sie war oft so kalt, so in sich gekehrt. Wegen mir? Weil sie Zeit mit einer Tochter verbringen musste, die sie eigentlich gar nicht haben wollte? Oder wegen einer Frau, die sie am Ende umgebracht hat?

Ein leises Seufzen stiehlt sich über meine Lippen. Eine Antwort auf diese Fragen werde ich wohl nie mehr bekommen. Mit zitternden Fingern blättere ich um. Schulbildung, Schulabschluss, mein Studium – alles fein säuberlich dokumentiert. Diese endlosen Diskussionen mit meiner Mutter! Ich wollte keinen Buchhalterjob, im Leben nicht. Zahlen haben mich nie gereizt, aber sie bestand darauf, dass ich einen Abschluss in Betriebswirtschaft mache. Und natürlich habe ich es getan. Wieso habe ich eigentlich nie das gemacht, was ich wollte?

Auf der nächsten Seite finde ich die Antwort. Mark kam dazwischen. Mein erster Freund. Du liebe Güte, wie jung er auf dem Foto aussieht! Mehr als zehn Jahre ist das her. Ich hätte nicht einmal mehr sagen können, wie lange wir überhaupt ein Paar waren, doch Edith hat alle Daten fein säuberlich notiert. O mein Gott! Selbst mein erstes Mal!

Unwissend wie ein Kind, habe ich in Marks alten VW gehockt und darauf gewartet, dass er mit dem Popcorn zurückkommt. Er kam aber lieber woanders, nämlich in Caro hinter der Toilettenbaracke. Danke an dieser Stelle auch an Caros Freund, dass ich Zeugin dieses Spektakels werden durfte. Hätte der mich damals nicht quer durch das Autokino gezerrt, wüsste ich vermutlich bis heute nicht, warum das mit dem Popcorn so lange gedauert hatte. Und das war sie dann auch, meine erste richtige Beziehung.

Ich presse meine Lippen aufeinander und wechsele auf die nächste Seite. Elias, Freund Nummer zwei. Ach, wir hatten eine schöne Zeit. Ich habe ihn schon als Vater meiner Kinder gesehen, aber nach vier Jahren war er so dämlich, seinem Kumpel eine Nachricht von einer Dienstreise aus Hong Kong zu schicken. Leider gingen die Gruppensex-Fotos an die falsche Handynummer, nämlich an meine, und das war dann das Ende unserer Liebe.

Nach Elias kam Ben. Wie unsere Liebe begann und wie sie endete, nüchtern auf zwei Seiten zusammengefasst. Der letzte von ihnen. Bisher.

Mein Blick huscht hinüber zum Bett und trifft auf eisblaue Augen. Ich schenke ihm ein kleines, melancholisches Lächeln. »Wie lange bist du schon wach?«

»Die Frage ist viel eher, ob du überhaupt geschlafen hast.« Lucas stützt sich auf seine Unterarme und entdeckt die Akte in meinen Händen.

Ich folge seinem Blick. »Das hier kommt mir vor wie ein Buch mit dem Titel *Das Leben der kleinen, dummen Mella*.« Ich lache traurig und schließe lautlos den Aktendeckel. »Sogar meine Schuhgröße und meine Lieblingseissorte stehen hier drin. Warum haben sie nur diese ganzen Informationen über mich gesammelt?«

»Warum wohl, Mella?« Er schlägt die Decke zurück und kommt zu mir. Licht fällt durch das Fenster herein. Himmel, ich habe die ganze Nacht über meiner Akte gebrütet! »Ich bin mir mittlerweile sicher, dass sie diese Informationen nicht nur gesammelt haben, Mella.«

Ich starre ihn an, als sich Ediths Worte in mein Bewusstsein graben. *Ich schreibe diese Geschichten.* Und Lucas, er hat in meiner Akte gelesen, während ich seine suchte. »Das ist nicht dein Ernst.« Mein Brustkorb fällt in sich zusammen. Der Raum beginnt sich zu drehen.

»Sie haben dich manipuliert, so wie sie uns alle manipuliert haben.« Ruhig sieht er mir in die Augen, beißt sich kurz auf die Unterlippe. »Ich glaube nicht mehr daran, dass irgendetwas in unseren Leben zufällig passiert ist.«

Mein Herz rast wie nach einem 100-Meter-Lauf, und mein Gehirn besteht nur noch aus Watte, als würde es nicht mehr ausreichend mit Sauerstoff versorgt. Dunkle Befürchtungen drängen sich schadenfroh in mein Bewusstsein. »Was ist mit dir, Lucas? Gehörst du auch zu ihrem Plan?«

Er lächelt traurig. »Du meinst: wir?« Kurz zögert er, dann beugt er sich vor und küsst mich zärtlich. Aber er bleibt mir seine Antwort schuldig.

Ich schließe die Augen. Mein Magen flattert, und mein Gehirn fleht darum, alle Gedanken verbannen zu dürfen, die sich mit etwas anderem beschäftigen als mit diesem Kuss. Doch ich löse mich von ihm, reibe meine Nase sanft an seiner. »Tom sagte, dass die Société uns beschützt.« Ich schlucke an einem harten Pfropfen in meinem Hals. »Meinst du, wir müssen Angst haben?«

»Weil ich mich verplappert habe?« Er küsst mich auf die Nasenspitze und lehnt sich mit einem leisen Ächzen zurück. »Ich habe keinen Schimmer. Ich hoffe, dass sie es tun.«

»Also hast du Angst.«

Er sieht mich schweigend an und schüttelt den Kopf, aber es fühlt sich nicht an wie ein überzeugtes Nein. »Ich will nicht einmal darüber nachdenken«, sagt er leise und streichelt meine Wange. »Fühlst du dich besser, jetzt, wo wir wissen, dass Ben unschuldig ist?«

Ich verstehe nicht, und ich fürchte, ich sehe auch genauso aus.

Lucas rollt mit den Augen. »Hätte sich die Société nicht eingemischt, wärst du heute wohl glücklich verheiratet und hättest ein Baby, so wie du es dir immer gewünscht hast.«

Ich blinzle. »Lucas, willst du mir auf eine etwas seltsame Weise mitteilen, dass du eifersüchtig bist?« Er antwortet nicht, und ich nehme seine Hand. »Hör mir gut zu, Ben war alles andere als unschuldig. Er hat meine beste Freundin gevögelt.«

»Vielleicht war genau das ihr Plan.«

Ich wische seinen Einwand weg. »Ben ist ein erwachsener Mann. Er hätte nein sagen können. Er hätte nein sagen müssen - das hat er aber nicht. Und das macht ihn zu einem Arsch. Ich bin froh, dass ich ihn nicht geheiratet habe.«

Lucas lächelt mich an. »Auf eine gewisse, etwas kranke Art und Weise macht es mich glücklich, das zu hören.«

»Bin ich wirklich.« Sanft streichle seine Wange. »Es ist nicht zu ändern, was passiert ist.«

»Allerdings wolltest du ihn heiraten, vor nicht einmal einem halben Jahr.«

Ich ächze langgezogen. »Ich wollte bisher jeden heiraten, Lucas!«

Er muss lachen. Ich stimme mit ein, und ein paar Sekunden lang vergesse ich tatsächlich, in welchem Schlamassel wir stecken. Bis mein Blick wieder auf die Akte fällt und mein Leben, oder wie auch immer man diese Farce nennen will, auf mich herabstürzt. Ich starre auf die fleckige Pappe unter meinen Fingern. »Aber wer bin ich denn überhaupt, wenn nicht einzig und allein das Produkt all ihrer Pläne?«

Behutsam zieht er mir die Akte aus den Händen und legt sie hinter sich auf die Couch, so, dass ich sie nicht mehr sehen kann. »Es spielt keine Rolle, Liebes. Wir sind nicht, wer wir sind, weil irgendjemand das so wollte.« Er küsst mich zärtlich. »Glaub an dich, Mella. Nicht an sie.«

Oh, wie gut das klingt! Aber diese Akte hinter seinem Rücken verhöhnt mich, schreit mich an und nagt an meinem Vertrauen in mein ganzes Leben. Welchen Sinn habe ich?

Er löst sich von mir. Da ist etwas in seinem Blick, ein entschlossenes Glimmen, das mich zutiefst beunruhigt.

»Was machen wir jetzt nur, Lucas?«

»Ich weiß nicht. Ich weiß es einfach nicht.« Er schluckt hart und lässt den Kopf hängen, wendet sich wieder von mir ab. »Erst stochern wir ewig im Dunklen herum und plötzlich geht es so schnell. Verdächtig schnell. Vielleicht sollte ich mich noch ein wenig umhören.«

»Vertraue niemandem, Lucas.« Ernst sehe ich ihn an, und die Angst, die ich in seinem Blick sehe, greift kalt nach meinem Magen, quetscht ihn zu einem Diamanten aus Eis zusammen.

»Nur dir.« Er lächelt nicht.

»Mir.« Ich lache bitter. Mir. Wer bin ich denn schon? Kann er mir wirklich vertrauen? Oder wurde ich vielleicht auch manipuliert, um ihn ins Verderben zu führen?

Ich kneife die Augen zusammen und schüttele fest den Kopf, um meine Gedanken zu stoppen, die unaufhaltsam wie eine Domino-Kette immer weiterlaufen und kein Ende finden. »Ich muss schlafen, dringend.« Ich drehe sonst noch durch.

»Dann ab ins Bett mit dir.«

Ich strecke mich auf der gigantischen Matratze aus, noch warm von seinem Körper, und er deckt mich zu wie ein kleines Kind. »Ruh dich aus.« Er sitzt auf der Bettkante und lächelt auf mich herunter, ein wenig verhalten.

»Was ist mit dir?« Ich rolle mich auf die Seite und kuschele mich in die Kissen.

»Ich werde das tun, was ich immer tue, und mir dabei den Kopf darüber zerbrechen, wie wir unversehrt aus dieser Sache herauskommen.«

Ich setze mich wieder auf. »Du willst schon wieder auf einen Einsatz gehen? Jetzt? Wo du doch weißt, dass du eine tickende Zeitbombe bist?«

»Danke für diese nette Bezeichnung, Liebes.« Amüsiert sieht er mich an. »Jetzt, wo bekannt ist, dass du dein Talent gefunden hast, kann ich mich nicht mehr vor meinem Job drücken. Und ich halte es für das Beste, mir nicht anmerken zu lassen, was ich weiß. Ich werde eben einfach vorsichtig sein und die Augen offenhalten.«

Ich presse meine Lippen aufeinander. »Du bist nicht sonderlich erfolgreich darin, vorsichtig zu sein.«

Ein Lächeln huscht über sein Gesicht, doch es kann die Anspannung um seine Augen herum nicht vertreiben. »Sie haben es nicht geschafft, als ich noch nicht wusste, dass jemand hinter mir her ist. Jetzt werden sie es erst recht nicht schaffen.«

»Und was ist mit mir?«

»Was soll schon mit dir sein? Du schläfst dich aus und gehst ein wenig spazieren, so wie immer.« Sein Blick wird ernst. »Du weißt, wie stark du bist, Mella«, sagt er leise. »Bleib im Licht, dann kann niemand etwas gegen dich ausrichten.«

Ich nicke, auch wenn ich von seinen Worten alles andere als überzeugt bin. »Und die Société hat überall ihre Wachhündchen.«

»Hoffen wir es«, sagt er und küsst mich lange, zärtlich, bevor er im Badezimmer verschwindet. »Wir sehen uns später.«

Und ich bleibe hier zurück und frage mich, wie viele Frauen sich in ihrem Leben jemals gefragt haben, ob dieser Kuss nicht vielleicht der letzte war.

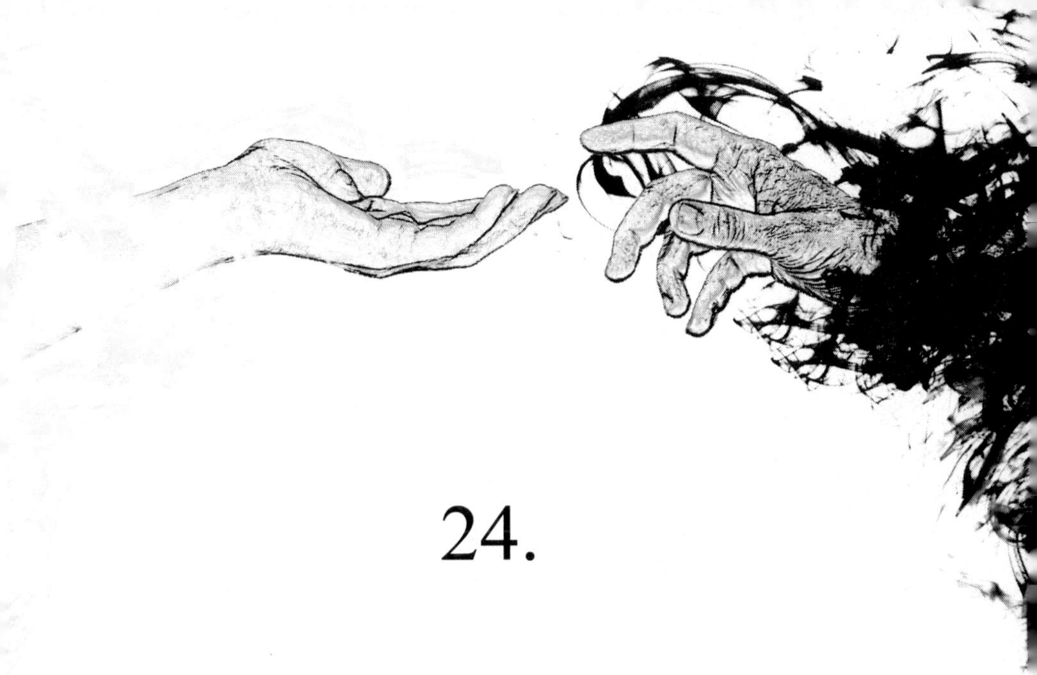

24.

Es ist bereits weit nach Mittag, als ich erwache, aber ich bin alles andere als ausgeruht. Ich habe mir zugesehen, während ich schlief, hohl wie eine Handpuppe, geführt von jemandem, der meine Bewegungen steuert und entscheidet, wohin ich gehe. Der mir die Worte in den Mund legt, die ich sage, jedes einzelne von ihnen.

Ich fühle mich immer noch ausgehöhlt. Hinten auf der Couch liegt der vergilbte Haufen Papier mit den Regieanweisungen für mein Leben. Ein schaler Geschmack breitet sich in meinem Mund aus und ich strample die Bettdecke beiseite. Damit ist jetzt Schluss! Niemand wird mir sagen, was ich zu tun habe! Mit hoch erhobenem Haupt marschiere ich an der Akte vorbei ins Badezimmer. Ein Stapel Zettel, nichts mehr. Nichts, was irgendetwas bedeutet. Ich nehme jetzt eine Dusche. Ja. Eine Dusche wird mir guttun.

Doch auch unzählige Liter heißen Wassers später hängt die Angst noch schwer an meinem Körper. Sie versteinert mich in jeder kleinsten Muskelfaser und denkt gar nicht daran, mich in Frieden zu lassen. Die fiesen Gedanken lauern in meinem Kopf, jederzeit bereit, die Kontrolle über mich zu übernehmen.

Ich muss hier raus. Ich muss weg aus diesem Zimmer. Jedes Möbelstück, jeder Atemzug erinnert mich an Lucas und an die diffuse Gefahr, in der wir schweben.

Mit gesenktem Kopf schleiche ich durch die Flure, bis ich endlich die

Glastür hinter mir zuziehe. Es ist dunstig heute, aber immer noch hell genug, um mich mit Energie zu fluten. Der Park sieht aus wie durch einen Nebelfilter fotografiert, erfüllt von warmer, zäher Luft. Schon nach wenigen Schritten umgeben mich die Nebelschwaden wie Seidentücher, schmeicheln über meine Haut und tauchen diesen Tag in ein mystisches Licht. Fast ist es so, als hätte ich meinen Albtraum noch nicht verlassen.

Ich lasse die steil aufragenden Felsen hinter mir. Hier, ganz vorn an der Klippe, zerreißt der Meereswind die zarten, weißen Schleier in unsichtbare Fetzen und gibt den Blick auf den Horizont preis. Tief atme ich ein, und unverbrauchte Luft flutet meine Lungen, legt einen Film aus Salz auf meine Lippen. So etwas ähnliches wie Ruhe macht sich in meinen Körperzellen breit, als die Lichtenergie von ihnen Besitz ergreift und ich die Kraft spüre, die tief in mir steckt.

»Bist du mutig oder leichtsinnig?«

Ich fahre herum. Tom steht hinter mir, wenige Schritte entfernt, die Arme vor der Brust verschränkt. Mein Atem geht viel zu schnell, und plötzlich ist die dicke Luft eine Belastung für mich.

Langsam löst er seine Arme, bis sie schlaff an der Seite herunterhängen. Sein Blick fixiert meine rechte Hand, und erst jetzt fällt mir auf, dass ein Lichtball neben ihr schwebt, direkt bei meiner Handfläche, bereit, ihn jederzeit zu pulverisieren. O Shit!

»Nicht schlecht«, murmelt er leise und kann seinen Blick nicht davon abwenden. »Aber pack das weg, bevor es noch jemand sieht. Ich bin nicht gekommen, um dir etwas zu tun.«

Der Energieball bleibt, wo er ist. »Warum bist du dann hier?«

»Sei nicht so fies zu mir.« Er schiebt die Hände in seine Hosentaschen und zieht die Schultern hoch. »Ich wollte wissen, ob es dir gutgeht.«

Ich schnaube und lasse den Lichtball verschwinden. »Würdest du irgendeinen von euch Arschlöchern sehen wollen, wenn du gerade erfahren hast, dass du bisher nur ein Statist in deinem eigenen Leben warst?«

»Du hast also deine Akte gelesen«, stellt Tom fest. »Gut. Das erspart mir wohl einiges an Erklärungen.«

Am liebsten würde ich ihn die Klippe herunter schubsen. Mit geballten Fäusten stehe ich da, keine Ahnung, was passieren würde, wenn ich jetzt eine Energiekugel in den Händen hätte!

»Es tut mir leid«, sagt Tom leise. Seine wasserblauen Augen sehen mich an, offen und ehrlich, und all mein Zorn verraucht. »Ich wünschte, das alles wäre nicht passiert.« Er lässt sich auf den umgestürzten Baum sinken und stützt sich mit den Ellbogen auf seinem Oberschenkel ab, so als wäre ihm sein Kopf zu schwer geworden.

»Wieso habt ihr das nur getan?«, flüstere ich. Meine Kehle fühlt sich rau an, als hätte ich mit Sand gegurgelt.

»Viel mehr als das, was in deiner Akte steht, weiß ich auch nicht.« Er zuckt mit den Schultern. »Du warst die Verbindung zu Theresa, und Edith war sicher, über diesen Weg an Lucas heranzukommen.«

Weiße Wut macht sich in mir breit. Meine Handflächen kribbeln, und in mir breitet sich dieses schiefe, misstönende Vibrieren aus. Ich verliere die Kontrolle. Im letzten Moment schiebe ich die geballten Fäuste in meine Jeans, so tief ich kann, und lasse mich neben Tom auf das klamme Holz sinken. »Und das gibt ihr das Recht, über mein Leben zu bestimmen?«

»Edith steht über dem Recht. Jedenfalls denkt sie das.« Ein mitfühlendes Lächeln huscht über sein Gesicht, und endlich sehe ich ihn wieder, den Tom, den ich so gerngehabt habe, bis er sich als mieser Lügner enttarnt hat.

»Sie darf also in fremden Leben herumpfuschen?« Ich lache auf, auch wenn ich am liebsten heulen würde. »Sie hat meine Mutter getötet, Tom! Sie ist schuld an allem, was bei mir schiefgegangen ist! Wie kann sie nachts überhaupt noch schlafen?«

»Offenbar gewöhnt man sich an alles.« Tief atmet er durch und seufzt. »Sie mutet jedem von uns viel zu. Für Sophia wird das damals auch kein Kinderspiel gewesen sein.«

Fast wäre ich rückwärts vom Baumstamm gefallen. »Sophia?«

Toms Augen weiten sich. »O Shit, Mella. Ich dachte, du hättest deine Akte gelesen!«

»Ja aber …« Ich keuche auf. »Sophia ist eine von uns? Eine Umbracorin?«

»Sie gehört zur Société.« Seine Stimme ist sanft, aber seine Worte treffen mich wie ein Hammerschlag in den Magen. Was soll ich denn jetzt machen? Heulen? Schreien?

Ich muss lachen. »Sophia?« O Gott, ich muss so sehr lachen. Ich kann nie wieder aufhören zu lachen!

Tom starrt mich an, als hätte ich den Verstand verloren. Und vermutlich habe ich das auch. Ich wende mich von ihm ab, lasse mich nach hinten fallen, rutsche vom Baumstamm und blicke hoch in den Himmel, bis das Lachen in meinem Bauch verreckt. Sophia ist also eine von ihnen. Eine Umbracorin. Eine Frau, die mich doppelt betrogen hat. Dreifach. Natürlich! Darum ist es ihr nicht schwergefallen, mich zu hintergehen. Schließlich war sie nur auf mich angesetzt, um mich hin und her zu schieben wie eine Schachfigur.

Tom senkt den Kopf. »Edith wollte nicht, dass du allzu viel Schönes in deinem Leben hast.«

Verzweifelt liege ich auf dem Rücken im Dreck, schlucke hart, aber da ist nichts mehr in meinem Mund. Boshaft stehlen sich Tränen in meine Augen. »Damit ich nichts habe, nach dem ich mich zurücksehnen könnte. Das kommt mir bekannt vor.« Ich lege mir die Hand über die Augen. Die Tränen brennen auf meiner Haut wie Gift und ich wische sie weg. Tom hält mir wortlos die Hand hin und zieht mich wieder hoch.

Eine halbe Minute starren wir beide vor uns hin, betrachten die Nebelfetzen, die die Meeresbrise über die Klippe zu uns weht.

»Es stimmt wirklich, oder?«, fragt Tom nach einer Weile. »Das mit dir und Lucas? Ich habe das nicht missverstanden?«

Ich schlucke und starre weiter vor mich hin, ohne ihn anzusehen.

Tom schlägt seine flache Hand auf das Holz. »Verflucht, wie dumm könnt ihr sein? Was für eine beschissene Entscheidung!«

Ich starre ihn an und breche erneut in lautes Gelächter aus. »Das ist sie also? Meine erste eigene Entscheidung? Wirklich?« Ich fasse es nicht. Ausgerechnet die fatale Beziehung zu Lucas ist alles, was ich bisher allein zustande gebracht habe?

»Ich finde das nicht lustig«, knurrt Tom neben mir. »Du kannst dir nicht vorstellen, was für eine Scheiße ihr da gebaut habt!«

»Und du kannst dir nicht vorstellen, wie sich die Erkenntnis anfühlt, ein Leben lang manipuliert worden zu sein!«

Er fährt zu mir herum und lacht bitter auf. »Ach nein? Kann ich nicht?« Sein Lachen ist voller Wut – und Schmerz. »Ich weiß genau wie es ist, wenn jemand in deinem Leben herumpfuscht! Denkst du, ich wäre nur zum Spaß bei der Société?«

»Woher soll ich wissen, warum du mit diesen verlogenen Arschlöchern gemeinsame Sache machst, Tom?«

»Das ist nicht ganz so einfach.« Tief atmet er durch, schluckt angestrengt. »Ich wurde in Carcassonne geboren, im Jahre 1362.«

Bitte, was? 1362? Tom ist fast 700 Jahre alt?

Ich starre ihn an wie einen Außerirdischen.

Er lächelt unbehaglich. »Seltsam, oder? Manchmal kann ich selbst kaum glauben, wie viel Zeit vergangen ist. Es ist schrecklich lange her. Wie das Leben von jemand anderem. Wie in einem Roman.« Ungläubig schüttelt er den Kopf, sieht in die Ferne. »Ich hatte mich beim Holzhacken verletzt. Die Wunde entzündete sich, und eines Nachts erwachte ich in diesem Massengrab.« Er schluckt hart.

Ein einsamer Schauer rieselt meinen Rücken hinab.

»Dutzende toter Körper lagen unter mir, neben mir, auf mir. Es war eine warme, sternklare Nacht im Herbst. Eine zarte Mondsichel stand am Himmel, die Grillen zirpten, und ich werde nie vergessen, wie ich geschrien habe.«

Ich schlage mir die Hand vor den Mund, unfähig, den Blick von ihm abzuwenden.

»Ich schrie und schrie und versuchte, mich von den Leichen zu befreien. Dieser Gestank! Ich konnte ihn auf der Zunge schmecken, dick und süß und ekelhaft. Einige verwesten bereits. Meine Finger gruben sich in ihr Fleisch, als ich versuchte mich hochzuziehen, in ihr viel zu weiches, matschiges Fleisch. Augen starrten mich an, weiß und gebrochen im Mondlicht, wie kleine, eingelegte Zwiebeln. Manche hatten nur noch schwarze Löcher in ihren speckigen, aufgedunsenen Köpfen.« Fast unmerklich schüttelt er den Kopf, als wolle er die Erinnerung abschütteln.

Ich wage es kaum zu atmen.

»Weißt du wie es sich anfühlt, über die Körper toter Menschen zu laufen?«, fragt er kaum hörbar.

Ich schlucke. Nein, das weiß ich nicht. Ich will es auch gar nicht wissen.

»Es ist so widerlich.« Er spuckt das Wort aus wie saure Milch. »Ich wollte ihnen doch nicht wehtun. Aber ich musste da weg! Mir war hundeelend und ich konnte mich kaum auf den Beinen halten, taumelte über Körper, einige von ihnen weich wie Butter, so dass ich bis zu den Fußknöcheln in ihnen versank, die anderen hart wie Granit.« Tränen glitzern in seinen Augen.

Ich taste nach seiner Hand.

Er blickt durch mich hindurch.

»Ein Knacken, ein Schmatzen unter meinen Füßen, und über all dem das idyllische Zirpen der Grillen. Ich habe auf ihre Gesichter getreten, Mella, ihnen die Nasen gebrochen, die Zähne ausgeschlagen, aber ich erinnere mich nicht daran, wie es sich anfühlte. Ich übergab mich auf sie, besudelte ihre Leiber.«

Bittere Galle steigt mir in den Rachen. Wie schrecklich! Aufzuwachen in einem Meer von Leichen!

Tom stöhnt auf, schließt kurz die Augen, wie um sich zu sammeln. »Als ich endlich den Rand der Grube erreichte, packte mich jemand und zog mich über die schlammige Böschung nach oben. Es war Jaques, der Totengräber. Ein widerlicher Kerl, ein Trinker, armselig im Charakter und dreckig wie ein Hund. Er stank zum Himmel und man erzählte sich hinter vorgehaltener Hand, dass er sich nachts auf den Friedhöfen herumtrieb, um den Toten ihre letzte Habe zu stehlen. Nun … in Wirklichkeit war er einer von uns, stets auf dem Friedhof, um zur Stelle zu sein, wenn wieder einmal ein Novize schreiend in seinem Grab erwachte.« Tom räuspert sich leise. »Jaques war ein Schattenwandler. Er bewegte sich unbemerkt in der Dunkelheit, ohne Sinn und Ziel.« Kurz lacht er auf, zynisch, humorlos. »Er hat gesoffen wie ein Loch. Aber betrunken war er nie. Wenn man nicht sterben kann, hat Gift auch keinen Effekt auf den Körper, nicht wahr?«

Leise schüttele ich den Kopf. »Warum hat er dann getrunken?«

Tom zieht langsam die Schultern hoch. »Keine Ahnung. Ich glaube, er hat sich erinnert. An andere, vielleicht schönere Zeiten.«

Die Galle bahnt sich ihren Weg auf meine Zunge, verätzt meinen Mund. Ich schlucke sie herunter, so gut ich kann. »Jaques war dein Wächter?«

Tom verzieht das Gesicht. »Ich kenne meinen Wächter nicht. Jaques war in einem gewissen Sinne mein Retter. Gut, er war ein Arsch, aber er hat mich aus diesem Loch gezogen und mir gezeigt, was es heißt, nach dem Tod weiterzumachen. Es gab viele wie mich zu dieser Zeit, viel zu viele. Wir waren quasi Waisen, die nackt und hilflos in ihr neues Leben geworfen wurden. Niemand von uns kannte seinen Wächter und ebenso wenig den Grund für unsere Verwandlung. Pest und Armut waren unsere größten Feinde, als wir noch lebten, aber es war die Armut, die mich am Ende umbrachte, die Kälte und die fehlende Hygiene. Die Wunde an meinem Bein entzündete sich, und eines schönen Frühlingsabends krepierte ich erbärmlich, ganz allein in unserer Kammer, während meine Familie auf der Straße um Essen bettelte.«

Zusammengesunken hockt er neben mir und endlich sehe ich die Wahrheit. Tom ist nicht schlank, er ist dünn, fast schon ausgemergelt. Die hohen Wangenknochen zeigen nichts anderes als die Armut, der er zu Lebzeiten ausgesetzt war. Und die raspelkurzen Haare … kein modischer Haarschnitt, sondern ein Muss, um Flöhe und anderes Ungeziefer in Schach zu halten. Tiefe Trauer liegt in seinem Blick und ich verstehe.

Er war in seinen Dreißigern, als er starb, vermutlich ein gutes Alter in seiner Zeit. Ein Alter, in dem man etwas erlebt hatte. »Deine Familie?«, frage ich sanft.

»*Oui.*« Eine einsame Träne stiehlt sich aus seinen Augen. Er lächelt. »*Ma chére Josephine!* Als Kinder spielten wir in den Gassen im Dreck. Ich glaube, ich habe sie schon immer geliebt, Mella, seitdem ich denken kann. Wir bekamen zwei wunderschöne Mädchen, Jeanne und Claire. Viel hatten wir nicht, aber meistens gab es genug Arbeit und ein Auskommen, das wenigstens den Kindern eine Mahlzeit am Tag auf den Tisch brachte. Doch egal, was war, wir hatten uns.«

Er streicht sich über die Wange und betrachtet seine Hände, verreibt die salzige Feuchtigkeit zwischen den Fingerspitzen. »Josephine konnte kaum Geld nach Hause bringen, nachdem ich mir das halbe Bein abgehackt hatte. Sie war nur eine Frau, ihre Arbeit wurde nicht gut bezahlt. Wir hatten oft kaum genug, um Brot vom Vortag zu kaufen. So hörte ich auf zu essen.« Er unterbricht sich und schließt kurz die Augen. »Und eines Nachts wachte ich in diesem Erdloch auf und alles war furchtbar.«

»Du hast sie nie wiedergesehen.« Mitfühlend drücke ich seine Hand fester, doch Tom schüttelt den Kopf.

»Doch. Ich habe sie wiedergesehen. Und sie starben.« Tief atmet er durch. »Der Hunger und die Kälte haben sie ausgezehrt. Ich besuchte sie, wann ich nur konnte, versteckt im Dunkel der Nacht, doch als ich das letzte Mal in unsere Kammer blickte, lagen sie einfach nur da, ganz still, aneinandergeschmiegt wie junge Katzen. Keine von ihnen rührte sich mehr. Es war so kalt und dunkel, sie waren ganz allein und so ging ich zu ihnen, um sie zuzudecken. Sie sollten nicht frieren.«

Tränen rinnen meine Wangen hinab, tropfen auf meinen Arm.

»Jeanne. Sie lebte noch. Meine kleine, tapfere Jeanne. Sie war eine Fee, immerzu lachte sie und sprühte vor Leben.«

Ich unterdrücke ein Schluchzen. Schnell fahre ich mir mit dem Handrücken über die Nase.

Tom starrt blicklos auf den staubigen Boden zu unseren Füßen. Ein Lächeln huscht über sein Gesicht, doch die feinen Muskeln um seinen

Mund herum zittern. »Ich legte die Mädchen in die Arme ihrer Mutter. Und ich spürte, dass noch Wärme von ihr ausging. Meine Jeanne. Sie schlug die Augen auf, ihre wunderschönen blauen Augen, und sah mich an, ganz lieb, ganz still, so wie mein kleines Mädchen stets gewesen war. Und dann sagte sie: *Êtes-vous un ange, Papa?*« Tom krümmt sich zusammen wie unter Schmerzen, vergräbt sein Gesicht in seinen Händen und schluchzt.

Bist du ein Engel, Papa? Meine Kehle schmerzt vor unterdrückten Tränen.

Seine Stimme klingt dumpf durch seine Finger, als er schließlich weiterspricht. »Sie starb, den Kopf auf meinem Schoß, und ich strich ihr das Haar aus dem Gesicht, immer und immer wieder, bis ich spürte, wie ihr Körper langsam erkaltete.«

Ich kann nicht mehr atmen. »Was hast du ihr geantwortet?«

Er hebt den Kopf und sieht mich an. Der Schmerz in seinen Augen brennt sich in meine Seele.

»*Oui*«, flüstert er und eine Träne tropft von seinem Kinn. »Ich sagte ja, und dass ich gekommen bin, um sie abzuholen. Dass jetzt alles gut wird. Sie glaubte mir. Sie war so glücklich, mich zu sehen.«

Ich kann nichts mehr sagen. Ich will auch nicht mehr. Das, was Tom ertragen musste, ist unbeschreiblich. Und es wird ihn ewig begleiten, in seinen Erinnerungen. Sie werden ihn jeden Tag um den Verstand bringen, jeden verdammten Tag. Nichts wird ihn jemals davon erlösen.

Ist es das, was Lucas meinte? Ist vielleicht das ewige Leben die wahre Hölle?

»O Tom.« Nichts, was ich sage, könnte ihm helfen. Neben mir sitzt ein 700 Jahre alter Mann, dessen Schmerz so frisch ist, als sei es erst gestern passiert. Und nichts wird es je wieder gut machen können.

»Deswegen bin ich hier, Mella.« Ein harter Zug lässt sein Gesicht zu einer Maske versteinern. »Er ist mein Vater. Der Master. Er hat das alles zu verantworten. Ich wurde nur gezeugt, um verwandelt zu werden, eines seiner Testobjekte zu sein. Mein Schicksal war ihm völlig egal. Es war ihm gleich, dass Unschuldige dabei ihr Leben lassen mussten. All das Leid, die Angst, der Schmerz, den er verursacht hat.« Sein Blick ist eiskalt. »Hass, Mella«, erklärt er mir, und etwas erstarrt tief in meinem Inneren. »Hass ist das, was mich hierhergebracht hat und was mir jeden Morgen die Kraft gibt, aufzustehen. Er darf nicht gewinnen.«

Mein Kopf ist leer, verwirrt von dem, was ich fühle, und all den Dingen, die ich in den letzten Stunden erfahren habe.

»Weißt du was?« Die Verzweiflung in seinen Augen erschlägt mich geradezu. »Ich kann mich nicht einmal mehr daran erinnern, wie ihre Stimmen geklungen haben.«

Ich ziehe ihn einfach nur in meine Arme und drücke ihn fest an mich. Er belügt mich nicht. Ich spüre es. Er sagt die Wahrheit. »Ich habe so eine Angst, Tom.«

Er nickt langsam. »Das verstehe ich. Aber wir tun alles, um euch zu beschützen.«

»Wie soll das funktionieren?« Ich schüttele den Kopf. »Lucas ist wieder auf einen Einsatz geschickt worden. Wer sollte ihn da beschützen?«

Tom weicht meinem Blick aus und räuspert sich, sagt aber kein Wort.

Die Muskeln in meinen Oberarmen vibrieren. »Tom?«

»Er ist nicht auf einem Einsatz.« Tom sieht mich wieder an. »Er ist bei Edith.«

»Was?« Meine Stimme ist nicht mehr als ein Hauch. Es wäre ein Wunder, wenn Tom mich gegen den starken Wind verstehen könnte. »Was will er da? Warum hat er mir nichts davon gesagt?«

Tom senkt den Blick und zuckt kurz mit den Schultern. »Ich weiß es nicht. Er wollte mit ihr reden. Sie haben mich fortgeschickt, und hier bin ich.«

Ich starre auf die grauen Wellen unter unseren Füßen, wie sie sich aufbäumen und in weiße Gischtkronen brechen, unaufhaltsam. Lucas hat mich belogen. Warum?

»Wer ist das?« Toms Stimme ist plötzlich anders, irgendwie geschäftsmäßig.

Ich drehe mich um. Eine schmale Gestalt steht an den Stamm einer Linde gelehnt, etwa zwanzig Meter von uns entfernt, und hebt die linke Hand zum Gruß. »Das? Das ist Julian Feroux, Helenas Saufkumpel.«

»Das ist also Julian? Der Typ, dem du die Schlüssel geklaut hast?« Tom mustert ihn interessiert über meine Schulter hinweg. »Er scheint auf dich zu warten.«

»Wir haben uns in den letzten Tagen öfter hier getroffen.«

»Zufällig, natürlich.« Tom verzieht den Mund zu einem schiefen Grinsen und steht auf. »Dann werde ich mal gehen.«

»Tom … das mit deiner Familie …« Ich lege meine Hand auf seinen Arm, und kurz entgleisen ihm die Gesichtszüge.

»Ich wollte kein Mitleid von dir, Mella. Du sollst nur verstehen, wie wichtig es ist, den Master aufzuhalten.« Er packt mich bei den Schultern.

»Wir brauchen euch wirklich, Mella. Rede mit Lucas.«

Ich nicke langsam. »Ich tue, was ich kann.«

»Und hab keine Angst. Wir haben immer ein Auge auf euch.« Tom wirft noch einen kurzen Blick auf Julian, zwinkert mir kurz zu und geht zurück zum Herrenhaus.

∞

»Ich dachte schon, er würde nie gehen.« Julian lässt sich neben mich auf den Baumstamm sinken.

Ich zucke mit den Schultern. »Du hättest auch einfach herkommen können, dann hätte ich euch vorgestellt.«

»LeGris? Ich kenne jeden von euch, wenn auch die meisten nur vom Papier.« Julian blickt Tom hinterher und schüttelt schließlich den Kopf. »Nein, das ist schon in Ordnung. Man könnte sagen, ich habe so etwas wie eine Sozialphobie.«

Ich ziehe die Augenbrauen hoch. »Und was ist dann mit mir?«

Mit einem scheuen Lächeln schlägt er die Augen nieder. »Bei dir ist das etwas anderes, Mella.« Er sieht mich wieder an. Die Farbe seiner Iriden ist ungewöhnlich, ein fast schon verstörendes Türkis.

Was … Flirtet er mit mir? Das kann ich auch. Ich verenge meine Augen zu Schlitzen, schmunzle ein wenig. »Baggerst du mich etwa an, Julian?«

»Vielleicht ein bisschen.« Sein Lächeln wird ein wenig breiter. »Du bist interessanter als alle anderen hier.«

Es wäre gar nicht schlecht, das Spiel mitzuspielen. Je mehr Leute mich sehen, wie ich mit Julian schäkere, desto weniger wird irgendjemand auf die Idee kommen, dass Lucas und ich uns näherstehen als wir dürfen.

Kokett senke ich die Augenlider. »Danke.«

Jetzt lacht er. »Wenn du dich dafür auch noch bedankst, komme ich mir seltsam vor. Sagen wir einfach: Ich bin mir sicher, dass du und ich noch jede Menge Spaß miteinander haben werden.« Er sieht auf seine Armbanduhr und steht mit einem Seufzer auf. »Vielleicht haben wir eines Tages die Chance, uns mal ganz in Ruhe zu unterhalten. Nur du und ich, gemütlich bei Kerzenschein.«

Ich zwinge mich zu einem strahlenden Lächeln. »Wer weiß?«

»Ja, wer weiß. Ich könnte mir gut vorstellen, dass es nicht mehr lange dauert, Mella.« Er wirft noch einen Blick auf das Meer hinaus. »Du gehst am besten zurück auf dein Zimmer. Ein Unwetter zieht auf. Gleich wird es hier stockfinster werden, da solltest du nicht hier draußen sein.« Mit hochgezogenen Augenbrauen sieht er mich an, und ich verstehe.

Himmel! Julian ist mein Schutzengel!

Deshalb taucht er immer auf, wenn ich allein im Park bin!

Dankbar sehe ich ihn an. »Ich gehe sofort zurück.«

25.

Ich habe heute mit Tom geredet, während du auf deinem Einsatz warst.« Das wäre jetzt der perfekte Zeitpunkt, um mir zu sagen, wo du dich wirklich herumgetrieben hast, mein lieber Lucas!

»Bitte?« Abwesend knöpft er das Hemd auf, dreht sich nicht einmal zu mir um.

»Bist du sauer deswegen?«

»Warum sollte ich? Du kannst reden, mit wem du willst.« Er zuckt gleichgültig mit den Schultern und bückt sich nach seinen Schuhen. Mit einem Poltern fallen sie zu Boden.

Etwas stimmt nicht. Es ist, als ob er gar nicht hier wäre, sondern weit, weit weg. »Tom hat Furchtbares durchgemacht, als er noch ein Mensch war. Ich glaube ihm, dass er uns nur helfen will.«

Lucas zieht die Augenbrauen zusammen. »Warum das? Bloß weil er etwas Schlimmes erlebt hat?«

»Weil ich sehr gut verstehen kann, warum er den Master hasst. Ich vertraue ihm. Er wird uns nichts tun.«

Lucas lacht kurz auf und sieht mich ungläubig an. »Das macht ihn harmlos? Hass? Der selbstlose Wunsch nach Rache? Du kommst wirklich auf komische Ideen, Mella.« Kopfschüttelnd wendet er sich von mir ab und zieht sich weiter um.

Es hat keinen Sinn, mit ihm zu reden. Er versteht es nicht, er will es nicht verstehen. »Und was hattest du so Wichtiges mit Edith zu besprechen?«

Er erstarrt. Doch als er sich umdreht, ist sein Gesichtsausdruck ganz normal. Zu normal. Mein Magen hüpft auf und ab. Er zuckt mit den Schultern und legt sein Hemd zusammen. »Nichts Besonderes. Ich hatte noch ein paar Fragen zu meiner Vergangenheit und gehofft, sie könnte mich mit ihrer Weisheit erhellen. Immerhin hat sie das Drehbuch dazu geschrieben.«

»Und deswegen belügst du mich?« Ein hohles Gefühl breitet sich in meiner Magengegend aus. »Du hast so ein verdammtes Theater um meine Sicherheit gemacht! Keinen Schritt durfte ich allein tun! Und dann lügst du mich an, weil du Edith simple Fragen über dein Leben stellen willst? Hast kein Problem damit, dass ich Zeit mit Tom verbringe, dem du nicht einmal mehr vertraust?« Meine Haut kribbelt und ich balle die Fäuste, um die Energie zurück in meinen Körper zu drängen.

Er zuckt mit den Schultern und beschäftigt sich mit dem Inhalt seiner Ledertasche. Ich sehe nur seinen Rücken, und die Anspannung in seinen Muskeln ist Provokation und Genugtuung in einem. »Du kannst dich mittlerweile sehr gut selbst verteidigen, Mella.«

»Lenk nicht ab, Lucas! Das ist doch alles Bullshit!«

Heftiger als nötig zieht er die Schranktüren zu. »Himmelherrgott Mella, ich hätte mir auch gewünscht, mehr von ihr zu erfahren!« Seine Augen funkeln wie dunkle Edelsteine. »Aber das habe ich nun einmal nicht!«

Er wirft sich ins Bett und zerrt die Decke über seinen Körper. »Ich werde jetzt schlafen«, verkündet er und dreht mir den Rücken zu.

»Mistkerl!« Er kann mich mal! Als ob uns das weiterhelfen würde!

Er ignoriert mich.

Gut.

Dieses Spiel können wir auch zu zweit spielen!

∞

Sein leises Atmen sollte einschläfernd auf mich wirken, aber das Gegenteil ist der Fall. Ich mache kein Auge zu. Das schlechte Gewissen bringt mich um den Schlaf. Ich weiß so viel über ihn, so viel mehr als er selbst weiß. Aber er hat mich angelogen. Spielt er etwa auch ein falsches Spiel? Mir ist so übel, ich könnte kotzen.

Vielleicht war das keine böse Absicht. Ich kann ihm nicht verheimlichen, was ich über Mathilda weiß, und das werde ich auch nicht. Ich bin mir nur nicht sicher, wie er darauf reagieren wird. Die Trauer um seine Familie hat ihn damals schon fast zerrissen. Wenn ich ihm die Wahrheit erzähle, könnte er sich gegen beide Seiten stellen. Aber nach allem, was ich von Edith erfahren habe – und was ich ihr glauben kann –, brauchen wir den Schutz der Société.

Lucas ächzt leise und kuschelt sich enger an mich. Ich drücke ihm einen Kuss aufs Haar. Er wirkt so jung, wenn er schläft, so verletzlich. Und das ist er auch, jedenfalls verletzlicher, als man es ihm ansieht.

Verflucht, ich kann ihm rein gar nichts erzählen! Nicht jetzt! Es würde ihn völlig aus der Bahn werfen. Oh, dieses rothaarige Biest, sie hat mich schon wieder fest im Griff. Und ich tue das, was sie will und nicht das, was sich richtig anfühlt. Aber Lucas … Er ist so komisch, seit wir die Wahrheit über seinen Vater herausbekommen haben. Und er hat mich angelogen, ohne mir zu erklären, warum.

Genervt murre ich vor mich hin und werfe mich zurück auf die andere Seite. Schlaftrunken ruht sein Blick auf mir und er lächelt. Ich seufze theatralisch und entdecke ein amüsiertes Funkeln in seinen Augen. »Kannst du nicht schlafen?« Seine Stimme ist kaum mehr als ein Flüstern.

»Nein. Zu viele Gedanken und Sorgen.« Und du bist ein ziemlich großer Teil davon, mein Freund.

»Aber du musst schlafen, Liebes. Wir sollten fit sein, um … falls …« Er bricht ab und sieht mich ein wenig hilflos an.

Ich schüttele den Kopf. »Ich bin völlig durch den Wind, Lucas.«

»Ja, ich weiß. Ich auch.« Er nimmt mich in seine Arme und ich lausche seinem Herzschlag. Ruhig. Kräftig. Regelmäßig. Ich schließe die Augen, atme seinen Duft ein und versuche zu schlafen.

Es klappt einfach nicht. Ich finde keine gemütliche Position, drehe mich hin und her und raube damit nicht nur mir den Schlaf.

»Du kleine Nervensäge.« Seine Augen blitzen wie Eiszapfen. »Irgendwie musst du doch auf andere Gedanken zu bringen sein.« Seine Hand wandert meinen Hals hinab und legt sich um meine Brust, streicht mit dem Daumen darüber. Mein Körper beginnt zu schwingen und Lucas lächelt, als er meine Reaktion bemerkt. »Na also«, flüstert er zufrieden.

Jede seiner Berührungen jagt einen Schauer über meinen Rücken. O ja. Es scheint zu funktionieren. Zärtlich küsst er mich, dann wandern seine Lippen meinen Hals hinab und schließen sich um meine Brustwarze, ganz sanft nur, durch den seidigen Stoff des Nachthemdchens hindurch. Automatisch vergraben sich meine Finger in seinem Haar, halten ihn dort fest, wo er ist, und als sich mein Körper an seinen drängt, spüre ich seine Erregung. Ich schnappe nach Luft, doch er lacht nur leise. »Wir müssen schlafen, Liebes.«

»Ja. Miteinander!« Ich schiebe meine Finger unter sein Shirt und streichle seine weiche, warme Haut.

»Mella …« Lust flammt in seinen Augen auf.

Unbeirrt gleiten meine Hände über seinen Rücken, malen mit den Fingernägeln seine Wirbelsäule nach. Er erschaudert unter meinen Berührungen. »Liebes«, beschwert er sich nicht sonderlich überzeugend.

»Du kannst das gern mit mir diskutieren, Lucas. Aber in derselben Zeit könnten wir es auch einfach hinter uns bringen.«

»Soso, könnten wir das.« Er zwirbelt den Saum meines Nachthemdes nach oben und lächelt.

»Es wäre eine Überlegung wert«, bekräftige ich, und er zieht mich auf sich.

Sein Kuss ist drängend, und durch den dünnen Jerseystoff seiner Hose spüre ich, dass er sich ernsthaft Gedanken über meinen Vorschlag macht. Ich ziehe sie ihm einfach herunter, um ihm ein wenig beim Nachdenken zu helfen. Er lacht leise, unterbricht unseren Kuss aber nicht.

»Du hast angefangen.« Ich bewege mich sanft auf ihm.

Er schließt die Augen und lächelt. »Habe ich das?«, fragt er, und ich nehme ihn in mich auf, ohne ihm eine Antwort zu geben.

Leise atmet er aus, als ich ihn mehr und mehr umschließe, lässt seinen Kopf zurück in die Kissen sinken. Mit beiden Händen fahre ich über seine Brust, spüre seine Muskeln unter dem dünnen Shirt. »O Liebes … mein Liebes …«, flüstert er gepresst und hält mich an den Hüften, unterstützt meine Bewegung mit jedem meiner langsamen, intensiven Stöße.

Ich gebe ihm keine Chance, die Kontrolle zu übernehmen, und er lässt es zu, ohne meinen Rhythmus auch nur im Geringsten zu stören. Sein Atem geht stoßweise, er beißt sich auf die Unterlippe und unterdrückt sein Stöhnen, so gut er kann, so sexy, genießt es, von mir genommen zu werden. Sachte fahren seine Hände über meinen Körper, über meinen Po, meinen Bauch, verweilen auf meinen Brüsten, reizen sie sanft, bis ich schließlich den Rücken durchbiege und aufkeuche, mein Tempo beschleunige.

Und er stützt sich auf einen Ellbogen und packt mit der anderen Hand meinen Nacken, zieht mich zu sich heran, erstickt sein Stöhnen in einem

Kuss, so tief und heiß, dass ich mich unwillkürlich um ihn herum zusammenziehe. Ich liebe es, ihn zu hören, und ich liebe es noch mehr, wie er krampfhaft versucht, leise zu sein, die Beherrschung nicht doch zu verlieren.

Es dauert nicht lange, bis sich sein Körper unter mir anspannt und er sich in mich entlädt, hart, pulsierend, erregend. Nur Sekunden später komme ich auf ihm und ich atme ihn ein, seinen Duft nach Meer, nach Erde und nach ihm selbst, und genieße die Ruhe, die mich augenblicklich durchströmt. Das leichte Vibrieren meiner Oberschenkel, dieses Flattern in meinem Bauch …

Lucas liegt unter mir und versucht, seinen Atem wieder unter Kontrolle zu bringen. Fest presst er mich an seine Brust, und ich höre nichts als seinen Herzschlag, schnell und fest.

Gott, dieser Mann ist alles für mich! Ich will nicht, dass er mich belügt, und ich will ihm nichts verheimlichen. Scheiß auf Edith. Ich werde mit ihm über Mathilda reden.

Morgen.

Gleich morgen.

∞

Blut rauscht in meinen Ohren. Wärme durchflutet meinen Körper und die Sonne kitzelt meine Nase, bis ich niesen muss.

Fahrig nehme ich die Hand hoch, um mich zu kratzen, und Sand rieselt auf mein Gesicht.

Sand?!

Ich reiße die Augen auf und finde mich an einem kargen, leeren Strand wieder – nackt. Scheibenkleister! Wie bin ich denn hier gelandet?

Einen Arm über meine Brüste, eine Hand auf meine Scham gelegt, rappele ich mich auf und sehe mich vorsichtig um.

Außer mir sind nur ein paar Pinguine hier, deren Anwesenheit mich eher verstört als beruhigt. Wasser, Sand und keine Zivilisation. Wo um alles in der Welt bin ich hier?

Die Pinguine gucken mich ähnlich irritiert an wie ich sie, und ich beschließe, besser so schnell wie möglich von hier zu verschwinden, vorzugsweise irgendwo hin, wo ich etwas zum Anziehen finde.

Fest schließe ich die Augen und denke an mein Bett, stelle mir vor, wie weich meine Kissen sind, rieche den vertrauten Duft nach Lucas und mir.

Kurz darauf höre ich bereits das altbekannte Sirren und spüre, wie sich das Kribbeln in jeder meiner Körperzellen ausbreitet. Die Pinguine tröten empört, als ich mich vor ihren Augen in Luft auflöse.

Kühle Luft jagt eine Gänsehaut über meinen Körper. »Scheißescheißescheißescheißescheißescheiße!« Ich strample die Decke weg und wühle mich aus dem Bett.

Lucas schlendert gelassen aus dem Bad und rubbelt sich die Haare trocken. Im Vorbeigehen drückt er mir einen Kuss aufs Haar und fährt sich sofort mit den Fingern an die Lippen. »Bäh!« Irritiert mustert er meinen nackten Körper. »Wieso bist du so sandig?«

»Ich bin gerade irgendwo in Südafrika aufgewacht, den Pinguinen nach zu urteilen«, knurre ich schlecht gelaunt.

Lucas gluckst.

»Das ist nicht lustig!« Halb im Ernst schubse ich ihn fort.

Jetzt lacht er richtig. »Doch, das ist es.« Er strubbelt mir durch das Haar, so dass der Sand zu Boden rieselt. »Gerade eben warst du noch hier, Liebes.«

»Hast du denn gar keine Angst, dass mir etwas passieren könnte? Vor ein paar Tagen hättest du das überhaupt nicht witzig gefunden.«

»Nein, nicht, wenn es hell ist.« Er wischt mir übertrieben sorgfältig den Sand von der Stirn, bevor er einen Kuss darauf platziert. »Du bist im Licht jetzt schon mächtiger, als ich es in der Dunkelheit je sein könnte, ist dir das klar?«

Ich starre ihn an. Meint er das ernst? Das kann nicht sein. Ich meine, er kann mich mit durch die Schatten nehmen, kann sie wie eine schützende Decke über uns ausbreiten, sobald nur etwas in der Nähe ist, das ihm ausreichend Schwärze bietet.

»Ich kann nur Pinguine erschrecken«, murre ich und er lacht wieder.

»Das ist mehr, als ich kann!«

Ich lasse den Kopf hängen und er streichelt meine Wange. »Hey. Du kannst Licht manipulieren und darin reisen. Du kannst Blitze schießen. Und Stromschläge austeilen. Du bist ganz schön gefährlich.« Voller Zuneigung sieht er mich an, doch die Wehmut in seinem Blick ist neu. »Und sandig«, ergänzt er und gibt mir einen Klaps auf den Po. »Geh duschen.« Er wühlt in seiner Tasche und zieht sein Handy hervor. Nach einem Blick darauf seufzt er. »Na wunderbar. Arbeit.«

Eine eiskalte Klaue greift nach meinem Herzen. Schon einmal hat der

Master versucht, ihn so aus dem Weg zu räumen. Auch wenn es nicht um Lucas selbst geht: Er ist das Etappenziel, und er scheint das nicht wirklich ernst zu nehmen. »Bitte, sei vorsichtig.« Und bitte, lüg mich nicht wieder an.

Sein Blick ist alarmierter, als er sein sollte. »Mella, ich mache das schon seit Ewigkeiten.« Er schiebt das Handy in seine Jeans. »Ich passe auf mich auf, versprochen.« Aufmunternd, als wolle er sich selbst beruhigen, lächelt er mich an, und ich lächele halbherzig zurück, mit einem mehr als flauen Gefühl in der Magengegend.

»Wir treffen uns später auf der Lichtung. Dann üben wir noch ein wenig Blitze schleudern und Bäume verkohlen.«

Gute Idee. Aber erst einmal muss ich diesen Sand loswerden.

∞

Der Sand auf meiner Haut ist hartnäckiger, als ich es erwartet hätte, aber irgendwann ist jedes einzelne Körnchen im Abfluss verschwunden. Ein Badetuch um meinen Körper geschlungen und mit einem Frottee-Turban auf dem Kopf, gehe ich zurück ins Schlafzimmer und stoße einen spitzen Schrei aus. »Tom! Was um alles in der Welt machst du hier?«

Mit seinem unwiderstehlichen Tom-Grinsen sitzt er auf meinem Bett, als wäre das sein Stammplatz. »Hier ist alles voller Sand, weißt du das?«

»Ich wollte eine Burg bauen.« Ich schneide ihm eine wütende Grimasse und ziehe ein paar Kleidungsstücke aus dem Schrank.

Tom sitzt ungerührt zwischen meinen Laken und verreibt die Sandkörner zwischen seinen Fingerspitzen. Die Klamotten schützend vor meinen nahezu unbekleideten Körper gepresst, verschwinde ich wieder im Badezimmer.

»Also«, rufe ich durch die geschlossene Tür, ziehe den Reißverschluss meiner Jeans zu und stecke meinen Kopf durch den Ausschnitt eines dunklen T-Shirts. »Was willst du, Tom?«

Als er nicht sofort antwortet, öffne ich die Badezimmertür, um nach ihm zu sehen. Tom sitzt immer noch auf meinem Bett und druckst herum. »Ich wollte nur wissen … Habt ihr euch schon entschieden?«

Ich beobachte ihn und fühle mich irgendwie traurig. »Was würdet ihr tun, wenn wir uns gegen euch entscheiden?«, frage ich und hebe meine Boots vom Boden auf.

Unruhe glimmt in seinem Blick auf. »Dann gehört ihr zu den anderen. Und du weißt, was das bedeutet. Es gibt niemanden mehr, der neutral ist.«

»Das ist aber ungünstig.«

Er knetet seine Finger. »Wie meinst du das?«

»Ungünstig für euch, dass wir wissen, wer ihr seid und was ihr vorhabt.«

Er schnappt nach Luft. »Ihr habt euch für ihn … Du und Lucas? Nach allem, was ihr …«

Beschwichtigend hebe ich die Hand. »Jetzt beruhig dich wieder. Noch wissen wir nicht, wie wir uns entscheiden werden.«

Sichtlich erleichtert stößt er Atem aus.

Ich lege mein Nachthemd über die Sessellehne. »Ihr seid ganz schön selbstgefällig. Habt ihr denn nie daran gezweifelt, dass wir uns euch anschließen?« Stumm sieht er mich an und ich seufze. »Offenbar nicht.«

»Ihr könnt den Master nicht unterstützen. Das ist falsch!«

»Ich weiß nicht, was falsch ist und was richtig, Tom. Wenn ihr die Guten seid, warum dann all diese Lügen und Geheimnisse?« Er sieht mich wieder nur an und ich schüttele den Kopf. »Ich habe keine Ahnung, wie ich dieser Frau jemals vertrauen soll.«

Blitzschnell greift er nach meinen Händen. »Dann vertrau mir.« Sein Blick ist so klar und offen wie ein Bergsee.

Wie gern würde ich das tun. Doch langsam schüttele ich den Kopf und entziehe mich seinem Griff. »Vorerst kann ich nur mir selbst vertrauen.«

Sein Blick wird hart. »Und Lucas.«

»Ihm auch. Und er vertraut mir.«

Ein spöttischer Ausdruck legt sich über sein Gesicht. »So, tut er das.« Sein Unterton ist ätzend und gräbt sich in meinen Verstand. Langsam stellen sich meine Nackenhaare auf. »Und du meinst wirklich, du könntest dich uneingeschränkt auf ihn verlassen?«

Ich könnte ihn ins Gesicht schlagen. Mit aller Kraft. Und mit Strom. Wie kann er nur? »Mistkerl«, zische ich. »Du elender Mistkerl! Wann hört ihr endlich damit auf, uns ständig manipulieren zu wollen?« Mein gesamter Körper vibriert vor Wut und am allerliebsten würde ich ihm einen so heftigen Stromschlag verpassen, dass er seinen Namen vergisst.

Fast unmerklich senkt er sein Kinn. »Wenn ihr es uns nicht mehr so einfach macht, Mella.«

Ich lache bitter auf und dränge die verräterischen Zornestränen meine Kehle hinunter, zurück in das Zentrum meiner Wut. »Und das macht euch also zu den Guten?« Das ist keine Frage. Das ist ein Vorwurf.

Tom schluckt hart. »Wir würden alles tun, um euch auf unserer Seite zu wissen, Mella, alles.«

»Vielleicht fangt ihr erst einmal damit an, ehrlich zu sein, anstatt uns beeinflussen und mit Erpressung in eine Ecke drängen zu wollen.«

Er zuckt gleichgültig mit den Schultern. »Macht der Gewohnheit.«

Meine Hände ballen sich zu Fäusten. Noch ein ganz kleines bisschen, und ich zermahle ihn zu Staub. »Ich entscheide, was mit mir geschieht. Ich allein. Niemand sonst, hörst du?«

Tom sieht mich entgeistert an und bricht dann in ein lautes Gelächter aus. Kein schönes, ansteckendes Lachen, sondern ein kaltes, überlegenes, das mir nicht sonderlich gefällt. »Seit wann?«, höhnt er, und verzweifelt drehe ich mich um, flüchte aus meinem Zimmer und lasse Tom allein zurück, bevor ich ihn in meinem Zorn noch zu Asche verbrenne.

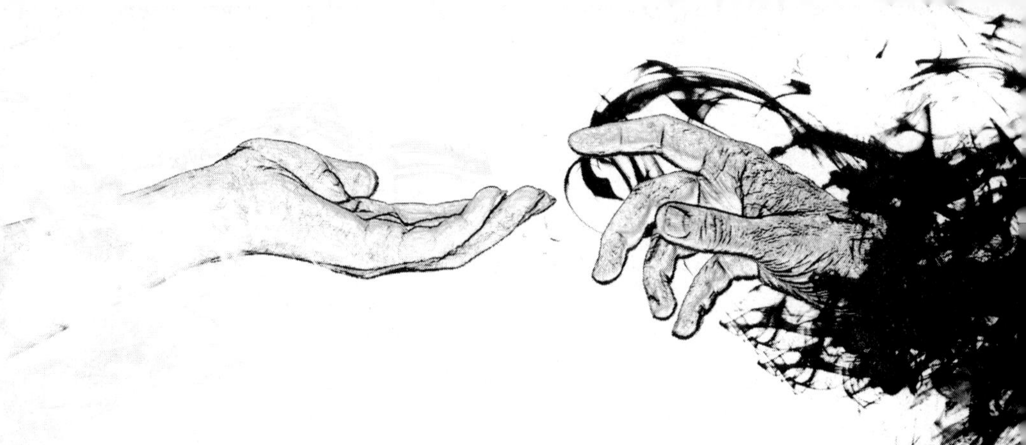

26.

Kühl legt sich der Meereswind auf meine Wangen, trocknet meine Tränen. Dumm, dumm, dumm. Ich bin einfach dumm. Naiv und dämlich. Wie konnte ich nur glauben, Edith hätte mir das alles ohne Hintergedanken erzählt? Ich stöhne auf und reibe mir die Stirn. Sie spielen uns gegeneinander aus, die Guten. Wer weiß, was sie Lucas über mich erzählt hat! Vielleicht sollte ich das besser nie erfahren.

Ich hocke auf meinem Baumstamm, weit über dem Meer. Die Wellen prallen grollend auf die Felsen, und ich warte auf eine Flaschenpost, die mir alle Antworten bringt.

O Gott, was soll ich nur tun? Ich vertraue Edith nur so weit, wie ich sie werfen kann – was nicht sehr weit sein dürfte. Diese Frau war die große Liebe meiner Mutter und ihre Mörderin, und nun richtet sie auch mich zugrunde, ohne mit der Wimper zu zucken. Für etwas Größeres, als ich es bin. Aber wie kann ich mich ihr anschließen, nach allem, was sie in meinem Leben angerichtet hat? Und Lucas. Ich muss ihm sagen, was ich weiß!

Aber ich kann es nicht. Ich weiß nicht einmal, ob es stimmt! Vielleicht ist das auch nur ein weiterer geschickter Schachzug der Société. Was haben sie vor? Will Edith mich testen? Will sie uns auseinanderbringen, weil wir eine doppelte Bedrohung für ihren heiligen Fürsten sind? Es ergibt alles keinen Sinn und irgendwie doch.

Lucas ist verschlossener denn je. Ich habe keine Ahnung, was in ihm vorgeht oder was er im Schilde führt. Und was Tom eben sagte … kann ich

Lucas wirklich vertrauen? Er war so liebevoll letzte Nacht, so innig ... Das, was ich mit ihm habe, fühlt sich echt an, und doch ist es vermutlich das Gefährlichste, was ich jemals getan habe - in welchem Leben auch immer.

Schweigend sitze ich auf dem glatten Holz des Baumstamms in diesem wunderbaren verwilderten Garten und versuche, endlich klar zu sehen. Es gelingt mir nicht. Ich weiß nicht mehr, was richtig und was falsch ist.

Ein Pärchen läuft an mir vorbei. Sie bemerken mich gar nicht, haben nur Augen für sich. Wie Spinnweben glitzern die weißblonden Haare der Frau im Sonnenlicht. Lachend und kichernd jagen sie über Büsche und Beete hinweg, spielen Fangen wie die kleinen Kinder. Wie unbeschwert sie sind. Ach fuck, ich beneide sie.

Wie alt mögen sie bei ihrer Verwandlung gewesen sein? Bestimmt nicht älter als zwanzig, wenn überhaupt. Sind sie auch Dunkelkinder? Oder nur zufällige Opfer? Meine Geschwister? Leibwächter? Spione?

Er hat die Frau in die Enge getrieben. Hinter ihr ist nichts als der Abgrund über dem wütenden Meer. Lachend hüpft sie hin und her, schlüpft immer wieder aus seiner Umarmung. Und plötzlich macht sie einen Satz rückwärts. Ein spitzer Schrei entkommt meinen Lippen und ich springe auf, schlage mir vor Entsetzen die Hände vor den Mund, doch sie lächelt nur, zieht die Knie an und ich schließe geblendet die Augen, als eine Sonnenreflexion schmerzhaft auf meine Netzhaut trifft.

Als ich sie wieder öffne, ist sie fort und ihr Freund lässt verärgert die Arme hängen. »Ach, jetzt komm schon, Anne! Das ist unfair!« Er dreht sich um die eigene Achse, sucht die Umgebung ab. Erneut flirrt es vor meinen Augen. Ich blinzle durch meine Wimpern und da ist sie wieder, einige Meter hinter ihm. Sie lachen, und er fängt sie ein, wirbelt sie übermütig herum. Eine Lichtwandlerin. Wie ich.

»Wunderschön, nicht wahr? Ich wünschte, ich könnte das auch.« Mit einem Altherrenächzen lässt sich Julian neben mich sinken, schirmt seine Augen gegen die Sonne ab. Seine kleinen spitzen Eckzähne blitzen im Sonnenlicht. »Sieht das bei dir genauso aus?« Er deutet auf das Pärchen.

»Es kommt mir langsamer vor als bei ihr. Sie ist ja geradezu verpufft.«

»Langsamer?«

»Lucas bezeichnet es als Zuckerwattetornado.«

»Lucas Dewitt?« Julian sieht sich um. »Dewitt ist dein Wachhund? Wo ist er? Sollte er nicht in deiner Nähe sein und dir alles beibringen?«

Etwas in seinen Worten trifft mich. »Er hat nun mal noch einen anderen Job. Dank deiner Helena ist er ziemlich eingespannt.« Ich verziehe das Gesicht.

»Meiner Helena? Ich sitze lieber hier mit dir als mit ihr auf die Jagd zu gehen. Du bist weit weniger kompliziert als sie.« Julian betrachtet den Horizont. »Das Meer ist wunderschön um diese Jahreszeit. Es beruhigt mich. Ist alles ein wenig stressig im Moment.«

»Das verstehe ich gut. Es ist so surreal.«

»Surreal?« Julian lacht. »Ich erinnere mich gut daran, wie spannend es war, nachdem sich mein Talent endlich gezeigt hatte!«

Ich schlucke hart und konzentriere mich auf Julian. Vielleicht kann ich noch mehr von ihm erfahren, immerhin ist er schon eine ganze Weile hier. »Ich habe noch eine ganze Menge zu lernen, und es ist nicht wirklich lustig, wenn man morgens an irgendeinem gottverlassenen Strand aufwacht.«

Julian muss lachen. »Ehrlich? Du bist im Schlaf gereist?«

»Offensichtlich.« Ich stimme in sein Lachen ein, auch wenn mir nicht danach zumute ist. »Und ich habe keine Ahnung, wie ich diese Massen an Sand aus meinem Bett bekommen soll!«

Sein Lachen versteinert. »Du … du hast wirklich Sand mitgebracht?«

Verdammt! Habe ich schon wieder zu viel gesagt? Shit, shit, shit! Konzentrier dich, Mella! Fröhlich zucke ich mit den Schultern und sehe ihn verschmitzt an … hoffe ich. »Nur die paar Körnchen, die in meinen Haaren hingen. Du weißt ja, wie das ist. Im Bett fühlen sich zehn Sandkörner an wie hunderte.«

Sein Interesse schwindet sichtbar. »Und was hat dein Wächter gesagt, als du so sandig vor ihm aufgetaucht bist?«

»Er hätte das bestimmt lustig gefunden, wenn er dabei gewesen wäre.« Eine gute Antwort, Mella!

Julian mustert mich und ich rutsche auf dem Baumstamm hin und her. Muss ich jetzt jedem misstrauen, der mir über den Weg läuft?

Er ist mein Bodyguard, so viel steht fest – aber hat Edith ihn darauf angesetzt, mehr über meine Kräfte aus mir herauszukitzeln?

Julians aufmerksamer Blick huscht über meine Schulter. Ich drehe mich um und verdrehe die Augen. Tom. Der hat mir gerade noch gefehlt!

Prompt, wie auf ein unhörbares Stichwort hin, steht Julian auf. Die Ablösung ist da. »Wir sehen uns, Mella. Pass gut auf dich auf, okay?«

»Das werde ich machen.« Dankbar drücke ich seine Hand. »Ich danke dir.«

Nach einem weiteren, schnellen Blick auf Tom zwinkert er mir zu und schlendert dann ohne Eile in die entgegengesetzte Richtung davon.

Ich habe keine Lust, mit Tom zu sprechen. Ich könnte ins Licht gehen, einfach abhauen und ihn hier stehen lassen.

Aber er ist wohl nicht umsonst gekommen, und leider bin ich einfach zu neugierig. Also bleibe ich auf meinem Baumstamm sitzen und warte erst einmal ab, was er von mir will. Wegbeamen kann ich mich ja immer noch. Oder ihn pulverisieren.

Die Hände tief in den Taschen vergraben, bleibt Tom vor mir stehen und schaut Julian hinterher. »Ist wohl dein neuer bester Freund, was?«

Ach, wie süß. Ediths Spione sind so geheim, dass sie sich nicht einmal gegenseitig kennen. »Lass mich in Ruhe«, sage ich katzenfreundlich.

Unbeirrt lässt er sich neben mir nieder. »Ich habe dich überall gesucht, Mella.«

»Herzlichen Glückwunsch, du hast mich gefunden. Geh weg.«

»Du bist einfach so abgehauen!«

»Und das werde ich auch wieder tun, wenn du mir auf die Nerven gehst!« Ich funkle ihn an und richte meine Aufmerksamkeit auf das Meer, auf die glitzernden Wellen und die Schaumkronen, die darauf tanzen.

»Hey.« Tom stupst mich sanft mit seiner Schulter an. »Tut mir leid, Mella. Ich war einfach sauer.«

Ich sehe ihn wieder an, mit Blicken, die ihn vernichten könnten. Und das würden sie auch, wenn ich Blitze mit meinen Augen schießen könnte und nicht nur mit den Händen. »Sauer. Du. Natürlich. Du warst sauer. Völlig klar.« Mit einem verächtlichen Schnauben springe ich auf, doch Tom packt mein Handgelenk und hält mich fest.

»Lass mich los!« Ich versuche, mich ihm zu entwinden, doch er hält mich fest wie ein Schraubstock und sieht mich aus ernsten Augen an. Nicht mehr viel und ich verpasse ihm einen Stromschlag!

»Ja, ich war sauer. Bin ich immer noch. Auf dich.«

Verblüfft höre ich auf, mich zu wehren. »Auf mich? Aber wieso?«

Er zuckt mich den Achseln und lässt seine Hand sinken. »Auf dich, auf Lucas.« Genervt rollt er mit den Augen. »Herrgott, Mella, wie konntet ihr nur so dumm sein?«

»Geht dich das etwas an?«

Er blickt auf mich herunter. »Wenn ihr mit eurem Leichtsinn unsere Zukunft riskiert, geht mich das sehr wohl etwas an, meinst du nicht?« Ja, er hat recht, er ist immer noch sauer. Wütend funkelt er mich an.

Das Verlangen, ihn auslöschen zu müssen, sofort, auf der Stelle, wird unwiderstehlich stark. Fast schon verzweifelt dränge ich das Kribbeln zurück unter meine Haut.

Sein Blick wird sanfter. »Und eure eigene auch«, fügt er leise hinzu.

Mein Zorn verraucht schlagartig.

In seinen Augen sehe ich nichts als Sorge. »Ich bin nicht eifersüchtig, Mella. Ehrlich nicht. Ich mag euch. Lucas ist mein Freund, und er wäre bestimmt nicht so leichtsinnig, wenn du ihm nicht wirklich etwas bedeuten würdest.«

Ich schlage die Augen nieder und habe das Gefühl, von meinem Baumstamm abzuheben, wie ein verknallter Teenager.

»Ich hätte platzen können vor Wut, als mir klar wurde, was da zwischen euch läuft. Und zwar weil ich nicht will, dass euch etwas zustößt. Nicht nur, um unsere Zukunft zu retten. Aber ihr gefährdet euch selbst und macht alles nur noch schlimmer.«

In seinen Augen suche ich Berechnung und Kälte, doch ich finde sie nicht. Ich bringe kein Wort heraus.

Er tätschelt unbeholfen meine Schulter. »Mach dir keine Sorgen. Wir kümmern uns auch um dieses Problem.«

Will ich das überhaupt? Eigentlich habe ich keine Lust darauf, dass Edith immer noch in meinem Leben herumpfuscht. Am liebsten würde ich mir Lucas schnappen und mit ihm verschwinden, an einen weit entfernten Ort, wo es nur uns gibt und wo wir nicht mehr in Gefahr sind. Nein, wir haben kein Problem. Wir sind eins.

»Bitte kommt zu uns, Mella.« Tom redet ganz leise und eindringlich.

»Ich kann dir nichts versprechen.« Aber vielleicht wäre es ganz gut, die Société als Verbündete im Rücken zu haben. Ich habe mich sicher gefühlt, als Julian bei mir war. Vielleicht brauchen wir sie ebenso sehr, wie sie uns brauchen.

»Okay, wir warten. Aber nicht mehr lange.« Niedergeschlagen lässt Tom die Schultern hängen. »Die Société hat einen Entschluss gefasst: Drei Tage noch, dann werdet ihr zum Abschuss freigegeben. Ihr solltet die Zeit nutzen, um euch zu entscheiden. Richtig zu entscheiden.« Mit einem letzten, angespannten Blick streicht er mir übers Haar und geht davon.

Ich sehe ihm nach, diesem dünnen, großen Mann, vor dem mein Verstand mich warnt, während mein Bauch mir gleichzeitig sagt, dass ich ihm vertrauen kann. Ich kann nicht mehr. Ich blicke in das Licht, schließe die Augen, spüre, wie es mich erfasst und stehle mich davon, fort von hier, von diesem Durcheinander.

Irgendwohin, wo ich in Ruhe nachdenken kann.

∞

Fasziniert drehe ich meine Hände ein wenig hin und her. Die Lichtkugel folgt meiner Bewegung, doch berühren kann ich sie nicht. Immer, wenn ich mich ihr mehr als auf einen Zentimeter nähere, ist da eine Barriere, wie ein lautloser Sturm, der meine Hände zurückdrängt. Sie schwebt über meiner Hand wie eine gigantische Seifenblase aus purer Energie.

Ein leises Knacken hinter mir lässt mich herumwirbeln. Die Kugel schnellt zurück in meinen Körper, so heftig, dass sämtliche meiner Zellen vibrieren wie die Saiten einer Gitarre.

Lucas steht im Halbschatten, lässig an einen Baumstamm gelehnt, und beobachtet mich mit einem Lächeln. Er trägt dieselben Sachen wie heute Morgen – also gab es heute wohl keinen weiteren Vorfall.

Ich lächle zurück und mein Herzschlag beschleunigt sich. »Wie lange bist du schon hier?« Erneut lasse ich die Lichtkugel zwischen meinen Handflächen entstehen. Erst ganz klein, wie eine Erbse, wächst sie heran, bis sie etwa so groß ist wie eine Grapefruit.

Lucas lässt sich in das warme Moos sinken. »Eine Weile.« Er streckt die langen Beine aus und blinzelt gegen die Sonne zu mir hoch. »Es ist unglaublich, was du nach den paar Tagen schon draufhast. Da schlummert noch eine ganze Menge in dir.« Anerkennend verzieht er das Gesicht. »Jetzt müssen wir es nur noch schaffen, dass du dein Talent beherrschst und nicht dein Talent dich.«

»Ich finde, es funktioniert schon ganz gut.« Ich zucke mit den Achseln und nehme den Lichtball wieder in mich auf, genieße die Vibrationen in meinem Körper.

»Du musst an den Punkt kommen, an dem du nicht mehr nachdenkst, sondern einfach handelst.«

Die Kugel bildet sich wieder zwischen meinen Händen. Je kleiner sie ist, desto mehr vibriert die Energie in mir. Ist sie größer, fällt es mir schwer, sie überhaupt bei mir zu behalten. Als wäre sie ein Gasballon, der in den Himmel aufsteigen möchte. Der Lichtball tanzt über meine Hände, strahlend wie eine kleine Sonne. »Ich bin mir sicher, dass Julian Feroux auch zur Société gehört.«

»Julian Feroux? Der Typ mit den Archivschlüsseln?« Lucas richtet sich ein wenig auf, beobachtet fasziniert die pulsierende Energiekugel.

»Ich glaube, er ist mein Leibwächter.« Ich nehme die Kugel wieder in mich auf und schließe die Augen, als die Energie in warmen Wellen durch mich hindurchläuft.

»Denkst du?« Sein Gesichtsausdruck ist mehr als skeptisch. »Ein Buchhalter? Klingt nicht nach einem Bodyguard.«

»Julian ist immer bei mir, wenn ich allein unterwegs bin. Und er verschwindet sofort, wenn Tom oder du in meine Nähe kommt, weil ich in eurer Nähe keinen weiteren Schutz nötig habe.« Ich lasse eine neue Kugel entstehen und versuche, sie über meine Handflächen rollen zu lassen. Es klappt nicht. Sie bleibt immer direkt zwischen meinen Händen, wie die Luftblase einer Wasserwaage. »Ich muss dir etwas erzählen.«

»Später.« Lucas deutet auf den Lichtball. »Wir sollten uns um deine Kräfte kümmern, solange es hell ist. Was kannst du damit anstellen?«

»Ich weiß nicht.« Die Kugel schillert zwischen meinen Händen und leuchtet wie eine Seifenblase. »Ich traue mich nicht, sie zu werfen oder fallen zu lassen. Ich will keinen Waldbrand auslösen.«

Lucas steht auf und tritt dicht hinter mich, schaut mir neugierig über die Schulter. »Versuch es.« Sein Atem kitzelt mich im Nacken und erinnert mich an die tiefen, zärtlichen Küsse der vergangenen Nacht.

Die Kugel pulsiert im Gleichklang mit meinem Herzschlag, wird größer und kleiner, bis ich mich wieder voll darauf konzentriere. Vorsichtig ziehe ich sie an meine Brust und stoße sie wie einen Ball ruckartig von mir weg. Nur zu bereitwillig löst sie sich von meinen Händen und saust zischend durch die Luft.

Schlagartig verlässt die Energie meinen Körper. Ich fröstele vor Kälte, und dann trifft die Kugel mit einem Knall auf einen Baum. »Oh.« Ich reiße die Augen auf. »Oh! Ich …«

»Du hast ein Loch in den Stamm gebrannt«, stellt Lucas fest und sieht so aus, als hätte er soeben den Weihnachtsmann getroffen.

Ich schlage mir die Hände vor den Mund. »O nein! Das wollte ich nicht!« Kleine Rauchwolken steigen von dem schwelenden Holz auf. Sauber durchgebrannt, exakt so groß wie eine Grapefruit.

Lucas wagt sich ein paar Schritte näher heran und untersucht das Loch vorsichtig mit seinen Fingern. »Noch ganz warm. Beeindruckend.«

»Der arme Baum!«, jammere ich und lasse die Arme hängen.

Lucas lächelt. »Du bist eine richtige Waffe.«

»Ich will aber keine Waffe sein.« Traurig starre ich auf das Loch. »Vielleicht kann ich das reparieren!« Behutsam lege ich meine Hände an das Loch, konzentriere mich und schließe die Augen, ziehe alles Licht in meine heilenden Handflächen.

Mist. Es stinkt, nach brennendem Holz. Sofort ziehe ich meine Hände zurück und versuche, die kleinen Flämmchen, die munter auf dem verkohlten Holz tanzen, auszupusten. Es funktioniert nicht. Ich fache das Feuer nur noch mehr an. Resigniert lasse ich mich in das Moos sinken und vergrabe mein Gesicht in den Händen.

»Stell dir mal vor, ich wäre das gewesen.«

Erschrocken sehe ich auf. »Meinst du, ich hätte dich durchlöchert?«

Lucas lehnt an dem immer noch leicht qualmenden Stamm. »Vermutlich schon. Du hättest mich vernichtet.« Sein Blick wird nachdenklich. »Du hast ein wirklich ausgeprägtes Talent, Mella.«

Ich schlucke trocken. Also bin ich am Ende doch nur eine Killerin. Mit bloßen Händen.

»Na komm, steh auf.« Lucas hält mir seine Hand hin und zuckt nicht mal zusammen, als ich sie nehme. Kurz streicht er mit dem Daumen über meinen Handrücken, eine kleine, unschuldige Aufmunterung, und ich genieße seine Berührung. Er zieht mich hoch und als ich so dicht vor ihm stehe, überrollt mich die Sehnsucht nach seiner Nähe wie eine Sturmflut, doch vorerst muss ich mich mit der Zuneigung begnügen, die ich in seinen Augen sehen kann.

»Nicht mehr lange, und der Tag ist vorbei.« Er bückt sich, reißt ein Büschel trockenes Gras aus und hält es mir hin. »Hier. Versuch, es mit durch das Licht zu nehmen.«

Ich verglühe in dem warmen Sirren und erstehe ein paar Meter entfernt von der Stelle, an der ich mich aufgelöst habe. Die Halme in meiner Hand glimmen traurig vor sich hin. Seufzend lasse ich die kümmerlichen Reste zu

Boden fallen und trete sie aus. »Ich bin nur eine Pflanzentöterin.«

»Und eine Pinguinerschreckerin.« Lucas reicht mir ein weiteres Büschel. »Noch ein Versuch. Hier. Steck es in die Tasche.«

Als ich mich diesmal rematerialisiere, ziehe ich saftiges, grünes Gras hervor.

»Es funktioniert!« Triumphierend klatscht Lucas in die Hände. »Ich wusste es!«

Ich werfe das Gras fort. »Warum ist eigentlich jeder so scharf darauf zu wissen, was ich kann?«

Er zieht die Augenbrauen hoch. »Wer denn noch?«

»Tom. Er war ziemlich irritiert, Sand in meinem Bett zu finden.«

Lucas verzieht das Gesicht. »Was hat Tom in deinem Bett zu suchen?«

»Und Julian wollte auch mehr darüber wissen.«

»Du hast ihm das erzählt?« Lucas starrt mich an. »Einfach so?«

Ich ziehe die Schultern hoch und schiebe meine Hände in die Hosentaschen. »Ich habe mich verplappert. Nur, dass einige Sandkörnchen in meinen Haaren hängen geblieben sind. Er hat sich nicht wirklich dafür interessiert.«

Skeptisch sieht er mich an. »Hoffen wir es.«

»Edith weiß doch, dass ich ein Dunkelkind bin. Wenn Julian ihr doch davon berichten sollte, dürfte es sie nicht weiter überraschen.«

»Ich wette, sie würde für ihr Leben gern wissen, was du alles kannst.«

»Da muss sie wohl warten, bis wir es selbst herausgefunden haben.« Ich sehe das entspannte Lächeln auf seinem Gesicht und es bricht mir das Herz. »Ich muss mit dir über deine Schwester reden.«

Sein Lächeln friert ein. »Über Mathilda? Ich … ich kann das nicht. Nicht jetzt.«

»Es ist wirklich wichtig, Lucas!«

Unruhe zieht durch seinen Blick. Er winkt ab und hält mir ein neues Grasbüschel hin. »Später. Wir haben nur noch zwei, drei Stunden Zeit, bevor die Sonne untergeht. Erst einmal wird geübt.«

Ich schiebe seine Hand zur Seite. »Hör mir zu, es gibt auch andere Dinge, die wichtig sind!«

Finster ruht sein Blick auf mir und plötzlich zieht er mich in seine Arme, hält mich fest an sich gepresst.

Seine Wärme umspült mich wie eine Sommerbrise, ich spüre sein

Herz schlagen und ich wünsche mir nichts mehr, als einfach nur mit ihm glücklich sein zu können. »Später, okay?«, flüstert er in mein Ohr und drückt mir das Gras in die Hand.

Seufzend löse ich mich von ihm und fuchtele mit dem Zeigefinger vor seiner Nase herum. »Aber glaub nicht mal eine Sekunde daran, dass ich das mit einer unschuldigen kleinen Maus ausprobieren werde!«

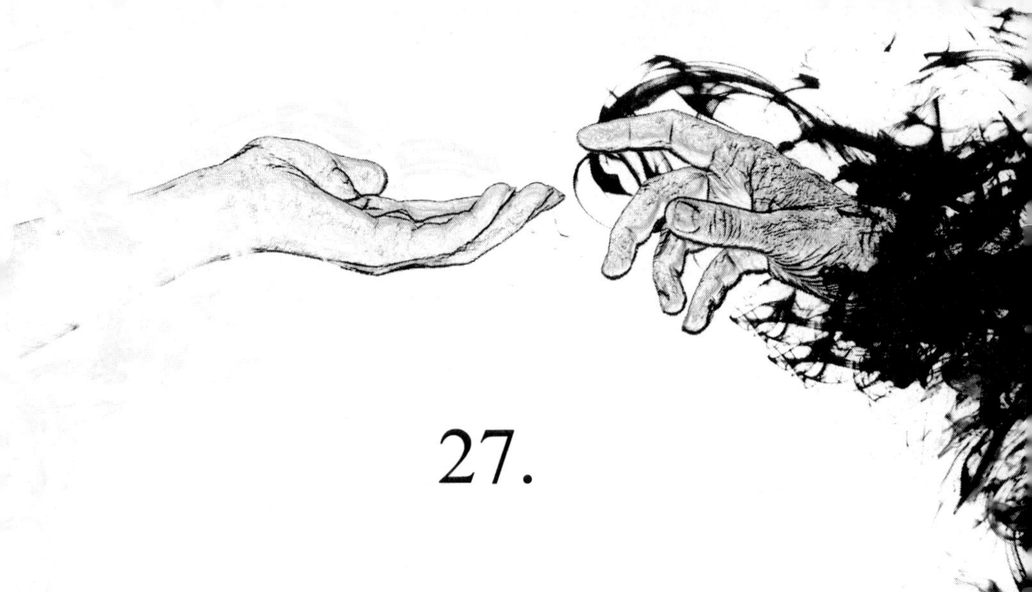

27.

All meine düsteren Gedanken habe ich mitgebracht, durch die Schatten. Seine Schritte entfernen sich. Leise knarrt die Badezimmertür, und genervt stöhne ich auf. »Im Gegensatz zu dir bin ich im Dunklen blind wie ein Maulwurf. Könntest du bitte das Licht anmachen?« Einen Moment warte ich, doch nichts passiert. »Lucas, verdammt! Ich kann nichts sehen!« Unbeholfen taste ich mich durch die Finsternis, mit weit ausgebreiteten Armen, vorsichtig, um nicht wieder irgendwo anzustoßen.

Er hält es nicht einmal für nötig, mir zu antworten. Mann! Mit der Hüfte ramme ich das Waschbecken. »Au! Was soll der Scheiß?« Grimmig reibe ich über die schmerzende Stelle. Findet der das etwa witzig?

Endlich flammt die Deckenbeleuchtung auf. »Herzlichen Dank auch!«, murre ich, drehe mich um und mein Herz bleibt stehen.

»Na, Mella, haben wir einen netten kleinen Ausflug gemacht?«

»Helena?« Meine Kehle schnürt sich zu. »Was machst du hier?«

Lächelnd steht sie in der Tür, ihre Hand immer noch am Lichtschalter. Fassungslos starre ich sie an. In ihren dunklen Augen glimmt eine düstere Freude und sie legt den Kopf leicht schief, einen Ausdruck des Bedauerns auf ihrem schönen Gesicht. »Oh, was denkst du, was ich hier mache, meine Liebe?« Ihre Stimme ist sanft und leise, weich wie ihre Hand auf meiner Wange. »Kommst du?«, raunt sie in mein Ohr. »Die Party kann doch nicht ohne dich angefangen.«

Kurz geben meine Beine unter mir nach. Angst rinnt meine Wirbelsäule hinab wie ein einzelner, eiskalter Schweißtropfen, doch Helena hakt sich bei mir unter und lotst mich hinüber ins Schlafzimmer. »Unser Stargast ist da!«, ruft sie überschwänglich. Es sind Leute in diesem Raum, Massen an Leuten, doch ich sehe nur ihn, drüben vor dem Fenster, eingerahmt von Männern, die ich nicht kenne. Es ist keine Wolke am Himmel. Die Sterne funkeln um die Wette mit der Klinge, die sie ihm an die Kehle halten. Er sieht mich nur an. *Warum bist du noch hier?*, scheint er stumm zu fragen.

Eine klamme, tote Hand presst mein Herz zusammen und hindert es am Schlagen. O Gott, ich weiß, warum sie hier ist, natürlich weiß ich es. Jeder in diesem Raum weiß es.

»Lucas -« Ich mache einen Schritt auf ihn zu und werde an den Haaren zurückgerissen. Fingernägel graben sich in meine Oberarme, krallen sich in mir fest wie fleischgewordene Anker. Und ich schließe die Augen und ziehe das Licht in meine Hände.

Ein heftiger Schlag wirft meinen Kopf zur Seite. »Das wirst du schön bleiben lassen«, zischt Helena und zerrt zwei Dolche aus ihrer Jacke. »Du wirst dich nicht aus dem Staub machen, hörst du?« Sie zieht mir die Spitze des kalten Stahls über die Wange und ich schnappe nach Luft, als der Schmerz durch meine Synapsen schießt wie ein Stromschlag. Etwas Warmes rinnt über meine Haut.

Lucas sieht mich an, stumm, mit einem Entsetzen in den Augen, das mir den Magen umdreht. »Helena.« Ich schlucke die Übelkeit herunter, die meinen Rachen flutet, suche ihren Blick. »Was ist denn nur los? Ich verstehe nicht …« Der Typ neben ihr stößt ein rasselndes Lachen aus und Helena lächelt mich an, freundlich und mitfühlend. Ich schnappe nach Luft, als ihre Klinge erneut in meine Haut schneidet, langsam und sanft, als hätte es eigentlich ihre Hand sein sollen, die über meine Wange streicht. Vergeblich schlucke ich den bitteren Geschmack der Panik herunter, die sich so rasch und unaufhaltsam in meinem Verstand vermehrt wie ein Virus. »So mag er seine Frauen …«, murmelt sie und ein bedauernder Ausdruck legt sich auf ihr schönes Gesicht. »Schwach und naiv.«

Mein Blick hetzt in seinen, über Helenas Schulter hinweg. »Verpiss dich«, presst er hervor, und nur ich weiß, dass er damit nicht seine Ex-Frau meint. Doch ich kann nicht. Ich bin nicht schnell genug. Bis ich so weit bin, habe ich längst ein Messer in den Rippen - und das wäre nicht nur mein Ende. Tränen schießen mir in die Augen.

Das war's.

Sie haben uns.

Helena folgt meinen Blick und schlendert hinüber zu Lucas. »Ach Mädchen, du weißt ganz genau, was ich hier mache.« Sie mustert Lucas von oben bis unten, streichelt ihm zärtlich über die Wange. »Meinen Job, das ist es, was ich hier mache.« Sie stellt sich auf ihre Zehenspitzen und küsst ihn sanft.

Lucas blinzelt nicht einmal. »Hier gibt es nichts für dich zu tun. Lass sie in Frieden.«

Sie lacht glockenhell. »Danke, aber ich glaube nicht, dass irgendjemand hier noch Wert auf deine Einschätzung legt, mein Schatz.« Entschuldigend zuckt sie mit den Schultern. »Du fickst sie.«

Mein Atem geht viel zu schnell, viel zu flach. Ihre Augen sind so anders als bisher. Nicht mehr menschlich, voller Wut und Hass. Tief bohrt sich ihr Blick in seinen, und er erwidert ihn irritiert. »Was, sie?« Er schüttelt den Kopf, so weit es das Messer an seiner Kehle zulässt. »Wie kommst du denn darauf?«

Sie dreht sich zu mir um und legt den Kopf schief, betrachtet mich aus toten, braunen Puppenaugen, von den Haaren bis zu den Zehenspitzen. »Ich weiß auch nicht, was du an ihr findest, Schatz.« Sie wendet sich wieder ihm zu, legt ihm die Hand auf die Wange. »Aber du hattest schon immer einen etwas absonderlichen Geschmack.«

Sein Blick ist kalt, eiskalt. Ruhig steht er da und fixiert seine Ex-Frau, dieses wunderschöne, zarte Wesen mit einem Herzen aus Eis. »Du solltest mich wirklich besser kennen.« Er ist so gelassen, dass ich ihm seine Worte fast selber glaube.

Ein Zittern breitet sich von meinen Oberarmen her aus und erfasst meinen gesamten Körper. Ich balle die Hände zu Fäusten und die Klauen graben sich tiefer in mein Fleisch.

Endlich wendet sie sich von ihm ab. »Schatz, ich bitte dich.« Helena spricht leise, tadelnd, als sei er ein kleines Kind. »Man muss nicht in den Schatten stehen und euch beobachten, um das zu erkennen.«

Lucas bleibt völlig gleichmütig. Unbeeindruckt steht er zwischen diesen Monstern von Männern, sein ganzer Körper pure Anspannung. »Und? Wen interessiert, was du denkst? Das ist kein Beweis. Dass ich sie ansehe oder sie berühre, bricht keine unserer Regeln, und das weißt du genau.«

Helena verharrt in ihrer Bewegung. Sie legt zwei Finger an die Lippen und überlegt. »Nein, da hast du völlig recht, mein Liebling. Natürlich brichst du keine Regeln, wenn du nett zu ihr bist.«

Erleichtert schließe ich die Augen.

»Aber leider, leider fickst du sie auch, und wenn ich mir das hier so ansehe …« Sie dreht sich zu mir um, zu ihm, blickt zwischen uns hin und her, und ein kleines, feines Lächeln legt sich auf ihre Lippen. »Du liebst sie, oder?«

Lucas rollt genervt mit den Augen und setzt zu einer weiteren Antwort an, doch Helena hat genug davon. In einem Wimpernschlag ist sie an meiner Seite und rammt mir ihr Messer tief in die Schulter. Meine Welt explodiert in weißen Blitzen. Ich krache auf meine Knie, begleitet von einem Schrei, der mir den Schädel spaltet. Schmerz bestimmt mein Sein, pulsiert glühend in meinen Adern. Keuchend hocke ich am Boden und kämpfe meinen Kopf hoch.

Lucas ist auf den Knien, nur mühsam festgehalten von einem halben Dutzend von Helenas Schergen, zitternd, mit Tränen in den Augen. Da ist nichts als Angst in ihm, Angst, die mich liebevoll umfängt, mich lähmt. Ich bekomme keine Luft mehr.

»Tadaaa!« Helena wirft die Arme in die Höhe und lacht ausgelassen. Sie schlendert zurück zu Lucas, packt sein Haar und zwingt ihn, sie anzusehen. »Ja, du fickst sie nicht nur, Schatz, und das ist die Wahrheit«, faucht sie.

»Was ist denn hier los?« Tom steht in der Zimmertür, sieht sich mit einem Ausdruck des Entsetzens um. Tom! O Gott, Tom! Am liebsten würde ich lachen und weinen gleichzeitig. Die Société, sie ist da …

Helena verdreht die Augen und lässt Lucas los. »Meine Güte, was für ein Spielverderber … stellt ihn wieder auf die Beine, Jungs.« Ihre Handlanger zerren Lucas hoch und pressen ihm wieder den Dolch an die Kehle.

Tom schüttelt den Kopf, die Hände in die Hüften gestemmt. »Na bitte. War das jetzt so schwer?«

Meine Knie geben unter mir nach. Was? Tom? Lucas starrt ihn an, und die Verwirrung und Angst in seinem Gesicht sind zu viel für mich. Wimmernd krümme ich mich zusammen, lege meine Stirn an den wunderschönen, goldenen Sandsteinboden.

»Was ist mit ihr?« Ich höre Schritte auf mich zukommen. Jemand hebt mir das Kinn an.

»Tom«, flüstere ich. Doch er sieht mich gar nicht richtig an.

Er schiebt eine Hand in den Ärmel meines T-Shirts und steckt seinen Zeigefinger durch den langen Schlitz, den Helenas Messer hinterlassen hat. Genervt dreht er sich um, sieht sie vorwurfsvoll an. »Ernsthaft, Helena? Wie oft muss man dir das eigentlich noch sagen? Die Verdächtigen bekommen ein Verfahren und die Chance, zu gestehen, bevor wir ihnen etwas antun.«

Verstockt verschränkt sie die Arme vor der Brust. »Ich dachte, ich kriege so ein Geständnis aus ihm heraus.«

Tom steht auf, ohne mich anzusehen. Auf seinem Gesicht liegt ein Ausdruck von Genugtuung und Häme, eine Arroganz, bei der sich mein Magen umdreht. »Wir brauchen kein Geständnis mehr. Wir haben Zeugen.«

Überrascht zieht Helena die Augenbrauen in die Höhe. »Zeugen? Wen?«

Gleichgültig zuckt Tom mit den Schultern. »Mich.«

Lucas sieht mich nur noch an. Schwer atmend steht er da, und ich verstehe. Wir haben verloren.

»Nein!« Zischend flute ich meine Lungen mit Sauerstoff, kämpfe um jedes Wort. »Du Scheißkerl!«

Tom blickt ungerührt auf mich herab. »Du hättest lieber weiter mit mir Scrabble spielen sollen, als dich mit ihm einzulassen.«

Helena lacht. »Also, sie ist schon irgendwie niedlich, oder? So schwach und dämlich.« Sie streicht Lucas durch seine wirren Locken. »Es ist wirklich schade um dich, Schatz, und glaub mir, das meine ich ernst. Warum bist du nur nicht bei mir geblieben?«

»Sieh dir an, was aus dir geworden ist, Helena«, spuckt er ihr entgegen. Seine Stimme trieft vor Abscheu. »Dann kennst du deine Antwort.«

Helena lächelt mitleidig. »Was aus mir geworden ist?« Sanft berührt sie sein Gesicht. Er wendet sich mit einem Ruck von ihr ab, aber ihr Lächeln wird nur noch breiter. »Du bist ja so süß, Lucas, so süß und so naiv!« Sie packt ihn und küsst ihn hart auf den Mund. Er erstarrt unter ihren Händen zu Stein, und sie lässt ab von ihm. »Nichts verstehst du, gar nichts! Du glaubst immer noch, dass wir damals überfallen wurden, nicht wahr?«

Lucas blinzelt irritiert, befeuchtet seine Lippen und bleibt stumm, und Helena lacht ihn aus, dass ihre Mähne nur so fliegt. »Helena Torrales!« Ihre Knie beugen sich zu einem grazilen Knicks. »Geboren am zwölften Dezember des Jahres 1757.«

»Nein.« Lucas schnappt nach Luft, voller Entsetzen.

»Doch!« Helena gluckst amüsiert und umrundet ihn. »Erfolgreich auf Welttournee seit dem Sturm auf die Bastille, *mi corazón*.«

»Du hast mich …?« Fassungslos starrt er sie an. »Nein. Du?« Seine Stimme ist kaum mehr als ein heiseres Flüstern.

»Reingelegt, Liebling«, wispert Helena und lächelt freundlich.

Seine Augen sind weit aufgerissen. Der Schmerz darin ist unerträglich.

Langsam hockt sich Tom neben mich, schiebt mir den Kragen des T-Shirts über die Schulter. Tränen laufen über meine Wangen und tropfen auf den Steinboden. »Du hast uns verraten«, würge ich hervor, jedes Wort eine Qual auf so viele verschiedene Weisen.

Tom schnippt mit den Fingern, ohne mich überhaupt zu beachten. »Los. Das Laken. Her damit. Wir wollen doch nicht, dass sie uns jetzt schon abnibbelt.«

Helena mustert mich abfällig, streicht Lucas durchs Haar. »So, wie es aussieht, hatte die Kleine dich auch gern.« Sie macht einen Schritt zurück, lässt ihren Blick über seinen Körper gleiten. »Ich kann sie verstehen. Du hattest deine Qualitäten, und ja, ich gestehe: Manchmal sehne ich mich sogar nach den guten, alten Zeiten zurück, in denen du meinen Körper in Flammen versetzt hast.«

Er reagiert nicht und betrachtet sie stumm, in seinen Augen ein Gewitter an Emotionen. Sie lacht dunkel und zieht ihn am Kragen seiner Jacke zu sich heran. Genauso wie ich damals, vor unserem ersten Kuss. Sein Blick springt zwischen ihren Augen hin und her. Er gibt ihr nicht die Genugtuung, seinen Kopf wegzudrehen, und schließlich lässt sie ihn los. »Es war so einfach mit dir, so verflucht einfach.«

»Wo bleibt dieses Scheißlaken?«, Tom hievt mich auf den Couchtisch. Zusammengesackt hocke ich da und lasse es mir gefallen, dass er mir den Ausschnitt meines Shirts zerreißt, um meine verletzte Schulter zu entblößen.

»Du warst ein echt niedliches Kind, weißt du das?« Helenas Stimme ist leise, aber es liegt keine Sanftheit darin.

Lucas schluckt und sieht sie an. »Du kanntest mich?«

»O natürlich, Schatz. Irgendjemand von uns war immer in deiner Nähe. Schließlich mussten wir doch dafür sorgen, dass du tust, was wir wollen. Soll ich dir ein bisschen davon erzählen?«

Nein. Lass ihn! Er hat schon genug durchgemacht. Du musst ihn nicht auch noch quälen, du mieses Stück Dreck! »Hörst du eigentlich nie auf zu reden?«, presse ich durch zusammengebissene Zähne hervor.

Tom wirft einen Blick über seine Schulter. »Helena, ist das jetzt wirklich nötig? Bring ihn einfach in die Zelle und wirf den Schlüssel weg, bis die Zeit für ihre Verhandlung gekommen ist.«

»Ach, komm schon, LeGris, wer weiß, ob ich noch jemals die Möglichkeit habe, in Ruhe ein Schwätzchen mit ihm zu halten!«

Sie demontiert ihn, hier und jetzt, aus purer Grausamkeit, und ich kann nichts tun, als bei Bewusstsein zu bleiben, so sehr mein Verstand auch darum fleht, sich endlich in die Untiefen einer Ohnmacht zurückziehen zu dürfen.

Irgendjemand drückt Tom einen weißen Fetzen in die Hand und er presst ihn auf die Wunde. Der Schmerz kreischt in jedem Atom meines Körpers, und hechelnd krümme ich mich zusammen, gehalten von den Armen eines elenden Verräters.

»Wir haben so viel für dich getan, Schatz. Ich kann dir alles erzählen. Willst du endlich wissen, wer wirklich die Schuld daran trägt, dass sie in dem Feuer gestorben sind?«, flüstert sie.

»Ja.« Seine Stimme ist kaum noch hörbar.

»Du«, sagt sie schlicht.

Seine Augen weiten sich. »Was?« Mehr bringt er nicht hervor.

Es bricht mir das Herz, ihn so zu sehen. Der Schmerz zerrt an meinem Bewusstsein, doch ich will hierbleiben, hier bei ihm, und so kralle ich mir meine Finger in meine Oberschenkel, um mich daran zu hindern, in einer Pfütze aus Angst und Tränen zu Boden zu sinken.

»Die Kerze.« Helena zuckt mit den Schultern. »Du hattest wirklich vergessen, sie zu löschen.«

Lucas ringt um seine Fassung, schnappt nach Luft, schüttelt den Kopf. Er zerbricht vor meinen Augen, und ich kann nichts dagegen tun.

»Oh, gräm dich nicht, *mi corazón*. Das hätte jedem von uns passieren können.«

Lucas reagiert nicht mehr. Kraftlos lässt er sich von Helenas Schergen halten, gibt keinen Laut mehr von sich.

Sie nimmt sein Gesicht in beide Hände und lächelt. »Aber es war nett von dir, uns damals die ganze Arbeit zu ersparen.«

Er schließt die Augen, und Tränen quellen hervor.

»Lucas!«, flüstere ich verzweifelt und ignoriere den Schmerz in meiner Schulter. Hat er mich überhaupt gehört? Sieh mich an, sieh mich an! Bitte! Nur ein Blick, bitte.

Doch er ist nicht mehr vorhanden.

Tom wendet sich kurz zu den beiden um. »Herrgott, Helena, ist es jetzt endlich genug?« Unsanft ruckt er einen abgerissenen Baumwollstreifen um meine Schulter zurecht. »Du solltest die beiden nur festsetzen und nicht so ein Theater veranstalten.«

Helena mustert erst Lucas, dann mich. »Gut.« Sie macht eine wegwischende Handbewegung, als wolle sie eine Fliege verjagen. »Bringt ihn runter.«

Sie schleppen ihn mehr, als dass er freiwillig mit ihnen geht. Keinen Blick verschwendet er mehr an mich, starrt leer vor sich hin. Ist das jetzt das letzte Mal? Werde ich ihn nicht mehr sehen, nie wieder, bis sie mir irgendwann die Kehle durchschneiden? Laut schluchze ich auf und senke den Kopf.

»Fesselt sie und sorgt dafür, dass sie ihr Talent nicht nutzen kann.« Toms Stimme, so gleichgütig und kalt, als wäre er jemand anderes und nicht der Mann, von dem ich dachte, er wäre mein Freund. Mit dem ich gemeinsam geweint habe um die, die er geliebt und verloren hat. Alles dreht sich und verschwimmt vor meinen Augen.

»Es ist nur eine Fleischwunde. Glück für dich, Helena.« Er richtet sich auf und funkelt sie an. »Meinst du nicht, du könntest dich mal ein bisschen zusammenreißen? Er wäre nicht sonderlich begeistert, wenn wir ihm die beiden in einem Staubsaugerbeutel präsentieren müssten!«

Helena schnaubt verächtlich. »Rede nicht so mit mir, als hättest du mir irgendetwas zu befehlen, LeGris.«

Tom packt mich grob unter der Achsel und zerrt mich hoch. Schmerz kreischt mir in den Ohren. »Fass mich nicht an, du Schwein!« Meine Stimme klingt schwach, verwaschen wie die einer Betrunkenen. Ich kann meine eigenen Worte kaum noch verstehen.

»Siehst du das hier? Das hat er sich bestimmt nicht so gedacht. Jetzt müssen wir warten, bis sie wieder auf den Beinen ist. Dank deinem Jähzorn, Helena.« Er drückt mich irgendeinem Handlanger in den Arm, als wäre ich ein Gegenstand. »Bringt sie zum Wagen.«

Jemand stülpt mir etwas Raues, Schweres über den Kopf und zerrt es grob an meinem Körper herunter, bis ich von völliger Dunkelheit umgeben bin. Ein Geruch nach feuchtem Moder beißt mir in der Nase. Ein Sack? Sie stecken mich in einen Sack? Irgendjemand verschnürt ihn an meinen Knöcheln, wuchtet mich hoch und schleppt mich weg. Schmerz schießt durch jeden Winkel meines Körpers und ich stöhne auf in meinem Gefängnis. »Sei still«, höre ich Toms Stimme dumpf neben mir.

Sie tragen mich die Treppe hinunter, hinaus an die kühle Nachtluft, die keinen Weg durch den dicken Stoff in meine Lungen finden wird. Eine Autotür wird geöffnet und kurz darauf stopft mich jemand unsanft auf den Rücksitz.

»Au!«, wimmere ich erstickt.

»Du sollst ruhig sein!«, zischt Tom und rutscht neben mich.

Ich hocke in meinem Sack in absoluter Finsternis und beiße mir auf die Lippen, um meine Tränen zu ersticken, grabe die Zähne rief in mein weiches Fleisch, bis ich endlich Blut schmecke.

∞

Zum vierten Mal knallt mein Kopf gegen die Tür. Niemand hat es für nötig befunden, mich anzuschnallen, und so ruckele ich heftig von nach rechts, wie eine nur unzureichend vertäute Schiffsladung in einem Sturm.

Rücksicht scheint nicht gerade die Stärke des Fahrers zu sein, auch Tom stößt mehr als einmal unsanft mit mir zusammen, und am liebsten würde ihm gleich eine Portion meiner Energie hinterherschicken, aber in meinem dunklen Sack spüre ich nicht das kleinste Fitzelchen davon. Vielleicht ruckeln wir einen Feldweg entlang oder eine unbefestigte Straße im Wald - oder wir haben einfach nur einen beschissenen Fahrer.

Meine Mutter hatte recht, ich hätte niemandem vertrauen sollen. Ehrlichkeit oder Freundschaft scheint es bei diesen Leuten nicht zu geben. Aber ich war nun einmal schon immer anfällig für gute Geschichten und, tja, Toms Geschichte ist verdammt gut. Ich war so dämlich, ihm seine Tränen abzukaufen. Jetzt sitzt er neben mir und sagt kein Wort, als existierte ich gar nicht. Wie konnte er uns nur verraten? Uns so täuschen? Warum? Wofür? Ob Edith es wusste? Steckt sie sogar mit in der Sache drin?

Der Wagen rumpelt durch ein weiteres tiefes Schlagloch. Hart schlägt meine Schulter gegen die Seitentür. Ich schnappe nach Luft, und weiße Sterne tanzen vor meinen Augen. Plötzlich schiebt sich etwas Weiches zwischen mich und die Karosserie.

Was soll das jetzt wieder - hat der mit seiner Jacke meine Seite gepolstert? «Nimm das weg!« Wild zappele ich, winde mich auf meinem Sitz, und mein Kissen verrutscht. »Ich will deine Scheiße nicht!«

»Himmel, jetzt sei endlich still, Mella!«, zischt Tom und packt das Polster wieder zwischen mich und die Tür.

Ich trete nach ihm, so weit der Sack das zulässt. »Rede nicht mit mir, du verlogenes Schwein!« Hört er, dass ich weine? Berührt ihn das? Stachelt es ihn an?

Ein glockenhelles Lachen kommt von den Vordersitzen. »Wie fürsorglich. Fast könnte man meinen, du hättest Mitleid mit ihr.«

Helena. Mir bleibt auch nichts erspart.

Tom schnaubt neben mir. »Natürlich. Das hat überhaupt nichts damit zu tun, dass der ganze Mist ansonsten noch länger dauert, und dafür haben weder ich noch er Zeit.« Grob stößt er meine zappelnden Beine nach unten. »Jetzt hör auf, so einen Aufstand zu machen! Nicht ich habe die Regeln gebrochen, Mella. Das wart ihr ganz allein.« Toms Stimme ist kalt und gehässig, ohne jedes Gefühl.

»Ja, die Regeln, die heiligen Regeln!«, muffele ich aus meinem Sack. »Bullshit ist das! Man wird vernichtet, weil man sich zueinander hingezogen fühlt? Wen haben wir denn dadurch bedroht? Wen gefährdet? Wo ist denn da der Sinn?«

Wieder drischt ihr nervtötendes Lachen auf mich ein. »Da wünscht man sich doch, Lucas hätte sich ein bisschen mehr Zeit dafür genommen, ihr unsere Welt zu erklären, anstatt sie einfach nur zu vögeln, oder?«

Ihr ekelerregendes Parfum schafft es in meine Nase und Übelkeit wallt in mir auf wie kochendes Nudelwasser. »Du Miststück, du hast doch gar keine Ahnung, zu was …«

Tom packt meinen Oberarm und drückt fest zu. »An deiner Stelle würde ich jetzt einfach mal die Klappe halten, Mella.«

Ich halte den Mund, vergrabe mein Gesicht in den Händen und versuche, die Tränen daran zu hindern, immer und immer wieder aus meinen Augen hervorzuquellen, doch ich kann mein Schluchzen nicht verhindern. Es wird stickiger hier drin. Der eng gewebte Stoff scheint nicht nur das Licht draußen zu halten.

Der Wagen wird langsamer und hält schließlich an. Der Motor erstirbt.

»Wo sind wir?« Es ist zu wenig Luft in meinem Sack.

Tom stöhnt auf. »Das kann dir doch vollkommen egal sein, Mädchen. Du wirst diesen Ort eh nie wieder verlassen.«

Ich schlucke hart und finde nur steinerne Knoten in meiner Kehle. Hier wird es also passieren? »Bringt ihr ihn auch hierher? Wann werdet ihr … darf ich ihn -«

Die Autotür wird aufgerissen und fremde Hände packen mich.

»Nein.« Toms Gleichgültigkeit lässt mich trotz der Hitze hier drin schaudern. »Diese Genugtuung werden wir euch nicht geben. Es genügt, dass ihr wisst, was geschehen wird.«

»Aber die Verhandlung …«

Grob werde ich aus dem Wagen gezerrt und auf die Füße gestellt. Meine Beine sacken unter mir weg und irgendeines dieser Schweine fängt mich auf.

»Vergiss die Verhandlung«, flüstert Helena mir ins Ohr. »Dank deinem lieben Scrabble-Freund hier wird man dich in ein paar Stunden holen und dir die Kehle durchschneiden, während dein lieber Wächter in seinem Loch vor sich hin verrottet und bis zuletzt auf Rettung hofft.« Warum ist sie so? Woher kommt nur all dieser Hass? »Er wird wohl sehr überrascht sein, wenn er bemerkt, dass er zu einem Häufchen Staub zerfällt.« Helenas Stimme klingt fröhlicher denn je. »Ich würde zu gern sein Gesicht sehen, wenn es passiert.« Sie gibt mir einen Schubs nach vorn.

Meine geleeartigen Beine versagen ihren Dienst. Ich verliere das Gleichgewicht und stürze der Länge nach auf den Boden, ohne mich mit den Armen abfangen zu können. Ein spitzer Stein bohrt sich in meine eh schon lädierte Schulter. Scheiße, tut das weh! Ich beiße mir auf die Lippen, um ein Wimmern zu unterdrücken. Rasch breitet sich der metallische Geschmack von Blut auf meiner Zunge aus. Doch ich habe keine Zeit zum Durchatmen. Brutal werde ich wieder auf die Füße gezerrt.

Jetzt rieche ich sie deutlich, durch den dicken Sack hindurch, Jasmin und Verwesung. »Leider wird das nicht gehen.« Zärtlich streichelt sie mir über den Kopf und ich zucke vor ihrer Berührung zurück. »Ich werde nämlich bei dir sein, meine Liebe, und bis zuletzt deine Hand halten. Nein -« Sie bricht erneut in ihr verstörendes Lachen aus. »Ich Dummchen, ich bin natürlich die, die das Messer in der Hand hält, wie konnte ich das nur verwechseln?«

»Du?« Meine Knie sacken erneut unter mir zusammen. Jemand packt mich und legt mich über seine Schulter. Wie eine Schweinehälfte werde ich weggeschleppt. Die Wunde in meiner Schulter tut so weh, dass ich bei jedem Schritt nach Luft schnappe. Am besten höre ich ganz auf zu atmen. »Warum werden wir nicht vor Gericht gestellt? Wir haben doch das Recht auf eine faire Verhandlung!«

»Weil wir das so wollen, Zuckerpüppchen.«

Ich erinnere mich an das, was Lucas mir erzählt hat. »Aber den Regeln nach müssen wir uns ansehen, wenn das Urteil vollstreckt wird.« Ein Funken

Hoffnung glimmt in mir auf. Wenn wir uns noch einmal ansehen könnten … vielleicht gibt es einen Weg …

Doch Helena lacht nur. Ich höre ihr fröhliches Tirilieren in meinem Schädel und es bereitet mir stechende Schmerzen, so als hätte ich einen Störsender im Kopf. »Da hat Lucas dir wohl doch etwas beigebracht.«

»Regeln kann man ändern.« Tom klingt kalt und unterwürfig. »Gerade so, wie es dem Master gefällt.«

Natürlich, der Master! Er ist immer noch ein Fürst, ein Anführer! Vielleicht kann ich mit ihm sprechen, alles gestehen. Würde er vielleicht Gnade walten lassen? Wieder bohrt sich eine spitze Schulter in meine Seite und ich schnappe keuchend nach Luft, als mich der Schmerz durchzuckt wie ein Blitz. Nein. Das würde er nicht. Warum sollte er auch? Es läuft doch alles genau so, wie er es immer wollte! Endlich hat er einen Grund, um Lucas vernichten zu können und damit auch alle Wächter seiner Dynastie, seinen Konkurrenten eingeschossen. Die einfache, saubere Lösung. Da ist sie. Auf einem Silbertablett.

Wie ein Sack Mehl werde ich von der Schulter meines Trägers herunter gewuchtet und pralle ungebremst mit dem Rücken gegen eine Wand. Jemand zieht mir die muffige Jute vom Kopf und ich blinzle, doch alles um mich herum ist schwarz. Ein fensterloser Raum. Gedämpftes Licht fällt vom Flur aus herein, lange nicht genug, um meine Energie auch nur zu spüren. Dunkle Silhouetten wabern davor, gespenstisch, wie in einem Albtraum.

»Ich möchte ihn sehen. Den Master«, fordere ich von der gesichtslosen Masse vor mir. »Er ist es, der die Entscheidungen trifft, und keiner von euch Clowns.«

Helenas Lachen umschwirrt mich wie ein Schwarm Moskitos. »O ja, du wirst ihn sehen. Denkst du, er lässt es sich entgehen, wenn wir das Spielzeug seines Sohnes kaputt machen?«

Ein Stoß trifft mich, und schwer falle ich auf die Seite. Klitzekleine, spitze Steine graben sich in meine verletzte Schulter, und ich stöhne auf vor Schmerz.

»Eigentlich müsste er dir sogar dankbar sein für all das, was du für ihn getan hast, Püppchen«, sagt sie leise. »Aber niemand ist dem Lappen dankbar, mit dem man sich die Scheiße vom Schuh wischt.« Mit einem ohrenbetäubenden Quietschen fällt die Tür ins Schloss und ich bleibe allein in der grenzenlosen Schwärze zurück.

28.

Das Schöne an der Dunkelheit ist, dass sie einen müde macht. Nicht lange, und mein geschwächter Körper verabschiedet sich in den wohligen Abgrund des Schlafes. Ich weiß nicht, wie lange ich hier schon liege, zusammengekauert in irgendeiner Ecke. Zeit spielt keine Rolle mehr. Es könnten Stunden sein, vielleicht auch Tage. Ich habe aufgehört, die Tropfen zu zählen, die unablässig von der Decke fallen und mit einem leisen Platschen auf dem Steinboden aufkommen.

Ich habe aufgehört, an ihn zu denken. Wie es ihm geht. Was er fühlt. Was sie mit ihm tun. Mein leises Schnauben dröhnt mir lauter in den Ohren als ein landendes Flugzeug. Natürlich. O Gott, ich wünschte, ich könnte es abstellen. Bilder schieben sich vor mein inneres Auge. Ich sehe ihn leiden, kraftlos, hilflos, seine Angst, seinen Schmerz und die Tränen. Und all das wegen mir. Nur wegen mir.

Ich bin über den schmierigen, stinkenden Boden gekrochen und habe ihn abgetastet, bis meine Jeans sich bis zu den Oberschenkeln mit eiskaltem Wasser vollgesogen hatten. Millimeter um Millimeter habe ich die Wände abgesucht nach einer Nische, einer versteckten Taschenlampe oder auch nur einem Feuerzeug, aber der einzige Ausgang ist die Tür. Meine Nägel sind zersplittert, die Fingerkuppen blutig gekratzt. Es gibt nicht einmal einen Stuhl hier drin, geschweige denn ein Bett. Nur nackten Steinboden. Aber wozu sollte ich es auch bequem haben?

In mir ist es unbewegt wie ein Höhlensee. Spiegelglatt. Da ist keine Energie, nichts rührt sich, nichts vibriert. Nur mein Herz schlägt unablässig weiter, als könnte mein Verstand es nicht davon überzeugen, dass sich die Mühe nicht lohnt. Ich bin ihnen ausgeliefert. Nichts hasse ich mehr, als hilflos zu sein - und nichts macht mir mehr Angst.

Ich will wieder zurück in den Schlaf. Um ein wenig Ruhe zu haben vor meinem Kopf, der pausenlos denkt und hofft und bangt. Er ist dumm, dieser Kopf, er gibt nicht auf, auch wenn er es eigentlich besser wissen müsste. Und er genießt es, mir Vorwürfe zu machen. Es ist gleich, ob meine Augen geöffnet sind oder geschlossen. Ich bin blind in dieser Dunkelheit, einer Dunkelheit, die seine Kraft düngt und nährt und die mich verkümmern lässt.

Ein Knall reißt mich aus meinen Gedanken, das Knarren und Quietschen der Metalltür. Rückwärts robbe ich an die Wand, drücke mich gegen rauen, feuchten Stein. Jemand kommt.

Kein Fitzelchen Licht fällt in mein Gefängnis, nichts, das es mir auch nur im Ansatz ermöglicht hätte, die Energie in mir an die Oberfläche treten zu lassen. Ist es jetzt so weit? Werden sie mich mitnehmen?

Mein hektischer Atem vermischt sich mit Schritten, die immer näherkommen, zielstrebig auf mich zu. Ich versuche, das Wimmern zu unterdrücken, das in meiner Brust randaliert und unbedingt nach draußen will. Sie sollen sie nicht sehen, meine Angst. Wenn sie mir schon alles nehmen … diese Genugtuung werde ich ihnen nicht geben. Schuhsohlen knirschen, als mein Besucher vor mir in die Knie geht.

»Lass mich deine Schulter sehen, Mella«, sagt Tom mit leiser Stimme. Wie kann er wissen, dass ich genau in dieser Ecke liege?

»Da gibt es nichts zu sehen. Hier ist es dunkler als in einem Bärenhintern, aber vermutlich kennst du dich ja damit aus, du Scheißkerl.« Infrarot-Kameras. Bestimmt. Tom, der Technik-Freak. Tom, der Verräter.

»Jetzt hör auf mit dem Blödsinn und zeig mir deine Wunde.«

Ich rühre mich nicht. »Warum sollte ich?« Meine Stimme ist ganz rau und brüchig von den vielen Tränen. »Ist es nicht egal, ob ich daran krepiere oder durch eure Hand?«

Sein Griff ist erstaunlich selbstverständlich, er scheint nicht zu befürchten, dass ich mich wehren könnte. Und das Schlimmste ist: Am liebsten würde ich mich in seine Arme werfen und an ihn klammern, die Wärme seines Körpers spüren und an seiner Schulter weinen, nur um nicht alleine in diesem Loch auf mein Verderben warten zu müssen.

Seine Finger ziehen mein Shirt zur Seite, befühlen vorsichtig meine nackte Haut. »Autsch!« Ich schnappe nach Luft und zucke zurück. Steif von getrocknetem Blut schiebt sich der Stoff zurück auf die Wunde, schwer und rau wie Schmirgelpapier.

»Du würdest uns den ganzen Spaß verderben.« Er steht auf.

Kälte überrollt mich und ich hasse mich dafür, dass ich mir nur noch wünschte, er würde bei mir bleiben. Seine Schritte bewegen sich fort von mir, machen schließlich noch einmal Halt. »Es tut mir so leid, Mella.«

Ich lache auf, bitter. Ihm tut es leid? Ist er nicht schuld daran, dass ich in dieser Kloake festsitze und auf meine Hinrichtung warte? »Dann lass mich gehen.«

Er seufzt. »Das kann ich nicht. Du weißt das.«

Natürlich weiß ich das. »Ich tue alles«, wimmere ich und strecke in der Finsternis beide Hände in die Richtung aus, in der ich ihn vermute. »Bitte, Tom, wirklich alles.«

»Wie rührend.« Seine Stimme ist schneidend wie Stahl. »Versuchst du, deinen Arsch zu retten oder seinen?«

Meine Hände sinken herab und schrammen über den feuchten, dreckigen Boden. Ich finde ein Steinchen und rolle es zwischen Daumen und Zeigefinger, die Knie an meine Brust gepresst. Spielt das denn eine Rolle? Es macht keinen Unterschied. Wenn ich vergehe, wird er auch vergehen.

»Wann?«, frage ich nur.

»Bald, Mella. Bald. Halte dich bereit.« Er zieht die Tür hinter sich ins Schloss und überlässt mich wieder der Angst, der Einsamkeit, der Kälte und der Sehnsucht.

∞

»Dornröschen! Aufgewacht!« Fröhlich schrillt Helenas Stimme durch die verschlossene Stahltür. Ich mache mir nicht einmal die Mühe aufzustehen, als die Tür mit ihrem üblichen Knarren und Quietschen aufgedrückt wird. »Dein großer Tag ist gekommen!« Ich atme ruhig weiter, befühle die Steinchen auf dem schlammigen Grund.

Jetzt ist es also so weit. Sie holen mich.

Weiß er es? Wird es ihm wehtun oder überrascht es ihn im Schlaf? Sie werden nicht zulassen, dass er es nicht mitbekommt. So gnädig sind sie nicht.

Gesichtslose Hände zerren mich hoch, stecken mich wieder in den Sack, damit ich mich nicht in Luft auflöse, sobald ich das kleinste bisschen Energie verspüre. Jemand greift stählern meinen Nacken und schiebt mich vorwärts. Das Knirschen der Steinchen unter unseren Schuhen erinnert mich vage an das Murmeln des kleinen Baches auf unserer Lichtung, damals, als alles noch gut war.

»Es ist nicht weit, Mäuschen.« Helenas widerliches Parfum dringt durch den muffigen Stoff des Sackes, und Übelkeit wallt in mir auf, unaufhaltsam. Die Wärme ihres Körpers verbrennt mich hier drin. »Gleich hast du es hinter dir und ja, richtig, Lucas auch. Hast du oft an ihn gedacht, während du dir deine Wunden geleckt hast?«

Pausenlos, du Stück Scheiße!

Ich beiße mir auf die Lippen, dränge mit Gewalt meine Tränen zurück. Ich werde ihr nicht die Genugtuung geben, sie überhaupt zu beachten.

»Hör mal, Mella, so unter uns: War er wenigstens gut?« Sie lacht voller Hohn. »O ja, du brauchst nicht zu antworten. Ich weiß, wie gut er ist. Voller Hingabe, voller Leidenschaft. Aber sag mir eins: War es das hier wert?«

Du elendes Miststück!

Rote Flecken klopfen rhythmisch vor meinen Augen. Ich strauchele und lasse mich nach links fallen, genau in die Richtung, aus der ihre Stimme kommt. Hart pralle ich gegen einen Körper, bevor ich in voller Länge auf den Boden krache. Helena stößt einen spitzen Schrei aus und ich kann mir ein lautes Auflachen kaum verkneifen, als ich einen weiteren Aufprall höre. Meine Knie schmerzen, als wären meine Kniescheiben in feinste Stückchen zersplittert, aber, zum Teufel, das war es wert!

»Verdammt! Du dumme, miese Schlampe! Ich blute!« Sie tobt, und kurz vertreibt eine helle, gewaltige Freude die Angst aus meinen Knochen. Ich habe ihr das angetan! »Bringt sie in den Tunnel. Ich komme nach.«

Die Geräusche ihrer High Heels entfernen sich eilig und ich strahle in meinem Sack, zufrieden über meine großartige Leistung. Sie braucht nicht zu erwarten, dass ich mich in ein jammerndes, elendes Bündel voller Selbstmitleid verwandeln werde, das vor ihr auf den Knien rutscht und um sein Überleben fleht.

Jemand packt den Sack und hievt mich wieder auf die Beine. Grob schubst er mich und ich stolpere vorwärts, so gut mich meine wackligen Beine tragen. »Jetzt geh schon!« Der Kerl hinter mir versetzt mir einen harten Stoß und ich lasse mich einfach wieder fallen. Ein stechender Schmerz durchzuckt meine Hüfte, doch grimmige Freude kribbelt in mir bis in die Zehenspitzen. Auch wenn ihr gewonnen habt: Ich werde es euch nicht leichtmachen.

»Du meine Güte, was für eine tollpatschige Tussi! Soll ich dich jetzt zu deiner eigenen Hinrichtung tragen, oder was?«

»Tom?«, frage ich vorsichtig in meinen Sack hinein.

Der Mann zerrt mich hoch und schiebt mich vor sich her. »Der ist nicht hier. Der hält deinem Stecher in seinen letzten Minuten das Händchen.«

Der Kloß in meinem Hals hindert mich am Atmen. Verdammt seist du, Tom LeGris! Du elender Schauspieler! All die unbeschwerten Gespräche mit ihm, die Tränen um seine Familie. Es fühlte sich so wahr an. Und er hat sogar Lucas getäuscht, meinen misstrauischen, verschlossenen, wunderbaren Lucas. Etwas in mir hat bis jetzt gehofft, Tom würde mich am Ende hier herausholen, er und die Société, Edith, Julian und wie sie alle heißen.

»Wir sind da, Süße.« Abrupt lässt er mich los. Kurze Zeit schwanke ich, jeglicher Orientierung beraubt. Dann legen sich Hände sanft um meine Oberarme und führen mich weiter. Nur ein paar Schritte, dann bleiben wir stehen. Sie lassen mich los, und erneut stehe ich da wie schwerelos. Was jetzt?

Ich kann nicht mehr atmen, nicht mehr schlucken. Die Minuten verstreichen und nichts passiert. Ich höre Stimmen um mich herum, leise Gespräche, von denen ich nicht einen Fetzen auffangen kann. Als ob sie mich beim Blindekuh-Spielen in den Wandschrank gesperrt hätten und ohne mich weitermachen. Oder enthaupten sie mich so wie ich bin, mit einem Sack über dem Kopf, ohne jedes weitere Wort?

Doch endlich zerrt mir jemand den groben Stoff herunter und ich sehe, wo ich bin. Ein Fußgängertunnel, aufgegeben und heruntergekommen. Überall Graffiti, abgeplatzte Fliesen, Unrat. Vier einsame Kerzen beleuchten die Betonröhre, vier mickrige Scheißkerzen! Zu wenig Licht für mich. Ich versuche es dennoch, aber die Flammen flackern nur müde auf und glimmen dann weiter vor sich hin. Ich kann mich nicht auflösen. Ich kann mich nicht wehren. Ich bin ihnen vollkommen ausgeliefert.

Die Gespräche verstummen. Mehr und mehr Augenpaare richten sich auf mich. Wer sind sie, diese Männer und Frauen, die in einem Kreis um mich herumstehen, mich stumm betrachten? Die übrigen Fürsten und ihre Vertrauten, die einen offiziellen Regelverstoß ahnden? Aber würden die designierten Anführer einer Gesellschaft, die sich für moralisch und elitär hält, ihr Urteil wirklich in einer nach Müll und Pisse stinkenden Bauruine vollstrecken? Keiner redet ein Wort, keine Regung ist auf ihren Gesichtern zu sehen. Und es sind so viele … Ich sehe in ausdruckslose Gesichter, ruhig, ohne jede besondere Emotion …und ich weiß, wen ich vor mir stehen habe.

Die Dunkelkinder des Masters, seine Supersoldaten. Ihre Augen glitzern im Kerzenschein, und das ist das einzig Lebendige an ihnen. Wie Wachsfiguren mit gut gemachten Glasaugen. Stumme Zeugen eines Rituals. Und das Opfer werde ich sein.

Ich sehe sie an, jeden einzelnen von ihnen. Einige halten meinem Blick voller sadistischer Befriedigung stand, andere schlagen ihre Augen nieder, als könnten sie meinen Anblick nicht ertragen. Und dann ist da plötzlich …

»Julian«, flüstere ich. Er ist hier, die Société ist hier. Sie haben uns nicht im Stich gelassen! Unter den irritierten Blicken der anderen schält er sich aus ihren Reihen und kommt zu mir, und ich falle ihm um den Hals wie einem Rettungsring, breche in Tränen aus. »Julian …«

Er hält mich fest, streicht beruhigend über mein Haar. »Ach Mella.«

Ich vergrabe mein Gesicht an seiner Schulter wie ein kleines Kind, als könnte er mich beschützen vor all diesem Wahnsinn.

O Gott, er ist hier!

Und er ist bestimmt nicht allein.

»Bist du wegen mir gekommen?«, wispere ich gegen die Stille an.

»Ich bin nur wegen dir hier.« Er legt seine Hand um meinen Hinterkopf und drückt mich ganz fest an sich. Ich ziehe meine Nase hoch, versuche, meinen Atem zu beruhigen. Sanft streichelt er meine Wange, nimmt mein Gesicht in beide Hände. »Was hast du dir nur dabei gedacht?« Er sieht so traurig aus, dass die Flamme meiner Hoffnung wie in einem wilden Windstoß flackert.

»Aber was ist so falsch daran?« Ich greife nach seiner Hand. »Julian? Erkläre es mir, was ist daran falsch?«

Er zuckt mit den Schultern und schüttelt leicht den Kopf. »Regeln sind dazu da, eingehalten zu werden. Da habt ihr euch in einen schönen Schlamassel manövriert.« Er nimmt meine Hände in seine.

»Du wirst mich nicht retten?«, flüstere ich, doch ich weiß, dass ich diese Frage eigentlich gar nicht stellen muss.

Leise schüttelt er den Kopf. »Wie sollte ich dann vor all diesen Leuten hier mein Gesicht wahren?«

»Aber mir war nicht bewusst, dass ich irgendetwas falsch mache, und Lucas … ich … das muss der Master doch verstehen!«

Er nickt verständnisvoll. »Deswegen wirst ja auch nicht du bestraft, sondern er.«

»Aber ich bin es, die gleich getötet wird«, flüstere ich und kralle mich an ihm fest. »Natürlich ist das eine Strafe für mich.«

»Aber es geht hier nicht um dich, Mella.«

Ich muss lachen, auch wenn ich am liebsten schreien und dieses stinkende Loch dem Erdboden gleichmachen würde, mit jedem einzelnen dieser verlogenen Wichser darin. »Nein, es geht nie um mich.«

Ich verstehe ihn nicht.

Ich verstehe diese ganze beschissene Logik nicht.

»Es ist nicht fair!« Ich wende mich an die Männer und Frauen, die so regungslos um uns herumstehen wie Leichname. »Hört ihr? Ich verlange eine Verhandlung! Ich will mit den Fürsten reden!«

Nicht eine Reaktion, auf keinem der Gesichter, und mir bricht die Stimme. »Lasst mich wenigstens mit dem Master sprechen«, wimmere ich. »Bitte! Wenn er einen ganzen Kontinent leiten kann, sollte er intelligent genug sein und gütig, er wird mich verstehen!«

»Versprich dir nicht zu viel davon.« Julian drückt meine Hand.

Ich will das nicht hören. Vielleicht gibt es doch noch eine Möglichkeit! Ich bin gefährlich, ich bin mächtig, ich könnte mich und mein Talent an ihn verkaufen, wenn er uns nur verschont. »Ich kann für ihn arbeiten. Ich wäre treu und loyal, ich würde …«

»Warum hast du es nur getan, Mella?« Julians Stimme ist viel zu leise und zu fürsorglich, um mir noch irgendeine Hoffnung zu lassen. Sanft streichelt er über meine Wange. Es gibt keinen Ausweg.

»Weil ich ihn liebe«, flüstere ich erstickt. Meine Worte huschen durch den dunklen Tunnel, hallen von jedem Winkel wider. Tränen rinnen mir über die Wangen.

Ich habe es ihm nie gesagt.

Wahrscheinlich werde ich es ihm nie sagen können.

»In welcher Welt ist das gegen das Gesetz? Bitte, Julian, irgendjemand muss doch Einfluss auf das Urteil des Masters haben!«

»In einem gewissen Maße habe ich das.«

Mein Herz macht einen Sprung. »Rede mit ihm, bitte! Kannst du versuchen, ihn umzustimmen?«

»Ich glaube nicht, dass das etwas bringt, du begriffsstutziges Stück.« Helena schlendert aus einer dunklen Ecke zu uns, als wäre sie auf einem Einkaufsbummel. »Leichtgläubig und naiv, so mag er seine Frauen …«, murmelt sie und wirbelt einen langen Dolch in ihrer Hand herum. Glänzend silbern blitzt er im funzligen Licht der Kerzen auf und allein sein Anblick bohrt sich in meinen Verstand. »Ich dachte schon, du hättest ohne mich angefangen.«

Julian legt seine Hand um ihren Hinterkopf und küsst sie auf die Wange.

Ich weiche zurück, als hätte ich mich verbrannt. Warum küsst er sie?

Sie fixiert mich mit einem süßen, diabolischen Lächeln, während Julian ihr den Dolch aus der Hand nimmt und betrachtet. »Guter Schliff«, sagt er anerkennend und dreht ihn hin und her.

Und dann sehe ich es.

Das oberste Glied seines Ringfingers. Es ist nicht da.

»Du?« Keuchend schlage ich mir die Hand vor den Mund. Mein Magen krampft sich zusammen, versteinert in seinem Bett aus rebellierenden Eingeweiden. Warum habe ich das bisher nie bemerkt?

Er zieht die Augenbrauen zusammen. »Hätte ich erwähnen sollen, dass ich der Fürst des Vierten Kontinents bin?« Abschätzig schüttelt er den Kopf. »Komm schon, spätestens jetzt dürfte dir doch klar sein, dass man dir nicht vertrauen kann, wenn du schon die kleinsten Regeln missachtest.«

»Aber du sagtest …« Ich schnappe nach Luft und weiß nicht mehr weiter.

»Dass ich im Archiv arbeite?« Julian legt Helena den Arm um die Hüfte und schenkt ihr ein Lächeln. Das gleiche Lächeln wie mir, draußen auf dem Baumstamm an der Klippe. »O nein, ich habe dich nie belogen, Mella. Als Fürst ist es meine Aufgabe, jeden einzelnen meiner Untertanen in- und auswendig zu kennen.« Entschuldigend zieht er die Schultern hoch. »Ihre Akten zu studieren, gehört nun einmal dazu.«

»Und du, Helena, ich dachte, du arbeitest für die Gemeinschaft und nicht für einen machthungrigen Despoten, dessen einziges Ziel es ist, seine fehlgeleiteten Fieberträume wahr zu machen.«

Julians Miene friert ein und zum ersten Mal sehe ich ihn wirklich, den Mann, der kaltblütig Menschen und Schicksale opfert, um an sein Ziel zu gelangen.

»Ich bin da, wo vorne ist, meine Liebe.« Helena legt den Kopf ein wenig schief, lächelt, fast schon mitleidig. »Dort, wo Sieger hingehören.«

»Ich hatte dir ja versprochen, dass wir viel Spaß miteinander haben werden, Mella.« Julian gibt Helena den Dolch zurück. »Nun ja. Zumindest bei mir habe ich da keinen Zweifel.« Er beachtet mich nicht weiter. »Sie hat es gestanden, vor uns allen hier. Mitten in mein Gesicht. Einfach so.« Er lacht und sieht mich tadelnd an. »Was habt ihr eigentlich immer alle mit der Wahrheit? Was ist so toll daran? Du hättest doch wenigstens versuchen können, mich anzulügen, die Sache ein bisschen zu verbiegen, die Schuld auf ihn zu schieben, aber nein. Kaum seht ihr ein vertrautes Gesicht, denkt ihr, ihr hättet einen Verbündeten vor euch, einen Freund.« Er stützt die Hände in die Hüften und schüttelt missbilligend den Kopf. »Tja. Da haben wir wieder etwas gelernt, was, Mella?«

Ich starre ihn einfach nur an. Sämtliche Kraft ist aus meinem Körper verschwunden. Wieso falle ich nicht um? Sacke einfach in mich zusammen und lasse es über mich ergehen? Liege am Boden inmitten von Müll und Morast und sehe meinem Blut zu, wie es in der Erde versickert?

»Leider wirst du nicht mehr allzu viel Zeit haben, dich an deinen neu gewonnenen Erkenntnissen zu erfreuen. Eigentlich sehr schade.« Er mustert mich von oben bis unten. »Es wird schnell gehen, mach dir keine Sorgen. Ich habe sie die Klinge noch einmal schärfen lassen, weil ich eine klitzekleine Schwäche für dich habe.« Er versetzt mir einen Nasenstüber. »Du bist einfach zu niedlich mit all deiner Menschlichkeit.«

Es ist vorbei.

Das alles war ein abgekartetes Spiel, von Anfang an. Wir hatten nie eine Chance. Julian bekommt seinen Willen, und wir sind der Kollateralschaden.

»Warum?« Diese eine Frage soll er mir beantworten. Meine Stimme hallt von der gewölbten Decke wider, und ich bin selbst überrascht, wie laut und fest sie klingt.

Julian sieht mich mit hochgezogenen Augenbrauen an, den Mund zu einem überraschten Oh verzogen.

»Warum? Ach komm, du weißt, warum!« Helena lacht, doch ich fixiere weiterhin Julian.

»Ich habe nicht mit dir geredet, du dreckige Mistschlampe«, knurre ich und registriere mit Befriedigung, wie sie empört Luft einzieht.

Ein amüsiertes Lächeln umspielt Julians Lippen.

»Komm schon, du hast doch nichts zu verlieren, Julian Feroux. Du bist der König, alle machen, was du willst. Und gleich wirst du mich umbringen lassen. Du solltest mir sagen, warum. Das schuldest du mir, wo ich dir doch so schön bei deinen Plänen geholfen habe.«

»Du bist wirklich ein amüsantes Ding. Ich werde unsere Gespräche vermissen.« Julian schmunzelt. »Aber du hast schon recht, es ist alles dein Verdienst.«

Mir wird schlecht bei dem Gedanken daran, dass ich diese Katastrophe ausgelöst habe. Wie wäre es gekommen, wenn ich Lucas' Zurückweisung respektiert hätte?

Julian baut sich vor mir auf und so stehen wir da, Auge in Auge. »Kinder sollten ihren Vater nicht enttäuschen, Mella.« Tadelnd schüttelt er den Kopf.

Eiskalt durchrieselt mich ein Schauer. »Was hat er dir denn nur getan?«

»Lucas?« Julian schnalzt abschätzig mit der Zunge und umkreist mich langsam, die Arme lässig auf den Rücken gelegt. »Er war nicht loyal. Er hat meine Entscheidungen wieder und wieder hinterfragt, hat meine Regeln gebrochen. Und am Ende hat er sich für die falsche Seite entschieden. So etwas kann man seinem Kind einfach nicht verzeihen.«

»Da irrst du dich, Julian.« Ich drehe mich zu ihm um. »Ein wirklicher Vater verzeiht seinem Kind alles.«

»Woher willst du das wissen? Hattest du einen?« Spöttisch zieht Julian eine Augenbraue hoch und geht weiter, immer im Kreis um mich herum, fast schon quälend langsam. »Hast du Kinder? Nein, hast du nicht. Also halte dich mit deiner Meinung zurück!« Er seufzt. »Lucas war so vielversprechend. So viel Macht. Ich hätte ihn gern unter meinen Vertrauten gehabt. Und ich habe wirklich alles dafür getan.«

Am liebsten würde ich ihm sein Bedauern gemeinsam mit seinen perfekten Zähnen aus dem Gesicht schlagen.

»Ich habe ihm Helena gegeben und er hat sie weggeworfen. Ich habe ihm eine gute Position in meinen Diensten verschafft. Doch er rebelliert gegen meine Anweisungen und handelt nicht so, wie ich es will.« Wut verzerrt sein Gesicht zu einer hässlichen Fratze. »Pech für ihn, dass er einen so einflussreichen Wächter hat. Pech, dass er jemand ist, den ich nicht auf der anderen Seite wissen will, und dass du ihm über den Weg gelaufen bist. So war am Ende alles ganz einfach.« Abrupt wendet er sich ab, geht zurück zu Helena. »Er ist nicht der Erste, der mich enttäuscht hat, Mella. Er wird auch nicht der Letzte sein. Hast du noch irgendetwas zu sagen?«

»Der Tod ist das Ende des Lebens, aber nicht das Ende der Liebe, haben sie gesagt«, flüstere ich in das dunkle, stille Loch, das bald mein Grab sein wird. »Wenn sie nur geahnt hätten, wie verdammt richtig sie damit lagen.«

Tröstend legt sich die Wärme der Kerzen um mein Herz, ganz leicht und sanft nur, zarte Bänder aus Energie, als wäre sie kaum vorhanden.

Helena baut sich vor mir auf, und dann spüre ich die Spitze ihres Dolchs an meiner Kehle. Der kalte Stahl ritzt in meine Haut und ich atme aus, langsam und kontrolliert, vielleicht ein letztes Mal, schließe die Augen und denke an ihn.

An sein Lächeln.

An seinen Duft.

Nicht in Angst möchte ich sterben, nicht in Hass. Ich will, dass das, was ich für ihn empfinde, das Letzte ist, was ich jemals fühlen werde.

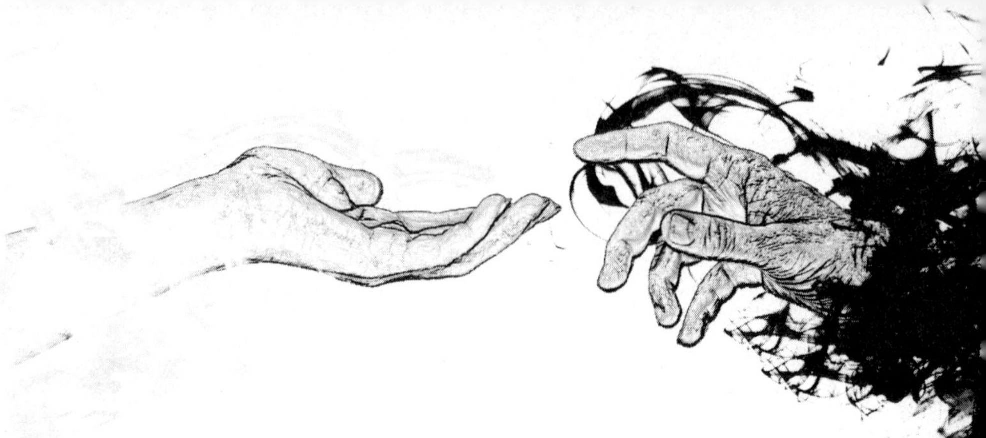

29.

»Ich hätte da noch etwas zu sagen.« Toms Stimme hallt durch den Raum und ich reiße überrascht die Augen auf. Mit einem genervten Stöhnen nimmt Helena den Dolch herunter und dreht sich zu ihm um. »Was?«

Tom durchmisst den Tunnel mit langen Schritten, bahnt sich seinen Weg durch die stummen Zeugen, deren Augen im Halbdunkel glimmen wie erkaltende Kohlen. Seine Brüder und Schwestern, alle im Dienst ihres skrupellosen, machtgeilen Vaters. Hektisch zucken die Kerzen, und besorgt dreht sich Julian zu ihm um. »Ist noch etwas vorgefallen?«

Lässig verschränkt Tom die Arme vor der Brust. Sein Gesichtsausdruck ist so kalt und gleichgültig, dass ich ihm am liebsten ein hübsches, schwelendes Loch in die Mitte seines Leibes brennen würde. »Das kannst du laut sagen.«

»Und warum ist Bonnaire nicht gekommen? Du solltest bei Lucas sein!« Wild fuchtelt Helena mit ihrem Dolch vor Toms Nase herum.

Er schiebt ihre Hand beiseite, sieht sie nicht einmal an. »Bonnaire hatte etwas Besseres zu tun.« Kurz huscht sein Blick zu mir, dann geht er hinüber zu Julian. Wie gerne würde ich ihm seine Augen aus ihren Höhlen reißen und sie ihm in sein verräterisches Maul stopfen!

Julian scheint nicht sonderlich erbaut von dieser Unterbrechung zu sein. Gelangweilt spielt er mit einer der Kerzen, lässt seinen Finger durch die Flamme gleiten. Er zieht ihn hastig zurück, als sie heftig auflodert, und ich unterdrücke ein Grinsen.

Immerhin das bringe ich noch zustande.

Wieder sieht Tom für einen Sekundenbruchteil zu mir hin und ich töte ihn mit meinen Blicken. »Er war mit ihr unter Menschen.«

Julian rollt mit den Augen. »Das wissen wir bereits.« Er fixiert Tom lauernd. »Oder ist dort noch mehr passiert?«

»Sie waren bei ihrem Ex-Freund.«

Ich blinzle irritiert.

Was?

Wovon redet er da?

Tom weiß genau, wo wir waren! Bei meiner Mutter, bei niemandem sonst!

Sein Blick fällt erneut kurz auf mich. »Ein intimes Essen bei Kerzenschein.« Wieder sieht er mich an, und mein Magen dreht sich im Kreis. Irgendetwas stimmt hier nicht.

»Und was soll daran wichtig sein?«, fragt Helena gelangweilt.

»Sie planten, all unsere Geheimnisse zu verraten. Der Menschenwelt preiszugeben, dass wir existieren, um sich damit freizukaufen. Das ist es, was ich von Lucas …« Wieder dieser Blick zu mir. Fast unmerklich öffnet er seine Augen ein wenig weiter und sieht dann neben sich zu Boden. »… noch in Erfahrung bringen konnte.«

Ich beobachte ihn ganz genau.

Was treibt er da?

Mein Blick wandert an ihm vorbei, durch die Massen von lebendigen Leichnamen, die hinter ihm im Halbdunkel verborgen stehen.

Und plötzlich sehe ich ein Paar eisblaue Augen unter einer schwarzen Kapuze aufblitzen.

Blau wie Gletscherseen.

Mein Herz bleibt stehen.

Es sind seine Augen.

Lucas.

Für eine Hundertstelsekunde treffen sich unsere Blicke, dann senkt er den Kopf und tritt zurück, verschmilzt mit der Dunkelheit.

Tom fixiert mich, atmet schwer. »Ich denke, es ist an der Zeit, endlich die Lichter auszublasen.«

Mein Kopf wird plötzlich ganz leicht.

Kann es das sein?

Ist die Lösung wirklich so einfach?

Julian verzieht das Gesicht und macht eine wegwerfende Handbewegung. »Sie haben geredet? Und wenn schon. Der kleine Scheißer von einem Rechtsanwalt ist in fünf Minuten Geschichte, wenn ich das will. Niemand wird mich aufhalten.«

Und ich schließe die Augen und lösche die Kerzen, ziehe ihr spärliches Licht in meinen Körper, absorbiere ihre Wärme und Energie, während um mich herum das Chaos ausbricht.

Schreie hallen durch den tiefschwarzen Tunnel, begleitet von einem hektischen Scharren und dumpfen Schlägen.

»Du entkommst mir nicht!« Helena zerrt meinen Kopf an den Haaren nach hinten. »Miststück!«

Ein scharfer Schmerz schießt durch meine Glieder und Blut rinnt warm meinen Hals hinab. Mein Hals … sie hat mich erwischt …

Arme schließen sich von hinten um mich wie ein Schraubstock, lösen mich aus ihren Krallen. Ich rieche ihn, Lucas, und ich rieche Blut. Hart prallen wir auf etwas, auf jemanden.

Überall um mich herum Ächzen, Stöhnen, Gebrüll.

»Du wirst sie nicht bekommen!«, kreischt Helenas Stimme durch den Tunnel.

Wild werden wir herumgestoßen, doch er lässt mich nicht los. Scharf zieht er den Atem ein, keucht. Ich sehe nichts, ich klammere mich einfach nur an seinen warmen Körper, verberge mein Gesicht an seiner Brust, und endlich, endlich reißt er mich mit sich in die Dunkelheit. Die Schreie um uns herum, in Wut, Kampf oder Schmerz ausgestoßen, werden immer leiser und verebben schließlich in einer dumpfen Stille.

Ruhig, ganz ruhig.

Die Finsternis hat uns.

∞

Eine Windbö treibt einzelne Blütenblätter durch die Nacht und schmirgelt feinste Sandkörner über meine Haut, kühlt die Tränen auf meinem Gesicht. Am Himmel über uns leuchtet der Mond und Millionen Sterne funkeln, als wäre nichts geschehen. Als ob die Welt hier unten ein Ort voller Frieden und Stille wäre.

Die Lichtung. Wir sind hier. Wir sind in Sicherheit.

Lucas hält mich fest umschlungen, lässt mich nicht los. »O Gott, Liebes, es geht dir gut.« Seine Stimme klingt leise und gepresst. Er legt seine Hände an meine Wangen und schiebt mich zurück, mustert mich prüfend aus dunkel glänzenden Augen. »Wo hat sie dich erwischt?« Mit dem Daumen fährt er über den Schnitt an meinem Hals und ich zucke zusammen.

Es brennt bei der kleinsten Berührung, doch das Blut trocknet bereits. »Nur ein Kratzer.«

»Gut«, sagt er und beugt sich vor, stützt sich mit beiden Händen auf seinen Knien ab wie ein Marathonläufer und atmet aus, langsam und kontrolliert. »O Mann.«

»Weiß Tom, wo wir sind?«

Immer noch ringt er nach Atem, nickt kaum wahrnehmbar. »Er hat mich befreit.«

»Aber - du kannst ihm nicht vertrauen.« Langsam schüttele ich den Kopf. »Lucas, er spielt nicht mit offenen Karten! Er hat Julian mit mir gesehen, mehr als einmal, und er hat nichts gesagt!«

»Er kannte sein Gesicht nicht.« Lucas schluckt hart. Schweißperlen glitzern auf seiner Stirn und er wischt sie mit seinem Unterarm beiseite. »Niemand kennt es, nur seine Vertrauten. Und zu denen gehörte Tom erst, nachdem er uns an ihn verraten hatte.«

Ich starre ihn an. »Und jetzt kennen wir es auch.«

»Jetzt kennen wir es auch.« Er presst die Lippen aufeinander und lässt den Kopf hängen. »Sie werden uns jagen, jeden von uns. O fuck …« Mit einem leisen Stöhnen krümmt er sich zusammen.

»Ist alles in Ordnung mit dir?« Ich bücke mich ein wenig herunter zu ihm, versuche, in sein Gesicht zu sehen. »Die Schatten?«

Er sieht mich an, lange, und nickt schließlich, versucht sich an einem Lächeln. Seine Augen … nein, es geht ihm nicht gut.

»Bring uns fort von hier«, sage ich leise. »Irgendwohin, wo uns niemand findet. Nicht Julian, nicht Helena. Niemand.« Ich streiche ihm seine verschwitzen Locken aus dem Gesicht. »Auch nicht Tom.«

»Nein.« Leise schüttelt er den Kopf, immer noch ganz außer Atem. »Ich kann nicht.«

Sanft streiche ich ihm über den Rücken. Seine Muskeln vibrieren unter meiner Berührung. »Du musst dich nur etwas ausruhen, dann geht es schon wieder.«

»Bestimmt«, sagt er und die Beine sacken ihm weg.

»O mein Gott! Was hast du nur?« Ich fange ihn auf, presse ihn an mich, schwer und kraftlos wie ein Sack Reis. Der Wind wühlt in seinen Haaren und diesmal stöhnt er laut auf, langgezogen, die Augen fest zusammengekniffen. Mit aller Kraft halte ich ihn aufrecht. Haben sie ihn gefoltert?

»Hilf mir«, presst er hervor. »Ich … kann … nicht -«

Ich lege eine Hand an seine Wange, zwinge ihn, mich anzusehen. »Lucas, nur einmal noch, dann kannst du dich hinlegen, bitte, einmal … Bring uns ins Herrenhaus zurück, irgendwo hin, wo du dich ausruhen kannst.«

Er schüttelt den Kopf. »Ich schaffe … das nicht. Wir müssen … laufen.« Mit einem unterdrückten Schmerzenslaut entzieht er sich meiner Umarmung, stützt sich wieder schwer auf die Knie.

Laufen?

Er?

Aber in welche Richtung? Ich drehe mich um die eigene Achse. Norden, hat er irgendwann einmal gesagt. Das Herrenhaus liegt zwei Stunden Fußmarsch nach Norden. Scheiße, woher soll ausgerechnet ich wissen, wo Norden ist?

»Mella«, ächzt Lucas leise hinter mir, und ich fahre herum. Sein Atem geht angestrengt - und viel zu schnell.

»Verfluchte Scheiße, Lucas, wo ist Norden?« Die Sterne? Kann ich mich an ihnen orientieren?

»Bäume«, stößt er hervor. Fest kneift er die Augen zusammen. Seine linke Hand liegt auf einer Stelle unter seinem rechten Arm, und er schwankt bei dem Versuch, sich aufrecht zu halten. »Wetterseite.«

Ich starre ihn an. »Du kannst nie im Leben zwei Stunden laufen. Wir bleiben einfach hier und warten, bis es dir wieder besser geht, okay?«

Er schnauft und schüttelt langsam den Kopf, den Blick fest auf den Boden geheftet. Seine Brust hebt und senkt sich unter schweren Atemzügen. »Ich … kann nicht«, flüstert er und sieht mich an, »atmen.« Seine Augen sind weit aufgerissen, voller Angst.

Ich starre ihn an, starre auf seine Hand, die er in seine rechte Seite presst. »Was ist passiert?«

»Helena. Nicht so schlimm.« Er keucht, schließt kurz die Augen und schluckt, als müsste er sich gleich übergeben. »Es geht schon. Geh … hol Hilfe. Ich …« Er holt tief Luft, nickt. »… ruhe mich … aus.«

Ich greife nach seiner Hand. »Lass mich das sehen.«

»Nein.« Seine Bewegungen sind fahrig und träge. Nicht einmal richtig wehren kann er sich noch. »Geh!«

»Jetzt rede keinen Mist, ich werde mir das -« Ich ziehe seine Hand fort und schreie auf. Blut quillt hervor, glänzt träge im fahlen Mondlicht, dick und dunkelrot wie Sirup. »O mein Gott«, wimmere ich und drücke meine Hand fest auf die Wunde. Er stöhnt vor Schmerz und stützt sich so schwer auf mich, dass ich ihn kaum noch halten kann. Warm bahnt sich das Blut seinen Weg durch meine Finger, unaufhaltsam. »Lucas!«

Entsetzt sehe ich ihm in die Augen und er erwidert meinen Blick ruhig und klar. Er weiß es. »Mein Liebes«, flüstert er und ich fange an zu heulen, presse meine Hand so fest auf den Schnitt, dass mein gesamter Körper bebt.

Immer schwerer wird er in meinen Armen. »Zwei Stunden!«, schreie ich ihn an und schluchze verzweifelt. »Verdammt noch mal, du hast gesagt, es dauert zwei Stunden bis zum Herrenhaus! Wie soll ich da rechtzeitig Hilfe holen?«.

Er antwortet nicht. Seine Augen glänzen fiebrig.

»Du wusstest, dass ich es nicht schaffe, oder? Du hast es gewusst.«

Er schluckt hart und senkt den Blick, ringt leise um Atem.

»Du Mistkerl!« Tränen strömen über mein Gesicht. »Das kannst du doch nicht machen! Wie kannst du mich wegschicken, wenn du …«

»Versuch es.« Er legt seinen Kopf an meiner Schulter ab, sachte, als wäre er ihm viel zu schwer. »Bitte.« Er verliert die Kraft und ich kann ihn nicht mehr halten. Hart kracht er auf die Knie, und ich mit ihm.

»Lucas, bitte … Ich verstehe das alles nicht«, wimmere ich. Die Schmerzen in meiner Brust sind unerträglich. Meine Muskeln ziehen sich zusammen, schnüren meine Kehle zu, hindern meinen Verstand daran, klar zu sehen. »Du bist unsterblich!«

»Ja«, flüstert er und streicht mir eine Haarsträhne aus dem Gesicht, leicht, kaum spürbar. »Das Leben … ist nun mal nicht … perfekt.« Zitternd saugt er Atem ein, sackt noch mehr in sich zusammen. Seine Augen glänzen und die stumme Angst darin lähmt mein Denken. »Liebes, bitte … Liebes …« Seine Stimme ist nicht mehr als ein Wispern.

»Ich werde nicht gehen«, sage ich und sein Körper erschlafft in meinen Armen. Er lässt sich nach hinten sinken und ich halte ihn, fest und sicher, bette seinen Kopf sanft ins Moos.

Halb im Mondschatten liegt er da, die Hand in die Seite gepresst.

Sein Atem geht nur noch flach, er krampft vor Schmerzen.

»Du schaffst das, oder? Die Wunde wird heilen, wenn du dich ausruhst, ja? Ja?« Alles an mir klebt von seinem Blut, dick und warm, doch das geht vorbei, beim letzten Mal ist es auch vorbeigegangen. »Wir bleiben einfach hier und ruhen uns aus, du und ich, okay, ich passe schon auf dich auf, und morgen, morgen …«

»Liebes.« Tränen quellen ihm aus den Augen, rinnen im Mondlicht über seine Wangen wie silbrige Fäden. »Es geht dir gut«, flüstert er und schluchzt auf, leise, zittrig, berührt meine Wange. »Es geht dir gut.«

»Mella!«

Ich fahre zusammen. Tom?

»Lucas! Seid ihr hier?« Toms Stimme hallt durch den Wald.

»Tom«, hauche ich und ganze Gletscher fallen mir vom Herzen. Jetzt wird alles gut, ganz sicher.

Entschlossen richte ich mich auf, streichle seine Wange. »Du wirst schön hierbleiben, hast du mich verstanden?« Meine Stimme zittert und ich warte darauf, dass er nickt, doch er tut mir diesen Gefallen nicht. Er sieht mich nicht mal mehr an. »Du gehst nirgendwo hin.« Tränen ersticken meine Worte. Ich bringe es kaum über mich, ihn loszulassen, und ich tue es doch, küsse ihn auf die Lippen und hetze auf die Bäume zu, Tom entgegen.

»Hier! Wir sind hier! Tom!«

»Mella! O Gott sei Dank!« Er tritt hinter den Bäumen hervor und reißt mich geradezu in seine Arme, drückt mich fest an sich, bevor er mich mit Entsetzen in den Augen von sich schiebt. »Himmel … bist du verletzt?«

»Nein«, sage ich atemlos. »Lucas. Du musst uns helfen!« Ich packe seine Hand und zerre ihn hinter mir her, auf die Lichtung zu, drehe mich immer wieder zu ihm um. »Da vorne.« Die Bäume lichten sich bereits, gleich sind wir da. »Er wird durchhalten, richtig? Er ist ein Umbracor, er schafft das schon, alles wird …«

Tom versteinert hinter mir. Was … Warum sieht er mich nicht an? Warum sieht er an mir vorbei, als wäre ich gar nicht da? »Tom?«, hauche ich, und er schlägt sich die Hand vor den Mund, die Augen weit aufgerissen. Ich wirble herum und mein Herz gefriert. »Lucas?«

Der Boden gibt unter mir nach. Ich stürze vorwärts, stürze auf die Knie und krieche zu der Stelle im Mondschatten, wo er eben noch lag, berühre den duftenden Boden. Winzige, weiße Blüten leuchten im Licht der Sterne, tiefrot gefärbt, und dazwischen feine, schimmernde Körnchen, hell wie Sand.

Alles, was noch von ihm da ist, ist sein Blut an meinen Händen, klebrig und warm. Dick tropft es von meinen Fingerspitzen in das dunkle Moos, glitzert im Mondlicht wie ein Edelstein.

Ruf nach mir, und ich werde sofort da sein.

»Lucas?«, wispere ich in die Dunkelheit.

Die einzige Antwort ist nur das Rauschen des Windes.

∞

Wenn ich die Augen schließe, fühlt sich das Moos unter meinen Händen fast so an wie sein Haar, warm, weich, ein wenig störrisch vielleicht.

Das Meer ist wild heute, wütend und unberechenbar. So wie ich.

Hier ist er gestorben, hier, an dieser Stelle, und wenn ich meine Finger in die grünbraunen Flechten mit den wunderschönen weißen Blüten lege, berühre ich vielleicht noch ein wenig von dem Staub, zu dem er geworden ist. Meine Tränen versickern in dem duftenden Boden.

Er ist länger fort, als ich ihn überhaupt kannte. Ich will nicht mehr weinen, ich bin es leid, es tut mir weh und es ist sinnlos, denn es hilft nicht. Gar nichts hilft.

Langsam kriecht die Feuchtigkeit aus dem Boden in meine Kleider. Wie lange liege ich schon hier und beobachte, wie die Sonne über den stahlblauen Himmel wandert?

Ich weiß es nicht.

Es ist mir auch egal.

Ich habe ja ansonsten nichts zu tun.

Ich liege nur hier und warte.

Auf diesen Moment in der Dämmerung, wenn das Licht langsam schwindet und das Meer für einen kleinen Moment die Farbe seiner Augen annimmt. Wie es wohl wäre, von der Klippe zu springen? Wenn das Wasser über mir zusammenschlägt und ich umfangen bin von seinem Eisblau, das mich trägt und in mich dringt? Und doch ist es nicht er, und es sind auch nicht seine Augen. Ihre Wärme fehlt, ihr Leben. Es ist nur eine Farbe. Nur eine Erinnerung.

Aber dennoch liege ich hier, Tag für Tag, allein mit meinen Gefühlen, und warte auf diesen einen, armseligen Moment, der rein gar nichts bedeutet.

Warm und feucht schmiegt sich das Moos an meine Wange, fast wie ein Kuss. Seine Lippen. Ich erinnere mich an sie, an sein Lächeln, an alles, und schließe die Augen. Vielleicht sollte ich etwas schlafen.

Immer, wenn ich es nicht mehr ertragen kann, wach zu sein, schlafe ich. Denn wenn ich schlafe, ist es gnadenvoll dunkel und ich fühle nichts. Gar nichts. Als ob ich tot wäre. Ich warte auf ihn, im Traum. Manchmal kommt er zu mir und tröstet mich. Doch er bleibt niemals lange.

Sanft streichele ich das saftige Grün neben mir, dämmere langsam fort und warte auf diesen Augenblick, kurz bevor man einschläft, wenn dieses Zucken durch den Körper läuft und mein Herz sich vollkommen sicher ist, dass er noch lebt.

»Mella?«

Ich schrecke hoch, auch wenn es die falsche Stimme ist, die meinen Namen sagt. Tom. Nicht schon wieder. Ich rolle mich auf den Rücken und betrachte, wie der Wind durch die dichten Blätterkronen weht.

Er lässt mich einfach nicht in Frieden. Jeden Tag suchen sie nach mir und jeden Tag finden sie mich hier, er und sein beschissenes Mitleid.

»Verschwinde.« Ich will keine Gesellschaft. Ich will meine Ruhe. Allein sein mit mir und meinen ruhigen, schwarzen Träumen.

Unbeeindruckt lässt sich Tom neben mir ins Moos sinken. »Wie ist es heute?«, fragt er leise.

»Wie sollte es schon sein? Beschissen!« Wütend setze ich mich auf und fahre mir mit meinem Ärmel durchs Gesicht, sauge zitternd Atem ein.

»Es ist kaum zu begreifen, oder?« Toms Blick heftet sich auf das Moos, auf dem meine Hand ruht wie auf einem zerbrechlichen Schatz.

Meine Kehle ist so eng, als würde sie mir jemand zudrücken. »Nein«, wispere ich und streichle sanft über die weißen Blüten. Die Welt verschwimmt vor meinen Augen und das Schluchzen in meiner Brust zerreißt meine Lungen. Tief graben sich meine Finger in das warme Grün. Erde kriecht unter meine Nägel, und vielleicht ist da noch ein wenig von ihm übrig, das meine Haut berührt.

»Ich hätte mehr tun müssen, Tom, ich habe es nicht mehr rechtzeitig … ich wusste doch nicht, wohin …«

»Du hättest es nicht geschafft.« Sanft streicht Tom mir die Haare aus dem Gesicht. »Selbst, wenn du sofort losgelaufen wärst.« Seine Stimme ist so leise, dass ich sie gegen das Tosen der Brandung kaum hören kann.

Widerwillig schüttele ich seine Hand ab. »Das Licht … Wenn ich nur durch das Licht …« Ich schließe die Augen und sie laufen über. Wütend reibe ich die Tränen fort, und ein Duft nach warmer Erde steigt mir in die Nase. Wald. Meer. Feuchter Boden.

»Es war mitten in der Nacht, Mella. Du konntest nichts tun.« Seine Hände legen sich um mich, drehen mich sanft um und ich weine meinen Schmerz heraus, während er mich in seinen Armen wiegt. »Du hast keine Schuld daran.«

Es fühlt sich so fremd an, wie er mir über das Haar streicht, über den Rücken. Ein fremder Körper. Kein Ersatz für den vertrauten. »Ich wusste nicht, wo Norden ist«, wimmere ich. »Gott, hätte ich in der Schule besser aufgepasst, hätte ich … ich hätte …« Woher kommen nur all diese Tränen? Ich dürfte gar keine mehr haben!

»Das hätte nichts geändert, Mella, gar nichts. Er hatte einfach keine Zeit mehr.«

»Warum musste er uns auch hierherbringen?« Geräuschvoll ziehe ich die Nase hoch und richte meinen Blick auf den Horizont. »Ausgerechnet hierhin?«

Das Meer ist grau. Ich habe ihn verpasst, unseren Moment. Woran liegt es nur, dass es mir weh tut, körperlich weh? Wie kann meine Seele so leiden, wenn sie doch gar nicht mehr da ist?

»Wir haben verloren«, sage ich leise.

»Wir haben nicht verloren. Wir haben sie zerschlagen, Mella. Wir haben Großartiges erreicht.«

»Aber um welchen Preis?« Ich beiße mir auf die Lippen, zwinge den Schmerz dorthin, weg von meinem Herzen.

Er atmet tief durch. »Der Preis war hoch.«

Wie wunderschön die Äste der Bäume im Wind tanzen. »Du hättest früher kommen müssen.«

Sein Blick hetzt zu mir, voller Schmerz. »Ich habe nicht gewusst, dass er verletzt ist. Als ich dich gefunden habe …« Er bricht ab und versinkt in Schweigen, betrachtet stumm meine Hand, die langsam durch die Flechten streicht.

Als Tom mich auf der Lichtung fand, war sein Blut schon kalt auf meiner Haut, klebrig und zäh wie Melasse, und der Ort, an dem ich Lucas zurückgelassen hatte, war leer.

Nichts von seinem Leben war geblieben, nur das, was ich auf meinem Körper trug.

Tom hatte mich zurückgebracht ins Herrenhaus, und ich habe Stunden vor der Dusche auf den Knien verbracht, geschrien und gezittert, auf ihn eingeprügelt, bis er mich endlich dazu bewegen konnte, loszulassen, mir das Letzte abzuwaschen, was mir noch von ihm geblieben war.

»Du musst damit aufhören.« Ernst sieht er mich an.

»Womit? Damit, um ihn zu trauern?« Ich stoße ein Lachen aus, bitter und giftig. »Sag mir, wie.«

Eindringlich sieht er mich an. »Es muss weitergehen, Mella. Wir brauchen dich.«

»Wir brauchten ihn.« Ich starre wieder hinaus aufs Meer, doch unser Moment kommt nicht zurück. Ich fühle mich leer. Als ob ich nur noch eine Hülle wäre, weggeworfen, um in der Gosse zu verrotten.

Warm fährt Toms Hand über meinen Arm. »Mella?« Fast unmerklich schüttelt er den Kopf. »Ich verstehe, wie du dich fühlst.«

Und dann verschwindet der Schmerz aus meiner Brust und macht Platz für etwas anderes, etwas Neues. Meine Handflächen kribbeln, als hätte ich sie in einen Ameisenhaufen gesteckt, und ein feines Sirren erfüllt die laue Sommerluft. Überspannung. »Und?«, fahre ich ihn an, so heftig, dass er erschrocken zurückweicht. Das ist auch gut so, denn ich kann die Energie, die in feinen, schlohweißen Blitzen zwischen meinen Handflächen züngelt, kaum beherrschen. »Macht es das irgendwie besser?«

Der kümmerliche Rest des Sonnenuntergangs spiegelt sich in seinen weit aufgerissenen Augen. Ja, auch sie sind blau, hellblau, aber anders, so anders als seine.

Die Energie verdampft wie Wasser auf heißem Asphalt. Ich stöhne auf und reibe mir die Stirn. Hinterlistig schleichen sich erneut Tränen in meine Augen und ich lasse sie kommen, lasse sie über meine glühenden Wangen rinnen, wie ein sanftes Streicheln. Es ist so absurd, dass ich lachen muss, doch das Lachen schmeckt leblos und schal, wie Staub. »Wenn du wüsstest, wie typisch das für mich ist.«

Tom antwortet nicht.

Erneut lache ich auf und wische die Tränen mit dem Handrücken fort. Meine Haut ist wund vom Weinen, die Tränen brennen sich in mein Fleisch wie Säure. »Ich sterbe nicht, sondern werde eine von euch und verliebe mich in einen unsterblichen Mann, so sehr, dass ich es selbst nicht fassen kann. Und was macht dieser Unsterbliche? Er stirbt!« Mein Lachen verwandelt sich in ein Schluchzen und ich bin froh darüber, weil es sich so viel ehrlicher anfühlt.

Tom zieht mich an seine Brust. »Ich verstehe dich«, murmelt er leise. Sein Atem klingt abgehackt, so als kämpfe er selbst mit den Tränen. Ich will das nicht. Dieser Schmerz gehört mir, wie auch Lucas mir gehört hat. Ich löse mich von Tom und stehe auf. Nur noch ein orangefarbener Streifen erinnert an die Wärme dieses Sommertags mit all seinem unerträglichen Vogelgekreische und Insektensummen.

»Geht er je vorüber, Tom?« Der Streifen wird schmaler und schmaler, wie ein Auge, das sich langsam schließt. »Der Schmerz?« Die Dunkelheit verschluckt das Licht, als wäre es nie da gewesen.

Tom schweigt einen Moment. »Nein«, sagt er dann leise.

Tief atme ich durch. »Dachte ich mir.«

Er packt mich bei den Schultern, zwingt mich, ihn anzusehen. »Mella, wir müssen dankbar sein, sie gehabt zu haben.«

Da ist sie wieder, diese neue Wut, die in mir aufkocht wie siedendes Öl, bereit, alles zu vernichten, was sich ihr in den Weg stellt. »Glaubst du dir diesen Scheiß etwa selbst?«

Sein Blick ist gequält, er schluckt hart. Dennoch weicht er mir nicht aus. »Nein. Aber manchmal funktioniert es, mir das einzureden.«

Ich sehe ihn an, während das dunkelgraue Meer den letzten Rest des Lichts vertilgt. »Ich werde sie töten, Tom. Sie wird das nie wieder jemandem antun. Nie wieder.« Hass. Wie gut sich das anfühlt. Er glimmt in meinem Bauch und wärmt meinen Körper von innen.

»Mella«, sagt er gequält, und ich fahre zu ihm herum.

»Das hast du mich gelehrt, Tom. Ich habe es erst nicht verstanden, als du es mir erzählt hast. Aber ich verstehe es jetzt.«

Seine Augen weiten sich fast unmerklich.

»Hass«, flüstere ich. »Das ist es, was mich aufstehen lässt, jeden Tag. Der Wunsch, Helena daran zu hindern, irgendjemandem dasselbe anzutun wie mir. So wie du deinen Vater zur Strecke bringen willst.«

Er schluckt hart. »Sie ist vermutlich tot, Mella.«

Enttäuschung legt sich wie Asche über das Feuer in meiner Brust.

»Nein.« Ich schüttele den Kopf. »Nein, das glaube ich nicht. Ich werde sie aufhalten, um jeden Preis.«

Er seufzt. »Mella, das ist alles, was wir wissen.«

Ich schweige verstockt.

»Wir brauchen dich. Die Société braucht dich. Julians Leute sind stark, und …«

»Julians Leute sind nicht stark!«, brülle ich ihn an. »Sie sind fort! Ihr habt sie zerschlagen, zu einem Meer von Staub verarbeitet, während ich Lucas untätig dabei zugesehen habe, wie er jämmerlich krepiert!«

Fast unmerklich schüttelt er den Kopf. »Nein, Mella.«

»Ich werde mich nicht zu einem willenlosen Werkzeug machen lassen, von niemandem, nie wieder!«

»Wir haben sie nicht zerschlagen, Mella. Das war bereits Julians nächster Streich, um uns wieder einen Schritt voraus zu sein.«

Ich starre ihn an. In der einbrechenden Dunkelheit schimmern seine Augen fast schwarz. »Ihr habt sie … nicht?«

»Es gibt immer mehr Hinweise darauf, dass sich Julians Leute in alle Welt zerstreut haben und nur auf die nächste Gelegenheit lauern, ihre Pläne fortzuführen. Ein paar von ihnen verrotten schon in unseren Gefängnissen, aber sie reden nicht.«

Ich balle die Fäuste, grabe meine Fingernägel fest in mein Fleisch, bis der Schmerz den Aufruhr in meinem Herzen übertönt.

»Wir brauchen dich wirklich, Mella, wir brauchen deine Kräfte. Und ich brauche dich. Als meine Freundin.« Er lächelt offen und ehrlich, sein Tom-Lächeln.

Ich erwidere sein Lächeln nicht. »Ich werde euch nicht helfen. Nicht mit dieser Frau als Anführerin.«

Tom legt mir die Hand auf den Arm. »Dich bei uns zu haben, wäre Hilfe genug. Edith hat deiner Mutter nichts angetan. Dazu wäre sie nicht in der Lage gewesen, davon bin ich überzeugt. Vertrau mir.«

Schlag zu, Mella. Sei nicht so dumm! Nimm sein Angebot an. Er braucht nicht zu wissen, dass deine Motive nicht ganz so ehrenvoll sind … nirgends werde ich eine bessere Chance bekommen, mich an Helena zu rächen, ihr das anzutun, was sie mir angetan hat. »Ich kann ja mal bei euch vorbeischauen«, sage ich vorsichtig. »Irgendwann.«

Ein zufriedenes Lächeln breitet sich auf Toms Gesicht aus. »Julian darf nicht mit dem durchkommen, was er plant – was auch immer das auch sein mag.« Er berührt meinen Ellbogen. »Lass uns zurückgehen. Es ist schon spät. Du brauchst Ruhe.«

Trotz dieses Gewitters an Gefühlen in mir muss ich lächeln. »Ich werde noch eine Weile brauchen, um mich daran zu gewöhnen, dass du ein Schattenwandler bist.«

Er verzieht das Gesicht. »Tut mir leid, dass ich dir die Wahrheit verheimlicht habe. Aber manchmal ist es gut, wenn die Leute einen unterschätzen.«

»Lüg mich nie wieder an, Tom.« Ich schiebe meinen Arm unter seinen und halte mich eng bei ihm, während wir Seite an Seite durch seine Schatten schlendern. Die Welt um uns herum wird dumpf und grau, schemenhaft erkenne ich die Landschaft, die an uns vorbeiflitzt. Es ist anders mit ihm, das Schattenwandeln. Es sieht anders aus, fühlt sich anders an.

Im Park hinter dem Herrenhaus lässt er die Schatten gehen. Nur vereinzelt lugen Sterne durch die dicke Wolkendecke. Zu unseren Füßen tost die Brandung gegen die Klippen. Glühwürmchen tanzen durch die Dunkelheit. Was für ein schöner, warmer Sommerabend. Einer von der Sorte, den man am liebsten an einen Menschen gekuschelt verbringt, der einem mehr als die Welt bedeutet. »Können wir noch etwas hierbleiben?«

Tom lächelt und nimmt meine Hand. Nebeneinander sitzen wir auf dem umgestürzten Baumstamm und starren in die Nacht, jeder in seine eigenen Gedanken vertieft.

Das Holz unter meinen Händen ist glatt und hart, ein wenig Wärme des vergangenen Tages ist noch in ihm zu spüren. Wie lange ist es her, dass ich mit Lucas hier gesessen habe? Mit einem Faustschlag vertreibt der Zorn die Wehmut aus meinem Herzen. Zuletzt saß ich nur mit einem hier: mit Julian.

»Es ist eine Katastrophe, dass wir den Fünften Fürsten ebenfalls verloren haben.« Toms Worte schneiden mir ins Herz. Als Lucas starb, nahm er seinen Wächter mit sich, und der jeden Wächter vor ihm. Eine ganze Dynastie, ausgelöscht von einer Klinge. Nur ich bin noch da, die Letzte dieser Blutlinie. Ohne eine Zukunft mit der einzigen Person, die ich an meiner Seite haben will. Die Tränen drängen sich in meine Augen und die Welt um mich herum verschwimmt zu einem grauen Brei. Es tut so weh, tief in mir drin. Ich will das nicht! Ich will nicht, dass der Schmerz mich betäubt, ich will ihn spüren, auskosten. Hart reibe ich mit dem Handballen über das tote Holz, immer und immer wieder, bis sich endlich ein Splitter in meiner Haut verfängt und sich tief in mein Fleisch gräbt. Befriedigt gebe ich Ruhe. Dieser Schmerz ist echt. Er gibt mir die Gewissheit, dass ich noch hier bin. In wenigen Minuten wird die Wunde verschlossen sein und der Schmerz nur noch eine Erinnerung.

Wie so vieles andere auch zu einer Erinnerung verblassen wird.

»Tom!« Eilige Schritte knirschen hinter uns und wir fahren herum. »Verflucht, wir haben dich schon überall gesucht!« Der Typ presst sich eine Hand in die Seite und keucht wie ein Kurzstreckenläufer, die vormals kunstvoll geformte Haartolle wirr im Gesicht.

»Damian!« Tom springt auf, die Hände zu Fäusten geballt. »Was ist passiert?«

»Sie kriechen aus ihren Löchern, Tom.« Damian versucht, zu Atem zu kommen, doch ein zufriedenes, breites Grinsen legt sich über sein Gesicht. »Wir haben Connor und Plawcik aus ihrem Versteck gescheucht. Edith hat uns eben die Koordinaten mitgeteilt und neue Teams zusammengestellt.«

Ich habe keine Ahnung, wer Connor und Plawcik sind. Es ist mir auch egal, wer sie sind - aber sie gehören zu Julian. Und dort, wo Julian ist, ist auch Helena.

Eiskalt und willkommen breitet sich diese neue Art von Wut von meinem Herzen über meinen gesamten Körper aus, frisst Zelle für Zelle und gibt mir eine Anspannung, die ich nie zuvor gespürt habe. Ich fühle mich wie ein Gepard kurz vor dem Angriff. Warm, sogar heiß, lauernd, lebendig. Ja, lebendig. Jedes Atom meines Körpers ist hellwach, voller Kampfeslust und bereit zu töten. Nein, begierig zu töten!

Tom hat recht. Es gibt etwas für mich zu tun, und, bei Gott, ich freue mich darauf. Sie wird nicht gewinnen. Julian wird nicht gewinnen. Langsam stehe ich auf und blicke hinüber zum Herrenhaus, in die zum Meer hin erleuchteten Fenster, hinter denen ich im vergangenen halben Jahr so viel erlebt, gewonnen und verloren habe.

Mein Moment wird kommen, ich weiß es.

Bald.

Und ich werde meine Rache haben.

- ENDE BAND EINS -

Danke.

Zuallererst danke ich meinen Eltern Brigitte und Werner, dass sie mich zu der Person haben werden lassen, die ich heute bin. Ihr habt mich nie gebremst, sondern mir Flügel geschenkt, mir gezeigt, dass die einzige Grenze, die es für mich gibt, ich selbst bin.

Und ich danke meinen Kindern Bjarne und Marten für ihre Liebe und ihren Stolz. Danke, dass ich eure Mutter sein darf. Ihr seid die Liebe meines Lebens und bereichert mein Dasein Tag für Tag.

Ich danke meinem Seelengefährten Björn, dem Lucas zu meiner Mella, der mich auffängt, der mich pusht, mir den Kopf wäscht und immer den Rücken stärkt. Du hast mich stets ernst genommen, mich nie belächelt. Ohne dich wäre so einiges nicht möglich gewesen in meinem Leben.

Andy, mein Bruder, mein Gefährte, seit ich meinen ersten Atemzug nahm, der Realist in meiner Welt der Träume. Danke, dass du du bist. Du bist großartig, immer da, wenn ich dich brauche, immer an meiner Seite – auch wenn du meine Bücher vermutlich niemals lesen wirst.

Ich danke meinem Sonnenschein Dorle, die mich mit ihrer grenzenlosen Unterstützung bei jedem meiner noch so surreal erscheinenden Ziele begleitet hat. Du bist ein großer, wichtiger, unersetzlicher Teil meines Lebens. Mehr noch – du bist ein Teil meiner Seele.

Danke dir, Marion, meine Büroschwester 4 life, meine schärfste Kritikerin und mein größter Fan, vereint in einer starken, herzlichen und wunderbaren Person. Du bist ein Vorbild und eine Freundin, für immer in meinem Herzen und nicht wegzudenken aus jeder meiner Welten.

Und ich darf auch nicht meine Cheerleaderinnen vergessen: Eva und Melina, die Königinnen im Selbstzweifel-Verjagen, im auf-die-Schulter-Klopfen und im Kopf-Zurechtrücken.

Zu guter Letzt sind da natürlich noch Anna und Lisa, meine Verlegerinnen, die etwas in mir und meinen Umbracoren sahen, was anderen verschlossen blieb. Danke für euer Vertrauen und eure Motivation, eure Leidenschaft für Geschichten und überhaupt.

Ihr alle macht mich zu der, die ich bin, und dafür liebe ich euch.